AMOR E TEMPESTADE

SUMA de letras

THALES GUARACY

AMOR E TEMPESTADE

SUMA
de letras

Todos os direitos desta edição reservados à
EDITORA OBJETIVA LTDA., rua Cosme Velho, 103
Rio de Janeiro – RJ – CEP: 22241-090
Tel.: (21) 2199-7824 – Fax: (21) 2199-7825
www.objetiva.com.br

Capa
Fernanda Mello – Ventura Design

Imagem de capa
Stockxpert

Revisão
Diogo Henriques
Tamara Sender
Cristiane Pacanowski

Editoração eletrônica
Abreu's System Ltda.

CIP-BRASIL. CATALOGAÇÃO-NA-FONTE
SINDICATO NACIONAL DOS EDITORES DE LIVROS, RJ

G947
Guaracy, Thales
Amor e tempestade / Thales Guaracy. - Rio de Janeiro : Objetiva, 2009.

375p. ISBN 978-85-60280-37-7

1. Romance brasileiro. I. Título.

09-1199 CDD: 869.93
CDU: 821.134.3(81)-3

"O verdadeiro herói é o marido fiel."
Sören Kierkegaard (1813-1855)

Para Graziela

MEMÓRIAS DO HERÓI DESCONHECIDO

Anotações no caderno do autor

Era o mês de junho de 1990 e eu passava uma temporada em Nova York quando, aos 96 anos de idade, morreu em São Paulo meu avô Guaracy Gonçalves Ferreira. Levei algum tempo para saber: à maneira discreta das famílias mineiras de origem aristocrática, que cuidam da morte como um inconveniente que não deve perturbar os outros, papai preferiu não me dar a notícia. Em vez de me ligar no hotel, cujo número eu lhe deixara, esperou pela minha volta, com a intenção de me poupar.

— Não havia nada que você pudesse fazer — disse.

Aos 26 anos, eu gastava o tempo hospedado no Rio, um hotel barato na Rua 53, a duas quadras da Times Square, onde um dia moraram James Cagney e outros atores que lutavam por um lugarzinho ao sol nos espetáculos da Broadway. Quando cansava de assistir aos jogos da Copa do Mundo no canal latino Univision, então o único que transmitia futebol no país dos esportes de mão, eu andava nos desfiladeiros de arranha-céus vertiginosos, em meio ao movimento fluvial de pedestres. Bisbilhotava livrarias, comia sanduíches de pastrami sentado no meio-fio, assistia a sessões de cinema à tarde com os outros vagabundos da cidade e acalentava a esperança de que uma súbita inspiração ocupasse aquele vazio e desse vida ao meu primeiro romance.

Enquanto eu olhava a fumaça exalada pelos bueiros que à noite dão um aspecto fantasmagórico às ruas de Manhattan, meu avô suspirava sem ouvir meu último adeus. Ele já vinha morrendo aos poucos, atingido por uma série de derrames cerebrais que o tinham levado a um estado vegetativo. Antes de viajar, eu o visitara no hospital, em São Paulo. Estava deitado num leito com um estrado de madeira feito uma criança de berço. Do corpo esquelético enterrado nos lençóis emergia a cabeça de cabelos ralos, ossuda e coberta de manchas, condecorações da idade. Com o rosto cavado fundo, que salientava o nariz aquilino, parecia um faraó a caminho do embalsamamento.

Depois do último derrame, não se sabia ao certo o que ele compreendia. Coloquei sua mão entre as minhas. Vovô não se mexeu, mas algo — um pouco de vida — passou por seus olhos. Minha avó Eugênia, que os netos só chamávamos de Dindinha, apelido que eu lhe dera sem querer, no tempo em que era pequeno demais para falar "madrinha", velava ao lado.

— Ele te reconheceu — disse.

As mãos de vovô estavam inertes, mas me prendiam com uma força indefinível: era como se, retirando minha mão, o abandonasse para sempre. Na saída, andei ao lado de minha irmã Lara até o estacionamento do hospital. Entramos no carro, colocamos a cabeça um no ombro do outro e choramos sem palavras.

Eu não sabia quanto tempo vovô ficaria daquela forma. Decidi fazer a viagem a Nova York, abandonando um emprego estafante e a mais recente das namoradas. Minha carreira de romancista rebelde, porém, não durou muito. Voltei em três semanas, aborrecido pela inação, vencido pelo desconforto do hotel vagabundo e tomado por um certo pressentimento.

Cheguei a tempo de assistir à missa de sétimo dia, celebrada por Padre Amaral, irmão de vovó Dindinha. Vigário na paróquia da Igreja de Nossa Senhora das Dores, na Casa Verde, ele era o responsável pelas cerimônias religiosas da família, dos batizados à extrema-unção. Além de vovó, com sua máscara de fortaleza, estavam cinco filhos, dois genros, duas noras, oito netos, parentes mais distantes, alguns amigos: todos aqueles que eu costumava encontrar na casa de meus avós desde criança. Ver as pessoas habituais do ambiente festivo da casa de meus avós emprestou à missa um toque irreal. Conversamos, nos abraçamos e brincamos como se nada tivesse acontecido.

Era impensável um mundo sem meu avô. Pacato, silencioso e imutável, parecia destinado à imortalidade. Devotado à família, mantivera seu casamento por 55 anos. Aposentado desde que eu lembrava, encerrara a carreira profissional como superintendente da Via Permanente da Companhia Sorocabana da Estrada de Ferro, cargo que no seu caso investia-se de valor simbólico. Esteio da família, de comportamento exemplar, o homem que cuidava dos trilhos do trem jamais saía da linha. Seus colegas de trabalho, que o visitavam mesmo depois de sua retirada, costumavam dizer que vovô era "o homem mais justo" que tinham conhecido.

Por mais de quatro décadas, morara no mesmo lugar: aquela casinha térrea na Vila Operária, em Guarulhos, comprada com o financiamento da companhia ferroviária. Era generoso com os outros e consigo mesmo parcimonioso ao extremo. Tudo o que ganhava, incluindo os proventos de aposentado, era entregue a vovó para as despesas da casa, até o último centavo. Era frugal para comer e discreto no vestir, com roupas de alfaiate em tons leves, bem cortadas na silhueta esguia. Usava sempre camisa social, sem a gravata, abotoada até o colarinho.

Pouco saía de casa, exceto pela imaginação. A primeira lembrança que tenho dele, de quando era tão pequeno que ainda andava de quatro debaixo das mesas, é daquele homem de pedra, sentado na poltrona da sala, onde ele se postava em silêncio, ouvindo música clássica ou lendo com os óculos meia-taça no nariz encurvado. Eu adorava sentar no seu colo diante da vitrola Phillips, embutida num armário de madeira com um rádio selecionado por botões de marfim e escaninhos para os discos de vinil — alguns deles ainda de baixa rotação, sistema mais antigo, que remontava à invenção do aparelho. Com vovô, descobri a primeira sinfonia de Tchaikovsky e a *Marcha Turca*, além da versão musicada da história de Fernão Capelo Gaivota, meu disco preferido em criança.

Nos dias que antecediam as festas juninas, vovô mergulhava no quarto de despejo, nos fundos do quintal. Para fazer espaço, tirava as cadeiras empilhadas sobre a mesa maciça, entalhada no Liceu de Artes e Ofícios, usada para aumentar lugares na ceia de Natal. E, com grande capricho, fabricava balões. Eu o ajudava a cortar o papel de seda e enrolar o pano na armação de arame para fazer as mechas besuntadas no breu.

Na noite marcada, depois do jantar, era o lançamento. Eu saltitava de alegria ao ver subirem pelas mãos de vovô balões de todos os tamanhos e cores. Tomei dele o fascínio hoje antiquado e proibido pela subida de um balão — a tocha quase a lamber o fino papel de seda, a luta pela sustentação, o risco da queda prematura ou do incêndio. Depois, quando o ar quente lhe dava definitivo impulso, as leis da física não tiravam do evento algo de fabuloso. Cada balão que subia para fazer no céu uma linha de pontos candentes era a glória, como se subíssemos também ao espaço, astronautas da imaginação.

Assim como me ensinou a olhar para o céu, vovô me acostumou à introspecção. Com freqüência, meus pais me deixavam sob a guarda de meus avós do sábado para o domingo, dia que vovô dividia entre a missa, a música e a leitura. Quando eu estava em sua casa, ia com ele à igreja, na Avenida Guarulhos, uma curta caminhada, de olho no prêmio: na volta, parávamos no jornaleiro para comprar gibis. Assim gastávamos o resto do dia: eu folheava o *Pato Donald* ou o *Homem-Aranha* embaixo da cama de hóspedes ou jogava futebol de botão no chão de tacos, com botões antigos, feitos de osso, que um dia tinham pertencido a meu pai. Enquanto isso, com a testa ascendente terminada num tufo de cabelos brancos, realçando o empenho dedicado à leitura, vovô consumia infindáveis páginas de jornal.

A leitura parecia uma válvula de escape para sua vida invariável. Enraizado na poltrona, vovô viajava por todos os lugares aonde não podia ir. Devorava enciclopédias. Colecionara pacientemente para mim os fascículos da *Conhecer*, cujos exemplares avulsos me mostrava aos domingos. Um dia, perto de meu aniversário de cinco anos, me entregou os doze volumes encadernados em courinho vermelho, com caracteres dourados na capa. No primeiro, escreveu uma dedicatória sucinta como ele próprio — "ao neto querido" — na sua letra pequena, inclinada para a direita, com uns "eles" e "efes" longos e trabalhados, ao mesmo tempo resoluta e rebuscada, como a que se vê naqueles livros de iluminuras. Pela enciclopédia, tomei cedo também o gosto pela leitura e o conhecimento.

A sisudez e a economia de vovô contrastavam com o ambiente que ele mesmo criara. Nas tardes de domingo sua casa era sempre alegre, barulhenta e com gosto de infância. Enquanto os netos brincavam, os filhos discutiam os assuntos da semana, comiam a valer e jogavam partidas de três-sete — um jogo de baralho que ninguém mais conhecia. Vovó Dindinha nos esperava sempre com comidas e doces, delícias mineiras que todos provavam ao redor da mesa com grande alarido e digeriam espalhando-se pelos cômodos da casa na tradicional soneca vespertina.

O ponto alto daquelas celebrações era sempre o Natal, comemorado na noite da véspera. Vovó entregava envelopes contendo uma pequena mesada a cada um dos oito netos, solução judiciosa para presentear igualmente a todos. Brincávamos no quintal da frente, separado da rua pela grade baixa; a noite lavada pela chuva de verão ficava impregnada com as damas-da-noite, flor amarela, bela e venenosa cujo perfume até hoje evoca para mim a infância.

Só nos tirava das brincadeiras o chamado para a ceia. Com todos reunidos, filhos e netos ao redor da mesa farta, vovó impunha respeitoso silêncio para dar início à prece natalina. Distribuía papeizinhos numerados entre os netos para que cada um lesse, em ordem, o seu pedaço da oração. Como neto mais velho, eu era sempre o primeiro. Dito o "amém", todos nos atirávamos ao banquete como uma horda de bárbaros. Vovó Dindinha jamais sentava para comer até servir o último neto, filho ou convidado.

Ela era a estrela da noite, graças ao peru recheado com farofa doce, os fios de ovos, quindins e outras maravilhas. Vovô Guaracy limitava-se a fazer o ponche na compoteira que usava uma vez ao ano somente com esse fim. Levava horas a picar as frutas e experimentar doses, dando àquele ritual uma importância muito pessoal, pois não se importava que pouca gente na família gostasse da bebida, a única que sobrava quase intacta ao final do repasto.

Nós, crianças, tínhamos pressa em acabar a ceia. Papai Noel aparecia depois da comida, sempre de surpresa. Eu, em particular, empenhava-me para apanhá-lo em flagrante. Pretendia desmascará-lo, sempre sem sucesso. Os presentes apareciam num passe de mágica. Às vezes o sinal era um sino, outras um barulho inexplicável ou o alerta de um adulto: as pilhas de brinquedos, enormes, de repente surgiam no lugar mais improvável. Isso fazia com que até eu, às vezes, duvidasse das minhas dúvidas.

Nos almoços e jantares, em meio à agitação das crianças e de vozes entrecortadas pela mastigação, vovô permanecia calado, na ponta mais longínqua da mesa de madeira trabalhada, encostada na mesa de fórmica para encompridar a extensão da comilança. Muitas vezes a refeição transcorria sem que ninguém se lembrasse dele. Somente quem o conhecia muito bem leria no seu rosto impassível a satisfação de ver aquela família pulsante de vida. Observava tudo silente e impávido como a estátua de Zeus em Olímpia.

Vovô escondia tão bem a si mesmo que dava a impressão de nada fazer, ou o que fazia era subestimado. Nem mesmo em casa parecia mandar. Conforme a regra de que o poder está na mão de quem dá de comer, o centro da vida familiar era a cozinha, onde reinava vovó Dindinha. Quando um filho brigava com uma nora, vovó chamava os litigantes às falas para solucionar o caso. Na hora de distribuir a família nas cadeiras ao redor da mesa, ela indicava os lugares. A influência de vovô parecia tão inferior à de vovó que quando íamos visitá-los dizia-se ir "à casa de vovó Dindinha", como se o velho Guaracy nem contasse.

Com seu estilo matriarcal, vovó Dindinha impunha a ordem, é verdade, mas não raro despertava antipatias — ou real oposição. Dona Marlene, minha mãe, estava entre as que se incomodavam com o poder da sogra, cuja influência sobre os filhos era causa de queixumes. Certa vez, vovó Dindinha lhe perguntara "como conseguia apanhar a louça nas prateleiras de cima", frase que mamãe interpretara como um julgamento impiedoso, por explorar uma particularidade física para a qual não há solução: o fato de ser baixinha. Isso despertara nela um ressentimento vitalício, ao estilo daqueles que carregam nas veias o sangue peninsular. De vovô, porém, nem Dona Marlene nem o mais recalcitrante dos italianos ousaria reclamar.

Na sua infância, brincando com os irmãos em ruas de terra na pequena cidade de São Roque, onde tinham morado antes de Guarulhos, papai vivia a destroçar os sapatos. Sem dinheiro para o sapateiro, vovô consertava ele mesmo o calçado, costurando-lhe a meia-sola, sem nunca ralhar. Seguia uma norma familiar, curtida ao longo de gerações que conheceram altos e baixos: não se deve perder a humildade na riqueza nem o orgulho na pobreza. Mantinha uma altivez que, exercida na vida modesta, lhe dava ainda mais dignidade.

Na sua quietude, que poderia ser confundida com omissão, vovô era o último e incontestável recurso, utilizado em situações nas quais vovó falhara ou não podia interceder. Havia nele um poder imanente que contradizia sua aparência de homem cordial. Vovô infundia nos filhos um respeito profundo, transmitido por eles aos netos e manifestado em antigas liturgias. Como meu pai, ao entrar em sua casa eu lhe beijava a mão, assim como a de vovó, costume já na época bastante anacrônico.

— A bença — pedia.

— Está abençoado.

Havia nele algo de sobrenatural, sensação associada não só à sua postura como a um certo mistério. Somente com sua morte me dei conta de quão pouco sabíamos a respeito dele. Não por culpa nossa: ele era um homem fechado, com um jeito particular de ser afetuoso. Seu amor era demonstrado na maneira como apanhava os netos no colo, sem nada dizer, ou na presença ao lado dos filhos, como um apoio constante, sem muitos afagos ou abraços, forma de aproximação que parecia ignorar.

Jamais revelava o que o afligia. Diziam que tinha nascido rico, mas um irmão o enganara, tomando-lhe o dinheiro. No entanto, ninguém sabia explicar direito o que acontecera, nem jamais o ouviram lamentar-se por ter sido prejudicado ou da falta de recursos. Papai nunca o vira levantar a voz. Vovô carregava uma nobreza sobranceira que nos fazia suspeitar de que não importava a causa nem o tamanho das vicissitudes: ele nunca se queixava.

Opiniões, manifestava poucas. Nas suas conversas com meu pai e outros adultos, gostava de falar sobre política, embora sem expressar abertamente suas idéias. Apenas não falassem mal de Getúlio Vargas. Dizia a lenda familiar que vovô adorava o falecido ditador por ter criado as primeiras leis trabalhistas no Brasil, para ele uma questão de justiça. Falassem mal de Getúlio e vovô colocaria o interlocutor para fora de casa com um pontapé metafísico no traseiro. De resto, pouco se sabia o que pensava, mesmo sobre assuntos banais. Quando eu lhe perguntava qual era o time de futebol para o qual torcia, respondia apenas, com uma risada:

— O Cómer.

Papai dizia que o tal Cómer era um time de antigamente, há muito desaparecido, talvez da cidade onde meu avô crescera: Santo Antônio da Cachoeira, hoje Piracaia, próxima da divisa de São Paulo com Minas Gerais. Eu desconfiava que esse Cómer nunca tivesse existido e que ele despistava sua verdadeira preferência. Jamais soubemos ao certo.

Acima de tudo, vovô nunca falava do passado, assunto sobre o qual mantinha um silêncio inexpugnável. Mesmo sendo o primogênito, papai jamais soube detalhes da vida do Guaracy anterior ao casamento. Era como se ela não tivesse existido. O laconismo de meu avô multiplicava suspeitas de que guardava algum segredo, o que acabou por dar à sua história contornos mitológicos.

Diziam que tinha sido deserdado e fugira de casa por causa de uma madrasta. Que vovó tinha sido seu amor de infância, que ele entrara para o seminário e protagonizara aventuras antes de reencontrá-la. Ninguém, no entanto, sabia explicar o que acontecera ao certo, nem dar um motivo para ele ocultar o passado.

Por relatos de parentes mais distantes, ouvíamos que ele andara mais de nove mil quilômetros pelo Brasil inteiro, a maior parte disso a pé, como soldado das tropas do governo que perseguiam a legendária Coluna Prestes, enquanto vovó resistia aos pretendentes, como Penélope à espera de Ulisses. Murmurava-se que vovô tinha mesmo sido algum tipo de herói, sem que soubéssemos quais teriam sido os seus grandes feitos.

Eu sempre pedia a vovô que contasse suas histórias do tempo de soldado. Queria, sobretudo, os detalhes da expedição que seguira Brasil afora as tropas do célebre capitão Luiz Carlos Prestes. Ele não negava ter algo com aquilo, mas nada confirmava. Diminuía possíveis feitos, dizendo ter corrido um único perigo: o ataque dos carrapatos, que a tropa combatia atirando-se aos rios das fazendas onde pernoitava.

— Mas e as batalhas? — eu perguntava, sentado em seu colo. — O senhor deu tiro em alguém? Encontrou Prestes?

Ele ria, divertindo-se com a minha curiosidade. E não dizia mais nada.

Eu não entendia como um homem apaixonado podia deixar longe seu amor de infância. Também não compreendia como um aventureiro podia de um dia para o outro transformar-se naquele cidadão pacato que conhecíamos, sossegando tão completamente pelas cinco décadas seguintes. Meu pai dizia que vovô sossegara por obra de vovó — ela enquadrara o marido. Eu, porém, achava que tinha de haver algo mais para explicar uma mudança tão radical.

Às vezes, pequenos episódios, tão raros que eram contados como piada na família, revelavam que vovô não era exatamente o cidadão colocado nos eixos pela mulher. Certa vez, minha avó passara dias reclamando de um fogão velho que funcionava mal. Sem dinheiro para comprar um novo, meu avô escutara a queixa dias a fio. No domingo, ao ouvi-la de novo, enquanto lia o jornal, se levantara, caminhara até a cozinha a passos firmes, arrancara o fogão da parede com força descomunal e o jogara nos fundos do quintal. Depois, voltara à poltrona como se nada tivesse acontecido para terminar de ler seu artigo.

Eu mesmo acreditei ter sido testemunha de um momento como aquele. Depois que vovô completou 80 anos, a família passou a ter certos cuidados.

Quando algum evento exigia que ele viajasse, eu era convocado para lhe fazer companhia. Em geral, eram casamentos, batizados ou outra missão junto a familiares residentes no Rio de Janeiro. Embora ainda adolescente, eu já parecia adulto o bastante para cuidar do homem que tantas vezes cuidara de mim. E lá íamos para o Rio, neto e avô reunidos. Tomávamos o Trem Húngaro na Estação da Luz, em São Paulo, e dormíamos no vagão-beliche para estar pela manhã cedo na capital carioca, onde nos hospedávamos em casa de parentes.

Na volta de uma de nossas viagens ao Rio de Janeiro, em lugar do trem noturno, decidimos tomar o ônibus. Eram quatro da tarde e já estávamos há duas horas esperando a saída, atrasada por uma chuva torrencial. Eu me abastecera de doces e revistas para matar o tempo e percebi que ele permanecia imóvel em sua poltrona.

— O senhor não quer uma revista?

— Não.

— Um jornal?

— Não.

— Uma bala?

— Não.

— O que o senhor quer?

— Eu quero chegar.

Quando me adiantei um pouco para observá-lo, vi que tinha os dentes cerrados. Olhava adiante com uma expressão irreconhecível. Era como se controlasse dentro de si um vulcão, dominado graças a um esforço descomunal. Vovô manteve-se crispado, sem dizer palavra, até o ônibus rodar e ao longo das cinco horas seguintes de viagem.

Naquele breve momento, como numa janela entreaberta, eu vi o outro Guaracy — rebelde, impetuoso, irascível. Eu queria saber como vovô conseguia trancafiar dentro de si mesmo seus velhos demônios, para ser o homem que jamais se desviava dos trilhos. O que teria acontecido? Como vovô tornara-se um homem comum, aceitara o tempo, dominara a si mesmo?

Com a sua morte, foi enterrada a verdade sobre seu passado e a resposta a essa pergunta. Quatro anos depois, em 1994, vovó Dindinha também faleceu. Com a mesma fibra de vovô Guaracy, uma força temperada em tempos desconhecidos, ela suportou estoicamente cirurgias contra os males da velhice e algo ainda mais doloroso: a ausência do marido. Ao nos deixar, desapareceu a mulher que cuidara de mim quando minha própria mãe faltara, que tantas vezes me alimentara e era um exemplo de conduta só comparável ao do próprio marido.

Levou com ela a minha última esperança de ver solucionado o enigma deixado por vovô. Ajudou a proteger seu segredo, talvez por relacionar-se à sua própria história. Muitas vezes, pensei que jamais saberia o que ocorrera e que a vida de vovô só poderia ser contada, talvez, cobrindo as suas grandes lacunas por meio da imaginação.

Guaracy Gonçalves Ferreira estava em outro lugar, talvez de jornal na mão em sua aristocrática poltrona, próxima à do Senhor, mas para mim a esfinge continuava viva com o seu mistério.

Capítulo 1

Naquele final do século XIX, Santo Antônio da Cachoeira era um casario de telhas de barro, cortado pelas ruas calçadas de pedra, nas colinas ondulantes onde acaba a Serra da Mantiqueira, em Minas Gerais. A edificação mais proeminente era a torre da igreja matriz, na Cidade Alta, morro que despontava no meio de um vale. Dali saíam as ruas do comércio e as alamedas residenciais que terminavam nas fazendas de café. Da Cidade Alta avistavam-se as colinas ao redor, encimadas por uma coroa de mata. Cachoeira ainda conservava certo isolamento selvagem, embora o povo local muito se orgulhasse de sua civilização.

Ali encontrava-se a esse tempo Marciano Gonçalves Ferreira, patriarca de uma família de antiga linhagem, que remontava aos portugueses do Brasil colônia, cercada de pompa e tradição. Até sua ocupação era de herança, pois a boa família aristocrática, com seus muitos filhos, mais um sem-número de criados, escravos libertos e outros agregados, obrigava-se a colocar cada descendente num dos ramos de interesse do clã, tão numerosos quanto os filhos e vice-versa.

Rezava o costume que o filho primogênito das velhas famílias mineiras havia de ser fazendeiro, ou administrador, para cuidar dos negócios, que vinham em primeiro plano, pois sem o dinheiro não se podem cultivar as outras virtudes. De forma a zelar pelos pais em idade mais avançada, o segundo filho precisava ser médico. E o terceiro, juiz de direito, para preservar a família na esfera da lei e assegurar sua respeitabilidade.

Cabia ao filho mais novo, ou àquele que revelasse inteligência mais curta, a vida de padre, considerada menos exigente de predicados, mas igualmente indispensável para o bom funcionamento da família católica. Este último assumia as funções espirituais do clã. Assim, não faltaria à família quem pudesse batizar filhos e netos, celebrar casamentos, guardar segredos de confessionário e promover a concórdia, já que a batina, despindo seu ocupante de interesses terrenos, facultava a astúcia, mas barrava a ganância e a sordidez.

Terceiro entre seus irmãos, Marciano acabara sendo o que se saíra melhor. Estudara em faculdade da capital, tornando-se advogado. Dizia-se dele que, no exercício da profissão em Jaguary, jamais perdera uma causa. Todos os negócios familiares passavam por sua mão, razão pela qual, já trazendo posses do berço, mais rico ainda ficou. Mais tarde, foi nomeado juiz de Cachoeira, cargo de grande relevância, ainda mais naquela época, em que o magistrado revestia-se de monumental autoridade. A cidade não era grande, mas lá Marciano era o sábio, o justo, a encarnação da lei.

Tinha quatro fazendas de café, sem contar o que tirava da jurisprudência. Em Cachoeira, possuía uma casa de quatorze quartos em estilo neoclássico, como a própria igreja matriz e tudo o que era ao gosto da época. Com duas colunas de granito sustentando o frontão triangular da fachada, a casa de Marciano lembrava um templo greco-romano. O jardim da frente, gramado de forma impecável, protegido por uma balaustrada coberta de hera que circundava a propriedade, sugeria a paz familiar. Atrás, no quintal de dez mil metros, havia um galinheiro e um lago com peixes e chafariz, além de um dadivoso pomar.

Dentro da casa, o mobiliário era sóbrio. O peso das peças escuras de jacarandá era contrabalançado pela leveza dos vasos de flores e o piano na sala alegrava os dias de domingo. Marciano passava boa parte do tempo em sua biblioteca particular, na qual se recolhia para a leitura e o exame de processos e documentos trazidos do foro. A festa era para a mulher, os freqüentadores da casa e as crianças. Satisfazia-se em lhes proporcionar tudo aquilo.

Naquela casa de tantos cômodos nasceu, numa noite de parto dolorido do ano de 1898, o primeiro dos filhos de Marciano, fruto de sua amada Carmelita. Gesto de brasilidade comum aos amantes do espírito positivista, que à época gostavam de dar aos filhos nomes indígenas, chamou-o Coracy, uma das muitas grafias surgidas em português para "kuarahy" — sol, em tupi-guarani. Infundido daquele nacionalismo purista que levou à bandeira brasileira o "ordem e progresso" dos seguidores de Augusto Comte, Marciano imaginava para seu rebento um futuro brilhante como o astro que dá vida a este planeta.

O menino cresceu sob as vistas do pai, correndo no quintal, mãos e pés sujos de terra, com a boca sumarenta de comer jabuticabas, mangas, goiabas e laranja-pêra do rio. Marciano vivia a cercá-lo de favores. Quando Coracy conseguia pequenos triunfos na escola, dava-lhe doces e balas. Pedia a Carmelita, que trazia no pescoço a chave da despensa, onde grandes tachos de marmelada eram defendidos para a distribuição parcimoniosa ao longo do mês, que abrisse o ferrolho para fazer-lhe algum regalo. Não lhe recusava nada. Nem o velocípede de ferro, com aquelas rodas enormes, encomendado na capital, que Coracy tinha visto numa fotografia reproduzida no jornal. Quem dirigia o veículo era o piloto mais famoso da época, embora não em terra, mas em outro elemento:

Santos Dumont, inventor do aparelho de vôo mais pesado que o ar, cujos feitos em Paris eram propalados pelo mundo inteiro.

Mesmo para andar de velocípede, Coracy estava sempre de roupas novas, com golas brancas de bicos duros e um chapéu de abas onduladas à Santos Dumont. Em seus sonhos, planejava ser, como ele, inventor. Desejava criar uma máquina aérea muito mais potente, capaz até de atravessar oceanos. Pensava que, se Dumont tivera suas primeiras lições de aerodinâmica observando os sanhaços e tico-ticos do quintal em sua casa da mineira cidade de Palmira, sua grande descoberta havia ainda de estar ali, entre a cozinha de casa e o quintal. Misturava substâncias, na certeza de que poderia produzir um potente combustível para os novos bólidos aéreos. Vivia a surrupiar farinhas, ovos, temperos e recipientes na despensa de modo a produzir suas estranhas misturas, para aflição da cozinheira Benedita, escrava liberta que estava com a família desde sempre.

Em vez de ralhar com o menino, Carmelita aceitava os apelos de Marciano, que via brotarem ali os primeiros traços da genialidade familiar.

— Não se deve tolher a capacidade inventiva — dizia ele à mulher.

— Está bem — ela acabou por concordar, rindo. — Mesmo que nos custe parte do jantar.

Mal saído da alfabetização, Coracy entrou no mundo da ciência pelo empirismo. Como nada do que produzia vindo da cozinha trazia o elemento explosivo de que necessitava, passou a ver possibilidades em outro tipo de matéria. Observava a decomposição das fezes das galinhas, dos gansos e dos patos, das quais emanavam gases fedorentos e inflamáveis. Imaginou logo que, se comprimisse num recipiente aquele material mefítico, ele poderia obter o explosivo com a potência necessária para movimentar futuros motores aéreos, com a vantagem visionária de promover ao mesmo tempo a limpeza do meio ambiente. Transformou em laboratório um velho galpão do quintal, onde passava o dia ocupado com suas misturas. Por isso é que, mesmo depois de banhos de água quente e muita esfregação com creolina, passara a exalar involuntariamente um certo cheiro de galinheiro.

Marciano via o filho com interesse, mas desde que o menino começou a mexer em dejetos — e a cheirar como eles — ficou um pouco desconfiado. Era verdade que, se Dumont nascera em Palmira e podia fazer sucesso em Paris com seus veículos voadores, Coracy quem sabe fizesse ainda melhor. Nunca pensara antes, contudo, que o genial inventor recendesse a graxa ou outra substância degradante. Por isso, pensou se não era melhor encaminhar logo o filho para algo mais certo e digno de um cavalheiro.

Tal impressão ganhou força quando ficaram mais evidentes os perigos de se ter um inventor precoce dentro de casa. Certo dia, quando descansava na cadeira de balanço de sua biblioteca, Marciano ouviu um estrondo seco vindo do velho galpão. Levantou às pressas. Logo a ele se juntaram Benedita e as outras criadas, vindas da cozinha, além da própria Carmelita, que naquela hora as ensinava a fazer um novo tipo de bolo. O galpão ainda estava lá, mas em condições precárias. A porta pendia de um lado. O madeiramento, antes emparelhado, desconjuntara-se. Correram todos para dentro, temendo o pior. Com a colher de pau na mão, o avental sujo de farinha, Benedita foi a primeira a chegar, olhos arregalados.

— Ai, siô, acuda!

Acharam Coracy estirado no chão, coberto de guano, olhos esbugalhados, um riso de louco congelado no rosto. Perguntavam o que sentia, onde doía, mas ele nada podia escutar. Lembrava-se apenas do momento da explosão: de repente tudo ficara preto e agora surgia aquela gente irreal, mexendo as boquinhas em silêncio, como peixes no aquário. Suas mãos estavam enegrecidas e duras como as de uma múmia.

As criadas retiraram Coracy com delicadeza, procurando manter o nariz o mais distante possível do patrãozinho malcheiroso. Na cama de jacarandá do menino, cujos lençóis impecáveis Benedita queimaria mais tarde no quintal, com expressão de repugnância, ele foi limpo e medicado. Na verdade, não havia muito o que fazer, exceto aplicar-lhe compressas de água fria na testa.

Aos poucos, Coracy pôde mexer as mãos e as demais faculdades começaram a retornar. Depois de algumas horas, voltou a ouvir, ainda que o som ambiente viesse acompanhado de um zumbido de cigarra.

O episódio ofereceu a Marciano o pretexto para mandar derrubar de vez o velho galpão, em lugar de consertá-lo. E, com isso, encerrou as experiências científicas do filho. Não convinha a um menino que um dia tomaria conta dos seus negócios arriscar-se com explosivos caseiros.

Coracy reclamou.

— Mas logo agora, quando eu estava tão perto do combustível perfeito para voar!

— Dê-se por muito feliz de ainda estar vivo — cortou o pai. — Quem quase saiu voando foi o autor da invenção. E acabou-se a conversa.

O menino adorava o pai. Espírito inquieto, gostava de Santos Dumont, com seus feitos extraordinários, mas seu maior ídolo era mesmo Marciano. De semblante austero, bigode longo, terminado em curvas cuidadosamente retorcidas, o pai era a imagem da serenidade. Impecável, punha reparo em tudo, sem deixar de ser querido e respeitado, não só em casa como em toda a cidade.

Tão rigoroso era Marciano que em Cachoeira nada saía da lei, com exceção dos dias de entrudo, o carnaval antigo, quando o povo ia para o clube da cidade, com pouca roupa, garrafas de aguardente na mão, comemorar um pouco de liberdade. Caíam na farra todos, incluindo o prefeito e o delegado, que terminavam as noitadas ébrios como todos os outros a quem deviam policiar. Nesses dias, e somente nesses dias, Marciano se rendia. Em toda a cidade, era o único a não participar das festividades, preferindo trancar-se em sua biblioteca, lendo um livro. Depois, ia dormir.

— Não vou a baile de entrudo — explicava ele — porque, se for, tenho que mandar fechar.

Sua conduta era exemplar. Nunca bebia. A exceção eram as noites de Natal, para as quais Marciano preparava o ponche, sua especialidade. Trazia champanhe da capital, misturava-o às frutas com uma receita própria, bebia o resultado ao longo da ceia com visível prazer e limpava os longos bigodes delicadamente com um guardanapo de linho. Era o pequeno pecado que ele se permitia cometer, uma única vez ao ano. Como bebida alcoólica, estava proibida às crianças. Contudo, Marciano deixava Coracy provar um pouquinho. Aquela pequena concessão, para o menino, teria para sempre o gosto do Natal.

A mãe, Carmelita, Coracy idolatrava ainda mais. Tinha sorriso de santa, doce e suave, e os modos muito justos, vindos da mais perfeita criação. Era da família Amaral, de muito respeito nas Minas daquele tempo. Usava camisa de golas de renda e era disso que Coracy muitos anos depois se lembraria, pois ela se deitava ao lado da cama, com o busto inclinado sobre ele, para fazê-lo rezar antes de dormir. Coracy poderia viver assim para sempre. Se havia um mundo perfeito, era aquele — imaginado para fazer as crianças felizes, antes de desferir os golpes e perpetuar as frustrações que as atiram na vida de adultos.

E foi dessa forma que, pelo menos para ele, aconteceu. Como na maioria das tragédias, aquela foi precedida de um período de grande alegria, pois logo se anunciou na casa de Marciano o nascimento do seu segundo filho. Agora que todos os cuidados pareciam ir para o bebê em gestação, Marciano e a mãe tratavam de mimá-lo como nunca, enchendo-o de presentes e atenção, para evitar ciúmes. Coracy até recuperou seu laboratório, com a condição de que se dedicasse a investigações menos perigosas.

Ele já achava que receber um irmão estava associado a coisas boas, quando Carmelita começou a dar sinais de passar mal. Volta e meia, o médico da família, o velho doutor Prado, que cuidara de Marciano desde a infância, era chamado às pressas para examiná-la a portas fechadas, cercado somente pelas criadas.

Deixado do lado de fora, Marciano esperava de semblante fechado a volta do médico com seu parecer. Coracy não sabia qual a doença da mãe, mas tudo lhe parecia natural. Imaginava que tirar um bebê de dentro da barriga de uma mulher devia ser mesmo uma grande complicação.

Certa noite de temporal, o doutor Prado foi chamado com urgência ainda maior. Coracy, que dormia no seu quarto, foi acordado pelos trovões misturados ao barulho das criadas esbaforidas pelos corredores. Abriu a porta de mansinho e viu quando elas passavam, buscando toalhas quentes na cozinha, que vinham brancas de quarar ao sol e voltavam de um vermelho vivo que se impregnaria em sua memória como no mais alvo algodão. Atrasado pela tempestade, o doutor Prado demorou a chegar. Quando surgiu, correu para o quarto de Carmelita, deixando atrás de si um rastro d'água.

Ainda de camisola, o menino viu surgir Marciano, os bigodes hirtos, o rosto transtornado. Para buscar o médico na chuva, calçara suas botas de fazenda, que reboavam no assoalho de tábuas como se transferissem ao solo o peso que lhe caía sobre os ombros. Aquilo o assustou mais que o sangue das toalhas, mais que a corrida das criadas, mais que a trovoada. Nunca algo parecera abalar o pai, e vê-lo daquela forma, à mercê do destino, fazia com que pela primeira vez desacreditasse no homem. Pois se Marciano, o juiz todo-poderoso, encontrava-se em desespero, o que dizer dos mais comuns mortais?

Por decisão do pai, Coracy ficara distante de tudo. Não viu a figura da mãe no velório. Somente assistiu ao enterro, com o caixão já fechado, ao lado do pai. O grande homem se encontrava destruído. A batalha da vida é a única que não se pode perder e, no entanto, é o mais inevitável dos fracassos.

Uma multidão comovida viu baixar o caixão negro levando Carmelita. Tudo o que Coracy conseguiu pensar foi na figura doce da mãe ao lado da cama, o sorriso santo, as mãos postas, rezando para ele. Não compreendia a realidade da morte e o efeito que aquele acontecimento teria em sua vida.

Para Coracy, era como se a mãe continuasse em algum lugar. Ela não podia, simplesmente, desaparecer. Só sentiu sua ausência quando tudo começou a se transformar à sua volta. Aos poucos, deu-se conta de que o mundo como ele conhecia baixara à terra junto com aquele caixão. Experimentaria a dor da pior maneira: à prestação.

Daquele dia em diante, Marciano nunca mais foi o mesmo. A antiga fortaleza desmoronara. O pai, antes de presença tão vistosa, se tornou soturno. Os criados procuravam cercá-lo de atenções, mas receavam aproximar-se dele, pois passou a ter súbitas explosões de fúria. Não comia. Esbravejava à toa. Deixou o trabalho de lado. As contas se acumulavam na sua mesa. Não fosse conhecido, respeitado e até temido na cidade, teria sido atacado por um enxame de credores.

Mesmo Coracy, quando tentava conversar com ele, era repelido. Marciano o olhava como se estivesse acometido de febre: suava, os olhos coruscavam, a boca ficava túrgida. O menino que havia sido o único fruto de Carmelita o fazia lembrar-se da mulher, o que para ele se tornava insuportável. Passou a desaparecer de casa com freqüência, e só uma força sobre-humana, segundo se dizia à boca pequena na cozinha, o salvava da bebida. Por isso, todos deram graças a Deus quando ele começou a freqüentar a casa de sua prima Ana Umbelina ao final do prazo aceitável para o luto.

Como Marciano, Ana Umbelina era viúva. Perdera o marido para a tuberculose, de rápida e devoradora progressão, mas ficara com um filho, Joaquim, pouco mais novo que Coracy. É certo que na terra arrasada nada consegue brotar, muito menos o amor, mas Marciano encontrou na casa de Ana Umbelina algum amparo para sua dor. Antes, julgara sua perda incomparável, pois além da esposa perdera um filho. No entanto, Ana Umbelina também tivera seus dias de sofrimento. Saber que alguém podia, mesmo de longe, compreender o que ele passara dava-lhe algum alívio.

Ana Umbelina logo viu vantagens em unir-se ao juiz. Deixada com um filho por criar, o instinto de preservação a colocara pronta para varrer a lembrança da viuvez recente em favor da sobrevivência. Dizia que sempre gostara do primo, mas só agora podia dar vazão àquela antiga paixão, para ocultar, ainda que mal, a pura conveniência. Mesmo que fosse um rasgo do antigo homem, Marciano ainda tinha posses. Na sua casa, Ana Umbelina certamente encontraria a mesa farta e educação segura para o seu Joaquim, chamado carinhosamente de Quinzinho. E não descartava, para assegurar esse laço salvador, ter outros rebentos que sacramentassem tão proveitosa acomodação.

Marciano passou a visitar Ana Umbelina com regularidade, mas Coracy só conheceu a madrasta quando o pai oficializou o casamento civil e a trouxe para casa, já na condição de esposa. Primeiro, deu-lhe ordens de que pedisse a bênção à recém-chegada. Coracy teve de vergar-se diante daquela impostora para lhe beijar a mão, como fazia com sua própria mãe.

— Bença — pediu.

— Está abençoado.

Em seguida, Ana Umbelina tratou de lhe apresentar seu próprio filho.

— Este é Quinzinho. Trate-o muito bem.

— Quinzinho é seu primo — acrescentou Marciano. — De agora em diante será primo e também irmão.

Foi um choque ver entrar na casa que ainda considerava de sua mãe todos aqueles estranhos, mais os baús, arcas e trouxas de sua gigantesca bagagem. Com seu rosto ossudo, realçado pelo coque preso à nuca, disfarçando um pouco o cabelo pixaim que denunciava a investida de algum ancestral sobre as negras da senzala, a madrasta parecia ainda mais dura e austera que o próprio Marciano. Mesmo ele só se dirigia à mulher como os criados, chamando-a de Sinhá.

Ana Umbelina chegou com muita energia, decidida a se estabelecer como nova senhora, mandando embora antigos criados sem dó. Um a um, Coracy viu saírem os jardineiros, as cozinheiras, as mucamas, todos substituídos por gente da confiança da nova patroa. À tavolagem, logo seguiu-se a mobília, retirada pouco a pouco, dolorosamente: a mesa entalhada de peroba, as cristaleiras queridas de Carmelita, os criados-mudos e a cama maciça de jacarandá. As peças foram colocadas à venda, para que entrasse tudo novo, de mesma qualidade, mas desenho diverso, a grandes expensas. Era a maneira de Sinhá Umbelina arejar a casa, espantando seus fantasmas.

Coracy amadureceu em pouco tempo. Aos doze anos, admirava-se de que o pai aceitasse tudo aquilo de bom grado. Marciano, contudo, cedera à necessidade de renovação como se fizesse parte do seu tratamento para esquecer a tristeza que o paralisara. Deixara-se convencer por Sinhá Umbelina, no início de maneira parcial, depois completamente, de que a mudança era também indispensável para a futura felicidade conjugal. Via satisfeito a mulher tomar as rédeas da casa, dar-lhe outros ares: um sopro de vida num lar que também parecia ter expirado.

Para Coracy, o efeito era o contrário. A cada peça que se retirava de dentro de casa, apagava-se um pedaço do seu mundo. Em pouco tempo, era como se não soubesse mais onde estava. Procurava recolher-se em seu laboratório, mas logo Sinhá Umbelina tratou de fazer chegar ali também sua jurisdição. Solicitou a Marciano que utilizasse o galpão para abrigar o futuro estúdio de pintura de Quinzinho, pois o menino estudaria, era certo, artes plásticas. Teria condições, segundo ela, de ser o Botticelli brasileiro.

— Ademais, a pintura é uma prática bem menos perigosa do que os estranhos experimentos que ocupam aquele lugar.

Claro que Marciano iria contrariar o filho, mas de todo modo nunca gostara muito daquela atividade. Achou aí um pretexto para encerrar as pretensões de Coracy e dirigi-lo para algo mais promissor. Mandou trazer o filho à sua biblioteca para lhe dar a notícia da iminente destituição.

— Fica melhor assim — garantiu o pai. — Temos que pensar em verdadeiras oportunidades para você.

— Esse garoto que está aqui em casa não tem direito a mais oportunidades que eu — disse Coracy.

— Nem você tem mais direito do que ele. E Quinzinho não é simplesmente um garoto. Tem a sua idade e agora é seu irmão. Está encerrada a conversa.

Coracy, que nunca ousara enfrentar o pai, encarou-o com fúria letal. Ainda lhe faltava, porém, coragem de alçar a voz. Sofrendo pela derrota e com a própria covardia, foi para o quarto, onde afundou entre os travesseiros, silenciosamente. Já bastava tanta vergonha: não queria que o ouvissem chorar.

Não reconhecia mais em Marciano seu antigo pai. O juiz passara para o lado da madrasta. E, decididamente, ficara contra ele. Naquela casa, antes de tão boas lembranças, tudo o que se referia a Carmelita era agora detestado ou proibido. Coracy sentia-se a encarnação de tudo o que Sinhá e Marciano gostariam de apagar. Era como se ele próprio fosse culpado pelo sofrimento do pai e sua presença tivesse se tornado um inconveniente. Não era justo, pensava. Depois de perder a mãe, de certa forma perdia também o pai.

Sua raiva, porém, não se voltou contra Marciano. Coracy entendia o suficiente das coisas para perceber que o pai sofria a influência mefistofélica de Sinhá. Ela o enredara e o jogava contra o próprio filho. Perdoar é uma arte para poucos e exclui os meninos. Daquele dia em diante, Coracy resolveu declarar guerra a Sinhá. Não uma guerra aberta, pois esta ele perderia. Era a guerra como a que Sinhá lhe ensinara, silenciosa, matreira e eficiente, destinada a causar à madrasta o maior número possível de aflições. Ele era o último fantasma da casa e trataria de assombrá-la.

Em território ocupado pelos criados que deviam agora fidelidade a Sinhá, movimentava-se como um conspirador. Foi com cuidados de malandro e intenção subversiva que misturou sorrateiramente na cozinha uma quantidade de laxante na sopa que Sinhá, religiosamente, tomava antes de se deitar.

Depois do jantar daquela noite, Sinhá teve uns estranhos sintomas, que a levaram a retirar-se mais cedo. Passou a noite no banheiro, a desfazer-se em atividades fisiológicas. Preocupado, Marciano mandou chamar o doutor Prado, que procurou medicá-la com lavagens. Pela manhã, Sinhá surgiu para o desjejum pálida de cera. Suspeitava do que lhe tinha acontecido. Com o olhar vagando raivosamente entre Coracy e os criados, porém, muito ao seu feitio, guardou para depois sua vingança.

Ao beijar a mão de Sinhá naquela manhã, em vez de sentir-se submetido, subjugado, humilhado, Coracy era o lobo em pele de cordeiro. Passara a vislumbrar inúmeras possibilidades de pequenos triunfos. Aprendia a arte da dissimulação, importante no tipo de guerrilha que pretendia empreender. E apenas começava.

Numa noite de calor, logrou jogar uma ratazana pela janela do quarto de banho, no momento em que Sinhá se lavava. Ficou à espera do resultado. Lá dentro, o silêncio. Levou algum tempo até que Ana Umbelina identificasse a coisa preta que se mexia dentro da água perfumada da banheira. Quando se deu conta do que se tratava, o efeito foi imediato. Coracy ria, enquanto ouvia a madrasta espadanar-se, pedindo socorro.

O prazer de ouvir os gritos da vítima fez com que Coracy se demorasse demais no local do crime. Acabou visto por um criado. Apanhado em flagrante, foi chamado às falas por seu pai. O guerrilheiro tivera carreira curta.

Recomposta, Sinhá Umbelina compareceu para assistir ao castigo exemplar, ministrado na cozinha, de modo a ser testemunhado também pela criadagem. Sob as ordens de Marciano, Coracy baixou as calças, o suficiente para receber na parte superior das nádegas doze lambadas de cinta que lhe tiraram o couro e o orgulho de uma só vez. Nunca apanhara do pai e jurou entre dentes que seria a primeira e última vez. Quando se virou para ir embora, notou em Sinhá a sutil satisfação que lhe sombreava o canto dos lábios.

A partir daquele dia, Coracy curtiu cada minuto de seu padecimento lombar com uma promessa de revanche, mas sem queixas, lamentos ou gemidos. Ardendo naquele fogo interior, esquecia-se de tudo o mais, a começar pelo mais fácil: a escola.

No Colégio Marista, Coracy logo ganhou fama de aluno relapso. Os boletins que paravam nas mãos de Marciano só lhe davam motivo para novas censuras. O pai lhe citava Quinzinho, estudante exemplar. Tirava boas notas, andava asseado, afetava fineza de lorde inglês. Coracy, ao contrário, passara a andar de cabelos revoltos, sempre sujo depois de rolar ao chão em brigas homéricas, nas quais distribuía seu mau humor entre os colegas de classe com os punhos fechados. Volta e meia, os maristas o encaminhavam para casa suspenso.

— Esse menino é um terror — disse Sinhá.

— Ele sempre foi um pouco diferente, mas costumava ser um bom menino — objetou Marciano. — A perda da mãe não deve ter sido fácil, é preciso compreender.

— É má influência para Quinzinho — disse ela. — E também para ti. Mal podes vê-lo, pelas lembranças do passado. Deverias pensar mais no futuro.

O futuro já estava a caminho. Sinhá tomou a mão de Marciano e colocou-a sobre seu ventre.

— Sinta, está maior — disse ela.

Marciano retirou a mão. Tinha sentimentos contraditórios. No passado, aquele tipo de notícia desaguara na mais profunda tristeza. Sorriu, mas sem alegria. Sinhá Ana Umbelina fingiu acreditar que as rugas na testa do marido eram apenas preocupação com a saúde dela.

— Sou boa parideira — disse. — Espero que seja uma menina. É preciso um pouco mais de presença feminina nesta casa.

Ao saber que a madrasta esperava um filho, desapareceu o fiapo de esperança nutrida por Coracy de que o casamento de seu pai se arruinasse. Ao mesmo tempo, surgia outra esperança, embora terrível, inconfessável — um sopro diabólico. Quando o ventre de Sinhá cresceu, chegou a esperar, ou mais, desejar que morresse, como sua mãe. Não achava justo a vida levar os bons, deixando os maus com saúde, alegria e dinheiro. A felicidade não devia estar reservada somente às pessoas que não a mereciam.

Embora miúda, Sinhá tinha constituição forte. Resistiu bem ao parto, executado em casa pelo doutor Prado. Coracy, que esperara o resultado do lado de fora, junto ao pai, roído de impaciência, viu quando Marciano foi chamado. Voltou lá de dentro exibindo a criança nas mãos, ainda suja de sangue, erguendo-a sobre a cabeça, exultante. Andou entre os criados e saiu para o quintal, mostrando-a aos céus, como um troféu.

— É um menino! Um menino!

Para Marciano, foi como se tivesse trazido de volta uma vida que antes perdera. Deu ao rebento o nome de Jurandyr. Naquela casa, receberia tratamento principesco.

Sinhá, que já podia tudo, consolidara sua posição dando ao marido outro filho natural. A contragosto, Coracy entendeu que teria de se conformar com a situação. Pensou: se Deus existe, ele não interfere. Seria mais esquecido do que nunca, ou mesmo substituído. Porém, não dirigiu sua raiva ao bebê. Ao contrário, era com ele que se consolava. Entrava escondido no seu quarto para lhe fazer festa. Era como se o pequeno Jurandyr fosse a única criatura merecedora de seu amor, pois na sua inocência absoluta ainda não se instalara o Mal. Aquela criança não tinha culpa do oportunismo, da crueldade, da vileza da mãe.

Aos poucos, acostumou-se com a idéia de ter um novo irmão. Aproximou-se um pouco mais até de Quinzinho, que de fato não lhe fizera nada. O filho de Sinhá tinha reais dotes artísticos: fizera um desenho a bico de pena de Marciano que deixara o retratado cheio de admiração. Quinzinho aos poucos conquistava o afeto do patriarca, embora Coracy não desse maior importância ao fato. Ainda era o primogênito de Marciano. Por mais que fizessem, seu lugar ninguém roubaria.

Também Sinhá, que representava para ele a destruição de um doce passado, pelos nós e reviravoltas do destino, seria responsável pelo melhor de sua vida, ainda que involuntariamente. Ele ainda não sabia disso, até que ouviu numa tarde aqueles acordes que entrariam em seus ouvidos como o chamado das sereias.

Tão logo saiu do resguardo, Sinhá passou a dar aulas de piano, um trabalho que a distraía sem tirá-la de casa. Trouxera para a casa de Marciano um Steinway de cauda, importado dos Estados Unidos pelo falecido primeiro marido. Mandara plantar o instrumento no que ficou sendo uma sala de música, interditada para os demais ocupantes da casa nas suas horas de trabalho, de modo a impedir perturbações.

Sinhá logo passou a ser requisitada como educadora musical, menos por virtuosismo do que pela energia com que procurava extrair de seus alunos o talento. Disciplinadora feroz, usava a régua para corrigir as mãos daqueles que porventura atropelassem o toque do metrônomo, aplicando bolos sem dó nem piedade. Coracy receava entrar na lista dos seus alunos, o que lhe daria momento, pretexto e autoridade para fustigá-lo à vontade. Assim, procurava jamais demonstrar interesse e aptidão musical e ocupar-se em outro lugar.

Passava a maior parte do tempo no Colégio Marista, inscrito em todas as atividades possíveis, do futebol ao gamão. Nem a missa perdia. Durante o período de férias, quando o colégio fechava, devolvendo-o ao lar, ocultava-se em casa de amigos ou na vizinhança. Caçava passarinhos nas matas próximas à cidade, pescava, jogava bola. Quem não é visto não é lembrado.

Mesmo assim, era inevitável volta e meia encontrar Sinhá. Dentro de casa, Coracy era implacavelmente torturado pela onipresença física e sonora da madrasta, que comandava a criadagem aos gritos e martelava seus ouvidos com os acordes provenientes da sala de música. Além do som do piano, vinham das aulas de música as lamúrias entrecortadas do alunos. Todos sabiam: uma nota atravessada, e paf! Cantava a régua de Sinhá. Coracy erguia os ombros, sentindo o castigo na própria pele. Às vezes, o aluno enrolava-se no próprio nervosismo e levava a um castigo após o outro, numa seqüência torturante para o supliciado, que terminava a aula num choro abafado.

Testemunha involuntária, Coracy começou a solidarizar-se com as vítimas de sua madrasta. Sentia compaixão por aquelas crianças que passavam pela régua implacável de Sinhá, da mesma forma que tivera de se submeter a ela. Todos tinham de engolir sua raiva diante do despotismo daquela mulher. Havia um menino rotundo que não passava do bife, debalde todos os seus esforços. Um outro que chorava antes mesmo de começar, já antevendo o castigo. E uma menina que chamava ainda mais sua atenção. Tinha dedos e voz doces, tocava e cantava muito bem, mas recebia de Sinhá o mesmo tratamento cruel destinado ao seu aluno mais trapalhão.

Aquilo o deixara intrigado e enfurecido. Que motivo teria Sinhá para cometer tamanha injustiça, além da pura maldade?

Passou a se interessar pelo que se passava lá dentro da sala de música. Foi consultar Benedita, a cozinheira. Ligada a Marciano, a quem ajudara a criar desde a infância, fora a única a escapar da renovação geral que Ana Umbelina fizera entre os empregados. Estando sempre em casa, e de ouvidos atentos entre a criadagem, decerto sabia muita coisa.

— Quem é a aluna de Sinhá que vem às terças e quintas? — perguntou Coracy.

— Eleonora, filha do doutor Olinto Amaral — respondeu Benedita.

Coracy ainda não sabia como, mas gostaria de ajudá-la. Encontrava o verdadeiro sentido do heroísmo. Desejava salvar os outros, ainda que não pudesse salvar a si mesmo. A crueldade da madrasta dava-lhe coragem para agir.

Certo dia, na hora da aula de Eleonora, ele escalou os galhos mais baixos de uma pitangueira do quintal, de onde podia espiar a sala de música pela janela, oculto entre folhagens. Sinhá mantinha-se atrás da menina que tocava, olhos fixos na partitura, enquanto o metrônomo tiquetaqueava implacavelmente.

De longe, Coracy viu da aluna somente os cabelos cacheados. Não devia ter mais que dez anos, mas Sinhá a tratava como uma velha escrava. Dava-lhe ordens aos brados. Por qualquer nota da qual não gostasse, certa ou não, tomava da régua de madeira e fustigava-lhe a mão.

Coracy dividiu com Eleonora aquele sofrimento silencioso. Quanto mais Sinhá batia, mais nervosa ela ficava e mais errava. Naquele dia, apanhou até chorar debruçada sobre o teclado. Suas mãos tremiam.

Que Sinhá quisesse maltratar Coracy, privando-o das lembranças da mãe, além do carinho de seu pai, ele podia compreender. Contudo, castigar daquela forma uma menina inocente, por puro mau gênio, era demais. Um calor esquentou-lhe o peito como lava vulcânica. Saltou para o chão e rumou com passo duro para a sala de música, sem pensar no que faria lá.

No momento em que se aproximou, a porta repentinamente se abriu antes de ele entrar. Olhos estalados, afogueada pelo choro, Eleonora trazia as mãos cruzadas no peito como pássaros feridos.

Coracy se colocou entre ela e Sinhá.

— Megera — disse Coracy, em tom cavo. — Meu pai saberá o que você faz.

Sinhá abriu os olhos de espanto. Com a mão, fez sinal para Eleonora sair. A menina obedeceu. Recobrando-se da surpresa, Sinhá encarou Coracy. Era feita de empáfia; não a perderia diante daquele fedelho. Ele lhe devia respeito.

— Seu pai é que saberá que você resolveu me enfrentar — disse ela, e o canto da boca se contraiu num sorriso que antecipava o castigo.

De punhos cerrados, Coracy sustentou o olhar de Sinhá. Apesar de toda a dureza que procurava demonstrar, ela se assustou. O menino estava quase a ameaçá-la fisicamente. Isso era inadmissível, mas sentiu-se impotente: a raiva fizera o enteado perder-lhe o medo.

Pela primeira vez, Coracy sentiu seu poder. Deu-se conta de que já não era tão criança. Avançasse um passo, Sinhá recuaria outro. Contudo, tinha outra preocupação. Virou-se e saiu célere pelo corredor, na direção da cozinha. Lá, tomou um pote de mel. Correu para a rua. Apressada, Eleonora virava a esquina a caminho de casa.

— Espere — bradou Coracy.

Eleonora parou. Examinou o menino que surgia inesperadamente pela segunda vez, assombrada. Não acreditava que alguém pudesse desafiar Sinhá.

Coracy abriu o pote. Com o dedo indicador, extraiu uma boa porção de mel.

— Dê as suas mãos.

Eleonora não compreendeu, mas obedeceu. Coracy distribuiu o mel pelas costas das suas mãos, cobertas de vergões da cor do fogo.

— É fresco, vai ajudar — disse ele.

Eleonora olhou para Coracy. Não soube o que dizer, ou como agradecer. Deu um sorriso triste de quem ainda sentia dor. Algo acontecia ali entre eles que nenhum dos dois entendeu. Interpretou aquele sentimento apenas como um certo medo e teve pressa de ir embora.

— Obrigada — murmurou ela. — Preciso voltar para casa, mamãe não quer que eu fique na rua.

— Está bem.

Eleonora correu. Parecia tão assustada com o que ele fizera quanto ao ser castigada por Sinhá. Confuso, Coracy deu meia-volta e entrou novamente em casa.

Sabia que estava numa encrenca séria. Precisava falar com Marciano antes que Sinhá envenenasse o pai contra ele. Porém, a madrasta pensara da mesma forma e no fim da tarde, quando o juiz chegou em casa, tomou-lhe a dianteira. Esperou Marciano à porta, pegou-o pelo braço e levou-o imediatamente para a biblioteca.

Contou o ocorrido. Segundo sua versão, Coracy a esperara depois da aula e a ameaçara fisicamente sem nenhuma explicação. Chegara a lhe mostrar os punhos fechados.

— Mas o que deu nele? — murmurou Marciano, perplexo.

— Creio que atribui a mim todo o mal que lhe aconteceu — disse Sinhá. — É preciso compreender. Assim como você, ele perdeu Carmelita.

— Isso não lhe dá o direito de ameaçá-la. Nem vejo um castigo bom o bastante para coisa de tal gravidade.

— Então não dê nenhum — disse Sinhá. — De nada adiantaria.

E, no seu tom mais contemporizador, aproximou-se do marido.

— Coracy não saiu do meu ventre, mas você sabe que o vejo também como um filho natural — prosseguiu. — Quero o melhor para ele.

— Acredito nos seus bons propósitos.

— O problema, meu querido, é que eu já não tenho controle sobre Coracy. Logo ele será homem feito e perdeu a disciplina. Toda vez que falo, é como se emitisse uma sentença que ele deseja contrariar. Vê em mim uma usurpadora do lugar de sua mãe. Está se transformando em um rebelde.

— E qual seria a solução?

— Vamos mandá-lo a um colégio interno.

Com as mãos fechadas sob o queixo, Marciano pensou no que Sinhá acabava de lhe dizer. Na realidade, já havia pensado antes naquilo. Lembrou-se do Seminário Premostratense, fundado pelos irmãos da ordem de São Norberto em Pirapora, ao pé das colinas cobertas pela mata ao longo do rio Tietê, em São Paulo. Os padres belgas que o dirigiam aplicavam a rigorosa disciplina clerical aos jovens de mau comportamento, levados ao colégio interno por pais insatisfeitos.

Viviam em clausuras como as dos próprios padres, repetindo em tudo sua vida ascética. Depois do ensino fundamental, podiam entrar para o seminário. Sem dúvida, era um meio de manter seu filho na linha.

Mandar Coracy a Pirapora era uma dura decisão. O apoio da mulher, porém, reforçava suas convicções. Não tinha tempo nem jeito de tomar a seu cargo a educação do filho. Coracy acreditava-se o dono da casa, por ser o primogênito. Se Sinhá não podia controlá-lo, tinha de aprender uma lição de humildade. E o princípio da humildade é a privação.

— Está bem — disse ele. — Farei os arranjos.

Depois de passar bom tempo na porta da biblioteca à espera do pai, Coracy pressentiu que estava condenado antes mesmo de ser ouvido. Quando Marciano saiu do encontro com Sinhá, passou por ele sem uma palavra. E não teve coragem de abordá-lo para erxplicar-se.

Nos dias seguintes, Coracy esperou algum castigo. Durante o jantar, pouco se falava. Marciano sentava à cabeceira, com Sinhá à sua direita. Coracy e Quinzinho procuravam não romper o silêncio. Certa noite, enfim, Marciano chamou Coracy à biblioteca. Encontrou o pai sentado em sua poltrona de couro, a encarnar a figura do juiz.

— Você nega ter enfrentado sua madrasta outro dia, diante de uma terceira pessoa?

— Não.

Marciano surpreendeu-se com a franqueza do filho.

— Sabe que se trata de ato grave?

— Sei.

Marciano pousou as mãos no colo. Coracy esperava oportunidade de explicar por que tomara tal atitude. O que ouviu, porém, foi a notícia de que seria enviado ao seminário. Não estava mais em julgamento, mas no cadafalso. Marciano já recebera o mensageiro com resposta dos Premostratenses. Havia vaga no colégio e ele podia apresentar-se em breve.

— Lá você cumprirá o restante dos seus estudos — disse o pai. — Uma vez ao ano, o seminário permite que os alunos voltem para casa de férias.

Coracy esboçou um protesto. Marciano não o ouvira até ali, não apenas sobre o caso — desde a morte de Carmelita, evitava saber o que ele pensava. Porém, sentiu que qualquer tentativa de defesa sairia como desculpa. Depois de ouvir a sentença, levantou a cabeça e saiu. Estava sendo degredado, mas não perderia a altivez.

Lembrou-se do velho preceito das tradicionais famílias mineiras: ao filho mais novo, ou mais incapaz, cabia o seminário. Ele, que sonhara em ser cientista, ou empreendedor, terminava como o filho considerado inútil. Abria espaço para Quinzinho ocupar seu lugar. Sinhá faria tudo para mantê-lo em Pirapora. E a distância não o ajudaria a reaproximar-se do pai.

Admirava-se ao ver como Marciano se deixara enredar por Sinhá. A morte de Carmelita o transformara por completo. Talvez o pai, no fundo, tivesse concordado em enviá-lo para o seminário apenas para não vê-lo mais. Afastaria a última lembrança da falecida esposa.

Na manhã seguinte, estacionou diante da casa de Marciano a libré que levaria Coracy até a estação da estrada de ferro, cuja composição, movida por uma locomotiva verde com rodas vermelhas, levava a Bragança, depois a Atibaia e de lá à capital pela São Paulo Railway. Ele estaria vigiado pelo condutor da libré até o trem partir. Pensou em Eleonora, no ímpeto que o fizera ir até a sala de piano para defendê-la, e no preço que pagava por seu gesto. No entanto, não se arrependeu. Fizera aquilo não só por ela, mas por si mesmo; sentia-se aliviado e mais forte por externar e sustentar sua indignação. Nem o castigo lhe parecia tão ruim. Afastado de casa, ao menos não teria mais de conviver com Sinhá.

Marciano levou Coracy até a libré e colocou sua mala no bagageiro. Com Quinzinho a seu lado e o pequeno Jurandyr no colo, Sinhá saiu à porta para a despedida. Tinha um ar de tristeza, que a Coracy pareceu muito falso.

— Cuidado — recomendou o pai. — E não se esqueça de quem você é.

— Espero que o senhor também não se esqueça de quem sou eu — disse Coracy.

O condutor estalou no ar o chicote e a libré avançou. Coracy virou a cabeça, enquanto se afastava. Por um instante acreditou ver sua mãe de vestido rendado, a pele alva como a própria roupa, sentada no pórtico da frente, a sorrir na cadeira de balanço. Deixava para trás sua casa de infância e com ela o que restava de suas lembranças de Carmelita e de sua própria vida. A volúpia com que o sangue corria em suas veias, porém, lhe dizia que havia nele uma energia superior às trapaças do destino. Sinhá ainda veria.

No embalo do trem de ferro, Coracy chegou à estação de Barueri, povoado a 25 quilômetros de São Paulo. Viajara a noite inteira, com uma baldeação na Estação da Luz, a central ferroviária da São Paulo Railway. Para ele, era como chegar ao outro lado do mundo.

Quando a composição parou, emitindo um suspiro mecânico, Coracy desceu à plataforma. Arrastou a mala de viagem em meio à nuvem fumarenta que a máquina movida a carvão cuspia pela chaminé. O lugar estava vazio. Mesmo que não estivesse, Coracy dificilmente deixaria de ver o religioso de batina creme até os pés, deixando-o ainda maior que seus dois metros de altura. Teve de esforçar-se para não fazer uma careta de dor quando o gigante veio em sua direção e, com os dedos em pinça, agarrou-o pela glote, sacudindo-a num desajeitado e doloroso cumprimento.

— Então você é o jovem Ferreira, hein?! — exclamou.

— Sim — disse Coracy, gorgolejando.

— Sou o *irrmão* Rumoldo e vou levá-lo a *Pirraporra.*

Coracy achou tão estranho o sotaque afrancesado quanto o personagem. "Se este é o cumprimento dele, imagino como será o castigo", pensou, assim que a manopla do religioso o largou.

No trem, várias vezes tivera o ímpeto de fugir; a cada estação intermediária, tinha uma oportunidade. Contudo, abandonara a idéia. Afinal, fugir para onde? Não tinha dinheiro, profissão, muito menos guarida. Não passava de uma criança. Sem o seminário, morreria na rua, de frio, inanição ou coisa pior. Estava literalmente nas tenazes do irmão Rumoldo.

Naquele tempo, o jeito de chegar a Pirapora era de barco, em carroça ou lombo de burro. Foi no costado de dois jumentinhos, do tamanho daquele com que Jesus entrou em Jerusalém, que Coracy e o irmão Rumoldo saíram de Barueri por uma estrada de terra. Aos poucos a estrada se transformou numa trilha, que se aproximava do Tietê. O rio abria-se na mata, formando lagos rasos e remansos pantanosos de vegetação luxuriante, ornados por centenas de aves pernaltas.

Depois de quatro horas margeando o rio, os dois viajantes passaram pela entrada de Santana de Parnaíba, vila de onde antigamente saíam as bandeiras, navegando pelo Tietê sertão adentro na captura de índios, pedras e metais preciosos. Dos áureos tempos, conservara as ruas calçadas de pedra e o casario colonial, com suas janelas de madeira e peitoril largo. Como porto, a vila estava há muito abandonada: ali só embarcavam os fantasmas dos velhos desbravadores. O que era ponto de partida se transformara em fim de mundo.

O irmão Rumoldo equilibrava o corpo improvável com os joelhos dobrados para não arrastar os pés no chão nem rasgar o traje sacerdotal nos espinhos. Cantarolava em francês, sem importar-se com o sacrifício do jumento, que para carregar todo o seu peso firmava-se no copinho dos cascos com as pernas duras, bufando alto.

Depois de Santana de Parnaíba, o Tietê serpenteava entre colinas. Nas curvas de morro, Coracy avistava o rio ao fundo do desfiladeiro pela abertura na vegetação: espelho negro refletindo o céu e a mata. A trilha enveredou por uma garganta que dobrava à esquerda. Do outro lado, descortinava-se a vila de Pirapora, encravada num recôncavo da serra. Na barranca do rio deitavam-se as casas dos pescadores, ali chegados muito antes dos religiosos. Numa esplanada duzentos metros acima, erguia-se o Santuário de Nosso Senhor do Bom Jesus, com suas duas torres. Atrás dele, ficava o seminário: um edifício com frontão grego, paredes de tijolos vermelhos e janelas retangulares que dominavam o cenário silvestre.

Desde 1887 o lugar servia de residência aos padres belgas, encarregados pelo papa Leão XIII de administrar o santuário, surgido por uma daquelas histórias que propagam a fé. Um grupo de pescadores retirara da barranca do rio uma imagem de Jesus em tamanho natural, talvez perdida por alguma bandeira que não completara seu transporte até o sertão. Ao retirar-se o lodo e o limo que a recobriam, revelou-se tão bem conservada que passou a ser adorada como divina. Para guardar a imagem, foi construída primeiro uma capela, a "Casa dos Milagres", que mais tarde deu lugar ao santuário, destino de romarias e local de adoração para um número crescente de devotos.

No caminho, o irmão Rumoldo explicou a Coracy que os frades premostratenses seguiam o modelo de São Norberto, fundador da ordem no ano de 1221, no vale de Prémontré, na França. Destacara-se por defender a tradição cristã das deturpações do herege Tanquelino, que negava a presença de Deus na Eucaristia. Seguindo sua linha, os premostratenses defendiam a vida em comunidade, a caridade e a validade da liturgia. Tinham recebido do papa a missão de zelar pelo santuário, que mantinham, assim como a si mesmos e seus bons propósitos, por meio dos recursos obtidos com o colégio interno.

— Com os alunos, ajudamos a manter a *igrreja* e os nossos pobres. Também *melhorramos* o mundo, deixando retas as almas *torrtas* que mandam *parra* cá, como você.

Era mesmo torto que Coracy se sentia, depois daquela jornada no lombo do jumentinho. Eles contornaram o santuário, passaram pela entrada do seminário e subiram morro acima por um caminho em ziguezague até a porta do edifício principal. Na entrada do seminário, Coracy voltou-se para o vale. Viu logo abaixo o telheiro do santuário e mais adiante a vila de pescadores debruçada sobre o rio. A água escura do Tietê surgia e desaparecia de curvas na mata, depois de passar silenciosamente pelo lugar sagrado. O pôr do sol criava no céu um halo alaranjado de pintura sacra: havia ali, decerto, alguma inspiração divina.

— Vamos — disse Rumoldo.

Eles deixaram os jumentos amarrados na entrada. Passaram a porta principal e caminharam por um corredor de pé-direito alto até a sala da secretaria. De pé diante do balcão, o irmão Rumoldo registrou a entrada de Coracy. Depois, levou-o à sala do reitor, que recebia todos os novos internos.

— *Serrão* as boas-vindas.

O irmão Evermodo Vandermeulen recebeu-os atrás de sua mesa de trabalho, sentado em uma cadeira de madeira de espaldar alto, em cujo topo havia entalhada uma cruz. Uma estante com livros antigos e um crucifixo de madeira pendente na parede atrás dele completavam a mobília. A figura do padre era suficiente para encher todos os espaços. Com o nariz pontiagudo a lhe dar aspecto belicoso, voz áspera e olhos de fogo, Evermodo não precisava levantar para inspirar temor.

— Sentem-se — disse, secamente, depois de cumprimentar Rumoldo.

Coracy e o irmão sentaram-se.

— Quem vem *parra* cá, em *gerral*, está com problemas — disse Evermodo.

— Não tenho problemas, a não ser estar aqui — respondeu Coracy.

— Silêncio! — disse Evermodo. — *Cuidarremos* da sua insolência. *Primeirra* regra: só fale quando lhe for permitido.

Desfiou as regras restantes. Acordava-se às cinco horas da manhã, com a sineta. Antes do desjejum, todos os alunos tinham de ir ao pátio rezar. Depois, vinham as aulas. À tarde, havia uma pequena recreação e as aulas religiosas: leitura do Evangelho, cânticos, preparação para a missa. Às sete, uma refeição muito frugal. Às oito, a missa. E, enfim, a cama.

— Vamos levá-lo para o caminho de Deus — sentenciou Evermodo, e deu a audiência por encerrada.

Coracy saiu assustado. A noite caía e os padres andavam pelo corredores com um tição acendendo os lampiões. Com as longas roupas e o rosto iluminado sinistramente pelas chamas, eles lhe davam calafrios.

Atrás do edifício de tijolos aparentes saíam duas alas do seminário, formando um U. Rumoldo conduziu Coracy até a ala esquerda, onde ficava o hospício — a pousada dos visitantes e dos estudantes do internato.

À direita de uma longa galeria com seis metros de pé-direito, janelas verticais davam para o pátio interno a intervalos de três metros. À esquerda, sucediam-se as portas das celas. Os passos do irmão Rumoldo ressoavam no piso de tábuas largas.

Pela primeira vez, Coracy receou nunca mais sair dali. Mais que se sentir um prisioneiro, ardia dentro dele o desejo de voltar e vingar-se de Sinhá. Isso agora lhe parecia distante e improvável: Ana Umbelina vencera.

Rumoldo levou Coracy até a antepenúltima cela. A porta de madeira rangeu no seu eixo. Na parede oposta, duas grandes janelas, por onde um homem poderia passar em pé, davam para o lado da chácara onde os religiosos plantavam as hortaliças. Lá dentro havia duas camas de madeira encostadas na parede esquerda pela cabeceira. Os colchões estavam cobertos por alvos lençóis de algodão. Ao pé de cada cama havia um baú de madeira. A única decoração era um crucifixo na parede caiada.

— Olá. Meu nome é Ranulfo.

Coracy olhou para o rapaz sentado na cama mais próxima das janelas: era o seu companheiro de quarto. Tinha a mesma idade que ele. Os cabelos cortados à escovinha e o uniforme do colégio não eram suficientes para lhe disciplinar a aparência: os olhos matreiros e um sorriso duvidoso revelavam espírito inquieto.

Coracy se apresentou, colocou a mala ao lado da cama que lhe cabia e agradeceu a Rumoldo.

— O *banheirro* está aqui — disse o religioso, puxando de baixo da cama com o pé, pela asa, um penico de ágata. — Às quatro e meia, se dá o toque de acordar *parra* as *prrimeiras orrações* da manhã. Às seis, é o desjejum. Depois, começam as aulas. Ranulfo o *ajudarrá* no primeiro dia.

Isto posto, o irmão virou-se e bateu a porta ao sair. Ficaram os dois novos colegas a sós.

— Bem-vindo ao mundo perdido — disse Ranulfo, divertido.

— Não esperava pelo paraíso — disse Coracy.

Pensou em Sinhá e seu pai. Eles podiam mandar em tudo, mas ninguém pode domar a vontade, nem a imaginação. Todo homem é livre, de alguma forma.

— Não se preocupe — disse Ranulfo. — A comida é boa.

— Por que você está aqui?

Ranulfo colocou os pés sobre seu baú.

— Acho que meu pai tinha uma lição para me dar. Ela já está durando dois anos. Desde que vim para cá, só o vi duas vezes.

— E isso é bom ou ruim?

— Como pode ser bom ver o pai tão pouco?

Coracy se lembrou de Marciano, da vergonha quando ele lhe dissera que o mandaria para o seminário, da raiva de ser posto fora de casa, como o filho inepto, pela megera usurpadora, da injustiça por ter sido exilado. Ele tinha sido o maior responsável, mais que Sinhá. Sim, o pai a levara para casa, pusera aquela mulher no lugar de sua mãe, deixara-se convencer por ela. Na sua deserção, dele tinha sido a palavra final. Marciano o traíra, enjeitara, deserdara, desprezara.

— Talvez seja melhor assim — disse, de dentes cerrados.

— Aqui você terá tempo para esquecer os problemas e voltar a ter saudade do que achava ser ruim lá fora — disse Ranulfo. — Você não sabe o que o silêncio é capaz de fazer. Sem falar nas coisas estranhas.

— Que coisas?

Ranulfo riu.

— Mistérios... Fantasmas... Coisas nas quais não se pode nem pensar.

— Não acredito em fantasmas.

— Vai acreditar.

Coracy desfez sua mala. Olhou dentro do baú e descobriu duas mudas do uniforme do seminário. Perguntou a Ranulfo onde podia tomar banho. No fim do corredor, havia uma porta para a chácara. Ali funcionava o chuveiro: um rancho de tábuas com espaço para uma única pessoa por vez. Coracy foi até lá. Tirou as roupas e puxou a cordinha de acionamento. Nesse instante, descobriu que o banho dos internos era de água fria, que caiu em sua cabeça como uma tijolada.

— Raios!

Enxugou-se tão rápido quanto possível, vermelho de frio. Vestiu o uniforme tiritando e voltou correndo para o quarto. Quando entrou, tinha os lábios arroxeados e os pêlos eriçados como os de uma ratazana.

— Por que você não disse que o banho era gelado?

Ranulfo riu.

— E há outra maneira de tomar banho?

Coracy resmungou algo. Ranulfo procurou animá-lo.

— Vamos... A água gelada desperta o espírito. E faz esquecer as tentações.

— Não a de comer. Tenho fome.

— Calma. Logo vamos ouvir o toque chamando para a bóia.

Dez minutos mais tarde, tocou a sineta da refeição. Uniformizados, Coracy e Ranulfo dirigiram-se ao refeitório. Atravessaram o campo no centro do seminário, passando para a ala oposta.

Diferente dos dormitórios, aquela parte do edifício tinha dois andares. Eles subiram ao segundo piso, um recinto sob as traves de madeira que sustentavam o telheiro, com toscas mesas de madeira enfileiradas diante de um fogão a lenha com cinco metros de comprimento. Na entrada, sobre um altar, repousava a imagem de São Norberto, representado com o seu hábito branco, o pálio, o báculo e a cruz de Santo André, com dois braços, adotada pelos arcebispos de Magdeburgo. Na outra mão, o santo levantava o ostensório, sinal de adoração do Santíssimo Sacramento.

Em fila, cento e cinqüenta internos entraram no refeitório, que tinha três horários de funcionamento. Os dois primeiros eram para os internos do ensino fundamental, onde se encontrava Coracy, e os do ginásio. Por último, almoçavam os seminaristas, que faziam ali os oito anos de estudo superior até sua ordenação. Sob as ordens de um dos irmãos, todos se sentaram, obedientes e silenciosos como soldados. O religioso, nesse momento, puxou uma oração em latim.

— O irmão Auscário — soprou Ranulfo ao ouvido de Coracy. — É o bedel.

Coracy acompanhou a oração calado. Depois, todos se levantaram e, em fila, passaram diante do fogão, onde dois funcionários, moradores da vila de Pirapora que trabalhavam no seminário, passavam a comida em conchas de latão dos panelões para os pratos de barro. Coracy fez o prato e voltou para o seu lugar, ao lado de Ranulfo. Quando se debruçou sobre a comida, sentiu a presença de alguém à sua frente. Ergueu a cabeça. Era Auscário, olhos escuros pregados nele.

— Qual é seu nome?

— Coracy Gonçalves Ferreira.

— E não sabe rezar?

Coracy guardou um instante de silêncio. Procurava a resposta. O irmão Auscário não era alto como Rumoldo, porém tinha a cara redonda e feroz, um buldogue de batina. Certamente seu papel ali não era ser amigo de alguém.

— Ele chegou hoje — disse Ranulfo, a seu lado, na tentativa de salvar o amigo de maiores complicações.

— O senhor não foi chamado à conversa — observou Auscário, olhando para ele como o gato diante do passarinho.

Coracy não queria que Ranulfo tivesse problemas por sua causa. Alteou a voz e tomou seu lugar na conversa.

— Senhor, acabo de chegar — disse ele. — Fui enviado por meu pai, não por vontade própria. Já fiz coisas demais sem ter vontade. Agora não tenho vontade de nada. E rezarei quando vontade tiver.

O jantar parara; cento e cinqüenta pares de olhos se colocavam sobre Coracy e o irmão Auscário, bocas entreabertas, respiração cortada, garfos suspensos no ar.

Auscário ficou a examinar Coracy. Não se espantava com tamanha audácia. Significava apenas que o novato ainda não o conhecia. Porém, iria conhecer.

— Está bem — disse o irmão, para espanto geral.

Quando todos imaginavam que Auscário desistira do castigo, ele avançou, tomou o prato diante de Coracy e deu novamente um passo atrás. Coracy olhou desconcertado para os talheres e o espaço vazio na mesa à sua frente. Levantou para o padre-bedel um par de sobrancelhas circunflexas.

— Aquele que não tem vontade de nada não deve também ter vontade de comer — disse Auscário. — Vamos ver como estarão as suas vontades amanhã.

O irmão deu-lhe as costas, carregando o prato na mão. Coracy sentiu os olhares cravados nele. Manteve-se como estátua, única maneira de superar o constrangimento.

O jantar recomeçou: apesar do ambiente monástico, os sons pareceram a Coracy de um verdadeiro festim. Eram dentes triturando ossos, bocas recheadas em mastigação, golpes de faca, pratos, copos e talheres batendo estrondosamente: o concerto cacofônico de uma turba faminta e dilatado sensorialmente pela sua fome. Ranulfo, ao seu lado, não ousou oferecer-lhe algo, mesmo às escondidas. Auscário, que passeava entre as mesas, tinha um olho e um ouvido pregados ali.

Suportou imóvel o jantar inteiro, até o sinal de recolher. Em Pirapora, dormia-se e levantava-se cedo. Todos saíram do refeitório em fila. Coracy desceu as escadas e caminhou com Ranulfo para o quarto. Agora que podiam falar, ainda que aos sussurros, o colega manifestou seu espanto.

— Você é louco?

— Por quê?

— Dizer aquilo para o irmão Auscário...

— E o que eu devia dizer?

— Que não sabia latim, algo assim.

Entraram na cela, iluminada por uma vela. Coracy sentia um buraco no lugar do estômago. Fizera uma tolice, ele sabia. No entanto, não podia voltar atrás. Não se curvara diante de Sinhá, não o faria perante Auscário ou qualquer outro. Fizera uma longa viagem desde Cachoeira e só o cansaço era maior que a sua fome. Dormiria; no dia seguinte tudo iria melhorar.

Vestiu sua camisola e despediu-se de Ranulfo.

— Obrigado pelo que fez no refeitório — disse.

— Está tudo certo... — disse Ranulfo, antes de soprar a vela. — Boa noite.

Coracy sonhou com Sinhá. Ela gritava palavras incompreensíveis; quanto mais tentava entendê-la, mais se desesperava, certo de que seria castigado. Queria correr, mas tinha medo de atravessar o passeio, pois corria o risco de ser apanhado pelas patas de cavalos que passavam a toda brida. Avistou sua mãe, ganhou coragem e correu ao seu encontro. Ao se aproximar, contudo, ela se transfigurou: aterrorizado, encontrou-se novamente diante de Sinhá.

Acordou suado, com as têmporas latejando. Era noite alta e o seminário estava imerso na mais profunda escuridão. A fome fazia a barriga doer. Ranulfo dormia encolhido, oculto pela noite e os lençóis. Lá fora, ao longe, Coracy ouviu uivos que lhe deram calafrios.

Virou-se na cama, louco para dormir, mas o sono fugira. Cada som que ouvia na montanha aumentava aos seus ouvidos: o seminário agora parecia parte da floresta. De repente, ouviu algo ainda mais estranho: panos a roçar o chão do corredor. Alarmado, ergueu-se para escutar melhor. Levantou e foi colar o ouvido à porta. Um longo silêncio se fez. Afinal, ouviu o mesmo roçado outra vez.

Pensou no que Ranulfo dissera: "Fantasmas". Ergueu a mão em direção à maçaneta, quando outra pousou sobre o seu ombro, levando-o a um sobressalto.

— Shhhh! — fez Ranulfo. E sussurrou, quase inaudível: — O que está fazendo?

— Ouço um barulho estranho — disse Coracy.

— Você quer ir lá fora? Está louco mesmo!

— Nunca vi um fantasma antes. Quero saber o que está acontecendo.

— Esqueça — disse Ranulfo, empurrando-o para a cama. — Há coisas que não se deve ver nunca. Nunca, entendeu? Este lugar é mal-assombrado. Há coisas que não se deve ver!

Coracy alarmou-se tanto com a reação de Ranulfo quanto com o mistério do corredor. Talvez houvesse mesmo um fantasma no seminário. Pelo menos, ele não conseguia imaginar lugar melhor para estranhas aparições.

Deitou-se. Ranulfo fez o mesmo. Eles podiam ouvir agora a respiração ofegante um do outro. Coracy revirou-se na cama e tentou novamente dormir. Não conseguiu: o coração martelava o peito, com um barulho tremendo. E pensou: essa provavelmente será a noite mais longa e apavorante de toda a minha vida.

A alvorada foi anunciada por um sino capaz de acordar os mortos, tocado nos corredores por um padre madrugador.

A rotina do seminário começava pela apresentação dos alunos no pátio, uniformizados de maneira impecável, às cinco horas da manhã. Ainda estava meio escuro; fazia um frio cortante. No morro atrás do colégio, onde o gado dos premostratenses permanecia deitado em sua modorra existencial, emergia da bruma a Cruz do Século, de madeira nua, levantada no lugar na virada do centenário, em 31 de dezembro de 1899. Mais acima, a névoa esfumaçava a floresta que cobria a região.

Petrificado pelo frio glacial, com os lábios gretados pelo vento, Coracy perdia-se entre as fileiras de alunos que se arrumavam, cada um sabendo qual o seu lugar. Por sorte surgiu o irmão Rumoldo, que o colocou na mesma fila de Ranulfo, ordenada conforme a altura de cada aluno — o menor sempre na frente.

— Fique aqui — avisou. — Você está nessa turma.

Havia uma série de perguntas que Coracy gostaria de fazer, incluindo um esclarecimento sobre os fantasmas do corredor, mas o irmão seguiu em frente com seus passos ciclópicos. Ainda teve de sustentar os olhares de desaprovação dos colegas, que já o consideravam uma companhia perigosa e indesejável desde o jantar da noite anterior.

Um sacerdote subiu num púlpito de madeira com quatro degraus diante dos internos perfilados. Era Evermodo. O reitor gostava de fazer pessoalmente o primeiro sermão do dia. Depois de contar uma passagem da vida de Jesus, com seu sotaque gaulês, o reitor puxou as orações em latim.

O coro dos alunos rezando com Evermodo subiu junto com a bruma da manhã, alcançando as vacas do Morro da Cruz e chegando à floresta. Calado, Coracy pensava no castigo da noite anterior e sobretudo no café-da-manhã. A fome se tornara atroz. Felizmente o desjejum não iria demorar.

Quando os alunos foram conduzidos ao refeitório, o irmão Auscário estava plantado à porta. Com um mau pressentimento, Coracy fechou os olhos e apertou o passo. Contudo, sentiu uma mão pesada contra o peito.

— Há um lugar reservado para você ali no canto — disse Auscário, apontando para uma mesa pequena, distante dos outros internos. Coracy suspeitou que não seria o primeiro a ser colocado ali. — Seu castigo acaba somente na hora do almoço — avisou o bedel.

Da mesa do castigo, Coracy viu os internos fazerem a primeira refeição do dia. Não sabia o que lhe doía mais: o estômago ou a raiva. Não conseguia detestar Auscário. Ele era apenas o preposto de Sinhá e de seu pai, responsáveis por tudo o que estava lhe acontecendo. Sentiu saudade da mãe, de sua casa e, por ironia, de Marciano — não exatamente dele, mas da lembrança do que ele tinha sido um dia.

As aulas começaram às sete da manhã. Todos os professores eram frades belgas, com aqueles nomes esquisitos, aportuguesados para facilitar a pronúncia.

Ensinavam matemática, latim, ciências naturais e seu português rudimentar. Por instruções de Auscário, Coracy foi mantido na sala de aula toda a manhã, mesmo no período em que os outros internos saíram para o intervalo.

Para ele, tudo era a fome. Ela dilatava sua percepção do mundo: enxergava mais, as cores eram mais vivas, tinham novos tons. Os cheiros vinham mais fortes e sempre sugeriam algo comestível. Tinha visões: à sua frente, passavam frangos assados, travessas de farofa, tachos de marmelada. A boca salivava, os pêlos se eriçavam, as orelhas ficavam pontiagudas, os caninos cresciam: transformava-se num lobo faminto.

Ao toque da sineta que encerrou as aulas, foi para o refeitório como um beduíno chega ao oásis. Mais uma vez, porém, foi barrado por Auscário.

— Meu castigo acabaria no almoço — disse Coracy.

— Sim — concordou Auscário. — Mas você vai comer ali.

Voltou para a mesa do castigo. Enquanto todos os alunos eram servidos nos panelões do fogão a lenha, o bedel em pessoa depositou na sua frente o prato.

— É o mesmo de ontem à noite! — exclamou Coracy.

— Aqui não se desperdiça comida — disse Auscário.

— Não posso engolir isso.

— O seu prato é esse. Mas você ainda tem o direito de continuar sem vontade de comer.

Coracy olhou para o bedel. Gostaria de cravar os dentes nele, mas imaginou como sua carne teria um gosto ruim. Aprendera o valor de ficar quieto. Fizesse alguma coisa, dissesse alguma coisa, como na noite anterior, estava certo de receber castigo pior. Lágrimas ameaçaram rolar pelo canto dos seus olhos, mas ele as dominou. Já lhe bastava o sentimento da impotência: a humilhação de chorar em público seria demais.

Auscário afastou-se, deixando-lhe o prato frio. Mais uma vez Coracy assistiu os colegas comerem. A fome passara: ele só sentia ódio, ódio a Sinhá, ódio a Auscário e ódio dele mesmo, por se acovardar. Queria ser livre para levantar-se e ir embora, e então lhe veio ódio do pai. Era só por ele que resistia: coragem maior era a de ficar. Mostraria a Marciano que passaria por cima daquilo que ele lhe reservara. Ainda lhe provaria quem era.

Terminado o almoço, os alunos foram dispensados para as atividades do pátio, que precediam a missa da tarde. Enquanto alguns jogavam bola no campo de terra, Coracy sentou-se sem forças ao pé da Cruz do Século. Tinha uma única certeza: não iria dobrar-se. Assim, depois da missa da tarde, quando recebeu o mesmo prato do almoço e do dia anterior, agora exalando um cheiro nauseante, continuou sem comer.

Recusaria o prato tantas vezes quantas ele viesse. Não cedera a Sinhá, nem a seu pai, não cederia agora. A raiva seria o seu sustento. Foi o que disse a si mesmo, enquanto assistia à missa ao lado dos colegas, na capela vizinha ao refeitório, antes de dormir.

Quando chegou à sua cela, encontrou um Ranulfo preocupado.

— Você é louco, você é louco — repetia ele.

— Sou louco — concordou ele.

Caiu na cama, muito fraco. Talvez a raiva não fosse alimento suficiente. Pensou: pelo menos vou dormir pesado, não ouvirei fantasmas nem o uivo dos lobos na mata. Depois, não se lembrou de mais nada.

No dia seguinte, Coracy manteve-se em pé com dificuldade durante o sermão de Evermodo. Balançava. Sua cabeça andava à deriva. Via manchas pretas e ouvia as palavras do reitor distantes e abafadas.

Seguiu com os colegas para o refeitório. Sentou à mesa do castigo automaticamente. Daquela vez, Auscário mandou que lhe servissem o café-da-manhã. O irmão Rumoldo decidira intervir. Tiveram uma conversa áspera: Rumoldo o acusara de crueldade.

— Será que o castigo não foi demais?

— O menino me desafiou — disse Auscário. — Precisa de disciplina.

— Não se pode disciplinar *cadáverres* — foi a resposta.

Quando chegou a comida, porém, Coracy afastou o que lhe entregavam. Havia café, uma fatia de bolo de milho com manteiga, um pedaço de queijo, leite. "Estranho", pensou. "Ontem, teria dado tudo por isso. Hoje, já não me apetece."

Ao ver que Coracy não tomava da refeição, Auscário aproximou-se.

— Não vai comer?

— Não.

— Por que não?

— Não acho que haja razão para que me mantenham na mesa do castigo.

— Talvez você queira de volta seu velho prato.

Coracy empurrou a bandeja do café.

— Pode trazê-lo.

Auscário nada disse e nada fez; apenas deixou-o, um tanto alarmado. Coracy não comeu nada no café, nem no resto do dia. No almoço, veio o seu velho prato, mas à tarde um funcionário do colégio, a pedido de Auscário, surgiu na ala de recreio com uma pequena trouxa com comida, para servi-lo sem parecer que o bedel cedia. Para disfarçar, disse-lhe que roubara a cozinha. Coracy, porém, recusou também aquele contrabando.

No dia seguinte, ao toque da sineta, não levantou da cama.

Ranulfo debruçou-se sobre o colega. Ainda estava escuro; aproximou o lampião do rosto de Coracy e assustou-se com a sua palidez.

— Vou buscar o irmão Rumoldo — disse. — Você está muito mal.

Chamado, Rumoldo puxou as pálpebras de Coracy com o dedo.

— Meu Deus! — exclamou.

Imediatamente, foi ter com Evermodo. Expôs sua preocupação com o estado de saúde do menino. O reitor, de cenho franzido, mandou chamar Auscário. Em poucos minutos, entrou na sala o bedel.

— *Auscárrio*, dessa vez você foi longe demais.

— O rapaz é que não come. Ofereci comida.

— Somos responsáveis por ele. *Querro* devolvê-lo ao pai, não a Deus.

— Foi o pai dele que nos encomendou a tarefa de corrigi-lo. Nunca vi ninguém mais teimoso.

— Às vezes é *prreciso* saber o limite do castigo — disse Rumoldo.

— Se eu devolvê-lo à mesa, junto com os outros, perderei minha autoridade.

— Dessa vez, é o que tem de *serr* — sentenciou Evermodo. — Você não tem *outrra* saída.

Depois da oração matinal, todos os alunos se reuniram no refeitório em grande expectativa para o café-da-manhã. Todos queriam saber o que aconteceria. Orgulhoso de ser o arauto de grandes acontecimentos, Ranulfo garantia que Auscário tinha sido dobrado. Coracy podia enfim comer do jeito que quisesse.

Aquilo era inédito. O burburinho se transformou num silêncio quase respeitoso quando Coracy entrou. Dessa vez, Auscário o olhou de longe, enquanto ele se sentou ao lado de Ranulfo à mesa, pálido como cera. O bedel fez a prece da refeição e a comida começou a ser servida. Coracy, porém, não se moveu.

Furioso, o bedel se aproximou.

— O que é, agora?

Coracy, pálido como papel, encarou-o fixamente.

— Não conseguirei comer nada sólido — disse. — Sinto meu estômago colado. Quero que me façam uma sopa. E só tomarei a sopa com um pedido de desculpas.

O bedel, incrédulo, fuzilou-o com os olhos.

— Você é abusado demais!

— Como quiser.

Fez menção de se levantar e ir embora. Auscário, alarmado, lembrou-se de Evermodo. Acontecesse algo com o rapaz...

— Espere! — exclamou. — Vou providenciar a sopa.

Foi aos cozinheiros ajeitar o pedido. Enquanto caminhava ao longo das mesas, podia ver os olhares incrédulos dos estudantes a examiná-lo. Ninguém dizia nada, mas não era preciso. Todos ali, que Auscário já havia castigado ao menos uma vez, riam-se dele por dentro. Provavam da sua humilhação como um manjar.

A sopa veio. Como uma penitência, ou uma maneira de curtir ao extremo sua raiva, o próprio Auscário serviu Coracy. E disse:

— Dentro do espírito cristão, que nosso senhor Jesus apregoou dando o outro lado do rosto a quem o ofendeu, peço desculpas como maneira de fazer com que este rapaz volte a comer, pelo seu próprio bem e para as vistas de nossa pequena comunidade.

Coracy olhou a sopa, aspirou seu aroma, como uma lembrança distante.

— Vamos dizer que a desculpa está aceita — disse. E não falou mais nada, pois deslizou sobre a mesa e desfaleceu, entornando o prato.

Um grande alvoroço tomou o refeitório. Coracy foi carregado para a cama às pressas por Ranulfo e os colegas. Na cela, eles o colocaram debaixo de cobertores e trataram de reanimá-lo com colheradas da sopa ainda quente, ministrada por Rumoldo como remédio.

A recuperação levou dois dias. Aos poucos, Coracy começou a ganhar forças. Por ordem de Evermodo, na convalescença não lhe faltou comida. Galinhada, carneiro, pernil, tudo o que de melhor podia sair da cozinha monástica lhe era servido com fartura. O melhor: Coracy foi dispensado das aulas até ganhar energia. Recebia as refeições na cama.

— Ainda acha que sou louco? — perguntou a Ranulfo.

— Não — disse o colega. — Agora, tenho certeza. Você é louco.

Quando afinal Coracy se levantou, saiu para o pátio em meio a um corredor de alunos que lhe abriam passagem. Ao entrar no refeitório, compreendeu que eles agora o viam diferente: o desprezo se transmutara em admiração. Sentou-se entre os colegas e comeu, enquanto Auscário, num canto, silenciava.

O mundo para ele se modificara. Enquanto destrinchava a comida dos premostratenses com dentes de fera, pensava que sempre se achara uma vítima. Agora, perante todos e para ele mesmo, Coracy se transformava em herói.

Capítulo 2

Depois que Coracy dobrou o irmão Auscário, todos se dividiram entre os que admiravam sua coragem e aqueles que, a começar pelo próprio Auscário, passaram a temê-lo. Quando entrava na sala de aula, com ordem para que todos deixassem as mãos sobre as mesas, de modo a verificar se estavam de unhas limpas, o bedel passava por Coracy segurando um rosnado na garganta. No entanto, não o incomodou mais.

Apesar da sua recém-conquistada popularidade entre os colegas, Coracy manteve-se bastante solitário. Nos intervalos de aula, preferia andar pelas matas ao redor do colégio a ficar com os colegas. Pirapora era um santuário da natureza, habitada por animais silvestres, vegetação de mata atlântica e lendas misteriosas difundidas pela crendice dos caboclos. Na solidão, tornava-se auto-suficiente, fortalecia-se. Assim, a vida no seminário ficava mais suportável.

Nem as noites o assustavam mais. Ainda ouvia panos arrastados pelos corredores, mas acostumou-se. Deixou de encolher-se sob as cobertas com os uivos na mata. Aprendeu que vinham do guará, um lobo magricela, de pêlo ruivo, orelhas de morcego e longas pernas, vestidas de umas meias pretas que lhe davam certo jeito de corista. Com Ranulfo, muitas vezes ficava na janela à sua espreita: o lume dos olhos do bicho na escuridão sugeria o demônio andando de quatro.

Voltou para casa no final do ano, quando os padres belgas davam um mês de férias. Retornou a Cachoeira, porém, infeliz. Sentia-se um incômodo em sua própria casa, algo ainda pior do que se humilhar perante Sinhá. Ao chegar do seminário, ela lhe estendeu a mão na porta de casa, para que lhe tomasse a bênção, diante dos olhos de seu pai. Coracy a beijou de olhos baixos, com um gosto de veneno na boca. Ao fazer o mesmo com Marciano, levantou os olhos, a mostrar que se submetia somente por algum respeito devido a ele.

Passando a visitante, descobriu que perdera seu antigo quarto para Quinzinho. Deram-lhe um pequeno aposento na ala dos criados, nos fundos da casa. Teve de conformar-se com a redução do seu espaço em todos os sentidos. O lugar não era melhor que a cela do seminário, já que ali nada cabia, além dele mesmo. Pelo menos podia ficar sozinho.

Antes alegre, com seus presentes e o clima festivo, o Natal tornou-se como o Dia de Finados. A ocasião, feita para celebrar a família, lembrou-o somente de que a sua mãe desaparecera. Durante a ceia, permaneceu em silêncio. Recebeu o mesmo mimo que os criados: uma caixa de guloseimas. Enquanto isso, Quinzinho gabava-se dos presentes que ganhara. Um deles tinha sido um novo tripé e um jogo completo de tintas a óleo importados da França, com os quais poderia trabalhar melhor no ateliê que ocupava o antigo laboratório de Coracy.

Como aquele fim de ano, sucedeu-se o próximo, e mais outro. Embora infernais, aqueles períodos não deixaram de ser as férias. Coracy procurava os velhos amigos para pescarias, andava pelas matas ao redor de Cachoeira, como nos tempos em que evitava ficar na zona de jurisdição de Sinhá. Aproveitava um pouco da liberdade.

Em uma daquelas férias, ao voltar para casa, ouviu acordes na sala de piano que tinham algo de familiar. Foi à cozinha falar com Benedita.

— Quem está tocando?

— Eleonora — respondeu ela. — Voltou a ter aulas com Sinhá.

Coracy imaginou o que teria acontecido. A menina ainda tinha de suportar os castigos de Sinhá! Teve o impulso de espiá-la novamente. Assim que saiu das vistas dos criados, correu para o quintal. Voltou à pitangueira, que galgou com a agilidade de sempre. Ao alcançar seu posto de observação, porém, o galho da pitangueira não suportou o seu peso como antes. Coracy perdeu o pé, vindo ao chão como a maçã de Newton — tuc!

Levantou-se atordoado. Tivera apenas um breve instante para observar a sala, mas o suficiente para pensar: deve ser engano. A aluna que vira de relance, ajeitando as partituras sob as ordens de Sinhá, não podia ser Eleonora.

Subiu novamente na árvore, dessa vez com menos desembaraço, devido a um pé torcido e uma dor aguda nas costelas. O piano ressoava. De um ponto mais sólido de observação, Coracy fixou os olhos na aluna sentada na banqueta, os dedos flexionados sobre o teclado, com Sinhá por trás, régua na mão, a fiscalizar o andamento musical.

Quando ela virou de leve o rosto em sua direção, ouvindo instruções, Coracy viu as maçãs salientes, a pele morena, as sobrancelhas lânguidas. O coração palpitou. Era Eleonora mesmo, mas muito diferente. Mudara ele, que a via com outros olhos, e mudara ela. Os cabelos de mel desciam pelas costas em longos anéis; o vestido justo mostrava formas da mulher adolescente.

E como tocava ao piano! Estranho que Coracy até então tivesse odiado a música vinda daquela sala. Agora, ela lhe parecia esplendorosa. Com dedos longos, Eleonora emprestava à música sua beleza pessoal. Coracy sorvia aqueles acordes como se estivesse sentado na sala, em uma poltrona de veludo, em vez de encarapitado num galho a cinqüenta metros de distância. Podia até sentir o perfume de Eleonora. Preenchia o que não podia ver ou sentir com a imaginação.

De repente, aquele idílio foi interrompido pelo choque — plaft! Enquanto Eleonora tocava, Sinhá aplicou-lhe o castigo. Como sempre, fazia uso da régua nos momentos mais sem motivo. Coracy viu a contrição do rosto impoluto de Eleonora, transfigurado de surpresa, dor e esforço em manter a compostura. Da sua boca, porém, não saiu um ai. Ela absorveu o impacto, empertigou-se e retomou os acordes.

Coracy convenceu-se de que Sinhá não castigava Eleonora para corrigi-la. Fazia-o por invejar sua juventude, sua beleza, seus dotes ao piano. Castigava-a por ser tudo o que ela não conseguira ser: bela, virtuosa e, acima de tudo, boa. Sinhá odiava Eleonora da mesma forma que o odiava, apenas pelo fato de Coracy ocupar seu lugar natural, enquanto ela tivera de conquistar o seu pelo esforço, pela astúcia e pelo artifício penoso do amor fingido.

Compreendeu que tinha sido plantada nele a semente do amor, desde que vira Eleonora sofrendo com a crueldade de Sinhá pela primeira vez. Ela tinha brotado no terreno fértil da compaixão e chegava ao ponto de amadurecer.

Passou aquela noite em claro, lembrando-se de Eleonora. A música não lhe saía dos ouvidos. Mesmo com olheiras de defunto, produto da insônia, levantou pela manhã voando como um pássaro. Não era um tico-tico, ou um canarinho, ou um coleirinha qualquer. Era um gavião, um carcará, ou outra ave de rapina, pois não esquecera o desejo de vingança. Transferira para o bem de Eleonora seu desejo de derrotar Sinhá.

Agora era diferente. Ele já vencera o poderoso, temido, implacável irmão Auscário. Bem podia ser a vez da madrasta. Precisava salvar Eleonora, e depressa. Não suportava imaginá-la sofrendo aquele suplício, ministrado justamente por quem merecia o castigo de volta. Só não sabia ainda o que fazer.

Crescera, ganhara confiança, mas no fundo ainda temia as mesmas coisas. Faltava-lhe algo para impor-se perante Sinhá e o pai. Sobretudo, faltava presença de espírito para colocar-se diante de Eleonora: estava certo de que não saberia o que lhe dizer. Talvez ela nem se lembrasse dele, desdenhasse do que ele agora sentia, ou pior: podia achá-lo criança.

Diante do espelho, examinava a penugem no queixo, torcendo para que se transformasse logo em uma barba mais respeitável. Os braços se alongavam, seu tronco afinava, ele ganhava altura. Por dentro, porém, Coracy ainda se via mais como o antigo menino de calças curtas do que o rapazola rampeiro capaz de enfrentar o irmão Auscário.

Um magnetismo o empurrava para salvar Eleonora, ao mesmo tempo que o medo lhe servia como freio. Anulado por compulsões opostas, viu o tempo passar de maneira desconcertante. Os dias se sucederam, sem que um plano lhe viesse à cabeça. Logo teria de voltar ao seminário. Então, levaria mais um ano para ter outra oportunidade de voltar a Cachoeira. Poderia até não encontrar Eleonora nunca mais.

Uma circunstância, às vezes, se encarrega de ajudar os indecisos. Certo dia, Sinhá acordou de mau humor. Bem o sabiam as criadas, que ouviram desaforos a manhã inteira. A madrasta de Coracy reclamou de tudo: havia pó nos cantos da sala, a louça não brilhava como devia, a comida atrasava para o almoço. Levou seu mau gênio para as aulas de piano. Mal começou a tocar, Eleonora apanhou. E apanhou tanto que dessa vez não pôde controlar o choro, enquanto Coracy, ouvindo tudo no quintal, segurava o estômago embrulhado de indignação. Imaginava o que podia acontecer se enfrentasse Sinhá novamente. E segurava-se com um sofrimento inexprimível.

Quando terminou a aula, Eleonora saiu depressa da sala de música. Ao alcançar a soleira da porta, com as partituras debaixo do braço, encontrou Coracy a bloquear-lhe a passagem. Tinha os olhos marejados, o que os deixava ainda mais belos. Ficaram um diante do outro, num instante de silêncio, eletrizados por sentimentos diversos: Eleonora de surpresa, Coracy com sua ousadia.

— Dê sua mão — disse ele.

Os olhos congestionados de Eleonora abriram-se de espanto. Porém, ela estendeu a mão, primeiro a que ele pedira, depois a outra.

— Desta vez, não tenho mel — disse Coracy.

Segurou delicadamente as mãos dela e as soprou suavemente. Ao contrário do que ele esperava, Eleonora não as retirou. Coracy manteve a cabeça baixa por algum tempo, juntando coragem. Era hora de dizer alguma coisa.

— Eu... Bem, eu...

O momento lhe travou as palavras. A língua enrolou-se, a boca secou e Coracy, ruborizado, não conseguiu pensar em qualquer coisa além de sair dali.

Afastou-se com um cumprimento de cabeça, procurando disfarçar da melhor maneira possível a debandada. Tão surpresa Eleonora ficara com sua ousadia inicial quanto com retirada tão abrupta. Ela ainda o acompanhava com os olhos quando, envergonhado até a medula, Coracy desapareceu entre as árvores do pomar.

Pelo resto do dia, ele se supliciou com aquele papelão. Desejava desintegrar-se. No lugar do cavalheiro que começara tão bem a aproximação, deixara a imagem do desastrado, do esquisitão, do débil mental. Queria reencontrar Eleonora com urgência para redimir-se, mas receava repetir o fiasco. No dia seguinte, sequer foi observá-la da pitangueira. O risco de ser descoberto era pequeno, mas súbito pareceu enorme, tal seu receio de cair no ridículo outra vez. Bloqueado pelo medo, viu seu período de férias ir se esgotando aflitivamente.

Por sorte, ou capricho do destino, às vezes aquilo que acreditamos perdido volta a ser possível, razão pela qual nunca se deve perder a esperança. O fato é que, na véspera de Coracy voltar a Pirapora, pouco antes da aula de Eleonora, Sinhá caiu com uma enxaqueca devastadora. Trancou-se no quarto às escuras: qualquer movimento, o mais leve, qualquer sugestão de luz, ou pianíssimo som, tinham em sua cabeça o efeito de címbalos.

Naquela hora, Coracy consertava seu velho velocípede. Tudo o que possuía se tornava propriedade do irmão postiço, o que só aumentava sua irritação geral. Na sua ausência, Quinzinho utilizara todas as suas coisas: estropiara seus livros e destruíra seus pertences mais queridos. O velocípede ficara pequeno para ele, mas tratava-se de uma peça de estimação. Enquanto o recuperava, ocupava a cabeça e matava o tempo até viajar no dia seguinte.

Distraído na tentativa de desentortar o garfo dianteiro, ele só notou a aproximação de Eleonora quando uma barra de saia flutuou ao seu lado. Levantou-se de um salto. Procurou limpar as mãos sujas de graxa na calça, presa por suspensórios, e na camisa empapada de suor. As circunstâncias sempre se somavam para humilhá-lo, pois não poderia ter sido flagrado em trajes mais inadequados. Eleonora, porém, não deu sinal de se importar com sua aparência.

— Olá — disse ela.

— O que você está fazendo aqui?

— A aula de piano acaba de ser cancelada. Sinhá está com enxaqueca. Para minha sorte.

Riram. Ainda um tanto desconcertado, Coracy se perguntava se ela estaria ali por acaso ou por sua causa. Assim, foi maravilhado que ouviu a frase seguinte.

— Foi bom também porque queria ver você — disse Eleonora, e sorriu. — Precisava agradecer.

— Pelo quê?

— Apreciei seu gesto, outro dia. Como já tinha gostado do que você fez, ao enfrentar Sinhá, quando eu era menor.

— Bem... — disse Coracy, ruborizado. — Apenas sei o que você passa.

— Mas não precisava me ajudar, nem enfrentá-la.

Coracy passou a mão embaixo do nariz, onde suava, deixando um bigode de graxa sobre o lábio superior. Eleonora não pôde segurar o riso.

— Espere.

Aproximou-se dele com um lenço para limpá-lo. No primeiro instante, Coracy recuou, assustado. Ao entender o que ela fazia, contudo, derreteu-se. Pensou em quanto tempo fazia que ninguém cuidava dele. Não sentia o contato carinhoso de outra pessoa desde o falecimento de sua mãe. Talvez quisesse proteger Eleonora pela necessidade de também ser cuidado, de ter alguém que se importasse com ele. Esperava, queria, desejava uma retribuição, mesmo que não ousasse dizê-lo, nem admiti-lo. Nunca a limpeza de um bigode de graxa surtiu tanto efeito.

— Sinhá diz que tenho futuro ao piano, por isso deve ser mais exigente comigo — explicou Eleonora. — Caso contrário, serei como todos os outros.

— Você nunca será como os outros.

Eleonora olhou para suas mãos.

— Tem razão. Você me fez sentir assim.

Eles nunca tinham falado um com o outro, mas já era como se fossem conhecidos há muito tempo. Coracy esqueceu o nervosismo; queria dizer a Eleonora tantas coisas que mal sabia por onde começar. Quando ia tomar a iniciativa, uma voz conhecida interrompeu a conversa.

— Ora, que surpresa, vocês por aqui!

Era Quinzinho, vindo do seu ateliê de pintura. Diferente de Coracy, estava impecável: cabelos alinhados, roupa engomada e sapatos brilhando, mesmo no quintal de terra. Trazia nas mãos o avental bordado por Sinhá que salvava sua roupa da tinta quando pintava. Aproximou-se e deu um beijo estalado na bochecha de Eleonora, exibindo sua intimidade com ela.

— Mamãe diz que ambos somos grandes artistas — disse a Coracy.

— Talvez ela tenha exagerado. Pelo menos no que diz respeito a você.

Os dois estavam frente a frente. Naquele instante, Eleonora sentiu haver desaparecido. A rivalidade entre os dois rapazes os fazia ignorar tudo à sua volta. Com um cacho de cabelos caído na testa, Coracy encarou o irmão engomado, vindo do galpão que lhe confiscara, para tomar também a atenção de Eleonora. Ela percebeu no olhar dele o furacão prestes a soprar.

— Venha comigo, Eleonora — disse de repente Quinzinho, fugindo ao confronto com Coracy. — Queria mostrar uma paisagem que estou pintando.

— Mais tarde — disse ela.

— Não demora — disse. — E não há muita graça em ver Coracy consertando nosso velocípede.

Com seu melhor sorriso, estendeu-lhe a mão e começou a puxá-la. Coracy deu um passo adiante para intervir. Porém, foi detido pelo gesto de súplica de Eleonora. Olhou Quinzinho, desafiador; teve o impuslo de saltar sobre ele e esmurrá-lo. Eleonora, porém, mesmo sem usar palavras, tinha razão. Soubesse Sinhá que Coracy tratara Quinzinho a socos por causa dela, adeus. Sinhá logo trataria de fazer-lhe mais algum mal. Precisou de força sobre-humana para controlar-se.

— Bom trabalho, Coracy — disse Quinzinho, triunfante, e afastou-se levando Eleonora pela mão. Ela ainda olhou para Coracy sobre os ombros, enquanto Quinzinho lhe contava sobre as telas que executava, até desaparecerem de vista.

Com o velocípede a seus pés, Coracy olhou para os sapatos, as mãos imundas, a roupa pincelada de graxa. Mal reparara na apropriação indébita, quando Quinzinho chamara de "nosso" — isso mesmo, "nosso" — o *seu* velocípede.

Pouco depois, foi ao ateliê procurar Eleonora, com esperança de que ainda pudesse se desvencilhar de Quinzinho, mas não encontrou ninguém lá, nem em parte alguma do quintal. Os criados os tinham visto saindo juntos: Quinzinho se oferecera para levá-la até em casa. Coracy ferveu por dentro ao pensar que o usurpador estragara o momento que parecia lhe ter sido oferecido pelo Céu. Não teria outra oportunidade como aquela. Gostaria de voltar a falar com Eleonora em outro lugar onde não pudessem ser interrompidos, mas no dia seguinte estaria a caminho de Pirapora.

Estava certo agora de que Quinzinho, não obstante já ter ficado com tudo o que lhe pertencia, queria também o favor de Eleonora. Cresceu-lhe o medo de perder terreno para ele, graças a sua presença em Cachoeira e o livre acesso à sala do piano, franqueada pela mãe na hora em que desejasse. Coracy passaria longe dali um ano. Quinzinho teria todo esse tempo para aproximar-se e fazer com que Eleonora se esquecesse dele. Logo agora, ao saber que seu interesse por ela era correspondido.

Naquela noite, arrumou sua mala pesaroso. Quase não dormiu. Às sete da manhã, depois de despedir-se de Benedita, saiu com a mala para a libré, que já o esperava na porta de casa. O pai e Sinhá o acompanharam. Coracy partiu com o peito já dilacerado pela saudade e o medo de perder o único sentimento capaz de fazê-lo feliz desde que perdera sua mãe.

O tempo é meu inimigo, murmurou para si mesmo, ao ver a casa se afastar ao longe, no balanço da libré, conduzida por um criado de Marciano. Todo o afeto e até a lembrança que Eleonora tinha dele esmaeceriam, estava certo. Os bons auspícios dificilmente sobrevivem quando não podemos cuidar deles. E muito menos quando havia gente como Quinzinho e Sinhá trabalhando contra a sua sorte. Ele se perguntava se a esperança valia a pena. Para um coração alvejado por tantos e tão duros golpes, seria melhor desistir do que suportar outra decepção.

Enquanto o padre Rumoldo balançava no seu burrico, depois de apanhá-lo na estação férrea, Coracy se consolava. Em Pirapora, estaria longe da convivência com Quinzinho, da prepotência de Sinhá, da injustiça que o pai permitia prosperar em sua própria casa. A distância e o tempo, que o manteriam longe de Eleonora, também diminuiriam seu sofrimento.

Familiarizado com o colégio, quase gostava dele. Reencontraria Ranulfo, agora seu amigo inseparável. Era respeitado pelos colegas. E talvez Eleonora suportasse a espera. Lembrava-se de como ela o impedira de avançar sobre Quinzinho: havia no seu gesto a certeza de que chegariam outros momentos, a mensagem de que ele não precisava precipitar-se. Pensando nisso, a saudade se tornava mais suportável.

Um ano era muito: trezentos e sessenta e cinco dias, mais de oito mil horas, minutos incontáveis. Porém, passaria. Recomeçaram as aulas e ele retomou a rotina entre os premostratenses.

Ao chegar dezembro, contudo, Marciano não mandou o dinheiro para a passagem até Cachoeira. Embora continuasse pagando as mensalidades, também não mandou buscá-lo quando os frades concederam aos internos um período curto de férias no inverno, seis meses depois. Coracy viu novamente os colegas empacotarem suas coisas e irem felizes para casa. Até mesmo Ranulfo, que se dava muito mal com a família, acabou por partir.

Ao final do segundo ano sem voltar a Cachoeira, Coracy ajudou Ranulfo a arrumar a mala, como se empacotar as coisas do amigo fosse levá-lo a algum lugar também.

— Quem sabe não está havendo algum engano? — sugeriu Ranulfo, ao ver sua desolação.

— Não há engano — disse Coracy.

Via naquilo o dedo de Sinhá, claro, e também o de Quinzinho. Agora sabedor do interesse de Coracy por Eleonora, certamente ele faria de tudo para mantê-lo afastado de casa o quanto pudesse. Mais difícil de aceitar era a concordância de Marciano em mantê-lo no internato. Isso Coracy não perdoava.

Depois que Ranulfo se foi, como todos os outros, sobrou somente o silêncio. Embora os frades permanecessem em Pirapora, sem seus alunos o seminário ficava às moscas. Durante a noite, Coracy sentia falta da companhia de Ranulfo. Só não estava completamente sozinho porque ouvia, como sempre, os panos esvoaçando pelo corredor. Encolhido na cama, procurava dormir — não para descansar, mas como uma forma de abandonar a consciência. Dormindo, não pensava. E, não pensando, deixava de sofrer. Pelo menos até o dia seguinte.

Nas refeições, Coracy sentava-se sozinho, longe dos frades. Naquele período, sem alunos para cuidar, os premostratenses desfrutavam de suas próprias férias. Olhavam para Coracy com ar de desinteresse e dó. Somente o irmão Auscário exibia sua satisfação: decerto, pensava que Coracy devia ter feito algo para merecer o repúdio da família. Seu ódio, porém, era preferível à piedade demonstrada pelos outros frades.

Sem aulas para freqüentar, Coracy passeava pelos arredores do seminário. Conheceu moradores da vila de Pirapora, com quem gostava de pescar. Às vezes os ajudava a estender a rede, com água do rio na altura do peito. Ao fim do dia, eles lhe davam um cesto de peixes para o jantar no seminário.

Por mais estranho que fosse, Coracy esperava ansiosamente pelas aulas, quando todos voltariam ao colégio. Sentia falta até mesmo de disciplinas que detestava, como Latim. Cada vez mais certo de que o tempo contribuía para fazer Eleonora esquecer-se dele, cogitava ficar ali para sempre. Ao afastá-lo de Cachoeira e de Eleonora, seu pai afinal o empurrava para o destino que desejava lhe dar. Já sabia o que era amor, e a dor de perdê-lo era tão grande que somente uma coisa podia aplacar seu desapontamento: a decisão de ficar ali para sempre, como uma forma de autoflagelação. Na frustração dos que ficam para trás, em Pirapora ele passava a compreender uma vocação como a de Jesus Cristo, voltada para a expiação do sofrimento.

Tentava ver beleza no sacerdócio, não somente pelos votos de castidade, de pobreza e de uma vida espiritualizada. Ela estava expressa nos sinais exteriores, pois os irmãos e cônegos cultivavam ao menos um pecado: o da vaidade. Trajavam batinas ricamente adornadas: havia as verdes com brocados negros, púrpura com bordas e cruzes douradas, mangas e barras rendadas, as negras com flores luxuriantes. No santuário, os premostratenses não poupavam despesas para vestir a imagem de um Jesus que por longo tempo vivera nu no fundo lodoso do Tietê.

A vida monástica não diferia tanto assim do mundo exterior. Os religiosos tinham dinheiro. Uma parte vinha das mensalidades que os pais pagavam ao internato. Outra das oferendas dos devotos que iam a Pirapora em busca de algum milagre, dádiva ou favor proveniente da imagem encontrada no rio.

Algumas vezes ao ano realizavam-se romarias que lotavam a pequena vila de gente e enchiam a burra sacerdotal. Nessas ocasiões, o santuário se tornava pequeno para a multidão. Os premostratenses erguiam um palanque ao ar livre para celebrar a missa. Filas davam voltas ao redor da igreja, formadas por gente que esperava horas a fio até sua vez de estar diante da imagem do Bom Jesus, tocar suas vestes com os dedos, fazer uma prece e pedir seu favor. Cornucópia abençoada, o santuário recebia sempre mais dinheiro e presentes. Todas as oferendas iam para uma sala do seminário, onde se acumulava um tesouro digno de imperadores.

Coracy confidenciou ao irmão Rumoldo, aquele de quem mais gostava, a idéia ficava ali para sempre. Nunca se esquecera de quem tinha se colocado ao seu lado no confronto com o irmão Auscário. Foi a ele que pediu para passar ao seminário depois daquele ano, que seria o seu último no colégio.

— Hum... — murmurou Rumoldo. E nada mais disse.

Com aquela decisão, Coracy agradaria a todos: Marciano, Sinhá e Quinzinho. Quanto a si mesmo, tornaria-se um estóico. Por meio da vitória daqueles que o odiavam, se transformaria num ser superior, invulnerável, que nem o pior destino poderia ferir novamente. Talvez aquele fosse o caminho da santidade.

A um mês de acabar o período letivo, Coracy foi chamado à reitoria. Imaginava que Rumoldo intercedera junto ao reitor para mantê-lo no seminário. O que aconteceu, porém, não foi exatamente o que ele esperava.

— Seu pai não tem mandado buscá-lo no *perríodo* em que é *obrrigação* da família receber os filhos — disse o irmão Evermodo. — Estou escrevendo uma carta *parra* o senhor Marciano, dizendo que o *mandarrei* de qualquer forma *parra* casa nas próximas férias. Caso seu pai não concorde, não o *aceitarrei* no seminário e *terrá* de voltar de qualquer modo.

— Mas... Gostaria de ficar. Penso em entrar para o seminário. Não quero voltar para casa.

— E eu não *querro* que o *senhorr* fique aqui por ter esquecido como é o mundo lá *forra* — disse Evermodo. — Se tiver que voltar, *serrá* por convicção *verdadeirra*. Está dispensado.

Coracy viu por trás daquela decisão o dedo cheio de boas intenções do irmão Rumoldo. Não sabia se devia agradecer-lhe ou detestá-lo. Saiu da sala do reitor com a sensação de que agora já não era desejado em lugar algum. Não imaginava como seria recebido pelo pai. Três anos tinham se passado desde que vira Marciano pela última vez. Entre dois mundos, receava perder ambos.

Quando terminou o ano letivo, o irmão Rumoldo entrou na cela de Coracy e Ranulfo trazendo na mão os bilhetes de trem para os internos. Depois de entregar o de Ranulfo, depositou outro na mão de Coracy. Ele, que no passado tanto esperara por aquele momento, sentia-se frustrado. Gostaria de voltar para casa, é verdade, mas por desejo de seu pai, e não daquela maneira, como um decreto do reitor.

Abraçou fraternalmente Ranulfo, a quem julgava nunca mais encontrar em Pirapora, findo o colégio. E preparou o espírito. De um jeito ou de outro, estava voltando para casa.

Para os sentimentos, o tempo não existe. Até os mais antigos brotam como se tudo tivesse acontecido no dia anterior; curtidos pelo tempo, resistem e podem até aumentar de intensidade. Foi o que Coracy concluiu ao trocar de trem na Estação da Luz, a caminho de Cachoeira.

Ele estava diferente: ganhara corpo, era quase um homem. Contudo, não esquecera a morte de sua mãe, a traição do pai, os ardis de Sinhá. Viajar para sua cidade natal reavivava as lembranças e seus sentimentos por Eleonora. Era como se tivesse estado com ela pela manhã: sentia seu perfume, a suavidade de sua pele, a delicadeza das mãos. Muitas vezes, em Pirapora, perguntara a si mesmo se esqueceria dela. Agora que se aproximava de casa, sabia a resposta. Todo o seu esforço de autoconvencimento para tornar-se um religioso evaporava. Em Pirapora, só a lembrança de Eleonora aliviara seu sofrimento. Coracy compreendeu que voltava não para a casa de seu pai, mas para ela. Eleonora passara a ser o seu lar.

Ao chegar a Cachoeira, parou diante do portão da propriedade da família e bateu palmas. Foi o que pareceu mais conveniente, pois sentia-se agora como um visitante ocasional, não mais um morador. Quem atendeu à porta foi Benedita. Ela ainda trabalhava lá, apesar da antipatia de Sinhá. Depois do susto inicial, abraçou-o e lhe fez festa.

— Vixe! — exclamou. — Siôzinho está tão moço, quase não conheci.

O pai e Sinhá não estavam. Benedita o hospedou no mesmo quartinho da última vez, que o fazia parecer mais um agregado do que filho de Marciano.

Ao chegarem em casa juntos, Marciano, Sinhá, Quinzinho e Jurandyr encontraram Coracy à sua espera no sofá da sala. Sinhá trazia Jurandyr pela mão; era como se Coracy estivesse diante de um retrato da família da qual fora excluído. A madrasta soltou o menino; com o passo gingado das crianças, olhar curioso, ele veio na sua direção. Coracy pensara que o odiaria, mas diante do menino sorrindo viu nele algo de si mesmo. Imediatamente, o ódio arrefeceu. Ter um irmão de verdade — ainda que um meio-irmão, ainda que também filho de Sinhá — tocava o coração. Retribuiu o sorriso e passou-lhe a mão na cabeça.

Tomou a mão que o pai lhe estendeu e a beijou. Marciano mostrou-se constrangido, talvez pela forma compulsória como o recebia de volta. Ao mesmo tempo, encontrava-se visivelmente surpreso com a transformação do filho, igualado a ele em tamanho, porém no viço da juventude.

— Está homem feito! — exclamou.

Dissimulada, Sinhá se comportou como se Coracy jamais tivesse se ausentado.

— É ótimo ter você novamente em casa — disse. — Com tantos rapazes bonitos à disposição, podemos agora dar um sarau.

Quinzinho nada disse, apenas o cumprimentou de cabeça; havia nele uma aura de autoconfiança que a Coracy pareceu um tanto forçada. Estava bem trajado, de terno, e cultivava um bigode de janota; não se tornara alto e espadaúdo como Coracy, mas decerto chamaria a atenção de uma mulher.

Sinhá chamou uma criada para que servisse biscoitos e chá "ao visitante". Sentados na sala, conversaram sobre a vida no seminário, mas Coracy não estava muito interessado em frivolidades. Chegada a hora do jantar, desculpou-se e tomou a iniciativa de ir comer com a tavolagem. Evitava o embaraço de não ser convidado.

Na manhã seguinte, depois de tomar café, Coracy soube por Benedita que Eleonora ainda estudava piano com a madrasta. Muitas vezes Quinzinho a acompanhava. Com um olho meio fechado, como se espiasse por um buraco de fechadura, a cozinheira adivinhou o que se passava na sua cabeça.

— 'Ocê não 'tá ainda gostando da *minina*, 'tá?

— E isso lá é coisa de se dizer, Benedita?

— Quando siôzinho faz pergunta no lugar da resposta é porque confirma. Ai, ai, ai.

Pela reprovação, Coracy soube que entrava em assunto delicado. Agora que estava ali depois de tanto tempo, só pensava em Eleonora. Ansioso por reencontrá-la, dizia a si mesmo que podia perder tudo, mas ela, não. Restava saber, porém, se ela ainda sentia algo por ele. Afinal, apesar da cumplicidade entre ambos, ele nunca declarara a Eleonora algo além de sua vontade de protegê-la de Sinhá. Angustiava-se com a possibilidade de que ela tivesse se afeiçoado a Quinzinho durante sua prolongada ausência. Apoiava suas esperanças somente no que acreditava ter visto no seu olhar: uma doçura e uma certeza que só podiam ser amor. Assim como ele não esquecera seus momentos juntos, ela também podia se lembrar.

Como Eleonora estaria agora? O que acharia de vê-lo, tanto tempo depois? Imerso em dúvidas, hesitava na escolha de uma forma de aproximar-se. Na hora da aula de piano, preferiu ficar escondido nos fundos do quintal, de maneira a evitar um encontro. Imaginava o que estaria acontecendo dentro de casa: Eleonora e Quinzinho sentados, lado a lado, tocando juntos uma valsinha, rindo, conversando, trocando olhares. Sofreu demais.

Era a hora de um gesto ousado. Conhecia do Colégio Marista o Pedro Ló, filho do açougueiro de Cachoeira. Era um sujeito vesgo e magricela, mas graças a seu violão conquistava muitas namoradas, que, seduzidas pela música, perdoavam seus defeitos. Era dele que precisava. Sendo mais velho, Ló já recorrera a Coracy para levar recados a moças do seu interesse. O violeiro devia-lhe favores.

Foi procurá-lo. Durante as férias, o pai de Ló colocava-o para ajudar no açougue. Coracy o encontrou atrás do balcão, com um avental emprestado, grande como uma cortina e sujo de sangue. Era difícil imaginar como aquele sujeito cheirando a coxão mole podia ser um conquistador de corações. Tratava-se da prova definitiva do efeito inebriante da música e da poesia.

— Ló, preciso de você — disse ele.

— Vai querer filé?

— Nada disso. Preciso fazer uma serenata.

— Humm — murmurou o Ló. — Para quem?

— A filha do tabelião Amaral.

Pedro Ló ficou pasmo.

— O risco é grande — disse. — O homem é meio bravo e eu já levei pito e até pedrada em serenata. Meu pai recebeu muita reclamação pelo barulho.

— Não tenho a quem mais pedir — insistiu Coracy, suplicante.

Com as mãos na cintura, Ló fitou-o com gravidade.

— Está bem. Quando?

— Esta noite, às oito.

— Espere-me lá.

Entre o contentamento e o nervosismo, Coracy passou o resto da tarde procurando o que vestir em tão importante ocasião. Quando pequeno, Carmelita sempre lhe comprava roupas. Depois que perdera a mãe, exceto pelo uniforme escolar, andava em penúria. Remexendo em baús e armários, Benedita achou algumas calças, camisas e até sapatos de segunda mão abandonados por Quinzinho. Além de velhos, estavam apertados. Coracy decidiu-se por uma calça comprida meio puída, mas escura, que podia ficar bem disfarçada de noite. Uma camisa branca, de colarinho esgarçado, completou seu traje. Colocaria as meias e os sapatos do seminário, bastante usados, mas passáveis.

Resolvida a roupa, um frio na barriga o lembrou do mais importante: o repertório. Não havia combinado nada com Pedro Ló a esse respeito. Costumava cantar com Carmelita, mas as canções que sabia de cor eram de ninar ou de missa, nada muito apropriado para um galanteador. Teve fé no Ló: na hora, dariam um jeito.

Logo após o jantar com a criadagem, foi para o quarto. Colocou a roupa escolhida e saiu, pulando pela janela. Exceto por Benedita e o próprio Ló, ninguém deveria saber da sua iniciativa. Sinhá certamente repassaria ao pai a informação, atribuindo-lhe má intenção. Seria tudo de que Quinzinho precisava para continuar a mantê-lo longe de Eleonora.

Esgueirou-se pelo quintal e ganhou a rua, rezando para não topar com ninguém. Por sorte, às oito horas da noite já não havia muita gente fora de casa em Cachoeira. A casa do tabelião Olinto Amaral era de esquina. Coracy se aproximava sobressaltado, como se estivesse para perpetrar um crime. Ao chegar, uma sombra destacou-se de uma árvore. Reconheceu Pedro Ló e seu violão.

— Estou aqui há quinze minutos — disse o Ló, sussurrando, e indicou a casa do tabelião com o nariz. — Descobri que o quarto de Eleonora é no segundo andar, a janela que dá para a Rua dos Mascates. Mas está escuro; só há luz na cozinha.

— Devem estar a jantar — disse Coracy. — Precisamos esperar que Eleonora suba.

— Está certo.

— E o que podemos cantar?

— Você se lembra daquela canção que cantávamos no Marista, a serenata da saudade?

— Sim... Acho que sim.

— Eu posso cantar essa e você ajuda fazendo a segunda voz.

Pela primeira vez, ocorreu a Coracy ser mal interpretado, em especial pelo pai de Eleonora. Naquele tempo, os instrumentos musicais prezados eram o piano e o violino. O violão de Pedro Ló era o instrumento dos malandros, dos galanteadores baratos, dos sem eira nem beira. Contudo, eles não poderiam trazer um piano até a janela de Eleonora e Coracy não conhecia nenhum violinista. De todo modo, era tarde para arrependimentos.

Esperaram pacientemente até as luzes da cozinha se apagarem. E mais alguns minutos, dando tempo a Eleonora de subir ao quarto.

— E então? — perguntou Coracy.

— Vamos lá — disse o Ló, com a tranqüilidade da experiência.

A dupla saiu para a luz suave da lua minguante. Por causa do porão, a casa do tabelião elevava-se bastante em relação ao nível da rua. A janela de Eleonora ficava bem acima da cabeça dos seresteiros. Eles se colocaram embaixo do parapeito e começaram a cantar, a princípio tremulamente:

Saudade é viver, meu bem
Só não sabe quem não tem
Amor para se dar

Saudade minha de você
Só sabe aquele que me vê
Feliz de te amar

A afinação crescia, junto com a coragem. Como a janela não abrisse, Coracy foi procurar um pedregulho. Jogou o primeiro, com sua mão treinada na caça aos passarinhos, produzindo um estalo nas venezianas. Nada. Atirou o segundo projétil, também sem resultado. Ao atirar o terceiro, contudo, deu com quatro vultos que se aproximavam, vindos pela calçada.

— O que vocês estão fazendo?

Quem faz uma surpresa se arrisca a ser surpreendido. De repente, Coracy e Pedro Ló viram-se diante de Eleonora. Com ela, de braços, estavam seu irmão mais velho, José, e o segundo, Carlos. A irmã mais nova, Geralda, com cinco meses de idade, vinha no colo da mãe, que caminhava logo atrás dos filhos. Don' Ana era uma mulher firme, de olhar pétreo e porte militar. Compensava a baixa estatura empinando o queixo, maneirismo que lhe dava mais autoridade. Dela é que viera a pergunta.

— Bem... — tentou explicar Coracy, sem jeito. — Achamos que... Bem...

— É o Coracy, filho do doutor Marciano — interveio Eleonora, providencialmente.

Doutor Marciano era respeitado, não seria de bom-tom tratar mal seu filho, ainda que tivesse vindo sem convite, na boca da noite, com pedras na mão e um violeiro por acompanhante. Don' Ana achou um meio de endireitar a situação.

— Em vez de apedrejar a janela de casa, vocês não querem entrar um pouco, para tomar um suco de caju?

— Bem, Don' Ana...

Pedro Ló cutucou Coracy.

— Está bem, muito obrigado. — respondeu o violeiro pelos dois.

Don' Ana abriu o portão e eles entraram pela porta da cozinha. Sentaram-se junto ao fogão a lenha na mesa dos mendigos — todos os dias, a mãe de Eleonora recolhia gente da rua para lhes dar os restos das refeições familiares.

O violão foi encostado a um canto. Don' Ana pediu a José que levasse Geralda para o quarto, entregando-lhe a criança de colo. Depois serviu a todos suco de caju.

— Vínhamos da igreja — explicou Eleonora. — Ficamos depois da missa algum tempo, a conversar com o vigário.

Os dois galanteadores não sabiam o que fazer. Em vez de uma manobra romântica, Coracy terminava na mesa dos pedintes, sem poder dizer a Eleonora nada do que imaginava, constrangido pela presença de Don' Ana. Seus olhos refletiam toda a sua aflição.

— Meu marido já está dormindo — disse Don' Ana. — Felizmente para vocês, o sono dele é bem pesado.

— Não tínhamos a intenção de acordar ninguém — disse Pedro Ló.

— Ninguém?

Coracy e Pedro Ló se entreolharam. Eleonora, contudo, divertia-se com o embaraço deles.

— Está bom o caju? — perguntou ela.

— Uma delícia.

Terminaram a bebida, depois de responder a algumas perguntas de protocolo: Coracy falou da vida em Pirapora, informou como estava a família, prometeu enviar cumprimentos a Marciano e Sinhá, além de fazer nova visita à luz do dia. Satisfeita, Don' Ana deu a entender que estava ficando tarde.

Ao lado da mãe, Eleonora os acompanhou até o portão. Coracy cumprimentou-as com a cabeça, dando boa-noite, e afastou-se com Pedro Ló. Voltou o rosto ainda a tempo de ver Don' Ana se retirar, seguida de Eleonora, que fechou o portão. Por um instante, antes que a porta de madeira encaixasse no batente, viu pela fresta o seu olhar. E, mesmo na penumbra, teve certeza de encontrar nele aquele antigo reflexo, a dócil cumplicidade que aqueceu seu coração.

A serenata havia sido um desastre, mas nada disso importava. Coracy sabia o que precisava saber. Estava preparado para enfrentar a madrasta, o pai, o próprio demônio, se preciso fosse.

Eleonora ainda gostava dele.

•

Não se pode dizer exatamente quando uma menina vira mulher. O certo, no entanto, é que naquele início do século XX as mulheres se achavam mais cedo, tão cedo que por vezes casavam quase meninas.

Aos dezesseis anos, como as moças de seu tempo, Eleonora já era bastante mulher. Muito embora ainda a tratassem às vezes como criança, sabia que logo o pai lhe arranjaria um partido. Pelas conversas que o tabelião Olinto Amaral tivera com Marciano Ferreira, compreendeu que havia interesse familiar em uni-la com Quinzinho. Marciano não possuía linhagem tão aristocrática quanto a dos Amaral, mas ele era um antigo amigo de seu pai, importante, respeitado e rico. Que melhor arranjo Olinto Amaral podia fazer?

Durante as aulas de piano, Sinhá demonstrava muito gosto com aquela aproximação. Convidava Quinzinho a tocar com Eleonora como prova de que faziam um bom par. Ele era polido, bem-vestido, dotado para as artes. Tocava piano ainda melhor que Eleonora. E preparava-se para estudar Direito em São Paulo.

— Mamãe, cada vez que venho tocar com Eleonora, fico mais convencido de que dou mesmo para a advocacia — dizia em voz alta, com falsa modéstia.

Quinzinho e Sinhá falavam como se Eleonora já fosse parte da família. Sinhá até deixara de castigá-la, parte por ter ficado moça, parte para lhe conquistar simpatia, ainda que tarde demais.

Eleonora não podia gostar de Sinhá. Graças a ela, associava o que devia ser o prazer da música a lembranças dolorosas. A personalidade de Ana Umbelina indicava que ela não seria muito melhor como sogra do que como professora. Em vez de melhorar sua impressão, a súbita mudança no tratamento que Sinhá lhe dedicava deu a Eleonora certeza de que, além de má, ela era uma mestra da dissimulação. Caso um dia saísse o casamento imaginado por seus pais com Quinzinho, nunca saberia o que esperar daquela mulher, ainda mais vivendo na casa dela.

Talvez não se importasse tanto com Sinhá, caso se sentisse em segurança com Quinzinho. Ele, porém, era um aperfeiçoamento da mãe: simpático, solícito e dissimulado como ela. Diferente de Coracy, que ainda criança tivera coragem de enfrentar a madrasta para defendê-la. Por aquele gesto, selara seu destino, tendo sido mandado a Pirapora. Quinzinho jamais faria algo parecido. Nunca se prejudicaria ou desafiaria a autoridade da mãe para ver justiça ou ajudar alguém.

Eleonora via o despejo de Coracy da sua própria casa como mais uma das crueldades de Sinhá. Mesmo que lhe faltassem meios de ajudá-lo, reservava para ele seu afeto. Condoía-se com seu destino, como ele se condoera com o dela. Quando Coracy soprara suas mãos feridas, tomando-as entre as dele, foi como se tocasse não só os seus dedos, mas o coração. Havia nele uma ternura só comparável à sua coragem. Quando descobriu por Benedita o quanto Coracy sofria com Sinhá, entendeu aquela centelha no seu olhar. Era o fogo de bravura obrigada a engolir a raiva e a humilhação: uma chama que esperava a hora certa, sem nunca se apagar.

Precisava também daquela fortaleza. Quando ela procurara Coracy no quintal, no dia em que Sinhá caíra doente, ainda não compreendia bem seus sentimentos nem achava as palavras certas para expressá-los. Além do mais, Quinzinho surgira na pior hora: faltara tempo e liberdade para levar adiante o que pediam seus desejos.

A ausência prolongada de Coracy amadureceu sua certeza. Quinzinho podia ser o melhor partido da cidade, ou mesmo do planeta: ainda assim ela preferia Coracy, mesmo coberto de graxa, como no dia em que o encontrara no quintal da casa de seu pai. Ele voltara para Pirapora, mas continuara ali, presença invisível na sua vida. Quando tomava aulas com Sinhá, imaginava-o num banco do jardim, ou ao lado do portão, esperando-a passar com um sorriso. Era um modo de compensar a sua falta, ou tornar mais leve a espera, durasse quanto durasse.

Na casa de Marciano, falava-se que ele mantinha o filho longe por instigação de Sinhá. Eleonora desconfiava que Ana Umbelina procurava assim garantir o espaço de Quinzinho, não por mérito, mas pelo esvaziamento do lugar onde gostaria de ver o filho. Aquilo também lhe dizia respeito. Ao afastar Coracy, Sinhá o mantinha igualmente longe dela. Em vez de promover uma aproximação com Quinzinho, Sinhá obtinha o efeito contrário. A cada dia que passava, crescia o repúdio de Eleonora àquela injustiça. E aumentava o que ela já sabia ser amor.

Dessa forma, passaram três anos sem que ela deixasse de alimentar a vontade e a certeza de rever Coracy. A cada período de férias, a frustração por sua ausência multiplicava o seu desprezo por Sinhá. Mesmo assim, Eleonora jamais ousou discutir o assunto com ela. Sua própria mãe a ensinara a obedecer e encarar com serenidade a dor e a tristeza, como uma mulher de aço. Essa era a sua arma:, esperar.

Naquela noite da serenata, a longa espera de repente acabou. Eleonora achou Coracy mudado, mais empertigado, mais masculino. Ainda tinha aquele nariz quebrado, que lhe dava agora um ar decidido, até mais bonito. Vê-lo inesperadamente, ainda mais a lhe fazer serenata, a fez tremer. Coracy não pudera dizer nada, mas ela não precisava de palavras.

— Esse menino é um pouco esquisito — murmurou Don' Ana, depois que Coracy e Pedro Ló saíram de casa.

— Coracy é bom — corrigiu Eleonora. — Gosto dele.

— Mais uma razão para você manter distância — arrematou a mãe. — Pelo que sei, esse rapaz praticamente foi deserdado pelo doutor Marciano. Prepara-se para entrar no seminário. Seu pai não vai querer você perto dele.

Eleonora calou-se. A mãe era amiga de Sinhá. Ambas falavam sobre ela e Quinzinho. Percebeu que não podia, simplesmente, deixar Coracy se aproximar. Soubesse do seu interesse por ele, Don' Ana não faria por menos. Trataria de afastá-la de Coracy de todas as formas.

Precisava fazer alguma coisa, às escondidas, e rápido, já que ao final do veraneio Coracy retornaria a Pirapora. Sabia que ele concluíra o último ano do colégio. Não podia conceber que ele voltasse nas férias seguintes em uma batina de noviço, ou depois de seu pai oficializar com o juiz Marciano algum compromisso entre ela e Quinzinho, mesmo à sua revelia.

Ao voltar à casa de Sinhá para a sessão de piano, no dia seguinte à serenata, torceu por uma oportunidade de encontrar Coracy discretamente. Infelizmente, Sinhá encontrava-se com ótima disposição e cheia de atenções. Sem sinal de Coracy, retornou para casa pensativa, mas decidida. O jeito que imaginou de aproximar-se, embora arriscado, lhe pareceu o único.

À noite, assim que o velho Olinto foi se deitar, Eleonora entrou secretamente no seu escritório, com todo o cuidado, pois se algum de seus irmãos ou mesmo um criado a visse, estaria perdida. Abrindo a primeira gaveta, encontrou papel de carta e cera vermelha. Tomou da pena de ganso, encheu-a de tinta e escreveu um bilhete. Colocou-o com cuidado no envelope, aqueceu a cera no lampião e derramou-a como lacre. Em vez do carimbo de seu pai, selou o envelope pressionando o abridor de cartas na cera amolecida e riscou na face lisa do amálgama suas próprias iniciais: E. A.

No dia seguinte, instruiu o criado da libré a levar sua carta. Fez que jurasse segredo, embora o pobre receasse o tabelião Amaral como o demônio. Eleonora não tinha alternativa: fosse flagrada enviando aquela carta a Coracy, certamente sua mãe ficaria sabendo. E, Don' Ana sabendo, a seguinte a tomar conhecimento do fato seria Sinhá.

Seguindo as recomendações de Eleonora, o criado foi à casa do juiz Marciano. Deixou a libré na porta e pediu licença para entrar: morria de sede, pedia um pouco d' água. Uma vez na cozinha da casa, passou a carta à cozinheira Benedita, com aflitas recomendações de sigilo. Tomou água da bilha, agradeceu a gentileza e saiu. Foi assim que a missiva chegou ao seu destino.

Qual não foi o susto de Coracy ao receber o envelope! Tratou de guardá-lo dentro da camisa, ao deduzir pelo lacre que se tratava de conteúdo secreto. O papel pesava contra o peito. Correu para o quintal. Ali, debaixo de uma árvore, longe das vistas alheias, rasgou o envelope com o coração acelerado. Devorou as palavras desenhadas com a delicada letra de Eleonora:

Coracy,

Espero que este bilhete chegue às suas mãos. Tenho muito a falar, mas não assim por escrito. Por ainda não conhecer direito meus sentimentos, nem os seus, perdi a oportunidade de fazê-lo no dia em que estivemos juntos, no quintal de sua casa. A chegada de Quinzinho naquela ocasião estragou o resto. Os anos que você passou longe, porém, não mudaram o que eu desejava dizer, ao contrário. Caso queira me ouvir, esteja no sábado junto à cascata do pinheiral, que fica na fazenda de meu pai. Estarei lá depois do almoço, por volta das duas horas da tarde.

A sua
Eleonora

Coracy vibrou a cada linha, mas nada podia ser melhor do que aquela palavra superior a um milhão de parágrafos: "sua". Eleonora bem poderia ter colocado aquele possessivo de forma ingênua, sem pensar, ou despida de segundas intenções, somente com o sentido de estar à disposição. Porém, podia também ter escrito "sua" como ele desejava, um pronome que dizia tudo: Eleonora considerava-se dele como um bem, propriedade particular, ainda que no território da alma.

O tempo passa arrastado quando sofremos de ansiedade. Coracy mal pôde esperar pelo sábado. Quando o grande dia chegou, tomou a pé a estrada de terra em direção à propriedade do tabelião Amaral. Era uma grande fazenda, onde o café tomara o lugar da antiga cultura do algodão. O casarão da sede mantinha o ar senhorial, com paredes grossas de pau-a-pique, portas e janelas de madeira maciça e um telheiro de barro enegrecido pelo tempo, coberto por ervas parasitas, feito um jardim suspenso. Próximos, ficavam o engenho e uma senzala levantada para centenas de escravos que ainda servia de hospedaria para os empregados.

Olinto Amaral e Don' Ana passavam lá os fins de semana para administrar os problemas locais e descansar um pouco. Além do cafezal, mantinham uma vintena de alqueires de pasto atrás do casarão e conservavam grandes áreas de mata, exploradas por Coracy no passado com amigos em suas caçadas de passarinho. Graças a essa lembrança, ele não demorou a achar a cascata entre os pinheiros. O lugar, a dez minutos de caminhada da sede, era pouco freqüentado, razão pela qual Eleonora acreditava que ali eles não corriam risco de serem encontrados.

A água cristalina descia pelas pedras em torvelinho por cinqüenta metros, até chegar a uma queda pouco maior que um homem adulto. Formava um poço que dava pelas canelas, antes de seguir viagem entre as pedras ladeadas pelo pinheiral. Coracy observou o sol passar entre os galhos de pinheiro como réguas de luz. Não podia imaginar lugar melhor para encontrar Eleonora.

Sentou numa pedra e esperou. O sol começava a descer quando ela apareceu. Deixara a mãe na sede, logo que descera da libré. Trazia a barra da saia nas mãos para não enroscá-la nas tranqueiras do mato. Ao ver Coracy, sorriu: um sorriso que fizera valer a pena aqueles anos de espera.

— Eu disse a mamãe que daria uma volta para me refrescar — disse ela, deixando de lado o cumprimento. — Não posso demorar.

Os dois ficaram frente a frente. Coracy queria ouvir o que ela tinha a dizer, mas agora que estavam juntos sentia a necessidade de falar ou fazer algo primeiro. Quando achou que ela enfim quebraria o silêncio, tomou uma iniciativa surpreendente para ele mesmo. Aproximou-se e a beijou.

Sem saber o que esperar de um beijo, Coracy experimentou a suavidade quase etérea dos lábios de Eleonora, como se pudesse tocar uma nuvem com os seus. Eles se abraçaram, giraram, riram e voltaram a se beijar até perder o equilíbrio. Caíram na relva, inebriados de felicidade.

— Esqueci o que ia dizer — disse Eleonora.

— Não faz mal — disse Coracy. — Machucou-se?

— Nada mais me machuca.

Com a ponta do indicador, Coracy tirou do rosto dela duas mechas de cabelo atravessadas sobre os olhos. Viu neles a mesma certeza daquela noite de serenata, quando ela fechava o portão de casa. Os dois voltaram a se beijar, agora ardorosamente, eletrizados com a própria ousadia. Ficariam a provar eternamente um o gosto do outro, conhecendo-se sem palavras, se Eleonora não pusesse as mãos sobre o peito dele, afastando-o com delicadeza.

— Prometi a mamãe que voltava logo, não posso demorar.

— Tenho muito a dizer — protestou Coracy.

— Hoje não — disse Eleonora. — Já cometemos um atrevimento muito grande. Quem sabe em um novo encontro.

— Gostaria de falar sobre o que sinto em relação a você. E minha preocupação com o que pode fazer Sinhá.

— Sei o que você pensa — disse ela. — Sinto o que você sente. Somos irmãos.

— Como é possível existirem irmãos, senão no sangue?

— Irmãos de sangue são aqueles que não podem se casar. Quero dizer irmãos de alma — disse ela.

Ao perceber que ruborizava, ela acrescentou rapidamente:

— Venho à fazenda sempre aos sábados. Acompanho mamãe. Ela não sai muito de casa, tem de cuidar da minha irmã pequena. E meus outros irmãos estão sempre perto dela. Você pode me encontrar aqui novamente, esta mesma hora.

— Encontrarei.

— Espero que continue gostando de mim.

— Vou gostar.

Deram um último beijo, que não queria se desfazer. Enfim, Eleonora se afastou e correu pela trilha, recolhendo a saia. Quando ela desapareceu, Coracy desabou na relva, louco de felicidade. "Irmãos de alma", pensava ele. Eleonora o amava.

Permaneceu no chão, olhando entre os pinheiros o céu de paraíso. Uma nuvem de borboletas amarelas passou sobre ele, brincando sobre seu peito, antes de seguir vôo. Transportado para um conto de fadas, Coracy se lembrou de sua mãe, o último ente a lhe querer bem. Era como se, depois de muito tempo, Carmelita estivesse de novo ao seu lado, feito um anjo da guarda.

Depois do encontro na cascata, a vida de Coracy foi a espera pelo sábado. A lembrança dos beijos, dos olhares, das palavras trocadas com Eleonora lhe causou uma estranha febre. Experimentava sintomas de uma doença não diagnosticável.

Ao vê-lo distraído e distante, Benedita perguntava:

— Siôzinho, está passando bem?

Ele balançava a cabeça, sim, estava bem. Benedita não supunha o quanto.

Durante a semana, assaltou-o a tentação de procurar Eleonora em sua casa, ou ficar à espreita para vê-la na rua, quando chegava para a aula de piano com Sinhá. Porém, conteve-se. Não quebraria a palavra empenhada de somente procurá-la no dia e hora marcados. Nem colocaria em risco um segredo que não era apenas seu. Empregou nisso o mesmo estoicismo que o fizera sustentar a greve de fome para vencer o irmão Auscário.

Depois de uma eternidade, o sábado chegou. Bem antes da hora, Coracy estava em seu posto na cascata. Impaciente, andava de um lado para outro como uma onça pintada. Foi também como um felino que ouviu o roçar da roupa de Eleonora nos galhos da picada, antecipando o instante em que ela surgiu. Estava num vestido cor-de-rosa, apertado na cintura. Os cabelos anelados refletiam o sol. Coracy esqueceu a angústia dos dias anteriores: suportaria muito mais por aquele instante.

Desceram até uma pedra lisa, lambida pela correnteza d'água. Deitaram em um enrosco de beijos e abraços.

Dessa vez, Eleonora estava sem pressa.

— Mamãe me disse que precisa de tempo para ver o serviço da casa — disse. — Posso me ausentar bastante.

Passaram juntos o resto da tarde. Coracy contou a Eleonora um pouco de sua história: a morte de Carmelita, a chegada de Sinhá, a forma como a madrasta usurpara o que antes lhes pertencia. Desfiou como foi enviado a Pirapora, a esperança de voltar, a frustração em ser mantido no seminário pelo pai.

Eleonora ouviu tudo encantada. Coracy sentia por ela algo tão forte que o tempo só fizera aumentar, tal qual ocorrera com ela. Achava graça na maneira como ele contava suas aventuras, incluída a batalha contra o bedel Auscário e os seus antigos sonhos de seguir a carreira de Santos Dumont.

— Eu ainda a levarei de avião para Paris — disse ele. — Naqueles salões de baile, você será mais bela que todas as francesas.

— Só espero não ter de tocar ao piano — disse ela, rindo.

Para eles, aquelas horas equivaleram a um século na intensidade e a um segundo na duração. Quando começou a escurecer, despediram-se certos de que não conseguiriam ficar longe um do outro muito tempo. Pela primeira vez desde a morte da mãe, Coracy sentia-se à vontade com alguém. Eleonora não escondeu a fascinação pelo modo com que ele abria seu coração. Por alguém com aquela pureza, valia a pena enfrentar Sinhá, Don' Ana e até a autoritária figura de seu pai.

Combinaram encontrar-se sempre ali, aos sábados. Seria seu tempo e lugar. Durante a semana, Coracy esperou, abnegadamente. No outro sábado, estava de volta aos pinheiros, ouvindo a água correr entre as pedras, com o coração também em torvelinho, rumo a emoções ignoradas.

Daquela vez, foi Eleonora que mais falou de si. Revelou a austeridade do pai, a dureza da mãe, a certeza de que não estava livre para escolher o que desejava. Na verdade, em sua casa ninguém escolhia nada. José estava reservado pelo velho Amaral para ser médico ou cuidar no futuro dos negócios. Carlinhos seria encaminhado ao seminário. E ela compartilhava com Coracy a mesma vontade de libertar-se, ao mesmo tempo em que não via possibilidade de fugir do destino.

— Agora entendo o que você quer dizer quando diz que somos irmãos na alma — disse Coracy.

— A diferença é que você tem força para quebrar essa corrente — disse Eleonora.

— Talvez você veja em mim algo melhor do que sou.

— Eu vejo o que você é de verdade.

Aquelas palavras encheram Coracy de energia extraordinária. Do desânimo em que se encontrava, recuperava uma confiança próxima da euforia. Com Eleonora a seu lado, acreditava poder tudo. Seria quem quisesse ser. Bastavam-lhe os olhos dela, capazes de enxergar a coragem onde outros veriam o medo. Ela fazia dele o melhor homem do mundo.

Voltaram a se encontrar nos sábados seguintes, entre risos despreocupados, os beijos nos quais Coracy ganhava destreza e promessas de amor eterno. Aos poucos, Coracy e Eleonora deixaram de falar de si mesmos para fazer planos a dois, como se a vida dali em diante só contasse se estivessem juntos. Eram conversas apaixonadas, em que imaginavam uma grande família, com filhos a brincar pela casa, a quem dariam o carinho que a Coracy faltara desde a morte de Carmelita.

Mesmo que houvesse um abismo entre eles e o sonho, sentiam-se tão perto dele que não se importavam com as dificuldades. No entanto, a realidade, da qual andavam tão desligados, logo iria se impor. As férias passavam velozmente. Logo chegaria o último sábado antes da volta de Coracy a Pirapora. Tornar-se seminarista, agora que desabrochara aquele amor ardente, seria o fim. Ficar oito anos no seminário até a ordenação não era nada; inconcebível era a perspectiva de passar o resto da vida longe de Eleonora, dedicado a uma ordem religiosa.

Coracy decidiu que ficaria em Cachoeira a todo custo. Não desistiria, mesmo sabendo que Sinhá faria tudo para impedi-lo de permanecer. Falaria com o pai, de homem para homem. Dessa vez, Marciano teria de escutá-lo.

Nunca ousara desafiar o pai, um pouco por respeito à memória de Carmelita, muito pela autoridade que dele emanava. Nem a injustiça de que se achava vítima tinha sido suficiente até ali para fazê-lo questionar a autoridade paterna. Acreditava nela: sem essa autoridade, perderia a última regra que o mundo oferecia. Gostaria que o pai lhe abrisse novamente os braços. Desejava reconquistar sua confiança, obter seu reconhecimento, e não destruir o resto da ponte que ainda os ligava.

Por esse motivo, até então não lhe pedira nada. Cobrando uma atitude de Marciano, receava um desapontamento final, uma ruptura que tiraria qualquer possibilidade de conciliação. A situação, no entanto, chegara ao extremo. Enfrentar o pai seria duro; porém, Eleonora lhe dava motivo suficiente para encarar um exército de Marcianos, sem importar-se com as conseqüências.

Na sexta-feira, pouco antes do jantar, Coracy procurou o pai na biblioteca, onde ele se encerrava depois de chegar do foro. Tinha a impressão de que Marciano se recolhia ali como uma forma de esconder-se, evitando sua presença temporária dentro de casa. Daquela feita, porém, o pai não teria como ignorá-lo. Foi direto à porta e, com o nó dos dedos, bateu.

— Entre — ouviu, do outro lado.

Marciano estava sentado em sua poltrona de couro, um livro nas mãos, equilibrando um pincenê sobre o nariz.

— Gostaria de conversar — disse Coracy, depois de dar um passo para dentro da biblioteca e fechar a porta às suas costas.

— Sobre o quê?

— Pirapora.

— Nada há a dizer sobre Pirapora.

— Não quero voltar.

O pincenê caiu sobre o colo de Marciano.

— O senhor não tem querer — disse, recuperando-se do pasmo. — Ainda se merecesse recompensa... Está me saindo um desastre. Encerrou o ciclo escolar, mas a duras penas. Suas notas são de quem sequer vai à aula, muito embora eu saiba que você está sempre lá. Soube que seu relacionamento com os frades não é dos melhores. Você ainda se acha no direito de reivindicar algo?

— Minha vocação não está no seminário.

— A escola faz brotar a vocação — retorquiu Marciano, e havia agora na sua voz um tom cavo, como o de um urso enfurecido.

— Posso encontrá-la em outro lugar.

— Escute — disse Marciano, buscando por um momento ser mais conciliador. — Sei que você tem razões para estar triste. Eu também nunca me recuperei bem da morte de sua mãe. Desde então me preocupo sobremaneira com você. Entenda que eu o enviei a Pirapora para seu bem.

— Se acha Pirapora tão bom, por que não manda Quinzinho?

— Seu irmão quer seguir a advocacia, como eu. Tornar-se juiz, ou administrador. Algo pelo que você nunca demonstrou interesse.

Rosto vermelho, mãos crispadas ao longo do corpo, Coracy se apegou ao que mais o irritava no discurso do pai.

— Ele não é meu irmão.

— É seu irmão, primo-irmão, quer você queira, quer não — bramiu Marciano. — E é mais que isso, é um exemplo que você deveria seguir. Agora saia.

Mãos levemente para trás, segurando o resto do corpo, Coracy estava em posição de ataque. O rosto tinha uma expressão feroz: pela primeira vez, sentia pelo pai ódio em estado puro. Nesse momento, Marciano percebeu que tinha diante de si já um homem. Assustou-se com o evidente esforço de Coracy em manter-se onde estava, quando já tinha força para enfrentá-lo fisicamente. Teve também de conter-se, para não demonstrar medo.

Dominando os nervos, Coracy tentou usar a cabeça. Por um instante, ocorreu-lhe falar de Eleonora: queria casar-se. Diante do homem que o prejudicara mais que ninguém, suplicaria um favor que seria a remissão de todos os seus erros. Contudo, freou-se. Lembrou-se imediatamente de Sinhá e da forma como ela transformara seu pai. Em vez de obter o favor de Marciano, poderia não somente ser enviado ao seminário como proibido de ver Eleonora quando voltasse. Cometida como gesto impensado, a ousadia volta-se contra o autor.

Seria melhor esperar que o tempo criasse um caminho em lugar de perdê-lo de vez naquela hora, por precipitação. Sem saber, Eleonora o ajudava. Era o fio de bom senso que ainda o segurava, à espera de uma solução melhor.

— Saia — repetiu Marciano, procurando não perder o controle.

A conversa estava encerrada. Desafiado, Marciano não podia nem voltaria atrás.

Coracy recebera uma sentença mortal, mas tinha esperança de apelação. Não sabia por quanto tempo Eleonora o aguardaria. Nem como ela poderia dobrar a vontade impositiva das famílias que desejavam seu casamento com Quinzinho. Mas a vontade de ficar com ela era tão grande que prevaleceria.

Naquela noite, foi avisado por Benedita de que devia jantar com a família, sem saber qual a razão. Ver Quinzinho, Jurandyr, Sinhá e o pai naquele momento lhe pareceu destinado a alguma crueldade proposital. Percebeu pelo semblante da madrasta que a iniciativa de convidá-lo partira dela. Duvidava que houvesse naquela iniciativa uma tentativa de reconciliá-lo com o pai, ou o objetivo de demonstrar que ele, mesmo isolado em Pirapora, não deixaria de ser da família. O mais provável é que, ao saber de sua conversa com Marciano, quisesse divertir-se com sua frustração.

À cabeceira da mesa, Marciano fez mal-humorado a refeição. Com receio de dizer algo que irritasse alguém, Quinzinho preferiu calar-se. Sinhá, ao contrário, esbanjou simpatia. Perguntou a Coracy se aproveitava as férias, como se realmente estivesse interessada. Intrigado e aborrecido, ele respondeu a tudo com monossílabos. Ao final, pediu dispensa da sobremesa. De pronto, Marciano consentiu.

À noite, Coracy pouco dormiu. Levantou várias vezes para espiar o céu estrelado na janela da cozinha. Quando amanheceu, quis fazer o mundo girar mais rápido para chegar logo a tarde. Na hora de encontrar Eleonora, tomou a direção da fazenda dos Amaral absorto, ensaiando o que lhe diria.

Enveredou pela trilha que levava à cascata, agora bastante familiar. Chegou na hora marcada; Eleonora não apareceu. Aos poucos, sua impaciência cresceu. A tarde avançou rápido: sua felicidade declinava com o sol. Tanto a contar, importantes declarações a fazer, decisões fundamentais a tomar, a sua vida em jogo, e Eleonora evaporava.

Buscou explicações lenitivas: a mãe de Eleonora retardara a chegada, ou mesmo cancelara a visita à fazenda. Foi tentado a verificar o que ocorria na sede, contrariando recomendações expressas de Eleonora. A fé fez com que esperasse muito além do razoável. "Quando eu disser cinqüenta, ela surgirá", pensava ele, e iniciava a contagem. Ao final, como ninguém surgisse, recomeçava do zero. Repetiu muitas vezes a operação, até admitir que não fazia outro efeito senão distraí-lo um pouco.

A constatação final de que Eleonora não viria fez aflorar outra hipótese, mais grave: Don' Ana descobrira algo, Eleonora fora castigada e proibida de sair de casa. A frustração do encontro com seu pai, que resultara na sentença de mantê-lo no seminário, somou-se ao temor do que aconteceria com Eleonora e culminou com o crepúsculo, quando os mosquitos deixaram o anonimato para atacá-lo nos braços, no pescoço e até na ponta do nariz, onde um inseto mais audacioso cravou uma ferroada.

Voltou a passo lento para casa, adivinhando o caminho de volta na escuridão, enquanto se coçava das picadas. Estrondos faziam sacudir a terra. O calor da tarde de verão formara grossas nuvens no céu. Para entrar em acordo com seu estado de espírito, o céu despediu raios em profusão e despejou uma chuva grossa assim que ele entrou em Cachoeira.

Chegou em casa lavado até a cueca. As lágrimas do choro misturavam-se às da chuva, rolando pelo rosto. Ao abrir-lhe a porta, Benedita assustou-se: achou-o como um náufrago que chega à praia. Um último e violento raio fez tremer a casa quando ele bateu a porta do seu quartinho, pincelada final no retrato de uma catástrofe.

Ao saber da conversa de Marciano com o filho na noite de sexta-feira, Sinhá logo imaginou qual a fonte da coragem capaz de fazer Coracy enfrentar o pai daquela forma. Encontrara a comadre Don' Ana no dia anterior e ela lhe contara da serenata para Eleonora, terminada de forma tão desastrada quanto reveladora. Havia razões para suspeitar que o rapaz não ficaria somente naquela tentativa. Por isso, quis que Coracy jantasse com a família. Com uma conversa aparentemente sem direção, queria saber mais sobre seus sentimentos a respeito da filha do tabelião Amaral. Não conseguiu, porém, muita coisa. Como o pai, Coracy transformava-se em túmulo. Estava presente à mesa, mas seu espírito andava em outro lugar.

Ela não desistia tão fácil. No sábado pela manhã, chamou Quinzinho.

— Fique de olho em Coracy — ordenou. — Quero saber o que ele faz, quem ele vê.

Quinzinho não gostou muito daquilo. Tinha pouco contato com Coracy. Detestava o seu ar de superioridade, sem cabimento para alguém que dormia na ala dos criados. Não queria lhe dar importância desmerecida, seguindo-o para saber o que fazia. Tinha mais o que fazer.

— Ele sempre foi assim — disse à mãe. — Piorou porque deve estar aborrecido com a volta ao seminário.

— Faça o que digo — disse Sinhá. — Será para o seu bem.

Ele receava demais a mãe para contrariá-la. Além disso, Sinhá sempre sabia o que fazia.

Reparara que Coracy andava diferente. No passado, durante as férias na cidade, aos sábados ele participava dos campeonatos de tênis de mesa no Colégio Marista, aberto nas férias para práticas esportivas, ou ia aos jogos do Cómer, time de várzea reunido na sede do clube dos comerciários da cidade — sempre arrumava uma vaga para jogar em substituição aos veteranos que cansavam cedo. Agora, porém, ele desaparecia o dia inteiro, sem deixar sinal. Quinzinho não acreditava que Coracy trocasse o dia sagrado de jogar com o Cómer sem um bom motivo. Seguiu-o, com todo o cuidado possível.

Ir atrás de alguém numa estrada batida de terra, sem nenhum movimento, era tarefa para um ser invisível. Contudo, Coracy andava tão depressa e distraído que até um elefante de circo o teria acompanhado sem chamar a atenção. Foi assim que eles chegaram a um lugar conhecido: a fazenda dos Amaral. Quando Coracy agachou-se para entrar por baixo da cerca, a duzentos metros da porteira de acesso à propriedade, entendeu a suspeita de Sinhá. Estava cada vez mais intrigado.

Acompanhou Coracy até encontrar uma trilha na mata, mas logo o perdeu de vista. Virou para o sentido contrário, com receio de topar com ele sem querer, caso decidisse voltar. Assim, aproximou-se da sede da fazenda. Naquele instante, ouviu uma libré que chegava. Oculto na fímbria da mata, espiou de longe Eleonora e Don' Ana descerem, com a ajuda do criado que tocava a parelha. A mãe subiu os degraus de pedra do casarão. Eleonora abriu a sombrinha e veio na direção da trilha onde ele estava. Quinzinho não precisou mais para calcular que se encaminhava para encontrar Coracy.

Seu coração estava quase na boca. Coracy e Eleonora, juntos secretamente! Não tinha a menor sombra de dúvida de que Sinhá desconfiara daquilo. Não esperaria por sua mãe para fazer algo. Sabia pensar e agir por conta própria.

Recuou alguns passos, como se estivesse chegando à entrada da trilha naquele instante. Qual não foi a surpresa de Eleonora ao entrar na mata e encontrá-lo andando em sua direção.

— Quinzinho!

— Como vai?

— O que está fazendo aqui?

— Um passeio, ora... Coracy me disse que este era um lugar muito bonito. E você, aonde vai?

Ela ficou paralisada por um instante. Claramente, ele sabia de tudo. Porém, resolveu responder com a mesma frivolidade.

— Esta é a fazenda de meus pais. Venho sempre com eles aqui.

— Compreendo. Está sozinha?

— Tomo a fresca, logo volto. Minha mãe cuida um pouco da casa, mas não demora.

— Então não se importará se caminharmos um pouco juntos. Eu a acompanho.

— Não, obrigada — disse ela. — Hoje não estou passando muito bem, acho que não vou mesmo longe.

— Está bem, então eu a levo de volta para casa, faço questão.

— Desculpe, mas venho aqui para andar um pouco sozinha.

— Ah... Talvez não queira que eu veja com quem vai se encontrar.

Eleonora enrubesceu. Quinzinho se aproximou, tomou sua mão e a colocou sobre seu braço.

— Faz tempo que você e Coracy se encontram em segredo?

— Do que você está falando?

— Se você não sabe, vamos então adiante para saber o que poderemos encontrar na mata.

— Espere.

Eleonora encarou-o, visivelmente assustada.

— Quinzinho... — disse ela, com a voz por um fio. — Eu sempre o tive como alguém com bons modos, boas intenções. E palavra.

— Tenho isso tudo, sem dúvida.

— Então lhe peço que não conte nada do que viu. A ninguém.

— Receio que isso seja impossível.

— Por quê?

— Minha mãe já desconfia dos seus encontros secretos com Coracy. Isso não cai muito bem num futuro padre. Você sabia que ele breve voltará a Pirapora?

— Ele ainda não é padre. E está aqui.

— É verdade. Por essa razão, ficará em maus lençóis.

— Por favor, me ajude.

Quinzinho tomou as mãos de Eleonora entre as dele.

— Não sei como. Isso cairá mal no julgamento dos nossos pais.

Eleonora soltou-se dele num repelão.

— O que você está insinuando?

— Nada. Aceito como verdade o que você me disser.

— Não fizemos nada de mais! Você tem de jurar segredo!

— Não posso, já disse... Não adiantaria. Porém, talvez pudesse ajudá-la de outra forma.

— Como?

— Fique comigo — disse Quinzinho. — Nossos pais esquecerão esse episódio. Ficarão satisfeitos por vê-la afinal no bom caminho.

Eleonora desviou os olhos. Era capaz de sentir agora o mesmo desprezo de Coracy por Quinzinho. O cabelo engomado, o polimento, a conduta exemplar, as boas notas no colégio eram uma casca de barata. Enxergava nele claramente a herança de Sinhá.

— O bom caminho é o amor — retrucou ela; a voz que saíra enrouquecida nem parecia a sua, tal sua exasperação.

Quinzinho espantou-se com tal declaração; considerava-se muito mais digno do amor de Eleonora. Não quis, no entanto, contrariá-la.

— Não me queira mal— disse ele. — Com o tempo, você verá que estou certo.

— Não te quero mal — disse Eleonora. — Apenas não te quero.

— Isso vai mudar. Vou mostrar-lhe que está enganada a meu respeito. E a respeito de Coracy.

— Gostaria de estar enganada — disse Eleonora. — Mas estou feliz com o caminho mais difícil.

Com Quinzinho ali, prosseguir seria inútil: seus encontros com Coracy na cascata estavam perdidos. Logo seus pais seriam notificados do que ela estava fazendo. Pensou na mãe. Ao saber que Eleonora mentia para encontrar-se com Coracy, Don' Ana ficaria furiosa. Talvez o pai a deixasse bom tempo de castigo. Era difícil aceitar ser controlada, vigiada e punida como menina, quando se sentia já mulher completa, a ponto de amar um homem. Cumprimentou Quinzinho com a cabeça e voltou ao casarão.

No domingo, já de posse das informações transmitidas pelo filho, Sinhá procurou o marido. Pela manhã, depois de ir cedo à missa, Marciano sentava-se no escritório para ler livros e o jornal. Era o seu momento de descanso. Todos sabiam que não gostava de ser incomodado.

Por isso, quando Sinhá Umbelina bateu à porta, ele sabia que trazia um assunto grave. Pousou o jornal da mesa auxiliar, com o suspiro de antecipação por algo desagradável.

— O que há?

— Coracy.

Sinhá lhe contou sobre os encontros do filho com Eleonora, acrescentando algumas conclusões próprias: disse que Coracy se aproximara da filha do tabelião para atrapalhar Quinzinho, por inveja, ou gosto de frustrar o irmão, que sempre discriminara. Devido àquela querela entre irmãos de lei, ele procurava desviar uma moça até então virtuosa.

— O que esses dois faziam na mata? — perguntou Marciano, alarmado.

— Que eu saiba, nada de mais grave — disse ela. — Pelo menos, até agora. Graças a Deus foram descobertos a tempo.

— Não posso acreditar.

— Quando Don' Ana confirmou que Coracy esteve em sua casa, acompanhado de um certo Pedro Ló, para fazer uma serenata na janela de Eleonora, mandei Quinzinho segui-lo. Não foi uma atitude muito bonita, é verdade, mas o fato é que ele deu com ambos no bosque da fazenda dos Amaral.

Marciano tamborilou os dedos sobre o braço da poltrona. Vangloriava-se do seu autocontrole. Seus sinais de contrariedade eram discretos, mas não davam margem a engano.

— Agora entendo o rompante de Coracy para escapar ao seminário — disse Marciano. — E o compadre Amaral, o que diz?

— Ainda não tomou conhecimento de nada, exceto da serenata. Don' Ana não quis levar o caso a sério em respeito a vosmecê, meu marido, mas acho que agora não podemos ignorar o que está acontecendo.

— Pelo menos não sou o último a saber de tudo. O compadre está pior do que eu.

— Quinzinho tem encontrado Eleonora com o apoio da nossa família e da dela, dentro de casa, como convém — lembrou Sinhá. — Coracy, contudo, procura estragar tudo.

Marciano fez um silêncio pesaroso. Tinha dificuldade de entender seus sentimentos em relação ao filho. Contudo, pertencia a uma época em que homens não precisavam entender seus sentimentos, ou sequer admiti-los, nem para si mesmos. Achava que o sacerdócio combinava com Coracy, não importava o que ele pensasse, nem seus interesses. Entregava o filho ao terreno dos anjos e santos, ao qual ele de certa forma pertencia, por ter sido fruto de sua boa Carmelita — que Deus a tivesse no melhor lugar. Como explicar que fazia isso porque o amava?

— Mande chamá-lo — disse.

Alarmado pela ausência de notícias de Eleonora desde a véspera, Coracy teve um mau pressentimento quando Sinhá anunciou aquela convocação. Ao entrar na biblioteca do pai, suas piores suspeitas se confirmaram quando a porta se fechou.

— Então você ousa mesmo me desafiar — disse Marciano.

— Do que o senhor está falando?

Marciano disse, então, que sabia dos seus encontros na mata com a filha do tabelião. Coracy tentou imaginar como aquela notícia chegara ao pai. Algo acontecera — por isso Eleonora não comparecera ao encontro. Talvez estivesse já sendo castigada por sua causa. Tinha já diante de si a oposição das famílias — a sua e a do tabelião. Tratariam de fazer Eleonora esquecê-lo. A moça delicada que tocava ao piano, que ele beijara, que lhe dissera palavras de amor seria massacrada por sua causa.

O terreno ficaria aberto para Quinzinho. O usurpador buscaria ocupar o seu lugar também no coração de Eleonora. Imaginou o restante da história como um folhetim. Por isso, não se admirou quando Marciano deu sua sentença.

— O senhor tem compromisso em Pirapora — disse ele. — Como está causando problemas, apressaremos sua partida.

Não havia o que Coracy pudesse dizer. O pai jamais o compreendera e não seria naquela hora. Teve uma única reação: seus lábios se abriram levemente, o sorriso que se dá diante das ironias mais amargas.

Coracy não conseguiu dormir aquela noite. Em seu quartinho na ala dos criados, virou-se na cama, incapaz de pregar o olho, mesmo que suas pálpebras pesassem como cortinas de chumbo. Diferente do sábado, quando se arrastara no caminho de casa como um cachorro atropelado, parou de sofrer. A conspiração do universo contra ele fazia com que encarasse o destino com inaudita frieza. Era como se tivesse olhado para Medusa. A vida o transformara em pedra.

Passava das duas da madrugada quando ele se levantou, cansado de olhar para as paredes, sufocado pelo calor abafado do quarto. Vestiu-se e, passos a ressoar pelos corredores, saiu. As ruas àquela hora estavam desertas. Caminhou sem destino certo, sentindo a brisa fresca da noite dissolver o calor evaporado do calçamento. Quando se deu conta, levado talvez pelo subconsciente, estava defronte à casa do tabelião Amaral.

O cérebro maldormido funcionava a meio vapor: não sabia ao certo o que fazer. Uma luz pálida vinha da janela do quarto de Eleonora. Uma vontade superior a qualquer outra força assumiu o comando. Coracy escalou o muro do portão e equilibrou-se até se aproximar da janela. Quatro toques estalaram na veneziana.

Quando as folhas se abriram, surgiu o rosto de Eleonora, pálida como a lua.

— Meu Deus! — exclamou ela. — O que você está fazendo aqui?

Não recebeu resposta. Antes que pudesse impedir, Coracy suspendeu o corpo com a mãos, passou o tronco sobre o parapeito e rolou para dentro do quarto, fazendo barulho.

— Shhh! — fez ela, apavorada.

Estava de camisola, com os cabelos anelados presos em duas tranças, mas acima da compostura preocupava-se com os pais. Um flagrante ali pioraria tudo.

— Desculpe, já não sei o que faço — disse Coracy.

Ao ver o olhar transbordante com que ele sustentou o seu, Eleonora esqueceu o medo. Avançou com os braços estendidos e o abraçou.

— Você fez bem — disse ela, apaziguadora.

— Como você está? — perguntou Coracy.

— Atordoada. Papai está muito bravo. Estou proibida de sair de casa até recomeçarem as aulas.

— Meu pai quer me enviar de volta ao seminário imediatamente.

— Eu sei.

— Todo esse tempo eu quis estar longe de papai e Sinhá. Agora, tudo o que quero é ficar. Por você.

Eleonora segurou o rosto de Coracy com as duas mãos.

— Então, fique.

— Como assim?

— Fique — ela repetiu, enfática. — Ou, melhor, vamos embora juntos. Fugimos.

— Impossível — disse Coracy, balançando a cabeça. — Não tenho recursos para o meu próprio sustento, quanto mais o de uma família. Sem profissão, sem o apoio do meu pai, sem casa... O que teria a lhe oferecer?

— Podemos encontrar os meios — disse Eleonora. — Preciso de muito pouco.

Coracy deitou a cabeça no ombro dela. Pensou em como a distância entre eles, assim tão próximos, podia ser tão grande.

— Não é a vida que eu queria lhe dar — murmurou, desfigurado pela angústia.

Ele a abraçou mais forte. Seus dedos entraram nos cabelos dela, desmanchando as tranças que os prendiam. Podia sentir a respiração de Eleonora em sua nuca, o peito arfante de encontro ao seu: brotou nele o desejo de possuí-la. Afastou-a delicadamente, por receio de não resistir.

Eleonora tinha os olhos rasos d'água; apenas começava a aceitar o que ele já via como inevitável.

— Está bem — disse. — Ficarei à sua espera.

— Você não se esquecerá de mim?

— Não poderia.

— Às vezes penso que o melhor a fazer por você agora seria deixá-la em paz. Renunciar a ti, pela tua felicidade. No seminário, eu não serei obstáculo.

— Aceitar o que você diz seria aceitar Quinzinho — disse Eleonora. — E eu não o amo.

— Quando chegar a hora, Quinzinho irá trabalhar com meu pai. Terá dinheiro, será um bom partido, seus pais apoiarão o noivado. Você teria filhos, a família ao seu redor.

— Continuarei dona do meu coração. É você que eu quero. Você faz tudo com sentimentos verdadeiros. Não aceitou até hoje as imposições da família. Eu quero a tua força. Você pode ir, mas estarei ao teu lado. Vou esperar. Não importa quanto.

Aquelas palavras entraram em Coracy como uma golfada de ânimo. Se não tivesse alguma razão para lutar, aquela seria o bastante. Sentiu em Eleonora uma determinação que antes só encontrara em si mesmo.

— Eu voltarei — disse ele. — Encontrarei meios de resolver essa situação.

Coracy a beijou uma última vez. Afastou-se, passou pelo parapeito e deixou o corpo escorregar do lado de fora.

Eleonora debruçou-se na janela. Quando Coracy desapareceu na noite, pensou que o melhor dele era o coração, ainda que o sofrimento o fizesse temer as emoções. Como rebelde, Coracy era livre, mesmo sob o jugo de Sinhá. Sempre resistiria ao destino que desejavam lhe impor. Sim, eles estariam juntos novamente.

E disse, atirando as palavras de encontro às sombras:

— Eu vou esperar!

Capítulo 3

Daquela vez, a chegada a Pirapora foi diferente das anteriores. A viagem em lombo de jumento não teve o gosto de jornada passageira, impregnada da perspectiva do regresso. Coracy olhava a mata atlântica onde o Tietê se enrodilhava, a trilha conhecida e o seminário, descortinado depois da última curva de morro: o lugar que já lhe inspirara horror era sua casa definitiva.

Na chegada, Rumoldo o encaminhou para uma nova cela no hospício. Ficava próxima da antiga, só que na ala dos seminaristas. Não lhe pareceu muito diferente: o catre de madeira encostado nas paredes nuas, as janelas a trazer para dentro a luz da tarde, refletida profusamente na caiação branca, o crucifixo de madeira como objeto único de decoração.

Tentava consolar-se de sua derrota perante Sinhá e da vergonha por não arrostar tudo e a todos para ficar com Eleonora. Mal completara dezoito anos. Estava longe de ser alguém que pudesse desafiar o pai ou ambicionar casamento. Como podia enfrentar o mundo sozinho? A promessa feita a Eleonora de que voltaria lhe soava agora como uma bravata. Acordava para a distância que havia entre suas ambições e suas possibilidades. Aceitar que seus desejos não passavam de utopia talvez fosse o que chamavam de amadurecimento.

— Bem-vindo — disse o irmão Rumoldo, ao deixá-lo só no aposento, como um convite à realidade.

Procurou pensar no seminário como um sanatório, onde a solidão era esclarecedora, o ar puro revigorante e a paz um anestésico. Dos sonhos perdidos, podia aceitar que jamais seria Santos Dumont, como queria na infância, mas o amor não seria fácil esquecer. Ao pensar em Sinhá e Quinzinho na companhia de seu pai e Eleonora, só aumentava sua vontade de um dia voltar como um cruzado que retorna para vingar-se.

No seminário, Coracy teria dez anos de estudos até a ordenação. No primeiro ano, o do postulantado, seria examinada sua aptidão para a carreira. O irmão Auscário, que vira sua volta com restrições, não perdia ocasião de fuzilá-lo com olhares. Estava certo de que somente a intervenção do irmão Rumoldo lhe garantira a vaga entre os candidatos daquele ano.

No meio deles, para sua surpresa, Coracy reencontrou Ranulfo, com quem voltou a dividir a mesma cela. Ao contrário do que ambos imaginavam, o amigo também tinha sido mandado de volta a Pirapora pelos pais.

— Acho que meu prestígio em casa não é maior que o teu — disse, sardônico.

Apesar da companhia de Ranulfo, Coracy sofria terrível falta de Eleonora. A saudade tirava sua concentração das aulas, despertava-o no meio da madrugada, assaltava-o com desejos irreprimíveis. Não lhe saía da cabeça a lembrança dela em seu quarto, as tranças caídas sobre o colo, o fino algodão a descer dos seios como um véu. A cena lhe daria inúmeras noites de sonhos romanescos. Encontrava Eleonora em seu quarto, à meia-luz, e aproximava as mãos de suas vestes. Antes mesmo de tocá-la sentia esparramar-se entre suas pernas o líquido quente que vinha feito lava das profundezas de seu corpo.

Acordava sobressaltado com aquela autonomia do organismo. Com dificuldade para voltar a dormir, ficava de olhos alertas na escuridão, ocupada com pios de coruja, uivos de guará e aquele roçar nos corredores que desde seus primeiros dias em Pirapora identificava como os velhos fantasmas do seminário. Pensava em Eleonora, sob a influência dos sonhos: os seios descobertos, o peito arfante, o hálito quente de encontro ao seu. Logo o desejo voltava; Coracy esfregava-se no leito, camisola levantada, provando a pele contra os lençóis. Outras vezes, metia o travesseiro entre as pernas, no lugar do ser cobiçado, com um ardor que beirava a ferocidade. Quando o sono enfim o tomava, desfazia os lençóis com os movimentos do corpo torturado, balbuciando palavras incongruentes.

Habituado ao sono pesado, do qual nem os desejos masculinos o retiravam, Ranulfo só desconfiou do padecimento do amigo quando viu nele aquelas bolsas escuras emoldurando os olhos que denunciam o cidadão insone. Quando Coracy lhe explicou a origem do seu tormento, não pôde deixar de dar uma risada.

— Você é um sujeito de sorte — disse.

— Como pode dizer isso?

— A lembrança de um amor é boa companheira — disse Ranulfo. — Duro é estar aqui neste fim de mundo sem ninguém sequer para ter saudade.

— Você não sabe o que diz — protestou Coracy. — Preciso me livrar destes pensamentos, acabarão me deixando louco.

Decidiu empenhar-se nos estudos como fonte apaziguadora dos instintos naturais. Admirava os premostratenses pelo autocontrole. Perguntava a si mesmo como dominavam as vontades do corpo, criadas por Deus para fazer o homem fugir à razão.

Primeiro, testou a força da oração. Quando atacado por seus desejos noturnos, atirava-se ao padre-nosso: Deus está no meio de nós, murmurava, e sentia vergonha ao pensar que o Senhor, como testemunha de tudo e de todos, tinha ciência do que lhe passava pela cabeça, manchando sua ficha de apresentação quando chegasse ao céu.

Ranulfo caía na gargalhada.

— Você acredita mesmo que um simples padre-nosso pode tirar a vontade de mulher?

— Tento esvaziar a mente — disse Coracy. — Mas é verdade que venho obtendo pouco sucesso.

Com ar doutoral, Ranulfo esclareceu que os religiosos utilizavam outro tipo de expediente para suportar as tentações.

— Muitos recorrem à flagelação — garantiu. — Desde os tempos da Idade Média.

— Acredita que os irmãos fazem algo semelhante?

— Alguns, talvez. Ou usam o cilício — completou, referindo-se ao fio metálico cingido à cintura. — Creio que os irmãos consideram a dor uma aflição que coloca o desejo em segundo plano. Isso evitaria o impulso à devassidão.

Coracy não queria livrar-se de um incômodo para substituí-lo por outro pior. Além disso, acreditava que nem a tortura o faria esquecer Eleonora. Ela o acompanhava na missa, cedo da madrugada, enquanto orava fervorosamente no genuflexório. Durante as horas intermináveis de aula, sua mente vagava pela cascata onde se encontrava com ela na fazenda do tabelião Amaral. À noite, quando a solidão tornava-se sufocante, vagava por seu quarto, a vê-la no banho, no toucador, entre os lençóis. Rasgava o travesseiro com os dentes.

— Ranulfo — disse, certa noite, antes de apagar a vela de cabeceira.

— O que é?

— Acho que vou ficar mesmo louco.

— Você é louco há muito tempo — disse o colega.

— Não posso continuar assim — afirmou Coracy — Vou provar a você que está enganado. Verá o que um padre-nosso pode fazer.

Na hora, Ranulfo fez pouco caso do que o amigo dizia. Acreditava conhecê-lo bem: no passado, detestara demais a vida no seminário para abraçá-la agora como sua cura. No entanto, Coracy estava disposto a surpreendê-lo.

Ranulfo assistiu a uma mudança como nunca vira igual. Dali em diante, Coracy passou a esgotar o corpo, como distração. Oferecia-se para todo tipo de serviço pesado: limpar o poço de onde vinha a água do seminário, lavar a cozinha, esfregar o chão dos corredores, trabalhar na horta, nos jardins. Ajudava a cuidar dos alunos do internato, na despensa ou como bedel. Poucas vezes os irmãos tinham visto seminarista mais diligente.

O próprio irmão Evermodo, antes tão reticente quanto ao seu comportamento, surpreendeu-se com aquela disposição. Depois de recusar-se no passado a fazer o que lhe mandavam, Coracy tornou-se um subordinado exemplar. Tinham de obrigá-lo a aceitar uma limitação de esforço, para não ficar doente e dar oportunidade aos outros de também fazer alguma coisa.

— Basta — dizia Evermodo a Coracy, quando o encontrava de escovão na mão, a esfregar em ziguezague o corredor do hospício na hora de descanso após o almoço.

— Um pouco mais, irmão Evermodo — respondia ele. — Em nome de Deus, temos que deixar isto tudo brilhando.

As semanas somaram meses, dos quais Coracy perdeu a noção. Em seu reduto na Mata Atlântica, Pirapora recebia poucas notícias do Brasil e do mundo. A exceção era o relato de alguns viajantes e informações que vinham com os frades que retornavam de Barueri ou São Paulo. Coracy, porém, nada sabia do tempo, nem do que se passava lá fora. Atento somente a uma sucessão interminável de ações cotidianas para esquecer suas aflições, entrou num túnel em que o calendário não fazia diferença.

Coracy aprendeu a gostar da água gelada com que tomava o banho, mesmo durante o inverno, quando a temperatura freqüentemente se aproximava de zero na madrugada. Procurava deixar seu corpo insensível ao frio, ao calor, à fome, da mesma forma que pretendia deixá-lo invulnerável à memória. Levava ao extremo o gosto pelas coisas simples. Fazer a barba, debruçado sobre uma tigela, era seu único luxo. Rezava ao pé da cama, trocava a camisola de dormir pelo uniforme, assistia à primeira missa no transe que parece atingir os monges ao entoar seus madrigais.

Atravessava os dias em estudos, em especial da Bíblia. A leitura repetitiva era também uma forma de amortecer o coração. A chama indomável que ardia dentro dele era diariamente combatida com as palavras sagradas, que bebia como colheradas de um xarope contra a tosse. As refeições frugais, o silêncio e o isolamento monásticos contribuíam para encarcerar sentimentos.

Abolido o relógio, a espera já não existia. Pirapora era sua eternidade. Durante as férias, quando os alunos do internato voltavam para casa e a algazarra no pátio diminuía, Coracy se lembrava do tempo em que ansiava ir embora. Sentia-se esvaziado de vontades. Pensava já ser outra pessoa, porque a saudade aos poucos desaparecia, mergulhando em torpor.

Aos poucos apagava a lembrança de Eleonora, muito devido à certeza de que, mesmo que saísse dali, não poderia lhe dar a vida desejada. Como nada possuía, só poderia obter alguma dignidade diante de Deus, aquele amigo misterioso diante de quem se penitenciava e o único para quem não havia qualquer importância nas posses terrenas e na distinção social.

Gozava de tal prestígio entre seus superiores que foi aceito com louvores para o noviciado canônico. O irmão Auscário, que defendia sua defenestração, fora vencido: tinha de aceitar Coracy como um deles. Até mesmo ele, porém, observava o empenho de Coracy em todas as suas tarefas e, mesmo um tanto descrente, admitia que ele melhorara muito.

— Desconfio que houve algum engano — dizia. — Esse Coracy que nos apareceu deve ser outro.

Feito noviço, Coracy ganhou um hábito creme de algodão. A nova vestimenta fez com que ele se sentisse finalmente despojado de tudo, não só de seus bens, como do passado e da própria identidade. Como um triunfo pessoal, o irmão Rumoldo orgulhava-se do discípulo. Era como se, tendo recolhido a pedra bruta, visse um obscuro mineral ganhar faiscante lapidação.

Até mesmo Ranulfo, com quem Coracy mais convivia, espantava-se com aquela transformação. Nunca vira tamanho espírito de renúncia. Da mesma forma com que enfrentara o irmão Auscário, Coracy abstinha-se de tudo.

— Não entendo — dizia ele. — O que será que deu em você?

— O Senhor mostra o caminho para aqueles que não têm saída — disse Coracy. — Estou esperando seu chamado.

Em seu terceiro ano como seminarista, Coracy fez os votos canônicos de pobreza, castidade e obediência. Logo ele, o rebelde, entrava para os estudos superiores de filosofia e teologia como um fiel pastor. A essa altura, Ranulfo já não duvidava de que seu amigo se tornaria padre. E estaria certo, não fossem acontecimentos inesperados, que um dia ele ainda poderia incrédulo narrar.

Ao final do quarto ano de filosofia, Coracy já apagara completamente sua antiga má reputação. Aos 24 anos, o nariz saliente a emprestar dureza ao rosto, ganhara também força física com os rigores da vida monástica. Sua figura exemplificava o caráter, já famoso entre os religiosos. Até mesmo as vontades do corpo tinham arrefecido: ceifara os apelos mais violentos graças àquela disciplina superior que lhe era característica. No seminário, cultivava o caráter, seu único patrimônio.

Cumpria a rotina do seminário à risca. Levantava às quatro e meia da manhã. Depois da higiene, das orações matinais e do desjejum, assistia às primeiras aulas, a partir das sete horas. Às dez, começava a missa dos seminaristas. Às onze e meia, orava sozinho na capela. Ao meio-dia, havia uma pausa para o almoço e descanso de uma hora. De duas a cinco da tarde, visitava o santuário para ajudar os irmãos a atender o público que vinha iluminar-se com a imagem milagrosa de Jesus, confessar-se e comungar.

Quando sobrava tempo, andava pelas casas da vila de Pirapora, conversava com os moradores nos troncos que serviam de bancos ao longo do rio, ouvindo suas histórias, ou caminhava pela mata. Acostumara-se tanto à solidão que sentia sua falta. Gostava de ver o sol entrando no bosque pelo emaranhado de galhos e cipós, do vôo rasante das corujas assustadas com sua aparição, dos passarinhos, roedores e insetos. Admirava-se com a multiplicidade da vida e os mistérios da natureza. Tais caminhadas eram seu retiro espiritual.

No final da tarde, retornava ao seminário para a oração vespertina, o jantar, a missa das sete e os estudos noturnos da Bíblia. Moldara-se de tal forma à vida monástica que até mesmo a Ranulfo escapava o quanto tudo isso lhe custava. Enquanto o amigo tinha ganas de fugir à noite, disposto a arrostar os perigos da mata para voltar à "civilização", Coracy controlava-se como se a própria vida dependesse daquela capacidade de autodomínio. Transformava em força a resignação.

— Não compreendo — dizia Ranulfo. — Pensei que você fosse o primeiro a abandonar esta casa dos mortos.

— Só os sobreviventes podem fazê-lo — explicou Coracy.

No terceiro ano dos estudos de teologia, que lhe auferiram o posto de diácono, Coracy podia visitar sozinho os doentes, abençoar casas e objetos, encomendar o corpo dos falecidos, batizar e testemunhar casamentos, entre outras tarefas que precediam a ordenação plena. Evermodo lhe pedia pequenos favores, como a um predileto. Um deles, que o agradou muito, era de certa forma uma missão aérea.

— Você está encarregado de fazer os balões de São João, quando *chegarrem* as festas juninas — disse o reitor.

Junho era mês de grande celebração em Pirapora. Organizava-se uma quermesse em torno do santuário, que recebia os romeiros com barracas de quentão, milho verde, pamonha e curau. A elas se juntavam os vendedores ambulantes e formava-se um grande burburinho.

Coracy cumpriu sua tarefa com máximo capricho. Enquanto varria, lavava roupas, esfregava panelas e rezava, planejou o grande dia. Não bastava fazer balões. Ele queria fazer o maior balão do mundo, batizado de Gigante, que assombraria os visitantes e se tornaria famoso. Teria uma armação com cinco metros de altura e uma mecha capaz de impulsionar céu acima toda aquela estrutura. Assim que o irmão Rumoldo o autorizou a comprar material do mascate, começou a trabalhar com Ranulfo, nomeado balonista-assistente. Pela primeira vez, o amigo lia no semblante de Coracy um entusiasmo genuíno.

— Não podemos voar, mas os balões voarão por nós — disse Coracy. — De um jeito ou de outro, seremos lembrados no espaço.

— Mas esse Gigante não é muito grande? — perguntou Ranulfo.

— Em tudo, é preciso ambição.

Quando se aproximaram as festas, Coracy trabalhou febrilmente. Fizera muitos balões em Cachoeira, ainda moleque. Além de duas dúzias de balões de bom tamanho, utilizaria todo o seu conhecimento para produzir o maior, mais belo e efetivo dos balões já concebidos em terra brasileira. Aos poucos, da amarração de grossos arames nasceu o esqueleto do Gigante, cuja armação ocupou um bom espaço do galpão do seminário.

— Nossa! — admirou-se Ranulfo, ao examinar o serviço pronto. — Será que isso voa?

— Quando a mecha apagar, ele estará no sertão da Bahia, ou quem sabe sobre o mar — garantiu Coracy.

No dia da festa, foi rezada a missa ao ar livre pelo irmão Evermodo, num tablado improvisado em praça pública, depois ocupado por uma dupla de sanfoneiros e um violonista encarregados de animar a multidão espremida entre as barracas da quermesse. Equilibristas, palhaços e mágicos exibiam-se entre os romeiros em troca de algumas moedas. À noite, uma fogueira iluminou a esplanada entre o santuário e a barranca do rio. Os religiosos que não estavam trabalhando nas barracas confraternizavam.

Por volta das oito horas da noite, chegou a vez dos balões. Meticuloso, Coracy primeiro mandou Ranulfo trazer os menores. Soltaram um a um, no centro da roda humana na esplanada do santuário. Excitada, a platéia via Coracy acender a mecha, iluminar por dentro o papel de seda e soltar os balões como abajures voadores. Eles subiam acompanhados de um Ó! de deslumbramento que percorria a multidão, viravam pontos coloridos no céu e por fim juntavam-se às estrelas. Coracy sentia-se um deus, criando a sua própria constelação.

Às dez horas da noite, o ápice: dez seminaristas trouxeram a armação do Gigante, cujo tamanho provocou exclamações de espanto ainda antes do lançamento. Diante daquele monstrengo, os olhos balançavam entre a dúvida e a admiração. Com seus cinco metros de altura, ainda murcho, o Gigante precisou do amparo de muitas mãos, até ser acesa a mecha. Aos poucos o balão inchou, mostrando-se em toda sua grandeza. No primeiro instante, pareceu falhar, vergar sobre o próprio peso perigosamente, a ponto de as chamas lamberem suas paredes inflamáveis. A equipe que o sustentava movimentou-se de um lado para outro, equilibrando-o no ar. Então ele se enfunou, ganhou fôlego e subiu, primeiro lentamente, em seguida como um projétil decidido a ganhar o espaço sideral.

Coracy foi carregado em triunfo. Depois, quando a multidão exausta começou a se dispersar, voltou para o hospício, não sem receber efusivos cumprimentos por onde passava. Até o irmão Evermodo lhe deu um tapinha nas costas:

— *Parrabéns*! Foi um sucesso! Saiu-se muito bem!

Foi para a cama depois da meia-noite, coberto de glórias. Pensava no Gigante, garboso, a cruzar majestosamente o espaço aéreo brasileiro. Por uma noite, sentia-se como Santos Dumont.

Dormiu entre balões e estrelas, navegando pelo céu sobre terras longínquas, na companhia de Eleonora. O sonho, porém, foi interrompido bruscamente. Mãos frenéticas o sacudiram daquele doce idílio. Viu uma luz baça, que estranhamente não vinha da vela à cabeceira. Ranulfo, que naquela noite sofrera de insônia, apontava a luz amarela refletida na janela, que batia fracamente com o vento.

— Venha ver!

Ainda de camisola, os dois puseram meio corpo fora da janela. Foi o suficiente para Coracy entender o que ocorria. Um clarão alaranjado erguia-se da mata logo acima, na montanha que encimava o seminário. Línguas de fogo despontavam entre as árvores: um grande incêndio rapidamente corria pela mataria. Breve alcançaria o pasto, seco com a estiagem do inverno, período em que a Serra da Mantiqueira passava meses sem ver chuva.

Só podia ser uma coisa. O balão não viajara até o mar, nem o sertão da Bahia, como ele imaginara. Fizera meia-volta, trazido por uma mudança de vento. O peso da mecha tornara-se mais importante à medida que a chama, consumindo o breu, perdia intensidade. Sem apagar por completo, fizera a grande estrutura baixar lentamente até pousar próximo ao lugar de onde partira, incendiando o papel e em seguida a própria mata. Não agissem rápido, as chamas devorariam o pasto e logo estariam sobre eles, ameaçando o seminário.

— Temos que acordar todo mundo — disse Coracy.

De camisola mesmo, disparou quarto afora, com Ranulfo em seus calcanhares. Pensou imediatamente no irmão Rumoldo, que possuía um apito para dar o toque de despertar. Correu direto para sua cela e, em situação de emergência, abriu a porta repentinamente, sem bater.

O mundo podia estar se incendiando, mas o que Coracy viu o fez deter-se como diante de um abismo. Ficou ali parado, esbaforido, diante do lampião que iluminava não só o quarto do irmão Rumoldo como, sobretudo, a máscara de susto que desfigurava o religioso. No catre onde dormia, Rumoldo encontrava-se assentado nos joelhos, camisola arregaçada até a cintura, com a região púbica coberta pelas nádegas expostas de outro irmão, este nu como viera ao mundo, acomodado numa posição de cachorrinho, segundo a interpretação momentânea de Coracy. Nesse exato instante, Ranulfo surgiu atrás dele e um queixo encaixou-se sobre seu ombro, detido por igual estarrecimento.

Com o leve empurrão que Ranulfo lhe deu ao estacar, Coracy colocou um pé adiante, avançando meio passo. Foi o suficiente para ver o rosto do religioso que se debruçava sobre o leito.

Recuaram ambos como se tivessem visto um espectro. Não havia a menor dúvida, ainda mais pela expressão abismal do homem que voltou seus olhos para Coracy e Ranulfo. Aterrados a ponto de perder por completo o sentido de urgência que os levara intempestivamente a romper cela adentro, eles identificaram naquela situação inexplicável o bedel Auscário.

O incêndio da mata em Pirapora foi debelado somente por volta das cinco horas da manhã.

O fogo rapidamente se alastrou do mato ressequido para o pasto próximo ao seminário. Um bordado vermelho desceu a montanha, consumiu o galpão do seminário e lambeu a ala direita do edifício. Religiosos e seminaristas, com os pés descalços, ainda em camisolas, ajudados por moradores da vila de Pirapora, acorreram com baldes, vassouras e cobertores para abafar o fogo. Como os reservatórios de água do seminário tinham sido esvaziados durante a quermesse, uma grande corrente humana formou-se para buscar água do Tietê. Baldes passaram de mão em mão até a frente de combate às labaredas.

Com seu corpanzil, o reitor Evermodo liderou uma força-tarefa munida de pás e picaretas para cavar uma trincheira entre o pasto incendiado e as dependências do seminário. Com isso cortou o rastilho inflamável de capim que levava as chamas diretamente sobre a ala esquerda do edifício. Um segundo pelotão, comandado pelo irmão Auscário, tratou de abafar novos focos do incêndio provocados pelo vento, que espalhava fagulhas pelo ar. Um terceiro grupamento, com o irmão Rumoldo à frente, travou combate direto ao fogo no trecho da construção já atacado pelas chamas.

Quando o dia nasceu, pairava no ar o cheiro de fumaça e de feijão queimado. Extenuados, os premostratenses dividiam-se entre o alívio e a desolação. Todo o seminário e a ala frontal do edifício tinham sido salvos. Havia gente que se intoxicara com a fumaça e alguns queimados, mas ninguém se ferira com gravidade. No entanto, a cozinha, o refeitório e a capela eram um monte calcinado. O gado do seminário debandara para escapar às chamas. Um grupo marchou para recuperar os animais, espalhados pela redondeza. Não se sabia onde haveria pasto para alimentá-los dali em diante. O odor do feijão queimado lembrava que no seminário também não havia mais onde fazer as refeições.

Com os pés descalços sobre restos carbonizados, Coracy observou a montanha atrás do seminário. A Cruz do Século reduzia-se a um toco de carvão. O pasto que antes subia em direção à mata era agora um aclive enegrecido e pelado. A floresta mais adiante virara um paliteiro descabelado, semi-oculto por volutas cinzentas de fumaça misturadas à bruma fria da manhã.

Mal comemorara o sucesso do balão e Coracy era já o responsável por uma hecatombe sensacional. Não podia ser diretamente responsabilizado pelo incêndio, mas olhares acusadores apontavam na sua direção. Caminhou sobre estilhaços de pratos e panelas de barro recozidos no fogo, machucando os pés. Sua alma parecia também ter se consumido no holocausto. Mais que o incêndio, consternava-o a imagem do irmão Rumoldo acoplado ao bedel Auscário, gravada igualmente a fogo na sua memória. Recordou as noites em que ouvia passos furtivos nos corredores do seminário. Estupefato, afinal compreendia a natureza dos fantasmas que assombravam a instituição.

Aquele flagrante involuntário desmanchara um ídolo. Como poderia novamente encarar Rumoldo, justo o irmão a quem devia tanto e de quem mais gostava? Perplexo, não conseguia agora vê-lo diferente do velhaco Auscário. Tinham se igualado na horizontalidade do catre.

O ambiente do seminário não estava menos envenenado que o de sua casa. Simplesmente não podia mais ficar ali. Indo embora imediatamente, pouparia a todos e a si mesmo de explicações.

Foi ao hospício recolher suas coisas. Não tinha meios para ir embora, mas o faria de qualquer jeito. Entrou pelo corredor ainda enfumaçado, tirou seus pertences do baú ao pé da cama e jogou ao chão o hábito do noviciado. Vestiu-se com suas antigas roupas, para constatar que já não lhe serviam direito. Ganhara peso e envergadura: a camisa apertava-lhe o peito quase a ponto de rasgar, as calças quase não lhe fechavam na cintura. Lançou às costas o saco de viagem, pronto para sair.

Nesse instante, Ranulfo abriu a porta. Alarmado ao vê-lo com a bagagem, o amigo se manteve entre ele e a saída.

— Aonde você vai?

— Embora — disse Coracy.

— Você não pode fazer isso!

— Não só posso, como vou.

Ranulfo balançou a cabeça, como se a um desastre se somasse outro, de igual proporção.

— Então me leve com você.

— Escute — disse Coracy —, você nada tem a ver com o incêndio. Foi apenas meu colaborador na construção do balão. E o que vimos... Bem, ninguém irá querer falar sobre isso.

Ranulfo rendeu-se, desolado. Não queria ficar, mas não tinha para onde ir. Ou melhor, não tinha a coragem de Coracy para sair dali e enfrentar o mundo que deixara lá fora. Pediu-lhe então que esperasse mais um instante.

— Tenho algo a lhe dar.

Ranulfo remexeu no baú ao lado de sua cama. Dali retirou uma pilha de roupas e, debaixo delas, uma bola de meia. Desenrolou-a até aparecer um maço gordo de dinheiro. Separou grande parte das notas e entregou-as a Coracy.

— Vai precisar — disse.

— Não posso aceitar.

— Em nome da nossa amizade — insistiu Ranulfo. — Não pense que está sempre sozinho.

Tirou da cabeceira de sua cama um escapulário verde, colocando-o entre as mãos de Coracy.

— O dinheiro acabará — disse ele. — Mas isso poderá ajudá-lo por mais tempo.

Coracy abraçou o amigo. Provavelmente Ranulfo era a única pessoa a lhe querer bem, além de Eleonora. Guardou o dinheiro e o escapulário no bolso. Ajeitou o saco novamente às costas, apertou a mão de Ranulfo, agradeceu e saiu.

Abaixo do seminário, no declive que levava ao santuário, havia um movimento desordenado de gente que ainda trabalhava no rescaldo. Coracy prosseguiu até o cais, onde encontrou cinco pescadores a conversar sobre o incêndio.

— Alguém está subindo o rio?

— O Santinho — disseram. — Vai a Santana de Parnaíba buscar remédio para os queimados e volta.

— Há lugar para um passageiro?

— Sim, siô.

Dali a quinze minutos, estava com Santinho deslizando na superfície lisa do Tietê numa canoa de pesca, peça inteiriça de madeira escavada com fogo à maneira dos índios. O pescador, um caboclo pouco falante, de pele gretada no sol tropical, olhava Coracy com ar de quem sabia tudo e o culpava dos acontecimentos.

Examinou suas mãos, chamuscadas na luta contra as chamas. A desilusão com o seminário o devolvia à vida. O monastério lhe servira apenas como um preparativo para o momento de encarar seus verdadeiros problemas. Agora, mais maduro, podia vê-los com clareza solar. Sempre tivera medo do pai, de Sinhá, até de Quinzinho. Nunca ousara realmente enfrentar os usurpadores. Deixara-se enviar para o quartinho na ala dos criados, aceitara ser posto para comer na cozinha, que lhe dissessem para onde ir, ou o que faria de sua vida.

Compreendia agora por que talhara a si mesmo da forma mais espartana naqueles anos de seminário. Educara-se no espírito de renúncia, no despojamento, no trabalho e na fé para se tornar não um religioso, mas um forte. Chegara a hora. Voltaria à casa de seu pai, dessa vez não para pedir, e sim exigir o que lhe pertencia. Estava pronto para enfrentar Marciano. E, depois, procurar Eleonora.

Contava que ela ainda o estivesse esperando, que sua ida ao seminário não a tivesse feito desistir, que não tivesse se encantado por Quinzinho, ou cedido às forças familiares. Daquela vez, não se apresentaria como um amor pueril, num arroubo inconseqüente. Nem apareceria diante dela como um adolescente fugitivo. Era um homem feito. E, quem sabe, dono de meios para uma vida digna.

Obcecado por chegar, Coracy desembarcou em Santana de Parnaíba, ponto final do pescador Santinho, e andou quinze quilômetros a pé até a estação férrea de Barueri. Lá, com o dinheiro de Ranulfo, comprou o bilhete de trem para São Paulo e fez a baldeação. Chegou a Cachoeira no fim da tarde do dia seguinte, sem dormir ou sequer comer.

A barba cerrada, a insônia, a sujeira de dois dias após o incêndio e as roupas que lhe fugiam da medida lhe emprestavam uma triste figura. Foi como um refugiado de guerra que bateu na porta da casa de seu pai.

De olhos arregalados, Benedita quase não o reconheceu ao abrir a porta.

— Siôzinho, ocê aqui, desse jeito! Que aconteceu?

— Hoje vou dormir no meu antigo quarto — disse ele.

Ressabiada, Benedita foi anunciar sua presença. Coracy não esperou autorização para entrar. Seguiu-a de perto e irrompeu na sala logo atrás dela.

Marciano acabara de chegar do fórum. Encontrava-se com Quinzinho, Sinhá e Jurandyr. Somente pelo desenvolvimento do meio-irmão, prestes a entrar na adolescência, Coracy se deu conta de quanto tempo tinha ficado fora de casa. Dirigiu-se ao pai. Marciano continuava com o mesmo semblante; porém, parecia menor, mais baixo, levemente curvado. Diminuíra, ou Coracy se agigantara. Soou estranho quando ele cumprimentou Marciano da mesma forma que fazia nos tempos de menino:

— A bença — pediu, e tomou-lhe a mão para beijar.

Surpreso com aquela repentina aparição, o estado e os modos do filho, Marciano deu-lhe a mão.

— Imagino que não tenha boas notícias.

— As notícias não importam — disse Coracy. — O fato é que deixei o seminário.

— Não me surpreende — interveio Quinzinho. — Acho que nem para padre você serve.

Coracy encarou-o com expressão feroz.

— Cale-se.

— Você veio aqui para pedir ajuda ou nos ameaçar, nestes trajes de mendigo? — adiantou-se Sinhá, até então ignorada.

Sentiu como se ele a vergasse com o olhar. Faria provavelmente mais se lhe colocasse as mãos. Assustada, ela recuou dois passos.

— O que você está fazendo aqui, afinal? — inquiriu Marciano, atraindo de volta a atenção do filho.

— Vim reclamar tudo o que me é de direito.

— Do que está falando?

— Voltei para trabalhar. Preciso de uma quantia em dinheiro para começar a vida. Abrirei comércio aqui em Cachoeira. Estabelecido, poderei me casar com Eleonora. Com o seu consentimento.

— Será que estamos ouvindo bem? — disse Sinhá, estridente, a Marciano.

— Quero meu lugar — insistiu Coracy.

Estava agora diante dos três, que se juntavam, como uma matilha de lobos a defender-se de um inimigo feroz.

Marciano tinha dinheiro. No entanto, não podia ceder daquela forma. Enviara Coracy ao seminário: sua volta, ainda mais daquela forma intempestiva, era uma afronta. Cedesse assim e nunca mais recuperaria a autoridade, como homem, pai e juiz.

— O que o faz pensar que pode exigir alguma coisa dessa maneira?

— A justiça — disse Coracy. — Ou o que sua consciência deve a mim e minha mãe.

— Não devo nada a ninguém — rugiu Marciano. — Engana-se se vem reclamar algo a que não tem direito. Enquanto viver, eu decido o que é melhor para meu próprio patrimônio. E o que deve ser feito de você. Você é meu filho!

— Sou seu filho, mas deixei de ser criança — disse Coracy. — Quem decide o que será feito de mim sou eu.

— Então que seja por conta própria — vociferou Marciano. — Quem é independente o é com seus próprios recursos.

A voz do juiz reverberou pela sala. Quando o silêncio voltou, caiu sobre Coracy como uma mortalha. Esperava se impor, recuperar o que tinha e procurar Eleonora. Na prática, constatava que a ponte entre ele e o pai fora destruída para sempre. Estava preparado também para isso. Em vez de ceder ao efeito devastador daquela decisão sobre seu destino, estendeu a bandeira do orgulho.

— Está bem — disse, e tomou do chão a trouxa que descansava a seus pés. — Adeus.

Não houve tempo para segundo pensamento, reconsideração ou palavras conciliatórias. Da mesma forma abrupta com que surgiu, um jovem transfigurado virou as costas para a única família que possuía. Não disse para onde ia, ou o que faria. Apenas desapareceu, deixando para o juiz Marciano o vazio da perplexidade.

Depois do meteórico confronto com o filho, Marciano passou e repassou sua atitude diante de Coracy. Talvez a consciência lhe apontasse algum erro, mas ele não atinava como poderia ter agido diferente. Amparou-se na mulher. Sinhá reiterava que o juiz adotara a melhor conduta possível. Caso concordasse com as exigências de Coracy, ainda mais daquela forma inaceitável, Marciano teria sido desmoralizado. Ceder não faria qualquer bem — a ele e tampouco a Coracy.

— O rapaz quer o caminho fácil — asseverou Ana Umbelina. — Abandonou o seminário em circunstâncias obscuras. Viu como se apresentou aqui em nossa casa? E ainda vem pedir dinheiro, para não se esforçar em construir vida própria. Tornou-se um vagabundo.

— Ele é meu filho, Sinhá! — exclamou Marciano. — Daria meu nome a um neto!

— Está enganado — disse ela. — Um filho é aquele que nos respeita. Quem não trata devidamente os pais não é nada. Você tem Jurandyr, que estamos criando de modo bastante diverso. E Quinzinho, que, sem ser filho natural, honra teu nome muito mais.

Enquanto Coracy estava no seminário, Marciano enviara Quinzinho a São Paulo. Lá, ele estava prestes a se formar na Faculdade do Largo do São Francisco, a mais renomada escola de Direito do país. Marciano enchia-se de orgulho. Realizava sua vontade de ter por perto um advogado que cuidasse dos negócios de família, aos quais ele não podia dar a devida atenção, por conta de sua investidura como magistrado.

Quinzinho andava cheio de planos. Ao formar-se, queria ocupar definitivamente seu lugar. Isso incluía não somente assumir os negócios de Marciano, como também abrir um escritório de advocacia em São Paulo, onde poderia conquistar clientes importantes. Assim como Coracy, estava mudado: as feições mais definidas, o bigode cheio, os olhos vivos. A capital lhe dera não apenas educação, como a firmeza do adulto e do cidadão cosmopolita.

Assim que montasse seu escritório, estaria em condições de obter seu segundo objetivo: casar-se e ter filhos. Todo aquele tempo, visitando Cachoeira no período de férias, não deixara de freqüentar a casa de Olinto e Don' Ana Amaral para ver Eleonora. O tempo assentara nela a beleza anunciada na menina. Os olhos doces haviam ganhado decisão; os cabelos anelados tinham ficado mais cheios, de modo que ela os prendia à nuca, como que para conter um instinto natural de independência; o passo cadenciado sugeria um temperamento ao mesmo tempo feminino e senhorial.

A cada visita, Quinzinho encantava-se mais com ela. Levava-lhe flores e procurava ocasião de falarem a sós. Eleonora se esquivava. Nesses encontros, esperava que ele estivesse ali para dizer que em São Paulo se apaixonara por alguma mulher e viera despedir-se. Contudo, Quinzinho não dava qualquer sinal nessa direção, ao contrário. Sentava, aceitava o chá oferecido por Don' Ana e iniciava um colóquio interminável. Falava da moda, da vida social, do teatro e dos passeios que um dia fariam juntos na capital.

De volta a Cachoeira, tão logo se formasse advogado, estaria em condições de ser mais incisivo. Cansara-se da cordialidade de Eleonora. O modo como ela o tratava tinha algo de condescendência: não o repelia, pelo respeito à sua família, mas não o desejava. Em vez de afastá-lo, porém, aquela velada resistência apenas alimentava mais o desejo de posse.

Consultava a mãe, mais experimentada em mulheres e nas artes da vida. Dizia Sinhá que muitas vezes o amor nasce pela convivência, não com acessos sentimentais, sem base na realidade.

— Somente a vida em comum indica a melhor mulher — dizia ela. — E o melhor marido.

— Acha que posso mudar os sentimentos de Eleonora?

— Ela é teimosa — disse Sinhá. — Mas na hora do casamento, o lado prático da mulher se impõe. Você vai ver.

Quinzinho tinha suas dúvidas. Contava com o apoio de Don' Ana e Olinto Amaral, que o consideravam o melhor partido. Contudo, para seu triunfo completo, não lhe bastava a aliança familiar. Queria o amor de Eleonora, como um dia ela amara Coracy.

Tudo isso veio à sua cabeça de um só golpe, quando o primo-irmão surgiu intempestivamente em Cachoeira. Tomou um susto tão grande que sentiu o coração faltar no peito. Não importava que Coracy estivesse trajado como um náufrago: ao reclamar os seus direitos, emanava dele uma força imanente que recolocava todos em seus lugares. Era como se ele, Quinzinho, é que estivesse sujo, roto e esfarrapado.

Felizmente, Marciano deixara clara sua opção entre o filho natural e aquele que escolhera para ajudá-lo. A teimosia do juiz contava a seu favor. Dificilmente Marciano daria o braço a torcer, mesmo comovido ou pressionado pelo filho. Além disso, havia a influência de Sinhá. No entanto, Quinzinho temia que a presença de Coracy ainda pudesse lhe causar um estrago, reavivando os sentimentos de Eleonora.

No dia seguinte à aparição de Coracy, chegou às mãos de Marciano uma carta de Pirapora. Sem saber do paradeiro de Coracy, o irmão Evermodo notificava o desaparecimento de seu filho após o incêndio do seminário. Marciano sentou-se para não cair, de tanto pesar.

— Havia alguma coisa errada, eu não lhe disse? — soprou-lhe Sinhá. — Ele deve ter alguma participação nesse incidente.

— Não posso acreditar — disse o juiz. — Se fosse verdade, o reitor teria me comunicado algo a respeito.

— Talvez devêssemos pelo menos ver se Coracy não está passando necessidade — ponderou ela, em tom magnânimo. — Não foi por acaso que parecia um flagelado.

— Nada disso — cortou o marido.

Marciano enviou resposta a Pirapora, de modo a cientificar o reitor de que Coracy estivera em sua casa e manifestara o desejo de abandonar o seminário. Tranqüilizou Evermodo, no sentido de dispensá-lo das obrigações para com seu filho. Tomara uma decisão. Dali em diante, não mais lhe interessava o paradeiro de Coracy. Ele já era adulto. Tivera oportunidade de demonstrá-lo na feição endurecida, no tom agressivo, na expressão ameaçadora com que surgira em sua casa. Flagelado ou não, ao optar pelo caminho do confronto, da rebelião, do desrespeito, Coracy ficara sozinho. Tinha de saber o que estava fazendo e arcar com as conseqüências.

Quinzinho, porém, se interessou, e muito, em saber onde estava Coracy. Buscou informações pela cidade, para verificar o que tinha acontecido com ele assim que pusera os pés fora de casa. Descobriu que tomara a libré com destino à estação de trem. De lá, partira no mesmo dia. Procurou certificar-se de que Coracy não procurara Eleonora. Pelo que soube, ele não vira ninguém, não falara com ninguém, a ninguém dissera qual seria seu destino. Sumira da mesma forma como tinha aparecido: de repente.

Aliviado, mandou um mensageiro ao casarão dos Amaral, com um bilhete em que pedia licença para uma visita de cortesia. Cordialmente, requisitava ficar algum tempo a sós com Eleonora, para tratar de "assuntos pessoais".

Don' Ana não fez objeção. Convidou-o para um café com biscoitos e avisou a filha.

Eleonora veio receber Quinzinho ao lado da mãe, um tanto contrariada. Com sua simpatia habitual, ele falou sobre o prazer de estar na cidade, da vida em São Paulo, de seus planos para a festa de formatura e do futuro escritório de advocacia. A certa altura, Don' Ana abreviou o protocolo. Pediu desculpas para ver qualquer coisa na cozinha e o deixou na sala a sós com Eleonora. Dava-lhe a oportunidade esperada.

Eleonora ajeitou-se na cadeira. Imaginava o que ele queria dizer. Para inibir a conversa, tomou a iniciativa, puxando outro assunto.

— Fico satisfeita que você esteja próximo de se formar — disse ela. — Creio que será um advogado muito próspero.

— Não é só por causa do trabalho que decidi me empenhar tanto.

— Claro, creio que você deve muito à família.

— Na verdade — adiantou-se ele —, gostaria de ter uma boa posição para honrá-la como minha esposa.

Ela fugiu com os olhos. Levantou-se e caminhou para o piano. Desde o tempo em que tocavam juntos, na casa de Sinhá, era o modo de ocupar com outra coisa o espaço em que as conversas se dirigiam para aquele tom íntimo. Quinzinho, porém, ergueu-se rapidamente, tocando seu braço de leve com os dedos.

— Todas as vezes que venho aqui, você me evita — disse.

— Eu não o evito — disse Eleonora. — Não seria polido.

— Sim, não me evita, mas não dá oportunidade de lhe falar de assunto sério.

— Não há assunto sério entre nós.

Os dedos de Quinzinho, que antes a tocavam com delicadeza, fecharam-se em seu braço. Ele parecia tomado de uma febre.

— Isso só tem uma explicação — afirmou ele. — Você pensa em Coracy. Mas ele não voltará.

Eleonora irritava-se: Quinzinho a obrigava a dizer coisas sobre as quais não lhe devia satisfação.

— Você não entendeu — disse ela, soltando o braço com um repelão. — Vou esperar Coracy. Acredito que ele voltará, sim. Não terminará o seminário. E virá me buscar.

Quinzinho riu.

— Se você soubesse mais, veria que Coracy não merece todo esse apreço que lhe dedica.

— O que quer dizer?

— Ele já voltou. Esteve aqui em Cachoeira — revelou, com um sorriso no canto da boca. — Fugiu do seminário.

— Não é possível — disse ela.

— É a pura verdade — disse Quinzinho. — Pode perguntar a minha mãe. Ou ao doutor Marciano. Ou a qualquer empregado de nossa casa. Pergunte a Benedita. Todos o viram. No entanto, não pareceu interessado em procurá-la.

— Deve ter alguma razão.

— Sim, tinha uma razão.

— O que quer dizer?

— Pediu dinheiro a papai. Para abrir um negócio, talvez. Como nada recebeu, decidiu partir. Soube na estação que comprou bilhete do trem com destino ao Rio de Janeiro.

— O quê?

— Isso mesmo. Voltou pelo dinheiro. Não por você.

Ela murchou. Coracy em Cachoeira! Deixara o seminário! E fora embora sem ao menos lhe falar! Não podia acreditar naquilo.

Lembrou-se de Coracy atirando pedras na veneziana, galgando o muro para entrar pela janela, tomando suas mãos, beijando-o na cachoeira. Sentira nele a paixão, sabia que ele a amava. Olhou para Quinzinho: o que ele dizia não fazia sentido. Por que Coracy deixaria o seminário, senão por sua causa? Por outro lado... Se era verdade que ele estivera ali... Por que não viera vê-la?

— Não compreendo.

— Compreenderá logo — disse Quinzinho. — Coracy pode parecer apaixonado, mas na realidade só pensa nele mesmo, é um egoísta. Não merece o teu empenho.

— Você está enganado.

— Só meu sentimento é verdadeiro. Logo estarei formado e a pedirei formalmente em casamento. Todos nos querem juntos, inclusive seus pais. Espero que considere tudo isso.

Sem saber o que pensar, Eleonora sentou-se na banqueta do piano.

— Preciso de tempo.

— Você terá tempo — disse Quinzinho.

— Mamãe! — chamou ela.

Em instantes, surgiu Don' Ana. Tinha ar interrogativo, mas nada perguntou.

— O que foi?

— A senhora demorou muito na cozinha. O visitante já está nas despedidas.

Devolvido à rua daquela forma um tanto abrupta, nada restou a Quinzinho senão cumprimentar Don' Ana e sair. Apesar do mau jeito, deixou a casa dos Amaral feliz. Dera em Eleonora um tratamento de choque e acreditava ter obtido o efeito desejado. Quando se recuperasse da surpresa, ela passaria a ver as coisas de modo diferente. Então estaria em vantagem para retomar a aproximação.

Assim que Quinzinho saiu, Eleonora pediu licença a Don' Ana e trancou-se em seu quarto. Mais que surpresa, estava tomada de raiva, que vinha em ondas incandescentes. Então Coracy não imaginava que estivera todo aquele tempo a pensar nele? Duvidava da sua palavra, dos seus sentimentos, do seu caráter? Preferia mil vezes que ele se tornasse padre a sabê-lo fora do seminário e longe dos seus braços. Detestou Quinzinho por vir dar a notícia daquela forma, com visível prazer, quando sabia lhe causar dor. Para completar, aproveitava-se do momento para colocar-se no lugar supostamente vago.

Tamanha baixeza a deixava exasperada.

Por que a vida tinha de ser tão difícil, quando a felicidade era tão simples? Odiou as pessoas que se interpunham entre ela e Coracy, afastando-o para longe: sim, eram elas que estragavam o mundo. Aquilo valia também para seus pais. Eram um casal de ferro, mas de que valia tamanha dureza, se não fosse para defender o que era bom? Não podia acreditar que eles não compreendessem como erravam ao aceitar Quinzinho, somente pelo fato de ser o preferido de Sinhá e do doutor Marciano. Também era inaceitável que logo um juiz, a quem se dava o poder de decisão sobre a vida dos homens, pudesse discernir tão pouco entre os filhos em sua própria casa, a ponto de prejudicar quem devia amar acima de tudo.

Recordou o momento em que Coracy a deixara, saindo pela janela como um ladrão. Despedia-se, mas ela sempre acreditara que não seria para sempre. Lembrava-se de como ele olhara para ela. Acreditava ter visto o orgulho, mesmo na humilhação, e o amor, sobrevivente miraculoso da decepção.

Tinha vontade de encontrá-lo, abraçá-lo, beijá-lo, dizer-lhe que iria com ele aonde a vida os levasse. Agora, ele a deixava pela segunda vez, sem palavras, nem mesmo um bilhete. Eleonora sequer sabia para onde estava indo. Sim, sentia raiva, mas o pior é que nem assim deixava de amá-lo. Talvez estivesse ainda perdido no seu rodamoinho, e coubesse a ela, somente a ela, ter a paz de espírito, a tranqüilidade, a certeza daquele amor. Mesmo que Coracy não voltasse, seu coração ainda seria dele. Deitou-se na cama, mãos crispadas seguraram o travesseiro, e com ele abafou seu choro, extravasando a angústia da espera e buscando vencer a aflição com a mesma força com a qual nos apegamos à vida.

Capítulo 4

O som dos vagões correndo sobre os trilhos reverberava nos ouvidos de Coracy. Cabeça levemente jogada de um lado para outro pelo movimento lateral do trem, ele era uma sombra de si mesmo. A camisa adquirira no colarinho uma cor de café-com-leite, resultado do amálgama da sujeira com o suor. A calça puída, os sapatos empoeirados e o olhar de abismo completavam sua figura, exteriorizando a alma. O dinheiro restante do amigo Ranulfo encontrava-se na trouxa ao seu lado. Porém, daria não sabia para quê, ou por quanto tempo.

A escuridão substituíra a vegetação do planalto tropical, enquanto o trem seguia em marcha regular. No vidro embaçado pela sua respiração, Coracy escreveu tremulamente: Eleonora. Olhou o nome na mancha de ar condensado e se sentiu confortado, como se aquilo bastasse para lhe fazer companhia. Sua tristeza não vinha da fuga do seminário, da briga com o pai, da sensação de fracasso. Eleonora era a única perda irreparável. Sem ela, sua vida virava cinzas, funesta como seu balão incendiário.

Não tivera alternativa. Nada tinha para apresentar-lhe senão a soma de suas derrotas. Saíra do encontro com o pai deserdado, sem dinheiro, casa e posição. O que poderia lhe oferecer? Envergonhava-se de si mesmo. O orgulho o impedira até mesmo de procurá-la. Vê-la seria apenas aumentar a dor. Consolava-se com a idéia de que a renúncia era melhor. Deixava o caminho livre para que Eleonora seguisse sua própria vida e fosse feliz. Alimentava, porém, o plano de voltar um dia, em outra situação. Mostraria ao pai sua capacidade. E se mostraria a Eleonora como homem digno, não mais o enjeitado da família.

Ao mesmo tempo, Coracy inebriava-se com a liberdade. Depois de tanto tempo enclausurado em Pirapora, queria ir longe, conhecer o mundo. Quando decidira conhecer o Rio de Janeiro, sua primeira intenção era apenas afastar-se de casa o mais possível. Na capital da República estavam as pessoas mais influentes. Lá, teria oportunidades. Só não sabia como começar.

Entre os premostratenses, aprendera filosofia, teologia, oratória, mas o seminário não lhe dera o mais importante: profissão. Sabia rezar em latim, mas isso não o habilitava para a engenharia, a veterinária ou qualquer outra especialidade com que se ganha a vida fora dos monastérios. Até mesmo um ofício modesto, como o de sapateiro, exigia algum conhecimento prático.

Compreendia agora o ridículo do seu pedido de dinheiro ao pai para abrir um estabelecimento comercial, de modo a casar-se com Eleonora. Como dar um níquel a um inútil como ele? Saberia, por acaso, o que fazer com o dinheiro? Acabrunhado, concluiu que, provavelmente, não.

Era o fim, mas podia ser também uma ressurreição. Havia naquele trem algo de rito de passagem. Na marcha da máquina a vapor, ele saía da vida escolástica para cair em pleno mundo materialista. Não possuía diploma, mas deixava sua condição de filho dependente para assumir a de cidadão do mundo. A emancipação enfunava-lhe o peito.

Imerso naqueles pensamentos, mal viu o trem descer rilhando a Serra do Mar. Saiu do transe com o tranco repentino do vagão e o apito de chegada. Caminhou pela plataforma assombrado com o tamanho da Estação Central do Brasil, nome que substituiu o de Dom Pedro II tão logo os militares tinham apeado o imperador. Olhando para o alto, como a descobrir o tamanho do universo, ele saiu para o saguão interminável, onde apesar da hora adiantada havia intenso movimento de passageiros. Sequer pensou em encontrar um lugar para dormir. Estava decidido a ver pela primeira vez o mar.

Em frente à porta da estação, tomou o bonde para Copacabana. Sentado no banco de madeira, viu passar a Rua da Alfândega, com as casas de comércio já fechadas, ao contrário das residências, onde as famílias se sentavam à porta para tomar o ar fresco da noite e jogar baralho ao redor de mesas na calçada. O Rio não lhe pareceu tão diferente da província, pelo menos até cruzar com a igreja de Nossa Senhora da Candelária, onde caminhavam pessoas bem-vestidas, homens de paletó e chapéu palheta, mulheres de vestido longo de cabelo preso por um coque na cabeça.

Depois passou pelo Catete, sede do governo, e o Largo do Machado. Viu sob a luz do luar o contorno do Pão de Açúcar, o reflexo das luzes dos lampiões nas palmeiras imperiais e os sobrados abastados que ainda exalavam uma certa aura monárquica. Aquele fausto o fez lembrar de Eleonora, por representar tudo o que não poderia lhe oferecer. Pensou que ela merecia estar ali, mulher de algum daqueles banqueiros, homens de indústria e comerciantes que enfeitavam seus palacetes com obras de arte. Sentiu-se o último dos homens.

O bonde atravessou Botafogo, entrou pelo Túnel Velho e seguiu pela Rua do Barroso até estacionar em seu ponto final, a uma quadra da praia de Copacabana. O luar iluminava a larga faixa de areia diante da Avenida Atlântica. Coracy esperava conhecer aquela praia como lhe tinha sido descrita, com suas mansões, o mar entre as montanhas e os corsos festivos nas festas de entrudo. Em vez do cenário idílico, o que ele viu foi uma praça de guerra. Pelo passeio público, caminhões militares faziam tremer o chão e os lustres de cristal das mansões enfileiradas na orla. A larga faixa entre a avenida e o oceano escuro estava apinhada de soldados armados. Diante do terraço e das janelas que davam nos seus salões espelhados, inspirados no Palácio de Versalhes, o hotel Copacabana Palace levantara tapumes de madeira para proteger-se de algum equívoco da artilharia.

Coracy se aproximou de um guarda civil. Perguntou o que estava acontecendo.

— Você não sabe?

Espantado com tamanha ignorância, o oficial explicou-lhe o que todos já sabiam. Por decreto presidencial, o Rio de Janeiro tinha sido declarado pelo presidente Epitácio Pessoa em estado de sítio. Estava cercado o Forte de Copacabana, orgulho militar, construído pelo marechal Hermes da Fonseca, com muralhas de 12 metros de espessura a proteger dois pares de canhões nas cúpulas. Sua guarnição liderara uma revolta com o objetivo de prender o presidente e entronizar o próprio marechal Hermes como chefe provisório da nação. Os rebeldes queriam a recontagem dos votos da última eleição, de modo a comprovar a fraude que segundo eles elegera Artur Bernardes, presidente virtual, a assumir em novembro o cargo de Pessoa.

— Pretendem colocar Nilo Peçanha no governo — disse o guarda, traindo o descrédito na voz.

Naquele dia, 5 de julho, o forte disparara seu canhão à uma e quinze da tarde. Era o sinal para a revolta, mas ninguém respondera nas outras guarnições da capital. Na Vila Militar e na Academia Militar de Realengo, sublevada pelo capitão Joaquim Távora, seu irmão Juarez e outros oficiais, os revoltosos foram imediatamente dominados e presos pelas tropas legalistas.

Isolado, o Forte tinha sido cercado em terra e bombardeado a partir de dois destróieres e uma esquadrilha de aeroplanos Breguet, os mais modernos da força aérea nacional. Seu líder, o capitão Euclydes Hermes da Fonseca, filho do velho marechal Hermes, que saíra do Forte para negociar a rendição, fora preso pelo comandante das tropas legalistas, o general Menna Barreto. O primeiro-tenente Siqueira Campos, oficial de mais alta patente restante no Forte, porém, não se entregara. Substituto imediato do capitão Euclydes, comandava agora a quixotesca resistência.

Apesar da concentração de tropas, não havia combate. Coracy caminhou em direção ao Forte, plantado sobre as pedras do promontório que separava as praias de Copacabana e Ipanema. A construção, devido ao corte da luz, parecia abandonada. Diante dela, quatro mil soldados mobilizados pelo governo participavam do cerco. Uma barricada com sacos de areia se interpunha entre os curiosos que e a praça de guerra. Coracy se deu conta de como idealizara o mundo, como uma antítese do seminário. Finda a sua reclusão monástica, ele se via caindo de repente em uma chocante realidade.

Pesaroso, sentou-se num banco de jardim e, antes que se desse conta, ou tivesse a idéia de procurar lugar melhor, adormeceu. Aliado ao desânimo, o cansaço acumulado lançou-o num sono de pedra, indiferente até a um bombardeio aéreo. Em sonhos, Eleonora surgia e desaparecia, ao sabor das ondas de Copacabana, como Iemanjá. O sonho se transformou em declarado pesadelo: Eleonora se afastava, entrava na água até o peito e lá dentro, como um monstro enorme, saído das profundezas, ele encontrava Sinhá, que o puxava para a escuridão do fundo do mar.

Quando acordou o sol já passara o zênite e o calor colava ao corpo a roupa com o cheiro da maresia. Com olhos fundos e língua saburrosa, sentou no banco público, limpando da camisa a areia que o vento fizera entrar nas mais recônditas dobras. Olhou em volta. Estranho, a praia estava deserta. Inexplicavelmente, as tropas haviam se retirado; as trincheiras cavadas na areia deixavam Copacabana com aspecto lunar.

Receosas de disparos, muitas famílias tinham abandonado seus sobrados. A Avenida Atlântica congestionava-se de automóveis, bondes, caminhões do Corpo de Bombeiros e carroças, em um cortejo que seguia desde a Rua do Barroso até Botafogo, pelo Túnel Velho — acreditava-se que pelo Novo poderia haver confronto com as tropas do Terceiro Regimento de Infantaria.

Coracy saltou a barricada abandonada, descalçou os pés e caminhou pela areia, com os sapatos pendurados no gancho dos dedos. Lufadas frescas vinham do oceano e ele deixou a água lamber-lhe as canelas; satisfeito, começou a voltar para a avenida, sem pressa. Nesse instante, Coracy viu abrir-se o portão do forte e um grupamento de homens armados avançar na sua direção.

Eram vinte e quatro soldados e quatro oficiais, de cabelos ao vento, formando uma linha desordenada. À frente, caminhava a passo decidido um oficial de artilharia, baixo, tisnado de sol, pouco mais velho que Coracy, mas com uma máscara tão rígida no rosto que lhe pareceu ter dez anos mais. Assim como os outros, levava amarrado ao braço um pedaço de trapo, restos de uma bandeira rasgada do Brasil. Na mão esquerda, o oficial segurava o fuzil; na direita, uma garrafa de conhaque, que fez circular entre os companheiros.

— É para agüentar o calor! — bradou. — E lembrem-se: só atirem quando alvejados!

Coracy olhou em torno: além dele, não via onde estava o inimigo.

— Brasileiro, junte-se a nós ou saia da frente! — disse o líder do grupo, aproximando-se. — Sou o primeiro-tenente Antônio de Siqueira Campos, agora comandante da tropa revolucionária. Você é o primeiro que convido a entrar conosco para a História. Mesmo que estejamos sozinhos na luta, marcharemos rumo ao Palácio para depor esse governo espúrio em nome do Brasil. Ou então entregaremos nossa vida para cevar nosso ideal.

Coracy caminhou com o grupo. Chegaram ao Passeio Público, batendo a areia dos pés, como fuzileiros que desembarcavam de uma invasão marítima. O sol inclemente os fazia suar; o próprio Coracy, enquanto calçava de novo os sapatos, sentia a camisa empapada embaixo dos braços. À medida que o grupo avançou, os curiosos abriram caminho; muitos corriam com receio da mera presença das armas.

Magnetizado pela curiosidade, ou o carisma do jovem primeiro-tenente, Coracy prosseguiu ao lado do grupo, que ocupava agora também parte da rua, como se nada temesse — nem mesmo o atropelamento. Ao passarem pelo Mère Louise, bar cujo nome francês, escrito em letra cursiva, denunciava o elitismo da boemia, os revoltosos ouviram alguns gritos, alguns deles femininos:

— Tolos, bobos, infelizes! Adeus!

Siqueira Campos não se abalou.

— Viva o Exército! — bradou.

Os outros que o acompanhavam lançaram gritos desencontrados:

— Viva o Marechal Hermes da Fonseca! Viva o Forte de Copacabana!

As janelas dos sobrados de Copacabana se abriam com a gritaria, fazendo zunir, misturados, vivas, aplausos, vaias e assobios.

Ao longo do caminho, Coracy observou que integrantes do grupo diminuíam o passo e ficavam para trás até sumir. Siqueira Campos não notava ou não fazia conta das subtrações sofridas pela coluna. Dava a impressão de que ele, se preciso, marcharia sozinho.

Depois de alguns quarteirões, ainda sem nenhuma resistência à frente, o líder revolucionário hesitou diante do hotel Londres.

— Alto! — disse Siqueira Campos, levantando a mão. E acrescentou, não sem uma ponta de ironia: — Conhaque já não basta. Precisamos de líquido fresco.

Entraram no hotel, atravessando o saguão rumo ao bar inglês. Ao ver os revoltosos armados, os hóspedes que ali se encontravam levantaram-se da cadeira com insuspeitada agilidade e saíram pela porta do lado oposto. Ficou somente o barman, com sua casaca branca, a gola do colarinho a apertar ainda mais o pescoço, enquanto súbitas gotas de suor lhe escorriam pela carapinha. Uma placa de metal alfinetada no peito mostrava seu apelido: Joca. Balbuciando, perguntou o que os cavalheiros iam beber.

— Água — disse Siqueira Campos.

Ele e seus homens depuseram as armas. Copos correram sobre o balcão. Beberam como tártaros.

— O que vocês pretendem fazer? — perguntou Coracy.

— Mais ultrajante que a captura do nosso superior, que estava em missão diplomática, é esta retirada das tropas governistas, abandonando a luta — disse Siqueira Campos. — Ficamos sem água e eletricidade, que foram cortadas. Eles querem nos vencer sem honra, pelo cansaço. Mas não vamos esmorecer. Em vez de nos deixar sem ação, a retirada do cerco nos recoloca no ataque. Somos poucos, mas acredito que nossos irmãos de armas se recusarão a nos combater. Nosso sangue é também o sangue deles, o sangue do Exército brasileiro.

Esvaziou seu copo d'água, numa última talagada.

— Então? — perguntou Siqueira Campos a Coracy, com o queixo molhado. — Quer juntar-se a nós?

— Como eu poderia ajudar?

— Qualquer brasileiro neste momento pode e deve ajudar.

— Não sei se estou preparado para a luta — justificou-se Coracy. — Acabo de sair do seminário.

— Ah, irmão, então acho melhor afastar-se de nós — disse o militar. — Existem três tipos de homem no mundo: o homem de família, o sacerdote e o guerreiro. Neste grupo, só cabe o último.

A sentença de Siqueira Campos mexeu com o brio de Coracy. Depois de perder sua família, sua casa, Eleonora e seu amor próprio, nada mais lhe restava. Se o destino o colocara no caminho daqueles homens, talvez fosse para acompanhá-los em uma causa que havia de ser justa, para despertar uma atitude tão extrema, à feição de um homem daquele valor.

Tomou sua decisão.

— Comandante — disse Coracy. — Dê-me um pedaço de bandeira, e vocês verão do que um ex-seminarista é capaz.

Lisonjeado pela promoção, e admirado com a valentia do ex-seminarista, Siqueira Campos tomou do braço seu próprio trapo, rasgou-o e colocou a outra tira no bolso da camisa de Coracy.

— Foi bom o refrigério — anunciou. — Voltemos à marcha!

Ao seu comando, os revoltosos encaminharam-se para a saída. Coracy constatou que mais alguns companheiros de Siqueira Campos tinham desaparecido pela porta dos fundos, misturados aos clientes do hotel. Apanhou o fuzil encostado a uma cadeira deixado por um deles e seguiu o inesperado líder porta afora.

Parecia que a possível batalha nunca chegaria. A praia de Copacabana é longa: aos poucos, Coracy sentiu-se como em uma turma de colégio, disposta a uma travessura sem maiores conseqüências. Porém, a deserção de parte do grupamento sugeria que se metera numa encrenca muito séria. Ainda mais quando, ao alcançarem a esquina da Rua do Barroso, Siqueira Campos estacou com um grito que reverberou no ar:

— Aí estão eles!

As tropas legalistas os esperavam ali: num instante, o grupo composto de 19 bravos, contando entre eles Coracy, se dispersou ao comando do primeiro-tenente. Correram todos para a praia, entricheirando-se atrás da mureta que separava a areia do calçadão. Alinhados na Rua do Barroso, dois pelotões perfilavam-se para enfrentá-los, em condições melhores que no cerco ao forte, porque agora os revoltosos é que estavam em campo aberto. Mesmo assim, os legalistas não se apressaram. Dois oficiais avançaram, apresentando-se para parlamentar. Aborrecido com a cilada, ou crente de que dobraria os ânimos do inimigo, Siqueira Campos convidou-os a se juntar à revolta.

Foi insultado.

Encolhido atrás de um banco de jardim, Coracy não pôde ouvir bem os termos, mas entendeu que a proposta dos líderes revoltos tinha sido mal recebida. Não muito longe dele, um revolucionário caiu, atingido por um disparo. Pelas frestas do banco, ele viu as duas linhas de tiro formadas a distância pelas tropas do governo lançarem fogo e fumaça quando a fuzilaria começou. Conforme anunciara previamente ("Só atirem quando alvejados"), Siqueira Campos gritou ordens para que respondessem o fogo. O tiroteio cruzado lembrou a Coracy algo familiar, transportando-o para longe dali, como se no perigo retornasse à infância, à casa natal, à barra da saia de sua mãe: a metralha de pipoca estourando na panela.

Atirou com o que de melhor tinha a fazer naquela situação: procurar uma posição mais segura. E foi o que fez: correu. Correu sem pensar no fogo cerrado e sem ver o que tinha pela frente. Olhando para os soldados que pareciam fazer dele um pato em uma barraca de tiro ao alvo, em vez de medo sentiu-se subitamente poderoso, desafiando a morte, superando a vergonha da fuga pela galhardia com que resolvera empreendê-la. Sentiu-se lépido, quase como se voasse, suspenso no espaço e no tempo, até que um poste de lotação, inconvenientemente colocado em seu caminho, enquanto estava distraído pelo fogo lateral interrompeu a garbosa fuga. Viu estrelas, bolas coloridas, estampidos de São João. E apagou.

Primeiro, foi a dor.

A cabeça se transformara em uma bola incandescente. A luz explodia no teto e nas paredes caiadas de branco. Coracy pensou, naquele jorro luminoso: quem sabe isto aqui é o Céu. Depois ele viu a cama com armação de ferro, as janelas retangulares engradadas, a porta por onde se entrevia um guarda postado no corredor, tediosamente apoiado no fuzil.

Não, não deve ser o Céu, concluiu Coracy. Desejou pular fora do corpo, como os faquires indianos, que visitavam outra dimensão, onde não há dor física, sofrimento moral ou incômodo de qualquer espécie. As têmporas latejavam, as imagens se embaralhavam, todo o corpo pedia clemência.

— Olá.

À sua frente encontrava-se o enfermeiro, um crioulo sorridente, de traje militar branco.

— Meu nome é Filisbino. Bem-vindo de volta ao mundo dos vivos.

Falava com o sotaque típico dos cariocas, uma língua sibilante, de "esses" demorados, que em outras circunstâncias soaria doce, mas naquele momento rasgava os tímpanos de Coracy.

— Onde estou?

— No Hospital Central do Exército — disse Filisbino. — Você foi recolhido inconsciente depois da batalha com uma concussão. Não se engane com o ambiente. Como os outros rebeldes que ficaram vivos, está preso.

Coracy lhe perguntou o que acontecera. Filisbino disse que, depois de uma hora de fuzilaria contra mais de quatrocentos soldados legalistas, acabara a munição dos revoltosos. Siqueira Campos ordenara a debandada. Apenas dois homens tiveram condições de correr: um nadara para se salvar e o próprio Siqueira Campos só fora capturado no dia seguinte, depois de dar um tiro na boca de um soldado que, agonizante, o atingira no fígado com um golpe de baioneta.

Ao todo, sete rebeldes tinham morrido. Entre mortos e feridos, o governo tivera 35 baixas.

— Onde está Siqueira Campos?

— Num quarto deste mesmo corredor — disse Filisbino. — Vai recuperar-se. Perdeu a batalha, mas ganhou a guerra. Sua coragem está sendo proclamada nos quatro cantos da cidade. Aliás, a de todos vocês, revolucionários.

— Eu não sou revolucionário — disse Coracy.

— Mas tinha um pedaço da bandeira do Forte de Copacabana quando foi recolhido no Passeio Público — disse Filisbino. — Sabemos pela roupa que é um civil, mas não conseguimos identificá-lo, pois estava sem documentos.

Coracy olhou para um canto do quarto, onde numa cadeira de pernas tortas repousavam suas roupas amarrotadas. Perguntou pela sua trouxa de viagem, que valia menos pela muda de roupa e mais pelos documentos e o resto do dinheiro que o amigo Ranulfo lhe dera no seminário.

— Fora o que você vestia, nada foi encontrado.

Coracy pensou: devo ter esquecido em algum lugar, quando me juntei aos soldados do Forte. Ou me roubaram quando estava inconsciente.

— Onde está meu escapulário?

— Com as roupas — disse Filisbino.

— O que acontecerá conosco?

— Não sei. Vocês provavelmente serão julgados. Dizem que o presidente virá visitar Siqueira Campos, apenas aguarda um pouco a sua recuperação. Agora ele é uma espécie de herói, talvez vocês sejam perdoados. Quem sabe?

Aquilo não podia estar acontecendo, pensou Coracy. Imaginou o que diria Eleonora, caso seu nome aparecesse nos jornais como participante daquela batalha — e preso! Ter perdido seus documentos talvez tivesse sido uma sorte.

Naquele dia e no outro, informou-se sobre a situação com Filisbino e os enfermeiros que vinham alimentá-lo e trocar as faixas em sua cabeça. Descobriu o quanto o isolamento no monastério o mantivera na mais absoluta ignorância.

As Forças Armadas viviam em ebulição desde 1889, quando os militares tinham proclamado a República, depondo o imperador Pedro II, exilado em Portugal. O primeiro presidente, o marechal do Exército Deodoro da Fonseca, fora derrubado pela Marinha. O segundo, Floriano Peixoto, enfrentara uma insurreição naval e um levante das tropas gaúchas, que chegaram às fronteiras de São Paulo. Em 1910, marinheiros revoltosos tinham se apossado de dois navios de guerra para bombardear o Rio de Janeiro como meio de reivindicar melhores condições de vida. Os militares eram um perigo até para a saúde pública. Em outubro de 1918, quando o Brasil entrara na Primeira Guerra Mundial, uma força-tarefa juntara-se à armada aliada no Mediterrâneo, poucos dias antes do armistício, de modo que tinha sido dispensada sem entrar em combate. Ao voltar para casa, em lugar da glória militar, os marujos tinham trazido o vírus de uma gripe que matara milhares de brasileiros numa das maiores pestes da história.

Daquela vez, usando como pretexto a eleição de Artur Bernardes, que vencera Nilo Peçanha no mais recente pleito, os militares novamente amotinavam-se.

Consideravam o sistema eleitoral fraudulento, por ser decidido pelo voto das capitais mais populosas. Graças a isso, Minas Gerais e São Paulo mantinham uma hegemonia conhecida como a política do "café-com-leite", por meio da qual o advogado Bernardes saltaria do governo mineiro para a presidência. E tiravam as possibilidades do candidato do Rio de Janeiro e de outros estados, Nilo Peçanha.

O marechal Hermes da Fonseca, homem de mais alta patente das Forças Armadas, ex-ministro da Guerra e presidente de 1914 a 1918, colocara em dúvida a lisura da votação. Encarcerado em condição considerada indigna de sua posição, no Terceiro Regimento de Infantaria, na Praia Vermelha, no Rio de Janeiro, transformara-se no primeiro mártir dos revoltosos. Agora, Siqueira Campos juntara-se a ele nesse panteão, assim como os irmãos Távora, que se encontravam igualmente presos por sua liderança na rebelião.

Sem saber as conseqüências do impulso que o colocara ao lado dos revoltosos, Coracy precisava dali em diante usar a cabeça, justo a parte mais avariada do seu organismo. Decidiu nada dizer sobre si mesmo, nem mesmo a Filisbino, tão empenhado em fazê-lo melhorar. A comida do hospital era ruim — umas sopas de verdura sem sal —, mas o enfermeiro, às escondidas, lhe trazia brioches de uma padaria próxima, fora da dieta regulamentar. Declarou-se com amnésia, para não ser pressionado a revelar sua identidade e ganhar tempo.

— Quem sabe logo eu me lembre de algo — dizia.

No terceiro dia de internação, o enfermeiro contou que naquela tarde o presidente passaria pelo hospital. Siqueira Campos melhorara, estava em condições de falar, e Epitácio Pessoa aproveitaria o momento: para mostrar benevolência, visitaria o inimigo que quisera derrubá-lo. Depois de abafar a rebelião pela força, pretendia anular a simpatia que a coragem do oponente despertara, transformando-o no símbolo da revolta, acima até do seu principal líder, Hermes da Fonseca. Esmagava o golpe pela força, mas mostrava-se solidário ao oficial que se tornava um líder de ação junto às camadas contrariadas da população, especialmente a mais sensível e perigosa: o baixo escalão do oficialato.

Aquilo deu a Coracy uma idéia. Recobrava as forças gradativa e rapidamente. Já não tonteava ao erguer-se, o rosto estava menos congestionado, diminuía o galo que lhe cantava na testa por conta do choque contra a trave inesperada. Uma cabeça dura é uma dádiva de Deus: graças a ela, não sofrera maiores conseqüências. Segundo acreditava, estava pronto para a única coisa que podia fazer naquela situação: fugir.

Dormiu, procurando juntar energias; à tarde, foi despertado por um grande tumulto no corredor. A porta se abriu bruscamente. Colocou meio corpo para dentro do quarto um homem dos seus cinqüenta anos, empertigado em um paletó impecável, bigode farto, bem aparado, cenho grave e olhar penetrante. Mirou Coracy e perguntou a alguém da comitiva às suas costas:

— É este?

— Não, senhor presidente, Siqueira Campos está no último quarto, no final do corredor. Este é outro revoltoso, preso com ele em Copacabana.

— Ah! — exclamou Epitácio Pessoa, imediatamente desinteressado de Coracy. — Desculpe.

O presidente sorriu amarelo e, sem perder tempo, girou nos calcanhares, levando o bando de assessores, repórteres e militares que o seguiam como vira-latas.

Era o momento que Coracy esperava. Aproveitaria o momento. Em seu pijama hospitalar, esgueirou-se até a porta. Curioso, o guarda juntara-se à multidão que seguia a comitiva presidencial. Coracy colocou a cabeça para fora: formara-se uma aglomeração no final do corredor, à entrada do quarto de Siqueira Campos. Esquecido por todos, esgueirou-se na direção oposta, depois de tomar o escapulário de Ranulfo de suas roupas sobre a cadeira.

Não conhecia o caminho da saída, pois viera ao hospital desacordado. Ao passar pelo vestiário dos funcionários, encontrou a porta entreaberta. O recinto tinha longos bancos de madeira no centro e armários de metal. Em um deles, encontrou roupas civis que lhe serviam de maneira razoável.

Desceu a escada até o final e passou pelo saguão, agitado por pessoas que comentavam a visita do presidente. Ganhou a rua com passo tranqüilo e altaneiro, como se passasse por ali diariamente. Ao ver-se na calçada, porém, acelerou o passo. Saiu dali o mais rápido possível.

A pé, voltou a Copacabana. Queria fazer o percurso da praia outra vez, em busca de seus pertences. Ao entrar no hotel Londres, tirou a sorte grande. O barman Joca lembrava-se dele, por estar ao lado de Siqueira Campos. Ao tomar o fuzil na mão para sair à rua, Coracy deixara seu saco de viagem para trás, que o funcionário conservara no armário sob o balcão.

— Guardei sem muita esperança de vê-lo outra vez — disse. — Imaginava-o preso, ou morto.

— Não conte a ninguém — disse Coracy.

Examinou o conteúdo do volume: ainda estavam lá seus documentos e o dinheiro de Ranulfo, intacto. Quis gratificar o barman, mas ele recusou. Foi a primeira vez que Coracy ouviu a expressão que designaria dali em diante o valente grupo que enfrentara as tropas legalistas:

— É o mínimo que posso fazer pelos 18 do Forte.

Tendo-o como pessoa de total confiança, Coracy pediu instruções para apanhar o primeiro bonde rumo à Estação Central. Chegou lá no começo da noite. Andou na estação receoso dos milicianos, que pareciam guardar todos os cantos e examinar cada semblante. Nunca experimentara tamanha paranóia. Não havia qualquer indício de que estavam à sua procura, mas via em toda parte um olhar inquisidor.

Na placa que anunciava as chegadas e partidas, verificou que havia um trem noturno para São Paulo. O dinheiro de Ranulfo era o suficiente para pagar a passagem em cabine individual; não lhe sobraria um níquel. No momento, porém, o mais importante era ganhar distância. No guichê, achou que o funcionário o examinava em demasia: suou frio, até que ele contou o dinheiro e lhe entregou o bilhete. Caminhou para a plataforma ainda ressabiado. Somente quando o trem partiu, vinte minutos depois, sentiu-se a salvo.

Na fervilhante capital da província paulista havia muito trabalho. Lá, ele sumiria na multidão. E teria, talvez, a oportunidade de que precisava.

O relógio da torre marcava as seis horas da tarde quando o trem entrou na gare da Estação da Luz, parada final da São Paulo Railway, construída para rivalizar com os maiores terminais ferroviários da Europa. Impulsionada pela riqueza do café, São Paulo se tornara um grande centro industrial. Em 1922, vivia a sua Belle Époque. Metrópole de mais de meio milhão de habitantes, tinha um grandioso teatro na praça Ramos, dos mais belos do mundo. O Viaduto do Chá, com sua estrutura metálica a dominar o Vale do Anhangabaú, a catedral da Sé e o tradicional monastério do Largo São Bento eram marcos do centro, cuja arquitetura europeizada expressava a pujança econômica.

Naquele período de prosperidade, o comércio fervia. Na Rua Direita, enfileiravam-se as mais célebres lojas do país, como a Casa Mappin, onde se podia encontrar a última moda. As ruas do centro fervilhavam com seus cavalheiros de chapéu de feltro, paletó escuro, calça clara, gravatas de seda e lenços de lapela. Naquela estação, para as mulheres estava na moda o vestido liso, chapéu pequeno, sapatos bicolores e meias brancas. A sociedade paulistana freqüentava os salões de dança, as corridas de automóvel, as partidas de *football* e as disputas de remo no rio Tietê, em cujas margens se fazia piquenique aos domingos.

Assim que o trem de ferro expirou, desceu na plataforma, subiu as escadarias e atravessou o saguão de colunas magistrais. Ecoavam passos no piso marmóreo. Com sua trouxa às costas, ele precisava de um lugar para comer e pernoitar. Localizado no planalto, em São Paulo o inverno se sentia mais que no

Rio de Janeiro. Ele desejava uma sopa quente. O dinheiro de Ranulfo, porém, se esgotara. Precisava de ajuda e seria difícil encontrar alguma numa cidade em que não conhecia ninguém.

Foi até o banheiro público, colocou de lado o saco de viagem e olhou-se no espelho, disposto a melhorar de aspecto. Lavou o rosto e o tronco com sabão e colocou uma camisa mais limpa. Os olhos encovados pelo acidente e a inatividade hospitalar ainda depunham contra ele, mas já se sentia bem melhor. Uma noite de sono, um bom prato de comida e um aparelho de barbear completariam a sua transformação.

Saiu para a rua. Na calçada, os lampiões já estavam acesos na esplanada dos Campos Elíseos, onde ficavam os casarões da elite paulistana e o Liceu Coração de Jesus, construção de quarteirão inteiro composta pela igreja do Sagrado Coração de Jesus, o teatro e o Colégio Salesiano, com seus pórticos solenes. Três quarteirões mais adiante encontrava-se o palácio do governo, mansão de estilo rococó com arquitetura, material e até as esculturas neoclássicas importadas da Europa pelo seu primeiro proprietário, o exportador de café Elias Antonio Pacheco Chaves.

Coracy sonhou com meia dúzia de mucamas a banhá-lo em água tépida. Não faltavam em sua imaginação os sais, toalhas felpudas e pantufas macias. Bem poderia servir-se depois de uma cama com dossel, fornida com travesseiros de penas de ganso e um edredom perfumado. Nem mesmo o espírito estóico cultivado no seminário em Pirapora o preparara para a penúria em que se encontrava. Foi abruptamente trazido de volta à realidade por uma troncuda mulher que, equilibrando uma trouxa na cabeça na saída da estação, deu-lhe um encontrão.

Na calçada, os passageiros recém-saídos do trem atravancavam o caminho com pacotes, sacos, malas e arcas, enquanto aguardavam condução. Coracy atravessou a rua de paralelepípedos fatiada pelos trilhos de bonde. Passou pela ilha no centro da via onde o guarda controlava o tráfego. Com seu casaco fechado, duas fileiras de botões dourados verticais e a cinta de couro transversal sobre o peito, movimentava-se como um boneco de ventríloquo, fazendo as vezes de semáforo humano.

O trânsito de carroças, bondes e automóveis misturava-se ao dos pedestres que voltavam céleres para casa. À noite, os Fords pareciam besouros mecânicos, refletindo na lataria negra a luz dos lampiões de gás que um diligente funcionário acendia com uma tocha. Coracy caminhou pela calçada oposta à da estação, enveredou por uma rua vicinal e deixou o movimento para trás. A uma dezena de passos, encontrou uma porta vermelha aberta para uma escada que lhe pareceu a entrada acolhedora de uma pensão.

Não tinha dinheiro para o pernoite, mas talvez pudesse hospedar-se fiado; pagaria depois, com seu primeiro salário. Passara as últimas horas tão preocupado com a possibilidade de ser apanhado pela polícia que esquecera até as necessidades mais vitais. Naquele instante, o organismo rebelava-se na forma de um ronco desbragado, que denunciava a presença de seu estômago faminto assim que ele assomou ao primeiro andar.

Diante de uma porta, postava-se um negro de grandes proporções, cujos músculos quase faziam explodir o paletó de lapela alta, camisa branca com gola de bico e gravata de seda. Mais acostumado a ver negros em roupas de algodão grosseiro, na cozinha ou na roça, Coracy ficou alguns instantes a admirá-lo. O funcionário também o avaliou pelas vestes. Resmungou, reprovador:

— O senhor, quem é?

— Um possível cliente — respondeu Coracy. Não tinha dinheiro, mas mantinha a altivez. — Com sua licença — arrematou, voz firme —, desejo entrar.

Antes da resposta, ouviu vozes de gente vindo pela escada. Às suas costas, um homem de trinta e poucos anos, paletó escuro, calça branca de linho e chapéu palheta, com duas mulheres enganchadas, uma em cada braço, subia aos trambolhões. Estacou, quase a empurrá-lo.

— Cavalheiro, não vai entrar? — disse o recém-chegado, quando viu Coracy obstruindo a passagem.

Em seguida, ao reparar melhor nos seus tristes trajes, riu um riso que deixou no ar um vago teor alcoólico.

— Vamos, Firmino! — disse ao porteiro. — Teus pais saíram da senzala. Que isso te lembre os valores cristãos, neste momento em que você pode usar um terno do Alfredo Camiseiro. Ponha este homem logo para dentro. Um homem não se julga pelos trajes; vê-se logo que este rapaz é um cavalheiro. Ademais, se isto resolver tudo, ele fica por minha conta!

Um tanto a contragosto, Firmino abriu passagem para Coracy, subitamente integrado ao grupo.

— O senhor manda, doutor Oswald — disse ele. — Mas a responsabilidade fica sendo sua.

— Pois bem!

Estranhando os costumes da pensão e seus freqüentadores, Coracy entrou meio sem jeito, ao lado do inesperado benfeitor. Deu num salão iluminado por um lustre de pingentes e forrado com tapetes de desenhos rebuscados. A balbúrdia de gente em uma dúzia de mesas mal deixava ouvir o violinista engravatado que circulava entre os freqüentadores, dando ao ambiente um toque musical *allegro vivace*.

Ainda de braço com as duas mulheres, o benfeitor de Coracy indicou uma mesa de canto, com poltronas de veludo azul, onde havia lugares vagos. Embaraçado, mas curioso, ele sentou. Quando o anfitrião tirou o chapéu palheta, viu que tinha o cabelo encaracolado, como se tivesse um ninho de passarinhos no cocuruto. Pediu champanhe e mandou, com o indicador, que uma das suas acompanhantes passasse para o lado do convidado.

Coracy nunca tinha visto uma mulher como aquela. O longo pescoço estava preso por uma fina coleira de seda negra onde despontava um camafeu de marfim. Saído do seminário, Coracy comparou seu decote a um altar da luxúria. O que mais o perturbou, no entanto, foram seus olhos de súplica, dramatizados por longos cílios postiços.

— Sou Camile — disse a moça. E debruçou-se sobre ele, envolvendo-o num ardiloso perfume.

— E eu, Ofélia — informou a outra, com o braço enlaçado ao pescoço do amigo recém-conquistado.

— Meu nome é Coracy Gonçalves Ferreira — ele respondeu.

— Oswald de Andrade — apresentou-se o homem da cabeça passarinheira. E esperou a reação de Coracy. Diante da sua indiferença, dobrou-se adiante, acreditando que o outro não o escutara bem.

— Oswald de Andrade, eu disse.

— Muito prazer.

— Vai dizer que não me conhece? Nunca ouviu nada a meu respeito?

— Não.

Diante do riso de suas amigas, Oswald abriu olhos de indignação.

— Oswald de Andrade! Advogado, jornalista, escritor, revolucionário das artes!

— Na verdade nós o chamamos de Pitaco — corrigiu Camile. — Porque gosta de dar opinião sobre tudo.

— Deve ser muito rico, ou tem um dom especial para agradar as moças... — observou Coracy.

— Dinheiro certamente não tem — disse Ofélia, divertida. — Anda sempre com uma mão na frente e outra atrás como você. Mas engana bem.

— O que tenho, gasto — admitiu Oswald, fazendo um gesto largo com as mãos, como se aquele lugar fosse seu melhor investimento. — E com propriedade, pois a vida não se desperdiça.

— Está importante assim porque depois da Semana de Arte Moderna ficou famoso — acrescentou Camile.

— E o que aconteceu nessa semana?

— Meu amigo... — disse Oswald, agora realmente preocupado. — De onde você vem?

Coracy achou melhor omitir sua breve temporada fluminense.

— Acabo de sair do seminário... Em Pirapora.

Aquela declaração, que não deixava de ser verdadeira, causou grande efeito. Para Oswald de Andrade, explicava a ignorância do seu interlocutor. Claro, somente num monastério não se devia ter notícia da semana que revolucionara as artes brasileiras, apenas cinco meses antes, em fevereiro daquele ano. Em pleno Teatro Municipal, símbolo da cultura clássica, dos cânones importados da Europa, os modernistas tinham lançado seu manifesto, chamado de "antropofágico", contra os velhos fundamentos da cultura. Propunham o fim do classicismo nas artes plásticas e até a troca do português formal nos romances pela fidelidade à língua falada.

Oswald trouxera aquele espírito revolucionário de uma viagem a Paris. Lá tomara conhecimento das idéias do célebre Tristan Tzara, que lançara na Europa o movimento dadaísta, propondo atacar a sociedade pelo escândalo, e do francês Marcel Duchamp, para quem pregar uma roda de bicicleta numa banqueta podia ser uma forma de arte.

— O seminário... — murmurou Camile, sonhadora, examinando Coracy. — Não diga que você... Você nunca... Nunca...

Naquele instante, uma mulher se aproximou da mesa. Também usava cílios postiços, boca vermelha, um decote insolente nos seios fartos. Estando na idade em que as mulheres mais escondem que oferecem, o exagero lhe emprestava ar de extravagância. Lançou mãos de unhas esmaltadas sobre os ombros de Oswald.

— Convidado? — inquiriu, indicando Coracy com o nariz.

Outras três moças surgiram atrás dela, também curiosas, como se vissem algum bicho raro.

— Acaba de ser promovido a amigo — respondeu ele. — Achei um homem no Brasil que ainda não ouviu falar de Oswald de Andrade. É um ex-seminarista. Então, preciso catequizá-lo.

— Entendo — disse a matrona, com malícia. Virando-se para Coracy, completou: — Pitaco gosta de me pregar peças. Meu nome é Lola. Sou a proprietária deste estabelecimento.

— Muito prazer. Na verdade procurava um lugar para comer e dormir esta noite. Mas a senhora sabe... Saí do seminário, não tenho dinheiro. Pelo menos, ainda. Procuro trabalho, em breve poderei pagar.

Lola olhou para Coracy, inquisidora. De repente, explodiu numa gargalhada masculina. Camile, a seu lado, riu também. Coracy lamentou não ter ido embora quando Firmino lhe barrara a entrada. Não seria motivo de piada.

— Bem, aqui sem dúvida também se pode dormir — disse Lola, corada pelo riso.

— Preciso saber quanto custa o quarto.

— Bem, isso depende — disse Lola, melíflua.

— Depende do quê?

— Da companhia que você escolher, de quanto vai beber e de quanto tempo quiser ficar.

— Preciso comer alguma coisa e depois dormir, o mais cedo possível. Amanhã procurarei emprego.

— Um trabalhador... — disse Ofélia, analítica. — E o que você sabe fazer?

— Não sabe nada, ainda — antecipou-se Camile, rindo. — No seminário, só ensinam a rezar...

As moças se entreolharam.

— Está vendo como se faz para conquistar as mulheres, meu rapaz? — disse Oswald. — Inocência na metrópole é artigo raro... Conserve-a, aconselho.

— Talvez você tenha algo com que pagar — disse Camile, quase sobre Coracy. — O que você aprendeu a fazer entre os padres? Sabe orar em latim?

— Sei, claro.

— Isso já está muito bom, não é, Lola? — disse ela. — Seria muito útil aqui para nós, que vivemos em pecado.

— Sim — disse a cafetina. — Vivemos em pecado, mas temos coração... E só fazemos o bem ao próximo... Não se preocupe com o dinheiro, depois vemos o que se pode fazer.

Enredado naquela situação, Coracy pensou em ir embora assim que pudesse. Contudo, estava hipnotizado por Camile. Tudo nela era feito para cativar. Nem mesmo Eleonora, em quem pensara nas noites intermináveis de Pirapora, exercera sobre ele aquele tipo de fascinação. Oswald mandou vir canapés, que Coracy devorou com ferocidade felina, para diversão das moças.

— Meu rapaz, você parece que vem da floresta, não do seminário — disse Oswald.

— Lamento — disse Coracy. — Meus últimos dias não têm sido dos melhores. Espero ter também como pagar por isto.

— Lola lhe dará acomodação, o resto é por minha conta. É meu amigo, já disse!

— Obrigado — disse Coracy. — Sempre lhe serei grato.

Conversaram animadamente. Para resolver de imediato a penúria de seu interlocutor, Oswald aconselhou-o a jogar nos cavalos na pista do Jóquei, com o primeiro dinheiro que ganhasse.

— Vá por mim, meu amigo, e acabará longe. O mundo que foge aos catecismos está repleto de oportunidades.

Cidadão do mundo, Oswald vivia a juntar-se com artistas plásticos, escritores e poetas, a quem defendia ou adulava em sua coluna nos jornais. Nos bares do centro da cidade, andava na companhia de gente como Anita Malfatti, um dos expoentes da Semana de Arte Moderna, artista que sempre defendera de seus detratores, incomodados não só com sua pintura como pela sua figura, tida como audaciosa demais para uma mulher.

— Estou sempre ao lado dos injustiçados e desprotegidos — assegurou. — Por isso também quero mudar o Brasil, antes que seja absorvido pelo sistema internacional.. É tempo de subversão!

Apesar de revolucionário, Oswald não abria mão de dois prazeres antiquados: as bebidas e as mulheres. Como que para prová-lo, tirou do bolso do colete uma papeleta cuidadosamente dobrada. Anotara nela, com sua letra caprichada de bacharel em Direito, um poema de sua autoria, que recitou com ar maroto:

Eram três ou quatro moças bem moças e bem gentis
Com cabelos mui pretos pelas espáduas
E suas vergonhas tão altas e tão saradinhas
Que de nós as muito bem olharmos
Não tínhamos nenhuma vergonha

As moças riram.

— Acabou? — perguntou Coracy.

— Claro.

— Mas onde está a rima?

— Que rima? — bradou Oswald. — Você é um foragido do sistema como eu, pois abandonou o seminário. E vem falar em rimas?

Coracy calou-se. Não queria parecer um ignorante, por causa de Camile. A presença dela o perturbava. Ouviu um pouco mais das aventuras de Oswald, mas logo achou jeito de pedir licença para retirar-se. Estava de fato muito cansado.

— Vá, meu rapaz — disse Oswald. — Ainda nos veremos, quem sabe atrás de uma trincheira.

Aquela frase provocou-lhe arrepios, como se Oswald soubesse de sua passagem por Copacabana. Camile ofereceu-se para guiá-lo. Coracy deixou-se levar, depois de despedir-se agradecido do inesperado amigo. Entraram por um longo corredor. Na última alcova, Camile girou a maçaneta e entrou. Ao voltar-se para a despedida, Coracy viu que ela fechava a porta, mas pelo lado de dentro. Ficaram um diante do outro na penumbra.

— Este é o meu quarto — disse Camile. — Você poderá passar a noite aqui comigo. Não se preocupe com o dinheiro, decidi hoje tirar uma noite de folga.

Antes que Coracy pudesse pensar, ela o empurrou com dedos suaves para a cama larga, com uma cabeceira maciça que tinha algo de decadência imperial. Começou a desabotoar sua camisa, sem pressa, mas com uma firmeza que o fez perder a reação. Uma luz pálida vinha da janela entreaberta, junto com a brisa da rua; pareceu espalhar-se sobre ele, quando Camile correu os dedos sobre seu peito quase sem pêlos.

— Um seminarista, quase um menino... — murmurou ela.

Ele retraiu-se diante do toque de Camile, de susto, medo e deslumbramento. Lembrou-se de Eleonora, mas à culpa sobreveio a solidão. Ela estava perdida, talvez para sempre. E ele precisava de um lenimento para a dor. Camile deixou cair ao chão sua própria roupa; o estrado da cama rangeu dolorosamente quando o corpo de Camile deslizou sobre o dele suavemente.

Naquela noite, Camile deixou que Coracy passeasse sua curiosidade pelo seu corpo, experimentando as ancas maduras, os seios de auréolas grandes e escuras, a nuca esguia e as pernas lânguidas com que o enlaçou. Em substituição ao pagamento, pediu-lhe para falar ao seu ouvido uma prece em latim enquanto eles faziam amor.

Coracy recitou um Pater Nostrum, cuja finalidade sagrada, distorcida pelo fetichismo, exacerbou o desejo de Camile. Antes que ele terminasse de rezar, ela gemeu, gritou e torceu o corpo num espasmo. Ao perder o controle, derrubou a moringa d'água que repousava no criado-mudo, espatifando-a no chão.

Então é isso, pensou Coracy ao recobrar-se, o que chamam de pecado.

A manhã gélida recebeu os primeiros raios de sol. No quarto da pensão de Lola, vindos da rua, ouviam-se os passos dos cavalos, o som de chaleira dos Fords de capota rija e o rilhar das rodas do bonde sobre os trilhos.

Ainda nu, Coracy levantou-se e empurrou uma folha da veneziana. Os comerciantes varriam a calçada e abriam as portas das lojas. Sua respiração lançava jatos de ar condensado que atravessavam o frio lá de fora. Lembrou-se da mãe: "Vai tomar friagem", lhe teria dito Carmelita. Fechou a veneziana.

Naquela madrugada, depois que Camile dormira ao seu lado, com os cabelos desalinhados por uma vertiginosa intimidade, pensara em ficar ali mesmo. Adormeceu enamorado, imaginando que, para fazer o que fizera, ela tinha de gostar dele de alguma forma. Ao olhá-la na cama, o desejo dissipado, o clima de romance desfeito pela luminosidade da manhã, deu com a realidade da mulher, já sem seus artifícios de sedução.

Camile abriu os olhos, lentamente. Espichou os braços como se acabasse de nascer e emitiu um pouco cerimonioso bocejo.

— Bom dia — disse. — Você ainda está aí?

A suposição de que ele podia não estar foi para Coracy como a água fria dos banhos no seminário em Pirapora.

— Sim — disse ele. — Fiquei para fazer uma pergunta.

Ela se espreguiçou de novo, como se perguntas tão cedo de manhã a deixassem cansada.

— Você falava sério ao dizer que eu poderia ficar aqui?

Os olhos borrados de rímel, que davam a Camile certo aspecto de boneca de pano, cresceram de espanto. Para surpresa de Coracy, ela desatou a rir. O riso evoluiu para gargalhadas, que lhe saíram em golfadas, como se atirasse para fora uma espinha de peixe entalada na garganta.

— O quê? — perguntou ela, tentando refazer-se.

— Perguntei se eu poderia ficar aqui — disse Coracy, em voz quase inaudível.

Camile controlou-se. Viu que ele falava sério. Lembrou-se do seminário e de que tinha sido a sua primeira vez.

— Olhe... — disse ela, no tom mais próximo do carinhoso que podia chegar àquela hora da manhã. — Preciso voltar esta noite ao trabalho. No entanto, meu querido... Você pode sempre passar aqui, de madrugada, quando termino... É minha hora de rezar.

Lançou um sorriso complacente. Levantou-se, descobrindo o corpo dos lençóis. Foi até o lado da cama e balançou a cabeça, ao ver a bilha quebrada no chão. Ajoelhou-se para recolher os cacos.

Os modos da prostituta devolveram o bom senso a Coracy. Deu-se conta da ilusão de cultivar amores com alguém que se entregava a todo mundo. Só alguém muito carente de afeto como ele se arriscaria a pensar nisso.

Balbuciou um pedido de desculpas, recolheu as roupas espalhadas pelo chão de cabeça baixa e se vestiu em silêncio penitente.

— Se quiser, posso mandar trazer uma bacia d'água com uma caneca para você se lavar — disse ela, enquanto apanhava os últimos cacos. — Sabe, o cheiro que você trouxe lá do seminário não é dos melhores.

— Não, obrigado — disse Coracy.

Apanhou seu saco de viagem e caminhou para a porta abotoando a camisa nas casas erradas. Antes de sair, lançou uma despedida tão sucinta que achou torpe, para alguém que desfrutara da carne de uma mulher:

— Adeus.

Atirou ao longe aquela única palavra sem esperar resposta: bateu a porta e atravessou o corredor a passo apertado. Tinha vontade de evaporar.

O salão do bordel, vazio, agora era uma pocilga com copos sujos, cheiro de cigarro e cinza espalhada pelo chão. Sinal vivo da noitada, o lustre principal continuava de luzes acesas, balançando levemente com a brisa que entrava por uma janela escancarada. Coracy achou que a risada de Oswald de Andrade ressoava entre aquelas paredes: escarnecia do papelão que fizera. Furioso consigo mesmo, desiludido, desorientado, desceu a escadaria e saiu.

Atravessou a rua entre os carros temerariamente. Na cabeça, misturavam-se as lembranças da noite anterior, o corpo quente de Camile, a vergonha da própria nudez, o vexame ao acordar, pedindo asilo e afeto a alguém com quem mal trocara algumas palavras. Andou pelas quadras planas dos Campos Elíseos, afastando-se da estação férrea. Seguiu o fluxo de gente e parou à sombra das árvores de uma alameda.

Com a depressão, veio o arrependimento, misturado à saudade martirizante de Eleonora. Deitara-se com Camile para esquecer, mas via agora como tinha sido ingênuo ao pensar que uma prostituta poderia curar as feridas do coração. Em cada instante ao lado de Camile, pensara nela como se o gosto, o cheiro, a pele e até os gemidos fossem de Eleonora.

Atravessou o vale do Anhangabaú pelo Viaduto do Chá, com o Teatro Municipal à direita, e subiu para o Largo São Bento. Todos na cidade pareciam muito ocupados, com pressa de chegar, e ele nem sequer sabia para onde ir. Sentia-se invisível, ignorado e engolido pela multidão. Aquela gente parecia incapaz de compaixão.

Sonhou com o desjejum de casa: os queijos, os pães, o café com leite, os doces de Benedita. É verdade que a cozinheira tinha de contrabandeá-los da mesa de Marciano para a cozinha dos criados para que ele pudesse prová-los, mas mesmo assim tinha sido um rei comparado ao seu atual estado. A posteriori, os curaus e manjares e doces de leite e quindins e marmeladas da sua infância pareciam um luxo inacreditável.

Agarrou-se à firmeza que crescia nele na dificuldade. Estava no fundo do poço, mas dali sairia de alguma maneira. Voltar para a casa do pai estava fora de cogitação. Na miséria, ainda era possível manter o orgulho, o amor-próprio, a dignidade. A necessidade de mostrar ao pai o seu valor e apresentar-se de maneira condizente a Eleonora lhe dava coragem, mesmo que para isso tivesse ainda de enfrentar o mundo inteiro.

Parou no cruzamento da Rua São Bento com a Direita, onde ficavam a Casa Mappin em uma esquina e na outra a Casa Bonilha, confluência mais movimentada da cidade, com um tráfego contínuo de veículos e uma profusão de pedestres. Ali, a iluminação a gás já tinha sido substituída pela energia elétrica, que também movimentava o bonde. Ao lado da Casa Bonilha, avistou uma série de cartazes, pregados numa caixa de vidro.

Havia ali algumas ofertas de emprego. Coracy correu os olhos pela lista: ferramenteiro, advogado, engenheiro. Faltava-lhe habilitação para tudo. Um folheto anunciava para domingo passeios de barco pelo rio Tietê e um show aéreo. Ao lado, viu outro cartaz, onde se dizia em letras de imprensa: *"Entre para o Exercito Brazileiro"*. Depois de um texto laudatório das Forças Armadas, havia um endereço de alistamento. O Exército convocava voluntários para o serviço militar. Coracy estremeceu. É verdade que acabara de fugir de uma prisão militar, mas tinha sido no Rio de Janeiro. Ninguém soubera o seu nome. E aquilo ele podia fazer.

Lembrou-se do que lhe dissera Siqueira Campos, pouco antes da batalha em Copacabana: "Só há três tipos de homem, o de família, o sacerdote e o guerreiro." Já jogara longe a possibilidade de tornar-se sacerdote. Seria, então, guerreiro. Ao lado dos 18 do Forte, descobrira sua verdadeira vocação.

Coracy ultrapassara a idade de alistamento, limitado aos 21 anos de idade, mas bem que podia passar por mais novo. Bastava adulterar os documentos ou dizer que os perdera. No Exército, não precisava de qualificação: bastava fazer ginástica todos os dias e respeitar a disciplina. A comida dos militares tinha má reputação, mas não podia ser pior que a fome. Além disso, teria onde morar e soldo garantido.

Havia na vida militar uma carreira a seguir. Coracy poderia até entrar para o oficialato. Com certeza possuía espírito bélico, tantas vezes manifestado contra a disciplina do pai ou do irmão Auscário. Admirava Siqueira Campos, em cuja alma conviviam a disciplina extrema do militar e o espírito vulcânico da revolta, combinação que não via como contradição, mas uma única força.

Segundo o proclama, os candidatos deviam apresentar-se às quatro horas da manhã no quartel do 19º Batalhão da Segunda Divisão de Infantaria de São Paulo. O coração de Coracy se encheu de entusiasmo. Tinha virado combatente por acaso, como o integrante incógnito dos 18 do Forte. Agora, não. Seria como Siqueira Campos: um profissional.

Gastou o tempo a perambular pela cidade. Em uma agência de correio, escreveu uma carta a seu pai, informando sua decisão de entrar para a vida militar, e despachou o envelope com níqueis restantes em seu saco de viagem. Gostaria que o pai soubesse da sua decisão de adotar o caminho mais duro.

Quando a noite caiu, caminhou na direção do quartel, subindo a colina em cujo cimo estendia-se a Avenida Paulista, onde se perfilavam os casarões dos barões do café. Perambulou ali a noite toda, incapaz de dormir, ansioso a ponto de perder não só a fome como o sono. No início da madrugada, desceu a colina da Paulista pelo outro lado, não sem antes rasgar e jogar seus documentos de identificação numa lata de lixo, com a solenidade de quem decreta o próprio renascimento.

A sede da Segunda Divisão de Infantaria era uma grande construção caiada de branco, que se sobressaía na escuridão da madrugada. O portão parecia desguarnecido. Quando Coracy se aproximou, porém, surgiu da escuridão de uma guarita um soldado de baioneta calada.

— Alto! — bradou.

— Vim para o alistamento voluntário.

O soldado usava o uniforme regular do Exército: túnica com dupla fileira de botões pretos, calça culote e botas de cano alto. Uma longa capa verde-oliva lhe protegia as costas do sereno e um quepe de aba longa quase lhe cobria o rosto. Autorizou a entrada, indicando um galpão adiante, onde Coracy aguardaria a chamada.

Ele avançou por uma alameda calçada de pedra. O quartel estava em silêncio absoluto. No meio do caminho, uma lamparina solitária lançava uma luz baça na madrugada brumosa. Coracy avistou o galpão e entrou: lá dentro estava completamente escuro. Parecia abandonado. Porém, Coracy súbito teve a sensação de que a escuridão se mexia. Com um susto, esbarrou em alguém. O galpão estava cheio de gente, mergulhada no breu.

Entre aqueles seres invisíveis, feito almas penadas, Coracy perdeu a noção do tempo. Enfim, a primeira luz da manhã entrou pelas clarabóias do telhado, a quatro metros de altura. Duzentos homens viram-se então numa desordenada aglomeração.

— Seus bastardos, atenção! — bradou uma voz de barítono, de autoridade incontrastável, originada da porta. Contra a luz dourada do alvorecer, surgia a silhueta de um homem baixo e troncudo. — Eu sou o sargento Capone e quero cinco filas aqui, imediatamente. Avante!

Com meia dúzia de gestos, aos berros, o sargento em instantes fez com que a massa confusa se organizasse e circulou entre as colunas recém-formadas. Tinha queixo quadrado e proeminente sob um olhar de dragão. Deu ordem para que as filas andassem, formando círculos concêntricos que se moviam em sentidos opostos, engrenagem humana criada para não ir a lugar algum.

— Não olhem, não parem, não pensem! — urrou Capone, jogando as palavras com projéteis viscosos de saliva. — Um, dois, três! Um, dois, três! Repitam!

Ao ver as filas adquirindo vida automática, o sargento Capone os deixou, rodando como num pesadelo. Coracy acompanhou a ciranda, gritando "um, dois, três!", o mais alto que podia. A fome voltara: gostaria de saber quanto tempo teria de andar como um zumbi. As pernas fraquejavam. A noite em claro, a fome e o cansaço pesavam. Depois de uma hora e meia, pensou: vamos ver quem será o primeiro a cair; provavelmente serei eu.

Coracy não caiu. Lembrou-se de seu pai, de Quinzinho, de Sinhá. Usou o ódio para sustentar-se; graças a ele, ganhou resistência sobre-humana. Por fim, o sargento retornou.

— Vocês, bastardos, aqui! — berrou Capone para a fila exterior do círculo. — Ordinário, marche! Um, dois, três! Vocês outros continuem em movimento. Um, dois, três!

Sob o comando do sargento, o primeiro dos círculos concêntricos saiu pela porta do galpão como se desenrodilha uma cobra. Passou mais uma hora até Capone retornar para levar outra fileira. Deviam ser nove da manhã quando foi chamado o último grupo, no qual Coracy se encontrava.

Ao sair do galpão, o sol atingiu em cheio os olhos de Coracy, acostumados à penumbra do galpão e sensibilizados pela noite de vigília. A fila atravessou a rua rumo a outro edifício, longo como uma fábrica. Na entrada, o sargento gritava para que todos fossem tirando as roupas, até a última peça.

— Todo mundo nu! Não parem de andar! Todo mundo nu!

Entre um passo e outro, Coracy foi tirando a roupa; quando a fila estacionou, ao grito de "alto!", cinqüenta rapazes perfilavam-se, meio constrangidos, com uma pilha de roupas nos braços.

Os recrutas receberam a ordem de depositar suas coisas no chão. O sargento passeou na frente deles, examinando-os.

— Abram os braços e as pernas em xis! — bradou.

Na frente do pelotão de pelados, havia mesas de madeira, onde dois capitães médicos faziam o exame clínico. Um deles, rosto rígido como o engomado uniforme militar, juntou-se ao sargento, passando vistas no grupamento.

— Virem-se — ordenou.

Depois, cada um dos voluntários foi chamado às mesas para o exame individual. Afinal chegou a vez de Coracy, com as roupas embaixo de um braço, os sapatos do outro, mais a trouxa de viagem. O capitão-médico levantou-se, puxou sua pálpebra com o polegar, olhou a arcada dentária e a palma das mãos.

— Você deseja entrar para o exército brasileiro? — perguntou-lhe.

— Sim.

— Coloque suas roupas, saia e vá ao recrutamento.

Coracy vestiu-se da mesma forma que se despira: caminhando.

Vira outros recrutas serem dispensados por causa do exame das palmas das mãos. Ele servia não para verificar se tinham alguma doença, mas se o candidato era trabalhador. Mãos calosas indicavam atividade braçal e que seu proprietário podia ser necessário para a manutenção da família. Nesses casos, mesmo que desejasse a incorporação, o recruta era dispensado. Por ironia, se o impedira de ter profissão definida, a vida no seminário mantivera as mãos de Coracy intactas o suficiente para as Forças Armadas.

O recrutamento era feito no campo de futebol, espaço que também servia de centro de treinamento. Ali os recrutas selecionados esperavam, sentados na arquibancada, antes de serem encaminhados aos vestiários. Na entrada, um cabo tomava informações, sentado atrás de um balcão. Coracy disse que perdera os seus documentos. O cabo, de testa estreita e olhos de gato, não pareceu importar-se. Estava acostumado a incorporar gente que sequer tinha registro de nascimento. Não era um requisito importante, assim como comer com o garfo. Havia um esforço convocatório um tanto indiscriminado, com o objetivo de reforçar as Forças Armadas e depurá-las dos revoltosos.

Na ficha, o cabo anotou os dados que Coracy lhe passou, todos verdadeiros, exceto a idade, subtraída em três anos. Passado adiante, ele seguiu na fila de recrutas para o recinto seguinte, onde estavam os barbeiros. Já haviam trabalhado muito, pois Coracy caminhou sobre um tapete de cabelos. Sentado em uma cadeira de madeira, a máquina zero o deixou careca, exceto pelo escovão misericordioso que lhe conservaram no cocuruto.

No banheiro, com dezenas de latrinas de campanha e a área azulejada dos chuveiros, a roupa de Coracy foi para um saco, enfiada por um soldado de nariz torcido com o mau cheiro. Colocados em fila diante de três pracinhas munidos de grossas mangueiras, os recrutas tomaram jatos de água gelada capazes de arrancar a sujeira de um rinoceronte. Dentes trincados para suportar a dor, mãos cruzadas nas partes baixas para defendê-las da coluna líquida que produzia linhas de fogo na sua pele, como se apanhasse com algo sólido, Coracy ouvia o riso sádico dos seus torturadores por trás do barulho da enxurrada.

Afinal, as mangueiras baixaram. Gritos deram o sinal de que os recrutas fossem adiante. Apesar do corpo dolorido e inflamado pela ducha escocesa, Coracy sentiu os músculos relaxarem. Sobreveio uma deliciosa sensação de limpeza e bem-estar.

Na última sala, o responsável pelo almoxarifado mediu Coracy com os olhos para lhe dar uma roupa no tamanho.

— Qual é o número do seu sapato?

— Quarenta e dois — disse ele.

— Não tenho mais. Tome um número 44 e use algumas folhas de jornal na ponta. Vão preencher o espaço que falta e aquecerão os dedos dos pés. É um bom conselho, você verá.

Além do uniforme e das botinas, Coracy recebeu um saco com uma muda de roupa, um cinto com tira transversal cruzada sobre o peito, dois pares de ceroulas, duas camisetas de algodão, uma capa de chuva e um boné.

Por último, postou-se diante do tenente Mariano, conforme estava gravado no seu uniforme. Mariano foi tomando informações e anotando tudo numa caderneta vermelha, com letra caprichada como a de um magistrado: "cor branca, olhos castanho-escuros, barba raspada, boca regular, nariz grego". Acrescentou que Coracy sabia ler, escrever e fazer contas, mas não nadava. Por último, imprimiu com tinta preta a digital do recruta pressionando seu polegar.

A caderneta informava a falsa data de nascimento de Coracy (1901) e o nome de seus pais. Esse era o último sinal de que ele tinha uma família. Exceto por aquelas linhas da caderneta, deixava para trás o passado. O Exército não seria uma maneira de ganhar a vida. Seria uma série de experiências, aventuras, talvez a guerra. A guerra! Por que não?

— Você será encaminhado como soldado de segunda classe para o Primeiro Batalhão de Caçadores, Segunda Divisão de Infantaria, no quartel de São Vicente — informou o tenente. — Tomará o trem de ferro ainda hoje.

Coracy posou para um instantâneo, colado à caderneta vermelha: rosto ossudo, orelhas um pouco pontudas, emoldurado pelo colarinho justo e as ombreiras de seu novo uniforme. No início da tarde, junto com outros recrutas, foi levado ao refeitório, onde comeu bife, arroz, caldo de feijão e cenoura cozida em uma bandeja de metal. O aspecto degradante da comida foi relevado pela indiferença dos desesperados: no extremo da fome, uma sopa de baratas equivale ao manjar dos deuses.

Pelo meio da tarde, Coracy foi colocado num caminhão militar rumo à estação férrea. São Paulo era escala da antiga ferrovia Santos—Jundiaí. Com um passe militar, ele e outros cinco recrutas foram embarcados num vagão de segunda classe, espalhando-se pelos lugares vagos em bancos de madeira. Quando a máquina arrancou, pensou que já se acostumava às viagens e incertezas. Não havia pressa de chegar nem grande interesse em saber o que aconteceria no destino final.

A noite caiu antes do trecho onde o planalto paulista termina na Serra do Mar. Braço apoiado no vidro, Coracy observou o lento mergulho da máquina, rasgando o escuro com o grito agudo dos freios. Dentro do vagão, com as luzes apagadas, Coracy mal distinguia os outros recrutas entre os passageiros. De quando em quando um poste iluminava a mata como um abajur na cerração.

Misturado ao barulho do trem, ele ouvia o choro insistente de uma criança. Quando a composição passou por outro poste de luz numa curva da serra, a baixa velocidade, o facho varreu o interior do compartimento. Só então Coracy percebeu que o choro vinha de um dos recrutas: um nissei, com as mãos crispadas sobre o rosto, cotovelos apoiados nos joelhos, que balbuciava consoantes com o nariz escorrendo.

Pareceu-lhe mais bizarro que choro tão infantil pudesse partir de um sujeito grande e forte como um urso polar. Soava ainda mais doloroso naquele homenzarrão encolhido em posição fetal, denunciando uma alma frágil aprisionada em um corpo prodigioso. Movendo-se com cuidado, para não incomodar os outros passageiros, Coracy se aproximou, curvou-se e colocou uma mão no seu ombro.

— Você está bem? — perguntou.

O recruta levantou a cabeça. De perto, Coracy pôde ver os olhos oblíquos, quase fechados de remela, o nariz chato inchado pelo choro.

— Tenho medo — balbuciou.

— Medo de quê?

— Nunca me separei de meus pais.

— Não se preocupe, está seguro — disse Coracy.

— Tenho saudade.

Chamava-se Mioco. Sua família possuía em São Paulo uma farmácia. Nunca saíra do seu bairro, mas o pai achara que estava na hora de tornar-se mais independente, empurrando-o para o Exército como remédio. Na triagem, os militares haviam notado muito mais sua força e tamanho que o brilho pueril dos seus olhinhos marejados. O medo não escolhe o peito pelo tamanho.

Coracy acomodou-se a seu lado.

— Agüente firme — animou-o. — Você terá amigos e isso ajudará.

Em vez de conforto, aqueles palavras atiraram Mioco novamente ao choro.

Ao ver a cena, os outros recrutas acercaram-se. O primeiro a chegar foi um mulato esguio, malemolente, cujo vulto veio gingando pelo vagão. Disse seu nome: Gaspar. Remexeu no bolso da calça, tirou um maço de cigarros, ofereceu um a Mioco.

— Quer?

— Eu nunca fumei — agradeceu o nissei.

— Sempre há uma primeira vez — disse o outro, rindo. — Vai fazê-lo se sentir mais homem.

— Eu sou homem — disse Mioco, a remela a escorrer pelo nariz, dentes pequenos à mostra, como uma fera aborrecida. — Um homem não pode ter saudade de casa?

— Claro que pode — disse Coracy. — Eu também teria, se tivesse casa. Você é um sujeito de sorte, pode acreditar. Pelo menos terá um lugar para onde voltar depois.

Gaspar riu.

— Bobagem — disse ele. — O melhor da vida é a liberdade. Por isso estou aqui.

Disse isso segurando a lapela do uniforme militar.

— Fiquemos unidos — disse Coracy. — Creio que esta será nossa família por algum tempo.

O trem terminou o trecho de serra. Correu livre pela planície litorânea, embalando os recrutas com seu ritmo regular. Coracy cochilou até ser despertado pelos apitos da máquina.

— É aqui — disse Gaspar.

Apanharam suas trouxas e saltaram para a plataforma assim que a composição estacionou. No ar carregado pelo calor úmido do litoral, um poste iluminava um alambrado, a catraca de entrada da plataforma e, do outro lado, o caminhão do quartel a esperá-los. Estavam entre o mar e a serra, onde estendia-se um vasto manguezal. Dali levantou uma nuvem de mosquitos, como uma salva de boas-vindas para os recém-chegados.

— Atenção!

Perfilaram-se. Apresentou-se um oficial de bigode, nariz fino e voz metálica.

— Sou o sargento Andrada — disse. — Bem-vindos ao Primeiro Batalhão de Caçadores, da Segunda Divisão de Infantaria do Segundo Exército Brasileiro. Aqui recebemos uma cambada de vagabundos como vocês e os transformamos em soldados.

Diante do sargento, Coracy permaneceu em posição de sentido, como tinham lhe ensinado no quartel, em São Paulo. O suor empapava o colarinho, que o apertava como um torniquete. Picado no pescoço, no rosto e nas mãos, cerrava os dentes para suportar imóvel o ataque dos mosquitos.

Depois de examinar os recrutas com expressão de desgosto, Andrada os autorizou a embarcar no caminhão. Sentados sob a lona em bancos laterais, os recrutas sacolejaram quinze minutos por uma estrada de terra até o quartel. Coracy pouco pôde ver das instalações mal iluminadas. No centro havia um campo de futebol, cercado de galpões. Em vez de muros, o quartel tinha à sua volta uma extensa cerca de arame farpado, na qual se postavam vigias em guaritas de concreto a intervalos regulares.

— Infelizmente essa cerca não nos protegerá do inimigo — sussurrou Gaspar, rindo, depois de matar um mosquito na bochecha com um tapa estalado.

O Batalhão de Caçadores era um quadro de infantaria leve, responsável por missões de reconhecimento e primeiro combate. Sua criação remontava à capitania de São Vicente, uma das primeiras povoações portuguesas na costa brasileira nos tempos de colônia. Localizado ao pé da Serra do Mar, destacava-se pelo treinamento na Mata Atlântica, onde a vida ainda não diferia muito daquela encontrada pelos primeiros desbravadores portugueses, como revelava o primeiro contato com os insetos.

Coracy estava acostumado aos pernilongos mineiros, oriundos da beira dos riachos nas matas próximas a Cachoeira. Aqueles do mangue, porém, eram muito mais ferozes. "Esses insetos daqui também devem ser treinados pelos militares", disse Gaspar, enquanto uma esquadrilha voava sobre eles. Além disso, havia os borrachudos, que davam picadas doloridas, seguidas de um calombo que coçava e doía ao mesmo tempo.

O sargento Andrada conduziu os recrutas até o dormitório, um galpão com beliches sucessivos. A maior parte estava ocupada por soldados imobilizados, fingindo dormir quando a luz se acendeu. Embaixo do estrado da cama inferior, como informou o sargento, havia um baú onde eles deviam deixar suas roupas e o armamento.

— Quero vê-los todos prontos imediatamente ao toque da alvorada — disse Andrada. — Vocês são os responsáveis por todo o seu material. Isso quer dizer também que são responsáveis pela limpeza desse material. Quero tudo impecável.

O sargento indicou lugares vagos para cada um dos recrutas e desfiou por dez minutos uma série de normas, que Coracy não conseguiu decorar, exceto a última, que os mandava dormir imediatamente.

Naquela noite, ele custou a cumprir a ordem, não por falta de vontade. De noite, o calor escaldante acumulado na terra durante o dia era devolvido em ondas à atmosfera. Os mosquitos que zumbiam no escuro faziam com que Coracy se embrulhasse no lençol grosseiro, apesar do calor insuportável. Derreter era melhor que ser devorado por insetos. Gaspar, no beliche ao lado, tirara a camisa.

— Prefiro os mosquitos ao forno — sussurrou. — Uma hora, eles se cansarão de mim.

Por fim, Coracy ficou exausto demais para se importar. Às vezes despertava sobressaltado, com a sensação de que o sargento Andrada voltaria a qualquer momento. Reinava silêncio tão absoluto no dormitório que respirar fazia barulho. Da última vez em que acordou, ouviu um choro fino, três camas depois da sua. Assim soube onde Mioco estava instalado. A preocupação de que o recruta fosse denunciado tirou-lhe o sono de vez.

Lenta, mas inexorável, a alvorada chegou. A porta do dormitório abriu-se de repente. Aos berros, o sargento Andrada entrou. Como molas, uma centena de rapazes, ainda de ceroulas, colocou-se em pé a lhe bater continência.

— Vistam-se!

Coracy olhou para Mioco. O corpanzil do nissei tremia todo. Não ter família endurece as pessoas, pensou Coracy. Deixar Eleonora, do modo como a deixara, fizera mais que isso: secara sua alma. Aquele endurecimento tornava-se útil, agora que se lançara ao mundo. Seria bom soldado, pensou, porque quem já está morto em vida não teme a batalha. E, como soldado, seria um verdadeiro homem, porque pensava então que ser homem é saber aceitar o inevitável.

Sem notícias de Coracy, Eleonora perdeu o viço. Amanhecia de rosto lavado pelo choro, com os olhos inchados e a palidez de uma boneca de louça. Comia muito pouco. Desinteressada por tudo, definhava a olhos vistos, indicação de que não fazia manha. Mergulhava em real, profunda e destrutiva depressão.

No início, Don' Ana imaginou que se tratasse de conseqüência do castigo imposto por Olinto Amaral, um período curto de reclusão. O castigo terminou, porém, e o estado de Eleonora só piorou. Ao ver que podia ser coisa mais séria, Don' Ana tratou-a com chás, ervas e compressas para lhe devolver a energia. Procurava animá-la, promovendo passeios pela fazenda, convidando amigos para serões em casa. Nada disso, porém, surtia efeito.

Eleonora abandonou as aulas de piano, apesar da insistência de Don' Ana. Alegava sentir-se fraca demais para sair de casa. Quando esse argumento se repetiu demais, acrescentou outro, que considerava inapelável.

— Não tenho mais o que aprender com Sinhá — disse.

— É bom que ao menos freqüente sua casa — objetou Don' Ana.

— Não vejo motivo, além de reviver lembranças dolorosas.

Em outras circunstâncias, Don' Ana teria lhe despejado algum castigo pela resistência, que beirava a má-criação. No entanto, temia forçá-la demais. Não via em Eleonora o espírito recalcitrante dos desobedientes, os quais bem sabia dobrar. Descobria na filha um ponto de fragilidade, que um tratamento mais duro poderia piorar. Para quem estava acostumada a aplicar uma doutrina direta e severa, Eleonora era um caso espinhoso. Pedia paciência.

Para contornar a crise da filha, Don' Ana decidiu promover um sarau. Quem sabe uma festa lhe devolveria o interesse pela vida.

— Virá gente das melhores famílias — disse a mãe. — Prepare-se, pois você tocará ao piano. Será a estrela do dia.

— Não quero tocar ao piano — disse ela. — Nem quero festa. Estou fraca e indisposta demais.

— Vai tocar ao piano — decretou a mãe. — Não se faça de doente, isso é coisa de antigamente. Mulher de hoje não tem esses dengos. Ainda mais em nossa família.

Durante um mês, Don' Ana trabalhou nos preparativos da grande festa. Seria na fazenda, onde havia bastante espaço e a alegria do campo. A matriarca estava disposta a não poupar gastos pela filha. Seria um dia memorável.

Os preparativos preocupavam Olinto Amaral. Conversara com o compadre Marciano sobre o casamento de Eleonora e Quinzinho. Estavam de acordo, inclusive na pressa. Quinzinho formara-se, abria seu escritório em São Paulo, aos poucos assumia os negócios do juiz Marciano. Não fazia sentido esperar mais, muito menos dar outra festa que não a de noivado. Don' Ana, porém, o segurava. Dizia que não seria possível, a filha estava mesmo doente, não convinha forçá-la a fazer algo contra a vontade, de forma a minar ainda mais sua resistência.

Olinto não enxergava problema superior à conveniência daquele arranjo. Aborreceu-se com as despesas da festa, que considerava perdulária. Só conteve-se porque a mulher garantia que todo aquele esforço contribuiria para acelerar o casamento da filha.

— Eleonora é diferente, não quer aceitar as coisas como são, tem de ser conquistada — disse Don' Ana. — A festa pode ser uma boa oportunidade para Quinzinho encantá-la.

— E desde quando é preciso tanta cerimônia para conquistar uma mulher?

— Nem todos têm a facilidade que você encontrou, senhor meu marido — disse ela.

— Mas não será agrado demais? Um corretivo às vezes é mais eficiente. E custa mais barato.

— O corretivo já foi aplicado e não bastou para fazê-la esquecer aquele rapaz, o Coracy — disse Don' Ana. — Temo sinceramente pela saúde de nossa filha. Castigá-la ainda mais pode piorar as coisas, não é solução. Não sei mais o que fazer.

— Espero que você esteja certa — disse. — Caso contrário, será difícil suportar o ridículo perante compadre Marciano. Parece que não consigo controlar minha própria filha.

— Não sei o motivo de tanta preocupação — disse Don' Ana. — Marciano não controlou seu filho mais velho, por quem Eleonora está apaixonada. Se isso for motivo de ridículo, ele seria o primeiro a ter razões para envergonhar-se. Não quero correr o risco de perder também nossa filha.

— Ela não fugirá, isso é certo.

— Você pode trancá-la num quarto, mas não pode obrigá-la a gostar de ninguém.

— Ora, não me venha com essa, Sinhá!

Embora contrariado, Olinto consentiu com o prosseguimento dos arranjos para a festa. Observava a filha, que não parecia tomada pelo entusiasmo da mãe com a organização do evento. Nada a tirava de sua permanente prostração.

Nas horas de vigília, Eleonora só pensava em Coracy. Queria acreditar que ele tivesse uma boa razão para não tê-la procurado quando passara por Cachoeira. Tinha fé de que voltaria. O sentimento entre os dois era mais forte que qualquer obstáculo. Só essa esperança lhe dava ânimo.

Viu com desdém os preparativos para a festa. Por mais que quisesse adiá-lo, o dia chegou. Duas centenas de convidados surgiram na fazenda de Olinto Amaral. A frente do casarão foi transformada em estacionamento de librés.

Atrás, entre a residência e a antiga senzala, um toldo abrigou os convivas do sol da tarde. Sobre as toalhas das dezenas de mesas pousavam pratos de louça portuguesa, talheres de prata e guardanapos de linho. Os criados e agregados multiplicavam-se no esforço de agradar.

Um tablado de madeira serviu de base para o piano de cauda, colocado entre as mesas. Um quarteto de cordas foi contratado para acompanhar Eleonora e animar as danças de salão. Para aqueles que quisessem conversar longe da música, abriram-se as portas do casarão.

Ninguém da alta roda em Cachoeira foi esquecido. Lá estavam o prefeito, o delegado, comerciantes e fazendeiros. O juiz Marciano, acompanhado de Sinhá e dos filhos, foi dos primeiros a chegar. Jurandyr usava terno pela primeira vez. Quinzinho veio muito arrumado, com paletó azul-marinho e calça de linho branco, o chapéu palheta sobre a cabeleira engomada. Manifestava sua importância recém-adquirida como o advogado mais requisitado da cidade.

As mesas foram tomadas, enquanto o quarteto de cordas dava um clima ainda mais luminoso à tarde. Um formigueiro de empregados fazia o leva e traz da cozinha. Primeiro vieram os sucos de frutas para refrescar os recém-chegados. Em seguida, os licores. Depois de mandar as crianças brincarem no pomar, Don' Ana levou a filha mais velha pela mão até o piano. Eleonora esboçou um pálido sorriso em resposta ao aplauso dos comensais e tocou valsinhas e peças de salão. Agradeceu a ovação final com um gesto de cabeça e saiu com passos leves para dentro de casa.

Ao menos até ali, Don' Ana estava satisfeita. Depois de mandar servir a refeição, procurou Eleonora no casarão. Encontrou a filha em seu quarto, sentada na cama, com a cabeça entre as mãos. Chorava copiosamente.

— Venha comer — disse Don' Ana. — Fiz tudo isso por você, não vá agora me desapontar.

— Não está aqui quem eu quero — disse ela, com voz rascante.

— Não está nem estará — disse Don' Ana. — Até agora tenho controlado seu pai, mas não durará muito tempo. Você acabará fazendo o que ele deseja. Aceite os fatos, minha filha. E levante a cabeça.

Eleonora fez o que a mãe mandava: levantou a cabeça, estufou o peito, levantou-se e preparou-se para sair. Contudo, em silêncio, pensou que a mãe ainda não a levara a sério.

Voltou para a festa, distribuiu alguns sorrisos entre as mesas, agradeceu os elogios por seu desempenho ao piano. Depois da sobremesa, quando os primeiros casais deixaram as mesas para dançar, encontrou o momento de sair furtivamente. Contornou o casarão e foi até um recanto do jardim, de onde podia avistar ao longe a entrada no bosque onde costumava encontrar-se com Coracy. Sentou num banco de madeira, a lembrar aqueles momentos ao lado da cascata. Não aceitava a maneira como a vida se perdia. Não deixaria seus sentimentos morrerem. Não importava que Coracy não estivesse ali, ela faria a sua parte.

Nesse instante, ouviu passos atrás de si.

— Posso lhe fazer companhia?

A música do outro lado da casa chegava tênue. Eleonora desviou os olhos de Quinzinho.

— Vim para ficar um pouco só — disse.

Ele permaneceu um instante em silêncio. Escolhia as palavras. Entre a retirada humilhante e um lance ousado, preferiu o segundo. Sentou-se no banco ao lado dela.

— Já irei embora — disse. — Eu pretendia encontrá-la numa contradança, mas vejo que está indisposta. Perdi a oportunidade de lhe dizer isso romanticamente, mas gostaria ainda assim do seu consentimento para fazer o pedido oficial de noivado aos seus pais.

Eleonora o encarou, não da forma como ele esperava. Em vez de carinho, interesse, ou ao menos simpatia, mostrou indignação. Ela admirou a audácia com que ele queria tomar o lugar de Coracy, não só nas coisas da família, como no seu coração. Irritava-a pensar que Quinzinho acreditava poder ter tudo o queria. Ainda mais por saber que o pai podia obrigá-la a casar-se com aquele usurpador. Era isso o que tinha em comum com o homem que amava: o mundo tenta subjugar as pessoas, mas há corações indomáveis.

Poderia dizer-lhe tudo o que pensava, mas já era madura o bastante para saber que se tratava de um jogo: não convinha enfrentar a família, como fizera Coracy. Descartasse Quinzinho, confrontando Olinto Amaral, receberia uma ordem peremptória de casar-se, mesmo à revelia. Para evitar esse ponto, teria de usar a malícia, fazer-se em dúvida, levar a decisão adiante — ganhar tempo, até Coracy voltar.

— Ainda é cedo para isso, sou ainda muito nova — respondeu. — Você também.

— Há mulheres que se casam mais jovens do que você.

— Tem razão — disse ela. — Mas depois do casamento envelhecem mais rápido.

— Não quero forçar nada — disse Quinzinho. — Fica apenas meu desejo. Quero garantir somente que não apareça outro candidato.

— Isso não sou eu que posso resolver.

Ele estava preparado para as dificuldades.

— Imagino que ainda pense em Coracy — disse.

— Não sei por que deveria lhe dizer o que penso. Aliás, pouca gente ultimamente tem se preocupado com isso.

— Eu me preocupo — disse Quinzinho.

— Acredito que ele voltará.

Eleonora o encarou, desafiadora; avançou o tronco, como se estivesse disposta a enfrentá-lo fisicamente. Ele se aproveitou daquilo; segurou-a e tentou beijá-la. Eleonora desviou o rosto e, com os braços, o repeliu: sua expressão de asco ofendeu Quinzinho mais do que se tivesse recebido um bofetão.

— Quantas vezes eu terei de lhe dizer que Coracy não voltará? — disse ele, raivosamente.

— Como pode estar tão certo?

— Sei onde ele está.

Os olhos de Eleonora faiscaram. Tudo o que desejava era receber notícias de Coracy. Contudo, receou que, por trás do que Quinzinho lhe diria, haveria o dedo da maldade e do ressentimento. Sentiu o peito curvar-se para dentro, na expectativa de uma flechada. Queria ouvi-lo, ao mesmo tempo que não queria.

— O que você quer dizer, afinal? — perguntou, com um fiapo de voz.

Por um momento, Quinzinho deixou Eleonora em suspenso. Saboreava seu sofrimento, como uma pequena vingança. Quando falou, foi com prazer.

— Coracy entrou para o Exército.

— Como sabe?

Quinzinho enfiou a mão sob o paletó. Do bolso do colete, tirou um papel de carta, dobrado. Eleonora tomou um susto ao reconhecer a letra inclinada, laboriosa, quase barroca de Coracy.

"Caro pai, se é que eu posso ainda chamá-lo de pai:

Gostaria de comunicar que estou em São Paulo. Decidi tomar um rumo inesperado, mas que julgo o mais correto para minha vida. A partir de hoje, alisto-me no Exército, onde pretendo fazer carreira.

Não sei ainda para onde irei. Não espere notícias minhas. Talvez um dia a verdade se aclare e eu possa conquistar seu respeito, quem sabe suficiente para receber novamente algo do antigo carinho paternal.

Adeus

Coracy"

A carta tinha sido enviada dois meses antes; Quinzinho a apanhara em segredo de uma gaveta de Marciano, depois que o juiz a mostrara a sua mãe. Eleonora importou-se menos com a data e mais por verificar que não continha uma única palavra sobre ela. Quinzinho tinha razão: Coracy não pensava em voltar tão cedo.

Em vez de raiva, sentiu medo. O Exército! Imaginou o que teria passado pela cabeça de Coracy para correr tal risco, num tempo em que os militares ameaçavam colocar o país em uma guerra civil.

Levantou a cabeça.

— Deixe-me — pediu.

Quinzinho conseguira o que pretendia e sabia disso. Não precisava forçá-la ainda mais. Pelo menos, não naquele instante.

— Não sei de quantas provas mais você precisa — disse ele. — Como minha mulher, será feliz.

— Se gosta de mim, saberá esperar — respondeu Eleonora.

Quinzinho concordou; ela ainda precisava digerir melhor o significado da carta. O tempo seria favorável para que seu coração mudasse de rumo e ela o aceitasse. Ainda não queria Eleonora de qualquer jeito: buscava o seu amor. Por isso, valeria ser paciente.

— Está bem — disse. — Até mais.

Quando ele se afastou, levando a carta endereçada a Marciano, Eleonora apertou as mãos contra os ombros, abraçada a si mesma. Pensou que era somente a friagem, não podia ficar no sereno, fraca como estava. Devia recolher-se: não queria voltar para a festa, ver o rosto interrogativo da mãe, o ar de censura do pai. Não queria mais nada. A única coisa que desejava estava longe dali.

Coracy fora embora, arriscava-se em aventuras. À sua maneira, assim como ele, Eleonora fugiria, mas para dentro de si mesma. Nesse mundo onde viveria sozinha, havia apenas uma porta. E só uma pessoa capaz de abri-la, devolvendo-lhe o gosto pela vida.

Capítulo 5

Em pouco tempo, Coracy descobriu que o Exército era uma guerra cotidiana: os exercícios, as ordens repetitivas, o toque de alvorada, os mosquitos infernais do mangue onde se instalara o quartel do Primeiro Batalhão de Caçadores. Na maior parte do tempo, o serviço militar significava desinfetar banheiros, lavar roupas, lustrar botas, desmontar, lubrificar e polir o seu fuzil Mauser, gravado pelo almoxarifado com o número 2455.

— O fuzil agora é a sua vida — martelava o sargento Andrada nas instruções de tiro. — Saia sem as cuecas, mas não sem ele.

Batizou a arma de "Eleonora". Carregava-a para a cama, o banheiro, o campo de futebol. Em três meses de treinamento, passou a ser capaz de desmontá-la, limpá-la e remontá-la peça por peça de olhos fechados. Havia ainda os exercícios de tiro e lançamento de morteiros e obuses, especialidade das tropas de infantaria leve. Receava o uso daquilo tudo em breve.

Em dezembro de 1922, Siqueira Campos saiu do hospital. Três semanas depois, ele e outros 21 rebeldes foram libertados pelo Supremo Tribunal Federal, para fúria do recém-empossado presidente Artur Bernardes e do alto-comando militar. Antes que a pressão das autoridades provocasse nova prisão, Siqueira Campos, Juarez Távora e outros militares desertaram, exilando-se no Uruguai. As notícias que corriam eram de que, no exílio, eles tramavam algum tipo de revolta em escala nacional.

Enquanto aguardava os acontecimentos, Coracy cuidava de Mioco. A inaptidão do nissei para as Forças Armadas logo tinha sido percebida pelo sargento Andrada.

— Você é uma vergonha para todo este batalhão — dizia-lhe. — É proibido alguém assim na tropa do comandante Wellington.

Rosto enérgico, bicanca de corvo e olhar frívolo, o coronel comandante Wellington Sodré era um ser mitológico para seus subordinados. Mesmo no calor selvagem do quartel, estava sempre impecável: nunca o tinham visto expelir uma gota de suor, graças a uma vontade férrea capaz até de lhe fechar os poros.

Daí também sua obsessão em manter a tropa com as botas sem respingos de lama num lugar em que chovia o tempo todo.

Coracy sentia pena de Mioco e raiva do sargento Andrada, que não perdia ocasião de humilhar o nissei. Estavam juntos no destacamento comandado pelo cabo Félix: Coracy, Mioco, Gaspar e os outros dois recrutas chegados ao quartel no mesmo trem, Afrígio e Carlos. Não via por que não dispensavam aquele infeliz, exceto por um código não escrito, próprio do militarismo, que instituía a teimosia. O sargento Andrada dizia que não podiam abrir exceção. Caso contrário, cada vez que alguém quisesse ir embora, bastaria chorar. Seria a desmoralização total e o fim do Exército.

O pior eram os exercícios de campo. Toda semana, realizava-se uma campana na mata, em dias aleatórios, às vezes consecutivos. Ninguém sabia de quem seria a vez. O sargento Andrada rompia pelo dormitório em plena madrugada e apontava o destacamento escolhido. Com tal política, o comandante Wellington acreditava manter a tropa sempre alerta. O sargento obrigava os eleitos a saltarem da cama e os despachava num caminhão para a serra em simulação de batalha.

— Vocês! — berrou ele ao cabo Félix, na primeira noite do destacamento de Coracy.

Eram mais de duas da madrugada quando o caminhão os desembarcou com equipamentos em uma estrada de terra, cercada pela mata, no meio da Serra do Mar. Quando o vento abria frestas na neblina, a distância enxergavam-se as luzes do porto de Santos.

— Gaspar, faça o fogo — ordenou o cabo Félix. — Os outros me ajudem a armar a barraca.

Em alguns minutos a barraca estava em pé. Gaspar trouxe lenha para a fogueira, mas a umidade não permitiu nada além de uma chama fumarenta que estalava em protesto.

— Vamos nos revezar na vigilância — disse o cabo.

Indicou Afrígio para montar guarda de um lado da estrada e Coracy do outro, a duzentos metros do acampamento.

— Dêem voz de "alto!" se enxergarem movimento — determinou Félix. — Não sendo obedecidos na segunda vez, disparem.

— Mas quem é o inimigo? — perguntou Coracy.

— Se você não achar outro, podem ser as cobras e as onças que andam pelo mato — respondeu o cabo.

Coracy passou sua primeira noite na serra com o fuzil gelado na mão, a olhar para o escuro, ouvir o pio das corujas e esperar o inimigo imaginário.

Nessa vigília, aderiu ao fumo. Gaspar acendeu meia dúzia de bitucas e as colocou na rede do capacete de Coracy, que passou a exalar um halo preguiçoso de fumaça.

— Espanta os mosquitos — explicou o mulato.

— Sim, espanta os mosquitos, mas atrai os bichos maiores — observou Coracy.

— Nosso único inimigo aqui é esse pequeno inseto de pernas compridas, meu amigo. Ah, e o comandante Wellington.

Riram.

Por causa do desconforto, mesmo os soldados fora da vigia ficaram acordados. O grupo se juntou de cócoras ao redor da fogueira, para manter-se a salvo pelo menos do frio. No seu turno da guarda, Mioco tremia e chorava. Coracy pediu ao cabo Félix para substituí-lo, ainda que fazendo serviço dobrado. O cabo, porém, queria ver o nissei fazendo sua parte direito. Receava onerar o grupo com todos os piores castigos e tarefas por causa daquele elemento relapso.

— Deixe-o lá — disse Félix. — Temos que dar um jeito nesse japonês. Senão, nunca mais iremos dormir.

— Ele não tem jeito — disse Coracy. — É preciso aceitar que ele não serve para isto. E mandá-lo de volta para casa.

— Isso eles jamais farão — disse Félix. — Estou aqui há um ano, conheço o sargento Andrada, o comandante Wellington e os outros oficiais muito bem.

O tempo provou que ambos estavam certos. Os exercícios extenuantes, as ordens contínuas, o regime de horários rigorosos destruíam Mioco. O filho do farmacêutico tremia diante de qualquer ordem. Em vez de fortalecê-lo, o treinamento deixava-o mais inerme a cada dia. Para piorar, o nissei não se acostumava com a comida do quartel, uma gororoba célebre pelo achado de ingredientes indesejáveis, como cabelos, parafusos e baratas. Emagrecia a olhos vistos: as roupas antes apertadas passaram a lhe caber até com folga. Diariamente chorava de saudade, sobretudo da mãe. Ninguém se manifestava, para não atrair a ira do sargento Andrada. A cada falta de Mioco, impunha-lhe castigos ainda maiores. E com isso o demolia ainda mais.

Além dos superiores, Mioco ganhou a antipatia dos colegas. Seu choro miúdo tirava o sono dos soldados no dormitório. O sargento passou a impingir castigos coletivos toda vez que ele cometia alguma falta. Quando não cumpria algum exercício até o fim, os outros tinham de dobrar a sua cota.

— Até consertarmos esse japonês, todos pagarão — dizia Andrada. — Vocês terão de me ajudar.

Mioco passou a ser ameaçado. Para evitar que as coisas piorassem, Coracy o ajudava. Ao ver que o nissei seria repreendido porque suas botas não estavam perfeitamente limpas, encarregava-se de lustrar as dele também. Ajeitava seu uniforme e conferia se não esquecera nada antes de o sargento ou outro oficial fazer a vistoria. Mesmo assim, não sabia por quanto tempo conseguiria salvá-lo de si mesmo.

Socorrer Mioco se tornou ainda mais difícil depois de um imprevisto que mudou sua rotina dentro do quartel: uma inesperada promoção. Certa manhã, o sargento Andrada enviou Coracy à Casa da Ordem do Batalhão, onde ficava a intendência. Conforme as instruções, Coracy apresentou-se ao major Claudionor, ajudante-de-ordens do comandante Wellington. Era um negro de trinta anos, palavras e jeito simples, um homem do povo a quem a vida na caserna dera alguns galardões. O Exército se orgulhava de não medir ricos e pobres: todos deviam servir à pátria. Era por isso mesmo um reduto de nacionalistas de origem humilde, freqüentemente revoltados contra o governo que devia comandá-los. Coracy entendia agora mais os rebeldes que admiravam Siqueira Campos e encarnavam a insatisfação militar com o país.

O major Claudionor examinou as anotações na caderneta vermelha de Coracy.

— O senhor já é atirador de segunda classe — observou.

— Sim, senhor.

— Telemetrista, sinaleiro, apontador de artilharia.

— Sim, senhor.

— Não pode ser condutor, pois não sabe dirigir. Além disso, não cavalga e não sabe nadar.

— Sim, senhor.

— No entanto, aqui também diz que o senhor sabe ler e escrever.

— Sim, senhor.

— E aprendeu onde?

— Fui à escola em Cachoeira. Depois fiz o seminário em Pirapora.

O major esticou o beiço, gesto ao mesmo tempo de espanto e aprovação.

— Não sei o que o fez sair do seminário para entrar no Exército, mas há algo útil para nós na sua formação. Soldado Coracy, seus colegas são analfabetos. Entre os recém-chegados, o senhor é o único em condições de ajudar aqui no serviço do escritório. Apresente-se a mim amanhã.

— Sim, senhor.

— É claro, o senhor trabalhará sem prejuízo da instrução. Venha às onze horas, depois do treinamento da manhã.

— Sim, senhor.

No dia seguinte, Coracy se apresentou ao major para ingressar no serviço burocrático. Depois de um teste no qual passou com nota 5,6 tornou-se cabo-de-esquadra. Em seguida, o puseram diante de uma mesa com uma máquina de escrever. Sua primeira obrigação foi ordenar a papelada do quartel. Havia pilhas de relatórios com registros do arsenal de guerra, da cozinha, do almoxarifado. Em sua nova função, Coracy recebia e distribuía cartas para os oficiais. Aos poucos, passou a manusear também o telégrafo.

Conhecendo-o mais de perto, o comandante Wellington não lhe pareceu melhor pessoa que o sargento Andrada. Disparava ordens como impropérios. Encarnava o Exército com o espírito granítico de seu ídolo, Floriano Peixoto, o Marechal-de-Ferro. Somente conversava de queixo levantado e de perfil, como se escutasse os interlocutores só por uma orelha, ou pela metade. Quando indispensável, Coracy batia de leve na porta de sua sala e, autorizado, entrava pé ante pé, para incomodá-lo o mínimo possível com a sua presença.

— Deixe esses envelopes aí, cabo — dizia-lhe. — E desapareça.

Apesar dos cuidados, Coracy não tinha medo do coronel. Não se impressionava com cara feia. Além disso, sem ele a Casa da Ordem voltaria a ser uma bagunça. Mais preocupantes eram as conversas que ouvia dos oficiais e o teor do que chegava pelo telégrafo. Havia notícias sobre a insatisfação de oficiais em outros estados, o que punha em alerta o alto-comando militar de São Paulo, fiel ao presidente Artur Bernardes. Corriam nos quartéis rumores de uma nova rebelião, sob inspiração de Siqueira Campos. A batalha de Copacabana fizera um líder.

Encontrava os antigos colegas de destacamento nos exercícios matinais, ou quando suas folgas coincidiam. Jogavam futebol no campo do quartel, disputavam partidas de truco ou conversavam em meio a anilhas de fumaça dos cigarros mata-rato de Gaspar. Quando recebiam o soldo, Coracy acompanhava os amigos em passeios a Santos. Tomavam o ônibus na estrada de terra próxima ao quartel, gratuito para os pracinhas. Desciam na cidade para flertar com as moças da cidade e tomar banho de mar. Coracy jamais passava do raso por não saber nadar. Preferia andar com água pela canela, enquanto Gaspar lhe atirava água de longe.

— Venha! — insistia. — Sempre há uma primeira vez...

Coracy mantinha distância segura também das mulheres, que só o faziam lembrar-se de Eleonora. Tinha vontade de largar tudo, voltar para casa, roubá-la. Mortificava-se com mil suposições. A pior delas era a de que Eleonora, ao saber que ele deixara o seminário sem voltar para casa, decidira esquecê-lo. Nessas horas, a companhia de Mioco o consolava: era como se apenas alguém que também sofresse muito de saudade pudesse compreender.

— Aqui, morrerei como um passarinho na gaiola — dizia o nissei.

— Tenha paciência — pedia Coracy. — Ninguém fica aqui para sempre. No fim do ano, estará terminado.

O nissei não se animava: estava certo de não suportar aquilo até o fim.

Por isso, não foi surpresa para Coracy quando, tempos depois, Mioco desapareceu. Era dia de folga do destacamento do cabo Félix, mas ele não pudera acompanhar os amigos, devido a tarefas da intendência. O sargento Andrada surgiu de cara amarrada na Casa da Ordem. Quando disse que um dos recrutas não se reapresentara, não foi preciso mencionar o nome para se saber quem era.

— O japonês se perdeu — disse Andrada. — Ou desertou.

— As duas hipóteses são possíveis — disse o major Claudionor.

— Ele sumiu e vamos achá-lo — disse o comandante Wellington. — Essa é a única hipótese.

Uma patrulha foi imediatamente colocada em perseguição do desaparecido.

Ao longo do dia, Coracy esperou por notícias — e nada. O suspense continuou durante a noite. Embora o dormitório estivesse cheio, a respiração acelerada dos soldados revelava que ninguém dormia, à espera do final previsível, pois todos sabiam que a patrulha buscaria o nissei na casa dos pais em São Paulo, ou mesmo no inferno, se fosse necessário. No começo da madrugada, o caminhão que saíra para a busca retornou. Fingindo dormir, os soldados ouviram o barulho de botas em direção à cadeia do quartel. De longe, soava um chorinho fino de criança. Não havia dúvida: Mioco fora apanhado.

A porta do dormitório foi aberta, num repelão. O sargento Andrada acendeu as luzes, avançou e berrou, a plenos pulmões:

— Encontrei com o soldado Mioco um punhado de dinheiro. Tenho certeza de que o conseguiu com a ajuda de colegas. Como não posso dizer quem contribuiu para sua tentativa de deserção, todos aqui receberão o castigo por auxiliá-lo. Vocês saberão que um desertor não tem perdão. Nem seus colaboradores.

Quando saiu, o sargento deixou atrás de si o ar pesado. Ninguém disse palavra. Durante o resto da noite, Coracy não pregou o olho. Pensava em quem tivera a péssima idéia de ajudar Mioco a fugir e lhe dera dinheiro. Quase podia ouvir dali aquele seu choro capaz de cortar o coração, encolhido no canto de uma cela, mais longe de voltar para casa do que nunca.

Durante um mês vieram algumas informações da cadeia, trazidas pelos soldados que se revezavam na guarda: Mioco já não chorava, não falava com ninguém. Ao contrário do que mandava o regulamento, a duração da sentença não havia sido anunciada. A cada dia, Coracy se preocupava mais. Era como se tivessem esquecido o companheiro na cela e jogado fora a chave.

Quando ninguém mais esperava, certa noite um vulto negro entrou no dormitório, depois de apagadas as luzes. Desde a noite do incêndio no seminário, Coracy tinha o sono muito leve. Levantou-se de pronto. O grande nissei passou diante dele como um zumbi, à procura da própria cama.

Quis ajudá-lo.

— Como está?

Mioco sentou-se na cama, levado pelas mãos que o conduziam no escuro. Olhou Coracy como se voltasse da lua, não do xadrez.

Estava muito diferente: rosto encovado, peito achatado, pernas onde as calças sobravam. Tinha os cabelos molhados de quem passara sob a ducha, antes de ser enviado ao dormitório: tiritava, apesar do calor, provavelmente de febre. O que mais impressionou Coracy, porém, foram os seus olhos, cuja obliqüidade ganhara uma névoa. Gaspar e outros soldados se juntaram ao redor da cama; Coracy, porém, pediu que o deixassem em paz.

— Amanhã estará melhor e poderemos conversar.

Assim esperava, mas ocorreu o contrário. Dali em diante, Mioco nunca mais foi o mesmo. Repetia o que lhe mandavam fazer, como um autômato. Dificilmente extraíam dele alguma palavra espontânea. Coracy pensava que logo o sargento Andrada o apanharia em outro erro e seria o fim. Podia ver pelos modos lentos, o rosto sem vida e aquele olhar de catástrofe que Mioco não resistiria a uma segunda prisão.

Tenho de fazer alguma coisa, ele pensou. E faria — ainda que corresse um grande risco.

Cada vez mais indiferente às suas tarefas, Mioco foi preso pela segunda, terceira e quarta vez. Passava mais tempo dentro que fora do xadrez. Na comemoração da virada para o ano de 1923, Coracy conseguiu lhe dar barras de chocolate, com a complacência da guarda, obtida em troca de uma garrafa de champanhe comprada em Santos e que lhe custara o soldo do mês.

Do quartel, ele podia ver as luzes espocando ao longe na cidade de Santos. Os soldados cantavam e dançavam no campo de futebol. Somente ele parecia se importar com Mioco, sozinho em sua cela. Concluiu que a prisão do nissei se tornara conveniente para todos. Enquanto ele estava encarcerado, os soldados deixavam de receber os castigos coletivos por causa de suas faltas.

Via agora no Exército o mesmo tipo de opressão que se acostumara a enfrentar a vida inteira. Por isso, simpatizava ainda mais com Siqueira Campos e os oficiais rebeldes.

Embora no Batalhão de Caçadores ninguém ousasse questionar o presidente Artur Bernardes e não houvesse qualquer sinal de rebelião, na Casa da Ordem as notícias e os comentários indicavam o agravamento da crise militar. Em janeiro, o Rio Grande mergulhou em guerra civil. Contra o governador Borges de Medeiros, que entrara em seu quinto mandato consecutivo graças a um acordo de apoio mútuo com Artur Bernardes, levantara-se o movimento chamado Aliança Libertadora, liderado por Assis Brasil. Ao se insurgir contra a perpetuação no poder do velho Chimango, Assis Brasil se transformava no principal líder da oposição desde a morte de Nilo Peçanha, em março de 1922.

Os jornais e os informes que chegavam pelo telégrafo alarmavam os oficiais. Temia-se que a revolta gaúcha pudesse se alastrar pelo país. Preocupado, o comandante Wellington dava menos atenção aos despachos corriqueiros. Coracy levava papéis para que ele assinasse. Como tais documentos vinham do major Claudionor, de sua inteira confiança, o comandante muitas vezes os rubricava sem olhar o conteúdo. Viu aí, então, a sua oportunidade.

Discretamente, acumulou grande quantidade de documentos para aprovação, subtraindo um ou dois, entre os menos importantes, de cada despacho diário. Num dia em que o sargento Andrada se encontrava em missão de treinamento fora do quartel, adicionou ao trabalho atrasado, que já ia formando um calhamaço, um formulário de baixa de serviço no qual anotara com letras miúdas o nome do soldado Mioco Mishima. Entregou a papelada para ser assinada no fim da tarde, quando o comandante, cansado, já se apressava para retirar-se à caserna.

Coracy poderia ser apanhado em flagrante, claro, mas queria forçar, ainda que por obra de um acaso providencial, o que as vias oficiais já deviam ter arranjado por justiça e bom senso. A ausência de Andrada convinha aos seus propósitos, pois tudo correria longe das suas vistas vigilantes.

Ele estava certo de que Mioco não suportaria muito tempo mais. A série de encarceramentos o perturbara. Tornara-se sorumbático, não reconhecia os amigos, não entendia perguntas e as respondia mastigando as palavras com um olhar vazio, feito um boi de carro. Com mais uma nova prisão, temia que Mioco enlouquecesse de vez, ou coisa pior: sem saída, podia suicidar-se.

Levou os documentos à sala de comando, certo de que não havia mais tempo a perder. Aguardou em silêncio: quando o formulário de Mioco passou sob as vistas do coronel Wellington, teve um calafrio. O comandante, porém, passou-o adiante, assinado na mesma velocidade com que se desvencilhou do resto da papelada.

Enquanto o comandante seguia para o seu descanso, Coracy levou a baixa de Mioco ao cabo Félix, encarregado do caso, na falta do sargento Andrada, Félix recebeu o documento surpreso e aliviado, mas não fez perguntas, por julgar a medida mais do que tardia. Juntos, foram ao capitão-médico, o doutor Cincinato Telles Guariba, encarregado de endossar todas as baixas com a autorização médica regulamentar.

— Estou surpreso — disse o doutor Cincinato, ao ler o papel. — Ninguém me disse nada a respeito.

— A ordem está aí — disse Coracy — Talvez o comandante afinal tenha cedido às evidências de que o soldado Mioco precisa tratar-se fora daqui.

— Bem — disse o doutor Cincinato —, disso eu não posso discordar. O soldado Mioco está em péssima forma, mas acho que a notícia da baixa já lhe fará muito bem.

De comum acordo, Coracy e o cabo Félix ocultaram a baixa de Mioco, com receio de que a informação se espalhasse pela caserna. Naquela noite, Mioco foi dormir sem saber que pela manhã, quando à onze horas passasse o trem para São Paulo, estaria livre de seu sofrimento.

— Você tem alguma idéia do que acontecerá quando eles descobrirem a farsa? — perguntou Gaspar a Coracy, incrédulo, quando ele lhe contou em segredo sua trapaça.

— Minha única preocupação é garantir que Mioco vá embora. De um jeito ou de outro, o documento foi assinado pelo comandante, então é oficial. O resto veremos depois.

Pela manhã, Coracy informou Mioco de que estava dispensado do Exército. Depois de tanto tempo a esperar aquele momento, o nissei não entendeu, ou não acreditou. Somente ao embarcar no caminhão, mediante a apresentação do documento levado por Coracy e o cabo Félix ao motorista, compreendeu que realmente estava indo embora. Gaspar sussurrou algumas palavras ao seu ouvido, abraçou-o e eles observaram a coluna de poeira levantada pelo veículo ao se afastar, levando Mioco para a estação férrea.

Do destacamento do cabo Félix, Gaspar era o único que não exultava. Tinha maus pressentimentos.

À tarde, enquanto trabalhava na Casa da Ordem como se nada tivesse acontecido, Coracy foi chamado à sala do comandante Wellington. Lá estavam sentados, como que num tribunal, o comandante, cujo rosto se tornara cinza, o major Claudionor e o sargento Andrada, recém-chegado da instrução. Nada dizia, mas sua expressão denotava a vontade de cuspir fogo. Em vinte anos de carreira militar, jamais fora ludibriado daquela maneira.

Como de praxe, Coracy bateu continência.

— O sargento Andrada acaba de me informar que o soldado Mioco recebeu baixa e hoje foi dispensado. O senhor tem conhecimento da dispensa, cabo Coracy?

— Sim, senhor.

— Ocorre que eu não autorizei a dispensa do soldado Mioco.

— Autorizou sim, comandante, porque eu mesmo entreguei a baixa com a sua assinatura ao capitão-médico.

Os oficiais se entreolharam. O sargento Andrada permaneceu calado, mas resfolegava alto, tamanha a fúria contida. Coracy manteve-se em posição de sentido. Imaginou Mioco naquele momento, chegando em casa. Isso o confortou.

— Como não fui eu quem escreveu a ordem de baixa, nem ela foi solicitada pelo sargento Andrada, ou o major Claudionor aqui presente, teremos de instaurar uma sindicância militar para verificar o seu autor.

— Não será necessário, comandante — disse Coracy. — Eu mesmo a preenchi com o nome do soldado Mioco para lhe entregar.

— Como pôde? — bradou o sargento Andrada, alçando-se da cadeira, prestes a pular no pescoço de Coracy. Este, porém, se manteve impassível. O comandante ordenou que Andrada se controlasse.

— Imagino que o senhor saiba que não se trata de assunto da sua alçada — disse Wellington, gravemente.

— Pode ser que eu não esteja completamente ciente do regulamento, senhor.

— Imagino que saiba que preciso mandar buscar o soldado Mioco de volta.

Era o que Coracy mais temia. Por isso, preparara-se para aquele momento.

— Ele tem um papel com a sua assinatura, comandante.

Um pigarro interrompeu a conversa. Com fala mansa, da maneira que se acostumara a utilizar para fazer alguma objeção a Wellington sem irritá-lo, o major Claudionor interferiu.

— O cabo chama a atenção para algo digno de nota, comandante — disse o major. — Não ficaria bem a tropa achar que o senhor assina ordens sem saber do que se trata. Ainda que, neste caso, tenha sido apenas um descuido, causado pela confiança nos documentos que o senhor recebe, a qual foi traída pelo cabo Coracy, aqui presente.

O comandante olhou o major enviesado. Não admitia ter sido feito de tolo daquela maneira. No entanto, ali havia realmente uma saída. Estava batido, mas ainda tinha um alvo no qual atirar. Voltou-se para Coracy.

— Bem, aquele nissei era um traste de qualquer maneira. É bom que o Exército não mantenha em suas fileiras alguém que nos envergonha. Mas o senhor não é diferente e não escapará de algo que assinarei com muita convicção. Está preso por insubordinação até julgamento ulterior.

— Sim, senhor.

Dez minutos depois, Coracy foi escoltado por dois soldados até o xadrez. Atravessou o pátio do quartel, mantendo a altivez perante os olhares dos pracinhas. Entre eles, estava Gaspar, que logo espalhou o motivo da prisão. Para seu deleite, o comandante Wellington seria alvo de chacota por um bom tempo.

No edifício da guarda, Coracy foi encarcerado num cubículo de dois metros quadrados, com uma pia onde despontava uma torneira azinhavrada, um balde que servia de latrina e um catre duro. Assim que desapareceu a luz do dia, infiltrada por um buraco no alto da parede contrária à porta de ferro, dormiu o sono dos justos.

Imaginava Mioco no seu lugar. Para alguém emocionalmente frágil, aquela cela devia ser uma tortura terrível. Com o estoicismo necessário, porém, podia não ser tão ruim. Pela manhã, lhe trouxeram uma refeição para porcos, mas a fome não lhe permitiu recusas. Exercitava-se, para ocupar o tempo e preparar-se para o dia em que aquilo terminaria. Pela luz no alto da parede, sabia quando terminavam os dias. Contá-los, como se sua progressão fosse ao mesmo tempo uma regressão para o dia da liberdade, ajudava a manter a lucidez.

O pior eram as noites: na escuridão da cela, lutava para afugentar os maus pensamentos. Sofria por causa de Eleonora. Relembrava os momentos ao lado dela, mas tinha dificuldade de enxergar seu rosto, esmaecido na memória como uma pintura antiga. Para piorar, tudo lhe saíra pelo avesso. Em vez da glória militar, metera-se em uma encrenca. Soubesse que estava preso, seu pai apenas confirmaria as suspeitas de que o filho lhe saíra um estorvo. No entanto, não se arrependia de nada. Ele achava estar certo. E o certo devia ser defendido a todo custo.

Não mudaria suas atitudes por nada, nem mesmo pelo desejo de satisfazer Marciano ou rever Eleonora. Àquela hora Quinzinho devia estar em seu lugar, na casa de seu pai, ao lado dela. Podia vê-lo ao piano com Eleonora, aspirando seu perfume, roçando o corpo que ele tanto desejava, recebendo seu sorriso, e sentia como que uma punhalada. Porém, se um dia Eleonora se apaixonara por ele, era por ser do jeito que era. Tinha apenas de concentrar-se em preservar a si mesmo, de modo a não enlouquecer como Mioco. Transformaria a revolta em resistência, a ansiedade em paciência, o ódio em temperança.

A prisão mudou-lhe aos poucos o aspecto. Sem que lhe dessem uma navalha, ficou barbado e hirsuto. Emagreceu, devido às parcas refeições. Somente uma vez por semana deixava a cela para o banho e meia hora de sol, em um pátio anexo. Não tinha ninguém com quem conversar, pois era o único encarcerado. A partir de certo dia, começou a receber frutas, que devorava com prazer. Não entendeu a deferência, até chegar a uma conclusão: "Gaspar falou." A tropa lhe agradecia por tê-la livrado de Mioco de uma vez por todas. Com o fim dos castigos coletivos, todos — até seus carcereiros — deviam estar felizes da vida.

Aquele pequeno agrado, que na penúria completa se tornava tão importante, serviu por algum tempo de alento adicional. Contudo, aos poucos Coracy foi sendo minado pela passagem das horas imutáveis. Proibindo a si mesmo de cismar com o passado para não se atormentar, e sem perspectivas para o futuro, caiu em prostração, como se o espírito abandonasse o corpo. Deixou de contar os dias, as horas se tornaram indiferentes. Por vezes sentia-se como se já não existisse. Ao dormir, sonhava que caía num abismo interminável; naquela queda contínua, espantava-se por nunca chegar ao chão.

Por isso, quando o ferrolho da porta se abriu para a liberdade, ele nem a esperava mais. Saiu cambaleante, com a luz a explodir nos olhos. Imaginou estar vendo coisas, porque o quartel parecia em polvorosa: soldados corriam, mantimentos eram transportados para os caminhões, assim como caixas de munição. Queria perguntar o que estava acontecendo, mas estava atordoado demais; os ouvidos zumbiram, a cabeça rodou e da claridade explosiva o mundo passou ao seu oposto: escureceu como se tivessem fechado a tampa de sua tumba.

Voltou ao mundo na enfermaria do quartel. Estava vazia, exceto pela presença de um enfermeiro, que chamou o doutor Cincinato assim que Coracy se recobrou.

— Eu deveria lhe ministrar estricnina, por ter me envolvido em sua manobra para liberar o soldado Mioco — disse o capitão-médico. — No entanto, considerando a causa, e o fato de que não há nenhum oficial por perto a nos escutar, eu o perdôo.

— O que está acontecendo? — perguntou Coracy.

— Seguiremos para São Paulo, onde vamos nos juntar às tropas que lá combatem.

Muita coisa acontecera enquanto Coracy estivera em sua cela. No dia 5 de julho de 1924, aniversário da revolta dos 18 do Forte, fora desfechada a revolução. Um grupo de jovens oficiais, que logo seriam chamados de Tenentes, tinha escolhido um chefe: o coronel Isidoro Dias Lopes, promovido pelos rebeldes a "general". Com um líder venerável, procuravam dar maior patente ao movimento. Segundo-tenente na proclamação da República aos 26 anos, insurreto na intentona gaúcha de 1893, Isidoro estava há anos reformado, desfrutando a aposentadoria em sua casa no Rio de Janeiro, mas se dispusera a ajudar.

São Paulo fora tomada de assalto. Em meio à neblina de uma manhã fria, um batalhão de infantaria ligeira saíra de uma guarnição na periferia da cidade e tomara os quartéis da milícia estadual, perto da Estação da Luz. Saído repentinamente do pijama militar, Isidoro anunciara as condições dos rebeldes para voltar a caserna: a renúncia do presidente Artur Bernardes e sua substituição por um governo provisório neutro, comprometido com as reformas constitucionais; o voto secreto e a reformulação do sistema tributário para reduzir a corrupção.

O major Miguel Costa, comandante do Regimento de Cavalaria do Estado, homem de cinqüenta anos de idade, o dobro dos idealistas que liderava, aderira ao movimento, com uma tropa de 2.600 soldados. No dia 12 de julho, 3.500 revoltosos tinham se defendido da artilharia das forças legalistas, comandadas pelo general Eduardo Sócrates. Embora contasse com 12 mil soldados, Sócrates preferira não confiar no empenho de suas tropas em um combate com seus irmãos de farda. Bombardeara de longe os rebeldes, entrincheirados nos quartéis próximos à Estação da Luz.

Guarnições de Mato Grosso, Sergipe, Pará e Amazonas haviam aderido ao movimento. O presidente Bernardes juntara medidas mais drásticas ao estado de sítio, que perdurava desde 1922, e à censura da imprensa, declarada no dezembro anterior, impondo severas penas a "difamadores" do governo. De modo a abafar a propagação de informações sobre a revolta, proclamara censura total no Rio de Janeiro. Muito mais, o capitão Cincinato não sabia.

— Mas, doutor... — balbuciou Coracy.

— Sim.

— De que lado nós estamos?

O médico riu.

— Boa pergunta.

Segundo ele, o comandante Wellington alinhava-se com o governo de Artur Bernardes. Embora admirasse o marechal Hermes da Fonseca, acreditava que o tempo dos militares no governo e na política já terminara. Era preciso dar a vez aos civis, para acertar e errar; as Forças Armadas deviam se recolher à caserna, reservando-se ao seu papel constitucional, que Wellington pretendia exercer agora, oferecendo suas tropas em defesa do governo. Porém, a situação se agravara, com um crescente apoio ao marechal e seu filho. O capitão Euclydes fora transferido para a prisão militar da Ilha Grande, punição considerada mais uma afronta à corporação.

Depois de receber alta, Coracy trocou o pijama hospitalar pelo uniforme. A cabeça ainda pesava, as pernas pareciam moles por causa da inação, mas estava em pé. Seguindo instruções do doutor Cincinato, apresentou-se na Casa da Ordem ao major Claudionor, a quem tivera de enganar, muito penalizado, e ao coronel Wellington, que o recebeu sentado em sua poltrona, segurando nas mãos a pequena bandeira do Brasil que rotineiramente repousava espetada em sua mesa de trabalho.

— Ah, o meu rebelde particular — disse, ao ver Coracy bater-lhe continência.

Fez um discurso. Disse que não havia nada mais precioso nas Forças Armadas, sobretudo em tempos como aqueles, do que a obediência e fidelidade. Que com prazer o atravessaria com uma baioneta. Ou o mandaria para casa coberto de vergonha, o que ele considerava pior do que a baioneta. (Secretamente, Coracy concordou.)

— Ocorre, cabo, que infelizmente os tempos mudaram. Eles não me permitem o luxo de desperdiçar sequer um soldado, mesmo o mais indigno, como o senhor.

Em vez de acompanhar o Primeiro Batalhão de Caçadores a São Paulo, onde as tropas se juntariam às da capital no combate a Isidoro, Coracy seria designado para servir no Rio de Janeiro. As tropas da capital da República estavam sendo enviadas ao Norte para debelar a revolta em diversas cidades onde despontavam focos da rebelião. No comando do antigo destacamento do cabo Félix, Coracy deveria se apresentar ao Sexto Batalhão, Primeira Companhia do Segundo Regimento de Infantaria do Rio de Janeiro, no quartel do Andaraí.

— Eles nos requisitaram reforços — disse o comandante. — A partir de agora, o senhor causará confusão longe daqui.

Coracy saiu levando na mão suas ordens em papel timbrado. Procurou pelos homens do destacamento, agora sob suas ordens. Abraçaram-no emocionados. Coracy explicou que os mandavam para a Amazônia como castigo, mas ninguém se importou. Gaspar comemorava: antes, conheceria o Rio de Janeiro.

— Faremos grandes coisas! — disse. — Quem sabe haverá tempo para travarmos contato mais íntimo com algumas cariocas, antes de seguir para a batalha?

Apesar daquele entusiasmo, Coracy lembrava-se de sua breve passagem pelo Rio, de onde saíra como suspeito. Receava ser reconhecido como o revoltoso de Copacabana, foragido do hospital militar. Mesmo que isso não ocorresse, entendia claramente que o coronel Wellington não o estava apenas enviando a campo. Não eram as moças de Ipanema que o esperavam, mas algo mais que ele nem podia imaginar — a selva equatorial.

Nada fez Eleonora deixar de remoer a carta que Coracy enviara ao pai, mostrada a ela por Quinzinho. Fazia mil suposições sobre os sentimentos dele e seus motivos para entrar no Exército.

Em sua última passagem por Cachoeira, talvez Coracy tivesse pedido dinheiro ao pai não por cobiça, como lhe dissera Quinzinho, mas para ficar com ela. Diante da recusa, fugira. Sabia que Coracy era orgulhoso: só a procuraria se tivesse algo a lhe oferecer. Lembrava-se bem do que ele dissera, na despedida em seu quarto, quando lhe propusera que fugissem juntos: "Não é a vida que eu queria lhe dar."

Estava certa de que Coracy ainda pensava nela, mesmo quando menos parecia. Estranha forma de amor é essa que se exerce pelo caminho da renúncia. Eleonora, no entanto, acreditava conhecer Coracy profundamente. Entendia a natureza daquele impulso de partir para buscar em outro lugar o orgulho e a dignidade, sem os quais não poderia ser feliz ao lado dela.

Havia certa nobreza naquela atitude, mas ela lhe deixava uma ponta de desgosto. Nada — mesmo o orgulho, ou a dignidade — deveria ser maior que o amor. Ainda que Coracy voltasse, não seria fácil perdoar o fato de sequer tê-la procurado. Ele não lhe dera a oportunidade de dizer mais uma vez que viveria onde fosse, que preferia mil vezes a penúria a seu lado à riqueza com Quinzinho ou outro homem qualquer. Ferido, Coracy preferira resolver tudo sozinho no isolamento e na severidade da vida marcial.

Compreender, perdoar, esperar: nisso consistia sua vida, além de manter Quinzinho a distância, o que se tornava mais difícil. Conseguira adiar o noivado que seus pais preparavam, mas tinha de recebê-lo em casa oficialmente quando visitava sua família.

No início, contava com a possibilidade de Quinzinho desistir dela. Em função do trabalho no seu escritório de advocacia, ele passava bastante tempo em São Paulo. Decerto havia lá mulheres interessadas em um advogado jovem, vistoso e rico, que podiam fazê-lo desviar-se dela. Aos poucos, porém, entendeu que seria tão difícil Quinzinho esquecê-la quanto Coracy voltar logo para casa. Eleonora desconfiava que, mais do que amor, ele tinha uma fixação por ela. Por força, Quinzinho queria tudo o que cabia ao irmão. Precisava provar que podia conquistar o que pertencia a Coracy naturalmente, incluindo o afeto de Eleonora. E, como em todo o resto, não desistiria, com a tenacidade dos que nada recebem de graça.

Seu pai andava impaciente. Marciano e Sinhá não cobravam declaradamente de Olinto Amaral a pressa no casamento. Porém, perguntavam sempre por Eleonora de uma maneira que transmitia certa ansiedade — e uma nota crítica, como se o tabelião tivesse pouca rédea de sua casa. Olinto queria o casamento, mas era contido pela mulher. Don' Ana apostava na sua capacidade de convencer a filha, para não lhe empurrar o casamento goela abaixo.

— Quinzinho não pode ser tão ruim — dizia Olinto à mulher. — Dê logo jeito nela, Don'Ana.

Às vezes, Eleonora imaginava como seria sua vida ao lado de Quinzinho. Sabia que muitos casamentos não passavam de uma farsa bem-sucedida. Talvez sua própria mãe tivesse feito de sua vida uma burla, ao casar-se com seu pai. Don' Ana bem sabia colocar as conveniências acima do sentimento. Acreditava que uma mulher podia ter um coração furtivo, desde que mantivesse as aparências, para não atrapalhar a vida. Na impossibilidade de mudar o coração da filha, Don' Ana receitava-lhe o mesmo pragmatismo.

— Quinzinho já vem ganhando um bom dinheiro com o escritório de advocacia em São Paulo — disse-lhe. — Ser o filho de um juiz rico e bem-posto é tudo o que alguém poderia desejar. E você não poderá fazê-lo esperar para sempre.

— Quem ama, espera — afirmou Eleonora.

— É injusto, Eleonora. Não se pode impingir esse tipo de sacrifício a um rapaz que não merece tal tratamento.

— Se ele não deseja sacrificar-se, basta desistir de se casar comigo.

— O povo da cidade já fala de vocês dois. Ele virou alvo de chacota. Não sei quanto mais poderá suportar. E teimará, para não sair derrotado. Vocês sofrerão inutilmente. Abrevie essa tortura.

Sentadas na varanda do casarão da fazenda, mãe e filha passavam tardes a tricotar. Don' Ana observava Eleonora debruçada sobre a costura, dedos paralisados em volta da agulha de tricô, em longos silêncios.

— Seu pai anda cada vez mais impaciente — disse, em voz baixa, quando entrou o verão. — Logo abandonará a diplomacia. Para não se ver ridicularizado perante o compadre Marciano, não hesitará em adotar medidas drásticas em relação a você.

— Serei eu uma prisioneira de meu pai?

Don' Ana a olhou com ar de censura.

— Não espere Coracy — disse. — Ele não voltará. Quinzinho não é culpado pelo que aconteceu. Você poderia ao menos ser mais receptiva.

— Por quê?

— Ainda que Quinzinho não seja o amor da tua vida, sempre será um homem com quem uma mulher pode contar: um companheiro, um amigo, o patrão da sua casa.

Eleonora baixou outra vez os olhos para a costura.

— Talvez eu prefira o convento — disse. — Meu patrão será o Menino Jesus.

Don' Ana baixou o tricô sobre o colo, agora visivelmente irritada com a teimosia da filha.

— Mesmo que Coracy voltasse, não seria homem para ti.

— Me falta o coração para Quinzinho, ou quem quer que seja.

— Não despreze a companhia de alguém como lenimento da tua dor — disse Don' Ana.

Eleonora tossiu: uma tosse seca que fez seu peito sacudir. Don' Ana acudiu: bateu-lhe nas costas, achou-a muito empalidecida.

— Ai, minha filha, esse sofrimento te faz mal. Você precisa se alimentar. Venha, vamos pedir algo na cozinha.

Eleonora resistia, mas apesar dos cuidados maternais, deduziu naquela tarde que o cerco sobre ela se fechava. A mãe falhara em sua última tentativa de fazê-la ceder de maneira voluntária.

Uma semana depois daquela conversa com Don' Ana, Quinzinho voltou a Cachoeira, como fazia a cada quinze dias. Como sempre, foi à casa dos Amaral conversar com Olinto, contar as novidades da capital e vê-la. Daquela feita, Don' Ana os deixou a sós na sala, para ficarem mais à vontade, apesar do olhar suplicante da filha.

— Pensei muito nos últimos dias — disse ele. — Não podemos continuar dessa forma.

— Não sei do que está falando.

— Gostaria de avisar que pretendo pedir-te em noivado, com ou sem o teu consentimento. Já conversei com teu pai a esse respeito.

— Achei que gostaria de se casar comigo, não fazer um negócio à minha revelia.

— Você parece estar de luto — disse ele, em tom de queixa.

— Caso não respeite meus sentimentos, jamais terá o meu afeto — disse ela, gelidamente.

— Cumpri o combinado — insistiu. — Esperei bastante tempo. Você prometeu que noivaria comigo. Falta sua parte.

— Já tem minha permissão para vir em casa quando quiser — disse ela.

— Isso não é um noivado. Dessa forma, acabarei exigindo providências de seu pai.

Diante da ameaça, Eleonora ergueu a cabeça, com altivez. Chegara o momento que ela já previa: não conseguiria mais levar Quinzinho em banho-maria, a menos que cedesse em algo. Caso não consentisse com o noivado, estava certa de que o pai realmente lhe impingiria o casamento por decreto. Entre o confronto e a ambigüidade, decidiu escolher a segunda. Fingindo-se de acordo, poderia continuar ganhando tempo. Noivado ainda não era casamento. Os preparativos de um noivado importante demoravam. E casamentos podiam ser adiados pelas mais diferentes razões.

— Está bem — disse ela.

O rosto de Quinzinho se iluminou.

Eleonora conformou-se com a idéia de que aquela era a melhor derrota possível. Tornava-se noiva de Quinzinho, mas somente para não cair em seus braços imediatamente, como ele desejava. Dava um passo atrás, deixando que pensassem estar indo adiante.

A partir daquela data, Quinzinho apareceu na casa dos Amaral para fazer-lhe a corte todas as noites em que estava na cidade. Paletó escuro de lapela alta, camisa branca de colarinho com ponta dura virada para fora, gravata preta, cabelo engomado, trazia-lhe flores com os melhores sorrisos. "É um belíssimo advogado", proclamava Olinto, depois que ele saía.

Para Eleonora, cada visita do noivo era uma agonia. O relógio de parede na sala de estar batia pesado como um martelo. O esforço para agradar, os presentes que lhe dava e ela guardava com um agradecimento cheio de contrariedade, tudo o que vinha de Quinzinho soava enfadonho ou falsificado. Ela sentia-se diante de um impostor. Discutiam a data do casamento, que ela sempre tratava de postergar, fazendo objeções a tudo. Quinzinho suportava a discussão com paciência franciscana.

Em meados do ano, ele anunciou que passaria uma temporada maior a trabalho em São Paulo; as viagens freqüentes a Cachoeira estavam atrapalhando os negócios no escritório. Foi à casa dos Amaral pela última vez naquele inverno, para alívio de Eleonora. Despediu-se segurando as mãos dela. De repente, mudou de tom. Retirava a pressão, as apelações, as ameaças.

— Eu voltarei — disse. — Por mais tempo que isto dure, vamos nos casar. E você vai me amar.

Eleonora enfim viu nele algo de bom. Pela primeira vez, Quinzinho parecia levar em conta o que ela sentia, dando-lhe a devida consideração. Ficava até mais belo, com algo daquela nobreza de espírito que admirava em Coracy. Com algo a mais: em Quinzinho, a determinação de conseguir o que desejava era um sentimento maduro, não de um jovem voluntarioso como aquele para o qual ela se reservava.

A distância de Coracy aos poucos a fazia avaliar novamente seus sentimentos. A ausência de notícias a entristecia: enquanto Quinzinho se esforçava por mudar, interessava-se por ela, buscava aproximar-se em todas as oportunidades possíveis, Coracy mantinha-se distante e indiferente. No entanto, tais pensamentos não foram muito longe. Logo, ela recobrou a lucidez, suas dúvidas se desvaneceram e o amor voltou ainda mais forte, devido a um sobressalto trazido pelo mais impessoal dos emissários: o rádio.

No início, as notícias da revolta liderada pelo general Isidoro eram desencontradas. Aos poucos, informações esparsas foram se juntando até formar um quadro mais claro. Cercado pelas tropas legalistas no quartel próximo à Estação da Luz, bombardeado para evitar um confronto corpo-a-corpo, o Isidoro concordou no dia 17 de julho em depor as armas caso houvesse anistia a todos os revoltosos, incluindo os irmãos Távora e Siqueira Campos, remanescentes do levante de 1922, surgidos no teatro da rebelião. Sem esse acordo, Isidoro não se entregou.

Eleonora, que nunca se interessara pelos acontecimentos políticos do país, que de um instante a outro grudou-se ao rádio como quem acompanhava uma novela, com a diferença de que sofria verdadeiramente com o desenrolar da história. Não importava mais que Coracy estivesse tão longe. Ele saíra de casa disposto a tudo e ela não tinha a menor dúvida de que entraria na guerra. Sua vida estava em risco. O coração dela palpitava.

Na narração cortada pela estática, ela procurou seguir o curso da batalha. Assim, soube que as tropas de Isidoro se retiraram de São Paulo na calada da noite: até a madrugada, o comandante do Movimento dos Tenentes, como estava sendo chamado, enchera 13 composições com 3 mil soldados e 14 canhões na Estação da Luz. Com suas tropas, Isidoro rumou por via férrea a Bauru, juntando-se ao seu destacamento mais avançado. Depois, seguiu até Presidente

Epitácio, porto do rio Paraná, na fronteira com a Argentina e o Paraguai, ponto estratégico então indefeso.

As tropas de Isidoro eram aclamadas ao longo da ferrovia. Segundo em comando, Miguel Costa defendia a retaguarda. Os rebeldes tomaram rapidamente Presidente Epitácio. Ali tinham uma posição forte e barcos para uma eventual retirada. O sucesso da jornada animou revoltosos em outros estados. A rebelião prometia estender-se indefinidamente, com combates sangrentos, e Eleonora afligia-se ao imaginar onde se encontrava Coracy.

Aos poucos, as notícias foram rareando, não com o arrefecimento da refrega, mas por causa da censura, que as rádios e os jornais denunciavam. Não era apenas mais uma simples revolta, pensou Eleonora: era uma guerra civil. E ela não podia sequer saber o que estava acontecendo.

Desesperou-se. Escondida dos pais, certa noite tomou uma manta contra o frio e saiu para a rua, rumo à casa do juiz Marciano. Bateu com força à porta. Um dos criados, assustado ao vê-la àquela hora, apressadamente foi chamar os patrões.

Apanhado em hora imprópria, Marciano apareceu na sala de robe e chinelas. De penhoar, Sinhá surgiu logo atrás.

— Doutor Marciano, o senhor precisa fazer algo para trazê-lo de volta — disse Eleonora, a voz abafada pela angústia. — Ninguém sabe que perigos ele está correndo neste momento. A revolução pode se alastrar, não sei o que pode ser, meu Deus.

Com os cabelos em desalinho, Sinhá avançou e pousou a mão no ombro de Eleonora, em expressão tranqüilizadora.

— Acalme-se, minha filha — disse ela. — Quinzinho é rapaz sensato, sabe proteger-se. Com certeza está longe dessa confusão. Logo voltará de São Paulo.

Consternada, Eleonora deu um passo atrás, como se tivesse sido tocada por um monstro.

— Estou falando de Coracy!

Dessa vez, foi Sinhá quem reagiu como se estapeada.

— Achei que você estivesse mais preocupada com seu noivo.

Eleonora voltou-se a Marciano, que escutava tudo, com uma máscara impenetrável.

— É preciso perdoar seu filho — prosseguiu ela. — O senhor é um homem influente. Pode descobrir onde Coracy está e trazê-lo de volta. Precisa fazê-lo, antes que algo aconteça.

— Para uma noiva, essa sua preocupação é um ultraje! — disse Sinhá.

— Cale-se.

Normalmente, Marciano teria se irritado com a insolência daquela moça. Estupefata, Sinhá ficou paralisada diante da reação do marido. Ninguém entrava em sua casa e mandava calá-la. Ele não podia admitir algo assim. Não seria aquela moça a lhe dizer o que fazer, ainda mais em assunto fora do seu concernimento. Algo, porém, deteve Marciano. Impassível, como um espectro, ele apenas disse a Eleonora:

— Vá para casa, minha filha. Tranqüilize-se. Não pensas no que fazes, por causa da aflição.

— Tranqüilizar-me? — vociferou Eleonora, indignada. — Saibam que se algo acontecer a Coracy, os culpados serão vocês. Vocês!

Disse isso e saiu tão voluntariosamente como entrara. Na rua, caía uma garoa fina e gelada. Eleonora equilibrava-se nos paralelepídos escorregadios, com o coração tomado de raiva e medo — raiva da insensatez que atirara Coracy em perigos incalculáveis, e medo de perder o seu único, grande amor.

A água espessa do Amazonas passava por baixo do *Manaus*, o vapor fluvial que empurrava aquela massa marrom em ondas até a margem, entrando pela densa floresta. O rio com o maior volume de água do planeta corria dentro de uma vasta planície, formando lagos, ilhas e uma profusão de caminhos que irradiavam pelos igarapés. O leito principal era marcado somente pelo fato de que ali as descomunais árvores da maior floresta do mundo não cresciam o suficiente para manter-se à tona. A proa pintada de negro do vapor subia e descia suavemente, embalando as redes penduradas nas vigas da gaiola onde dormia o batalhão.

Fazia calor, muito calor. Nem mesmo o pulso de ferro do capitão Franklin Barbosa, para quem a uniformização ajudava a manter o moral da tropa elevada, vencera a imposição da natureza. Abdicando da farda, os soldados permaneciam de torso nu ou camiseta, colada ao corpo pelo suor. Não refrescavam sequer com a chuva torrencial que despencava do céu, invariavelmente, no meio da tarde. Os índios estavam certos: na selva, há que se viver nu.

Coberto de um suor desidratante, Coracy sucumbira à indolência. Havia, ainda, os mosquitos. Nem mesmo o treinamento contra insetos da Serra do Mar o preparara para a variedade e a sanha das espécies amazônicas. Apesar do calor, ele se enrolava na rede mofada e com cheiro de urina que lhe servia de cama para proteger-se dos mosquitos da malária no final da tarde, período em que eles surgiam do nada.

Em quatro dias, o *Manaus* passara por poucas povoações. Coracy nada vira além de aldeias de caboclos e canoas primitivas, escavadas com fogo nas cascas das árvores. Já não estavam longe do alvo, de acordo com o capitão do navio, um alemão louro e barbado chamado Klaus. Marinheiro experimentado no trajeto, Klaus vencia a monotonia dos 960 quilômetros da foz do Amazonas até Óbidos com a ajuda de uma cachaça amarela, curtida em tonéis de barro, acompanhada de iscas de peixe apimentado e o Mozart saído de uma radiola.

— Enfrento a selva com a civilização — dizia.

Os oitenta soldados do Sexto Batalhão permaneciam indiferentes às sonatas misturadas ao poc-poc das máquinas da embarcação, que batiam como um metrônomo. Proibidos de beber, entediados e receosos com a possibilidade de um combate logo no desembarque, era difícil escolher entre a vontade de chegar a algum lugar e a de não chegar jamais.

Coracy mal acreditava que eles tinham saído há quase um mês do Rio de Janeiro, sob as ordens do tenente-coronel Geremias Góes. Esperando ser recebido sob suspeita, Coracy fora apanhado de surpresa com a acolhida no quartel no Andaraí. Faltara-lhes apenas um tapete vermelho. Aparentemente, o comandante da Vila Militar, general João de Deus Alma Barreto, preferira não fazer conta do pequeno número de soldados enviados como reforço pelo comandante Wellington, nem da sua caderneta já manchada pela indisciplina. Mantivera em alta o moral da tropa. Pela manhã, diante dos soldados de seu batalhão, perfilados para ouvir a ordem do dia, desfiara desmesurada homenagem aos "reforços de São Paulo".

— Quero dar os meus sinceros agradecimentos pela cooperação leal e sincera do cabo Coracy e seus comandados, representantes dos nossos camaradas que em terra paulista lutam para manter a honra e a dignidade do Exército — declarara o general. — Eles são um exemplo a ser seguido. Faremos agora nossa parte na restauração do princípio da autoridade, que a ambição desmedida desses aventureiros revoltosos procura desfazer.

Para Coracy, a campanha pelo Brasil poderia ser a aventura que ele esperava. Afinal, não estava ali pela guerra? Daquela vez, a luta não terminaria com uma topada no poste e um galo na cabeça, como ocorrera naquele dia inesquecível em Copacabana. Queria um triunfo: voltaria para casa com o peito coberto pelas medalhas que certamente faria por merecer no campo de batalha. Afinal, mostraria ao pai sua capacidade.

Tinham zarpado da baía de Guanabara no dia 2 de setembro, a bordo do *Poconé*. Fabricado em Bremen, tomado à Marinha alemã em 1917, quando se abrigara no porto de Recife para evitar o bombardeio inglês na Primeira Guerra

Mundial, o vapor fora incorporado pelo governo à frota do Lloyd Brasileiro, que lhe trocara o nome de batismo: *Coburg*. Com 133 metros de comprimento, oito de calado, lançando pela chaminé prateada uma coluna preta de fumaça expelida das caldeiras, fazia a navegação pela costa brasileira desde Santos e seguia a Nova York. Daquela vez, porém, fora requisitado pelas Forças Armadas para o transporte das tropas que auxiliariam o combate à revolta militar.

Ao contrário de Gaspar, invulnerável ao enjôo marinho, Coracy penara com sua primeira experiência em alto-mar. O vapor levantava com os vagalhões produzidos pelo mau tempo, mergulhava e batia no vale entre as ondas, dando ritmo aos engulhos que o tinham feito passar a maior parte do tempo debruçado na amurada coberta da popa, colocando as tripas para fora. Com a palidez dos fantasmas, procurara fixar os olhos no vôo das gaivotas que seguiam a embarcação, único ponto mais ou menos fixo no cenário, sobrevoando resto de comida no rastro deixado pelos propulsores.

— Se eu soubesse nadar, pulava — dizia.

Segundo as ordens do general João de Deus ao tenente-coronel Geremias Góes, eles deveriam se reunir às tropas legalistas que combatiam as forças amotinadas em Recife. No entanto, durante o trajeto de quatro dias, a revolta fora debelada. Depois de sete dias nauseantes, eles tinham chegado ao porto da capital de Pernambuco, defendido por muralhas erguidas sobre a linha de arrecifes desde os tempos coloniais, tranqüilos como turistas num balneário. A única batalha havia sido a da viagem.

Incontinente, o batalhão recebera ordens por telégrafo de seguir a Belém, na tentativa de unir forças contra as tropas rebeladas da capital do Pará, logo após o levante proclamado por Isidoro. No dia seguinte, o *Poconé* levantara ferros novamente, rumo ao extremo norte do país. Porém, dez dias depois, quando o batalhão desembarcara, os amotinados já tinham se retirado, depois de ver frustrada sua tentativa de dominar a cidade, seguindo Amazonas adentro. A guerra sempre estava um pouco mais adiante, levando-os aos confins do continente.

Nos cinco dias em que ficara em Belém à espera de instruções, aquartelado com o batalhão no Segundo Corpo de Polícia, Coracy gostara da cidade. Localizada ao sul da foz do Amazonas, a capital paraense era o posto avançado de um mundo misterioso. Ao lado de Gaspar, Coracy andara pelo mercado, com suas frutas exóticas, peixes de água doce do tamanho de tubarões, macacos engaiolados e especiarias miraculosas. E havia índios de verdade, alguns deles pelados como na selva, pintados de urucum, ao lado de damas à moda européia, protegidas do sol equatorial por sombrinhas coloridas, bem como cavalheiros de paletó branco e chapéu palheta, de uma elegância própria de capital federal.

Gaspar insistira para saírem à noite. Descobrira as casas noturnas do porto, onde dizia haver umas caboclas muito ao seu gosto pessoal. Coracy, porém, lhe recomendara outra companhia para tais peripécias.

— Já tive minha conta com esse tipo de mulher.

— Não se pode perder uma oportunidade — argumentara Gaspar. — Ela pode ser a última. Lembre-se de que estamos em guerra...

Segundo as informações colhidas pelo alto-comando, os revoltosos de Belém tinham se instalado em Óbidos, reunindo-se a outros militares que haviam tomado o forte da cidade. Tratava-se de ponto estratégico. Na maior parte do seu curso, o rio Amazonas alargava-se até não se enxergar uma margem da outra. Em Óbidos, porém, estreitava-se a 1,5 quilômetro de largura. Instalados com seus canhões no forte ribeirinho e na Fortaleza Gurjão, os revoltosos controlavam o caminho para Manaus, no coração da Amazônia. Para desalojá-los, armara-se uma frota com um cruzador, dois destróieres e cinco transportes de tropas, que o Sexto Batalhão deveria encontrar em Santarém.

Haviam partido em 20 de setembro, às nove horas da manhã, a bordo do vapor *Rio-Mar*, e contornado a ilha de Marajó em viagem que consumira quatro dias até Santarém. A esquadra legalista local já zarpara para Óbidos. Andando pela proa do *Rio-Mar* com uma mão enfiada no colete como Napoleão, o comandante Góes já se conformara em chegar sempre atrasado.

— Óbidos não sairá do lugar — dissera. — Quanto ao comboio, vamos alcançá-lo a caminho.

Dois dias depois, o batalhão embarcava no *Manaus*, naquela jornada interminável dentro da maior floresta da Terra. O comandante colocara vigias para observar o rio, de modo a alertá-lo assim que avistassem a esquadra legalista, mesmo à noite, quando o capitão do vapor encostava a embarcação na margem e atracava às árvores para passar a noite sem derivar. Apesar de seus esforços, já praticamente chegados a Óbidos, até então não haviam avistado nada.

Agora que afinal pareciam estar encurralando o inimigo no fim do mundo, o entusiasmo arrefecia. Coracy olhava para a margem esquerda do rio, da qual o vapor estava mais próximo. Avistava somente papagaios, bugios e jacarés que deslizavam para as águas barrentas. Mais além, a selva era de uma escuridão sombria. Depois da chuva torrencial, a água cobria-se de bruma; o *Manaus* cortava a neblina como num pesadelo. Devido à pressa, o capitão decidira viajar também à noite; Coracy não sabia como navegava daquele modo, pois os faróis da proa não iluminavam mais que dez metros.

Vez ou outra, eles paravam nas palafitas de pescadores, com crianças barrigudas que saltavam na água para pescar e brincar, em busca de informações sobre a vanguarda ou o inimigo, se é que podiam chamar assim os rebeldes que produziam em Coracy tamanha simpatia. Entrara no Exército por causa de Siqueira Campos, aquele homem cujo arrebatamento o contagiara. Porém, parecia ironia do destino que, ao entrar na luta, agora como militar, combatesse do outro lado. O que faria se um dia tivesse de enfrentá-lo?

Lamentava aquele estado de coisas que colocava a todos num dilema. Qual facção do Exército tinha razão? O que seria melhor para o Brasil? Era triste viver num mundo em que não parecia mais haver o certo e o errado, ou no qual todos os lados, em algum momento, perdiam o juízo. Na selva, em meio ao riso dos macacos, o esturro das onças e a presença sinistra dos répteis, a única luta que parecia valer a pena era a da sobrevivência, não aquele embate fratricida.

Quase agradecia ao pai por tê-lo preparado tão bem para a realidade. Já ia muito longe a lembrança de sua mãe, símbolo de um tempo em que para ele existiam o amor e a compreensão. Salvava-o apenas a lembrança de Eleonora. Ela era uma prova de que nem tudo estava perdido e ainda havia algo bom na existência.

Divagava sobre esses assuntos, quando na noite do quarto dia ouviu-se o brado do vigia.

— Atenção, todos a postos!

A cerca de um quilômetro, Óbidos deitava-se na margem direita, contrária à que eles vinham seguindo. Ao comando do tenente-coronel Góes, Coracy reuniu seu destacamento. O convés do vapor ficou apinhado de pracinhas prontos para o combate. O *Manaus*, porém, parou a distância segura dos canhões da cidade. Com uma luneta, o comandante perscrutou o forte Pauxis.

— Parece deserto — disse Góes. — Os rebeldes abandonaram o forte, ou trata-se de uma emboscada. Também não vejo as naves de guerra e os barcos-transporte do governo, que saíram à nossa frente. Será possível que chegamos antes?

— Num rio largo como o Amazonas, sim — disse o capitão Klaus. — Podemos ter passado por eles à noite, ou por um lado de uma ilha, enquanto eles estavam de outro. Há vários caminhos no rio.

Flutuando no mesmo lugar, o *Manaus* refletia na sua paralisia lacustre a indecisão do comandante. Prudente, Góes receava uma aproximação, pois não teria como reagir aos canhonaços do forte naquela embarcação civil.

— Vamos enviar uma missão de reconhecimento — disse ao capitão Franklin. E pediu ao capitão do navio: — Faça baixar um batel.

Ninguém estava disposto a oferecer-se para a missão, que podia resultar em prisão dos batedores ou algo pior. O comandante passou os olhos pela tropa: entre eles, não havia ninguém experimentado em combate real.

— Temos o destacamento de São Paulo — lembrou o capitão Franklin.

— Boa idéia.

Franklin chamou Coracy. Ordenou que se aproximasse com seu destacamento das fortalezas em terra, de modo a verificar se havia guarnições protegendo a cidade. Caso não voltassem dentro de duas horas, entenderia que a cidade preparara uma armadilha e eles teriam de desembarcar em outro lugar.

Coracy encarou o major. Queria uma oportunidade de provar o seu valor, mas não de uma forma tão definitiva quanto ir para o cemitério.

— Agora seremos um alvo muito visível — ponderou.

— Vamos esperar que escureça — disse o major. — Então, vocês poderão partir.

À noite, o *Manaus* foi amarrado por cordas às árvores da margem com as luzes apagadas. Os batedores embarcaram na companhia de um marinheiro do vapor, um caboclo chamado Evilásio. Recebera a missão com relutância, depois de um sorteio de palitinho que o consagrara como o tripulante mais azarado do *Manaus*.

— Coragem — disse-lhe Coracy. — Você está ganhando seu lugar na História.

— Preferia um lugar a salvo — respondeu o homem, segurando o leme da embarcação.

Deslizaram remando devagar no abismo negro das águas. Sendo a passagem mais estreita do Amazonas, aquela era também a mais profunda: entre Coracy e a terra, havia oitenta metros de água. Evilásio manobrou o batel rumo ao porto da cidade, passando pelas muralhas silenciosas do forte Pauxis. Gaspar assumiu o remo do lado esquerdo, com o soldado Carlos. Coracy ficou do lado direito, com Afrígio.

— Silêncio — pediu.

Um tiro de canhão no batel seria fatal: caso se salvasse na explosão, Coracy não escaparia do naufrágio, uma vez que não sabia nadar. Mais que ninguém, tinha motivos para remar com todas as forças até sair da linha de tiro do forte.

Depois de grande esforço, eles chegaram ao barranco que servia de porto à cidade. Alguns barcos de pesca estavam encalhados ali, mas não havia movimento. Às escuras, a cidade parecia também abandonada. Coracy fez sinal a Evilásio e eles saltaram em terra.

Avançaram pelo barranco até a rua em frente às casas e galpões do porto. Ouvia-se somente o cricrilar dos insetos que habitavam a selva ao redor do casario de ruas estreitas.

Na primeira esquina, porém, deram com uma patrulha com uma dúzia de soldados que caminhavam tranqüilamente. Ambos os lados tomaram um susto, estacando. Coracy ouviu uma voz de comando, em tom de nervosa determinação:

— Alto ou atiramos!

Naquele instante, veio-lhe a lembrança de Copacabana, do seu medo diante da metralha, com aquele barulho que recordava o de pipocas estourando na panela. Prometera a si mesmo que nunca mais faria papelão numa situação daquela. Então, quando todos menos esperavam, levantou seu fuzil Mauser com a galhardia apropriada para o seu momento de glória e gritou, a todo pulmão, para espanto dos que vinham atrás.

— Deponham as armas, ou atiramos também!

De toda a casa, o lugar de que Marciano mais gostava era o cômodo onde sua primeira mulher deixara uma pequena capela. Por muitos anos, Sinhá insistira em desfazê-la, ou mudá-la dali — dizia trazer "más lembranças", em vez de conforto espiritual. Contudo, ele jamais deixara que tocassem naquele último reduto de Carmelita. Para evitar que ali mexessem, conspurcando seu santuário pessoal, trancava a porta com uma chave da qual só ele tinha cópia. Com isso, irritava Sinhá, que gostava de controlar tudo — ainda mais tratando-se de um altar que significava certa intrusão do passado.

Marciano não gostava de aborrecer a mulher. Sinhá lhe dera amparo, conforto, amizade: salvara-o da loucura, talvez até do suicídio. Acreditava amá-la, um amor diferente do que nutrira por Carmelita, mais apoiado em certa gratidão, mas ainda assim amor. Só não abria mão da capela, canto que reservara não apenas para recolher-se e pensar, como para enfrentar sua dor secreta.

Ela vinha, sobretudo, à noite. Tirava seu sono, provocava suores, lhe dava arrancos de morte. Marciano desesperava-se, cogitava pedir socorro, mas a dignidade se antepunha ao sofrimento: não queria que ninguém o visse em sua miséria. Levantava-se, passava em silêncio pelo quarto de Sinhá para não acordá-la e fechava-se na capela. Rezava àqueles santos de barro de expressão estática e, na ausência de resultados, apelava à alma da falecida esposa, a quem atribuía auras de santidade, para ser poupado daquele tormento.

Os médicos tinham diagnosticado *angina pectoris*, a pior entre todas as dores, maior que a da pedra dos rins, superior à do parto. Resultava de uma insuficiência cardíaca que ainda poderia lhe tirar a vida. Por isso, o doutor Prado, não apenas como médico da família, mas antigo amigo e confidente, lhe receitara cuidados: que caminhasse mais, não fumasse, não bebesse nem saísse à noite. Era a pressão da vida que o prejudicava. Estava na hora de diminuir o trabalho, as responsabilidades, os aborrecimentos.

Felizmente, tinha Quinzinho. O filho de Sinhá, que ele considerava como seu, saía-se bem à frente do escritório de advocacia que Marciano ajudara a montar na capital. Estava certo de que, caso necessitasse, teria nele um novo esteio da família. Planejava lhe passar outras tarefas, como a administração da fazenda. Sinhá estimulava o filho a acompanhá-lo em tudo. Marciano contava ainda com Jurandyr, que crescia a olhos vistos. Era já um belo meninote, que ele pretendia encaminhar no futuro para a medicina — poderia talvez ajudá-lo a superar a cardiopatia.

Nada, porém, lhe atenuava as dores. Ao contrário, elas fortaleceram-se a ponto de se tornarem insuportáveis — e mais difíceis de ocultar. De repente, Marciano precisava encontrar uma desculpa para fugir a Sinhá quando conversavam, ou retirar-se do jantar. Assim que vinham as palpitações, seguidas daquela dor lancinante, seu rosto convulsionado o traía.

— O que há, senhor meu marido? — perguntava Sinhá.

— Nada — dizia ele. — Uma indisposição, logo passa.

Aos poucos, Sinhá decidiu investigar o que ele escondia além da saudade de Carmelita. Procurou pelo doutor Prado. Perguntou-lhe a gravidade da doença, como se já soubesse de algo.

Surpreendeu-se com a resposta.

— Inspira muitos cuidados — disse o médico. — Continuando como está, Marciano pode ter um ataque cardíaco fulminante.

Insistiu com o marido, mas ele ainda se recusou a tocar no assunto. Durante as crises, preferia recolher-se à capela. Lá podia exprimir-se. Contorcia-se, chorava e se penitenciava, crente de que devia tamanho sofrimento a algum castigo divino.

Naquela noite em que Eleonora rompeu em sua casa, teve uma de suas piores crises. Assim que Sinhá se retirou, foi incontinente à capela de Carmelita, esperançoso de que ela pudesse lhe dar algum lenimento, soprado da região cerúlea onde decerto se encontrava.

Daquela vez, porém, ocorreu-lhe o contrário; suspeitou que a falecida esposa, tão sublimada, achasse justa aquela dor, ou mesmo a mandasse diretamente do além. Com seus olhos de feminina compaixão, Eleonora falara por Carmelita, lembrando-o de que os pais deviam cuidar dos filhos, como expressavam as escrituras sagradas. Aquela moça condenava-o por sua incapacidade de lidar com sentimentos. Faltara ao dever de pai por covardia. Sua doença era emblemática. Em todos os sentidos, lhe faltava o coração.

Antes, achava ideal o seu comportamento impenetrável, sem dividir suas dores, manifestar queixas e também afeto. Depois que Carmelita partira, enterrara dentro de si mesmo o sofrimento com a perda da mulher, como se com isso mostrasse fortaleza. Porém, via nessa máscara de serenidade apenas uma fachada para a fuga. Por trás dela, havia a falta de coragem para superar os sentimentos. Por fraqueza não pudera encarar o próprio filho e, na falta de Carmelita, acolhê-lo com carinhos, abraços e beijos.

Não estava acostumado a isso, pois jamais recebera algo assim de seus próprios pais. Tinha sido ensinado a ser duro, a enfrentar a vida como homem e transmitir esse comportamento. Ele, que se julgava preparado para tudo, não tinha sido preparado para amar. Podia ser tarde demais para corrigir-se, porque o filho saíra à sua imagem e semelhança. E porque talvez seu coração claudicante não lhe desse tempo de voltar atrás.

Com sua carapaça de autoridade e orgulho, Marciano castigara a quem deveria ajudar, pois decerto Coracy sofrera tanto ou mais que ele próprio com a perda de Carmelita. Devia amá-lo mais que tudo, em vez de nutrir ódio. Talvez o amasse realmente mais que tudo, a ponto de também não poder reconhecê-lo. Essa era a verdade que caíra sobre ele como um raio naquela noite. Por isso não conseguira expulsar Eleonora; isso o detivera diante daquela moça que o tratara com tal desrespeito.

Em meio à dor excruciante, desejou que o filho estivesse ali. Poderia enfim abrir-se, explicar-se e reconstruir a ligação entre eles com algum gesto de afeto. Então esse gesto quem sabe lhe aplacasse a dor no peito que o punha ao chão, enrodilhado como um cachorro. Porém, Coracy não estava ali. E, em meio à guerra civil que se espalhava pelo país, possivelmente corria tanto risco quanto o que a saúde lhe apresentava.

Naquela noite, diante das velas que queimavam junto aos santos de Carmelita, Marciano jurou que, se tivesse sua oportunidade, colocaria a coragem onde antes havia o medo, a magnanimidade no lugar da mesquinhez, a grandeza onde se apequenara, e amor à frente da razão. Talvez, então, Coracy e Carmelita, onde estivesse, o perdoariam de verdade.

Como uma resposta dos anjos, aos poucos seu peito encontrou um pouco de alívio; as dores arrefeceram, ao menos o bastante para que ele se levantasse e voltasse para o quarto, trancando a capela por fora. Ao lado da cama, mantinha a bilha d'água coberta com um lenço; bebeu e deixou-se estar, sentado na beirada da cama, cabeça entre as mãos.

Nesse instante, ouviu os passos de Sinhá. Acordada pelo movimento ou pela luz, abriu a porta sem bater, arrastando as chinelas pelo chão.

— Senhor meu marido, como está?

Por um instante pensou em dizer, como sempre, que estava bem, como se para corresponder à grande idéia que fazia de si mesmo precisasse demonstrar sua invulnerabilidade. Dessa vez, porém, os olhos que levantou eram de quem se encontra às portas da morte na certeza do inferno.

Sinhá sentou-se ao seu lado, passou-lhe um braço pelas costas, para confortá-lo.

— Foi essa moça — disse ela. — Ela lhe deu maus pensamentos. O senhor meu marido sempre foi correto. Eleonora veio aqui nos envenenar. O veneno dos outros é o que nos faz sofrer. E do sofrimento vêm os males do corpo. É preciso ser indiferente aos venenos. A indiferença é o melhor antídoto.

— Eleonora tem razão — objetou Marciano. — Devo procurar meu filho, tirá-lo do Exército, trazê-lo para casa. Só Deus sabe como me arrependo agora. A compreensão é dever dos pais, não dos filhos, porque a nós foi dado juízo primeiro. Quando trazemos uma vida ao mundo, não importa o que aconteça, é nossa obrigação.

— Sou testemunha de que o senhor meu marido jamais deixou de cumprir suas obrigações — disse Sinhá. — Não havia outra maneira de lidar com Coracy. Tu precisas somente de tratamento médico. Deixa tuas tarefas e responsabilidades a Quinzinho, para o bem de tua saúde.

— Você não compreende — disse Marciano, com os olhos rasos d'água. — Numa crise destas, eu posso partir. E me pergunto como deixaria este mundo com tantas coisas malfeitas, ou com tanto pesar. Pensei ser correto com o meu filho, mostrar-lhe o bom caminho, mas o mais correto nem sempre é o melhor. Em geral, onde governa a razão, falta o sentimento.

— Fazes tudo o que é necessário — disse Sinhá, num sussurro aliciador. — Necessitas apenas garantir o futuro da tua família, se isso te deixa mais tranqüilo. Deixa um testamento para que Quinzinho possa cuidar de tuas coisas, ele saberá administrar teu patrimônio e disso se beneficiarão todos, até Coracy. Com Quinzinho à frente de tudo, teu filho também terá garantido o pecúlio que, colocado em suas próprias mãos, com a instabilidade que lhe é característica, decerto lhe escaparia.

Marciano afastou-se da mulher, como se ela o estivesse machucando mais que a angina.

— Como pensas em dinheiro numa hora destas?

— Penso na tua saúde — disse Sinhá. — Ela depende da tua tranqüilidade. E de assegurar o futuro. Pelo menos tens a sorte de possuir alguém como Quinzinho, com a cabeça no lugar.

Marciano levantou-se, mãos sobre o peito. A dor voltava, insuportável.

— Não te incomoda que meu filho natural esteja por aí, quem sabe correndo risco de vida?

— Ele escolheu esse destino contra a tua vontade, não és responsável.

— Escolheu-o, talvez, porque eu o afastei.

— Coracy não acha dever respeito a ti — insistiu Sinhá. — Ele é quem se afastou. Fizeste o melhor possível.

— O melhor possível foi muito pouco — disse Marciano, lívido.

Encarou a mulher. Eles não tinham muitos momentos de proximidade física. Sinhá era como ele, alguém que nunca se queixava, dura demais para demonstrar seus sentimentos e mesmo suas idéias; o orgulho não lhe permitia fraquezas. Por isso julgara-a adequada; eram iguais, exceto pelo fato de que, mesmo sem o carinho físico de mãe, defendia os filhos acima de tudo, inclusive do marido.

Sabia que Sinhá não pensava nele, mas em Quinzinho e Jurandyr. Concluiu que logo teria de lhe implorar auxílio e ela cobraria o que quisesse, para não morrer sozinho. A dureza que Marciano plantara em sua casa, enfim, se voltaria contra ele. E seria um destino merecido.

Capítulo 6

Diante do equilíbrio das armas, apontadas umas para as outras com a mesma convicção, sobrou uma saída: o diálogo. À frente de seus pracinhas, Coracy perguntou, aos gritos, quem eram seus oponentes e o que faziam ali. Assim, descobriu tratar-se da patrulha regular do porto de Óbidos — uma ronda local, e não um destacamento rebelde.

— O motim militar acabou há duas semanas — berrou, do seu lado, o cabo Fagundes, comandante do destacamento.

Com certa desconfiança, os líderes se aproximaram. Depois de certificar-se um de quem era o outro, por fim baixaram as armas, junto com a tensão.

Fagundes era da guarnição permanente de Óbidos. Contou que para prender os rebeldes nem fora necessário o combate direto. Eles haviam deposto as armas em 25 de agosto, após o bombardeio de dois hidroaviões. O forte Pauxis estava desocupado. Três dias depois, todas as tropas tinham se dirigido a Manaus, onde também haviam caído os Tenentes rebelados na cidade. Com o telégrafo cortado pelos revoltosos, sem que se soubesse em que ponto, dado o longo trajeto dos fios pela mata, as tropas legalistas tinham ficado impossibilitadas de enviar comunicação. Por isso, Belém não sabia o que se passava.

— A situação é tranqüila — confirmou Fagundes. — Há dois dias, estacionou aqui em Óbidos o comboio com os reforços do governo. Vendo a situação dominada, retornaram todos a Santarém com os presos, para serem encarcerados em local seguro e julgados pelo tribunal militar.

Provavelmente, o comboio passara pelo *Manaus* ao largo, ou invisível na escuridão noturna. Coracy e seu batalhão tinham se deslocado à toa por 5 mil quilômetros de costa, além de mais mil quilômetros rio adentro. Não deixava, contudo, de ser sorte. A campanha acabara, sem que eles tivessem disparado um único tiro.

Com a volta dos batedores ao *Manaus* dentro do tempo aprazado, ainda mais com as notícias que traziam, o comandante Góes exultou. Autorizou o capitão Klaus a levantar âncora. O vapor atracou em Óbidos no meio da madrugada. Góes foi o primeiro a descer, com o passo duro dos conquistadores, como se toda a Amazônia tivesse se rendido a ele. O batalhão acantonou-se num armazém, dividindo o espaço com sacos de castanhas, que espalhavam seu cheiro adocicado no ar.

Coracy foi dormir, não sem antes ouvir elogios do comandante. Não houvera batalha, mas tinha sido necessária coragem para enfrentar o desconhecido, seguindo na vanguarda.

— Vocês cumpriram com êxito sua missão — disse Góes. — Terão o merecido reconhecimento.

Coracy teve dificuldade para pegar no sono. A descarga de adrenalina daquela noite ainda não arrefecera. A tensão no batel, quando podiam receber um tiro sem saber de onde, e o momento crítico no qual encontraram a patrulha o tinham feito envelhecer anos em poucas horas. Seguira-se uma grande sensação de alívio, misturado a uma certa euforia. O sono, no final, venceu. Levantou no dia seguinte plenamente recuperado, sobretudo pela perspectiva de um dia de folga em terra firme.

Com ares de cidade colonial, Óbidos nascera em 1697 como apêndice do forte Pauxis, construído pelos portugueses para cobrar pedágio de quem passasse pelo rio. Do forte, avistava-se a Serra da Escama, onde se erguera também a Fortaleza Gurjão. Ao lado de Gaspar e seus homens, Coracy visitou a Igreja de Nossa Senhora de Sant'Ana, construída pelos capuchinhos da Piedade, vindos da cidade portuguesa do Porto para catequizar os índios pauxis. Depois do susto passado na noite anterior, achou que era hora de rezar: agradeceu à mãe pela proteção e pediu à santa por si mesmo e Eleonora.

Depois daquele descanso, Coracy esperava voltar ao Rio de Janeiro. A viagem de volta seria longa, porém menos ingrata: ele já se acostumara mais ao mar e não havia perspectiva de batalha, ao menos tão cedo. Porém, ao voltar ao armazém onde o batalhão estava acantonado, recebeu do capitão Franklin ordem de se apresentar imediatamente no quartel do Exército de Óbidos, construção com pequenas torres de ameia, a curta distância dali.

Lá encontrou o comandante Góes reunido com o major Cerqueira Santos, encarregado do comando local, bastante desfalcado depois da revolta militar. A maioria de seus subordinados, tendo se amotinado, tinha sido levada embora pelas tropas legalistas para ser encarcerada em Belém do Pará ou zarpar para Manaus. Por isso, Cerqueira requisitava um oficial entre os recém-chegados para uma tarefa de suma importância: liderar o grupamento que verificaria onde os fios do telégrafo tinham sido cortados e restabelecer a comunicação do interior amazônico com o litoral.

— Cabo Coracy — chamou o comandante Góes —, eu disse aqui ao major que o senhor é um militar da mais alta confiança e dará conta dessa nova e honrosa missão.

A partir de Óbidos, os fios do telégrafo seguiam por uma trilha na floresta em postes levantados pelo Exército. Coracy devia percorrer esse caminho, fazer o reparo e voltar o mais breve possível. O problema era que os postes telegráficos se estendiam por centenas e centenas de quilômetros: ninguém sabia quanto tempo aquela jornada podia durar.

— Vocês terão todo o nosso apoio — disse o major Cerqueira.

Para executar a tarefa, Coracy recebeu um batedor caboclo, descendente dos pauxis que habitavam a aldeia anterior à instalação do forte à beira-rio. Chamava-se Terêncio: cor de cobre, troncudo, com a barriga avantajada dos silvícolas e olhar esperto, dizia-se grande conhecedor da mata. Completaram o destacamento dois soldados da engenharia para consertar os fios do telégrafo. Para o transporte, havia quatro cavalos e duas mulas de carga com comida e equipamentos. Enquanto isso, o Sexto Batalhão permaneceria estacionado, refazendo-se da viagem.

Coracy despediu-se de seu destacamento com abraços.

— Deixe tudo comigo — disse-lhe Gaspar. — Descobrirei onde estão as garotas e na sua volta nos divertiremos a valer.

Partiu na manhã seguinte. Os homens de telégrafo, Raimundo e Leonardo, seguiam atrás do caboclo, que preferia ir a pé. Terêncio não gostara da idéia de levar cavalos.

— Cavalo... Idéia ruim — disse ele, ao modo indígena, econômico nos verbos. Alegava que a trilha não passava por manutenção há bastante tempo e podia ter se fechado à passagem de animais grandes. Coracy, porém, não abriu mão da montaria, primeiro pela velocidade, segundo para não fazê-los carregar nas costas os víveres e o equipamento.

Seguiu ao lado de Terêncio na vanguarda, de fuzil em punho, pois desconfiava de tudo o que podia surgir daquele mundo desconhecido. A trilha que seguia os postes telegráficos cortava a mata, mas Terêncio tinha razão: em muitos lugares, o cipoal já fechara o caminho, de modo que logo os três tiveram de desmontar para ajudá-lo com o facão. Trabalhavam em dobro até abrir espaço suficiente para a passagem dos animais. Ao final da tarde, estavam extenuados.

— É melhor descansar — disse Coracy.

Acamparam em uma barraca apertada, armada ao lado da fogueira, primeira providência de sobrevivência na selva. A floresta amazônica era sufocante. Com o céu coberto pela copa de árvores gigantescas de um lado e de outro da trilha, mesmo durante o dia havia pouca luz natural. À noite, além da escuridão completa, um silêncio sombrio sugava a floresta. Terêncio explicou que era por causa dos predadores: nenhum bicho ousava dar um pio.

— E que bichos há por aí? — perguntou Coracy, apontando o nariz sem muita direção.

— Todos — disse o caboclo, de olhos arregalados. — Mapinguari, muiraquitã, cobra-grande, caipora, matinta-pereira.

— E o capelobo — acrescentou Leonardo, também nascido na região e crente nos entes misteriosos da floresta.

Coracy estava mais preocupado com outra coisa. Achava difícil que os rebeldes tivessem ido tão longe para cortar os fios. Eles podiam ter sido rompidos em qualquer lugar dos 960 quilômetros do trajeto até Belém. A missão que lhe tinham apresentado como algo simples era, na verdade, infernal. No entanto, procurou não pensar naquilo. Era preciso dormir. Foi o que ele fez, depois de determinar os turnos de guarda.

No dia seguinte, eles voltaram a avançar na mata, cada vez mais fechada. Em muitos lugares, tiveram de parar para cortar galhos caídos ou cipós que ameaçavam se entrelaçar com os fios telegráficos. Não acharam, porém, sinal do rompimento dos cabos nem da passagem de soldados rebeldes.

— Não vem gente aqui faz muito tempo — observou Terêncio.

Continuaram por mais dois dias. Os cavalos, puxados pelas rédeas, andavam cada vez mais teimosos, com vontade de voltar para casa. Durante a noite, amarrados a árvores para não escapar, bufavam e relinchavam, como se espreitassem o perigo. Eram os únicos bichos fazendo barulho naquela quietude mortal.

— Eu disse que cavalo não era boa idéia — murmurou Terêncio.

Quando Coracy achava que levariam semanas ou meses naquela expedição, no sexto dia, por volta das duas horas da tarde, eles encontraram o telégrafo cortado por um galho de seringueira, que quebrara e caíra arrastando os fios. A rebeldia da natureza, ocupando outra vez o seu espaço, é que encerrara a comunicação, e não os militares revoltosos.

Durante toda aquela tarde Raimundo e Leonardo trabalharam no conserto da linha. Com o machado, primeiro fabricaram uma escada tosca para alcançar o alto do poste telegráfico. Os fios foram emendados e, com um telégrafo portátil, Leonardo verificou que o sinal estava restabelecido. Pelo mesmo aparelho, mandou a Óbidos informe sobre o ocorrido e o local onde se encontravam.

À noite, eles comemoraram o cumprimento da missão com um jantar reforçado. Até Coracy, normalmente calado, cantarolou ao redor da fogueira depois da refeição.

A festa, porém, atraiu mais atenções do que deveria. Pelas duas da madrugada, Coracy acordou com um estampido fora da barraca, guinchos e um tropel.

— Os cavalos! — disse Leonardo.

Saíram ainda de ceroulas, calçando as botinas, fuzis na mão. Os cavalos tinham desaparecido, assim como Raimundo, que estava de guarda.

— Vamos atrás deles — disse Coracy.

— Melhor ficar perto do fogo — ponderou Terêncio.

— Não podemos deixar Raimundo sozinho! — vociferou Coracy. — É uma ordem, vamos!

Sem mais, deu o exemplo, lançando-se na direção de onde ouvira o tropel.

Usou o cabo do fuzil para abrir caminho na mataria. Logo, ouviu gemidos à esquerda. Enfiando-se no meio do cipoal, deu com uma cena dantesca. Numa pequena clareira, viu Raimundo caído ao chão. Quando o telegrafista se virou, transformou-se numa assombração. Da metade esquerda do seu rosto, havia quase somente a caveira.

— Cuidado! — gritou Terêncio, logo atrás.

Do outro lado da clareira, uma massa se moveu na escuridão. Uma das mulas, inerte, era arrastada no chão. Junto dela, Coracy viu duas faíscas acesas, como os olhos do próprio demônio. Mapinguari, muiraquitã, cobra-grande, matinta-pereira, pensou ele; mas não, tratava-se de uma onça preta, como ele não tinha visto em lugar algum. Diziam que os grandes felinos evitam o homem, detestam o seu cheiro, fogem na sua presença, mas aquela onça não conhecia essas teorias. Decerto nunca vira gente, ou desprezava seu perigo; num instante decidiu livrar-se daqueles outros intrusos que ameaçavam o seu repasto. Abandonando a mula exangüe, levantou a cabeça e suas patas traseiras a impulsionaram adiante, boca e peito empapados de sangue.

Atravessou a clareira tão rápido que Coracy nem pensou. Saíram dos fuzis tantos disparos que a clareira se iluminou. Ao final, a escuridão se misturava à fumaça e ao cheiro de pólvora.

Coracy apalpou-se. Estava vivo. A dois metros, a onça jazia inerme. Mais adiante, Raimundo gemia.

— Precisamos fazer algo, rápido — disse Coracy.

Rasgou tiras de camisa para enrolar a cabeça do soldado ferido. Ao sair em busca dos cavalos, que tinham arrebentado as correias durante o ataque do felino,

Raimundo dera o azar de encontrar-se com ele. Um tapa na cara bastara para derrubá-lo ao chão, com as carnes arrancadas de um lado.

Eles agora precisavam dos animais para voltar rápido, mas Terêncio fez sinal de que a busca seria inútil.

— Devem estar correndo de volta para a cidade — disse.

— Se tivesse quatro patas, eu estaria fazendo o mesmo — concordou Leonardo.

Pior que as mulas, desaparecera na confusão o aparelho telegráfico, por meio do qual teria sido possível pedir auxílio. Não havia outra coisa a fazer senão retornar a pé. Com a lona da barraca e galhos de árvore, eles improvisaram uma padiola e partiram imediatamente para Óbidos, revezando-se no transporte do ferido.

Chegaram a Óbidos três dias depois de restabelecida a comunicação com Belém. Roupas em trapos, estavam irreconhecíveis: verdes de clorofila, mimetizados com a mata que tinham atravessado, magros como cães vadios, extenuados devido à marcha forçada, sem descanso. Ninguém, porém, causou maior impressão do que aquela múmia na padiola, que vinha a ser Raimundo, levado ainda com vida ao hospital.

Por três dias, o telegrafista lutou contra a morte. Ao final, graças a pedaços de pele das nádegas colados ao rosto, sobreviveu. Teria, para sempre, um olho de vidro e feias cicatrizes na face disforme. Coracy sentiu-se responsável.

— Não foi culpa sua — disse Gaspar. — Ele já não era muito bonito. Graças a você é que ele está vivo.

Em Óbidos, o batalhão aproveitara a espera para tomar banho de rio, comer pirarucu assado e andar atrás das mulheres da cidade. Gaspar, que não perdia oportunidade onde aportava, apaixonava-se pelas índias, com seus olhos oblíquos, cabelos negros caídos pelas ancas, sem pudor de andar com as partes de fora.

— Ah, eu seria capaz de viver aqui, pelado como essa gente — afirmava. — E dizem que um cacique pode ter quantas mulheres quiser... Isso é que é a civilização!

Estava até com pena de terem de voltar ao Rio de Janeiro: ficaria muito bem naquele paraíso natural. Coracy, porém, de repente ganhara pressa. Mesmo cansado, finalmente conseguira o que desejava. Passara pelo teste: agora, podia ir para casa e mostrar ao pai que se tornara um homem de verdade.

Um telefonema de Cachoeira, num tempo em que completar uma ligação interurbana levava horas, era coisa rara. Por isso, quando Quinzinho recebeu aquela chamada, sabia que se tratava de coisa grave. Ao atender, em seu escritório na

Rua Boa Vista, perto do Fórum, em São Paulo, ouviu a voz da mãe, distante e entrecortada por chiados, como uma mensagem do além:

— Venha para cá... Imediatamente — disse ela. — Marciano... agora, você... Venha, agora.

Mais pelo tom imperioso de Sinhá que pelo conteúdo indecifrável da mensagem, Quinzinho passou instruções à secretária e aos seus colaboradores e naquela mesma noite tomou o trem a caminho de casa.

Encontrou a mãe sozinha, na sala de estar.

— O que foi?

Sinhá contou-lhe das dores de Marciano. Correspondera-se com um famoso cardiologista de São Paulo. Este fizera a mesma recomendação que todos os outros. Não via outro remédio para o mal de Marciano senão o descanso. Sugerira uma estação de águas.

— Ele não pode mais se ocupar de nada, ter qualquer espécie de preocupação — disse Sinhá. — Você precisa ficar em definitivo aqui em Cachoeira, assumir imediatamente o seu lugar. Converse com ele.

— Não vejo o que eu possa dizer que a senhora mesma já não tenha dito — observou Quinzinho.

— Não adianta você ficar em São Paulo, deixando as coisas correrem por elas mesmas aqui — disse a mãe, aborrecida.

Quinzinho entendeu que a mãe não falava apenas dos negócios.

— Marciano tem enviado cartas a amigos em São Paulo para obter informações sobre o paradeiro de Coracy — prosseguiu Sinhá. — Quer trazê-lo de volta.

— Coracy não me incomoda — disse Quinzinho. — Não tem qualificação para assumir o meu lugar.

— Ele tem uma qualificação que você não tem. É sangue de Marciano. E ele tem dado sinais de que anda pensando ultimamente menos com a cabeça e mais com esse coração tão falho.

Aquilo deixou Quinzinho mais alarmado. No passado, Marciano sempre ouvira Sinhá. Ao que parecia, a voz da mãe perdia força. Ela tinha razão: devia ocupar seu espaço e defender os próprios interesses antes que Coracy pudesse ser resgatado. E mais: investido de suas novas funções, negociaria o casamento com Eleonora diretamente com Olinto Amaral. Os velhos patriarcas já tinham atrasado bastante a sua vida.

À noite, quando Marciano chegou para o jantar, beijou-lhe a mão como de hábito, sem demonstrar o seu espanto. O homem enérgico que tinha conhecido quase desaparecera. Marciano estava magro, fraco e com o rosto cavado por rugas de contrição. Sentia dores todo dia: nenhum medicamento o aliviava. Quinzinho esforçou-se para discorrer sobre amenidades. Marciano, porém, prestou-lhe pouca atenção.

Depois do jantar, Sinhá os deixou a sós. Quinzinho pediu licença para conversarem na biblioteca, onde Benedita levou-lhes taças de licor.

— Mamãe falou-me sobre sua saúde — disse, afinal.

— Realmente, ando doente — disse Marciano.

— Ela me disse que o senhor sofre muito e a situação é grave.

— Não se preocupe.

— Queria que o senhor soubesse da minha disposição de ajudá-lo. O escritório na capital vai bem, posso assumir outras tarefas até que se recupere. Mamãe sugere que passe algum tempo numa estação de águas, poderá melhorar bastante: as preocupações pioram os males do coração. Não se arrependerá.

Acomodado em sua poltrona de couro negro, Marciano ficou ligeiramente afogueado. O coração o sufocava.

— Agradeço sua oferta, mas acredito que não será necessário. Pelo menos por enquanto.

— Sei que se trata de um assunto delicado — insistiu Quinzinho. — Mas, quando a saúde inspira cuidados, se faz necessário pensar no futuro da família. Ninguém gosta de planejar essas coisas, mas o senhor, com o conhecimento que possui do Direito, sabe perfeitamente a importância de um testamento.

Em vez de responder, Marciano levantou-se, foi até sua escrivaninha e apanhou um envelope. Dali tirou uma carta e a entregou a Quinzinho. O remetente era de São Paulo, um amigo de Marciano no governo estadual. Dava as informações que pedira sobre o paradeiro do soldado Coracy Gonçalves Ferreira, inscrito no Segundo Exército, segunda região. Dizia que ele fora transferido ao Sexto Batalhão, no Rio de Janeiro, e enviado à Amazônia, na frente de combate aos militares revoltosos do Norte.

— Para escrever qualquer testamento, primeiro gostaria de conversar com meu filho — disse Marciano. — Acho que precisamos trazer Coracy de volta ao seio da família, antes que algo lhe aconteça. Então farei o testamento, com base no que achar justo para todos vocês.

— O senhor sabe que tenho melhores condições de dirigir a fazenda, o escritório de advocacia e seus investimentos — disse Quinzinho. — Como seminarista, ou mesmo como soldado, não vejo como Coracy pode ter se preparado para tratar de finanças. Posso cuidar para que ele receba sempre uma boa pensão. Vamos assegurar o futuro.

— Não se trata disso — disse Marciano. — Preciso olhar para ele, dizer-lhe talvez o que não disse durante todos esses anos.

Quinzinho examinou o padrasto. Apesar da fraqueza, os olhos de Marciano mantinham a antiga vivacidade. A teimosia ainda o fazia resistir a tudo, mesmo à dor, ou à mortificação.

— Como pretende trazê-lo para cá?

— Tenho de conversar com amigos meus com influência na área militar. Ele está na Amazônia, no momento incomunicável. Mas voltará, estou certo disso.

Nesse instante, a boca de Marciano se contorceu, num rasgo de dor. Levantou-se.

— Você agora pode me dar licença — disse. — Agradeço a sua oferta. Com certeza, você poderá nos ajudar.

Quinzinho saiu ressabiado. O que Marciano queria dizer com "poderá nos ajudar", no plural? Ajudar a ele e Coracy? Depois de anos de dedicação e empenho, Marciano colocaria tudo a perder, por causa dos seus remorsos? Quinzinho devia seus estudos, suas relações e o investimento no escritório de advocacia a Marciano. No entanto, na hora mais importante, ele decidia recuar.

Não queria as rédeas da fortuna do padrasto apenas pelo dinheiro ou o poder que ela lhe proporcionaria. Desejava assumir o lugar que achava ser seu por merecimento. Ele é quem estivera ao lado de Marciano todos aqueles anos. Ele é quem se interessara pelos negócios do padrasto. Não podia ser deixado para trás.

Foi para a varanda; encontrou Sinhá, sentada em uma cadeira de balanço.

— Como foi a conversa? — perguntou a mãe.

— Ruim — admitiu Quinzinho. — Ele está mesmo à procura de Coracy. Disse que eu poderei ajudá-los. Ao que tudo indica, serei passado para segundo plano.

— Coracy ainda está longe — disse ela. — E Marciano passa muito mal. Certas noites, sofre ataques terríveis. Muitas vezes, de madrugada, precisei chamar o médico. Ele ainda depende de nós.

— Temos então que fazer algo, rápido.

— Sim — concordou Sinhá. — Apenas não sei o quê.

— Eu sei. Vou lhe dar um documento para que ele assine, no qual transferirá para o seu nome todos os bens em caso de falecimento. Sou advogado, não se esqueça, sei lidar com essas coisas. E a senhora, que está perto dele o tempo todo, se encarregará de fazer com que ele rubrique esse testamento no momento mais propício.

— Como farei isso? — perguntou Sinhá, alarmada com a determinação e a ousadia do filho. De repente, pela primeira vez na vida, Quinzinho tomava-lhe a dianteira.

— Pense, mãe! Na hora extrema, sem Coracy por perto, ele saberá que essa é a melhor escolha.

Sinhá levou um dedo à boca, a pedir que falasse mais baixo.

— As paredes escutam — soprou ela. — Está bem, pensarei em uma maneira de fazê-lo assinar esse papel. Escreva-o ainda hoje. Porém...

— O quê?

— E Coracy?

— Deixe-o comigo. Isto é, se ele voltar dessa guerra.

Naquela noite, Quinzinho aguardou em vigília até muito tarde. Furtivamente, certificou-se de que Marciano se recolhera, auscultando primeiro a porta do quarto, depois a da capela onde por vezes ele costumava trancar-se. Certo de que o padrasto dormia, dirigiu-se à biblioteca.

Abriu de leve a janela, para que a claridade da lua caísse sobre a escrivaninha — não queria acender qualquer luz que chamasse a atenção. Sentado na cadeira de Marciano, encontrou papel virgem, tomou da pena e se pôs a escrever.

No início, teve dificuldade de concentrar-se. Seu futuro estava em jogo. Fosse apanhado em flagrante, não teria como explicar-se. Ao mesmo tempo, pensava em Eleonora. Assim como queria se provar à altura das expectativas de Marciano, percebia que seu amor por ela misturava-se à necessidade de se mostrar melhor que Coracy. Não entendia por que se importava tanto com ele — e por que, sendo tão superior em tudo, invejava-o. Odiava que Eleonora o amasse. Odiava que Marciano ainda o preferisse. Odiava Coracy porque ele nada fizera por merecer e ainda assim era obrigado a vê-lo como uma ameaça.

Pousou a pena por alguns instantes: sua mão tremia, a irritação lhe estragaria o trabalho. Aos poucos, retomou o sangue-frio. Voltou à pena, determinado a ir até o final.

Sim, com aquele documento, tudo mudaria: nunca mais teria de pensar em Coracy. Os negócios de Marciano seriam seus, bem como aquela casa e todos os seus bens. Sua seria Eleonora, submetida pela imposição da realidade. Ele teria o reconhecimento de todos, pois na nova posição suas virtudes se mostrariam com clareza solar. Só ele podia fazer Eleonora feliz; só ele podia assumir o lugar de Marciano; ele, o primeiro aluno de sua turma, o jovem advogado mais brilhante de São Paulo, mostraria a verdade a todos, sem sombra de dúvida.

E até mesmo a pequena trapaça que perpetrava naquele instante, com convicção e segurança profissional, seria esquecida ou perdoada; os fins glorificariam os meios, e onde estivesse, mesmo que na tumba, o padrasto ainda iria lhe agradecer.

Com o restabelecimento do telégrafo, as informações do comando no Rio de Janeiro tinham chegado a Óbidos antes de Coracy. O combate no Sudoeste do país esquentara. Os rebeldes haviam se refugiado na cidade de Presidente Epitácio, às margens do rio Paraná, rebatizada com o nome de Joaquim Távora.

Joaquim, um dos instigadores do levante na Academia de Realengo, rebelado com o Forte de Copacabana em 1922, fora preso junto com seu irmão, Juarez, na repressão que fizera a revolta expirar. Os Távora haviam escapado da prisão e corrido o país em busca de apoio, incluindo o do coronel Isidoro Dias Lopes. Fomentadores da nova revolta, estavam ao lado de Isidoro quando as tropas legalistas bombardearam o quartel onde se abrigavam em São Paulo. Joaquim fora atingido por estilhaços de um obus. Com Juarez, seguira as tropas em fuga para o interior, a bordo dos trens da Sorocabana. Onze dias depois, contudo, morrera em decorrência de seus ferimentos. Transformara-se no primeiro mártir da rebelião de 1924.

Com a chegada das tropas legalistas pela ferrovia, e a oposição dos fazendeiros que os emboscaram na travessia do rio Paraná, os rebeldes haviam escapado de Presidente Epitácio por via fluvial. Sob o comando de Juarez Távora, promovido a major do exército revolucionário, tinham atacado o quartel legalista de Três Lagoas. Após sofrer derrota fragorosa, segundo informava o telégrafo, os rebeldes marchavam agora para o Sul do país ao longo da divisa do Paraná com o Paraguai. Em 14 de setembro, tinham vencido os defensores de Guaíra, 400 quilômetros ao sul de Presidente Epitácio. No dia 24, uma patrulha de Juarez ocupara Foz do Iguaçu, enquanto a população fugia para Puerto Aguirre, do outro lado da fronteira. Acreditava-se que, em 6 de outubro, vindo da Argentina, onde estava exilado, juntara-se a eles Siqueira Campos. Estavam agora em Guaíra, às margens do rio Paraná.

Siqueira Campos! Só de ouvir seu nome, Coracy estremeceu. Com ele, o exército rebelde, agora com pouco mais de 2 mil combatentes, ganhava um grande reforço, se não em número, ao menos em ânimo. Para fazer frente aos Tenentes, e contrabalançar aquele círculo de simpatias em torno do seu mais célebre integrante, o presidente Artur Bernardes nomeava em 25 de setembro um novo comandante-em-chefe das tropas governistas: Cândido Mariano da Silva Rondon.

Servindo ao Exército desde 1881, ainda no império, Rondon era um homem de reputação indiscutível. Trabalhara como engenheiro do Exército do Mato Grosso, onde nascera, no extremo oeste da Amazônia brasileira. Com sangue índio, era discípulo do professor Benjamim Constant, que lhe ensinara matemática e os princípios do positivismo no colégio militar. Como tenente, passara anos construindo linhas telegráficas na Amazônia, incluindo aquela que Coracy acabara de consertar. Para executar a bom termo seu trabalho, pacificara os índios nos lugares mais ermos da Amazônia, incentivando-os a instalar suas aldeias no curso das linhas telegráficas para protegê-las. Tornara famosa sua frase sobre como lidar com os silvícolas: "Morrer se preciso for, matar nunca."

Depois de mapear a Amazônia, Rondon virara chefe de engenharia do Exército e, já no Rio de Janeiro, tornara-se favorito do ministro da Guerra de Epitácio Pessoa, João Pandiá Palógeras. Graças a seu trabalho, fora criado em 1910 o Serviço de Proteção ao Índio, do qual se tornara diretor, nomeado pelo presidente Nilo Peçanha, com quem dividia o particular de serem ambos mulatos. Reconhecido mundialmente como pacificador do sertão brasileiro, cicerone de presidentes como o americano Theodore Roosevelt em sua visita à Amazônia, Rondon fora convocado de seu trabalho no SPI por Artur Bernardes, com a patente de general-de-brigada, para liderar um contingente de 12 mil homens contra o levante militar.

Embora a causa dos rebeldes tivesse simpatia em boa parte das linhas da corporação, Rondon seguia o princípio positivista da ordem e da reforma paulatina. "O mais retrógrado dos governos é preferível à mais progressista revolução", dizia ele.

Assim, Rondon aceitara a incumbência. Contra Siqueira Campos, um ícone rebelde, Artur Bernardes contrapunha outro maior: um herói nacional.

O famoso pacificador preparava-se para a guerra. Ninguém sabia o método que empregaria em sua nova missão, mas Rondon levava fama de realizador do impossível. Siqueira Campos e os tenentes enfrentariam seu mais respeitável adversário, provado como militar e conhecedor do sertão brasileiro como ninguém.

Diante daquilo, Coracy imaginava qual futuro o aguardava. A longa volta do Amazonas, mais que a sensação de volta ao lar, foi curtida pela expectativa. Tendo partido em 6 de outubro, o batalhão chegou no dia 20 a Vitória do Espírito Santo, a bordo do *Santarém*, da mesma classe do *Poconé* — outro navio do Lloyd apresado na Primeira Guerra. As tropas chegaram em 5 de novembro ao Andaraí, após o desembarque no porto do Rio de Janeiro.

O batalhão triunfante foi recebido com vivas e uma surpresa: a presença de Rondon em pessoa. Baixo, pele acobreada, com duas entradas fundas ao lado do pequeno topete e um grosso bigode, feito um par de charutos a sustentar as maçãs do rosto, tinha então 59 anos. Seu olhar era a um só tempo enérgico e suave; magnetizava a atenção como os indianos encantam suas najas. Às vésperas de partir em campanha, o general Rondon vinha prestar homenagem aos homens que tinham ido tão longe em nome da unidade do país.

A iniciativa, que contava com a presença de toda a imprensa da capital da república, convocada para registrar o acontecimento, era também um gesto político. Ao percorrer os quartéis do Rio de Janeiro, chamando as tropas ao dever, Rondon buscava conclamar a unidade dentro da corporação, impondo-lhe a sua figura. Por sua conduta na Amazônia, o batalhão de Coracy deveria ser usado como exemplo.

Diante dos soldados perfilados, uma banda militar tocou o hino nacional. No palanque erguido no centro do quartel, o primeiro a falar foi o capitão Franklin, que exaltou seu batalhão pela maneira como se portara. E mencionou um soldado em especial: "Louve-se o cabo Coracy, por haver suportado a missão de maneira disciplinada e briosa, com a qual se impôs no conceito de seus superiores e do público em geral."

Em seguida, foi a vez do tenente-coronel Geremias Góes ordenar que se fizesse público, em boletim da unidade, elogio a Coracy, em nome do general João de Deus Alma Barreto, "pelo muito que se esforçara no cumprimento do dever, dando o maior exemplo de dedicação e patriotismo durante as operações no Norte do país". Por fim, tomou a palavra o comandante Rondon.

— As forças do governo estão sendo realocadas para Ponta Grossa, no Paraná, onde em breve iniciaremos o combate aos rebeldes — anunciou o general. — Queria aproveitar a ocasião para dizer que apreciei muito o trabalho do comandante Góes e de seus homens, em especial o cabo Coracy, que segundo relatos portou-se brilhantemente numa jornada de sacrifício para salvar na mata um companheiro ferido de morte e desfigurado.

Pediu ao elogiado que comparecesse ao palanque. Com dificuldade para mover as pernas, tolhidas pela surpresa, Coracy subiu a escada e bateu continência diante dos oficiais que ali se encontravam. Rondon avançou um passo e, tirando uma medalha dourada de uma caixa de veludo, espetou-a em seu jaquetão.

— Agradeço em nome dos patriotas desta nação o fato de o senhor ter restaurado as linhas do telégrafo. Passei muitos anos no sertão brasileiro para fazer daquela mata parte de nosso país e da civilização por meio da comunicação telegráfica. Graças ao senhor e a seus homens vejo que essa obra está sendo preservada. Sou-lhe, portanto, um devedor pessoal!

Fugindo ao protocolo, cumprimentou-o com um caloroso abraço.

— Meus parabéns, primeiro-sargento.

Assim, Coracy acabava de ser promovido pelo homem mais importante do Exército. O retorno da Amazônia não poderia ter lhe saído mais compensador.

Por todo aquele dia, Coracy permaneceu em êxtase. Não pelos atos de bravura que lhe tinham sido atribuídos, um juízo que de todo modo achara exagerado, já que não fizera mais do que qualquer outro em seu lugar, mas por outra razão. Com tão altos feitos, acreditava que podia pedir baixa e voltar para casa.

Para todos os efeitos, Coracy tinha algo a mostrar. Saíra de casa desprezado e voltaria como herói de guerra. Trazia uma medalha pregada no peito pelo general Rondon em pessoa! Ele já se imaginava em Cachoeira, abraçando o pai, dizendo que o perdoava, que tudo fizera para conquistar o seu apreço. Dali em diante, o passado seria esquecido. Juntos, pai e filho poderiam suportar melhor as tristezas, compensariam o tempo perdido e desfrutariam do crescimento da família quando viessem os netos.

Não se passara um único dia, nem na selva amazônica, sem que Coracy pensasse em Eleonora. Aos poucos, as feições dela tinham se apagado da sua memória, mas restara uma lembrança semelhante às da mãe, evocações de um tempo bom, de uma felicidade distante, com uma diferença: enquanto Carmelita olhava por ele do céu, Eleonora estava lá, em carne e osso. Queria casar-se com ela e ter os filhos que voltariam a alegrar a casa de seu pai. Com Eleonora, voltaria à casa de Cachoeira a antiga luz. Enfim, Coracy consertaria o que o destino estragara de maneira cruel.

No dia seguinte, procurou o capitão Franklin na Casa da Ordem. Apresentou sua intenção de desligar-se do Exército. Para sua surpresa, porém, o capitão deu-lhe outras notícias.

— Sargento, ninguém pode ser dispensado — disse ele. — É instrução do comandante Rondon: estão proibidas as baixas no Exército.

— Não pode ser. Por quê?

— Creio que o general Rondon corta o caminho de quem gostaria de evitar o combate.

Coracy olhava-o, pasmo.

— Eu não poderia ao menos pedir uma licença, tendo em vista que acabo de voltar de tão longa viagem e ser condecorado?

— Também não. O senhor tem ordens de integrar-se ao 19º Batalhão de Infantaria da Segunda Divisão, que está sendo enviado para combater no Rio Grande do Sul. Uma determinação pessoal do comandante Rondon.

Pediu a caderneta vermelha de Coracy, onde anotou as ordens na folha de instrução, datando-as: 10 de novembro de 1924.

— Mas capitão, eu gostaria...

— O comandante Rondon precisa no Sul de homens leais, já provados em ação, para colaborar com os brigadianos gaúchos que lá combatem um foco da revolta.

O capitão bateu-lhe com a mão no ombro e piscou o olho, a sugerir que Coracy deveria alegrar-se com aquilo:

— Ficamos tristes de não tê-lo mais conosco, mas talvez ainda nos encontremos no campo de batalha.

Desconcertado, Coracy pensou que ser herói de guerra não lhe valera muito. A distinção do general Rondon só lhe servira para voltar à linha de frente. Súbito, desaparecia a tão aguardada reconciliação com o pai, o reencontro com Eleonora; afastava-se o futuro que planejava.

Na manhã seguinte, na caserna, Coracy preparou seu saco de viagem ao lado de Gaspar. Com as ordens no bolso, ele seguiu com seu destacamento de bonde para Deodoro, onde tomou o trem local até Campinho e embarcou em uma composição da Companhia do Brasil. Chegou às 5 horas da tarde à Estação da Luz, em São Paulo. Tinha algum tempo até as dez da noite, quando deveria se apresentar à sede do 19º Batalhão, que Coracy não via desde o dia em que ali se alistara. Lá seu destacamento se juntaria às tropas para embarcar rumo ao Sul do país.

Ainda na estação, Coracy despediu-se dos seus soldados; ficou apenas na companhia de Gaspar. O companheiro animava-se, sobretudo com a indicação de Coracy da pensão de Lola, ali perto.

— Vamos enfim nos divertir — disse ele.

— Você vai se divertir — retificou Coracy.

— O que quer dizer? Dessa vez você não escapa. Vamos, Coracy, depois de tanto tempo na selva, você vai gostar de uma mulher perfumada. E a tal moça que você encontrou lá?

— Você não entendeu — disse Coracy. — Você vai para a pensão da Lola. Eu irei para casa.

Gaspar alarmou-se.

— Como assim?

— Você me ouviu.

— Está louco? — disse Gaspar, tão surpreso que a voz lhe saiu como um grasnado.

— Louco ou não, é o que farei. E você não sabe de nada, caso contrário terá problemas.

Os elogios de Rondon, a consideração dos superiores, a promoção, a medalha, nada era superior à liberdade. Decidira voltar para casa, encarar o pai, rever Eleonora, e seria assim. Ninguém era dono da sua vontade, muito menos o Exército. Coracy nunca mais seria refém, como tinha sido de Sinhá.

Gaspar balançou a cabeça. Conhecia o suficiente do amigo para saber que, quando algo lhe entrava na cachola, nada o demovia — ainda que pudesse lhe custar caro.

Dessa forma, às sete da noite, enquanto Gaspar batia à porta na pensão da Lola, Coracy tomava o trem que o deixaria mais perto de casa. Depois de voltar da Amazônia, viajar a Cachoeira não devia ser nada; contudo, daquela vez levou um século. Cada minuto arrastava-se sob o peso da impaciência. Coracy antecipava, ansioso, o instante em que entraria na casa de Marciano. Ele, que enfrentara as balas em Copacabana, que não hesitara em levantar sua arma contra a patrulha em Recife, que vira cair aos seus pés a onça preta na selva, diante do pai se sentia ainda o antigo menino assustado e carente de aprovação.

Toda a coragem que o transformara em homem durante a vida militar, a mesma coragem que ele pretendia apresentar ao pai como seu novo capital, de pouco lhe servia. Durante a viagem, Coracy juntava um novo tipo de energia. Tiraria de Marciano outra vez aquele homem que um dia amara sua mãe. Pediria perdão a Eleonora por tanto tempo sem notícias. Apesar do tempo e da distância, fiava-se na certeza de que ela o esperava. Ninguém podia mudar tanto: Coracy vira seus olhos rasos d'água, ouvira suas juras, sabia o que haviam sentido juntos.

Foi com essa convicção que ele desembarcou na estação férrea de Cachoeira, tomou uma libré e pediu ao condutor que o levasse para casa o mais rápido possível. O coração bateu forte quando as rodas do veículo trepidaram no calçamento pedregoso da cidade, contornaram a igreja matriz, gemeram na ladeira que conduzia à Cidade Alta, até a alameda da casa de sua infância.

Então, para sua surpresa, Coracy viu uma aglomeração diante do portão de ferro, gente sem pressa que o reconheceu com um susto. Depois de pagar a libré, Coracy passou por eles como um fantasma: ninguém o cumprimentou, ninguém disse nada, nem ele perguntou. Cortou o silêncio com suas botas de combate, que martelaram as tábuas corridas assim que entrou; a multidão lhe ia abrindo passagem.

Seguiu por aquele corredor humano até chegar à sala de jantar, dividido entre a vontade de descobrir o que estava acontecendo e o receio de saber. Ao chegar à sala de estar, parou como que à borda de um precipício. Deu com um esquife sobre a mesa onde seu pai costumava comer, limpando os bigodes com o guardanapo de linho. Ao lado, ereta, Sinhá o olhava; com a surpresa, ela recuou dois passos, tropeçando nos visitantes sentados nas cadeiras dispostas em círculo no aposento.

À esquerda, sentados, encontrou Quinzinho e Jurandyr, o irmão que ele pouco conhecia. Coracy avançou até a mesa; lá estava o responsável por seus infortúnios e naquele instante tudo o que quis, amargamente, foi vê-lo de volta. Com a mão trêmula, num gesto que não lhe fora permitido a vida inteira, pousou seus dedos sobre os do pai, cruzados ao peito. Eles não lhe pareceram frios, próprios de um cadáver, mas mornos e quentes, como haviam sido quando era pequeno e Marciano o tomava pela mão para caminhar na cidade; o pai então era apenas sorrisos e eles estavam ao lado de Carmelita, como poderia ter sido sempre, ou pelo menos por mais algum tempo.

Aquele dia se arrastara enquanto Marciano aguardava completar a ligação. A impaciência não lhe fazia bem; sentia falta de ar e a dor no peito já não o abandonava. Tudo o que ele queria era retirar Coracy do Exército. No entanto, não sabia se o fazia mais pelo risco que corria o filho ou ele mesmo. Somente as preces lhe davam forças para suportar a angina. Precisava de tempo, pelo menos até Coracy voltar.

Marciano faria o máximo esforço para evitar que o filho fosse assinalado para outra frente de combate. Por meio de um amigo influente no Exército, mandara-lhe uma carta, ainda que com remotas possibilidades de encontrar seu destinatário, passada pelos estafetas de mão em mão entre os navios que faziam o tráfego entre Santos e Belém. Na carta, prometia lhe dizer pessoalmente todas as palavras que durante a vida deixara de dizer, pedir as desculpas que deixara de pedir, dar todos os abraços que não pudera dar.

— Alô, doutor Marciano.

Do outro lado da linha, com a voz abafada, distorcida e atrapalhada por zumbidos, finalmente atendeu o tenente-coronel Venceslau Brás, encarregado de localizar Coracy.

— É certo que Coracy esteve em Óbidos, está voltando e em breve deve chegar de navio ao Rio de Janeiro. Mantenho contato com o quartel do Andaraí, tentarei falar com ele.

Não era muito, mas era alguma coisa.

— Agradeço, Brás. Por favor, me avise assim que ele chegar.

Coracy estava mais perto, mas Marciano não sossegaria até o filho estar na sua frente. A freqüência com que lhe vinha a dor dava a medida de como o tempo era precioso. As noites eram tormentosas: a angina já não o deixava e não permitia dormir. Esperava que "algo" viesse a qualquer noite, sem saber exatamente o quê, apenas que saberia no momento. E soube, aquela madrugada, quando a dor veio ainda mais forte, como se lhe quebrasse o peito por dentro. Levantou-se da cama, olhou o espelho do armário e viu seu rosto desfigurado. Em agonia, arrastou-se para fora do quarto; em vez de ir à capela, seguiu pelo corredor até o cômodo contíguo. Entrou sem bater e caiu ao lado da cama de Sinhá.

— Meu Deus, Marciano, o que há? — disse ela, debruçando-se para ampará-lo.

— Fracassei, Don' Ana, não suporto mais, ai de mim.

— Não diga isso, tome.

Tomou um copo da cabeceira, encheu-o com água da bilha e lhe deu de beber; molhou a manga da camisola e com ela refrescou-lhe a nuca.

— Deite-se aqui.

Puxou-o para a cama. Marciano deitou, mas já não escutava, torcido em posição fetal, olhos esgazeados.

— Vou buscar ajuda.

Sinhá saiu, vestindo o penhoar pelo caminho. Entrou de sopetão no quarto de Quinzinho, que dormia a sono solto.

— Filho, acuda! — pediu ela. — É preciso chamar o médico, já. Marciano está muito mal.

Quinzinho passou a mão sobre o rosto. Um médico...

— Espere — disse. — Antes, quero vê-lo.

Levantou-se. Acendeu o lampião e saiu, de camisola, levando a mãe consigo.

Quando chegaram ao quarto, Marciano esvaía-se na cama. Um esgar mascarava o rosto de alabastro. Quinzinho tomou-lhe o pulso.

— O médico! — insistiu Sinhá. — Não podemos esperar.

Quinzinho voltou-se para a mãe, impassível.

— Ele já assinou o documento?

Sinhá assustou-se. Imaginara-se calculista, mas descobria que fizera o filho de uma frieza ainda maior.

— Não — disse ela.

— Vá apanhá-lo.

— E o médico?

— Vá apanhá-lo!

Ela, que passara a vida a dar-lhe ordens, obedeceu. Andou até a penteadeira onde guardara o testamento redigido por Quinzinho. Na penumbra, atrapalhada pelo nervosismo, Sinhá revirou gavetas de roupas e papéis. Afinal voltou com os documentos.

Quinzinho curvou-se sobre a cama. Amparando Marciano, colocou-o sentado. A voz lhe saiu calma, suave como a de um anjo, ao pedir que assinasse o texto

— O senhor vive dando esses sustos em mamãe e em todos nós — disse. — Esta crise também passará, mas veja só a importância de deixar as coisas resolvidas. Assine estes papéis, eu os guardarei com cuidado. Enquanto isso, pedirei a Benedita que vá buscar o médico. Ele lhe dará os remédios e tenho certeza de que o senhor voltará a melhorar.

Marciano levantou os olhos, fundos e escuros como se estivessem vazados. Não tinha certeza de que compreendia o que Quinzinho falava, ou não acreditava no que ouvia. Sentiu algo em sua mão: o enteado lhe punha a pena entre os dedos e os apertava em torno dela. O calor que o fazia suar deu lugar ao frio; sentiu-se distante, solitário como um náufrago em uma ilha deserta. Reuniu forças para levantar o braço, ergueu a pena, mas em vez de assinar o documento, devolveu-o às mãos de Quinzinho.

— Gostaria de ver isso depois do médico.

Com a pena na mão, Quinzinho escandiu as sílabas, que sabiam a raiva e frustração:

— Assine, agora!

Os lábios de Marciano esboçaram um sorriso. Fizera mal em recorrer a Sinhá naquela noite; percebia agora o quanto tinha sido sábio em manter longe dela sua dor. A verdade é que sempre estivera sozinho, mesmo dentro de sua própria casa. Recebia a manobra de Quinzinho como uma revelação do seu verdadeiro caráter, até então dissimulado. Havia nele uma expressão hostil, diferente da que reconhecera em Coracy: enquanto por trás da última havia amor, em Quinzinho vinha da mesquinharia.

— Faça alguma coisa! — bradou Quinzinho, voltando-se para a mãe, paralisada, enquanto via o padrasto agonizar.

— O quê?

— Faça-o assinar isto.

Amedrontada com o próprio filho, Sinhá recuou. Até ela, que sempre desejara a herança de Marciano, horrorizava-se. Ao ver que a mãe nada faria, Quinzinho sacudiu Marciano pelos ombros.

— Assine, ou não verá médico algum! — disse ele.

Marciano desabou para a frente, sem forças. Quinzinho não percebera que gritava; atraída pelo barulho, surgiu Benedita, sem o lenço habitual na carapinha encanecida. Ao ver o patrão inerte, soltou um gemido.

— Ai, minha Nossa Senhora, dai-me luzes!

— Vá chamar um médico, Benedita! — disse Sinhá, aflita com Marciano e ao mesmo tempo desejosa de livrar-se da cozinheira naquele momento embaraçoso.

— Ai, minha Nossa Senhora! — repetiu Benedita; os olhos da negra brilhavam, as lágrimas lhe saltavam sobre as maçãs do rosto. — Ai, meu siô! Peço a Deus pelos seus pecados!

Tremendo, chorando e invocando santos, ela saiu em disparada pelo corredor, a buscar o menino de recados.

Com o padrasto nos braços, Quinzinho deixou-o escorregar de volta para a cama de Sinhá.

Marciano abriu olhos esgazeados: já não prestava atenção neste mundo. Viver é bom como um sonho. Morrer também é doce, quando é a libertação do sofrimento.

Lembrou-se de que os cães abandonavam seus donos quando pressentiam o fim; não queriam incomodar ninguém com o espetáculo da morte, evitavam o embaraço do cadáver aos entes queridos. Bicho sábio, o cão: enfrentava sozinho a sua hora, sem qualquer lamento. Marciano quis ser cão, ou menos que cão; gostaria de desaparecer como um dia atrás do outro, apagar feito chama, sem deixar rastos, nem virar comida de vermes, transformado apenas em alma.

Encontrou-se então entre os seus entes verdadeiramente queridos: olhou para a porta e viu Carmelita, vinda de suas orações na capela, e Coracy menino, adolescente e homem feito, três imagens em uma só, com o realismo iconoclasta dos delírios. Já não existia o tempo, desaparecia a solidão, a tristeza, até a dor. Estava feliz; a compreensão divina o levava, se não ao amor, ao menos ao perdão — essa fração mínima do amor, que recebemos quando não o merecemos, muito próxima da misericórdia.

Contando com o seu triunfo no retorno a Cachoeira, Coracy foi desarmado pela morte do pai. Com o choque, tudo o que desejava dizer, queria fazer, até mesmo seus motivos, imediatamente perdia sentido. Não havia como saber o que era maior: a dor, a contrariedade ou a frustração.

Surpreendendo todos com sua chegada, também ele foi surpreendido. Inclusive por Sinhá. Assim que o viu, consternado diante do corpo do pai, a madrasta o tomou pelo braço, delicadamente, e o levou para a sala de estar menor, retirando-o do meio da curiosidade dos presentes ao velório.

— Como você está?

Sinhá se encontrava como sempre: o mesmo olhar duro no semblante austero, emoldurado pelo cabelo pixaim preso à nuca. Porém, o tom da voz revelava uma inédita doçura.

Na paralisia da incredulidade, Coracy nada respondeu.

— Fizemos tudo por seu pai — disse Sinhá, ocupando o silêncio. — Nos últimos tempos ele nos deu muito trabalho.

Coracy estranhou aquelas palavras. Parecia que Sinhá falava de outra pessoa. Ele não se lembrava de o pai dar trabalho a ninguém. Jamais ouvira de sua boca uma queixa, sequer a menor. Achava-o bem capaz de morrer em segredo, somente para evitar que soubessem de um acontecimento considerado por ele excessivamente pessoal para ser dividido com alguém.

— Estávamos muito preocupados com você no Exército em meio a essa guerra — continuou Sinhá. — Apesar do momento, fico aliviada com a sua presença. Afinal, mesmo sem seu pai, continuamos a ser sua família.

Nesse instante, entrou Benedita. Ao ver Coracy, deu-lhe um abraço, debulhada em lágrimas.

— Ai, siôzinho, que triste, louvado seja Deus...

Ele abraçou a cozinheira, como nunca abraçara alguém. Lamentou jamais ter feito o mesmo com o pai, dada a distância entre eles, a educação e o temperamento de ambos. Súbito Coracy percebeu o quanto tinha em comum com Marciano, a começar pela teimosia, o caráter de pedra, a recusa em demonstrar seus sentimentos: fortalezas de silêncio. Veio-lhe uma vontade superior de chorar, mas o pai não saíra dele; com força sobre-humana, segurou as lágrimas.

— Benedita — disse Sinhá, incomodada com aquela demonstração de afeto da cozinheira, tão deslavadamente superior à sua. — Chame meus filhos. E nos traga um pouco de chá.

Coracy enxugou as lágrimas da cozinheira com os dedos e a afastou, sem dizer nada. Benedita terminou de enxugar-se com a borda do avental e foi para dentro cumprir a ordem.

— Coitada, ela também está muito triste — disse Sinhá.

Fez com que Coracy sentasse em uma poltrona — "venha, aqui você ficará mais confortável". Contou que o médico chegara quando seu pai já estava sem vida. Depois perguntou onde Coracy andara, o que fizera, como estava. Ele respondeu de maneira lacônica: Rio, Amazônia, Exército. Não sabia direito como agir diante dela: aquela afetuosidade repentina de Sinhá o incomodava. Entraram na sala Quinzinho, num terno preto, e Jurandyr, cujos traços de rapazote diziam mais a Sinhá Ana Umbelina que ao seu pai.

— Jurandyr, cumprimente seu irmão — disse Sinhá.

Coracy se levantou e eles apertaram as mãos, formalmente.

— Você chegou um pouco tarde — disse Quinzinho.

— Acredito que você não tenha lamentado — respondeu Coracy.

Ao ver os ânimos acirrados já no início da conversa, Sinhá interferiu.

— Marciano está para ser enterrado — disse. — Não é hora de discussão.

Chegou Benedita com o chá, servido na porcelana que um dia pertencera a Carmelita: Coracy reconheceu a xícara, entregue pela própria Sinhá. Afável, prestativa, até carinhosa, ela se mostrava outra pessoa. Coracy lembrou-se de tudo o que Sinhá fizera para afastá-lo de Eleonora, de como o deixara sempre atrás de Quinzinho, do desprezo com que o tratara, enquanto protegia seus próprios filhos. Conhecia-a bem demais para achar que mudaria. Ele compreendeu então o que se modificara com a morte do pai: a sua própria posição.

Pela primeira vez Sinhá lhe pareceu como realmente era, fisicamente menor que ele. Destituída da antiga autoridade, não havia mais por que temê-la. Ao contrário, agora era ela quem o temia. Aquele tipo de vitória, no entanto, não lhe deu prazer. Seu pai morrera. Nada mais importava.

— Temos problemas a resolver — disse Quinzinho.

— Agora que você está conosco, podemos tratar de alguns assuntos que o vosso pai deixou pendentes por causa da doença — acrescentou Sinhá.

Coracy permaneceu em silêncio. "Vosso pai", Sinhá dissera, e o pronome no plural lhe soou uma heresia. Porém, ela estava certa. Havia algo de Marciano também em Jurandyr. Isso ele não podia desprezar. Sinhá conseguira o que desejava: era parte daquela casa, ocupando, se não tudo, pelo menos algum lugar. Entendeu que a morte de seu pai não o afastaria completamente dela. Marciano a entregava como parte da herança.

— Seu pai deixou bens, há o inventário a fazer — afirmou Quinzinho. — Como advogado, estou apto a resolver esses assuntos.

Coracy olhou-o como um alienígena.

— Como você pode pensar nisso em um momento como este?

— Alguém tem de tomar as providências necessárias — disse Quinzinho. — Você não estava aqui para chamar o médico quando seu pai precisou. Nem para vesti-lo quando morreu, colocá-lo num caixão, encomendar o velório. Alguém tem de fazer as coisas, mesmo na pior hora.

O sangue de Coracy ferveu. Seu impulso foi de lançar-se ao pescoço de Quinzinho, trucidá-lo, despejar todos os anos de raiva acumulada, potencializados naquele instante pela morte do pai. Os músculos se retesaram, os dentes cerraram-se, seu rosto virou uma máscara de fúria. Quinzinho encolheu-se no sofá onde se acomodava. Porém, a raiva, o cansaço e a tristeza de Coracy amainaram de repente. Como a chuva sobre o fogo, havia nele um sentimento ainda maior que a raiva: o desprezo. Levantou-se devagar, de cabeça erguida, deixou o chá na mesa auxiliar e saiu, com um vagaroso cumprimento de cabeça dirigido a Sinhá.

— Precisamos conversar — insistiu Quinzinho, agora timidamente.

— Depois.

No corredor, ouviu o burburinho vindo do velório. Sentiu-se cercado por estranhos, um estrangeiro em seu próprio lar. Imaginou como Marciano podia ter vivido ali seus últimos anos, envolvido pela perfídia de Quinzinho e Sinhá. Lamentou pelo pai: ninguém podia ser feliz assim.

Passou pelo quarto de Marciano. Abriu a porta com cuidado, respeitosamente, como se o pai ainda estivesse ali. Desde criança não entrava lá e, mesmo então, o fizera muito pouco: o pai não admitia ser incomodado no repouso.

Observou o espelho sobre a cômoda, o armário maciço e a cama de jacarandá com um par de criados-mudos. Sobre ela, havia uma imagem de Jesus, a segurar o coração com a mão direita cruzada sobre o peito. Aquela simplicidade combinava com o temperamento espartano de Marciano; divergia da opulência com que Don' Ana decorara a casa, com seus tapetes, quadros, pratarias e bordados. Coracy não estivera ao lado de Marciano quando ele necessitara, como o pai nunca estivera ao seu lado. Mesmo que por algumas horas, ambos tinham perdido para sempre a única oportunidade de reconciliação. No entanto, estar ali era um alívio: com sua presença, lhe dizia, em silêncio, finalmente, que o amava.

Abriu as gavetas do criado-mudo. Havia poucos objetos pessoais: um terço, uma tesoura de unha, dois pares de óculos de leitura. E uma chave. Tomou-a e saiu em direção à capela de sua mãe. Usou a chave e a porta se abriu, rangendo nas dobradiças. Lá dentro, no mesmo lugar onde um dia Carmelita se ajoelhara perante seus santos e o pai penara em agonia, rezou por ambos. A tristeza pela morte da mãe juntava-se à nova perda por uma ponte no tempo.

Coracy pediu que ambos estivessem reunidos em um bom lugar e agradeceu as dificuldades. Graças a elas, de onde estivessem, talvez um dia seus pais viessem a se orgulhar dele.

Trancou o cômodo, guardando a chave da capela no bolso, e foi para a cozinha. A boa Benedita, que era para ele uma segunda mãe, dava ordens a três outras moças de lenço branco na cabeça. Faziam comida para os presentes ao velório.

— Ah, meu filho — disse ela. — Sente-se, você deve estar com fome.

A cozinheira colocou um prato na mesa de serviço: foi ali que o novo dono da casa se sentou, como em seus tempos de menino. Era ainda onde se sentia melhor. Benedita serviu-lhe os canapés do velório e suco de melancia. Mimava-o como podia. Ao vê-lo comer, voltou a esboçar seu velho sorriso, ao mesmo tempo que as sobrancelhas franziam-se de dó: decerto padecera muita fome naquelas lonjuras, junto com os militares.

— Se eu soubesse antes que o siôzinho vinha... Teria preparado um banquete — disse.

Quando ele acabou de comer, a cozinheira contou que chorara muito por Marciano, mas um pensamento a aliviara.

— Pelo menos o padecimento dele acabou — disse ela. — O seu precisa acabar também, meu filho.

Fez sinal para que ele a acompanhasse.

— Aonde vamos?

— Já lhe mostro — disse ela.

Benedita o levou para o maior quarto de hóspedes da casa, com uma janela aberta para o pomar. Há muito Coracy não via lençóis perfumados, uma cama macia, travesseiros de penas de ganso. Sem tirar o uniforme militar, com as botas sujas pela poeira dos caminhos, deitou-se nela. Sentiu-se desconfortável, acostumado demais à rede ou ao catre duro de campanha; moldara-se à vida espartana, à frieza hierárquica e à hostilidade com que a vida marcial preparava seus homens para encarar inimigos.

— Ainda precisamos dar um jeito nessa sua roupa — disse Benedita, tirando-lhe as botas, antes de fechar as cortinas e sair. — As coisas serão outras nesta casa quando o senhor acordar.

Caía uma garoa fina sobre Cachoeira. Com as roupas de luto sob os guarda-chuvas, a multidão movia-se como uma falange negra no cemitério da cidade. Coracy seguiu na frente do féretro, carregando a primeira alça do esquife do pai, enquanto Quinzinho fazia o mesmo do outro lado. Há muito tempo não freqüentava o jazigo da família, para não ensombrecer com a lembrança da morte as melhores recordações da mãe, que lá repousava. "Seu pai vai se juntar a ela, é o que mais desejava", lhe soprara ao ouvido a cozinheira Benedita.

Aprontara-se para o enterro depois de algumas horas de sono amarrado. Agora, enquanto segurava a alça do caixão, caminhando sem palavras, olhava a ponta dos sapatos e a barra da calça molhada pela garoa insistente. Tendo chegado sem outra roupa além do uniforme militar, usava trajes de Marciano, que Benedita lhe trouxera: a calça, a camisa, o paletó e até o calçado lhe caíam com perfeição, como se tivessem sido feitos para ele. Era estranho: depois de ter negado o pai, Coracy o personificava.

Chegaram ao jazigo, cuja tampa se encontrava aberta por uma dupla de coveiros. O esquife foi depositado ao lado, enquanto a multidão acercava-se da cova. Coracy manteve-se imóvel diante do padre durante a prece, quase sem ouvi-lo. Imaginava as últimas horas do pai; quem sabe Marciano tivera algum pensamento para ele. Cogitou o que gostaria de lhe ter dito, mas não atinou com nada. Terminada a oração, o padre fez um sinal-da-cruz em gestos largos e os coveiros adiantaram-se para baixar o esquife, preso a cordas, ao fundo do túmulo.

— Esperem — disse Coracy.

Os coveiros estacaram. Ele avançou dois passos, destacando-se dos circunstantes. Com os dedos, desaferrolhou a tampa do esquife e o abriu. Queria ver o pai, uma última vez. Livre da dor, Marciano encontrava-se sereno. O rosto cinéreo transmitia o absurdo da morte: o homem que ele vira tão enérgico, capaz de tudo, o juiz acima de todas as coisas, silenciava agora como um boneco de cera. Coracy fez deslizar a mão ao bolso, retirou e deixou cair ao lado do corpo do pai um objeto que escapou à vista dos circunstantes. Só ele sabia o que era: a medalha de Rondon.

O caixão foi novamente fechado. Coracy não esperou os coveiros terminarem seu trabalho. Saiu de braço dado com Benedita. A multidão abriu-lhe passagem. Entre as cabeças que se voltaram para ele, uma chamou de repente sua atenção. Através da cortina da garoa, avistou Eleonora, sob um guarda-chuva, rosto meio coberto pelo véu que lhe caía do chapéu negro. Seu coração amortecido disparou: foi como se tivesse lembrado de outras razões para viver além de provar-se a seu próprio pai. Em que pensaria ela naquele instante? Mesmo a distância, tentou ler nos seus olhos um sinal. Ela, porém, baixou a vista, e o movimento das pessoas que deixavam o enterro a fez desaparecer.

Eleonora! Coracy sentiu o impulso de abrir caminho, correr até ela, tomá-la nos braços, beijá-la na chuva. Pensariam todos que estava louco

— e aquilo bem podia ser loucura. Tudo o que fizera tinha sido por seu pai, mas também por ela. Procurara enfrentar Marciano como um caminho para chegar a Eleonora. Benedita compreendeu num relance o que se passava. Com braço firme, puxou-o para o outro lado, como quem dizia: agora não é hora.

Coracy caminhou pela alameda na direção de casa, dividindo o guarda-chuva com a cozinheira. A garoa apertava. Com suavidade, ele desvencilhou seu braço de Benedita.

— Vá — disse ele. — Eu a encontrarei mais tarde.

— Você vai se molhar — disse ela, resmungando, como quem se acostumara a tratá-lo como criança, num apelo que, como muitos clamores maternais, levava o tom de quem sabia sua inutilidade.

— Tenho algo importante a fazer.

Desaprovadora, ela o deixou livre. Coracy dobrou a esquina resoluto, cruzando com algumas pessoas que, saídas do cemitério, tomavam o rumo de casa. A garoa virava chuva, mas ele não se importou. Só algo podia salvá-lo daquela irreprimível sensação de que perdera tudo o que lhe era mais caro — algo que devia ter feito há muito tempo e de repente tornava-se urgente, depois da descoberta de como um minuto de atraso podia ser trágico. Chapinhando na calçada alagada, dirigiu-se à casa da família Amaral.

Bateu à porta com o coração suspenso. Uma criada que ele não conhecia surgiu: anunciou-se e ela, depois de lhe pedir que entrasse pelo portão e esperasse no alpendre para não se molhar mais, fechou novamente a porta. Coracy aguardou por minutos torturantes. Por fim, para seu alívio, a criada retornou com a permissão de entrar.

Levou-o até a sala, por onde ele avançou com seu passo cadenciado de militar.

— Aguarde aqui, por favor — disse a criada, antes de se retirar. — Sinhazinha está se aprontando, acaba de chegar do enterro.

Coracy ficou a olhar impaciente as tapeçarias, o retrato a óleo de um ancestral de Olinto em uma parede, os castiçais de cristal no aparador de jacarandá. Então, ainda com o mantelete sobre o vestido negro com que a vira no enterro, Eleonora surgiu à porta.

Ao vê-la sem o véu, Coracy espantou-se de ter quase esquecido seu rosto. O tempo lhe dera traços mais definidos, tornando-a mais parecida consigo mesma, ainda mais bela. Todas as palavras que planejara dizer aos borbotões se atropelaram na garganta e ele permaneceu mudo.

Com o senso prático que jamais abandona as mulheres, mesmo no momento mais delicado, Eleonora rompeu o silêncio, chamando a criada que atendera Coracy.

— Assunta, traga uma toalha para o cavalheiro.

A criada saiu.

Por todo o caminho, Coracy pensara em atirar-se para Eleonora, tomá-la nos braços, beijá-la. Porém, conteve-se com a certeza de que ela sofrera, o medo do que pensara a seu respeito e a consciência de sua inadequação, visitante molhado e sem aviso.

— Vim pedir perdão por ter ido embora sem palavras — disse. — Espero que não seja tarde para dar minhas razões.

— As razões já não importam — disse Eleonora. — Acredito que eu as compreendi, sem que você dissesse.

Um pouco de esperança o acalentou. Antes que pudesse dizer algo, ela prosseguiu.

— Eu o odiei — disse Eleonora. — Não sei o que acontece com a gente quando o ódio se mistura ao amor, mas hoje não tenho certeza do que sinto.

Coracy se aproximou. Queria tomar a mão dela, mas Eleonora recuou.

— Eu me envergonhava de mim mesmo — disse Coracy. — Mas sempre desejei voltar, em condições de dar a vida que você merece.

— Eu disse que não precisava de dinheiro, de posição, ou mesmo do orgulho. Bastava-me você. Viveria da maneira mais simples, desde que você nunca mais partisse.

Ele baixou os olhos.

— O que há? — perguntou ela.

Coracy passou a mão pelo rosto devastado. O que tinha a dizer lhe saía com grande dificuldade. No entanto, não havia como contornar a realidade.

— Seria demais lhe pedir que esperasse mais um pouco, eu bem sei. Mas é o que peço, porque preciso partir novamente.

Eleonora empalideceu.

— O que você está dizendo?

— Fui designado para servir às tropas que combatem no Sul — disse ele. — Vim para cá sem permissão, para falar com meu pai, para te ver, para colocar as coisas no lugar.

— Para colocar as coisas no lugar, você primeiro deveria se colocar no seu, que é aqui — disse ela.

— Eu sei.

Eleonora esperava que Coracy pagasse o seu tributo; então, o perdoaria. Só não esperava por aquilo. Em vez da firmeza com que esperava vê-lo pedir desculpas, saiu-lhe uma súplica.

— Por que você não pode simplesmente ficar? — perguntou ela.

— Eu quero ficar — disse ele, voz cortada pela penitência. — Porém, desta vez isso não depende de mim. Por esta hora, eu devia estar em um trem para Santa Maria. Não posso abandonar o Exército; as baixas estão suspensas até o final da guerra. Ao voltar, não sei qual é a pena militar que me aguarda; ficando, serei um desertor, um fora-da-lei com certeza. Tenho de terminar o que comecei. Caso contrário, jamais teremos paz.

Os olhos de Eleonora viravam lagos. Colocou as mãos em concha sobre o rosto, para conter aquele transbordamento. Coracy se aproximou. Por um instante, ficou tão próximo dela que sentiu o seu calor: iria beijá-la, abraçá-la, dizer que tudo ficaria bem, mas de repente aquele rosto suave transmutou-se numa máscara de fúria. De punhos fechados, ela o socou no peito, empurrando-o para trás.

— Por que então veio aqui se vai embora outra vez? — gritou. — Por quê?

Coracy se afastou, consternado. Os golpes de Eleonora não eram nada perto da sua expressão de sofrimento; nada poderia machucá-lo mais.

— Não tenho saída — disse ele. — Acredite em mim, Eleonora farei o que tem de ser feito e voltarei!

— Vá embora! — gritou ela. — E não volte, não quero vê-lo nunca mais!

Estava transtornada: ele jamais a vira assim, transformada pelo desgosto em uma fera. Vergado pela dor acumulada daquele dia, sem saber mais o que fazer, Coracy recuou; deu meia-volta, não sem antes dizer:

— Eu te amo, sempre amarei.

Nesse instante, chegou Assunta, com a toalha nas mãos; mal viu um vulto atravessando a porta.

Chovia forte; Coracy correu pelas alamedas cheias de poças d'água, encharcando as roupas de seu pai, pensando ser indigno de vesti-las. Cometera tantos erros que abrira um caminho sem retorno; desperdiçara sua felicidade de maneira irrecuperável. Entrou em casa desolado. Benedita tinha razão, não era a hora de ter feito o que fizera; jogara fora sua última chance.

— Meu irmão, o que há?

Espantado ao vê-lo encharcado daquela forma, Quinzinho estava ao lado de Sinhá, à sua espera.

— Tenho de partir — disse Coracy, apressado.

— Como assim? — perguntou Sinhá.

— Tenho de me reapresentar ao batalhão.

— Você não foi dispensado?

— Não.

— Não compreendo — disse Quinzinho. — Você é então um desertor?

Coracy nada disse. Quinzinho e Sinhá se entreolharam.

— Espere — disse ela. — Tome um banho quente, fará bem.

— Não — disse ele. — Retorno a São Paulo imediatamente.

Passado o ímpeto e desaparecidas as razões que o tinham levado até ali, com o pai morto e Eleonora contra ele, restava-lhe a realidade esmagadora. Corolário da sua voluntariosa iniciativa de abandonar o Exército, perdera tudo, incluindo provavelmente a liberdade.

Quinzinho colocou a mão sobre seu ombro.

— Quem cuidará dos negócios de seu pai? Você precisa assinar a procuração que preparei para poder levar adiante os assuntos da família. Caso contrário, na sua ausência iremos todos à ruína.

Tirou do bolso o documento no qual viera trabalhando desde o falecimento de Marciano. Coracy olhou Quinzinho com asco. Tomou-lhe o papel das mãos, assim como a caneta que Sinhá lhe ofereceu. Assinou-o, sem ler nada, nem pestanejar.

— Agora deixem-me em paz.

Quinzinho dobrou o documento e o colocou no bolso.

— Não se preocupe — disse. — Deixe tudo comigo. Os negócios serão bem cuidados e estará tudo aqui quando você voltar.

Coracy entrou pelo corredor que levava ao quarto onde estava instalado. Benedita mandara lavar o uniforme com que chegara. Vestiu-o, deixando sobre a cama as roupas molhadas de seu pai. Ele não era Marciano, afinal, mas o filho rebelde. Continuava a fugir, mesmo sem a presença do pai.

— Não vá, Coracy.

Era a segunda vez que ouvia aquele apelo. Olhou para trás: lá estava Benedita.

— Não posso ficar — disse. — Pelo menos, por enquanto.

Abraçou a única pessoa que restara de sua antiga vida. Finalmente, deixou as emoções afluírem e as lágrimas correram em seu rosto pela primeira vez em muito tempo — nem na infância se lembrava de ter chorado. Por instantes, Benedita o ninou, cantando uma canção no seu ouvido, enquanto segurava a cabeça de Coracy contra o peito. Por fim, ele se ergueu, esfregou o nariz congestionado e pediu que ela chamasse a libré.

Escurecia quando Coracy deixou a cidade, sem despedir-se de ninguém. No dia seguinte, apresentou-se ao quartel em São Paulo, de onde o 19º Batalhão de Infantaria da Segunda Divisão, sob comando do tenente-coronel Enriques Ribeiro, já partira há dois dias. Enquanto seu destacamento seguia ao Rio Grande do Sul, ele foi para a cadeia por deserção.

No cárcere, teve vinte dias para pensar em como pudera a um só tempo perder o pai, o amor de sua vida e a glória militar. Só não capitulou graças a uma força que nele era superior a tudo: o orgulho. Pensou que ainda precisaria dele, quando o carcereiro afinal veio lhe abrir a porta com um documento que o reincorporava ao batalhão, um passe de trem para Porto Alegre e a ordem que o enviava imediatamente para a luta.

Capítulo 7

Durante o levante de 1922, o capitão Luiz Carlos Prestes comandava a Primeira Companhia de Engenharia do Exército, no subúrbio carioca de Deodoro, entre as estações ferroviárias de Realengo e do Méier. Estando entre a Academia Militar e a sede do governo federal, no Palácio do Catete, seu papel seria o de cortar as linhas telegráficas e telefônicas da cidade ao primeiro tiro de canhão no Forte de Copacabana. Contudo, em 13 de junho, pouco antes da rebelião, em vez do combate, Prestes foi para a cama, vitimado pelo tifo. Devido à doença, escapou de ser preso como um dos integrantes da revolta.

Enquanto seus companheiros de rebelião se encontravam na cadeia, Prestes foi deslocado para o Rio Grande do Sul, onde o Exército construía um ramal ferroviário a partir de Cruz Alta, para ligar o interior gaúcho com Porto Alegre e, dali, o resto do país. Ao longo do futuro leito ferroviário, em jornadas de 12 horas de trabalho, o Exército assentava os trilhos e plantava fileiras de eucaliptos, árvores australianas de madeira resistente e crescimento rápido, a fim de fornecer combustível para as locomotivas, pois o Brasil era carente não só de petróleo como de carvão mineral.

Em janeiro de 1924, pouco antes de romper a nova revolução, Prestes ocupava-se do trecho da linha entre Santo Ângelo e Comandaí. Desestimulado com a vida militar, pedira baixa para trabalhar em uma empresa civil que punha a luz elétrica em Santo Ângelo. Nesse momento, foi procurado por Juarez Távora, foragido da prisão. Ao saber por Juarez que se tramava nova revolta, Prestes decidiu permanecer no Exército. Em setembro de 1924, pouco depois de eclodir o movimento liderado por Isidoro Dias Lopes, sob instigação de Távora, conclamou à rebelião os trezentos homens sob seu comando.

Em 6 de outubro, Prestes soube que Antônio de Siqueira Campos, herói de Copacabana, exilado na Argentina desde 1923, retornara ao Brasil por Guaíra. Prestes o conhecera ainda cadete, na Academia Militar de Realengo, no Rio. Siqueira Campos propôs a Juarez seguirem para o Rio Grande do Sul, onde os correligionários de Assis Brasil, inimigo mortal do governador Borges de Medeiros, estavam prontos a se unir aos militares rebelados.

Em Santo Ângelo, Prestes foi informado de que as tropas lideradas por Isidoro desciam do extremo oeste de São Paulo para o Paraná. Possuíam 3.090 homens, vinte peças de artilharia, entre morteiros e canhões de grosso calibre, 6 milhões de balas e 2 mil rifles Mauser. E armariam melhor os revolucionários gaúchos.

O grosso das tropas do governo, sob o comando do general Rondon, alojou-se atrás dos rebeldes no Paraná a partir de uma base em Ponta Grossa. Indo para leste, os rebeldes avançaram para os montes Medeiros, a 50 quilômetros de Catanduvas, na primeira metade de outubro. Ali, Rondon procurou cercá-los. Deixou o foco de rebeldes no sul ao cargo das milícias estaduais, algumas lideradas por fazendeiros, além das Brigadas Militares, a polícia do Rio Grande do Sul. Como os "brigadianos" conheciam melhor o terreno, Rondon deu-lhes prioridade. Porém, autorizou o envio de reforços de São Paulo, que lhes dariam apoio logístico e de artilharia.

No Rio Grande do Sul, a revolta foi impulsionada pela disputa entre os partidários de Assis Brasil, os "maragatos", e os "chimangos" do governador Borges de Medeiros. Entre os gaúchos acostumados à guerra brutal da fronteira, conquistada aos castelhanos a fio de espada não muito tempo antes, havia uma luta fratricida que capitalizou a revolta militar.

O principal aliado dos rebeldes era o líder maragato Honório Lemes. Tinha sido ele quem acolhera marinheiros amotinados que haviam tomado o couraçado *São Paulo* no porto do Rio de Janeiro. Sem receber combate por parte das naves da Marinha brasileira, o *São Paulo* zarpara para o Rio Grande do Sul, fora entregue ao governo uruguaio em 12 de novembro, e os rebeldes partiram de Montevidéu até encontrar Honório. Pelo caminho ficaram 12 homens, degolados na fronteira pelos chimangos, conforme o bárbaro costume de guerra gaúcho.

No início de novembro, Honório levara para Uruguaiana 3 mil homens e 5 mil cavalos, acampando às margens do rio Ibirocaí, para juntar-se aos militares levantados por Prestes. No dia 9, às três horas da manhã, as forças rebeldes tinham sido atacadas nas planícies do Guaçu-Boi, entre os rios Ibirocaí e Inhanduí. Liderava o ataque o autoproclamado general José Antônio Flores da Cunha, chimango que perseguira Honório na guerra de 1923.

Honório e Juarez Távora recuaram para a fronteira uruguaia. Outro militar revoltoso, João Alberto, recolheu os soldados rebeldes em debandada, deixou os feridos em um hospital de Uruguaiana e atravessou o rio em direção a Paso de Los Libres, na Argentina. De lá, tomou o primeiro trem a São Tomé, perto de São Borja, onde estava Prestes.

Recém-saído da cadeia, Coracy não pudera acompanhar o curso dos acontecimentos, mas não perdera muita ação, já que os batalhões patrióticos de São Paulo permaneciam em Porto Alegre, aguardando instruções para avançar. A 3 de dezembro, ele tomou o trem para a capital gaúcha, onde já se encontrava acantonado o 19º Batalhão de Infantaria da Segunda Divisão. A viagem foi tediosa como a continuação do cárcere. Ainda despedaçado pela perda simultânea do pai e de Eleonora, andava como um sonâmbulo de um vagão a outro, indiferente aos passageiros que puxavam conversa. Para ele, a viagem ao extremo sul do país convinha por uma razão. Quem sabe a distância pudesse anestesiá-lo, aliviando ao menos uma parte de todo aquele sofrimento.

Nunca imaginara que ficaria tão contente ao reencontrar os membros de seu destacamento, assim que se apresentou ao batalhão, instalado no quartel da Brigada Militar de Porto Alegre.

— Eu sabia! — exclamou Gaspar, quando ele surgiu no salão que servia de dormitório a uma centena de soldados. — Não ia perder a confusão que está se armando aqui!

— A minha vontade era mesmo a de sumir — disse Coracy, e lhe contou tudo pelo que passara. Gaspar procurou alegrá-lo com as histórias de sua noite na pensão de Lola.

— Da próxima vez que quiser ir para a cadeia, passe antes por lá — disse. — Ao menos, irá para o xilindró feliz.

Coracy apresentou-se ao capitão Antunes, um oficial longilíneo, com nariz pontudo e bigode de rato. Dele, recebeu as duas divisas do seu posto para serem costuradas no jaquetão, uma camisa, uma ceroula, um par de borzeguins de couro preto, um calção, uma túnica, uma capa de brim cáqui, um par de perneiras e um capote com 13 meses de uso, além de um cobertor de lã cáqui.

Apesar dos preparativos, ninguém ali tinha muita pressa de partir. Havia poucas informações sobre a movimentação de Prestes. O telégrafo tinha sido cortado desde Cruz Alta. Apesar da gravidade da situação, o tenente-coronel Enriques Ribeiro decidira aguardar uma ordem expressa do alto-comando para juntar-se às milícias que combatiam os revoltosos na região.

As ordens vieram somente no final de dezembro, às vésperas do Natal. As tropas paulistas acantonadas em Porto Alegre foram embarcadas em um cargueiro para Santa Maria, cidade no centro geográfico do estado, ligada à capital pelo trem de ferro. Como não havia banheiro nos compartimentos de carga, os soldados faziam as necessidades ali mesmo na camada de feno que cobria o piso do vagão; misturado aos dejetos, o feno era atirado porta afora com a composição em movimento.

Deitado ao lado da porta entreaberta, onde o vento da locomoção amenizava o cheiro de chiqueiro humano, Coracy pensava em Siqueira Campos. Não tinha dúvida de que ele se reuniria a Prestes, se é que já não o fizera. Lutar contra o homem ao lado de quem um dia desejara combater enfim deixava de ser uma hipótese irônica; tornava-se uma possibilidade bastante real.

O batalhão viajou toda a noite e chegou a Santa Maria numa manhã tépida. Dali a Cruz Alta, Ijuí e depois Santo Ângelo, último reduto conhecido de Prestes, o trajeto seria a pé — além de cortar o telégrafo, os rebeldes tinham derrubado as pontes da linha férrea, tirando-a de operação para isolar a área.

Os soldados caminharam por uma estrada de chão que avançava na pradaria, paralela à ferrovia. O calor cresceu ao longo do dia, até se tornar abrasador. Mochila às costas, Coracy seguia à frente de seus homens, com a galhardia possível num lugar em que o termômetro, se houvesse algum, marcaria mais de 40 graus. Naquela região ocupada somente por fazendas pontilhadas pelo gado, os bois examinavam a passagem da tropa com um olho curioso. Para distrair-se e superar a aspereza da jornada, Gaspar cantarolava *La Dona é Móbile*.

Aqui e ali, eles passavam por casas de taipa dos camponeses. As mães chamavam pelos filhos, aos gritos, assim que viam a tropa, mandando-os para dentro: crianças louras e redondas, de pés no chão e bochechas rosadas, pois havia fartura de carne e leite. Homem, não se avistava nenhum.

Por volta do meio-dia, o calor se tornou insuportável. O batalhão parou para descansar à sombra dos umbuzeiros próximos da estrada. Foi com alívio que os homens de Coracy puseram ao chão o equipamento do morteiro, os fuzis e as mochilas. A água do cantil fervia. Em vez de bebê-la de imediato, Coracy procurou mantê-la na boca o maior tempo possível; dessa forma, diminuía a sede economizando o suprimento. O comandante Enriques deu ordens para fazerem todos a refeição.

Depois de um curto descanso, voltaram à marcha. Em poucos minutos, porém, a tropa suava em bicas novamente. A mochila às costas pesava duzentos quilos, a cabeça explodia e, pior, Coracy sentia uma comichão pelo corpo inteiro. Olhou para o lado: enquanto caminhava, toda a tropa ia se coçando. O umbuzal onde haviam parado era um ninho de carrapatos.

— Diacho! — vociferou Gaspar.

Sem esperar ordem superior, ele saiu de formação, jogou ao chão a mochila e a parte do morteiro cujo transporte lhe cabia. Abriu a camisa: centenas de carrapatinhos minúsculos, daqueles que mal se pega com a unha, espalhavam-se pelo seu peito.

— Não podemos parar a marcha agora para resolver isso! — berrou o capitão Antunes, correndo as fileiras com sua voz de trovão, ele mesmo com o pescoço vermelho, pinicado pelos carrapatos e a raiva. — Viemos combater os rebeldes, não os insetos. Avante!

Seguiram como uma multidão de macacos a se coçar. Em meia hora, a tortura se tornou insuportável. Aflito, Gaspar foi o primeiro a divisar, além de uma cerca de arame que acompanhava a estrada, uma sanga de areia de boa extensão, moldura de um ribeirão de águas tranqüilas. Assumindo o posto de comandante, numa rebelião impensada, emitiu o grito de conclamação:

— Água!

Ao ver Gaspar em disparada, saltando a cerca como um veado campeiro, a tropa esqueceu a hierarquia e seguiu atrás dele. Na debandada, os soldados largavam mochilas, armas e peças de roupa, para mergulhar pelados na água refrescante, ao mesmo tempo que catavam os bichinhos inclementes pelo corpo. Ao ver que seus berros não continham os desertores, o capitão Antunes cedeu às evidências e correu para a água também. Entre braçadas, esfregões e gritos de alegria, a tropa encontrou algum alívio.

O comandante Enriques sentou em um toco próximo ao ribeirão, apreciando o espetáculo. Sem ter sequer encontrado os homens de Prestes e Siqueira Campos, sua tropa fora desmoralizada por um adversário microscópico. Arrancou o jaquetão e tratou de cair n'água também.

A tropa passou o resto da tarde no inglório combate aos carrapatos. À noite, a temperatura caiu rápido, indo do calor esturricante ao frio invernal. Os soldados montaram acampamento ali mesmo na sanga do ribeirão. No bivaque, aqueceram a comida e os ossos; de madrugada, o vento da pradaria bateu com força na lona das barracas.

Apesar do cansaço, Coracy quase não dormiu, por causa do barulho do vento e da coceira, que transformava as picadas dos carrapatos em feridas espalhadas pelo corpo. O dia seguinte amanheceu gelado: com o capote aos ombros, esquentou as mãos na caneca quente de café e bateu os pés no pó da estrada para acordar as pernas. A tropa levantou acampamento e caminhou bem-disposta. Por algum tempo, Coracy aproveitou a sensação aprazível do corpo voltando à vida, até que o calor se tornou abrasador como na véspera. O Rio Grande não perdoava os forasteiros.

Fizeram uma pausa em local sombreado quando o sol chegou ao pino, depois de se certificarem de não sentar sobre seres indesejáveis. Retomaram a marcha, atravessaram a vau um rio onde a ponte tinha sido derrubada e, por volta das quatro horas, chegaram a Júlio de Castilhos. Parecia uma vila fantasma, cujas ruas desertas ondulavam de calor. Tamanho era o silêncio que se ouvia de longe o som das botas militares.

— Achei que seríamos recebidos como heróis — disse Gaspar. — Afinal, viemos salvar essa gente.

Passaram a noite no quartel do batalhão de brigadianos da cidade, único lugar onde parecia haver gente. O comandante Enriques observou o rosto quase imberbe, o físico franzino, o olhar amedrontado do par de policiais que se encontrava ali.

— São quase meninos — disse.

O mais velho deles, Roberto, tinha dezesseis anos. Explicou que todos os homens adultos tinham morrido ou estavam em combate. Por isso não restara nenhum por ali.

Contou também que as forças de Prestes tinham agora 1.200 homens, metade dos quais civis armados. Deviam estar em algum lugar entre Santo Ângelo e São Borja, onde Siqueira Campos entrara dois meses antes, de poncho e chapelão gaúchos, guindado à patente de capitão da revolução.

Quando ouviu aquele nome, Coracy estremeceu. Siqueira Campos prendera oficiais superiores e ocupara São Borja com 29 sublevados do Segundo Regimento de Cavalaria do Exército e civis com laços vermelhos no chapéu. A prefeitura, a delegacia, a estação ferroviária e o telégrafo tinham sido ocupados sem resistência. De São Borja, ele lançara um manifesto, no qual exigia a limitação do poder do presidente da República de intervir nos estados, a reorganização do Judiciário, libertando-o das esferas estaduais e municipais, além da criação de um sistema unificado de eleição, tributação e educação.

O terceiro foco da rebelião era Uruguaiana, na fronteira mais ao sul, onde o comandante nominal era o major Juarez Távora, com oitocentos cavaleiros, mais duzentos homens a pé, associado ao coronel Honório Lemes.

— O que faremos? — perguntou o capitão Antunes.

— Seguiremos nossas ordens — disse Enriques. — Não sei se essas informações são confiáveis. Vamos para Santo Ângelo. É a última posição confirmada de Prestes. Não será esse menino quem orientará o Exército brasileiro.

Um fogão a lenha nos fundos do quartel serviu para requentar a comida da tropa. Os soldados dormiram amontoados no chão, com a mochila por travesseiro. Por ordens do comandante, duplas foram colocadas de guarda nas principais entradas da cidade. Mesmo sem ter que montar vigilância naquela noite, Coracy novamente não conseguiu dormir direito. Aquela cidade desolada tivera sobre ele o mesmo efeito que o vento gelado dos pampas: dava calafrios.

Estavam em território hostil, entre gente que não os queria ali. Coracy não tinha certeza de onde se encontrava o inimigo, se mais adiante ou no território que eles deixavam para trás. Pensou em Eleonora, na morte do pai, no passado que ele deixara: não havia motivo para voltar. Foi aliviado que viu chegar a luz do dia, mais disposto que nunca a se colocar outra vez em marcha.

Pela manhã do dia seguinte, véspera de Natal, por clemência divina o ar esteve mais fresco e o sol, mais ameno. Depois das notícias recebidas, o comandante Enriques já não andava com tanta pressa. Na retomada da marcha, permitiu paradas regulares a cada hora, para não estafar a tropa. Adiava a chegada à zona de combate, mas preservava como possível seus soldados para a luta.

Melhor dosada, a jornada rendeu. Às cinco da tarde, o batalhão alcançou Tuparincetã. Estacionou diante de uma fazenda, com um casarão branco destacado na pradaria. Mais atrás, eles podiam ver os estábulos, um paiol de bom tamanho e um bosque, indicação de água. Sendo Coracy um oficial de bom nível, o comandante nomeou-o seu embaixador. Queria que a tropa pernoitasse ali de maneira pacífica.

Com o fuzil pendurado às costas, Coracy dirigiu-se à sede da fazenda. Passou por dois cavaleiros de bombacha, em mangas de camisa, com o poncho amarrado na sela, chegando do trabalho no campo. Pela primeira vez desde que a tropa deixara Santa Maria, avistava dois gaúchos adultos. Eles o mediram com os olhos e o acompanharam a distância, sem desmontar dos cavalos crioulos. Diante da casa-grande, com janelas de chapa de madeira pintadas de azul, assim como os beirais, Coracy levantou as mãos para bater palmas, mas não foi preciso. Surgiu na soleira um homem de longos bigodes que o tratou como se fossem velhos amigos.

— Buenas! — exclamou ele.

— Sou o primeiro-sargento Coracy Gonçalves Ferreira. Venho parlamentar, em nome do comandante Enriques, do 19º Batalhão do Exército Nacional.

— Ah! — exclamou o fazendeiro. — Um soldado que parlamenta! Essa é boa, tchê! Eu me chamo Januário Chagas.

Antes que Coracy pudesse adiantar a conversa, o fazendeiro gritou para dentro, pedindo uma cuia de chimarrão. Convidou Coracy a sentar na mais próxima de duas cadeiras de balanço na varanda defronte à casa.

— Preciso voltar logo ao meu comandante com a resposta — objetou Coracy.

— Calma, meu rapaz — disse Januário. — Se ele te mandou aqui para parlamentar, é com você que eu vou parlamentar. Gosto mais de gente que faz as coisas olhando direto no olho. Como você.

De dentro, veio a mulher de Januário, com olhos de cigana, cabelos presos na nuca por um coque, num vestido rústico e simples como o das criadas. Trouxe a cuia de chimarrão, que o fazendeiro primeiro tomou e depois ofereceu. Januário perguntou a Coracy de onde vinha e qual o destino da tropa. Ao saber que se tratava dos batalhões patrióticos de São Paulo, não fez cara de satisfeito, nem de insatisfeito. Disse-lhe que o Rio Grande já tivera muitas guerras, sua família sobrevivera a todas, aquela era mais uma. E que eles atravessariam tantas quantas necessário.

— A terra continuará aqui — disse Januário. — E ela é boa para quem cuida dela.

Coracy tomou um gole do chimarrão.

— Precisamos apenas pernoitar, não queremos causar distúrbio — disse. — Amanhã, levantamos acampamento e vamos embora.

— Que nada... — disse Januário, e sua voz se animou, como despertasse de seus pensamentos. — Vocês podem ficar o quanto quiserem. Hoje é véspera de Natal e vocês paulistas provarão da minha hospitalidade. Vá avisar ao seu comandante para achegar-se.

Instruiu Coracy para que a tropa levantasse acampamento entre o paiol e o bosque, menos à vista da estrada. Ele e o comandante estavam convidados a hospedar-se no casarão. Parte das tropas podia ser alojada no paiol.

— Agradeço — disse Coracy. — Mas em meu nome e o do comandante declinamos da deferência. Sabemos que é impossível acomodar bem todo mundo e não podemos criar privilégios. Ficaremos acampados com toda a tropa e por isso já somos bastante gratos.

Januário bateu-lhe com a mão no ombro.

— Muito bem, meu rapaz — disse. — Falaste de modo admirável. Quisera eu ser como tu e ainda acreditar nessas lisuras.

Coracy voltou ao batalhão. Ao descer do alpendre, porém, sentiu-se observado. Três filhas de Januário, que decerto tinham ouvido sua conversa com o pai, debruçavam-se no parapeito de uma das janelas do casarão. Seu olhar prendeu-se à que estava no meio. Tinha pele morena, olhos de cigana e a simplicidade do campo, estudada como a da mãe, para não chamar a atenção. Porém, a expressão delicada e um sorriso levemente sugerido no canto da boca o lembraram Eleonora. Perturbado, Coracy aprumou-se e retomou o passo. O comandante Enriques devia estar aborrecido com a sua demora; provavelmente ficaria furioso ao saber que, em vez de um quarto no casarão, dormiria na barraca de campanha.

Quando o sol se pôs, o acampamento atrás do paiol já estava armado. Os homens de Januário Chagas buscaram três bois de bom tamanho para os convidados inesperados. Mataram e carnearam os animais com golpes de açougueiro, empalaram as carcaças com suas lanças de guerra no meio de um braseiro e trouxeram as chaleiras de chimarrão, os tambores, as cornetas e acordeões.

Ao lado dos soldados, Coracy assistiu àquele ritual bárbaro hipnotizado pelas chamas que avermelhavam a noite. Com sua sombra dançando à luz do fogo, os homens de Januário tiraram com o facão largas tiras de carne para mostrar como a comiam, segurando uma ponta entre os dentes e cortando-as com a faca à altura da boca. Dançaram batendo as botas pesadas ao som do acordeão, enquanto canecas de cerveja corriam de mão em mão. Logo os soldados se juntaram a eles no festim. Ao lado de Januário, o comandante Enriques sorria, com a barriga satisfeita.

Depois de comer, Coracy se afastou; não tinha vontade de festejar nada. Com a luz dos braseiros e a cantoria dos soldados cada vez mais distantes, sentou em um tronco caído na fímbria do bosque. Revisou tudo o que lhe acontecera nos últimos tempos, ainda incrédulo. Não podia estar ali, não podia ser com ele, aquilo não estava acontecendo. Seu pai não podia estar morto, nem Eleonora perdida. Desalentava-se.

— Não gosta de dançar?

A voz, com as sílabas enérgicas do sotaque gaúcho, flauteadas pelo timbre feminino, eram da moça da janela. Usava um vestido branco que contrastava com os cabelos negros, agora soltos voluptuosamente sobre a chita.

— Não tenho sido companhia animada — disse ele.

— Talvez eu esteja incomodando o moço.

Coracy não soube o que dizer. Ela, porém, não esperou resposta.

— Meu nome é Mariana — disse. — Ouvi sua conversa hoje com meu pai. Tu parece boa pessoa, não acredito que esteja aqui sozinho por falta de amigos.

— Ultimamente aconteceram coisas ruins — ele disse. — Ando triste, às vezes prefiro estar só.

— Compreendo — disse ela. — Aqui também acontecem coisas ruins.

Sem pedir licença, Mariana sentou-se ao lado de Coracy. O céu límpido e a distância dos braseiros deixavam ver a Via Láctea. Há muito tempo ele não ficava tão perto de uma mulher. Seu corpo esquentou, a começar pela face, que ruborizava.

— Meu pai tem muito cuidado com estrangeiros, tantos são os que passam por aqui, de todos os lados, mas com uma só intenção.

— Não entendo — disse Coracy.

— Esta guerra que vocês acham estar começando agora vem de há muito — disse ela. — Há alguns anos o coronel Honório Lemes passou aqui. Tinha cem maragatos armados, com o lenço vermelho no pescoço, acompanhados de mais duzentos homens em automóveis com faróis acesos, cavalos e carroças para levar provisões e munição. Os maragatos não pediram licença como tu. Atacaram como fazem sempre, com os gritos de guerra dos índios, atiraram de carabina e pistola, mataram nossos empregados a lança e espada. Alguns fugiram montados, outros a pé. Os que tentaram lutar, morreram. Os homens de Honório degolaram os feridos e roubaram os cadáveres. Entre eles, estava o meu irmão Rodrigo. Quando terminaram, fizeram um churrasco, beberam grapa e tomaram as mulheres, antes de irem embora com o saque.

Coracy olhava para ela: Mariana era mais jovem do que ele, mas tinha a expressão de quem já vira tudo. Não precisou mais para entender que também ela passara pelas mãos dos homens de Honório. Tal pensamento o fez franzir o cenho de horror.

— Não pense que eu me queixo — disse ela. — Nem meu pai. Quem sente remorso, impotência ou piedade de si mesmo não pode viver no Rio Grande.

— Nós viemos para acabar com isso tudo — disse Coracy, como se isso pudesse aliviar o padecimento dela. — E vamos acabar.

Ela riu.

— Sei que a tua intenção é boa — disse Mariana. — Mas quem vocês colocarão no governo quando dizimarem os maragatos? Os legalistas chimangos também vêm aqui. Usam lenços brancos, em vez de vermelhos, mas também levam nossos animais, não só para uso próprio como para enfraquecer o inimigo. Não deixam nada para trás, pois da vez seguinte os maragatos terão menos que roubar. Você acha que meu pai recebe estrangeiros com festa por gosto? É melhor entregar por bem do que ver tudo tomado à força. Escondemos o gado, só por isso ainda temos alguma coisa para lhes oferecer.

Coracy entendeu o olhar desconfiado das pessoas por todos os lugares onde a tropa passara, pois todos os soldados eram inimigos, indistintamente, não importava de que lado estivessem.

— Também não estou envolvido nesta guerra exatamente por gostar — disse ele.

— Esta mulher que o mandou embora te ama? — perguntou Mariana, como se adivinhasse tudo.

— Eu achava que sim — respondeu Coracy, surpreso.

— Eu acho que não — disse Mariana. — Quem tem um homem como você pode passar por cima do orgulho. Principalmente se ama.

Ele murchou. Talvez Mariana tivesse razão. Diante dos fatos mais graves da vida, como a guerra, se via como o ser humano reclamava de coisas pequenas, transformava dificuldades rotineiras em inúteis tempestades, tornava-se intolerante, cego para o perdão. A vida era curta, muitas vezes cruel: todo amor devia ser agarrado com força. Eleonora não o fizera, nem ele; haviam colocado o orgulho à frente de tudo. Diante daquela moça tão jovem, porém tão mais vivida, Coracy sentiu-se um idiota.

— Venha — disse ela, pegando-lhe a mão.

— Aonde vamos?

— Você vai ver.

Ele manteve-se imóvel.

— Sou diferente de outros que você conhece.

— Eu sei — disse ela. — É por isso que eu quero te levar.

Com docilidade e firmeza, os dedos de Mariana o puxaram para dentro do bosque. Coracy deixou-se guiar pela filha de Januário. Quando as luzes e os sons da festa ficaram distantes, Mariana parou. Diante de Coracy, puxou os nós do vestido, que deslizou para o chão. Coracy desceu as mãos pelas ancas de Mariana; sentiu sua pele arrepiada de frio e expectativa, aproximou-se e a beijou. Há muito ele não sentia o gosto de um beijo.

Coracy desabotoou a jaqueta militar, deitou Mariana sobre as roupas jogadas ao chão e desceu sobre ela. Sentiu-se um bárbaro platino, a barba malfeita a roçar o rosto suave, os dedos sujos a acariciar seus seios morenos, o ser primitivo que o fazia envergonhar-se de si mesmo. Porém, em vez de gritar, de resistir, de expulsá-lo, Mariana o trazia entre as pernas, sugava-o, oferecendo-se da maneira que Coracy imaginava ser o amor: algo pelo qual não precisava lutar, gratuito e generoso. Então veio aquela lava, podia vê-la com os olhos, era vermelha e negra, um vômito incandescente que lhe saía pelo ventre.

Quis se afastar, pedir desculpas, mas Mariana o puxou para si e o abraçou ternamente. Com seu amor, ela lhe mostrara o quanto estivera embrutecido. Coracy beijou-a em retribuição, com lágrimas no rosto; o bárbaro se transformava em menino.

Ela acariciou seus cabelos com os dedos, enxugou-lhe as lágrimas e logo eles voltaram a fazer amor. Os beijos e abraços se multiplicaram; eles rolaram pelo chão, cobertos de erva e terra úmida de orvalho, indiferentes ao frio e ao vento. Por algum tempo, houve só Coracy e Mariana; ele não estava mais sozinho, ainda que dividisse seus sentimentos com a criatura de uma terra endurecida, brutalizada, manchada de suor e sangue, onde os homens degolavam os inimigos e as mulheres não choravam.

Ao saber do falecimento de Marciano, Eleonora pensou que estava disposta a receber Coracy com o coração aberto. Ao vê-lo no enterro, tomou um choque: ainda o amava, talvez ainda mais que antes. Quis abraçá-lo, beijá-lo, levá-lo para algum lugar onde pudessem estar a sós. Poderia ter passado por cima de tudo — a rejeição, o esquecimento, o abandono, a tristeza — com um gesto de amor. Lembrava-se ainda de Coracy como o menino que soprara suas feridas; gostaria de ter feito o mesmo com ele, naquele momento de desolação. Queria ter dito que compreendia seu orgulho, que o receberia de volta, contar-lhe o medo que passara só de pensar que algo podia ter lhe acontecido. Quando ele entrou na sala da casa de seus pais, estava certa da reconciliação.

Porém, nada saiu como imaginara. Ao dizer que ia embora outra vez, Coracy fez a frustração romper suas esperanças de forma tão brutal que só deu vazão à raiva. A repetição do passado era uma traição, algo maior do que Eleonora podia suportar. Em vez do gesto de amor, saiu-lhe o da repulsa. Tratou-o pior que a um cão vadio; assim que o ódio baixou, veio o arrependimento.

Depois que Coracy saiu, Eleonora debateu-se entre a defesa de seus sentimentos e a sensação de que cometera uma injustiça. Quisera aliviar as dores de Coracy e o lançara em dor ainda mais profunda; pretendera aproximá-lo e o expulsara; quisera salvá-lo e o enviara de volta à guerra sem sequer uma palavra de carinho. Sobretudo, queria a felicidade eterna para ambos e estava certa de que a destruíra de maneira definitiva.

Pensava que o amor de Coracy não tinha sido suficiente para fazer com que ficasse ao seu lado. Porém, lembrava-se de suas últimas palavras — "sempre te amarei" — e elas a deixavam confusa. A mãe procurava atenuar seu sofrimento.

— Você agiu bem — disse Don' Ana, certa noite, quando tricotava ao lado da filha. — Coracy é uma ovelha negra. Sempre será um problema. Não irá esquentar lugar.

— Falando mal dele, a senhora não me ajuda. E se ele morrer na guerra? Morrerei também de tristeza.

— Não pense no pior antes que ele venha — disse Don' Ana. — De todo modo, não seria culpa sua. Em vez de pensar nisso, você deveria fazer algo construtivo de sua vida, minha filha.

Eleonora sabia bem o que significavam aquelas palavras. Depois que Coracy fora embora, Quinzinho procurara seu pai. Informara Olinto de que assumia de vez os negócios do padrasto, com procuração assinada por Coracy antes de voltar ao Exército. Não havia mais razão para esperar pelo casamento.

Olinto também cansara-se da demora em marcar a data da celebração. Não esperaria mais pela decisão de Eleonora. O casamento não era mais uma solicitação adiável, mas uma ordem. Eleonora soube que Olinto já instruíra sua mãe a marcar o casamento na igreja e ela só não o fizera de modo a preparar antes seu espírito.

Na véspera do Natal daquele ano de 1924, Quinzinho trouxe presentes para todos, serviu-se da mesa farta ao lado de Eleonora e seus irmãos, mostrou-se alegre, afável e seguro. Eleonora não gostava da maneira com que ele conseguira os negócios de Marciano, nem do modo como se aproximava dela. No jantar, porém, ele a surpreendeu, deixando seu tom impositivo e ameaçador.

Depois do jantar, enquanto os irmãos de Eleonora abriam os presentes, ele se aproximou dela, sentada ao sofá, com um pequeno embrulho nas mãos.

— Aqui está um presente especial para você.

Hesitante, ela abriu o pequeno embrulho, pequeno o suficiente para caber na palma da sua mão, adivinhando seu conteúdo. Dali tirou uma grossa aliança de ouro.

— Gostaria que você fosse minha esposa em breve — disse ele.

Ela olhou para Don' Ana e Olinto, que observavam como se já soubessem daquela manobra de antemão. Em vez de apoio, encontrou os olhares cúmplices de uma conspiração.

— Agora eu me encontro na situação de chefe da casa — disse Quinzinho. — Estou na hora de me estabelecer de vez aqui na cidade, criar família, ter filhos. É você que escolhi, Eleonora.

Ela ruborizou.

— Não quero mais pressioná-la, não fica bem a um noivo, de quem se espera compreensão. Seu pai, porém, também acha que daqui a três meses será boa hora.

— Estou de acordo — disse Olinto. — Talvez tenhamos levado isto até longe demais. Gostaria que meu falecido amigo Marciano tivesse visto este dia.

Eleonora odiou Coracy por não estar ali para salvá-la. Como se não fosse seu, ergueu o braço direito, lentamente, oferecendo a mão. Naquele gesto, mais que aquiescer, vingava-se de seu verdadeiro amor, por todo o sofrimento e decepção. Quinzinho tomou o anel e delicadamente o colocou em seu dedo. Ela olhou com espanto a mão de dedos esguios, enfeitados daquela forma.

— Este é o dia mais feliz de minha vida — disse Quinzinho.

— Para todos nós é motivo de grande alegria — concordou Don' Ana, por receio de que Eleonora nada dissesse.

— Ainda falta algo.

Quinzinho inclinou-se sobre Eleonora, com o vagar de quem desfruta algo cobiçado há muito tempo, subitamente sem pressa diante da presa que já não lhe pode escapar. Beijou-a nos lábios, pudicamente, como convinha na circunstância, diante de seus pais. Mais tarde, a sós, teria mais.

Surpresa, Eleonora deixou-se beijar. Sentia-se fraca demais para resistir; correspondeu, mecanicamente.

— Depois da cerimônia, tomaremos um vapor para alguns meses de férias na Europa — propôs Quinzinho. — Gostaria de dar a nós dois tempo de nos conhecermos melhor.

— Uma noiva precisa fazer seus preparativos — disse Eleonora, debilmente. — Veremos isso com calma.

— Está bem — disse Quinzinho. — Mas pense desde já em Paris, Roma, quem sabe o Egito.

— Pensarei.

Naquela noite, Eleonora demorou a dormir. Deitada na cama, tirou o anel de Quinzinho, colocou-o na cômoda e chorou longo tempo. A suposição de que Coracy a deixara doía, mas pensando bem talvez ele tivesse razão: não podia simplesmente fugir do Exército, sujeitando-se a ser preso. Deveria tê-lo escutado melhor, antes de expulsá-lo de casa. Quem sabe ele falasse mesmo a verdade e ainda a amasse de forma incondicional; apesar do que acontecera, conseguiria a baixa no Exército e retornaria. Ela balançava entre essa esperança e a razão; esta lhe dizia que não devia iludir-se novamente. Sua realidade agora era Quinzinho, materializada naquele fragmento de mineral amarelo.

O noivo retornou nos dias seguintes; conversava com Eleonora na sala, para o que eram deixados a sós. Tomava as mãos dela entre as suas, olhava para o anel de noivado, que ela se esforçava em não esquecer sobre a cômoda ao levantar pela manhã, e fazia promessas de amor eterno. Eleonora não contava, porém, que o próprio Quinzinho viesse a adiar o casamento por dois meses. No início de 1925, ele teve que viajar diversas vezes a São Paulo, onde o escritório de advocacia exigia sua presença. Surpresa, Eleonora ganhou prazo sem esforço.

Lembrou-se de quando esperava as férias escolares para ver Coracy, mesmo quando ele não voltava para casa. Agora era o contrário: torcia para Quinzinho demorar cada vez que ia à capital. Quando o noivo estava fora, via-se livre da obrigação de recebê-lo, dizer coisas agradáveis, fingir alegria. De São Paulo, ele lhe escrevia cartas de amor, que Eleonora respondia com palavras calculadas, que muito lhe custavam.

Procurando esconder seu sofrimento, tornava-se alienada e distante. Pela manhã, demorava a levantar-se; ficava horas na penteadeira e pouco saía de casa. Deixava de comer. Angustiada com seu catatonismo, Don' Ana mandava-a para a fazenda; achava que o ar do campo lhe faria bem. Nos seus passeios, Eleonora nunca deixava de passar algumas horas deitada ao lado da cascata que lhe recordava Coracy. Punha-se a falar com ele em voz alta; podia vê-lo, quase tocá-lo. Quando voltava desses passeios, estava ainda mais ausente.

Mesmo com todos os esforços da mãe para se alimentar melhor, dormir mais e levar uma vida descansada, Eleonora voltava a debilitar-se a olhos vistos. Emagreceu, olheiras emolduraram seus olhos, tossia cada vez mais. Por mais dura que fosse, ver a filha depauperada deixava Don' Ana consternada.

— Minha filha — dizia, com uma doçura pouco habitual —, você não pode continuar desse jeito.

Don' Ana ministrava em Eleonora vidros inteiros de xarope contra a tosse; tentara vários, assim como chás e ervas. Empurrava-lhe a comida, fazia-a tomar banhos de sol contra a vontade, convidava amigos para encher a casa de música e alegria, na esperança de vê-la ocupar-se. Sobretudo, dizia a Eleonora que parasse de se martirizar. Tudo sem resultado.

Certa noite, Don' Ana procurou o marido. Olinto chegara do trabalho, deixara o paletó sobre uma cadeira, estava cansado. Talvez aquela não fosse a melhor hora, mas não havia tempo para rodeios.

— Senhor meu marido, acho que dessa vez fomos longe demais.

— O que quer dizer?

— Nossa filha está adoecendo.

— Chamemos um médico.

— Não será melhor...

— Ela vai se recuperar — disse Olinto, secamente.

Não era a resposta que Don' Ana desejava, mas seguiu as recomendações do marido. No dia seguinte, levou Eleonora ao doutor Prado Filho, o Pradinho, filho do doutor Prado, aposentado da clínica pela idade. Formado na capital, Pradinho era médico moderno, ao mesmo tempo que herdara alguma sabedoria do velho pai. Don' Ana explicou-lhe o problema, na expectativa de que lhe receitasse algum remédio capaz de endireitar a filha. O doutor Pradinho pediu que se retirasse, para ficar com Eleonora e uma enfermeira durante os exames.

Don' Ana esperou impaciente na ante-sala, olhando o relógio de parede, até que a filha saiu do consultório.

— Ele pediu que a senhora entre — disse Eleonora.

A mãe levantou-se, ajeitando a saia, e foi ter com o médico. Embora jovem, o doutor Pradinho ostentava uma pequena calva que disfarçava a juventude, conferindo-lhe mais autoridade. Estava sentado em sua escrivaninha, ao lado da mesa de exames, com um bloco de anotações à sua frente; passava o estetoscópio de uma mão para outra.

— Então, doutor, o que ela tem?

O doutor Pradinho colocou o estetoscópio sobre a mesa e deu seu veredicto:

— Don' Ana, sua filha realmente está bastante debilitada, mas o que ela precisa não é de um médico.

— O que o senhor quer dizer?

— Clinicamente, ela não tem nada. Eleonora está infeliz — disse ele. — Falta-lhe alegria. Quando a cabeça vai mal, o corpo sente.

A matriarca balançou a cabeça.

— Vim ouvir sua opinião de médico, não de amigo.

— Mas é minha opinião profissional — disse o doutor. — Claro, a senhora pode levá-la a São Paulo, consultar todos os médicos de lá. Creio que ouvirá a mesma coisa. Posso lhe dar xaropes, fortificantes, relaxantes. Para esse mal que ela tem, no entanto, não há remédio em toda a medicina.

— Eu já desconfiava — murmurou ela, em tom meio rabugento. — Tentei dizer isso a Olinto.

— Trate então de mudar a vida de sua filha, resolvam aquilo que a está afligindo.

Don' Ana voltou para casa pesarosa. Todo aquele tempo, tinha esperado que algo mudasse, para que os acontecimentos não chegassem àquele ponto. Naquela noite, depois que Eleonora se recolheu, fez uma última tentativa de convencer o marido, agora apoiada na avaliação médica.

— Não imaginei que forçar nossa filha ao casamento fosse lhe fazer tão mal — disse Don' Ana. — Só há uma solução: voltarmos atrás.

— Eu não posso voltar atrás — disse Olinto. — Fui paciente além da conta. Não serei vencido por esse tipo de chantagem. Se for preciso, vamos mandá-la para a capital fazer exames, mas o que está feito não tem volta. É preciso que ela encare os fatos.

Mesmo conhecendo o marido, Don' Ana espantou-se com a sua determinação. Teve a sensação de que ele escondia algo. E um mau pressentimento. Conhecia a filha. Parecia paciente, mas era tão irredutível quanto o pai.

— Ai, meu bom Jesus — murmurou.

Nos dias seguintes, com a ajuda das criadas, Don' Ana multiplicou-se. Levou Eleonora a passear, programou uma viagem ao Rio de Janeiro de férias, mandou que a cozinha de casa se empenhasse em produzir os melhores quitutes e doces e manjares. A filha comia e dormia melhor, mas a tosse se tornava habitual. Passou a ter dores de cabeça, sentia calafrios. Por vezes, Don' Ana apanhava a filha encolhida em seu quarto, os braços enlaçando os joelhos, com febres.

Havia mulheres que fingiam bem ao lado de um futuro marido do qual não gostavam, mas para sua filha a farsa pesava. Fingir era uma arte, pensava Don' Ana, tenho que ensiná-la. E fazer algo a respeito de Quinzinho. Escreveu-lhe um bilhete, ultimando sua volta a Cachoeira.

Somente a presença dele poderia fazer com que o vazio não arrastasse sua filha para um mal ainda maior.

Devido à calorosa acolhida, a parada de apenas uma noite na fazenda de Januário Chagas fez o 19º Batalhão lamentar a partida. Coracy quase não dormira, após passar a noite com Mariana: há muito tempo não se sentia tão feliz. Depois de fazer amor, eles tinham corrido pelo bosque como dois adolescentes, rindo, caindo, se abraçando, aos beijos; a luz da lua, surgida na madrugada, tornara aquele amor de uma só noite ainda mais delirante. Por saber que teria pouco tempo, ele quisera ficar com ela até a primeira luz da manhã.

Despediram-se com a sensação de que uma noite tinha sido pouco, mas valera por cem, vivida com a intensidade dos apaixonados, ou de quem encontrara uma janela de alegria em meio ao sofrimento, ainda que breve.

Por volta das sete horas da manhã, depois do desjejum — leite e restos frios de carne sobrada da noite anterior —, os gaúchos de Januário Chagas viram o batalhão levantar acampamento. Na porta de casa, depois de cumprimentar o comandante Enriques, o fazendeiro acenou aos soldados que passaram como numa parada militar. Ao ver Mariana ao lado do pai, Coracy teve vontade de lançar-lhe um beijo, mas apenas sorriu. O sorriso que ela devolveu, assim como o lenço branco que lhe dera na despedida, guardado no bolso da sua jaqueta, deu-lhe certeza de que não o esqueceria. Agora, havia pelo menos um lugar no mundo onde alguém gostava dele e estava ao seu lado de maneira incondicional.

O batalhão ganhou a estrada rumo a Cruz Alta e Santo Ângelo. Eleonora se tornava um passado remoto. Algo punha uma cortina entre Coracy e o sofrimento: a imagem de Mariana, com seu sorriso generoso, sua maneira de transformar a dor em acolhimento, em compaixão, até mesmo em amor. Recebera dela o que jamais tivera, mesmo de Eleonora. Ganhara novos sentimentos e uma nova esperança.

Surpreendera-se com o que Mariana lhe revelara. Não compreendia como Prestes e, sobretudo, Siqueira Campos podiam ter se juntado àquele bárbaro chamado Honório Lemes. Só uma necessidade extrema podia explicar tal aliança, ainda que de ocasião. Estava certo de que Siqueira Campos, possuidor do coração puro dos idealistas, a ponto de sequer pensar na própria vida, normalmente não marcharia ao lado de alguém que cortava a cabeça ao inimigo, roubava e estuprava as mulheres por onde passava e instituía o pedágio do medo.

Sem conhecê-lo, Coracy já o odiava: se precisava encontrar um motivo para combater os revolucionários, ali estava o melhor. Ansiava pela oportunidade de fazer justiça. Não estaria combatendo Prestes ou Siqueira Campos, mas vingando Mariana; pensaria nela quando tivesse oportunidade de disparar seu fuzil.

A marcha extenuante continuou, mas Coracy, mesmo insone, sentia-se revigorado pela noite de amor. Gaspar andava cismado. Como quem vira um fantasma, jurava ter visto um casal de amantes a correr pelo bosque sob a luz do luar, quando deixou a barraca para esvaziar a bexiga, alta madrugada.

— Veja só — disse ele. — Eu, que sou o sujeito mais bonito, o mais galante, o mais interessante da tropa... Nada. Injustiças do mundo... Nesta terra, só se achegam a mim os carrapatos.

Calado, Coracy ouvia e esboçava um sorriso.

Naquele dia, às onze horas, o batalhão parou para descanso em outra fazenda, propriedade do senhor Pompilio Pereira, que também demonstrou o maior interesse em acolher a tropa paulista. Depois do almoço, o comandante Enriques ordenou retomar a marcha. Eles passavam por povoados maiores, cujas portas se fechavam à sua aproximação: casas, lojas, até as igrejas, como se nem Deus quisesse saber deles por ali.

No dia 28 de dezembro, alcançaram Cruz Alta; vendo a tropa extenuada, cumpridos 135 quilômetros a pé desde Santa Maria, o comandante Enriques decretou acantonamento de três dias. A cidade, cujo telégrafo fora cortado quando por lá estacionara a coluna de Prestes, foi esvaziada pela presença da tropa: muitos habitantes a tinham abandonado e os remanescentes fechavam-se em casa com receio do confisco de bens, comida ou coisa pior. Os soldados viraram o ano sem festa, abrigados no quartel local, alerta para a possibilidade de algum ataque inimigo. Os rebeldes não estavam lá, mas se encontravam próximos demais para deixá-los tranqüilos.

No dia 2 janeiro de 1925, o batalhão retomou a marcha até a vertente do rio Minguá; no dia 8, alcançou a margem esquerda do rio Ijuizinho e às quatro da tarde ultrapassou o Ijuí, na altura em que os homens de Prestes haviam derrubado a ponte da ferrovia por ele mesmo recém-construída. Mesmo devagar, o comandante Enriques estava afinal próximo de Santo Ângelo, sem encontrar até ali nenhuma tropa, legalista ou inimiga. Não fosse pelo medo das pessoas que se escondiam deles pelo caminho, diria que não havia guerra.

— Suspeito de toda essa facilidade — disse. — Não me agrada também a ausência de notícias da retaguarda.

Preocupado com o isolamento, ele enviara um correio de volta a Santa Maria, ou a algum posto onde pudesse alcançar o telégrafo; queria contato com o comando das brigadas gaúchas para obter informações provenientes das forças legalistas no front. Ao mesmo tempo, desejava perscrutar a vanguarda. O mais prudente seria enviar batedores a Santo Ângelo. Chamou Coracy.

— É uma missão de risco — alertou. — Não temos certeza de que Santo Ângelo realmente foi abandonada pelos rebeldes e, mesmo que não esteja, é bem possível encontrar uma patrulha ou uma coluna inteira do inimigo no caminho. Confio em você, por já ter provado sua inteligência em ações semelhantes.

Sugeriu que Coracy levasse vinte homens. Ele, porém, disse que preferia ir sozinho.

— Ficou louco? — disse Gaspar, mais tarde, quando Coracy preparava sua mochila para partir.

— Com vinte homens eu não vencerei o combate se encontrar o inimigo — disse Coracy. — Sozinho, com sorte passarei despercebido.

— Vou com você — disse o outro. — Afinal, já que não estou me divertindo nesta campanha, só me resta mesmo o combate. Desta vez, você não será o herói. Pelo menos, sozinho.

Coracy bateu a mão no peito de Gaspar.

— Agradeço, mas um chama menos atenção que dois — disse. — Guarde energia para diversões futuras.

No fim da tarde, ele partiu do acampamento montado à beira do Ijuí com uma mochila leve. Em vez de rumar direto para Santo Ângelo, fez um desvio até uma vila não muito distante do acampamento. Não havia ali mais que quinze casas de taipa, com um cercado para os animais domésticos. Já na escuridão noturna, saltou o cercado e apanhou roupas do seu tamanho, estendidas em um varal. Escondeu o uniforme militar junto com o fuzil num buraco à beira da estrada, perto de uma árvore que não seria difícil localizar outra vez. Cobriu o esconderijo com terra e galhos e voltou à estrada. Entraria em Santo Ângelo disfarçado como um viandante comum. Verificaria o estado geral das coisas e retornaria o mais rápido possível.

Santo Ângelo era uma cidade como outras do interior gaúcho, com casas de madeira e ruas de cascalho que levavam à praça central. Cavaleiros passavam na rua e gente mansa se debruçava nas janelas com a calma dos ruminantes. Como civil, Coracy não foi incomodado, nem causou alarme. Pela primeira vez viu as mães antes que escondessem as crianças, as lojas de portas abertas, os transeuntes na rua. Em lugar algum Santo Ângelo lembrava a presença dos revoltosos, exceto por um quartel meio em construção, recentemente abandonado.

Precisava conversar com alguém; não havia lugar melhor para puxar assunto do que um botequim. Achou um na praça da matriz. Na porta, havia quatro cavalos amarrados pelas rédeas. Dentro, um gaúcho de bigodes longos, em mangas de camisa, servia meia dúzia de homens com a barriga encostada no balcão. Olharam todos para ele, desconfiados com a aparição daquele completo desconhecido. Coracy sentou num banco vago na quina do balcão e pediu café.

Os clientes, que mantinham animada conversa, caíram em súbito silêncio. Um deles, porém, cortou aquele embaraço com voz de trovão.

— Sirva o homem, Gumércio! — bradou, dirigindo-se ao comerciante atrás do balcão. — Tu não vês que o homem aqui deve estar cansado de viagem?

Grande, de barba por fazer, ele usava bombachas de lã cinza, botas pretas à altura dos joelhos e camisa xadrez de algodão. Aparentava ter cinqüenta anos, mas Coracy leu no vinco dos olhos e num jeito de quem vivera muito que contava mais de sessenta.

— Vem de onde, parceiro? — perguntou a Coracy.

— Sou de São Paulo — disse, para não mentir demais.

O homem colocou-se ao seu lado. De cara fechada, Gumércio surgiu com o bule de café. Colocou uma caneca de latão diante de Coracy e o serviu.

— Faça do nosso jeito, tchê — disse o homem; piscou um olho para Gumércio e bateu com o dedo na caneca. — Não vê que o nosso amigo está precisando de um pouco de energia?

Gumércio tirou do balcão uma garrafa transparente, de gargalo fino, e parou-a diante de sua caneca.

— O que é isso? — perguntou Coracy.

— Grapa — disse Gumércio.

— Experimente — disse o homem. — É gostoso, perfumado, esquenta o coração e outros lugares mais.

Gumércio colocou duas gotas de grapa no café. Coracy experimentou: o álcool deixava a bebida mais doce e perfumada, estalando na língua.

— É café de macho — disse Gumércio, enfatizando as sílabas, ao modo gaúcho.

— Entonces vens de São Paulo — prosseguiu o homem. — Fazes o quê?

— Visito — disse Coracy. — Fui expulso de casa, quero correr o mundo.

Com um olho fechado, e o outro muito aberto, o homem espiava Coracy. Todos no bar, em silêncio, pareciam cercá-lo.

— Mas que lugar escolhestes para um passeio — disse seu interlocutor, deixando cair o queixo. — E em que hora! Viestes todo esse caminho a pé?

— Não — disse Coracy. — Até Santa Maria, vim de trem.

O homem murmurou algo, em sinal de aprovação. Apontou o queixo para o alto, como quem não quer nada, e seguiu no seu tom muito prosaico.

— Se és tão curioso, forasteiro, por acaso terás visto na estrada aí uns outros gringos da tua terra... Gente de farda, sabes... Umas tropas que dizem ter vindo de São Paulo?

Enquanto caminhava pela estrada, Coracy pensara no que dizer a esse respeito. Deixaria suspeitas caso negasse a presença do batalhão, pois por ali certamente já correra a notícia da presença deles. Porém, não podia dar detalhes. Para ganhar confiança de seu interlocutor, preferiu um meio caminho.

— Sei de soldados que desembarcaram há algum tempo em Santa Maria.

— Não sabes qual direção tomaram, nem onde andarão?

— Não. Por quê?

Com aquela pergunta, passava à ofensiva. Ele também tinha coisas a perguntar. O homem fez um muxoxo, desconversando.

— Sabes... Nós somos aqui da terra, mal escolhida por você para suas andanças, porque é tempo de guerra... E o que temos tido aqui de bagunça já chega que presta.

Olhou em torno, buscando a aprovação da platéia. Cabeças balançaram, em sinal de aprovação.

— Mas vejo que a guerra foi para longe, porque as tropas de Prestes já não estão aqui — disse Coracy.

— Ah, eles saíram daqui já faz tempo, é verdade — disse Gumércio.

— E foram para onde?

— Esses fardados andam aprendendo com os gaúchos do pampa — disse o homem do chapelão, em tom de galhofa. — Nós, que botamos fora os castelhanos destas bandas, é que sabemos de guerra, entendes? E sabemos que com turma pequena mais vale campear que estar num lugar só, como lata onde se treina o tiro ao alvo. Por isso, onde estão eles, não se sabe.

— Decerto subiram o Ijuizinho — falou um dos homens, mais lá atrás.

— Ou devem estar ainda em São Luís — cogitou um outro.

— Pode ser que apareçam aqui, não sei — tornou o primeiro.

Coracy examinou o grupo. Já vira vaqueiros pilchados de perto na fazenda de Januário Chagas: gente rude, mas aberta, simpática, falante, talvez por passar tanto tempo no ermo. Aqueles, porém, disfarçavam a faca na bota e o revólver nas faixas da cintura.

— Há também esse Honório Lemes — disse Coracy. — Dizem que está sempre com uma tropa grande.

Os homens riram. Gumércio olhou Coracy, intrigado e divertido. O homem que o fizera provar da grapa, porém, não fez caso.

— Esse Horácio é mesmo o tio dos lobos, ou melhor, o avô — segredou. — É o mais esperto de todos. Cuidado, se cruzar com ele na estrada... Dizem que não gosta muito de gringo.

Bateu com a mão no ombro de Coracy, riso aberto. Deixou um dinheiro no balcão para o dono do bar. Virou-se para Coracy.

— Agradeço pela tuas informações, forasteiro — disse ele. — O café com grapa fica por minha conta.

Levantou-se e, com ele, saíram mais três vaqueiros. Ao subir no cavalo, o homem assestou na cabeça um chapelão cinzento, deixando ao vento o lenço amarrado na copa, cujas pontas lhe caíam sobre os ombros como galhardetes. Os outros também usavam lenços vermelhos, um amarrado ao braço, outro na faixa da cintura e o terceiro no chapéu. Tomaram as rédeas e saíram a galope; Coracy tomou seu último gole de café, enquanto a poeira levantada na rua pelo tropel cintilava ao sol.

— Sequer perguntei o nome dele — disse Coracy.

— Fizeste bem — disse Gumércio.

— Por quê?

— Certas vezes é melhor não saber.

Diante da expressão interrogativa de Coracy, Gumércio espichou o bigode entre o polegar e o indicador da mão direita. Com a esquerda, apontou para fora.

— Aquele é Honório Lemes.

Coracy tomou um choque. Deu um salto da cadeira e foi até a porta: não havia mais qualquer sinal dos cavaleiros.

— Não compreendo — disse. — Por que ele não disse nada?

— Horácio gosta de conversar como alguém do povo — disse Gumércio. — Assim acha que fica sabendo de mais coisa.

— Para onde ele vai?

— Isso, ninguém sabe — disse o dono do bar, com ares de que, se soubesse, também não contaria.

Coracy estremeceu. Honório Lemes! Pensou em Mariana, no que ela lhe contara sobre aquele bandoleiro e os bárbaros que o seguiam. Arrependeu-se de ter deixado seu fuzil no buraco à beira da estrada. Tivesse ele em mãos, poderia persegui-lo, aproveitar aquela oportunidade. Vingaria Mariana e todos a quem aquele Horácio matara, maltratara, injustiçara. E pensar que aquele homem lhe pagara um cafezinho! Coracy não se conformava.

Aquilo não ficaria assim.

O comandante Enriques ouviu o relato de Coracy, já em trajes militares, depois de devolver os civis ao varal doméstico de onde os tomara por "empréstimo". Em nenhum momento narrou seu encontro com Honório Lemes, para não ter de explicar como pudera ver-se diante do próprio sem matá-lo nem ter sido morto. Como não fora encarregado de combater o inimigo diretamente, e sim de colher informações sobre seu paradeiro, não poderia ter sido mais bem-sucedido. Disse apenas ter informações seguras de que Honório cavalgava para o sudoeste na companhia de três homens.

— É uma bela oportunidade de pegá-lo — disse Coracy. — Com certeza ele vai até Prestes discutir a chegada de reforços do governo.

O comandante Enriques deu de ombros à sugestão.

— Essas informações também podem ser uma armadilha — disse o comandante. — E se o bando de Honório estiver perto de Santo Ângelo, apenas à espera dele, e em vez de três eles agora forem trezentos?

Logo Coracy viu que o comandante não estava muito interessado em seus argumentos. Dada a proximidade do inimigo, sua prioridade era evitar um confronto aberto ou, pior, uma emboscada.

— Prestes está aqui já há algum tempo, conhece melhor o terreno, deve ter espiões por toda parte — disse o comandante. — Enquanto não nos juntarmos ao grosso das tropas, não posso correr riscos desnecessários.

De tudo o que Coracy lhe contou, o comandante achou mais interessante a confirmação de que Santo Ângelo encontrava-se desguarnecida. Decidiu ocupá-la e assentar-se no antigo quartel-general dos rebeldes, manobra à qual atribuía valor tanto militar quanto simbólico. Ali, ele aguardaria em segurança notícias das tropas legalistas.

Às seis da manhã do dia 10 de janeiro de 1925, o 19º Batalhão levantou estacionamento, pondo-se em marcha para Santo Ângelo, onde chegou às onze e quinze. A cidade que Coracy vira em sua vida normal já se recolhera por antecipação. A novíssima estação férrea, fora de uso com a inutilização da linha desde Santa Maria, tinha sido abandonada pelos funcionários; algumas vacas pastavam entre os trilhos, espantando com o rabo as moscas varejeiras.

Tendo sido quartel-general dos rebeldes por um mês, Santo Ângelo temia mais que qualquer outra cidade o que os militares podiam infligir. Lá, Prestes requisitara comida, automóveis, carroças e cavalos. Recrutara também na população soldados voluntários, assim chamados talvez por ironia, uma vez que eram retirados de suas casas abruptamente, às vezes sem despedir-se da família, convocados para o esforço de guerra.

Por onde passavam, em troca dos bens tomados aos cidadãos, os revolucionários emitiam vales a serem convertidos em dinheiro mais tarde pelo Ministério da Guerra — quando eles tomassem o governo, claro. Tinham sido impressos em Santo Ângelo e distribuídos na região, assim como panfletos de propaganda política, que davam a informação — inverídica, até onde se sabia — de que o Mato Grosso e o Paraná estavam sob jugo dos insurretos. Abaixo assinado, Luiz Carlos Prestes.

Contrariado com a decisão de estacionar em Santo Ângelo, Coracy conduziu a tropa até o quartel abandonado pelos rebeldes. Embora inacabada, a construção possuía um edifício já provido de telhado que servia razoavelmente de alojamento. Nos muros externos, ainda por terminar, foi instalada a artilharia. Sem poder passar o resto da vida dentro de casa, aos poucos os habitantes da cidade começaram a sair à rua, acostumando-se à nova ocupação militar.

Vendo seu superior perturbado, Gaspar quis saber os motivos. Depois de fazê-lo jurar segredo, Coracy contou seu encontro com Honório Lemes e a razão íntima pela qual desejava persegui-lo: a noite com a filha de Januário Chagas.

— Ah, eu sabia! — disse Gaspar, exultante.

— Sabia o quê?

— Que aquela noite, na fazenda, você não tinha sumido por acaso. E que os namoradinhos no bosque não foram miragem. Você é quem estava se divertindo!

Ria, batia nas costas de Coracy, como se tivesse ouvido uma grande piada.

— Você tem a mesma fraqueza que eu, afinal!

Não levava a sério, porém, a vontade de Coracy de encontrar Honório Lemes para vingar Mariana.

— Para sua sorte, as condições para a captura do inimigo estão acima dos desejos de um cavalheiro — disse. — Mas você não devia se preocupar, pois mais alguém dará conta do recado. Todos aqui querem a pele desses maragatos. Acho que até o comandante Enriques. Se ele não tiver que fazer muita força, claro.

Coracy se aborreceu; a indiferença de Gaspar o exasperava, tanto quanto a inoperância geral.

O comandante Enriques deu ordens de restabelecer o telégrafo, de modo que pudesse falar com o alto-comando: a conquista de Santo Ângelo tinha de ser valorizada e comunicada como feito estratégico. Enviou também um mensageiro à prefeitura. Sua próxima manobra seria comemorar o restabelecimento da legalidade em Santo Ângelo. Convocaria as autoridades locais e a população.

— Estes civis precisam saber que estamos do lado certo.

Naquela tarde, o prefeito Carlos Kruel compareceu ao quartel em visita oficial. Saiu depois de concordar com a festa da "libertação" de Santo Ângelo para o dia seguinte. Eleito há apenas três meses, mas já habituado a governar conforme o ocupante militar da ocasião, encarregou-se de convocar cidadãos de alto calibre, comunicar a população e levar a fanfarra municipal para animar o evento.

No quartel, a tropa dedicou a tarde e a noite a lustrar botas, limpar uniformes e lubrificar fuzis para uma apresentação de gala. O comandante Enriques vistoriou os preparativos, desde o asseamento da tropa até a montagem do palanque.

Na manhã seguinte, às onze horas, estavam todos lá para a celebração. No calor, os soldados molhavam o jaquetão de suor, o prefeito afastava do pescoço o colarinho pegajoso com o gancho do dedo, enquanto uma esquadrilha de urubus sobrevoava a cidade com uma insistência zombeteira. Perfilados, os soldados ouviram o discurso do prefeito, cercado por uma comitiva que incluía vereadores, o delegado de Santo Ângelo e os membros mais distintos da sociedade, o que incluía alguns fazendeiros e membros do Clube Social. Na praça, formou-se uma platéia de gente cuja curiosidade superava o medo.

O prefeito agradeceu publicamente os reforços de São Paulo, para "maior garantia da paz e da ordem", sob o silêncio cético do público, que já vira discurso semelhante do lado contrário, durante a ocupação da cidade pelos rebeldes. Em seguida, o comandante Enriques tomou a palavra.

— O Exército brasileiro vem pacificar esta região conflagrada do país — garantiu. — A República está de volta ao Rio Grande do Sul. Viemos de São Paulo cumprir nosso dever. E estamos cumprindo.

Para aumentar a gala da cerimônia, Enriques chamou Coracy ao palanque. Fez-lhe elogios em discurso, por seu valor no "desempenho das funções e em defesa da pátria", promovendo-o a partir daquela data ao posto de segundo-tenente. Do alto do palanque, enquanto o oficial falava, Coracy sentiu o peso dos olhares dos circunstantes, em especial o de Gumércio, que ele identificou entre os espectadores. O dono do bar bem sabia a natureza dos serviços que lhe tinham garantido aquele galardão. "Bem", pensou Coracy, embaraçado, "pelo menos foi curta minha carreira como espião". A cerimônia foi encerrada com o hasteamento da bandeira, enquanto a fanfarra, titubeante, executava o hino nacional.

Depois do almoço, a calmaria subseqüente à festa e à digestão foi interrompida por um alerta. Um dos soldados que montavam guarda na saída principal da cidade retornava, acompanhado de um grupo que parecia um ajuntamento de bandoleiros. Havia uma dúzia de cavaleiros e trinta homens de infantaria, alguns deles em uniforme da brigada militar gaúcha, outros em trajes civis, com o fuzil atravessado nas costas, bombachas e bornal. Todos traziam ao pescoço o lenço branco dos legalistas chimangos.

Assim que se aproximaram, Coracy percebeu que alguns estavam feridos: traziam bandagens na cabeça e manchas de sangue na roupa rasgada. Na retaguarda, três soldados vinham arrastados em padiolas puxadas por cavalos.

— Buenas! — berrou o oficial que encabeçava a marcha. — Então é verdade, aí estão os tais reforços da província!

No único sinal de fazer alguma cerimônia, bateu continência ao comandante Enriques, assim que o portão foi aberto.

— Capitão Jorge Valadares.

Satisfeito por finalmente encontrar alguém do seu lado, Enriques deu instruções aos recém-chegados para se acomodarem no espaço livre do quartel. A comida que ainda fumegava nos panelões foi dividida entre eles pelo taifeiro.

O capitão Valadares explicou ao comandante que quarenta soldados rebeldes e alguns civis tinham sido enviados por Siqueira Campos em trem para Ijuí, 50 quilômetros a leste dali. A expedição fora recebida a bala pela resistência da cidade, civis fiéis ao governador Borges de Medeiros. Enviados em auxílio dos defensores de Ijuí, Valadares e seus homens tinham sido surpreendidos ao encontrar a coluna rebelde no caminho, apanhada também desprevenida, quando batia em retirada.

— Houve um confronto — disse Valadares, com a boca cheia, segurando um pedaço de carne nas mãos meio sujas de terra. — Tivemos de recuar.

Contou mais. A partir de São Borja, Siqueira Campos ocupara uma posição a leste de Itaqui, onde procurava desbaratar uma concentração legalista que interrompia a comunicação com Uruguaiana. Solicitara reforços de São Luís, distante seis quilômetros, onde se encontrava Prestes. Este lhe mandara duas companhias, uma de automóvel e outra por trem. Um destacamento de chimangos cortara a estrada e destroçara o lado direito da coluna. Sem reforços também de Uruguaiana, onde, sob o comando de Juarez Távora e João Alberto, o Quinto Regimento de Cavalaria capitulara diante dos chimangos, Siqueira Campos distribuíra cavalos e dinheiro aos seus duzentos homens para fugir. Ele mesmo, no entanto, ficara. Acompanhado por 54 soldados restantes, juntara-se a Prestes em São Luís.

Apesar desses percalços, Valadares calculava que, no total, as tropas revolucionárias tinham 3 mil homens, graças à incorporação dos maragatos. Era tanto quanto as forças do general Isidoro, que lutavam com Rondon no Paraná. Em São Luís, Prestes recebera uma carta do general João Francisco Pereira de Souza, um jacobino gaúcho refugiado na Argentina, que lhe dava patente de coronel das tropas revolucionárias; sua posição ali ainda era estável. A cidade tornara-se a capital não-oficial da revolução. Ele editava lá até um jornal, *O Libertador*. Ao sul de São Luís, sua principal linha de defesa era ao longo do rio Piratini. Mantinha um posto avançado em São Borja, na fronteira com a Argentina, e algum controle da rodovia entre ambas as cidades.

— Soubemos que vocês estavam por aqui, viemos procurá-los — disse Valadares. — Precisamos ir para Itaqui, lá precisam de reforços.

— Recebo minhas ordens do alto-comando — disse Enriques. — Tem notícias do general Rondon?

As tropas do comandante-em-chefe das tropas legalistas continuavam ao norte, no Paraná, combatendo os rebeldes sob o comando do general Isidoro e Miguel Costa. Em dezembro, Rondon autorizara o bombardeio das tropas tenentistas com um Spad e um Breguet. Além de munição, os aviões despejaram panfletos sobre o inimigo, assinados por Rondon, conclamando-os à rendição, que não aconteceu. Naquele instante, segundo sabia Valadares, Rondon estava em Laranjeiras, a partir de onde desfecharia um ataque ao atual reduto dos rebeldes: Catanduvas.

A tranqüilidade das forças patrióticas parecia estar chegando ao fim, assim como a lua-de-mel com Santo Ângelo. Enquanto o batalhão aguardava o restabelecimento do telégrafo, a chegada de reforços e as instruções sobre o que fazer a seguir, os temores de Coracy se confirmavam. Logo o comandante Enriques tomou providências para reprovisionar a tropa, desabastecida depois da longa viagem e por ter de alimentar os "brigadianos" recém-chegados. Encarregou um destacamento sob o comando do capitão Antunes de requisitar suprimentos junto aos habitantes da cidade. A paz firmada na festa e o belo discurso da chegada logo caíam por terra.

— Receio que isso atraia a ira desses cidadãos já espoliados — disse Coracy. — Mostrará que não somos tão diferentes dos rebeldes, afinal.

— Seu comentário parece o de um insubordinado — disse Gaspar. — Cuidado.

— Tirar comida de quem já não tem muita é errado. E pode virar a população contra nós. Não precisamos de mais um inimigo.

— O que é certo para tempos de paz não vale em tempo de guerra — disse Gaspar. — Infelizmente estamos em guerra. De onde mais tiraremos comida? Vamos plantar hortaliças? Precisamos comer para representar bem a República. E nos divertir também, o que faremos na primeira oportunidade possível.

No início da tarde, o destacamento retornou com um suprimento de legumes, carne e pão. Foi servida a bóia, que Coracy rejeitou. Preferia passar fome a comer comida roubada do povo. Aqueles soldados que metiam os dentes no resultado do trabalho suado do cidadão de Santo Ângelo lhe pareceram selvagens. Achou melhor não dizer nada a ninguém, nem mesmo a Gaspar; achou o amigo um tanto mudado, sobretudo depois de sua promoção. Ele o olhava com certo ar de censura, como se pensasse: alguém que acaba de subir novamente de posto não tem o direito de reclamar. Coracy sentiu ali uma ponta de ciúme.

Promovido ou não, ele não podia se conformar com aquela situação. Esperava que os militares tivessem meios de provisionar suas tropas, não que eles se comportassem como um bando de malfeitores. Enquanto o batalhão permanecesse estacionado em Santo Ângelo, continuaria a confiscar pertences e comida da população local. A festa promovida pelo comandante Enriques servira apenas para que os populares pudessem olhar bem o rosto daqueles que os humilhavam. Não havia muita diferença entre os espoliadores e os libertadores. Somado a isso, o imobilismo do comandante o revoltava. A cada hora que passava, Honório Lemes ficava mais longe.

— Não sei o que te preocupa, mas passa — disse Gaspar. — Vamos dar uma volta esta noite e desanuviar.

Caminharam pelas ruas de cascalho da cidade, que depois das oito horas encontrava-se deserta. Não havia muita diversão por ali, mas o ar fresco noturno fazia bem. Coracy planejava gastar o último soldo em um jantar: o estômago roncava, devido à auto-inflingida abstinência. Em busca de um lugar para fazer a refeição, eles entraram por uma ruela onde, ao lado de uma pensão, deram com um bar mal iluminado, mas miraculosamente aberto.

— Veja só — disse Gaspar, surpreso com o achado. — Vai ser aqui.

Havia no bar meia dúzia de mesas vazias diante do balcão. Gaspar e Coracy sentaram. Apareceu o dono do bar, de bigodes largos, olhos escuros como carvão e uma cabeleira mal distribuída pela natureza, caindo aos cachos pela nuca, em constraste com a calvície dianteira. Recebeu a encomenda de duas cervejas, pão e lingüiça e retirou-se, depois de piscar um olho.

— Além de beber, vieram se divertir? — perguntou ele. — Acharam o lugar certo.

Ao entrar, Coracy não reparara no vulto das três mulheres na penumbra. Mas elas viram os recém-chegados e se aproximaram.

— Querem companhia, soldados?

Gaspar não imaginava nada melhor, sobretudo para quem dormia entre barbudos em barracas há tanto tempo.

— Claro — adiantou-se ele. — Será um prazer pagar-lhes uma bebida.

As moças se sentaram. A mais velha, uma morena de traços castelhanos, não devia ter mais que vinte anos. A do meio era loura e robusta como os camponeses que viviam ali. A mais nova tinha ar angelical, apesar da boca pintada de batom vermelho, como se isso bastasse para transformar uma menina em mulher. Gaspar perguntou pelos nomes: Dolores, Nice e Anita. Vieram as cervejas e o dono do bar já incluíra copos adicionais.

— Vi você no palanque — disse Dolores a Coracy. — Parabéns pela promoção, tenente.

— Segundo-tenente — corrigiu Gaspar.

Embaraçado, Coracy não sabia o que dizer. Esqueceu-se até da fome. Olhava para a menina sentada a seu lado. Anita tinha os cabelos louros levemente encaracolados, o nariz reto e o queixo redondo dos anjos estatuários. As mãos de dedos grossos indicavam que trabalhara no campo, antes daquele lugar. Para Coracy, era difícil imaginar que a vida pudesse forçar meninas à prostituição.

— Que idade você tem? — perguntou ele.

— Treze — disse ela. — E você?

Coracy olhou Gaspar. O amigo não parecia incomodado; ao contrário, portava-se como se estivesse diante de um raro e delicado pitéu.

— Vamos para a pensão aqui ao lado — soprou Gaspar em seu ouvido. — Ficarei com as duas mais velhas. Como sou magnânimo, deixo o anjinho para você.

— Você não pode estar falando sério.

— Claro que estou.

Antes que Coracy pudesse dizer qualquer coisa, Gaspar voltou-se para as moças e levantou seu copo.

— Um brinde ao novo segundo-tenente!

Elas levantaram também seus copos. Coracy, por fim, ergueu o seu: quando eles estalaram no ar, o vidro que segurava nas mãos se estilhaçou, levando os ocupantes da mesa a saltarem para trás enquanto a cerveja se derramava. Ele recolheu a mão, pingando cerveja e sangue.

— Não foi nada — disse Gaspar, oferecendo a Coracy um guardanapo para estancar a ferida. E, virando-se para o dono do estabelecimento, gritou, bem alto:

— E traga aqui essa lingüiça, que precisamos comer, urgente!

Eram dez horas da noite quando eles subiram para os quartos. Depois de pagar a pensão adiantado, exigência da proprietária — precaução, segundo explicou, pela experiência anterior com maus pagadores —, Gaspar fechou-se com as duas moças mais velhas em um quarto do primeiro pavimento, entre arrotos alcoólicos. Coracy levou Anita um andar acima, à procura do quarto com o número gravado na ficha de madeira que pendia da chave por um cordão.

A porta rangeu ao abrir-se. No cômodo, havia uma cama de mola e uma pia pequena de louça com torneira de cobre. Ao lado, uma banqueta sustentava uma toalha de rosto e um penico de latão. A única janela estava fechada pelas duas folhas de madeira. Anita conhecia bem o lugar: com desembaraço, alcançou a banqueta e achou nela uma caixa de fósforos. Acendeu uma vela, única iluminação do lugar. Depois avançou para a pia.

— Venha.

Coracy não entendeu o que ela fazia. Com um gesto, Anita indicou a mão dele, que ainda sangrava.

— Deixe que eu limpe essa ferida.

Ele se aproximou. Anita abriu a torneira e colocou a mão de Coracy sob a água. O sangue escorreu pela louça e escoou em torvelinho pelo ralo. Compenetrada, a menina examinou o corte, à procura de pedaços de vidro encravados na carne.

— Nada grave — disse ela. — Depois você poderá dizer que se feriu na guerra.

Riu. Tinha algo de ternura maternal, de provocação de mulher adulta e de criança travessa.

— Você tem um lenço?

Ele não tinha. Anita tomou a toalha de rosto da banqueta e enrolou-a cuidadosamente na mão de Coracy.

— Fique assim um pouco, ajuda a parar o sangue e seca a ferida.

Satisfeita com seu trabalho, ela se afastou. Sentou na cama com as costas apoiadas na parede e dobrou as pernas contra o peito, colocando à mostra o joelho lanhado de quem ainda brincava na rua. Era uma menina, confirmou Coracy, mais menina que mulher. Não parecia pesarosa, ressentida ou amedrontada; sabia bem o que estava fazendo ali.

— Acho que o seu ferimento não vai atrapalhar outras coisas — disse ela.

Sorriu, à espera, mas Coracy não se moveu.

— Quer que eu tire a minha roupa ou você mesmo vai tirá-la?

Ele pensou que aquela menina provavelmente já era mais madura que ele; sabia mais da vida, ou pelo menos aprendera a enfrentá-la, apressada pelas circunstâncias ou a necessidade, sem fazer disso sofrimento. Coracy é que se sentiu criança, necessitado de amparo, de carinho, de abraços. Nada disso, porém, o fez esquecer quem ele era. Com a mão livre, tirou o penico da banqueta e sentou-se nela.

— Vamos conversar — disse. — Desde quando você vai ao bar?

— Faz tempo — respondeu Anita. — Um ano, acho.

Um ano podia ser muito, para quem tinha apenas 13.

— Por quê?

— Trabalho — ela disse.

— Você não tem família?

— Tenho.

— Seus pais sabem que você está aqui?

— Sabem — confirmou ela. — Eles precisam do dinheiro. Criavam carneiros aqui perto, mas foram levados pelos maragatos. Conseguiram mais alguns animais, mas esses também foram tomados pelos soldados que vieram antes de vocês.

Ela passou o indicador pelo cabelo anelado. Procurava mimetizar as moças com quem andava, como todas as meninas, mas usava isso para se prostituir. E os culpados eram eles: os adultos viciosos, os militares que faziam a guerra, os brasileiros responsáveis pelo Brasil.

Coracy tirou do bolso o dinheiro, não apenas o combinado, como tudo o que lhe restara do soldo. Colocou-o sobre a cama, aos pés dela.

— Tome — disse. — Quero que vá embora para casa.

Anita foi tomada de surpresa.

— Como assim?

— O dinheiro é seu — repetiu ele. — Hoje estou comemorando minha promoção. Tenho o direito de fazê-lo como quiser. Quero lhe dar essse dinheiro.

— Mas... Você não gosta de mim? Os outros gostavam.

— Que outros?

— Os outros... Esses que estiveram aqui antes de vocês. Dolores diz que todos os soldados vêm do mesmo lugar. Brigam entre eles, mas gostam das mesmas coisas. Achei que você também gostaria de mim.

Fez beiço.

— Gosto de você — ele disse.

— Então por que não quer ficar comigo?

— Gostaria mais se você não precisasse fazer isso.

Ela moveu seu olhar entre Coracy e o dinheiro, desconfiada. Nunca vira ninguém pagar o serviço sem a sua execução.

— Não é culpa sua — disse ela.

— Eu sei. Mesmo assim.

— Não ficará triste? — perguntou Anita.

— Não — disse ele. — Ao contrário.

Ela sorriu. Por um instante, lembrou-o de Eleonora, em seus tempos de infância. Anita se levantou, radiante como quem ganha um doce. Correu para ele e lhe deu um beijo na face: a menina, apenas menina, retribuía.

Quando Anita saiu, fechando com delicadeza a porta do quarto, Coracy lembrou-se de que há muito não sabia o que era uma cama de verdade. Deitou-se; havia no lençol um pouco do perfume de Anita. Num instante, adormeceu. Dormiu um sono pesado e sem sonhos. Quando acordou, a vela se consumira, deixando no ar o cheiro de pavio queimado.

Levantou-se de um salto. A madrugada ia adiantada: a hora de recolher passara há muito.

O corredor da pensão estava em silêncio; ele avançou sem fazer barulho, preocupado menos em perturbar os hóspedes do que em ser flagrado ali. Para sua aflição, a escada gemeu a cada passo até que ele chegou ao andar inferior.

Desajeitado, quase trombou com uma porta que se abriu de repente. Livrou-se do choque físico, mas não do figurado. Do quarto, cheio de disposição, emergiu o comandante Enriques, ajeitando o uniforme. Pela porta agora escancarada, Coracy viu o interior do cômodo, de disposição e mobiliário semelhantes ao que ocupara. À luz da vela, com o lençol a cobrir parcialmente o corpo, estava Anita, boca borrada de batom, olhos estalados ao vê-lo, mais surpresa que envergonhada.

— Ah, tenente! — exclamou o comandante. — Vejo que também está aproveitando bem a folga. Estamos fora de horário, mas faremos vista grossa. Não diga nada a ninguém, hein? Isto fica entre cavalheiros.

Sorriu, deu-lhe um tapa no ombro, virou-se e partiu.

Coracy mal ouviu o que ele disse. Seus olhos estavam pregados em Anita. Por um instante, quis entrar, falar com ela, perguntar por que não voltara para casa como lhe pedira — nem que fosse por uma noite, aquela noite. Porém, faltaram-lhe as palavras, todos os esforços lhe pareceram inúteis e ele empurrou a folha da porta com a ponta dos dedos, até que ela se fechou com um estalo.

Caminhou letargicamente para o quartel, esmagado pela sensação de impotência. Não seria ele quem mudaria a vida de Anita, não seria ele a mudar o mundo, com grandes ou pequenos gestos; era isso o que aquela menina queria lhe dizer, com seus olhos avivados pela chama da vela. Ele podia considerar-se derrotado, mas era nesse ponto que o rebelde se levantava. Havia coisas a fazer, algo que ele podia mudar. Coracy ainda tinha sua guerra particular.

Ao chegar ao quartel, passou entre os soldados que dormiam em esteiras no chão ou camas de campanha, preparou sua mochila e tomou o fuzil. Mariana não se arrependeria de ter lhe dado o seu amor. O comandante Enriques que esperasse ali, enquanto saqueava a cidade, corrompia as meninas e a si mesmo. Coracy faria o trabalho sozinho.

Saiu apressado: Honório já contava dois dias à sua frente. Logo surgiria a primeira luz da madrugada; precisava iludir os sentinelas e afastar-se o mais rápido possível, antes que dessem pela sua falta. Ao passar pela porta da caserna, deu de repente com Gaspar, que voltava da pensão.

— O que está fazendo?

O sorriso de alegria fora substituído pelo espanto ao ver Coracy de partida, sozinho, com uniforme completo, mochila e fuzil às costas.

— Fale baixo — sussurrou Coracy.

— Rapaz, que susto — disse Gaspar. — Aonde você pensa que vai?

— Embora — disse Coracy.

— Está louco?

Coracy não queria envolver ninguém em sua decisão. Viu, porém, que Gaspar não o largaria sem uma explicação.

— Tenho algo a fazer.

— A esta hora?

— É importante.

Gaspar o segurou pelo jaquetão.

— Você não sai daqui antes de me dizer que tipo de loucura pretende cometer desta vez. Achei que estava tudo ótimo, que você tinha se divertido muito. Não aprendeu com a primeira deserção?

— As conseqüências não importam.

— O que você vai fazer?

— Acertar umas contas com Honório Lemes.

Gaspar ficou de queixo mole.

— Como assim?

— Ele deve estar em São Luís — disse Coracy.

— E você vai sozinho?

— Alguém tem de fazer o trabalho, já que o Exército brasileiro prefere ficar aqui parado.

— Bem, imagino que você queira vingar aquela moça que namorou por uma noite — disse Gaspar. — Como o conheço, posso entender. Só não imagino como enfrentará Honório Lemes sozinho.

— Um tiro de longe pode fazer grandes coisas. Tenho boa pontaria, basta estar no lugar certo.

— Passará somente sobre o meu cadáver.

Sem levá-lo a sério, Coracy abraçou o amigo. Em seu ouvido, soprou-lhe uma despedida apaziguadora.

— Ficarei bem — disse ele. — Cuide-se.

— Essa era a nossa noite de folga! — exclamou Gaspar, balançando a cabeça. — O que aconteceu com a menina?

— Pergunte ao comandante Enriques — disse Coracy. — Acho que ele aproveitou a noite melhor que eu.

Livrou-se da mão de Gaspar, que ainda o segurava, mesmo debilmente, pelo jaquetão. Esgueirou-se pelo muro, para não ser visto pelos sentinelas. Nos trechos em obras, a fortificação não tinha mais que dois metros de altura. Com um salto, Coracy alcançou a borda, ergueu o corpo e em instantes viu-se do outro lado. Nunca estivera tão calmo em toda a vida. Era como se nunca tivesse sabido melhor o que fazer. Tinha um alvo, uma missão, e estava com a razão. Nada o deteria.

Nesse instante, ouviu o apito do sentinela. Atravessou a rua, saltou o portão de uma casa e correu até os fundos do quintal, que dava numa pradaria. Em vez de correr pelo campo, esgueirou-se pelos fundos das casas no limite da cidade em busca de um cavalo.

O dia clareava. Ouviu gritos, ao longe; tinha sido avistado. Uma caminhonete militar, saída da cidade, fez um cotovelo e deixou a estrada, vindo em sua direção. Sacolejando pelo capinzal, aproximou-se rapidamente. Corresse em desabalada pelo pampa, Coracy seria rapidamente alcançado pelo veículo motorizado. Saltou novamente para o quintal das casas. Cruzou um varal, desvencilhando-se das roupas na corrida. Quando saltou o muro, voltando à rua, encontrou-a apinhada de soldados vestidos somente de ceroulas, com o fuzil na mão.

Um círculo fechou-se ao seu redor. Entre seus perseguidores, estava Gaspar.

— Lamento — disse ele. — Eu disse que você só passaria sobre o meu cadáver.

Uma dezena de travas de fuzil estalou ao redor de Coracy.

— Jogue a arma no chão — disse o capitão Antunes, surgindo por trás dos praças. — O senhor está preso.

Coracy encarou Gaspar.

— Traidor — disse.

— A cadeia é melhor que uma bala na cabeça — disse ele. — Prefiro os amigos vivos.

— Não existem amigos — afirmou Coracy, jogando o fuzil e descendo a mochila ao chão.

Caminhou entre os soldados até o quartel. Alertado, o comandante Enriques o aguardava. A antiga cumplicidade que ele pretendia ostentar sobre as suas atividades noturnas desaparecera. Olhou Coracy com o espanto de quem não esperava ver justo nele um desertor, ou alguém que se juntaria aos rebeldes, fugindo na calada da noite.

— Não sei o que o senhor pretendia fazer, tenente, mas ficará confinado até que seja possível julgá-lo em tribunal militar.

Construída às pressas, a cadeia era um cubículo sem janelas, escuro e frio como uma masmorra medieval. Um cobertor de lã foi jogado ao chão de terra batida para que ele pudesse deitar durante a noite. Havia somente uma abertura na porta, por onde mal passava um punho fechado. Duas vezes por dia, alguém vinha trazer comida e água e retirava o balde onde Coracy juntava suas necessidades.

Somente Gaspar, que às vezes surgia na tentativa de obter perdão, lhe contava algo do que se passava lá fora, falando pela exígua abertura de comunicação com o exterior.

— Enfim o telégrafo foi restabelecido — disse ele, certo dia. — Chegaram ordens do alto-comando. Breve teremos de partir.

— E quanto a mim?

— Acredito que ficará aqui.

— Você precisa dizer que eu não estava desertando para me juntar a Prestes — disse Coracy. — Eu estava atrás de Honório Lemes!

— Eu não posso ter certeza de nada.

— Você sabe!

— Sei que lhe disse para não fugir.

Coracy andava em seu cubículo, como um leão na jaula, tentando conter sua fúria.

— Você realmente conseguiu o que queria — disse, com voz cava. — Acertaremos nossas contas quando eu sair daqui.

— Aí você estará seguro, enquanto eu irei para a guerra — disse Gaspar. — Quem sabe agora você pode deixar um pouco das glórias para mim?

Capítulo 8

Num jantar na casa de Olinto Amaral, no qual não faltaram rapapés para o noivo, a celebração do casamento de Quinzinho e Eleonora foi marcada para o final de 1925. Ela pedira tempo para os preparativos; a Quinzinho também convinha resolver primeiro alguns negócios, pois em seguida eles tomariam o vapor para uma prolongada lua-de-mel na Europa. Morariam em São Paulo; os principais interesses financeiros de Quinzinho estavam na capital. Um administrador cuidaria da fazenda e dos imóveis em Cachoeira; ele não tinha mais como ir e vir a toda hora.

O único insatisfeito com a dilatação do prazo foi o pai de Eleonora. O antigo senhor de escravos gostava das coisas a seu modo, mas não acusava golpes, capazes de lhe ferir o orgulho. Olinto preferia ter Quinzinho como genro mais cedo porque seus negócios não vinham bem. Investira no casamento da filha, a única saída com a qual podia contar. A venda de algodão lhe dava grandes prejuízos. O futuro, todos diziam, estava no café. Porém, para plantá-lo, seriam anos a fio e grandes investimentos, algo impossível para ele, que mesmo com os recursos do tabelionato sequer conseguia o suficiente para o custeio da fazenda.

Certa noite, em que Don' Ana reconheceu no marido o desgaste dos homens que se arruínam em silêncio, Olinto admitiu à mulher estar indo rapidamente à bancarrota.

— Esperava conseguir um aliado com o casamento de Eleonora, mas essa demora aperta o laço no meu pescoço — queixou-se ele. — Da maneira como vamos, breve serei obrigado a vender a fazenda. De todo modo, ela acabará sendo tomada mais tarde pelos bancos. E ainda ficarei devendo uma soma elevada. — Esperava o momento de ter mais liberdade com Quinzinho para lhe pedir ajuda.

Don' Ana não sabia o que fazer. De repente, descobria-se em apuros. Por um lado, afligia-se pela situação financeira da família; por outro, lamentava pela filha. Seus olhos estavam fundos e pouca coisa a animava. Por instigação da mãe, Eleonora passara a dar aulas de piano, uma forma de distrair-se com uma ocupação. Recebia os alunos em casa, na sala com o piano antigo da família. Diferente de Sinhá, não castigava as crianças; ensinar era um pretexto para cantar e dividir o tempo com gente ainda na idade da inocência. Eram as boas horas do dia.

Apesar do noivado, não se aproximara muito de Quinzinho: por isso ele, magoado, também andava distante e sem pressa. Eleonora recusara ao noivo até mesmo simples beijos; as visitas dele à casa de Olinto eram cada vez mais protocolares. Mesmo assim, Quinzinho não desistira de desposá-la. Uma vez levada ao casamento, Eleonora seria sua. Nas conversas particulares que tinham, na saleta de música da casa de Olinto Amaral, dizia-lhe que ela se acostumaria. Poderia, até mesmo, vir a amá-lo.

— Não sei que cisma você tem com essa moça, afinal — Sinhá dizia ao filho, em suas passagens por Cachoeira. — Na posição em que está, merecia alguém que lhe desse mais atenção.

— Quero Eleonora — resumia Quinzinho. — E posso ter tudo o que quero, de uma maneira ou de outra.

— O compadre Amaral devia ter uma conversa com ela — queixava-se a mãe. — Já não se resolvem mais as coisas como antigamente. Ela precisa te respeitar.

— Isso não é assunto seu — exasperava-se o filho. — Deixe Eleonora comigo. Contente-se com o fato de que não está longe o dia em que a senhora se tornará avó.

Sinhá calava-se, surpresa com o filho. Antes tão obediente, Quinzinho tornava-se auto-suficiente, independente, às vezes até desrespeitoso. Ele sabia que agora a mãe dependia dele; com isso, tomara da mãe sua antiga autoridade. Sinhá afinal se curvava a alguém. Pelo menos, ela o fazia pelo filho que quisera justamente pôr naquele lugar.

Às vezes, Sinhá visitava Eleonora. Esta, que se lembrava muito bem das mãos doloridas de quando estudava piano, recebia a futura sogra não por gosto, mas obrigação. O destino a premiara com mais aquele infortúnio: a mulher que detestava, pelo que lhe fizera e também a Coracy, candidatava-se a lhe entrar para a família. Ela ainda tinha de ouvir críticas da antiga professora, que a obrigava a tocar ao piano para distraí-la durante o chá.

— Uma casa sem música é uma casa sem amor — dizia-lhe Sinhá.

Apesar de tudo, Eleonora tinha piedade de Sinhá, porque estava certa de que, assim como em Quinzinho, seu temperamento demoníaco nascia da inveja. Quanto mais hedionda ela lhe parecia, menor se tornava como ser humano, até se tornar desprezível.

Num mundo que premiava aquele tipo de gente, perguntava-se qual era o lugar do amor. Para ela, o bem se reduzia à memória de Coracy: seus breves encontros, os beijos junto à cachoeira, as juras de amor. Com o tempo, Eleonora perdera a paixão original; o amor ganhava a melancolia de um tempo sem volta. Ouvia pelo rádio notícias da guerra, que lhe pareciam sempre iguais: o governo ganhava, estava às portas de dominar os revoltosos, mas as batalhas continuavam numa campanha interminável. Desconfiava: se tudo ia tão bem, não via por que os revoltosos não entregavam as armas e Coracy retornava logo para casa.

O desânimo refletia-se na saúde. Rareavam os dias em que ela não acordava indisposta. A cabeça doía: às vezes passava o dia inteiro no quarto às escuras, com um pano molhado na testa. À noite, abafava a tosse com o travesseiro para não alarmar os outros ocupantes da casa. Receava que interpretassem sua condição como outra desculpa para adiar o casamento; aquilo, Olinto Amaral não iria tolerar.

Quando Don' Ana enfim revelou os problemas financeiros do pai, compreendeu que, mais que mera conveniência, sua união com Quinzinho se tornara uma necessidade; transformara-se em salvação familiar. Com isso, até mesmo a mãe voltava-se aos poucos contra ela. Quando manifestava qualquer queixa, Don' Ana a acusava de egoísmo. Escondia dela seu emagrecimento, colocando mais roupas sob o vestido, até que passou a usar duas ou três camadas que a deixavam ainda mais abafada nos dias de calor.

Muitas vezes, planejou fugir de casa; sonhava refugiar-se num convento. Chegou a dizê-lo ao irmão mais novo, Carlinhos, que nas férias vinha descansar do seminário:

— Como você, acho que meu destino é servir a Deus.

Visitava-o em seu quarto, à noite; prometiam um ao outro trocar papéis: ela se internaria em um convento e ele fugiria para São Paulo, onde venderia banha em barris e ficaria rico e famoso como Francisco Matarazzo. Talvez até virasse conde, como Matarazzo, e salvasse o pai da bancarrota. O que começara como brincadeira, ou um projeto irrealizável, aos poucos se tornou mais sério. Certo dia, ela se perguntou, afinal: por que não fugir? Seria um golpe de morte para seu pai, mas ele também não tinha o direito de sacrificá-la para safar-se.

Informou-se sobre conventos. Certamente as freiras não expulsariam ou mandariam de volta alguém em desespero como ela. Não teria necessidade de dar explicações a Don' Ana ou enfrentar a fúria do pai. Saberiam todos do seu destino por meio de uma carta, em que já daria o fato por consumado. Precisava apenas arquitetar a fuga.

A decisão lhe pareceu ainda mais arriscada porque não podia contar com ninguém próximo. Com sua própria família ao lado de Quinzinho, estava cercada. Precisava de ajuda do lado de fora — e havia uma pessoa na qual confiar.

Num sábado, pediu que lhe trouxessem a libré, para ir sozinha até a fazenda. No caminho, pediu ao condutor que entrasse por uma estrada vicinal até a casa de Tião Costa, negro liberto, que trabalhara para Olinto Amaral. Assim como a mulher, Maria, ele a vira crescer na fazenda. Como sempre o tratara muito bem quando meninota, Tião retribuía com bonecas esculpidas na madeira, uma ocupação transformada em ganha-pão. Eleonora costumava visitá-lo: era um personagem da infância da qual ela nunca se afastara.

— Siazinha, vosmecê por aqui? — disse Tião, ao ver chegar a libré, na soleira da porta. — Que prazer...

Com ajuda dele, Eleonora desceu. Maria assomou à porta de azul descascado, meio fora de esquadro. Com os pés cascudos dobrados na beira do degrau, limpou as mãos no avental.

— Chegou bem na hora do café — disse ela. — Vamos entrando.

A cozinha da casa de taipa era comprida, com um fogão a lenha onde o feijão estava a cozinhar. O telhado baixo sem forro enegrecera com a fuligem. Os móveis de madeira eram todos esculpidos pelo próprio Tião, assim como as bonecas que encantavam Eleonora. O sol da tarde entrava pelas janelas abertas, iluminando como um lençol amarelo o chão de tábuas lisas pelo uso; o cheiro de café bailava no ar.

— Veio atrás de uma boneca? — perguntou Tião, com um sorriso no qual faltavam alguns dentes.

— Não — disse ela. — Preciso de uma ajuda muito importante.

Contou o arranjo do casamento e sua idéia de fugir para um convento. Pediria abrigo nas Carmelitas Descalças.

— Mas, Siazinha, teu pai e tua mãe morrerão de desgosto — disse Tião.

— Você, tão bonita, como freira... Que desperdício — disse Maria, balançando a cabeça, enquanto lhe servia o café numa caneca.

— É verdade que vosmecê está quase para anjo... — acrescentou Tião. — Mas isso de passar a vida rezando num lugar fechado não é destino para uma menina tão alegre como você sempre foi.

— E você parece tão fraquinha... — disse Maria. — Como vai para longe assim nesse estado?

Eleonora tentou explicar-se, mas tossia, aquela tosse persistente. Sentou-se sobre o fogão a lenha, para aquecer-se na chama que lambia as panelas. Maria se aproximou, colocou a mão em sua testa.

— Minha filha, você está com febre...

— Ah, mas estou assim faz tempo, Maria, não se preocupe. É essa tristeza que me consome. Por isso preciso ir embora, não está vendo? Se eu ficar aqui, não sei o que será de mim.

Tomou o café, enquanto Tião e Maria, penalizados, se entreolhavam.

— Mas de que adjutório a Siazinha precisa? — perguntou ele.

Eleonora revelou seu plano. De madrugada, dali a duas noites, ele passaria pela casa dela. Iriam de charrete para a estação do trem em Atibaia; assim, não corria o risco de ser apanhada na plataforma de Cachoeira; pegaria a composição mais adiante. De lá, daria um jeito de chegar ao Convento das Carmelitas Descalças.

— Ai, ai, ai — disse Tião. — Se descobrem... Ou melhor, quando o seu pai descobrir... Não sei o que será pior, a raiva que terá de você ou de mim.

Eleonora segurou a mão de Tião, quase a implorar.

— Tiãozinho... Por tudo o que é sagrado... Não tenho mais a quem recorrer. Estou desesperada.

Seu rosto manifestava toda a sua aflição: tiritava.

— Ai, ai, ai... — repetiu ele. — Como a menina vai viajar nesse estado?

— Só sei que vou — disse Eleonora, e quando o disse, chispas partiam dos seus olhos, nos quais a doçura costumeira não escondia a vontade de ferro. Agora que estava resolvida, ninguém mais a deteria. Seria com Tião, ou sem ele. Ele sabia disso também.

— Está bem — disse o escultor, vencido. — Eu tenho a você como uma filha... Muito diferente de Siá Don' Ana, que nunca olhou para nós como outra coisa que não escravos... Pode contar comigo, fico feliz de poder ajudar, mesmo que seja para uma barbaridade dessa.

Eleonora levantou-se, radiante, e o abraçou.

— Não sei como agradecer — disse.

Foi tudo combinado: dia, hora e lugar. Às três da madrugada, Eleonora sairia de casa enquanto todos dormiam. Tião a esperaria em uma praça a duas quadras dali: nem as rodas da charrete seriam ouvidas. Ela deixaria um bilhete em cima da cama dizendo à mãe para aguardar notícias. Que só daria quando estivesse no convento.

Saiu da casa de Tião impressionada consigo mesma. Retomava o controle sobre sua vida. Não faria o que não desejava. Se não podia ter Coracy, não ficaria com ninguém.

Passou os dias seguintes em preparativos. Não precisava do consentimento das freiras; seu plano era simplesmente bater à sua porta, pedindo ajuda. Deixaria em casa todos os seus pertences e roupas. Dinheiro, levaria o suficiente para as despesas até chegar ao convento: o que tivesse a mais, Eleonora teria mesmo de dar aos pobres ao fazer seus votos.

Pensou em escrever uma carta a Quinzinho, mas seus olhos passearam sobre o papel em branco, sem saber exatamente o que dizer. Apesar da energia interior que a impulsionava, o corpo fraquejava. Até a pena pesava. A cabeça doía por períodos mais longos, os calafrios a tomavam, a tosse a castigava.

— Minha filha, acho que você tem de voltar ao médico — disse Don' Ana.

— Agora, não — respondeu ela. — Minha fortaleza está voltando, logo irei melhorar.

Na noite marcada, beijou os irmãos com um carinho maior que o habitual: ficaria muito tempo sem vê-los. Deitou-se cedo, mas não dormiu, na expectativa da partida. Sentiu frio: a febre se alastrava. O corpo amolecido pedia que ficasse na cama, mas aquela era a oportunidade de ir embora: logo Tião estaria à sua espera.

Sob as cobertas, pensava em Coracy. Fazia aquilo por ele; de certa maneira, manteria-se fiel. Não podia viver fingindo, ao lado de Quinzinho. A farsa podia ser fácil para sua mãe, que não amava ninguém, exceto os filhos. Aceitara um casamento arranjado por ser uma mulher antiga. Um dia, o próprio Quinzinho agradeceria, por não transformar sua vida numa mentira conjugal. Ao lado dele, Eleonora estava certa de que nunca conseguiria esconder a repulsa.

As horas se arrastaram; com a febre, Eleonora tremia. Afinal, o relógio na parede da sala bateu as três da manhã, ecoando no corredor. A cabeça doía, a fronte estourava, mas ela se levantou, firme: atribuía aquele mal à angústia, à expectativa, ao nervosismo. Melhoraria, tão logo se visse longe. Da penteadeira, tirou a carta endereçada aos pais, deixando-a sobre a cama. Colocou um vestido de algodão, mais leve, e cobriu-se com uma manta, para guardar o corpo febril do frio da madrugada. O dinheiro e alguns pertences pessoais foram para uma bolsa a tiracolo. Com os sapatos na mão, para não fazer barulho, saiu pelo corredor. A escada de madeira rangia sob o seu peso, deixando o coração sobressaltado. Foi com um suspiro que ela levantou a tranca da porta e saiu.

Lá fora, o vento batia nas árvores. Andou como um fantasma pelas ruas desertas e o casario de janelas fechadas. Com as pernas fracas e as têmporas latejantes, penava a cada passo. Por fim, chegou ao local combinado. Na praça, a charrete esperava, atrelada a um cavalo baio. Tião não faltara com a palavra: estava lá.

— Deixe ajudar, Siazinha.

Ela estendeu sua mão para que ele a puxasse até a boléia. Viu o sorriso de Tião, e foi como se o pesadelo da fuga se transformasse de repente em um sonho bom. Tião gostava dela, Tião a ajudaria, ela iria a bons lugares, teria toda a vida para ficar junto a Deus; rezaria pelas almas, rezaria por Coracy, para que seu pai pagasse suas dívidas; essas idéias se embaralharam aos poucos e ela foi perdendo as forças, enquanto tentava segurar os dedos que buscavam os seus; é falta de sono, pensou, é essa tosse, é essa febre, tenho de ser castigada dessa forma, o que será que eu tenho, meu Deus, e a imagem do homem em pé na carroça, dobrado para ajudá-la, de repente se esfumou.

Tião então viu a boca de Eleonora abrir-se num ó mudo, como de espanto: no mesmo instante, moveu o peito adiante, em convulsão, de sua boca e do nariz saiu uma golfada de sangue, tão forte que fez uma linha no ar.

— Minha Nossa Senhora!

E mais ele não disse, porque teve de saltar da boléia para acudi-la, enquanto Eleonora pensava ver o mundo se desmanchar, embora fosse ela própria que ia se desmanchando até o chão.

Com o tempo, a cela de Coracy se tornou malcheirosa, infecta e claustrofóbica. A roupa se tornava pegajosa com a falta de banho, o cheiro do seu corpo se misturava ao do ambiente e os olhos encorujavam. Pela manhã, que reconhecia por um pouco de luz a entrar pelo buraco na porta, fazia ginástica: flexões, abdominais, alongamento. Corria dentro do exíguo espaço de que dispunha: para variar, primeiro no sentido horário, depois no anti-horário, e por fim mudava aleatoriamente de direção, criando uma espécie de método que podia ser também o primeiro estágio da loucura.

Depois da partida da tropa, que deixara para trás alguns soldados a cuidar do quartel e seu prisioneiro, freqüentemente faltava comida. A fome juntou-se à sujeira e ao isolamento na trindade da sua miséria. Tentava resistir com a raiva. Mais que a traição de Gaspar, ou a frustração por não ter conseguido levar seu plano a cabo, irritava-o saber que Honório Lemes estava vivo, solto e atuante, enquanto ele permanecia encaixotado naquele cubículo. Tinha que sobreviver para fazer algo a respeito.

Pensava em Eleonora na mesma medida em que aumentavam seus padecimentos. Por algum tempo, julgara amar Mariana. Cogitara voltar para a fazenda de Januário Chagas depois de matar Honório Lemes e ficar com ela pelo resto da vida. No isolamento da cela, porém, percebia como sua fantasia tinha ido longe. Tivera com Mariana uma noite perfeita, é verdade, mas tinha sido perfeita exatamente por ter sido apenas uma noite. Voltasse atrás e aquela lembrança boa desmancharia com a progressão da realidade. Seria melhor preservar Mariana daquela forma — uma memória, invulnerável à decepção.

Passado o ímpeto da paixão, os sentimentos voltavam ao lugar; outra vez seu coração reclamava Eleonora. Não era uma saudade, mas uma presença que ele invocava para ajudar a suportar a privação. Perdia a noção do tempo. Ao acordar, já não sabia se estava no mesmo dia ou no dia seguinte. Para marcar as horas, rabiscava na parede poemas, frases e desenhos com as unhas em sangue. Era um passatempo e um intervalo de lucidez numa rotina de delírio. Escrevendo naquelas paredes já cobertas com seus toscos sinais, resistia a se transformar em um animal enjaulado.

Experimentava pequenos prazeres, como o cheiro da chuva da tarde, que entrava pelo parco respiradouro; lembrava-o das tardes na fazenda com Eleonora. Reconstruía mentalmente o seu passado, dando-lhe um final diferente; apagava os acontecimentos ruins, repondo em seu lugar noites e tardes e manhãs apaixonadas; construía a partir dele um passado imaginário, com os filhos que ele e Eleonora poderiam ter criado na casa onde viveriam se a vida tivesse sido diferente.

Percebeu que o tempo passava porque o clima mudava; o cubículo deixou de esquentar como uma estufa e as noites esfriavam mais. Na escuridão gelada daquele sepulcro, Coracy apertava os braços contra o peito e imaginava Eleonora a aquecê-lo, de modo a suportar o congelamento dos ossos e juntas. Tossia, tinha as costas feridas de dormir no chão, transformava-se em pele e osso, mas não se importava mais. O mundo de ilusão o aliviava; a alienação era melhor que a consciência do seu estado. Por isso, teve que ser sacudido quando alguém entrou em sua cela, encontrando-o imóvel e estupefato.

— Vamos, levante — disse uma voz que feriu seus ouvidos. — Não quer sair?

Ofuscado pela luz, Coracy saiu, amparado pelo soldado que lhe abrira a porta. Ainda piscando, deparou-se com um homem de cabelos empastados de suor e poeira, pele acobreada de sol, com um uniforme militar roto e sujo, onde mal se via o grau de capitão. Um lenço que um dia devia ter sido branco cobria seu pescoço grosso, curtido e enrugado como o de um lagarto.

— Quem é você? — perguntou Coracy.

— Eu é que pergunto — disse seu libertador.

— Coracy Gonçalves Ferreira, segundo-tenente do 19º Batalhão.

Outros soldados se aproximaram, curiosos com o achado. Tinham os fuzis às costas, riam e olhavam para ele como um bicho de zoológico.

— Onde estão todos? — perguntou Coracy.

— Todos quem?

— Os soldados do 19º Batalhão que estavam de guarda.

— Não sei — disse o oficial. — Acredito que ouviram rumores de que nos aproximávamos e fugiram para juntarem-se à tropa. Eu sou o capitão Servílio Santos, chefe do destacamento de potreadores da coluna revolucionária, sob as ordens do comandante João Alberto.

— Que dia é hoje?

— Quinze de abril de 1925.

Coracy passou as mãos pelo rosto, perplexo. Estava no cárcere há quatro meses.

— Acho que não sabiam o que fazer com você, por isso o abandonaram na cela — disse Servílio, rindo. — Talvez devêssemos deixá-lo também aí, como comida para os ratos. Mas se está na cadeia, preso pelos federados, está do nosso lado. Ou vai querer estar.

O oficial fez sinal para Coracy acompanhá-lo. No quartel, o lixo rolava solto ao vento. Na caserna, vinte soldados sentavam-se ao redor de um fogareiro. Os potreadores da coluna rebelde entravam em cidades e fazendas para requisitar os víveres e remédios necessários à sobrevivência da coluna principal. Numa panela, esquentavam uma mistura de arroz, farinha e carne-seca, ingrediente comum na culinária de guerra, por conservar-se sozinha. Coracy recebeu comida em uma cuia: devorou-a com as mãos, agradecendo de boca cheia. No final, limpou os dedos besuntados na roupa imunda e bebeu água aos borbotões.

— A jaula lhe fez bem — disse Servílio. — Se você voltar à guerra com a vontade que está de comer, será um soldado e tanto.

Coracy pediu notícias. O capitão contou que as tropas do governo tinham partido de Santo Ângelo para a Vila do Ijuí no dia 10 de janeiro, depois de consertadas as pontes e restabelecida a estrada de ferro. No dia 28, com ordens por telégrafo de Rondon, que montara seu novo quartel-general em Formigas, embarcaram na estrada de ferro Rio Grande do Sul para Cruz Alta e depois Passo Fundo. De lá, as tropas tinham andado por Marcelino Ramos, Porto

União, Iraí, Guarapuava, São Miguel, sempre no encalço de forças rebeldes. Não houvera, no entanto, nenhum combate importante. O comandante Enriques andava a esmo pelo interior do Rio Grande. Agora oficialmente reunidos sob o comando único de Luiz Carlos Prestes, os revolucionários estavam sempre à sua frente.

Diante do aumento numeral e qualitativo do inimigo, Prestes abandonara seu posto fixo em São Luís para ganhar mobilidade e atacar de surpresa. Imediatamente, Coracy se lembrou do que lhe dissera Honório Lemes. O caudilho decerto aconselhara Prestes a fazer como ele: mudar sempre de posição, servindo-se do sistema maragato de guerrilha. O comandante Enriques desprezara a importância da captura de Lemes quando tivera a oportunidade de fazê-lo. O resultado é que se tornara muito mais difícil encontrar e vencer os rebeldes.

Por fim, uma convocação de Isidoro Dias Lopes e Miguel Costa fizera Prestes deixar o Rio Grande para juntar-se às tropas no Paraná, onde as forças revolucionárias, com 3 mil homens, já não podiam fazer frente aos 12 mil soldados mobilizados pelo governo sob o comando de Rondon. No caminho, a coluna fora atacada pelos chimangos do coronel Claudino Nunes Pereira, perto de Palmeiras. Entre os rebeldes, houvera quarenta mortos e cem feridos, sob fogo de artilharia. Muitos tinham debandado para a Argentina, levando armas e munição. Prestes refugiara-se na mata da fronteira com Santa Catarina, a caminho do Paraná, com 2 mil homens restantes.

— Na refrega, fomos separados da coluna principal — disse Servílio. — Poderíamos ter fugido como os outros para a Argentina, mas preferimos voltar. A passagem por Santa Catarina é dura, não há gado para roubar, os cavalos estavam cansados e o caminho foi fechado pelos legalistas. Assim que houver oportunidade, voltaremos para lá.

— Onde está Honório Lemes? — perguntou Coracy.

— Foi para o Uruguai — disse Servílio. — Preferiu exilar-se a continuar combatendo, o canalha. Disse que não queria seguir para o norte com os rebeldes, que nasceu para lutar no Rio Grande e não podia mais combater sozinho. Declarou a João Alberto que depois de tanto pelear estava se aposentando. Já deve ter comprado seu bilhete para o inferno.

Riram todos.

Coracy viu fugir também seu plano de matar Honório Lemes. Contudo, nada lamentou. O destino dá ao ser humano prêmio e castigo. Não seria a bala do seu fuzil, afinal, o instrumento do julgamento divino. Mas ele viria, de um modo ou outro.

— Tenente, vou lhe dar um cavalo, pois não podemos ficar muito tempo aqui — disse o capitão Servílio. — Agora você está conosco.

Depois da digestão, os potreadores saíram de Santo Ângelo sem pressa. Coracy não se recusou a ir com eles. Tivera tanto tempo no cárcere para pensar na vida e agora que estava do lado de fora não sabia para onde ir. Uma possibilidade real seria juntar-se aos rebeldes, com os quais talvez devesse ter se alinhado desde o princípio, em fidelidade a Siqueira Campos. No entanto, apesar da aparente simpatia do capitão Servílio, sabia que seus acompanhantes, sem o comando de João Alberto, estavam mais para um bando de malfeitores que para a coluna revolucionária. E não pareciam dispostos a procurá-la

Examinou o grupo em marcha: além dos vinte cavaleiros de Servílio, havia mais uma dezena de mulheres, parasitas do destacamento. Aboletavam-se em carroças, sentadas sobre os mantimentos. Vagando daquela forma, sem propósito, chefe nem destino certo, os rebeldes eram chacais que se aproveitavam do território sem lei deixado pelos soldados rebeldes e legalistas para roubar e levar consigo o produto da pilhagem.

Balançando levemente sobre seu cavalo, o capitão Servílio aproximou-se.

— Qual foi afinal o motivo de sua prisão? — perguntou. — Na cidade, disseram que você é um desertor. É verdade?

Coracy balançou a cabeça positivamente; aquela explicação, sem esclarecer as intenções do que fizera, convinha ao momento.

— Ah! — disse Servílio. — Então você ficará à vontade entre nós. Seremos amigos... Você gostará da liberdade. O Rio Grande agora está todo à nossa frente. Vamos aonde podemos, pegamos o que queremos.

Seguiram para o norte até o final da tarde. Pouco antes de escurecer, sob o comando do capitão, o destacamento fez alto. Um acampamento foi rapidamente montado e os soldados se reuniram no bivaque. Fragilizado pelo longo confinamento, descadeirado e com os fundilhos doloridos pela falta de hábito em cavalgar, Coracy queria apenas descansar. Enquanto os potreadores se reuniam ao redor do fogo para cantar, contar histórias e beber aguardente, acomodou-se no chão, perto de uma árvore, e caiu em um sono profundo.

Acordou com uma mão leve a tocar a sua.

— Quem...

— Shhhhh!

Curvada sobre ele estava uma mulher, rosto meio encoberto na penumbra. Das fogueiras do acampamento, restavam apenas brasas. Apesar da escuridão, ele a achou familiar.

— Você precisa sair daqui já — disse ela, como um sopro. — Venha comigo.

Havia em suas palavras uma mistura de firmeza e doçura que não deixavam dúvidas sobre suas razões, nem seus propósitos. Coracy levantou silenciosamente e a seguiu, pé ante pé.

Deixaram o acampamento para trás. Sua guia apertou o passo, puxando Coracy pela mão, com receio de perdê-lo no escuro. Em dado momento, porém, ele a segurou. Estacaram, na escuridão quase completa, ouvindo apenas a respiração ofegante um do outro. Em tom baixo, mas grave, ele então disse:

— Eu te conheço?

— Não — disse ela, no mesmo tom. — Ou melhor, sim. Meu nome é Dolores. Aquela noite, estava com Anita. Fomos com seu amigo soldado para a pensão.

Coracy afinal a reconheceu.

— O que está fazendo aqui? — perguntou.

— Juntei-me aos soldados — disse ela. — Muitas mulheres fazem isso. Algumas seguiram a coluna principal, outras ficaram com as potreadas, embora os oficiais não gostem muito. Dizem que as mulheres causam brigas e são um estorvo para a marcha.

Dolores fez menção de ir em frente, mas Coracy ainda a segurava pela mão.

— Aonde está me levando?

— Você não está seguro — disse ela. — Está vivo somente por causa do capitão Servílio. Os outros já querem matá-lo ao costume gaúcho. Amanhã, você poderá estar sem a sua cabeça.

— Por quê?

— Eles não têm certeza de que lado você está. Servílio vai querer que você participe de uma potreada para testar sua fidelidade. Anita me falou sobre você. Não irá roubar, muito menos matar para roubar. E no final será morto. Algumas amigas minhas estão distraindo os sentinelas, mas não vão segurá-los por muito tempo. Deixamos um cavalo para você. Venha, rápido.

Ela o puxou, agora com mais força. Coracy deixou-se levar. Em alguns minutos, chegaram à cerca de uma fazenda, na qual se encontrava um cavalo, preso pela rédea. Amarrados à sela, havia um alforje cheio de comida, um cantil e uma espingarda de dois canos enrolada em um poncho gaúcho.

— Evite a estrada e nem pense em voltar para Santo Ângelo — disse Dolores. — Servílio irá procurá-lo, depois de castigar os sentinelas por estarem se divertindo em vez de fazer o seu trabalho. Vá agora, não pare nem olhe para trás.

Voltou-se para ir embora, apressada, sem sequer uma palavra de despedida. Coracy, porém, a deteve.

— Por que está correndo esse risco para me ajudar?

Dolores sorriu.

— Anita me contou o que você fez por ele — disse. — A vida não muda com um gesto, mas ele pode fazer uma grande diferença, pois voltamos a acreditar no bem. Adeus, tenente. E boa sorte.

Ela se afastou na direção do acampamento, até desaparecer na mata. Era como se Coracy tivesse sido visitado por um anjo da guarda — um ser celestial em forma pecadora, mas ainda assim seu protetor.

Ainda estava cansado, com o corpo dolorido de cavalgar, e não sabia para onde ir. Montou o cavalo e tomou a direção contrária à do acampamento, preocupado apenas em ganhar a maior distância possível em relação aos potreadores. Chegou a uma estrada que conduzia ao noroeste; tocou por ela a trote.

Quando o dia começou a clarear, ele deixou a estrada. Não queria ser visto por alguém que pudesse passar informações à patrulha. Cruzou uma mata e a pradaria de uma vasta fazenda de gado. Tanto tinha possibilidade de encontrar um grupo desgarrado da coluna rebelde quanto tropas do governo. Receava não estar mais ao lado de um nem de outro e passar por apuros em qualquer hipótese. Contudo, não sentiu medo. Deixaria que o acaso decidisse seu destino. Enquanto isso, aproveitaria a liberdade. Não havia nada melhor: inspirada com o ar da manhã, ela lhe enchia o peito.

Olinto Amaral ficou estarrecido quando a porta de sua casa estremeceu sob os golpes desesperados de Tião, trazendo sua filha desfalecida nos braços, no meio da madrugada. Sem nada entender, anestesiado pelo sono, ainda de camisolas, correu pessoalmente para atender a porta, seguido de perto por Don' Ana. Saber que a filha tentara fugir, que tinha sido impedida de fazê-lo por um colapso, e recebê-la daquela forma, com as vestes sujas de sangue, deixou-o descontrolado.

— Essa menina enlouqueceu — vociferou. — Onde está meu cinto? Ela nunca mais pensará em sair de casa!

— Está louco? — bradou Don' Ana. — Tião, ajude-me aqui.

Diferente do marido, ela foi tomada por uma frieza que só as mães numa emergência podiam compreender. Ver o sangue da filha em sua própria roupa, enquanto a carregava para o quarto, auxiliada por Tião, a transformara na fêmea primitiva, protetora, essencial. Deitou-a na cama, deu ordens às criadas para chamarem um médico com urgência e trazerem compressas, procurou reanimá-la com um pouco de éter. Somente quando Eleonora recobrou a consciência, Don' Ana respirou. Expulsou Olinto do quarto, para poder falar com ela sem a interferência do marido perturbado.

— O que você estava fazendo, minha filha? — disse ela.

— Não posso mais, mãe — disse Eleonora, debilmente.

Chamado às pressas, o doutor Pradinho entrou no quarto; pediu para ficar a sós com a paciente por algum tempo. Lá fora, Olinto andava de um lado para outro, impaciente. Desejava ralhar com Tião, mas acabara desarmado pelo estado do homem: aparvalhado, o pobre mal conseguia falar. Acabou por mandá-lo embora.

— Mais furioso do que com esse imbecil, fico comigo mesmo — esbravejou ele, sem coragem de olhar para a mulher que se aproximava. — Como posso deixar escapar tudo isso que aconteceu debaixo do meu nariz?

— Cale-se, Olinto — disse Don' Ana, fuzilando-o com o olhar.

Ao final dos exames, o doutor Pradinho tranqüilizou-os: dera a Eleonora remédio para a febre, ela não corria risco de morte. Porém, faria alguns exames.

— Mas o que ela tem, doutor? — perguntou Don' Ana, em tom de súplica.

O doutor Pradinho fez um silêncio prévio, a prepará-los para uma delicada notícia.

— Lamento ter que lhes dar esse diagnóstico, mas não vejo como fazer muito rodeio. Tudo indica que Eleonora está tuberculosa.

Lá fora, o sol que começava a nascer contrastava com a expressão dos pais lacerados pela dor, paralisados pelo pasmo, incrédulos diante da brutalidade da vida: um dia bonito não podia ser assim. Olinto sentia-se atingido por um raio. Don' Ana, ao seu lado, ofegava, com o peito a subir e descer fluvialmente.

— Deve haver algum engano — disse ela — O senhor mesmo disse que minha filha tinha tristeza. Tristeza, e só.

— A tuberculose é provocada por um bacilo que se incuba no pulmão, às vezes ocultando-se muito tempo — explicou o médico, tentando ser didático, embora soubesse que para uma mãe, no momento de receber uma notícia naquela época quase equivalente a uma sentença de morte, nenhuma explicação seria suficiente. — É uma doença oportunista — prosseguiu ele. — Toma conta do órgão quando a pessoa se encontra mais fraca.

— Eleonora está fraca, é verdade — disse Olinto. — Mas daí a estar tuberculosa... Não, não é possível.

O doutor Pradinho sentou-se e limpou com um lenço o suor da testa. Era um momento difícil também para o médico: uma doença contra a qual havia poucos recursos, com alto índice de mortalidade... E logo Eleonora, aquela moça adorável, cujo sofrimento vindouro já antecipava. Observou o pai contrito, a mãe desconsolada: não sabia como lhes dar esperança.

— Como podemos tratá-la? — perguntou Don' Ana, saindo do seu sufocamento, como quem volta à tona d'água. — Deve haver algo que se possa fazer.

— Claro que há — disse o médico. — A primeira coisa é tirá-la de casa. Eleonora não pode ficar aqui, precisa ir a uma estação de tratamento, o mais rápido possível. Os doentes de tuberculose precisam ficar isolados, a senhora sabe. É sabido que a transmissão da doença se dá pelo ar.

— Não posso deixar minha filha doente longe de casa, entre estranhos — indignou-se Don' Ana.

— É obrigatório — disse o doutor Pradinho. — Como se trata de uma grave doença contagiosa, os doentes são isolados. Enquanto estiver em sua casa, Eleonora colocará a todos em risco. Incluindo vocês. Ou seus outros filhos.

— Isso só pode ser um pesadelo — disse ela, virando o rosto.

— Ou uma maldição — disse o marido.

— Posso indicar alguns lugares onde internar Eleonora — disse o doutor Pradinho. — Hoje o tratamento da tuberculose é feito por meio de sulfa, utilizada para matar ou ao menos inibir o desenvolvimento do bacilo. O remédio é caro e, sendo longa, a internação nos estabelecimentos particulares, que são os melhores, se torna mais cara ainda.

Olinto estremeceu. Tudo o que ele planejara — o casamento com Quinzinho, a sociedade com o genro, a recuperação de seus negócios — inclinava-se sobre o precipício. Junto com a filha, sua vida inteira desabava.

— Qual é a alternativa? — perguntou ele, com um fiapo de esperança.

O doutor Pradinho tamborilou os dedos sobre a mesa.

— Há os nosocômios mantidos pelo Estado — disse. — Mas o senhor pode imaginar a precariedade do tratamento lá, equivalente ao que oferece todo o serviço público. Sua filha não suportaria.

Don' Ana fuzilou Olinto com o olhar, pelo simples fato de ter feito aquela pergunta. Ignorando-o, anunciou:

— Faremos tudo o que for possível por nossa filha — disse. — Encontre o melhor lugar para colocá-la. Agradecemos o seu empenho.

Don' Ana conduziu o médico até a saída; os criados os espreitavam em silêncio sepulcral. Depois voltou pelas escadas lentamente, vergada pelo peso da tarefa seguinte: como dizer de maneira suave a uma filha que ela sofria de uma doença mortal?

Don' Ana sentou-se à cabeceira da cama. Eleonora melhorava: a tosse continuava, mas a febre e a dor de cabeça cediam. Don' Ana entregaria a alma ao demônio para estar no lugar da filha. Eleonora, que nunca vira a mãe chorar, não precisou ouvir nada para saber que seu estado era muito grave: bastou vê-la usando sua força sobre-humana para segurar as lágrimas.

— Não fique assim — consolou-a, como se fosse Don' Ana, e não ela, a doente desenganada. — Lamento por tudo o que aconteceu.

— Não lamente — disse a mãe. — Agora temos que cuidar de você.

Aquelas palavras soaram no vazio, como se nem ela mesma acreditasse. Embaraçada diante da filha, Don' Ana disse-lhe que o diagnóstico de tuberculose não era o fim do mundo; havia gente que se recuperava. Ela precisava ser forte para enfrentar a doença; isso seria decisivo na sua recuperação. Seria colocada num bom sanatório. Teria tudo o que fosse preciso.

— É preciso rezar e ter esperança, minha filha — disse ela.

Eleonora compreendeu melhor as lágrimas da mãe. Sabia o suficiente sobre a tuberculose para entender a gravidade da situação. No primeiro instante, sentiu-se longe dali, ou falando sobre a doença de outra pessoa. Sendo jovem, sempre pensara na morte como algo distante, irreal, que não lhe dizia respeito. Não podia estar acontecendo com ela. Aos poucos, porém, a consciência da doença se apoderou dela, como uma sombra macabra crescendo no coração.

Lembrou-se de Coracy. Fizera tantos planos de construir uma família, bordados em pensamento, para ter tão pouco não só da felicidade como da vida. Sonhara viver ao lado do homem que amara, criar filhos, desfrutar o tempo, para acabar estertorando num sanatório? Deus lhe pareceu mais cruel do que imaginava possível até para o diabo.

Odiara Coracy de todos os modos e com toda sua força quando ele partira, mas naquele instante o queria por perto, sentir suas mãos a segurá-la, abraçá-la, beijá-la. Por um instante, ao menos, teria a eternidade. Fosse menos generosa, poderia culpá-lo por sua doença, pois estava certa de que se enfraquecera de tristeza; no entanto, só conseguia pensar nele como a lembrança que a animava, sua razão de viver. Era não por causa de Coracy, mas de sua ausência, que desvanecia. Deu-se conta de que fugir para longe, ocultar-se entre as carmelitas, já era uma maneira de deixar o mundo; o corpo apenas confirmava os seus desejos de forma literal. Corrigiu-se. Deus não era tão cruel. Abreviando seu sofrimento, tornava-se misericordioso.

O pai entrou no quarto; colocou-se atrás de Don' Ana. Sempre disposto a mostrar-se de aço, Olinto estava visivelmente desolado. Eleonora fizera algo que mereceria o seu repúdio e, no entanto, ele estava ali, solidário, mesmo diante da sua traição. Sorriu para ele: não sabia de que outra maneira lhe pedir perdão.

Olinto sorriu de volta para a filha. Pensou que um pai jamais deveria ver uma filha morrer: essa não era a ordem natural das coisas. Sentia-se culpado como Judas, por ter contribuído para o mal de Eleonora com suas imposições obstinadas. Pudesse voltar atrás, agora lhe faria todas as vontades. Isso o lembrou de que, para piorar as coisas, ele não tinha recursos com que tratá-la. Ao reconhecê-lo, quase sufocou.

Saiu do quarto sem dizer nada. Tomou seu casaco, desceu a escada e ganhou a rua. Andou a passo apertado até a casa de Sinhá. Precisava contar a ela e Quinzinho sobre a doença de Eleonora, não tinha como escondê-la. Podia, claro, omitir detalhes: não convinha esclarecer que a noiva fora apanhada em fuga. Ainda mais para o que ele necessitava: obter a ajuda do futuro genro.

Sinhá surpreendeu-se ao ver Olinto chegar sem aviso, ainda mais com aquele semblante transtornado. Ao ver o seu estado, Quinzinho, que acabara de levantar da cama, desfez seu sorriso.

— Compadre, o que houve? — disse Sinhá. — Vou mandar servir um chá. De camomila, que acalma.

Sentaram-se. Mal acomodado na poltrona, Olinto ensaiava o que dizer.

— O que aconteceu? — perguntou Quinzinho, em suspense.

Olinto pesou as palavras, procurou eufemismos, mas não achou outro meio senão o mais direto possível.

— Eleonora tem tuberculose.

Quinzinho e Sinhá assombraram-se.

Sem mencionar sua fuga, Olinto relatou-lhes que Eleonora tivera uma hemoptise aquela manhã. E reproduziu o diagnóstico médico. Quinzinho torceu a boca de horror.

— Não é possível — balbuciou.

Ficaram alguns instantes calados. Chegou o chá. Olinto bebeu aos poucos, com cuidado, pois estava quente. Pensava em como entrar no assunto do dinheiro, que se tornava urgente.

— Precisamos enviá-la a um sanatório — disse. — Temos certeza de que, recebendo um bom tratamento, há esperança. Existem casos de recuperação completa. Para isso, talvez eu venha a precisar da ajuda de vocês.

— Claro — disse Quinzinho. — Quer dizer, sei que as visitas serão restritas, há o perigo do contágio...

Olhou para Sinhá.

— É uma doença perigosa — disse a mãe. — Mas você é o noivo dela, pode mandar-lhe flores.

Embaraçado, Olinto procurou redirecionar a conversa ao seu assunto prioritário.

— Preciso de dinheiro — disse. — Meus negócios não têm andado muito bem. Eu vinha pensando em lhe propor que os examinasse, Quinzinho. Você é jovem, dinâmico, tem idéias e podia ajudar. Mas a urgência de ter que pagar pelo sanatório e outras despesas médicas precipitam essa minha confissão.

— Compreendemos, compadre — disse Sinhá.

— Gostaria de saber se posso contar com a ajuda financeira de vocês... Afinal, Quinzinho, por tudo o que você tem feito para ficar com Eleonora, deve amá-la muito. E temos esperança de que ela fique boa para que vocês possam retomar a vida juntos.

Desacorçoado, Quinzinho se esquivou.

— Doutor Olinto, essa doença é muito grave — disse. — Primeiro acho que devo também consultar um médico. Tenho estado com Eleonora e posso ter sido infectado. Depois, preciso pensar em tudo isso. Claro que ajudarei como puder, mas adianto que no momento tenho muitos investimentos ainda por dar frutos, razão pela qual tenho pouco ou nenhum capital disponível para empréstimos.

Olinto murchou: esperava atitude mais incisiva. No entanto, não podia dizer, muito menos exigir algo. Estivesse vivo, Marciano não hesitaria em lhe dar todo apoio, inclusive financeiro. Sentiu falta do amigo, assim como do seu senso de hombridade.

— Bem — disse ele, depositando a xícara sobre a mesa e apalpando os bolsos, como quem não quer esquecer nada, antes de ir embora. — Agradeço a atenção, de qualquer modo.

Levantou-se. Quinzinho lhe apertou a mão, como uma condolência. Sinhá, mais efusiva, o abraçou, soprando em seus ouvidos, protocolarmente:

— Vamos ver o que se pode fazer, compadre, vamos ver.

Olinto atrasou o mais que podia a volta para casa. Relutava voltar para a sua realidade. Ela, porém, se impôs assim que chegou. Havia pesar em toda parte — no tom de voz dos empregados, no silêncio dos corredores, no próprio ar que ali se respirava.

Don' Ana estava na saleta de música. A mulher tinha a mente mais clara que a sua; em momentos difíceis, recorria a ela. Pela primeira vez na vida, encontrou-a ainda mais desacorçoada.

— Onde você esteve?

Olinto contou-lhe sua visita a Sinhá.

— Fez muito mal — disse Don' Ana. — Pessoas generosas oferecem. E gente como nós não pede.

Olinto passou a mão pelo rosto, exasperado.

— Você não entende, mulher — disse. — Não há de onde tirar o dinheiro.

— Vendemos a fazenda.

Olinto balançou a cabeça.

— Do que você está falando?

— Vendemos a fazenda — repetiu Don' Ana. — Está dando prejuízo, de todo modo. Pagamos as dívidas e colocamos Eleonora num bom sanatório, o melhor. Mesmo que o dinheiro mal baste para pagar as dívidas, há ainda a renda do tabelionato. Temos que fazer todo o possível por nossa filha.

Don' Ana tinha a mente clara, mas naquele instante pensava somente como mãe. Sim, Olinto poderia vender a fazenda: a pressa, porém, era inimiga dos bons negócios. Além disso, a família deixaria de possuir um patrimônio importante. Ele tinha de pensar também no restante da família.

— E seus outros filhos? O que sobrará para eles?

— Há tempo para pensar nisso — disse ela. — Eleonora, porém, precisa de tratamento já.

— Como venderei a fazenda da noite para o dia?

A mulher olhou-o feito Medusa.

— Como um pai — disse ela. — E não um fazendeiro fracassado.

Quando alguém passa muito tempo sozinho, conversa com os animais, as plantas e consigo mesmo; até objetos viram interlocutores, tornando-se animados. Assim Coracy ficou aquelas semanas, evitando o contato com gente, ao mesmo tempo que as pradarias, o entardecer e as noites estreladas se tornavam uma companhia revigorante.

Seguiu pelos caminhos paralelos à estrada, às vezes difíceis, no cavalo baio a quem dera o nome de Bandido, homenagem às avessas aos seus antigos donos. Crescia nele o desejo de seguir o caminho da guerra. Seguindo para o norte, rumo ao Paraná, achava mais provável encontrar a coluna Prestes que tropas do governo, ao contrário do que dissera o capitão Servílio. Segundo pensava, o antigo potreador queria apenas uma desculpa para não retornar aos chefes e à disciplina militar. Assim, podia fazer o que bem entendesse, como roubar e servir-se das mulheres à vontade.

Ele não se importaria de encontrar os rebeldes; de certa forma, agora era também um proscrito. No primeiro momento, pensara mesmo em procurar Siqueira Campos, que haveria de lembrar-se de sua participação na marcha de Copacabana — seguiria a primeira inspiração que o levara ao Exército. Admirava a causa revolucionária e valorizava ainda mais o idealismo dos tenentes, que a guerra deturpava. Duvidava que Siqueira Campos tivesse se corrompido, transformando-se também em bandoleiro ou pilhador. Somente ele poderia restabelecer a ordem naquela confusão que parecia justificar tudo.

Logo, porém, voltou a si. Pensando melhor, o mais correto seria retornar ao Exército, ainda que isso implicasse entregar-se voluntariamente ao comandante Enriques. Somente assim enfrentaria as acusações que pesavam contra ele, mesmo correndo o risco de voltar para a cadeia e ir à corte marcial como desertor reincidente. Juntando-se aos rebeldes, Coracy daria razão aos seus acusadores. Queria dobrar Enriques e esclarecer a mentira impingida por Gaspar a pretexto de salvá-lo.

Determinado, mas sem pressa, ele aproveitou a viagem sem pensar nos perigos à sua frente, ainda inebriado com aquelas férias inesperadas. Tomava banhos de rio e deitava nu nas pedras, sentindo o calor do sol vencer o ar frio do inverno, tirando o mofo da pele esverdeada. Até mesmo seu uniforme, depois de diversas lavagens, recuperou o cheiro bom de roupa quarada, ainda mais claro que na cor original.

No alforje deixado com Bandido, descobrira duas preciosidades. Uma era sua caderneta vermelha do Exército, que o capitão Servílio recolhera em algum lugar do quartel antes de soltá-lo e Dolores tivera a esperteza e a oportunidade de recuperar. O outro achado era ainda melhor: dinheiro. Silenciosamente agradeceu à prostituta e a suas amigas, que o tinham ajudado tanto, nem sabia a que custo. Dolores tinha razão. O bem vem de onde menos se espera.

Com aquele dinheiro, Coracy entrou em uma vila, onde comprou farinha e carne-seca, além de uma navalha para barbear-se. Era o que faltava para sentir-se novamente civilizado. Olhou-se na lâmina da navalha, como um pequeno espelho: foi como reencontrar um parente distante.

Animado, Coracy percorreu o trajeto que a coluna Prestes fizera a duras penas na estação de chuvas, com os caminhos enlameados e a comida escassa, agora facilitado pela estiagem outonal. Por ali não havia pastagem para os cavalos e o gado era rarefeito e selvagem. Nem o receio de encontrar outra patrulha como a do capitão Servílio ou algum atirador que o confundisse com o inimigo tirou o prazer da cavalgada.

Na cadeia, acostumara-se à solidão. Não fazia a menor questão de ver gente, ao contrário: cansara-se do ser humano, essa criatura que não valia a própria comida. Preferia a companhia de Bandido, a quem poupava de maiores esforços, conduzindo-o pelos trechos mais penosos a pé. O ruminante seguia mastigando a palha do caminho com grande bonomia, espantando as moscas com o rabo, ou examinando-o com os olhos doces, de lânguidos cílios, próprios dos eqüinos.

Ao final de uma semana, Coracy alcançou os baixios do rio Uruguai, fronteira com a Argentina. Tomou o caminho paralelo ao rio, ainda rumo ao norte, até alcançar Porto Feliz. Ele já não se escondia tanto. Com freqüência seguia o caminho principal, onde aqui e ali enxergava sinais da passagem da coluna rebelde: roupas velhas, lixo e, por fim, caminhões militares encostados na beira da estrada ou abandonados na ravina. Os veículos motorizados se movimentavam mais rápido, mas tinham sido abandonados pelo caminho, pois na fronteira faltava gasolina e óleo. Bandido era seu trunfo: por ali, o cavalo continuava a ser o principal meio de transporte. Por essa razão Coracy via tão poucos animais nas fazendas pelas quais passava — a maioria tinha sido requisitada por meio das potreadas.

Entrara em terras de gente como ele nunca vira antes. Eram pastores com cabelos de feno, migrantes com que o governo ocupara aquela região antes disputada pela Argentina, conhecida por essa razão como o Contestado. Escaldados pela passagem da coluna, os colonos olhavam para Coracy de longe, desconfiados, sem saber se ele era o resquício ou o prenúncio de algo ruim.

Mesmo diante daquela gélida recepção, Coracy parava nas vendas de beira de estrada e pedia notícias dos combatentes. Os habitantes locais, além de arredios, falavam melhor o alemão. Graças a um certo esforço diplomático, um pouco de português e muita mímica, Coracy compreendeu que havia uma trilha nas montanhas de Santa Catarina, pela qual tinham passado há algum tempo muitos soldados, liderados por um sujeito com um "alforje cheio de mapas" que só podia ser Prestes.

A tropa rebelde ocupara Porto Feliz, mas havia sido desalojada pelas forças do coronel Claudino, associadas aos homens do Contestado. Acostumados a guerrear desde o tempo em que haviam expulsado os castelhanos a bala daquelas paragens, os germânicos tinham feito dura oposição à marcha da coluna, não permitindo seu alojamento por ali.

— Nós não *virr* tão longe para *entrregar nossos coisas* a qualquer um — disse-lhe um comerciante de queixo duplo, gestos largos e olhar torto, no jorro cheio de consoantes dos saxões.

Naquele mesmo dia, Coracy tomou a balsa que cruzava o rio em Porto Feliz e cavalgou até encontrar a trilha paralela à fronteira, indicada pelos alemães.

Sem contar os dias, nem calcular a distância, ele se acostumou à vida silvestre. Colhia frutos, bebia água de nascente, dormia sobre a relva. Quanto mais subia a serra, mais esfriava; usava o poncho que Dolores providencialmente lhe deixara. À noite, aproveitava a lenha seca da estiagem para aquecer-se junto ao fogo; as chamas espantavam animais indesejáveis e tornavam o jantar mais apetecível. Com o fim da farinha e da carne-seca, matava porcos do mato e outros animais de pequeno porte com a espingarda herdada dos rebeldes e sua pontaria de atirador de primeira classe.

Quase lamentou quando por fim venceu a serra, encontrando do outro lado novas pastagens de gado gordo dos colonos alemães. Depois de atravessar Santa Catarina no trecho em que o estado é mais estreito, encontrava-se no sudoeste do Paraná, perto de Barracão. Vindo até ali tão sossegado, sem encontrar vivalma pelo caminho, tomou um susto ao topar de frente com uma patrulha militar a cavalo, numa curva que contornava um espesso bambuzal.

Por um instante, lamentou a imprudência de cavalgar pela estrada despreocupado e de peito aberto. Porém, era tarde demais para aquele tipo de consideração.

— Alto! — comandou um oficial.

O grupo se aproximou a galope, com as armas empunhadas; Coracy não tinha dúvidas de que redobravam o cuidado por vê-lo fardado. Pousou uma mão na cabeça do arreio, com a outra acalmou Bandido, que bufava e se mexia, assustado pelo tropel. Em segundos, foi cercado por uma dúzia de soldados armados.

— Identifique-se!

Quem o inquiria era um cabo. Em vez de rebeldes, encontrara uma patrulha regular do Exército. Apresentou-se, dizendo nome, número e batalhão. Tirou a caderneta militar e a entregou ao cabo, para que averiguasse as informações.

— Perdi-me da tropa em Santo Ângelo — ele disse, preferindo omitir detalhes de como aquilo ocorrera.

O cabo folheou o documento, com o cenho franzido. Ao final do exame, colocou-o em seu próprio bolso, levantou os olhos e bateu-lhe continência.

— O 19º Batalhão não está mais na região. Mas vejo que o senhor foi promovido a sargento pelo próprio comandante Rondon — disse o cabo, admirado. — Acho que ele gostará de saber que está aqui.

— Rondon?

— Sim. Sou o cabo Tomásio. Queira nos acompanhar.

No caminho, o cabo contou que em abril as forças de Prestes tinham se reunido à de Isidoro Dias Lopes e Miguel Costa, depois de muitas defecções. Reorganizadas em duas brigadas — a de São Paulo e a do Rio Grande —, as tropas revoltosas tinham enfrentado forças muito superiores. Espremidas ao sul pelos chimangos do coronel Claudino e ao norte pelas tropas de Rondon, acabaram sendo expulsas de Catanduvas e Foz do Iguaçu, na fronteira com o Paraguai. Nova derrota em Guaíra, cidade da Companhia Mate-Laranjeira, selara o destino da campanha. Os rebeldes tinham atravessado o Paraná, internando-se desordenadamente em terra paraguaia, onde o Exército não podia persegui-los.

— Acabou a guerra — disse Tomásio, sorridente.

Coracy relutou a aceitar o que o cabo afirmava. Entendia que Isidoro Dias Lopes e Miguel Costa, dois oficiais da velha guarda, abdicassem da luta. Não podia acreditar, porém, que Prestes, Juarez Távora e sobretudo Siqueira Campos desistissem daquela forma, como reles fugitivos. Ele mesmo vira Siqueira Campos preferir a morte, na praia de Copacabana, a entregar-se. Não era possível que preferisse o exílio a combater até o último homem.

— Pois foi o que aconteceu — disse o cabo. — Olhe à sua volta, esta é a prova.

O exército legalista ocupava as cidades do oeste do Paraná, incluindo Foz do Iguaçu. Parte das tropas já tinha sido desmobilizada, retornando à base, como o 19º Batalhão. A patrulha do cabo Tomásio dirigia-se a Laranjeiras, onde estava agora o quartel-general do comandante Rondon. Todos aguardavam ansiosos sua vez de sair dali.

O cabo não fez qualquer pergunta sobre as prisões registradas na caderneta militar de Coracy. Com certeza, deixaria o assunto para o alto-comando — afinal, tratava-se de um superior. Coracy entrou no acampamento militar de Laranjeiras preocupado. Seu semblante contrastava com o clima de festa reinante por ali.

O acampamento do comandante Rondon era um formigueiro com centenas de barracas a curta distância dos limites da cidade. O cheiro de comida lhe deu fome assim que entrou na barraca de campanha dos patrulheiros. Depois de almoçar, Tomásio o encaminhou à intendência, já informada da sua presença.

O Estado-maior do comandante Rondon ficava em uma casa rústica no centro do acampamento. Coracy se apresentou a um ajudante-de-ordens, depois a um major e, por fim, foi levado a uma sala de paredes de madeira em casca, com uma mesa de cedro ao centro, decorada com tapetes de couro de vaca e cadeiras almofadadas, único luxo que Rondon se permitia. Pouco depois, surgiu o comandante das forças do governo em pessoa.

— Ah, aí está você! — disse ele, ao entrar.

Apesar da inesperada informalidade, Coracy bateu continência.

— À vontade — disse o comandante. — Deram-lhe comida?

Coracy desfez a continência, mas manteve-se rígido como uma estaca.

— Sim, agradeço — respondeu Coracy. — Tomei até café preto, o que não fazia há muito tempo, senhor.

Rondon sentou-se. De uma gaveta sob a mesa, tirou a caderneta militar de Coracy. Com os bigodes hirtos sob os olhos escuros, examinou-o entre grave e intrigado.

— O 19º Batalhão já não se encontra no acampamento, mas eu soube pelo comandante Enriques o que aconteceu com o senhor em Santo Ângelo — disse, pausadamente. — O senhor pode me explicar como alguém com o seu comportamento, recém-promovido a tenente e condecorado pessoalmente por mim pode ter sido preso por deserção?

— Senhor, é verdade que me insubordinei — disse Coracy. — Meu propósito, porém, não foi o de fugir à luta ou me juntar ao inimigo, como se pode supôr. Achei que podia perseguir o general Honório Lemes, que passara pela cidade com apenas três homens, e abreviar a campanha com um disparo a longa distância.

— E por que o senhor tinha de fazer isso sozinho e à revelia do seu comando?

— O batalhão tinha sido designado para permanecer em Santo Ângelo. E eu tinha razões pessoais para tomar essa iniciativa.

Rondon baixou a fronte morena, pousou as mãos sobre a barriga e girou os polegares um ao redor do outro. Quando levantou a cabeça, em vez de pronunciar-se sobre o caso, fez um breve balanço da campanha. Disse que estava plenamente satisfeito; não capturara um único oficial inimigo, mas orgulhava-se de ter vencido uma guerra indesejável com o menor número possível de baixas. Com os últimos rebeldes exilados no Paraguai, considerava a sublevação derrotada. Não via condições para que os tenentes retornassem de maneira organizada, nem achava que eventuais remanescentes do movimento, apartados da coluna principal em meio à debandada, ainda representassem perigo. Dar conta deles era uma tarefa da qual as milícias estaduais poderiam se desincumbir, como qualquer bando de malfeitores.

— Estamos voltando para casa.

Coracy ouviu Rondon em silêncio. Compreendeu que não haveria corte marcial: seu julgamento estava ocorrendo ali e a sentença viria depois daquele preâmbulo.

— Não sei que motivos pessoais podem tê-lo levado a querer vingar-se desse Honório Lemes, nem creio que esse seja assunto militar — disse Rondon. — Mas acredito em suas palavras na questão da sua fidelidade ao Exército, pelo seu passado e porque eu conheço homens o suficiente. Você tem a qualidade da franqueza e já serviu bastante este país. Creio que entraremos agora em tempos de paz. Precisamos celebrá-la sem ressentimentos para aqueles que cometeram erros, mesmo os de insubordinação, num tempo em que essa é a falta mais grave dentro do Exército. Vejo aqui que o senhor já serviu com o tenente-coronel Geremias Góes, do Sexto Batalhão, primeira companhia do Segundo Regimento de Infantaria. Ele está aqui em Laranjeiras. Pode retornar com ele ao Rio de Janeiro. Eu vou reintegrá-lo à tropa na qual o senhor já demonstrou lealdade e destemor.

Escreveu algo na caderneta vermelha, fechou-a e a entregou.

— Não sei como agradecer — disse Coracy.

— Procure honrar a medalha que lhe dei — disse Rondon. — Fiz do senhor um herói do Exército nacional e o que faço não pode ser desfeito. Mas não venha a trabalhar contra isso novamente, pois não estarei mais a protegê-lo.

Ao ver que o coronel nada mais tinha a dizer, Coracy bateu continência e saiu. Ao fechar a porta, notou um breve sorriso sob os bigodes espessos de Rondon — que tanto podia ser de ironia quanto de magnanimidade.

Estava perplexo. Saíra do Rio Grande como desertor em um país conflagrado e chegara ao Paraná, do outro lado da serra, na paz do coronel Rondon. De repente, o que antes lhe parecia distante e improvável se tornava real. Com a paz, breve poderia até mesmo voltar à vida civil. Assim como o país, tinha a oportunidade de começar de novo. E ele se perguntava como iria aproveitá-la.

O reencontro com os colegas de jornada à Amazônia foi de festa, ainda mais em circunstâncias tão favoráveis, já que todos estavam a caminho de casa, loucos de saudade.

— Meu homem! — bradou o tenente-coronel Geremias Góes, ao recebê-lo com o despacho do coronel Rondon nas mãos.

— Nosso homem! — fez eco o capitão Franklin Barbosa.

A expectativa pelo encerramento oficial da campanha confirmou-se à tarde, quando Rondon anunciou a desmobilização do restante das forças legalistas. Coracy foi ao estábulo da cavalaria despedir-se de Bandido com afagos e torrões de açúcar, subtraídos ao café-da-manhã. No dia 4 de maio de 1925, às onze horas da noite, embarcou com o Sexto Batalhão em uma composição da Estrada de Ferro Paulista, com destino ao porto de Paranaguá, onde chegou às três e meia da tarde. Às oito e meia da noite, o batalhão embarcou no paquete *Juazeiro*, que atracou em 9 de maio no porto do Rio de Janeiro, precisamente às sete da noite.

Já era tarde da noite quando o batalhão entrou no quartel do Andaraí. Depois de tanto tempo no mar, Coracy ainda balançava. Até então, não precisara cogitar o que faria a seguir, nem encarar a própria vida. Com o final da campanha e a perspectiva de voltar à vida civil, rolava na cama de um lado para outro, com dificuldade para pegar no sono. Surgia a vontade de recuperar seu lugar em Cachoeira, e sobretudo a violenta necessidade de reencontrar Eleonora.

Não sabia o que acontecera com ela todo aquele tempo, mas não importava. Não podia haver obstáculo entre eles, exceto aquela guerra que lhe subtraíra a felicidade. Eleonora o expulsara, é verdade, mas tinha sido movida por um impulso, uma reação impensada, depois que ele anunciara sua volta ao Exército. Por trás da sua raiva, ele enxergava o amor. Nem o tempo ou as decepções mudavam algo tão grande.

Só de pensar nisso, flutuava; já se via diante de Eleonora, tomando-a nos braços, arrependida, apaixonada, fazendo juras de amor; lhe pediria mil perdões, a beijaria com o ardor curtido na distância e na solidão. Continha-se para não desertar pela terceira vez. Contra a precipitação, lembrava as palavras do comandante Rondon: ele não o salvaria novamente.

Tanto mais alto sua vontade de ir embora subiu, levada pelos planos mais auspiciosos, quanto desceu, atingida em meio à felicidade absoluta pela mais catastrófica notícia. Dois dias após a chegada do Sexto Batalhão ao Rio de Janeiro, o general João de Deus Alma Barreto surgiu diante dos soldados perfilados para a Ordem do Dia. Em vez da aguardada dispensa dos combatentes, comunicou com gravidade:

— Recebemos a informação de que os rebeldes retornaram ao Brasil pelo Mato Grosso, depois de subir a fronteira pelo lado paraguaio — disse o general. — Infelizmente, ao contrário do que se imaginava, a luta não acabou.

Um brado de consternação percorreu a tropa. Ao lado do general, o tenente-coronel Geremias Góes e o capitão Franklin transpareciam sua contrariedade.

— Não haverá dispensas, ao menos até que as coisas se aclarem — disse João de Deus. — Preparem-se novamente para a possibilidade de retomar a campanha.

No quartel, foi um dia de inconformismo e pesar. Coracy bem imaginara que Siqueira Campos não desistiria tão fácil do combate. A volta dos tenentes ao Brasil mostrava o quanto o comandante Rondon se enganara. O tenentismo não estava morto, nem foragido covardemente do outro lado da fronteira. O homem que Coracy vira desfilar em Copacabana, desafiando a morte, ainda mantinha em punho o seu estandarte.

Sim, a campanha iria continuar e ele nada podia fazer a respeito, apesar da sensação urgente de que precisava voltar para casa. Não havia algo mais exasperante que estar sempre em direção oposta à desejada, joguete do destino. Para sobreviver àquele golpe, Coracy só via uma saída: usar a sua força para dominar a si mesmo; não podia se perder. Teria de saber esperar, resignado como Jó, paciente como Buda, estóico como um faquir.

Da partida em Cachoeira, Eleonora se lembraria menos da preocupação do pai e mais da ausência dos irmãos, proibidos de se aproximar — ordens de Don' Ana, por receio do contágio. Não estranhou a ausência de Quinzinho. Mesmo que ele não soubesse de sua fuga, entendia o fato de não querer vê-la. Era duro, mas verdadeiro: o único homem que desejara ficar com ela na doença, também a abandonava.

Arrependeu-se de tê-lo tratado tão mal, não pela súbita necessidade de afeto, mas por uma visão superior da vida. Quinzinho era capaz de pulverizar suas promessas tão fácil quanto acreditava nelas. Todo o amor com que ele a perseguira anos a fio desvanecia-se diante da tuberculose, assim como os planos de casamento, a lua-de-mel pela Europa, a brilhante vida em comum que ele sempre anunciava. Mas compreendia, em vez de condená-lo. Era mesmo difícil fazer planos com alguém sem muito futuro.

O doutor Pradinho se encarregara de marcar a internação de Eleonora no Sanatório Imaculada Conceição, em Campos do Jordão. Fizera bons prognósticos.

— O ar frio e seco em Campos do Jordão é excelente, muita gente se recupera lá — disse. — Tenho certeza de que Eleonora terá uma bela melhora. Além disso, o Sanatório possui os melhores recursos para tratamento.

Don' Ana acompanhou a filha na viagem, levando numa bolsa as prescrições do médico. Chegaram à cidade na litorina vinda de Santo Antônio do Pinhal, que subia a Serra da Mantiqueira. A mata de araucárias, alinhadas ao longo da via férrea, anunciava o clima frio — o mais próximo que Eleonora conheceria da Europa.

Campos do Jordão era uma cidade pequena e pacata. Sua via principal acompanhava a via férrea até a estação, cercada por hotéis e casas de montanha, muitas inspiradas na arquitetura bávara, uma afirmação vocacional. Dali partiam alamedas de cascalho, delimitadas por cercas vivas de cipreste ou hortênsias em ambos os lados.

Da estação, mãe e filha tomaram uma libré que as levou ao sanatório. O condutor passou pela cancela e as deixou na entrada de uma construção térrea, edificada em pedra e madeira, cercada por um jardim com hortênsias brancas e lilases. Janelas pintadas de verde davam na varanda. Eleonora foi encaminhada a uma sala de espera, enquanto Don' Ana tratava dos papéis de internação.

Era estranho pensar naquele lugar como sua nova casa. O ar contaminado com o cheiro de éter e a frieza hospitalar das paredes brancas contrastavam com o jardim: era como se lá fora a vida continuasse em toda a sua exuberância, enquanto ali dentro se confinava a morte.

Eleonora lembrou-se do dia em que um criado, a pedido de sua mãe, a deixara pela primeira vez sozinha na escola, em Cachoeira. Não devia ter mais que cinco anos de idade: sentira como se estivesse sendo abandonada para sempre. Reconheceu no medo que a afligia no sanatório aquele mesmo sentimento da infância, com a diferença de que daquela vez havia outro sentido para a solidão.

Don' Ana retornou na companhia do médico responsável pelo sanatório, Lucas Garcia, um homem discreto, com bolsas escuras sob os olhos e cabelo grisalho. Deu-lhe a impressão de que a convivência com os pacientes o transformara também numa alma penada. Apesar do aspecto sombrio, o médico revelou-se compreensivo e gentil. Disse que Eleonora seria bem tratada, que os pacientes tinham muita liberdade dentro da propriedade e que todos os recursos clínicos disponíveis seriam empregados no seu tratamento. Primeiro, eles fariam uma série de exames, mesmo de posse do diagnóstico médico do doutor Pradinho, que ele conhecera na Faculdade de Medicina, em São Paulo.

— Você vai ficar boa — disse ele.

Podia ser uma promessa otimista, mas na situação de Eleonora tais palavras soaram de maneira muito confortadora.

Naquele mesmo dia, ela fez uma nova chapa dos pulmões, que mostrou um deles bastante comprometido. O bacilo da tuberculose, uma vez instalado dentro das células, multiplicava-se e as matava, provocando cicatrizes que diminuíam a capacidade dos pulmões de produzir oxigênio. O médico disse a Eleonora e Don' Ana que a extensão da sua tuberculose era grande, mas isso não lhe tirava a esperança.

— O pulmão é um órgão generoso — disse o médico. — Para benefício do ser humano, ele possui um grande excesso de capacidade. Podemos viver muito bem com menos de um dos dois pulmões. No entanto, é por isso também que às vezes demoramos a descobrir a doença pulmonar, pois o paciente só se sente realmente mal quando ela se encontra em estágio bastante avançado.

— E o que se pode fazer, doutor? — perguntou Don' Ana.

— Tratamos a tuberculose com sulfa. Quando não elimina o bacilo, o remédio inibe seu crescimento. É o que existe de melhor na medicina hoje.

Aquela noite, Don' Ana pernoitou em um hotel da cidade; a filha foi conduzida ao seu quarto, um cômodo de paredes brancas, com uma cama, um lavatório e um crucifixo de madeira sobre a porta. Em cima do colchão, estava o uniforme hospitalar, que devia usar dali em diante: uma bata branca que a mimetizava com o ambiente. Eleonora consolou-se, pensando que tudo aquilo não devia ser muito diferente do claustro das carmelitas, para onde planejara ir antes.

No dia seguinte, pela manhã, Don' Ana foi ver como estava a filha e despedir-se. Para Eleonora, o encontro foi doloroso: com a partida da mãe, se desfaria a última ligação com sua vida anterior. Don' Ana lhe prometeu cartas e muitas visitas. Tinha esperança de que tudo se resolvesse breve; era importante que Eleonora fizesse planos para o futuro. Só lhe fariam bem.

— Eu me empenharei em falar com Quinzinho — disse ela. — Ele compreenderá, terá paciência para esperar.

— Não diga nada a Quinzinho — pediu Eleonora. — Eu não o amei na saúde, não posso querê-lo agora, por interesse, apelando para sua compaixão. Ficarei como estou: sozinha.

Don' Ana avançou para abraçá-la, mas hesitou. Eleonora ainda não se acostumara à repulsa alheia: nem sua mãe já tinha coragem de se aproximar dela demais.

Depois que a mãe foi embora, Eleonora viu-se em seu novo mundo. Acordava às sete da manhã, quando lhe serviam o café no quarto: frutas, sucos, pão e café com leite. Depois do desjejum, tomava um coquetel de remédios, servidos por Ilma, uma enfermeira de constituição e temperamento germânicos. Eleonora tinha então algumas horas para passear no jardim, trajada com a bata que lhe dava ainda mais ares de enferma.

Logo se incomodou com a presença autoritária de Ilma, que a acompanhava como uma carcereira. Notou que a janela de seu quarto não podia ser aberta pelo lado de dentro, como em uma cela de prisão: tomava-se o cuidado de evitar que um paciente pudesse fugir, contaminando a cidade com a sua simples presença. No jardim, a vigilância era velada; de todos os lados, funcionários mantinham olhos atentos a tudo o que faziam os internos. A simples sensação de que não podia sair daquele lugar por livre e espontânea vontade bastava para Eleonora se sentir sufocada. A doença lhe tolhia a vida antes da morte, tirando-lhe a liberdade.

Havia cerca de cem pacientes no sanatório: eles lhe davam mais calafrios que a febre. Sobretudo à noite, quando se acendiam os lampiões, Eleonora ouvia vozes, gemidos, tosses, escarradas, lamentações. A angústia alheia a atormentava até no sono. Tinha pesadelos nos quais vagava pelas ruas com as roupas sujas de sangue, vultos surgiam nas esquinas, formavam um cortejo macabro ao seu redor. Sob os andrajos dessas figuras sinistras, ela podia ver os vermes que roíam a carne pútrida. Sabia que logo ficaria como elas; já podia sentir no corpo o cortejo de ávidos seres a devorar suas entranhas.

Acordava muitas vezes de madrugada, em sobressalto. Receava ver-se dilacerada, como as criaturas aterrorizantes que povoavam seu sono. Levantava-se, passava a mão pelas paredes nuas até encontrar o crucifixo na porta, tirava-o do prego e o levava de volta para a cama, como faria uma menina que abraça sua boneca para dormir.

Certas vezes, desejava abreviar o sofrimento: já que a vida não tinha sido como sonhara, seria melhor morrer logo. Depois, porém, arrependia-se desses pensamentos; agarrava-se à vida desesperadamente, nem que fosse apenas para se lembrar da felicidade da infância, de seus momentos com Coracy e da própria sensação de viver. Dava um novo e imenso valor às coisas mais simples, como pentear os cabelos ainda cheios de viço, mesmo que com o sabor amargo de que desperdiçava a vida no seu melhor.

Animava-se com os passeios pelo jardim, cercado de ciprestes aparados com cuidado. Andava entre os canteiros de hortênsias, descalçava os sapatos para sentir o contato com a terra, apanhava do chão as garras de pinheiro para com elas espetar as mãos: a dor era sinal de que estava ainda viva. Examinava os pinheiros, alguns tinham machucados, buracos cavados por insetos ou galhos quebrados em intempéries, de onde saía uma resina perfumada; pensava nela como o sangue das árvores. Queria ser como os pinheiros, capaz de sobreviver às suas feridas e ainda exalar um bom perfume.

Com os dias, ela se alienou. Não faziam mais diferença as notícias que vinham de fora, fossem da política, da moda na capital ou de catástrofes naturais. O mundo exterior estava mais e mais distante. Para não sofrer demais, Eleonora buscava a indiferença. Amortecia tudo, incluindo todos os bons sentimentos, sobretudo os do amor. Era como tomar um anestésico; ao mesmo tempo que se afastava da vida, cercava o coração com muralhas de pedra. Logo, diminuiu a saudade de Don' Ana e dos irmãos, as pessoas que lhe eram mais caras. Enterrava aos poucos também o sentimento mais forte: Coracy. Os condenados à morte, pensava ela, não podem amar: seria sofrimento demais pensar que, em algum lugar, havia algo de bom que ela estava perdendo, ou deixaria de ter.

Para Eleonora, dali em diante, nada mais tinha importância, exceto a atividade essencial, fonte primordial da vida, promovida por aqueles pulmões traidores: respirar, apenas respirar.

Capítulo 9

Depois de cruzar o rio Paraná, no início de maio de 1925, as divisões revolucionárias dispersas em combate tinham se reagrupado em solo paraguaio. Haviam percorrido 300 quilômetros em terras da companhia Mate-Laranjeira, rumo ao norte, aproveitando no caminho para fazer justiça em país alheio. O major rebelde João Cabanas fuzilara quatro capatazes da companhia, por trucidarem trabalhadores paraguaios, submetidos a um regime de escravidão. Pelo medo, os tenentes passaram a ser bem recebidos por políticos locais e supervisores da companhia, interessados em facilitar sua passagem, de modo a devolvê-los o mais rápido possível ao território brasileiro.

Quando o governo federal julgava a rebelião militar encerrada, eles surgiram de surpresa pelo sul do Mato Grosso, uma região de floresta onde os guaranis colhiam erva-mate. Enquanto o Sexto Batalhão de Coracy viajava por mar para o Rio de Janeiro, a vanguarda da coluna revolucionária enfrentava na localidade de Panchita uma unidade de infantaria ligeira, saída de Ponta Porã para investigar rumores de que bandidos oriundos do Paraguai haviam atravessado a fronteira. Trinta milicianos tinham morrido, outros tantos foram capturados pelos rebeldes; o resto fugira em caminhões para a aldeia de Amambaí.

A coluna rebelde avançara sobre Ponta Porã, quartel-general do 11°. Regimento de Cavalaria do Exército e do comando sul do Mato Grosso. Com 133 cavalarianos, cercara e derrotara 518 soldados federais e 25 milicianos estaduais que se movimentavam devagar na estrada de Ponta Porã a Campo Grande, por causa dos carros de boi onde levavam munição. Em 10 de maio, quando chegou por telégrafo ao Rio de Janeiro a notícia de que Prestes ocupara Ponta Porã, todos no quartel do Andaraí passaram a acompanhar alarmados o curso dos acontecimentos.

Em 12 de maio, o major Bertoldo Klinger, vindo de Campo Grande, apresentou-se com reforços ao grupamento legalista montado a 65 quilômetros de Ponta Porã. Derrotado em seguidos combates com João Alberto e Siqueira Campos, Klinger entrincheirou-se nas estradas próximas às cabeceiras do rio Apa; depois teve de recuar dali também. O destacamento de rebeldes do Rio Grande, comandado por Cordeiro de Farias, que antes protegia a retaguarda perto do rio Paraná, marchou para nordeste, em direção ao estado de Goiás. Juntando-se à brigada de São Paulo, entrou em Dourados e prosseguiu para Ribas do Rio Pardo, na Estrada de Ferro Noroeste, a leste de Campo Grande.

No Rio de Janeiro, o retorno heróico dos rebeldes ao Brasil inflamou os ânimos. No dia 21 de maio, oficiais tentaram tomar o Terceiro Regimento de Infantaria, no quartel da Academia Militar da Praia Vermelha. Dominaram os sentinelas e obrigaram o corneteiro a tocar ordem unida. Foram expulsos a tiros, mas os rebeldes, mesmo em lugar tão distante do Brasil, produziam efeito à distância.

Dada sua ficha, já marcada pela deserção, Coracy evitou meter-se em conversas políticas. Desmoronados os seus planos de voltar para casa, ansiava por sinais de um desfecho rápido para o conflito, embora não visse possibilidade disso a curto prazo. Secretamente, como muitos por ali, via a causa rebelde com simpatia renovada. A bravura daqueles homens que desafiavam o poder constituído, como já acontecera com Siqueira Campos antes em Copacabana, conquistava adeptos dentro e fora dos quartéis.

Revigorada em sua nova encarnação, a coluna passara a auto-intitular-se Coluna Invicta. Ocupou Dourados, escapando às forças superiores em número do major Klinger. Em junho, tomou Jaraguari, ao norte de Campo Grande. Os rebeldes deixavam as terras ricas do Sul para entrar no cerrado do Centro-Oeste, com seus arbustos retorcidos, solo pobre e pastagens mirradas.

Liderança agigantada na campanha, Luiz Carlos Prestes assumira na prática o controle da coluna. Miguel Costa continuava a ser o oficial mais graduado e comandante nominal, mas Prestes era o chefe do estado-maior, com amplos poderes para dirigir operações militares, desde a derrota que os levara ao Paraguai. Fez segundo em comando o tenente-coronel Juarez Távora e substituiu as brigadas do Rio Grande e São Paulo por três destacamentos, sob as ordens dos tenentes-coronéis Osvaldo Cordeiro de Farias, João Alberto Lins de Barros e Siqueira Campos. Criou ainda um quarto destacamento comandado pelo major Djalma Dutra.

Para enfrentar o confronto direto com as tropas locais, Prestes movimentava-se cada vez mais rápido, agora em direção ao Nordeste. A Coluna Invicta tinha, então, 1.200 homens, a maioria armados com fuzis Mauser. Dispunha ainda de quatro metralhadoras e quatro fuzis automáticos de calibre 7 mm. Perdera a artilharia pesada, ao deixar desmontados no Paraguai seus canhões Krupp, mas ganhara mobilidade.

— Esse Prestes é esperto — disse o capitão Franklin a Coracy. — Fará uma guerra de movimento, resistirá o mais que puder, até conseguir novamente sublevar as tropas contra o governo em todo o país. Cada dia que passa é uma vitória dos tenentes. O presidente Bernardes terá de agir rápido, se não quiser novamente perder o controle das Forças Armadas.

Pelo restante de junho e todo o mês de julho, as tropas do major Bertoldo Klinger, agora chefe do Estado-maior de um novo grupo composto por tropas estaduais de Minas Gerais e do Rio Grande do Sul, perseguiram a coluna pelo Centro-Oeste. Atrás da vanguarda, com trezentos milicianos em 18 caminhões civis, iam setecentos soldados mineiros e mil gaúchos. Custavam para avançar, com receio de emboscadas, ou diante de pontes sabotadas pelos rebeldes. Volta e meia eram fustigados por disparos de atiradores ocultos nos desfiladeiros ou na ravina alta. A Coluna Invicta seguiu pela Serra dos Baús, em Goiás, numa estrada intransitável para veículos motorizados. Dessa forma, as tropas de Klinger encalharam no seu encalço.

Em Goiás, Klinger saíra do comando do general Malan e entrara no do general Eduardo Sócrates, da segunda região militar. Frustrado na tentativa de perseguir os rebeldes em caminhões, receoso de que eles fossem escapar pelas estradas intrincadas e numerosas do sertão, o major sugeriu que o governo desistisse de tentar subjugá-los. Acreditava que, se fosse simplesmente ignorada, a Coluna Invicta perderia seu sentido político e se desmancharia sozinha. Recebeu uma reprimenda. O presidente Bernardes estava farto daquele bando que o desafiava em seu próprio país. E negou o pedido de Klinger de voltar ao Mato Grosso.

Prestes não possuía meios de avançar sobre o Rio de Janeiro para depor Bernardes, mas ninguém supunha o que ele faria. As notícias chegavam à capital da República cada vez mais nebulosas. Por isso, foi com surpresa que em 19 de agosto o destacamento de João Alberto foi visto em São Romão, na beira do São Francisco, no interior da Bahia depois de atravessar Minas Gerais. Ao entrar casualmente num bar, os rebeldes o encontraram repleto de soldados baianos que retornavam de barco da campanha no Paraná. Houve tiroteio e deu-se o alarma.

Possesso, Bernardes responsabilizou a atitude dos militares em relação a Prestes, que considerava benevolente, numa referência direta a Rondon. Desiludido com as forças federais, o presidente não podia fiar-se também no desempenho das milícias civis e das tropas estaduais. O desempenho de Klinger mostrara que aquilo não era suficiente para liquidar de vez com os revoltosos. Os "batalhões patrióticos" seriam novamente chamados à ação.

Na noite de 21 de agosto de 1925, o Sexto Batalhão estacionou no porto do Rio de Janeiro, onde embarcaria com destino a Salvador. De lá, a tropa seguiria sertão adentro até o rio São Francisco, onde os cariocas diziam, como piada, que a coluna rebelde passeava de férias, com banhos de rio, queimada de sol.

A última tarde livre foi empregada pelos soldados em escrever cartas, beber nos bares próximos ao porto e lamentar a sorte. Coracy pensou em escrever a Eleonora, mas não sabia o que dizer, e mesmo que soubesse, temia pelo modo como suas palavras seriam recebidas. Como resultado, nada lhe saiu da pena. Por um lado, contentava-se com o destino, que lhe dera novamente o que fazer. Por outro, sentia-se profundamente infeliz. Não lhe restara vida senão a da luta.

O *Santos* partiu às 18h45 do porto do Rio de Janeiro; em 25 de agosto, o batalhão desembarcou em Salvador. Depois de quatro dias no mar, os pracinhas descansaram uma semana, enquanto aguardavam instruções. O comandante Góes nada dizia à tropa sobre as ordens recebidas, talvez por receio de que entre seus próprios soldados houvesse simpatizantes que pudessem, durante a estadia em Salvador, passar informações aos rebeldes. Assim, os soldados fiavam-se em especulações e informações paralelas que chegavam em conversas com civis.

Corria à boca pequena que a coluna revolucionária se fortalecera no sertão baiano, graças à facilidade de movimentação proporcionada pelo São Francisco. Navegável em boa parte de sua extensão, o rio cortava todo o interior do Nordeste, partindo do norte de Minas Gerais e subindo pela Bahia, antes de fazer um cotovelo à direita, na divisa com Pernambuco; dali, rumava para o oceano Atlântico, bipartindo o estado de Alagoas. Por causa desse longo trajeto navegável e seu efeito benfazejo numa região semi-árida, o São Francisco era conhecido como o "Nilo brasileiro".

— O importante é que essa viagem será a última — garantia o capitão Franklin. — Não voltaremos sem uma vitória definitiva.

No dia 3 de setembro, ao toque da alvorada, o Sexto Batalhão retomou viagem. Na estação da estrada de ferro, embarcou às oito horas da manhã em uma composição destinada àquela missão militar. Às 10h45 a máquina deixou o recôncavo da capital baiana, lançando para trás sua fumaça negra.

A ferrovia corria a noroeste, apontando para o fundo do sertão baiano. Às três da tarde, o batalhão chegou a Alagoinhas; às cinco e quinze, depois de feitas as necessidades fisiológicas num matagal próximo da estação, e de um breve descanso na sombra dos umbuzeiros, a tropa reembarcou. A noite no trem foi longa, interrompida por reparos ora na linha, ora na locomotiva. Às vezes Coracy descia da composição, embora muitos tivessem medo de fazê-lo, com receio de que a máquina funcionasse de repente e os deixasse perdidos naquele ermo.

A terra ali já era seca e pedregosa, de vegetação retorcida, espinhenta e teimosa como os seus poucos habitantes: uns homenzinhos em quem a fome e as vicissitudes pareciam ter diminuído o tamanho, mas não a resistência. As crianças, a maioria negra ou cafuza, brincavam peladas nas vilas de casas de taipa, com a barriga inchada e as partes pudendas à mostra, por falta de roupas e hábitos elementares de higiene.

Pela janela do vagão, Coracy via a realidade dramática que levava os rebeldes a protestar contra o estado de coisas no Brasil. Não era possível que tanta gente pudesse tomar chá com torradas na Confeitaria Colombo, no Rio de Janeiro, enquanto aquela gente morria à míngua. Coracy imaginava que efeito cenas daquele tipo estariam causando nos revolucionários e, mais precisamente, em Siqueira Campos. O espírito revolucionário ganhava ardor com a penúria do povo.

Em 4 de setembro, às quatro e meia da tarde, o batalhão alcançou Nosso Senhor do Bonfim, onde acampou na plataforma da estação, para reparos mecânicos e limpeza da composição. Pouco depois, outra máquina estacionou, aos guinchos. Ao seu último suspiro, dela saltaram centenas de soldados, muitos conhecidos de Coracy. O 19º Batalhão, também designado para servir ali, acabava de chegar.

— Você, aqui! — exclamou Gaspar.

Sem saber se abraçava o amigo ou esmurrava o traidor, Coracy ficou imobilizado. Não deixou de reparar nas divisas do antigo subordinado.

— Parabéns pela promoção, sargento — disse. — Imagino que bom serviço você prestou ao Exército para recebê-la.

— Os soldados que respeitam a disciplina hoje em dia estão valorizados.

A aspereza da conversa chamou a atenção dos soldados ao redor. Abriu-se uma clareira na multidão que apinhava a plataforma. Ficaram apenas os dois contendores, a sustentar o olhar um do outro. Coracy tinha ganas de quebrar a cabeça de Gaspar com a clava do fuzil. Seria uma belíssima forma de reencontrar o batalhão onde seu comportamento já lhe valera a cadeia e um ultimato do comandante Rondon.

— Compreendo que você tenha se aborrecido comigo — disse Gaspar, mais conciliador. — Mas acredite, foi para o seu bem.

— Vocês me deixaram apodrecendo na cadeia! — bramiu Coracy.

— Não temos culpa se os guardas fugiram com a aproximação do inimigo — retrucou Gaspar. — Eu disse ao comandante Enriques que você queria perseguir Honório Lemes, e não desertar. Isso, porém, não mudou o fato de que você descumpriu a ordem de permanecer em Santo Ângelo.

— Sim, e fui preso graças à pessoa em quem confiava.

Gaspar balançou a cabeça.

— Tudo acabou bem, afinal. Estamos aqui, não estamos?

Gaspar sorriu, retomando o relaxamento habitual. Fez um sinal de cabeça, em cumprimento, e se afastou com os seus homens.

Ao lado do fogo aceso pelo taifeiro, Coracy remoeu aquela conversa. No extremo oposto da plataforma, à sombra do trem, quieto como um monstro adormecido, podia ver seus antigos colegas de batalhão, também lançando olhares para o seu lado. Gaspar parecia indiferente à sua presença, ou o ignorava de propósito. Confirmou suas antigas impressões: depois de traí-lo, ele ainda tinha o desplante de posar como seu benfeitor.

Estava certo de que se encontrariam novamente e de que Gaspar faria tudo para prejudicá-lo. Nesse caso, nem Rondon soprando em seus ouvidos seria suficiente para controlar os seus impulsos mais primitivos.

No dia seguinte, o Sexto Batalhão partiu de Bonfim às 7h35; passou por Juremal às 11h10 e chegou às 13h50 no fim da linha: Juazeiro da Bahia.

Beneficiada pela passagem do São Francisco, navegável até ali desde Pirapora, em Minas Gerais, Juazeiro era um oásis no centro geográfico do sertão nordestino. Ganhara importância militar dada a evidência de que a coluna rebelde, após o surgimento de João Alberto em São Romão, avançaria naquela direção, subindo pelo rio. O Sexto Batalhão se agregava às forças legalistas aglutinadas na cidade para cortar o caminho dos revolucionários na via fluvial.

Aquele território, com vastas extensões inóspitas, já custara pesadas derrotas ao governo central nos tempos de Antônio Conselheiro, líder sebastianista que guerreara contra a República em Canudos, povoação não muito longe de Juazeiro. Sem nada a perder, os seguidores do Conselheiro haviam resistido até o último homem às várias investidas de soldados enviados pelo governo. O presidente Bernardes receava que os rebeldes viessem a criar no agreste baiano uma nova Canudos. Não queria ver o sertão virar o mar e o mar virar sertão, como profetizara o Conselheiro, muito menos por iniciativa dos tenentes.

O Sexto Batalhão acantonou-se no quartel da cidade, insuficiente para abrigar a todos os 4 mil soldados que ali se concentravam. Coberto provisoriamente com lona, o pátio central foi transformado em acampamento. O comandante Góes fez uma escala para que seus homens pudessem sair de folga. Em discurso, enalteceu sua bravura, destacando aquele feito: em três dias e meio, o Sexto Batalhão vencera 500 quilômetros.

— Essa manobra veio demonstrar as excelentes qualidades do soldado brasileiro — disse. — Graças a uma conduta digna de todos os incômios, estamos agora em um ponto estratégico. O descanso é merecido.

Influenciada pela presença do rio, com várzeas cultivadas e ruas arborizadas, Juazeiro era diferente de outras cidades vistas pelo caminho. A zona urbana continuava na outra margem, mas pertencia a outro estado e município: Petrolina, cidade mais ao sul do sertão de Pernambuco. Coracy caminhou pelas alamedas entre homens de paletó de linho branco, mulheres de vestido estampado e sombrinha, crianças empinando pipas ou chutando bolas de meia. Essa gente mais endinheirada se mesclava aos sertanejos de pescoço gretado pelo sol, mãos crescidas e grossas do trabalho braçal, que usavam calças puídas, camisas suadas de algodão, alpercatas cobertas de pó dourado e chapéu de couro.

Notou outro tipo ainda mais bruto, com roupas de couro sobrepostas como couraças, dissimulando na cintura a faca e a pistola, de uso proibido na cidade. Chegavam montados em mulas e jegues, o jumento criado no sertão. Quase arrastando os pés no chão, balançando em alimárias tão pequenas, não perdiam seu ar de valentia, reforçado pelo aspecto repugnante dos dentes estragados. Coracy não precisou de muito para adivinhar neles o ofício do jagunço, empregado de fazendeiro ou pequeno proprietário, levado em tempo de necessidade à função de matar. Ali se dizia que o homem, desde criança, tinha de escolher um dos dois lados existentes no sertão: o das volantes, os soldados do governo, ou a jagunçagem. Os jagunços estavam a um passo do cangaço, o banditismo organizado à moda local.

De volta ao quartel, por volta das onze da noite Coracy acordou com o barulho de tropas. No mesmo lugar já abarrotado, instalava-se o 19º Batalhão, recém-chegado do Bonfim. Para evitar Gaspar e o comandante Enriques, cobriu-se com a capa militar e tratou de dormir novamente. Por sorte, a convivência não duraria muito. No dia seguinte, integraria o destacamento sob as ordens do capitão Franklin que patrulharia o São Francisco.

Dentro de um plano coordenado pelo alto-comando das forças legalistas em Juazeiro, a ordem do comandante Góes era evitar um confronto direto com os rebeldes. O objetivo da patrulha era obter informações sobre o paradeiro do corpo principal da coluna rebelde, bem como dos seus destacamentos enviados na vanguarda ou às vezes paralelos às forças mais importantes, uma maneira de confundir perseguidores. O capitão Franklin devia manter o comandante informado em Juazeiro por meio de correios, de modo a mobilizar o grosso das tropas no momento ideal.

Tratava-se de missão arriscada, pois a patrulha não tinha condições de enfrentar o corpo principal da coluna revolucionária, caso se encontrasse com ele. Além disso, a tropa não estava habituada a uma operação naval. Assim, foi com certa apreensão que, em 6 de setembro, trezentos homens do Sexto Batalhão embarcaram no vapor fluvial *Alves de Linhares* para subir o São Francisco, rumo Sul.

Em um dia de navegação, o vapor passou por diversos povoados ribeirinhos, até alcançar Bananeiras, no fim da tarde. O capitão Franklin desceu em terra com Coracy e um destacamento de vinte soldados, de modo a examinar a viabilidade de montar acampamento. No curto trajeto a pé, arrastaram consigo centenas de crianças de pés descalços, a lhes puxar a aba do jaquetão, os bolsos das calças e até o fuzil, pedindo doces, dinheiro ou qualquer coisa de valor. Os habitantes adultos os rodearam em seguida, com interesse semelhante; ofereciam peixe e objetos artesanais em troca de remédios e armas. Devido à presença insistente dos civis, que lhes davam ainda menos paz que o inimigo, o capitão decidiu pernoitar no próprio vapor.

Isolado pela água e guarnecido por vigias toda a noite, o *Alves de Linhares* foi transformado em acampamento flutuante. Os soldados dormiram em redes no convés, do salão principal aos passadiços. Ao amanhecer, as águas plácidas entre as margens verdejantes, esteio de vida entre as areias do sertão, davam a sensação de que a guerra era ainda mais aberrante quando travada num paraíso natural.

O *Alves de Linhares* retomou a navegação rio acima. Durante semanas a fio, patrulhou o São Francisco por Santana da Sobra, Casa Nova, Umbuzeiro, Riacho de Canaã. Por vezes, o capitão encalhava o vapor na barranca e batedores faziam incursões pelas vilas ribeirinhas, em busca de algum sinal do inimigo. Ninguém ouvira falar de tropas descendo o rio. Pescadores vindos do sul garantiam não ter visto soldados de qualquer espécie. Eles procuravam fantasmas.

O deslocamento constante dificultava o abastecimento de alimentos vindos da base em Juazeiro. Antes mesmo de encontrar o inimigo, a patrulha enfraquecida sofreu uma desmoralizante derrota fisiológica. Bebida em abundância por causa do calor, a água subia em baldes atirados ao rio, método que logo se provou equivocado. Subalimentado, entediado pelos longos dias de inação e estressado com a perspectiva diária de um confronto que nunca acontecia, o batalhão foi vitimado por uma epidemia intestinal.

Depois de navegar por dois dias com os doentes, o capitão Franklin por fim ordenou que levantassem uma tenda de enfermagem à beira-rio, na localidade de Remanso, povoado de um trecho montanhoso onde o São Francisco se estreitava.

— Ficaremos aqui — sentenciou. — Não há condições de prosseguir neste estado.

Igualmente desarranjado, o capitão foi o primeiro a internar-se. Ao cabo de uma semana, a tropa ainda se encontrava presa em Remanso, uns debilitados pela doença, outros pelo seu principal efeito: a desidratação. Apesar dos esforços do oficial-médico, a enfermaria contabilizou quatro óbitos em decorrência de crises intestinais agudas. Sem outra solução, foram enterrados nas proximidades.

O capitão Franklin enviou um correio ao comandante Góes, em Juazeiro, com um informe sobre a situação:

"Ao Comandante Geremias Góes,
Inf. N. 12. 1º. GP do Sexto Batalhão.
Posicionado na localidade de Remanso, onde nos aquartelamos em terra firme nas proximidades da vila. Busca dos rebeldes infrutífera até o momento. Requisitamos período de restabelecimento para consecução de nossa missão. Cometimento de desordem intestinal generalizada na tropa (sic), denominada popularmente nesta região salobra como piriri, enfraqueceu os homens a ponto de exigir estacionamento para recuperação por período indeterminado. Baixas: quatro óbitos, duas centenas de soldados sem condições de combate. Anexo lista de remédios e outros provimentos solicitados à base pelo oficial-médico em caráter de urgência.
Capitão Franklin Barbosa"

No informe, o capitão omitia a crescente insatisfação da tropa. Aquele cruzeiro azarado e inconseqüente revoltava a todos.

— A gente vair virar um monte de pedras ou uma cruz na beira do rio. Brr! — diziam os pracinhas, à boca pequena.

A resposta do comando aos apelos do capitão não foi exatamente a esperada. Junto com os suprimentos médicos, o comandante Góes ordenava a utilização dos soldados em condições físicas aceitáveis para insistir na busca. O capitão Franklin encarregou Coracy de liderar um subdestacamento formado pelos poucos que, como ele, por sorte haviam escapado da pandemia. Deviam fazer uma incursão mais prolongada sertão adentro, de modo a aumentar o raio de alcance das pesquisas.

— O comandante suspeita que estamos aguardando o inimigo no lugar errado, afinal — disse Franklin, ainda pálido, deitado na rede da enfermaria.

Coracy partiu na manhã seguinte com dez homens, muito a contragosto: não queria distanciar-se do acampamento à beira-rio, penetrando numa região desconhecida. Marchou por um caminho batido na direção do vilarejo de Raimundo Nonato, única povoação assinalada no mapa a oeste, a quase 100 quilômetros de distância, aos pés da Serra da Capivara. O caminho logo desapareceu, mimetizado com o restante da caatinga. Coracy encontrou rarefeitos povoados, com uma gente andrajosa, desdentada e pouco falante. A vida precária, a pobreza mental e a dificuldade vocabular dos informantes juntavam-se ao isolamento geográfico para consolidar sua suspeita de que ali dificilmente obteria alguma notícia relevante sobre o paradeiro dos rebeldes.

Com três dias de marcha, já dentro do estado do Piauí, os batedores estavam esgotados. Durante o dia, o calor esturricante do semi-árido fazia com que caminhassem em mangas de camisa. Coracy usava um lenço amarrado na cabeça sob o chapéu, como vira fazer os sertanejos contra a insolação: o algodão diminuía o calor e absorvia o suor que, de outra forma, escorria sobre os olhos. O mato espinhento, que formava touceiras por onde só era possível passar a golpes de facão, rasgava a farda junto com a carne. Os braços e pernas lanhados doíam como numa tortura à faca. Ele logo compreendeu a importância da carapaça de couro usada pelos nativos. Para enfrentar o agreste, era preciso viajar como um cavaleiro andante.

Para passar as noites, Coracy dividia o grupo em dois turnos de vigilância, menos por receio da Coluna Invicta do que da população vizinha, capaz de atacá-los na madrugada para pilhar comida, armas e munição. Por vezes, eles notavam arbustos semoventes, sombras suspeitas e barulhos estranhos, que tanto podiam vir da imaginação quanto de gente à espreita no escuro.

Quando recomeçava a marcha, pela manhã, Coracy e seus homens já se encontravam moídos. Mesmo sem sinais da Coluna Invicta, eles não podiam descartar a hipótese de que o inimigo estivesse à espera, de emboscada. Atrás de cada moita podia vir uma bala. Enquanto avançavam de fuzil em punho, esperavam pelo ataque repentino. A tensão constante esfrangalhava os nervos e multiplicava a exaustão. A cada dia, Coracy envelhecia um ano.

Ao entrar no povoado de Campo Santo, por fim ele ouviu de viajantes vindos de Bom Jesus, Santa Luz e Caracol as primeiras referências aos revolucionários. Segundo informações de terceiros, havia uma coluna em marcha pelo sertão, embora bem longe dali. Uns diziam que os rebeldes tinham defletido do São Francisco para a esquerda e alcançado o rio Tocantins. Outros, que marchavam além da margem direita do rio, rumo à ferrovia de Juazeiro. Eram rumores contraditórios, vagos e sem muito sentido. Porém, com pressa de encerrar aquela jornada martirizante, Coracy deu-se por satisfeito. Naquele mesmo dia, colocou seus batedores de volta. Pelo menos tinha algo a dizer ao capitão.

Chegou a Remanso duas semanas depois da partida. Encontrou os pracinhas de cuecas, pescando e tomando banho de rio. Uns poucos ainda convalesciam em macas sob a sombra dos coqueiros nas praias à beira-rio. Com os pés em bolhas, flagelados pelos espinhos, cobertos de sangue engrossado com pó, os irreconhecíveis patrulheiros pareciam chegar a uma colônia de férias. Depois de beber água, agora fervida em caldeirões para evitar mais serviço à enfermaria, Coracy fez seu relato ao capitão Franklin, já recuperado, descansado e até corado de sol.

Ouvido atento, o superior chegou à conclusão de que Luiz Carlos Prestes, engenhoso como era, evitava a via óbvia do rio.

— Todos esses seus informantes podem estar certos — disse, com um certo mau humor que aquele drible tático agregava à recente desinteria. — Para nos confundir, ou justamente evitar a concentração de tropas do governo no São Francisco, Prestes dividiu a tropa, que segue por caminhos diferentes. Se os rebeldes chegarem a Juazeiro, será dando a volta pelo oeste, atravessando o sertão do Piauí, ou pelo este, tomando a ferrovia. Em vez de surpreender Prestes aqui no rio, mais uma vez ele nos surpreendeu.

— O que faremos? — perguntou Coracy.

— Nada — disse o capitão. — Vamos aguardar instruções. Enquanto isso, trate de cuidar dessas feridas, tenente — completou, apontando com o nariz a figura molambenta de Coracy.

O correio foi despachado naquele mesmo dia, enquanto os batedores se reintegravam à vida do acampamento. Sem a ameaça iminente de batalha, o moral da tropa se elevava a cada dia. Em uma semana, junto com uma aguardada remessa de suprimentos, chegou um barco de Juazeiro, dando notícias que confirmavam as deduções do capitão. Em trajeto paralelo ao São Francisco, os rebeldes tinham subido o rio Tocantins, a partir de Porto Nacional. A espalhafatosa aparição do destacamento de João Alberto ao sul do São Francisco havia sido apenas uma manobra diversionista, isto é, destinada a enganar os legalistas.

Em Porto Nacional, os rebeldes tinham imprimido a edição número 7 do jornal *O Libertador*, promovido uma salva de tiros em homenagem às moças da escola do convento de freiras e libertado os presos da cadeia, de onde haviam retirado grades, grilhões e palmatórias. A população de 6 mil almas evacuara a cidade, contra os apelos do frei dominicano José Audrin, depois de um confisco de bens privados e da igreja. Uma semana após a ocupação, Audrin enviara uma carta a Prestes. Chamava os revoltosos de Coluna da Morte e reclamava que a população já pobre fora reduzida "à miséria total" devido àquela espoliação.

Sem ouvidos para as queixas clericais, Prestes em seguida descera o Tocantins em balsas, tomara Tocantínia e entrara no sul do Maranhão. A fama da coluna passara a precedê-la. Os habitantes abandonavam os povoados com a simples notícia da sua aproximação. Em Carolina, Juarez Távora e Cordeiro de Farias tinham telegrafado ao presidente da República, instando Bernardes a abandonar sua "atitude de ódio e vingança". Sem resposta, nem apoio político em São Luís, no Maranhão, onde os quartéis permaneciam fiéis ao governo federal, a coluna voltava-se então para o Vale do Parnaíba, no Piauí, com o intuito de chegar ao sertão do Ceará, onde se dizia que um irmão de Juarez, Manuel do Nascimento, preparava um levante civil e militar.

Várias escaramuças haviam rebentado entre milicianos do Piauí e do Ceará contra tropas rebeldes. O general João Gomes, comandante-chefe das forças federais no Centro-Norte e Nordeste, com quartel-general em São Luís, planejara evacuar Teresina, também sob seu comando, com receio de que os revolucionários marchassem sobre a cidade. Com isso, provocara a ira do presidente do estado do Piauí, Matias Olímpio de Melo, que se recusara a abandonar sua capital. João Gomes apelara aos batalhões patrióticos para que rumassem em marcha forçada para Juazeiro do Norte, no interior do Ceará. Segundo julgava, era para lá que a coluna rebelde se encaminhava.

— Já não há sentido em ficar aqui — disse o correio do Sexto Batalhão ao capitão Franklin. — As ordens são de juntar-se às tropas em Juazeiro.

Satisfeitos com a vida naquele oásis e sem perspectivas de algo melhor no futuro próximo, os soldados receberam a notícia da partida com pesar. Ninguém acreditava que a coluna inimiga pudesse ter percorrido trajeto tão longo em tão pouco tempo, ainda mais nas condições que Coracy conhecera na pele, atravessando a pé o sertão piauiense. Era uma façanha mitológica, que infundia nos soldados o temor de quem persegue algo sobrenatural.

— Andam falando bobagens por aí — disse Coracy. — Dizem que o Prestes tem um pacto com o diabo. O senhor tem escutado?

— É natural — observou o capitão Franklin. — Isso mudará. Quando a batalha começar de verdade, esses frouxos não terão tempo para ter medo.

Refeito de doenças e feridas, o destacamento deixou Remanso, que ficaria na memória como um lugar a merecer seu nome.

— Aproveitem o resto do cruzeiro de volta a Juazeiro! — bradou o capitão. — Não é todo mundo que pode tirar férias de graça. E elas estão no fim!

A partir do dia em que o doutor Olinto revelou a doença de Eleonora — e lhe pediu dinheiro —, Quinzinho mudou completamente de comportamento. Não visitar a noiva ou arranjar compromissos fora da cidade no dia em que ela partiu para Campos do Jordão tinham sido os seus atos mais lisonjeiros. Não lhe mandara palavras de encorajamento ou sequer um bilhete de despedida. Até a mãe, que sempre estava a seu lado, mesmo não desejando um relacionamento de seu filho com uma tuberculosa, criticava a maneira como ele lidara com o assunto.

— Você não precisava mais se casar com Eleonora, mas podia pelo menos ter alguma consideração — disse Sinhá. — Perdeu uma noiva, mas não devia ter perdido a civilidade.

— Não se trata disso — disse ele. — Queria que eu fizesse o quê? Comunicasse o fim do nosso noivado a alguém que já deve estar se sentindo abandonada pela sorte?

— O doutor Olinto é nosso compadre. Eleonora foi minha aluna de piano. E sua noiva, afinal de contas!

— O nosso compadre não veio aqui falar da minha noiva, veio pedir empréstimo — disse Quinzinho. — Talvez aconselhado por ela. A verdade é que Eleonora nunca me amou. Por que eu teria mais consideração, se eles olhavam apenas para o meu dinheiro?

A conversa com Sinhá o irritou. Trabalhara como um mouro para obter o favor do falecido Marciano, que o preterira por seu filho pródigo, e para ter Eleonora. Fizera tudo o que dependia apenas dele. Só lhe faltava o que dependia dos outros: o amor. Todos desejavam apossar-se do que ele conquistara, mas continuavam não lhe querendo bem. Até a mãe voltava-lhe as costas. Provavelmente só não o abandonava também por interesse.

— Todos falam de você — disse Sinhá.

— Palavras, palavras — resmungou Quinzinho. — A senhora também não foi visitar Eleonora. Me diga: e se eu tivesse contraído a doença? Quem sustentaria a sua vida folgada?

Sinhá calou-se. Utilizara o filho como títere, subjugando-o para executar vontades que nem sempre eram as dele. Agora que Quinzinho detinha o poder, vingava-se.

A perspectiva dele mudara por completo. Quinzinho passara a ver claramente que não gostava da noiva. Queria Eleonora como se cobiça um carro, uma viagem a Paris ou um fruto proibido. Desejava-a porque pertencera a Coracy. Uma vez que ocupava oficialmente o lugar de Marciano, não precisava mais de Eleonora, da mãe, de nada. Procuraria outra mulher, com a saúde necessária para lhe dar filhos e criá-los. Alguém de têmpera oposta à de Sinhá. Uma mulher obediente, até servil, que lhe daria espaço para tomar as próprias decisões e estaria ao seu lado de modo incondicional. Sobretudo, queria uma mulher com quem não precisasse mendigar afeto. Isso, ele não faria nunca mais.

Para respirar novos ares, Quinzinho foi para São Paulo, com planos de não voltar tão cedo a Cachoeira. O escritório de advocacia ia bem. Especializara-se em casos intrincados, com grandes clientes, combinação que pagava os honorários mais polpudos. Comprara um casarão nos Campos Elíseos, com um salão iluminado por um candelabro de cristal e vitrais coloridos importados da França. Imaginara um dia trazer Eleonora ali, para revelar como multiplicava a fortuna de Marciano, graças a méritos próprios. Planejara conquistar sua admiração, primeiro passo para lhe tomar também o amor. Agora nada daquilo fazia sentido, mas decidiu mudar-se para lá. Aproveitaria tudo sozinho.

Durante o dia, dava expediente em seu escritório no Centro; à noite, jovem e sem companhia, apelava para as mulheres das casas noturnas. O dinheiro facilitava suas incursões. Logo ficou conhecido pela generosidade com que pagava as noitadas. Atraía as dançarinas seminuas com notas graúdas, enfiadas por dois dedos nas meias de seda. Terminava a noite nas pensões mais caras e, cercado pelo luxo, as tratava da maneira mais abjeta, descontando nelas sua frustração. Sabia bem o que era ser rejeitado, pelas pessoas, pelos entes queridos, pela sociedade. Vingava-se de Eleonora e da mãe com um desprezo por todo o gênero humano, em especial as mulheres.

Aquilo se tornou um vício. Passou a ir às casas noturnas todas as noites. Os proprietários faziam ofertas: sempre que havia "mercadoria nova", ele era avisado. A sensação de poder sobre uma mulher o inebriava. Olhava para o rosto contrito das prostitutas, dentes cerrados, olhos lacrimejantes, e chegava ao auge do prazer. Fazia da maldade o combustível da luxúria. Com o escritório, durante o dia, e os prostíbulos, à noite, alimentava-se do que precisava: de dinheiro e de raiva. E tornava-se insaciável.

Quando finalmente voltou a Cachoeira, a mãe demonstrou toda sua consternação. Mesmo sem testemunhar as vicissitudes do filho na capital, Sinhá intuía o andamento que ele dava à sua vida.

— Você me preocupa — disse. — Precisa arranjar logo outra noiva que coloque sua cabeça no lugar.

— Bobagem — ele respondeu, com falsa indiferença. — Estou concentrado nos negócios.

No final de 1925, uma notícia o tirou da letargia. Nunca mais falara com a mãe sobre Eleonora, sua família ou o que ficara para trás. Daquela vez, porém, Sinhá o informou de que Olinto Amaral, depois de muita hesitação, colocara sua fazenda à venda. Dizia-se na cidade, à boca pequena, que as dívidas o apertavam. Os negócios com o algodão iam mal. A internação da filha no sanatório era onerosa. Olinto arriscava-se a ter de interná-la em um sanatório público, o que, para Eleonora, provavelmente seria a perdição. O tabelião precisava de dinheiro, rápido.

Quinzinho viu ali uma oportunidade. Olinto não queria seu dinheiro? Pois o teria.

— Vamos convidá-lo para jantar — propôs à mãe.

— O que você vai fazer? — perguntou Sinhá.

— Uma reaproximação — disse ele. — A senhora mesma lamenta que, desde aquele pedido de empréstimo, talvez por um resto de dignidade, nunca mais o doutor Olinto Amaral tenha aparecido aqui em casa. Talvez eu possa enfim ajudá-lo.

Não expressou suas intenções, mas Sinhá bem podia imaginá-las. Sem ter como dizer não ao filho, enviou um recado muito educado ao antigo compadre, convidando-o com a esposa para jantar na noite seguinte.

No início, Olinto quis rejeitar o convite: não tinha dinheiro, mas lhe restava o orgulho. Don' Ana, porém, fez pesar uma opinião contrária.

— A humildade é uma virtude superior a todas as outras — disse ao marido. — Não estamos em condições de fazer pose. Aceitamos ajuda de onde vier. E muitas vezes ela vem de onde já não se espera mais.

Olinto e Don' Ana compareceram como se as relações com a antiga comadre não tivessem sido estremecidas. Apesar de certo embaraço inicial, a refeição transcorreu cordialmente. Quinzinho e Sinhá mostraram-se simpáticos, e os assuntos delicados, especialmente a doença de Eleonora, ficaram de lado. Algumas taças de vinho amaciaram Olinto, cuja disposição melhorou.

— Soube que a sua fazenda está à venda — disse Quinzinho, por fim.

— Meu último desejo era vendê-la, mas o sanatório pesa, você sabe — disse o tabelião.

— É uma fazenda grande, talvez não ache comprador. Porém, eu me disponho a ajudá-lo. Quero comprá-la. Desde que negociemos o preço, claro.

A xícara de café que Olinto Amaral levava aos lábios estacionou no meio do ar.

— Não sei se compreendi.

— Estou interessado na fazenda — afirmou Quinzinho. — Faço uma oferta à vista. Um valor modesto, claro. Para fazer a fazenda funcionar outra vez, será preciso investir muito tempo e dinheiro no plantio do café. Eu soube da sua pedida. Pago a metade.

— Meu filho! — exclamou Sinhá.

Havia no tom dela surpresa e uma nota de censura. Mesmo antevendo que o filho faria a proposta de compra da fazenda, não imaginava que fosse tão mesquinha. Desferia no antigo compadre um golpe de misericórdia, em vez de ajudá-lo. Como promotora daquele encontro de reconciliação, ruborizou-se: o jantar cheirava, agora, a armadilha.

Quinzinho desprezou o incômodo da mãe com frieza polar.

— Doutor Olinto tem mais urgência do dinheiro que eu da fazenda. A simples oferta, nessa situação, já pode ser considerada um favor da minha parte.

Olhou para Olinto, firme, e prosseguiu.

— O senhor poderia fazer um empréstimo bancário, mas teria de pedir garantias, que seriam as próprias terras. Como elas dão prejuízo, acabaria de todo modo por perdê-las. É melhor aceitar desde já minha oferta. Ela é final.

Olinto Amaral fez sinal de levantar, movido pela mola da indignação. Don' Ana, porém, colocou uma mão sobre seu braço. Era um toque suave, sem força, mas dotado da autoridade conferida pela razão. Lembrava-o de que estavam pobres, mas tinham dignidade; e quem tem dignidade não acusa um golpe.

Mais: lembrava-o de que, apesar da oferta pífia, ainda podiam precisar dela.

O que Olinto tinha a dizer morreu antes de chegar à boca. Ele desceu o corpo até se acomodar de novo na cadeira. Tomou o café e desviou o assunto. Convidado à sala de música depois da refeição, porém, apresentou suas desculpas, dizendo-se cansado.

— Agradeço o convite — disse ele, beijando a mão de Sinhá, como fazia nos velhos tempos. — Quanto ao nosso assunto — acrescentou, voltando-se para Quinzinho —, irei pensar.

Assim que os convidados partiram, Quinzinho enfrentou a censura da mãe.

— O que há com você? — esbravejou ela. — Por que humilhar o compadre?

— A senhora queria o quê? — protestou. — Gostaria que eu fosse mais complacente com esse homem? Não me importam os sentimentos dele, pois ninguém se importa com os meus. Negócios são negócios. Se a oferta for boa, ele aceitará. Se for ruim, pode recusá-la.

— Ai, meu filho — disse Sinhá, desiludida. — Não é bom viver em função de uma vingança.

— E em que somos diferentes? — perguntou ele, seco. — Lembre-se de quem eu sou produto. Temos tudo o que a senhora desejava, não temos? Da minha felicidade, agora cuido eu.

A maior parte das tropas federais permaneceu em Juazeiro, na Bahia, de modo a evitar que a coluna revolucionária, em fuga ou numa incursão ousada, voltasse por ali, utilizando a passagem do São Francisco rumo ao sul. Se a coluna tenentista não viera pelo rio, era justamente graças à presença militar, que devia ser mantida naquele ponto central. Com isso, somente dois batalhões considerados já bastante experimentados em campanha — o Sexto e o 19º — foram despachados ao norte para auxiliar as milícias estaduais no combate aos revolucionários.

Quando a patrulha do capitão Franklin aportou em Juazeiro para juntar-se ao Sexto Batalhão, este já partira. Depois de uma noite para descanso e abastecimento, eles reencetaram viagem rumo a Juazeiro do Norte, no sertão do Ceará, para onde se deslocava o corpo principal das tropas do comandante Góes. Eles atravessaram o São Francisco em balsa, desceram em Petrolina e entraram no Vale do Cariri, corredor semi-árido que abrange grande parte do sertão de Pernambuco.

A tropa cruzou o estado, mais de 200 quilômetros a pé, movida pelo instinto de sobrevivência. A água dos cantis era racionada, para evitar o recurso às fontes contaminadas onde o sertanejo se abastecia. O capitão Franklin anunciou que o destacamento levaria em padiola todos os doentes. Dessa forma, tirava a esperança dos espertalhões de serem deixados na retaguarda alegando motivo de saúde. Como resultado, depois dos primeiros quilômetros, vítimas dos mais diversos males se levantaram das padiolas para seguir caminho sobre os próprios pés, como se tocadas pela mão milagrosa de Jesus.

Passaram por fazendas com casas de barro batido que emergiam biblicamente do solo gretado. Cabras viviam em cercas feitas com as próprias pedras recolhidas no terreno e um gado magro espalhava-se nas grandes extensões da planície desértica sob a vigilância dos jagunços. Pouco havia para roubar, mas o pouco era muito valorizado.

A população humana era rarefeita, o calor escorchante, mas havia vida por toda parte, dos pequenos calangos enfiados nas mochilas do soldados enquanto dormiam até os urubus que sobrevoavam a marcha. Sob um sol que não deixava sombra no chão, Coracy caminhava sem pensar, com o cérebro cozido. Mesmo acampando na hora do almoço e marchando mais tarde e à noite, para aproveitar as horas mais frescas, a tropa se arrastava. Provavelmente teria se rebelado, não lhe faltasse energia física e moral.

Por fim, eles avistaram os chapadões na fronteira com o estado do Ceará. Dois dias depois, em 31 de dezembro de 1925, subindo as faldas da chapada, chegaram a Juazeiro do Norte, transformados em um bando trôpego e maltrapilho, apoiados no fuzil como velhinhos.

Quando acantonaram no quartel militar, onde já se encontrava o Sexto Batalhão com o comandante Góes à espera, Coracy tinha os lábios em sangue, cortados pela secura do ar, o pó e o calor. Com a mão, tirou placas de carne da planta dos pés, amolecidas pelo suor e soltas na caminhada. Sofria de náuseas, efeito da insolação.

— Bem-vindos! — saudou Góes. — Sei que a jornada foi dura, mas vocês terão algum tempo para se recuperar em campo santo. Esta cidade faz milagres.

Encravada na chapada a 800 metros de altitude, onde a temperatura caía e a terra aceitava um pouco mais o verde, Juazeiro do Norte possuía contornos místicos. Exercendo sua influência sobre toda a região, incluindo os estados próximos do Nordeste, ela era a meca do sertão. Lá pontificava em longa vida o padre Cícero Romão Batista, chefe espiritual e temporal de milhares de sertanejos.

Natural da cidade vizinha de Crato, Cícero chegara a Juazeiro quando era ainda um punhado de casebres. A partir de 1877, ano notabilizado por uma seca comparável às sete pragas do Egito, o padre implantara um projeto de irrigação que criara ali uma comunidade agrícola. Também dirigira pessoalmente a população local na resistência a latifundiários que reclamavam a posse da terra onde ele plantava sua "Nova Jerusalém".

A reputação de Cícero ganhara ainda mais impulso graças a um milagre: a hóstia da boca de uma de suas paroquianas sangrara dentro da boca, como o verdadeiro sangue de Cristo. Não importavam as suspeitas segundo as quais o sangramento tinha sido resultado de tuberculose. Os crentes apostavam na força sobrenatural do padre. E nem os descrentes duvidavam de seus poderes no mundo secular.

Quando as tropas federais chegaram a Juazeiro, Cícero contava 82 anos de idade. Era a figura protetora em quem o sertanejo depositava o único bem do qual não podia ser despojado: a fé. Alpercatas gastas no caminho, peregrinos surgiam de todo o sertão para vê-lo. O afluxo de gente atraía para a cidade os vendilhões, freqüentadores de todos os templos muito antes do Novo Testamento. Em uma feira permanente, que cobria as ruas com barracas de lona, ofereciam-se imagens esculpidas na madeira, velas de devoção e todo tipo de infusões, ervas e ungüentos para os males do corpo, do espírito e até da falta de dinheiro.

Na virada do ano, a cidade se transformava em um formigueiro humano, repleta de romeiros que vinham assistir à missa campal do padre, comemorar o ano-novo e pedir a bênção para suas inúmeras necessidades. Daquela vez, a festa tinha sido muito estragada pelo medo da coluna rebelde, cuja reputação e proximidade a muitos alarmaram. Mesmo assim, Juazeiro estava lotada.

Andando na rua em sua primeira folga, Coracy era seguido pelas crianças, que corriam atrás dele querendo tocar em sua farda, como se fosse um ser de outro planeta. O povo de Juazeiro vivia num mundo distante do governo central, razão pela qual aquele era quase um país diferente, onde prevalecia o poder do deputado Floro Bartolomeu. Médico de formação, Floro mantinha com o padre Cícero uma antiga aliança. Em 1914, eles haviam derrubado juntos o governo estadual do Ceará, com apoio moral e material do senador Pinheiro Machado, homem forte do governo federal. Poder temporal ligado ao secular, eles tinham ali um rebanho eleitoral que os tornava respeitados até na capital da República.

Desconfiado e da eficiência das tropas federais, Floro decidira armar a resistência por conta própria. Quando os rebeldes subiram ao largo do São Francisco e atravessaram o Piauí, tornaram-se uma ameaça real à qual ele pretendia responder ao seu estilo. Naquele mesmo dia 31 de dezembro em que uma chuva de fogos de artifício iluminou Juazeiro, Floro partiu da capital cearense, Fortaleza, para chegar à cidade no primeiro dia de 1926 a bordo de um trem especial com munição e 2 mil fuzis Mauser, de uso exclusivo do Exército. Com o deputado, desembarcou uma dúzia de jagunços, protegendo o armamento e uma mala com mil contos de réis provenientes de fundos federais para o recrutamento dos "Batalhões Patrióticos" que lutariam pelo Ceará.

Para o padre Cícero, os olhos de Deus não faziam distinção entre as almas, desde que elas não perturbassem a ordem da sua cidade sagrada. Juazeiro era regularmente freqüentada pelos jagunços, que no entanto respeitavam o código de conduta imposto pelo padre. Com o dinheiro prometido pelo deputado, multiplicou-se o número daqueles homens que ensombreciam sua tênue paz.

Na prefeitura, Floro Bartolomeu mandou colocar uma mesa, uma cadeira e um caderno para alistar suas tropas. Em dois dias juntou quinhentos jagunços, a quem forneceu fuzis, munição e uniformes. Em seguida, enviou seu "Batalhão Patriótico" a Campos Sales, a oeste, perto da divisa com o Piauí, a fim de interceptar a coluna rebelde, que vinha daquele lado.

Os soldados do Sexto Batalhão assistiram satisfeitos àquela movimentação. Com os batalhões patrióticos do deputado Floro no primeiro combate, ganhariam tempo para descansar da desgastante viagem. Como ocorrera no Rio Grande do Sul, as tropas federais ficavam apenas no apoio às milícias locais, o que as tirava do combate direto, ou ao menos imediato. Por isso, Coracy estranhou quando foi extraído de um cochilo na rede pelo capitão Franklin, tão logo os milicianos partiram da cidade.

— O comandante Góes quer falar — disse o oficial, com ares de urgência.

Acompanhou o capitão até uma sala quadrada de paredes caiadas, com uma mesa de madeira nua no centro e oito cadeiras, das quais apenas duas estavam ocupadas, uma pelo próprio Góes e outra por um homem de paletó branco, que depositara à sua frente o chapéu-panamá.

Bateu continência e aguardou.

— Este é o oficial de que lhe falei — disse Góes, dirigindo-se ao estranho. Em seguida, apresentou-o a Coracy: — O deputado Floro Bartolomeu.

Enrugado, olhos de rapina, Floro era um carcará roído pela idade. O rosto estava escalavrado pelo sofrimento. Tinha uma doença degenerativa dos ossos, que lhe dava violentas dores de cabeça.

— Como você deve saber, tenente — disse Góes —, o deputado está arregimentando forças civis para combater os oficiais rebeldes, com autorização e apoio do governo federal. Teve a bela idéia de colocar a nosso favor toda a raça beligerante dos jagunços que infestam estas paragens. Com esse pessoal, estou certo de que terá grandes possibilidades de deter o inimigo. Porém, o deputado ainda não está plenamente satisfeito. Quer o mais difícil, perigoso e famoso dos bandidos do sertão, um que não virá até aqui por conta própria, mesmo com a promessa de dinheiro.

O comandante Góes tinha as mãos repousando sobre o peito. Falava placidamente, como se estivesse pedindo algo corriqueiro, como comprar remédio na botica.

— Eu naturalmente disse ao deputado que não me agrada o envolvimento com esse tipo de bandido, porque representamos a ordem, afinal. Contudo, como ele tem apoio político e financeiro federal, além da lógica, que está a seu favor, acho que podemos e devemos dar nossa colaboração. Eu me lembro perfeitamente do modo honrado, destemido e inteligentíssimo com que você se portou em outros trabalhos espinhosos. Quero lhe dar a missão de recrutar pessoalmente esse tal de Lampião.

Algum tempo no Nordeste tinha sido mais que suficiente para Coracy ouvir falar de Lampião, líder do bando mais sanguinário e temido do sertão. Virgulino Ferreira da Silva ganhara o apelido, segundo se dizia, por disparar sua espingarda americana Winchester rápido como o raio. Uma rixa com vizinhos das terras de sua família o atirara ao crime, depois que seu pai fora assassinado por um volante — um soldado do governo estadual. Por essa razão, ao seu código de honra, ele adicionava o ódio da polícia, cujo comportamento no sertão não diferia muito da bandidagem. O homem que Coracy devia cooptar era um ardiloso e sanguinário matador de soldados.

— Com sua licença, comandante, gostaria de fazer uma objeção — disse Coracy, pensando tão rápido quanto exigia seu instinto de sobrevivência. — Acabamos de chegar, não conheço nada da região, nem faço a mínima idéia de onde encontrar esse bandido. Não seria melhor o deputado enviar um de seus próprios jagunços para tratar com ele, enquanto continuamos na retaguarda, no apoio logístico?

Reinou um instante de silêncio, cheio de expectativa.

— Vejo que o seu tenente não é nenhuma besta — disse Floro Bartolomeu ao comandante, tomando-lhe a palavra. — Isso já o qualifica bastante para a tarefa.

O deputado cortou o pigarro, antes de prosseguir.

— Tenente, eu gosto da sua franqueza — disse ele. — Vou também lhe dizer a verdade: nenhum dos nossos homens será nosso mensageiro junto a Lampião por uma principal e grande razão: os jagunços estão aqui no sertão tempo demais para deixar de ter medo.

Recostou-se na cadeira, a medir o efeito de sua frase em Coracy. Este, porém, não demonstrou qualquer reação.

— Os soldados da milícia estadual são inimigos mortais de Lampião, portanto estão descartados como embaixadores — continuou Floro. — E os cangaceiros, embora valentes, na maioria são rivais. Mesmo que não fossem, nenhum teria interesse em procurar Lampião. Além disso, Lampião não acreditaria num jagunço qualquer, muito menos em algum enviado do Batalhão Patriótico, para vir até aqui. Acharia estar sendo convidado para uma armadilha.

— E por que ele acreditaria em mim?

— Porque o senhor não é jagunço, volante ou cangaceiro. Nem mesmo será soldado, e sim um embaixador de São Paulo — disse o deputado. — E porque levará a Lampião um muito importante salvo-conduto.

Coracy lançou um olhar interrogativo ao comandante. Góes deu sinal de já ter conhecimento e estar de acordo com o plano do deputado.

— Este papel — disse Floro, depositando mansamente sobre a mesa um documento, extraído do bolso de seu paletó amarrotado — é um convite pessoal, assinado pelo padre Cícero Romão Batista, para que Lampião se una aos esforços do governo. Entre as poucas coisas às quais esse homem é temente, está o padre Cícero. Nele, Lampião vai confiar. Terá garantida uma boa quantia em dinheiro, mais as armas de que precisar. E a certeza de que poderá vir até aqui buscá-las sem incomodação.

Coracy tomou o papel apresentado por Floro, com cera vermelha marcada de anel, assinado pelo padre.

— Você é firme, Coracy — disse o comandante Góes. — E esperto. É disso que precisamos.

— Então, o que me diz? — perguntou o deputado.

— Não acho que seja tão simples — disse Coracy. — Esse Lampião parece o tipo que atira primeiro e depois pergunta quem é.

À distância de um metro, Coracy pôde ver as pálpebras dos olhos de Floro Bartolomeu tremendo levemente. O deputado levantou as mãos, com dedos longos e retorcidos, as juntas inchadas como nós de madeira: as mãos de um bruxo.

— Você vê estes dedos? — perguntou. — Eles estão assim por causa da dor. Não uma dor comum, mas uma dor cruel.

Fez uma breve pausa, teatral preparação para sua mensagem.

— Não estou longe da morte — continuou Floro. — Por causa da minha doença, meu esqueleto já não presta. Minhas noites são uma tortura. Não tenho na vida mais nada a perder. Quando a gente chega a esta situação, meu filho, pergunta a si mesmo o que fez na vida, o que valeu a pena. Você tem uma oportunidade hoje pela qual valeria a pena até morrer. Pode escolher entre viver como um homem comum e como um grande herói, dos maiores que este Brasil já teve, responsável direto pela derrota dessa coluna que mancha a nossa História e ameaça a gente pobre deste lugar.

O discurso reboava nas paredes. Embora recebendo aquela missão como sugestão, e não ordem direta, Coracy sabia que não era bem assim. O comandante Góes encontrara a saída perfeita para sua situação: colaborava, mantinha boas relações com Floro Bartolomeu e ao mesmo tempo eximia-se da responsabilidade de perseguir a coluna. Coracy entendeu que a decisão de colaborar era politicamente bem mais importante do que o sucesso da missão. O fundamental era concordar. Se ele encontraria Lampião ou não, era assunto para depois.

— Está bem — disse ele.

O comandante levantou-se, ao lado de Floro Bartolomeu. Ambos o cumprimentaram efusivamente.

— Fico muito satisfeito — disse o deputado.

— Esta tarefa contará muito a seu favor — completou Góes. — Passe-me a lista do que você precisa o mais rápido possível, terá o que for necessário. Vocês partem amanhã.

— Prefiro ir sozinho — disse Coracy.

— Como assim?

Floro Bartolomeu estava pasmo. Coracy, porém, tinha certeza de que assim seria melhor, baseado em sua experiência de entrar em Santo Ângelo como espião.

— Uma dúzia de soldados não será suficiente para me proteger desse Lampião, nem necessária para convencê-lo — disse Coracy. — Um destacamento muito maior só despertará suspeitas. Não vou enfrentar o bandido, apenas levar uma mensagem. Então, tenho de ir sozinho.

Uma luz baça manifestou-se nos olhos esquálidos de Floro.

— Tenente — disse a Coracy —, faça do seu jeito. Não sei se você é o rapaz de mais juízo que conheci, ou um louco completo. Mas logo descobriremos.

Prevendo o terreno por onde teria de andar, Coracy pediu ao comandante Góes um jegue e roupas de couro, além de provisões. Queria evitar as feridas dolorosas provocadas pelos espinhos nas patrulhas pelo São Francisco. Daquela vez, passaria pelo xique-xique sem sair fatiado. E aquele quadrúpede, do tipo com o qual Jesus chegara a Jerusalém, símbolo de humildade só menor que nascer numa manjedoura, era como os seus donos: podia ser diminuto e improvável, mas era resistente, adaptado ao sertão.

Na manhã seguinte, com a armadura de couro e as provisões em um animal de carga semelhante ao que montava, Coracy partiu, sem saber exatamente para onde, pois ninguém dizia ao certo onde Lampião estava. Costurada ao forro do jaquetão, levava a carta assinada pelo padre Cícero, da qual dependeria sua vida, caso cruzasse mesmo com o bandido.

Ele só não receava o perigo da tarefa porque não contava realmente encontrar o cangaceiro. Poderia dizer mais tarde que jamais o localizara, ou que o localizara, mas Lampião não aceitara a empreitada. Quem saberia a verdade? Passaria algum tempo vagando. Quando a situação estivesse já resolvida, ou depois de um período razoável, ele voltaria e faria um relatório evasivo.

Andou sem pressa na estrada para Juremal, na direção do sertão pernambucano. Às nove da manhã, quando o sol já era forte, ouviu um tropel às suas costas. Aproximou-se velozmente um destacamento com vinte soldados, montados em seu uniforme completo, fuzis brilhando à luz da manhã. Com eles, havia outra dezena de integrantes dos batalhões patrióticos do coronel Floro: chapéu de aba larga, paletó de brim risca de giz, cartucheiras cruzadas no peito. Suas mulas levantavam uma coluna de poeira, pedras e placas de terra. À frente da tropa, o líder estacou.

Era Gaspar, à frente de um destacamento do 19º Batalhão.

— Coracy! — exclamou ele. — Quase não te reconheço!

Ria, ao ver aqueles trajes com os quais Coracy procurara mimetizar-se ao sertão. Ao seu lado, estava o tenente Chaguinhas, pequeno agricultor guindado àquela patente pelas circunstâncias, liderando os voluntários movidos a dinheiro pelo deputado Floro.

— Aonde vocês vão? — indagou Coracy.

— Ao mesmo lugar que você, imagino — disse Gaspar.

— Não compreendo.

Com um sorriso de prazer, Gaspar deixou escapar a inconfidência.

— Creio que o comando militar achou melhor despachar dois mensageiros atrás de Lampião — disse. — Talvez não acreditem muito que você, sozinho, possa dar conta da tarefa. Eu sigo o método convencional. Irei à procura dele com o tenente Chagas, que conhece a região, e a minha tropa. O melhor de nós vencerá.

Avaliou com os olhos a roupa e a montaria de Coracy. Seguro pela rédea, o jeguinho ruminava alguma coisa, com o olhar estúpido das alimárias e uma orelha dobrada para baixo.

— Cuide-se! — disse Gaspar, desdenhoso. — Dessa vez, não estarei perto para protegê-lo!

— Agradeço a preocupação, mas não é preciso.

— Não me refiro a Lampião — concordou Gaspar. — Afinal, nós é que vamos achá-lo. Tenho mais receio é de que você caia e se machuque!

Apontou o jegue. Em coro, os soldados atrás dele gargalhavam. Gaspar quebrou o chapéu, esporeou a mula e partiu com o destacamento a toda brida. Coracy puxou com dificuldade seu jegue para fora da estrada, de modo a engolir menos pó.

Por um instante, pensou se não valeria a pena fazer um esforço real de encontrar Lampião. Dava vontade de passar a perna em Gaspar. O alegre companheiro se tornara um traidor ambicioso, arrogante e fanfarrão. A sensatez, porém, recolocou-o no lugar. Não faria uma loucura por causa de uma rivalidade inconseqüente. Gaspar que achasse Lampião. Então veria em que tipo de herói iria se transformar.

Procurou ver a situação da forma mais favorável. Como o comando em Juazeiro entregara a mesma missão a outro, Coracy sentiu-se ainda mais desobrigado a cumprir sua tarefa. Caso Gaspar tivesse êxito, todos ficariam satisfeitos: a missão seria cumprida e ele ficaria com os louros. Se nada conseguisse, seria muito compreensível que Coracy, sozinho, também não produzisse resultados.

Sem pressa, ele desceu a serra que levava do chapadão à planície pernambucana, firme no propósito de tirar umas férias.

Depois de sua internação, Eleonora não demorou muito a perceber que o sanatório servia menos para salvar as pessoas que isolá-las do mundo. No começo, recebera algumas cartas da mãe, com algumas palavras dos irmãos, mas nenhuma visita pessoal. Aos poucos, até mesmo as cartas passaram a rarear.

Embora vigiada pelos funcionários, Eleonora passava a maior parte do tempo sozinha. Havia outros pacientes nos jardins pela manhã e à tarde, mas ela sempre se mantinha à distância. Defendia sua dignidade com o silêncio, ou um certo orgulho, aprendido em família, que muitos facilmente confundiriam com empáfia. Comportava-se como se estivesse ali só de passagem, ou por engano: não era um deles, nem pertencia àquele lugar.

Via ao seu redor rostos sofridos, que tornavam os seus colegas de infortúnio ainda mais iguais que pelo uniforme. Era como se não possuíssem nome, personalidade ou vida anterior. Isolava-se ainda mais por recear conhecer o que pensavam. Temia confirmar que ninguém ali ainda tinha sonhos ou esperanças.

Havia um paciente, no entanto, que despertava o seu interesse. Era um homem de 60 anos, cabelos brancos, nariz afilado, olhos azuis, plácidos como lagos. Sentava-se diariamente em uma cadeira na varanda, em um canto que o mantinha longe da circulação humana. Olhava para o jardim sem mexer um músculo, nem alterar a expressão: uma estátua de bronze. Fazia sol, chovia, avançavam as horas, os dias, as semanas e ele lá estava, impassível.

Talvez por identificar-se com ele — dois solitários resistindo a tudo —, pela primeira vez ela desejou se aproximar de alguém. Certa manhã, tomada pela curiosidade, sentou numa cadeira da varanda, não muito distante da que ele ocupava. Ainda reservada demais para uma aproximação direta, passou ali algum tempo, imaginando como iria abordá-lo. Tomou um susto quando ele mesmo cortou o silêncio, com voz aveludada.

— Qual é o seu nome? — perguntou.

— Eleonora.

— Bonito.

— Desculpe, sempre o vejo aqui sozinho, não gostaria de aborrecê-lo.

Os olhos azuis dele, esmaecidos, eram quase os de um cego. O homem sorriu e disse que se chamava Rodrigo.

— Você não me aborrece. Também tinha vontade de falar com você. Chegou há pouco tempo, não? E é ainda tão jovem... Não é justo.

— A justiça não tem qualquer relação com a condição humana, não é verdade?

Eleonora contou-lhe de onde vinha, quem eram seus pais, explicou em que ponto estava do tratamento. Com uma franqueza espantosa para quem até então andara tão retraída, disse que tinha muito medo. Estranhava aquele ambiente, especialmente os gemidos que ouvia de noite. Eram tão fantasmagóricos que julgava virem da sua imaginação.

Rodrigo riu de decepção.

— Minha querida, infelizmente não se trata da sua imaginação, mas da enfermaria — disse ele. — Para lá vão aqueles que têm crises mais sérias, ou estão na fase terminal da doença. Não tenha pressa em conhecê-la.

Disse-lhe que tinha tuberculose há cinco anos: por muito tempo conseguira retardar a doença, mas jamais se livrara dela.

— E todo esse tempo você esteve sozinho?

— Não estou sozinho. Espero meus filhos. Tenho dois: Rodrigo e Heloísa, que deve ter a tua idade.

Eleonora sorriu.

— Eles vêm sempre aqui?

— A última vez foi há três anos.

Eleonora não soube o que dizer. Rodrigo voltou a olhar adiante: o lugar onde seus olhos costumavam se fixar era a portaria do sanatório.

Sorrindo, Rodrigo disse que no início acreditava ser diferente dos outros. Via a família, tinha esperança. Seus filhos, porém, tinham sua própria vida. Visitá-lo em Campos do Jordão se tornara uma atrapalhação em sua rotina, tão cheia de outras coisas importantes a fazer. Eles já pagavam caro demais sua prolongada internação para que o pai lhes cobrasse também seu tempo.

— O sanatório impede que as pessoas lá fora sejam contaminadas não apenas com a nossa respiração, como afastadas de más lembranças, enquanto seguem sua vida normal — disse ele. — Somos esquecidos pelas pessoas, até que a própria vida também se esqueça de nós. Mas podemos ter uma chance, se não desistirmos.

Desde aquela manhã, eles passaram a encontrar-se ali. Conversavam: Rodrigo lhe dava conselhos de pai, Eleonora a atenção que os próprios filhos dele tinham deixado de lhe dar. Falavam sobre o jardim, as flores, o tempo. Logo a imaginação levava Rodrigo a outros lugares, pessoas e épocas. Ele era engenheiro, fizera obras, viajara a muitos lugares e acabara por contrair a doença na convivência com os trabalhadores braçais. Porém, não se arrependia de nada. Dizia que, enquanto pudera, tivera uma vida plena. Com o falecimento da esposa, porém, perdera muita energia. Restavam-lhe os filhos. Ainda tinha esperança de reconquistá-los.

Às vezes, Eleonora almoçava com ele no refeitório, onde cada interno recebia uma bandeja para servir-se. Depois iam à sala de leitura. Eleonora lia para Rodrigo em voz alta, mas gostava também de passar a ouvinte: a voz aveludada do engenheiro a acalmava.

A companhia dele se tornou confortadora. Eleonora estava certa de que também aliviava a solidão de Rodrigo: tornara-se a sua filha possível, assim como ele se fazia de pai adotivo. Num lugar onde tinham tão pouco, aquele amparo era muito. Na companhia dele, Eleonora quase chegava a esquecer a doença.

Certa manhã, quando Eleonora foi ao encontro de Rodrigo, a cadeira que ele costumava ocupar estava vazia. Ela não precisou perguntar a ninguém para saber que tinha sido levado à enfermaria. Rodrigo retornou à varanda três dias depois, pálido e abatido, mas nada disse a respeito, nem Eleonora lhe perguntou. Continuaram suas conversas como se nada tivesse acontecido.

Dali em diante, ele deixou de aparecer outras vezes para o banho de sol matinal. Quando Rodrigo não se encontrava no jardim, murchava o dia, mesmo o mais iluminado. As temporadas na enfermaria se prolongavam e ele voltava mais fragilizado. No uso da força máxima para buscar o oxigênio, sua respiração se transformava em uns arrancos do fundo do peito. Entrecortada por sua tosse torturada, suas conversas com Eleonora desviavam para outros lugares e pessoas, inclusive as que não conheciam ou de tempos passados, divagações propícias ao escapismo. Imaginavam como seria a corte de Luís XVI, e Eleonora assumia o papel de Maria Antonieta. Depois, Rodrigo era Júlio César e ela se fazia de Cleópatra. Fingiam que o sanatório era a residência peninsular do imperador e Rodrigo lhe prometia para breve banhos de leite de cabra com ouro em pó.

— Desde que você continue lendo para mim depois do almoço, é claro.

Essas diversões acabaram se tornando raras. As internações de Rodrigo duravam semanas, ao longo das quais Eleonora ficava sem notícias. Perguntava dele a enfermeiros e médicos, mas estes respondiam que informações sobre a saúde dos pacientes eram confidenciais, uma norma da casa. Procuravam não fomentar conversas negativas entre os internos.

Para ela, a enfermaria passou a ser um lugar simbólico, comparável ao inferno. Imaginava-a como um porão repleto de ávidos torturadores, no qual o prêmio pela resistência aos sofrimentos mais atrozes era voltar para a luz do dia. Suas crises de tosse eram uma prova divina. Como Jó, não via que pecado teria cometido para merecê-la. Descobria, como aquele injustiçado da Bíblia, que Deus não escolhe entre os bons e os maus, mas distribui a enfermidade e o sofrimento aleatoriamente, seja para os justos e os injustos, os pios e os apóstatas, os bons e os maus, para que ninguém leve uma vida sossegada, nem se esqueça de deixar em vida sua cota de atribulações.

De noite, os gemidos tenebrosos que Eleonora ouvia da enfermaria, antes anônimos, como se viessem de espectros, subitamente tornavam-se humanos e ganhavam identidade. A cada som, imaginava Rodrigo, como se ele estivesse padecendo todas aquelas dores sozinho. Imaginá-lo na cama entre tormentos multiplicava seu próprio sofrimento e o medo da doença. Se Rodrigo — tão sábio, tão forte, tão perseverante — estava sendo vencido, como ela poderia salvar-se? A tosse, as dores no corpo e o efeito dos remédios a deixavam entorpecida e frágil, mas a maior razão da sua fraqueza era o abatimento do espírito.

Quando Rodrigo reapareceu, depois de longa internação, conversou com Eleonora na varanda, como se eles tivessem se encontrado pela última vez no dia anterior. Nada falaram sobre as suas ausências nem a doença, pois ambos sabiam o quanto ela progredia. Aproveitavam os momentos, pois intuíam que eles logo terminariam. Quando Rodrigo foi novamente internado na enfermaria, dois dias depois, Eleonora passou a rezar todos os dias pela sua volta, embora sua esperança se esvaísse.

Várias vezes pediu a Ilma e ao doutor Lucas para visitá-lo; sua presença poderia lhe dar algum conforto. As visitas dos pacientes à enfermaria, no entanto, eram proibidas. Até que, depois de esperar a volta do amigo por quase um mês, soube que ele não voltaria mais. Certa tarde, quando veio o rabecão, foi apenas a gélida confirmação da sua certeza.

Ela já vira outras vezes o rabecão, uma carroça negra puxada por quatro cavalos. Um cortejo de funcionários deixava o sanatório e levava o caixão lacrado naquela condução até o crematório. Os mortos de tuberculose não deixavam vestígios; deles restavam apenas cinzas, e as cinzas eram entregues à família, para serem talvez jogadas ao vento. Viu a caixa de madeira partir lentamente, como na barca de Caronte, balançando levemente. Rodrigo desaparecia para sempre, pela mesma porta onde aguardava a chegada dos filhos, túnel de esperança convertido em passagem para o nada.

Chorou a noite inteira; dali em diante, algo dentro dela mudou. Eleonora passou a sentar-se diariamente na cadeira de Rodrigo, olhando para a entrada, como se esperasse pelos filhos dele em seu lugar. Pensou que sua morte não podia abatê-la, e que ele mesmo lhe pediria que fizesse dela algo de bom. Em vez de desmoralizar seus ensinamentos, o fracasso de Rodrigo na luta contra a tuberculose dera-lhes mais peso. Sim, a vida não estava dentro do sanatório, mas lá fora. Ela se esquecia deles, mas eles não podiam se esquecer dela. Eleonora resistiria, provaria que Rodrigo estava certo: venceria onde ele perdera.

Durante quase dois meses, Coracy andou pela planície do sertão pernambucano. Sem saber onde procurar Lampião, nem vontade de achá-lo, podia começar por qualquer lugar. Descreveu um vasto círculo anti-horário que no final daria no mesmo lugar. Evitaria cidades maiores, para que seu paradeiro, uma vez detectado, chegasse ao conhecimento do comando em Juazeiro. Assim, ficaria tranqüilo uma boa temporada.

À noite, ele acampava ou se hospedava nas casas que encontrava pelo caminho, que funcionavam como hospedarias para os viajantes. Nas habitações de taipa, as falhas no telhado deixavam passar feixes de luz que cortavam a sombra acolhedora. As famílias cozinhavam em panelas de barro sobre o fogão a lenha; o telhado negro de fuligem contava centenas de dias como aqueles. A cadeira ao rés da porta, os bancos de meio palmo e as redes de dormir eram feitos à mão pelos próprios moradores.

Apesar da pobreza reinante, Coracy sempre encontrava comida, água e hospitalidade. Quando não havia outro espaço, deixavam-no dormir no celeiro, ou no alpendre. Com sorte, havia um quarto para hóspedes. Ele comia junto com seus anfitriões e espantava-se que recusassem seu dinheiro. Admirava o desprendimento daquele povo. Ninguém lhe perguntava de onde vinha, para onde ia e quais os seus propósitos. Nem temiam ver o fuzil que levava atravessado nas costas.

Aos poucos, entendeu que tal procedimento era uma regra de sobrevivência. A melhor maneira de enfrentar o medo era juntar-se a quem os amedrontava. Naquelas paragens, sempre se podia contar com a aparição dos homens do cangaço, de passagem ou à procura de couto. Sem ter como negar algo aos bandidos, os camponeses pobres lhes davam abrigo. Às vezes, recebiam recompensa mais generosa do que podiam esperar: dinheiro, objetos roubados e comida. Num lugar aonde o governo não chegava, ou quando chegava era mais cruel que os criminosos, mais valia a ajuda do cangaço.

Graças a essa situação, a pobreza reinante no Cariri favorecia Lampião, dono da simpatia de boa parte do povo num mundo em que os pobres não tinham perspectiva de escapar à pobreza e à opressão. Todos relatavam histórias de familiares mortos a bala em rusgas de família ou de vizinhança, atos de vingança e crimes cometidos pela polícia, usada como instrumento da justiça pessoal dos senhores locais. As volantes do governo pernambucano tinham fama igual ou pior que a dos cangaceiros. Por isso, mesmo sendo bandido, Lampião era o que todos os castigados pela sorte desejavam ser: um homem sem medo, fundamentado na honra e na razão, que peitava os poderosos, fazia sua própria lei e, dessa forma, vingava um pouco a todo mundo.

— Queria eu entrar também para o bando dele — disse-lhe um cego de oitenta anos, que certa noite lhe oferecera a casa para dormir. — Tive meus olhos vazados por um volante, sem nenhum motivo senão malvadeza, um dia de domingo, num bar de Crato. Tivesse me sobrado uma vista boa, eu estaria também no cangaço, aproveitando o olho fechado para fazer mira nessa gente.

Depender da caridade daquela gente que tinha tão pouco, mas dividia tudo o que tinha com ele, apertava o coração de Coracy. Naqueles tempos, sentia-se o mais pobre dos seres, pois era ainda menos que eles. Imaginava-se, então, dono do céu estrelado e de tudo aquilo que se pode possuir sem muito custar, como a brisa fresca da madrugada, que ele aspirava como um rei.

Balançando sobre o jeguinho, ao qual se afeiçoava, passou ao largo de Exu, Ouricuri, Salgueiro, Serra Talhada. Por fim, viu-se no trecho final do círculo que planejara cumprir, na região de São José do Belmonte. Dali, não demoraria a alcançar outra vez a serra que levava de volta a Juazeiro. Arranchou-se na fazenda Pitomba, de Antonio Pereira, homem dos seus sessenta anos, que o recebeu no alpendre de um casarão, de botas de couro e mangas de camisa, achando engraçado o rapaz com jeito de aristocrata da capital trajado com as perneiras do sertão.

— O senhor seja bem-vindo — disse ele. — Na casa dos jagunços, alguém lhe arranjará uma esteira de dormir. Fique o que quiser. Não se avexe, temos recurso. Graças a Deus aqui não falta nada.

Coracy aceitou a oferta, disposto a gastar ali uns dias, com gosto de despedida da liberdade. Passava o dia a dormir na rede ou a conversar com o proprietário. Falavam do tempo, da vida no sertão, até mesmo dos jegues, animal que Coracy aprendera a apreciar mais durante a jornada. Tomara a decisão certa. Aquele animal resistia à sede, à fome, e tinha uma arte especial de mastigar aquelas plantas espinhentas, separar os venenos e escolher com seus dentes teimosos os melhores nutrientes na vegetação pobre do agreste.

Como os proprietários de terra respeitados do sertão, Antonio Pereira recebia a alcunha de coronel sem ter patente militar. Tinha a fronte inclinada adiante, assim como o maxilar, que lhe davam um aspecto carrancudo, ainda mais com a falta de uns dentes que lhe desfalcavam o sorriso. Porém, havia naquele homem de gestos lentos uma firmeza de aço, na maneira como criava os filhos ou comandava seus jagunços, emitindo ordens monossilábicas, como se a autoridade fosse a sua simples presença, nada precisando lhe sair da boca. Gostava de Coracy, ao ver nele alguém versado, diferente da gente que costumava aparecer ali.

— O senhor me anuncie o que deseja — dizia ele. — Estando ao alcance, será um prazer oferecer.

Na casa de Antonio Pereira tudo tinha sido feito por ele e sua família, desde a fundação de pedras sobre a qual se erguia o casarão com paredes de taipa ao telheiro moldado do barro e os móveis de madeira de lei na despojada decoração. Da cozinha saía um cheiro bom de comida, que lembrava a Coracy sua infância. A estadia naquelas casas do sertão era o mais perto que ele chegara em muitos anos de uma família. Pensava em seu anfitrião com uma ponta de inveja: Antonio Pereira fizera algo daquela terra vazia e o movimento dos jagunços demonstrava como a defendia.

Ficaria ali de bom grado mais tempo, mas não poderia desaparecer para sempre; chegava a hora de voltar.

— O senhor precisa mesmo ir embora? — disse Antonio Pereira. — Passe aqui um mês... Mando lhe arrumar acomodação melhor...

— Agradeço — disse Coracy. — Mas o Exército me deu uma tarefa e preciso voltar para prestar conta dela.

O coronel pareceu não dar muito importância às suas razões. Queria saber da vida em São Paulo, no Rio de Janeiro... Ali não havia pressa, apenas a necessidade de chegar ao dia que seguia o outro.

— Mas o senhor já resolveu o que tinha a resolver?

Coracy sorriu.

— Não — disse.

— Será que podemos ajudá-lo?

— Não creio — disse Coracy. — É um caso um pouco complicado.

Até então, evitara fazer perguntas sobre o paradeiro de Lampião, para não causar suspeitas. Porém, àquela altura, e nas vésperas de voltar, já não importava; no dia seguinte voltaria a Juazeiro de mãos abanando para reintegrar-se à tropa. Contou então a Antonio Pereira ter uma carta do padre Cícero a Lampião, convocando-o para incorporar-se ao Exército em Juazeiro, onde seria armado para combater a Coluna Invicta.

Antonio Pereira riu, como se o achasse louco, ou desdenhasse dos chefes que haviam engendrado tal plano. No entanto, pensando melhor, espichou a cara na direção de Coracy, subitamente interessado.

— Mas o senhor tem essa carta de padre Cícero?

Ficou no ar o silêncio; depois de pensar um instante, Coracy tirou a missiva do forro no jaquetão. Um par de olhos escrutinadores passeou sobre a folha.

— É, parece coisa muito oficial — disse Antonio Pereira. — Imaginei mesmo que a sua presença por aqui tinha algo a ver com esses militares que estão pela redondeza. Ouvi dizer que a tal coluna passou ao largo de Juazeiro do Norte e já foi vista mais ao sul, a caminho da Bahia. Pelo jeito, o governo e os seus chefes ainda estão precisando de Lampião.

Antonio Pereira devolveu-lhe o papel; bruscamente, mudou de assunto. Depois do jantar, Coracy despediu-se cedo, pois queria levantar com a primeira luz. Deitou na rede pensando no que o coronel lhe dissera. Fosse mesmo verdade que a coluna passara pelos batalhões patrióticos e rumava para a Bahia, a perseguição prosseguiria. Perguntava-se o que teria acontecido com Gaspar. Embalado por conjecturas, caiu em sono profundo.

Ao acordar com o sol nascendo entre as juntas imperfeitas das janelas de madeira, viu a casa dos jagunços estranhamente vazia. De fora, no lugar do costumeiro barulho da faina matinal, havia só o silêncio. Levantou-se devagar e vestiu as calças. Olhos inchados, saiu do galpão arrastando os suspensórios. Qual não foi sua surpresa quando viu no terreiro, como numa fotografia, meia centena de cangaceiros parados como estátuas na soleira da porta do casarão. Coracy podia ouvir as montarias espantando as moscas com o rabo.

Antonio Pereira estava ao lado do homem à frente da tropa, apeado de sua mula. Os cangaceiros em suas montarias olhavam Coracy mais curiosos que hostis. Nem por isso ele ficou mais tranqüilo. Com a tez lisa dos seus 27 anos, de um moreno queimado, o líder do bando usava uns óculos redondos sobre o nariz cinzelado e os lábios finos que lhe davam aspecto de um professor de geografia. Porém, a carabina Winchester onde apoiava a mão direita, as cartucheiras cruzadas no peito e o punhal com cabo de madrepérola atravessado na cinta não deixavam dúvidas sobre a sua profissão.

Tinha o olhar mutilado, devido ao globo direito, estragado pelo glaucoma; o esquerdo, parado e frio, parecia também morto. Com a voz empostada das autoridades, ele falou:

— É você que está me procurando?

A pergunta pareceu rolar pelo chão de terra, subir pela roupa de Coracy e estampir nos seus ouvidos como um tiro de escopeta. Sem querer, ele se encontrava diante de sua majestade, o cangaceiro Lampião.

Capítulo 10

A mulher de Antonio Pereira serviu canecas de leite quente de cabra aos visitantes na cozinha, onde a lenha estalava no fogão. Ao lado do fazendeiro, Coracy sentava-se à mesa diante de Lampião e seu irmão e lugar-tenente, Antônio. Ao redor, tomando seu leite acocorados, encontravam-se dois outros integrantes do Estado-maior do bando: Luís Pedro, que muitos diziam ser bonito feito uma moça, e Juriti, meio índio, que tinha queixo dividido ao meio por uma covinha profunda e usava óculos redondos como os do chefe.

Sem saber, Coracy viera ao lugar certo. Antonio Pereira explicou-lhe que era tio de Sinhô Pereira, maior cangaceiro de todos os tempos, nascido no Pajeú, de onde haviam saído outros grandes nomes do cangaço: Cabeleira, Antônio Silvino, Casimiro Honório. E agora Lampião, de quem seu sobrinho tinha sido chefe. Sinhô Pereira acolhera-o quando o então jovem Virgulino tinha apenas dezoito anos e lhe entregara o comando do bando ao se aposentar das armas, dando por cumprida sua missão de vingar as mortes da própria família. Ainda mais temido que seu predecessor, Lampião continuava amigo de todos na Pitomba. Diante da gravidade do assunto, Antonio Pereira tomara a iniciativa de chamá-lo.

— Espero que você não se importe com a minha liberdade — disse o fazendeiro. — Compadre Virgulino sempre passa por aqui quando precisa de algo. Achei que podia mandar recado e dar ao conhecimento dele a sua tão importante carta.

Apesar de todos os esforços de Coracy em evitá-lo, o homem mais temido do sertão estava na sua frente. Seu olho bom produzia um efeito perfurante. Estava sempre julgando os outros. E pronto para dar a sentença.

Lampião tinha muitas habilidades, aprendidas na pequena propriedade de sua família, muito antes da rixa de seu pai com o vizinho Saturnino lançar seus filhos homens ao cangaço. Ajustava ele mesmo suas roupas, com uma máquina de costura que levava consigo. Era sanfoneiro e compositor. Sabia ler e escrever. Assestou melhor os óculos no nariz, examinou e reexaminou o documento que Coracy já achara desnecessário. Por fim, levantou a cabeça, com uma candura que disfarçava a frieza. Era homem de camadas, cheio de intenções ocultas, que pensava alto e por trás do que dizia tinha outra idéia, e por debaixo dessa mais outra.

— Vosmicê então não é volante comum — disse Lampião. — É do Exército nacional.

— Sim — disse Coracy. — O Exército está ao lado do doutor Floro e do padre Cícero no combate aos militares rebeldes. Estão dispostos a conceder-lhe anistia pelos seus crimes se somar seus esforços aos deles. E dar as armas, como têm feito com os outros recrutas dos batalhões patrióticos.

— É, parece que a tal coluna andou pintando o bode, eles devem estar mesmo precisando de ajuda.

Os cangaceiros riram.

— Eu mesmo andei encontrando esse pessoal, a leste daqui, há alguns dias — disse Lampião — Era muita gente e preferi evitar o confronto direto. Mas achei formidável eles enfrentarem a caatinga.

Lampião virou-se para seu irmão e lhe entregou a carta. Antonio Ferreira era um pouco mais baixo, tinha queixo e lábios mais finos, além de olhar mais desconfiado.

— Isso é traição — disse Antonio, sem ver o documento.

Coracy gelou.

— A assinatura é a letra do padre Cícero — interveio Antonio Pereira, pausadamente. — Já recebi carta dele antes, conheço-o bastante, disso dou certeza.

Voltaram-se todos para Lampião. Ele desfez o nó do lenço no pescoço, desabotoou a camisa devagar e dali de dentro puxou um cordão com uma cruz e um emaranhado de santos e simpatias.

— Existe pouca coisa no mundo à qual eu sou temente — disse ele a Coracy. — Uma delas é o Bom Senhor e outra, o padre Cícero. É homem que não faz diferença entre jagunço e trabalhador, cangaceiro e volante, não por falta de discernimento, já que a distância entre uma coisa e outra é muito grande, mas pelo exame da alma. Em toda criatura, seja do mal ou do bem, sempre há alguma coisa que valha, nem que seja do tempo inocente de criança. Enxergar gente assim é coisa só de santo, meu amigo, e no caso santo que faz milagre, como já ficou diversas vezes provado. Acredito na boa-fé desse chamado e tenho muito gosto em atender o padre Cícero.

Fez uma pausa, como se buscando inspiração, e completou:

— Tenho só uma condição.

— Qual? — perguntou Coracy, já disposto a prometer o impossível.

— Quero a patente de capitão — disse Lampião. — Capitão Virgulino Ferreira, do Exército brasileiro. Já que eu vou ser oficial do governo, nada mais justo que sacramentar a coisa no papel. Assumido esse compromisso, irei até Juazeiro.

Ficaram todos em silêncio. Coracy estava tão chocado quanto se Lampião tivesse lhe dito que ele seria fuzilado. Os olhos de Antônio Ferreira apertavam-se como os de um chinês, sinal de aguda contrariedade. Luís Pedro encostou-se no fogão a lenha, a caneca vazia pendurada em um dedo.

— Há muito tempo eu ando sozinho pelo sertão com essa carta — disse Coracy. — Nem tinha mais esperança de encontrá-lo. Não sei nada sobre o que aconteceu em Juazeiro e a situação no Ceará, exceto o que me contou aqui o próprio doutor Antonio Pereira. Eu não posso lhe garantir que nada mudou.

— Ah! — exclamou Lampião. — Isso pode deixar conosco, vamos verificar.

Dobrou o papel que Coracy lhe entregara, colocou-o em um bolso por dentro da camisa, fechou-a e amarrou outra vez o lenço no pescoço.

— Vamos — disse ele. — Meu pessoal não gosta de ficar quentando ao sol.

Levantaram-se todos. Lampião pediu a Antonio Pereira que mandasse um homem seu seguir na frente, para ver os detalhes da audiência em Juazeiro.

— Vosmicê tem franquia com o padre, pode confirmar o que acabamos de saber.

Antonio Pereira escolheu Nastácio, capataz que já lhe servira de mensageiro junto ao padre Cícero. Combinaram que ele seguiria na dianteira, confabularia com o padre em Juazeiro e voltaria para encontrar o bando num coito perto do Riacho dos Porcos. De lá, tudo estando certo, eles seguiriam em frente.

Em vinte minutos, Coracy cavalgava com Lampião, Antônio Ferreira e mais 47 cangaceiros. Despediu-se de Antonio Pereira sem saber se agradecia ou amaldiçoava o fazendeiro. Com um pouco de dó, devido à afeição que tomara pelos animais, deixou seus dois jegues para o anfitrião e montou na mula que lhe ofereceram.

— O jegue é bom para suportar a distância — explicou Luís Pedro. — Já a mula dá rapidez.

Instruído pelo patrão, o capataz de Antonio Pereira partiu na frente, a galope. Sem saber que resposta o mensageiro traria, Coracy sentia a cabeça repousar desconfortavelmente sobre o pescoço, antevendo como ela rolaria pelo chão.

Procurou distrair-se observando seus companheiros de jornada. O bando não tinha mulheres, norma do tempo de Sinhô Pereira, que via na presença do sexo feminino fator de perturbação da ordem e de atraso na mobilização. Mulheres havia pelo caminho, nos lugares que eles tomavam de assalto, ocupando as vilas como um exército: o banco, a prefeitura, até mesmo a delegacia, sem deixar ninguém entrar ou sair antes do saque. Sinhô afugentava a tiro as mulheres que tentavam seguir o bando e castigava os cangaceiros que as acobertavam. Somente quatro anos depois de sua viagem a Juazeiro, Lampião concordaria em aceitá-las, se casaria e passaria a viver de maneira mais sedentária, nas proximidades do rio São Francisco, onde a vida era mais fácil. Naquela época, porém, isso ainda nem passava pela sua cabeça.

Os cangaceiros mostravam no corpo seu modo de vida. Levavam cicatrizes no rosto, um olho de menos ou tinham subtraído um dedo da mão. Cada cangaceiro era uma unidade de combate auto-suficiente. Eles atravessavam as cartucheiras no peito, punham o fuzil a tiracolo e usavam o corpo rodeado de alforjes com alças largas para não machucar o ombro com seu peso. Neles, cada um levava tudo o que necessitava, incluindo remédios, alimentos e a cuia de comer. Com aquele volume ao redor da cintura, os ombros pareciam estreitos e a figura mais baixa, dando-lhes uma silhueta piramidal. Tinham tudo o que necessitavam junto ao corpo porque nem sempre se valiam dos animais de montaria. Muitas vezes tinham de largá-las de repente ou seguir pelo sertão a pé. Assim, penetravam na caatinga mais fechada, onde não passavam os animais — um dos segredos da sua mobilidade.

Acostumados a partir sem perda de tempo e a viajar sem deixar traço, os cangaceiros não montavam acampamento. Para descansar e comer, faziam tendas improvisadas estendendo lençóis nos galhos retorcidos. Usavam as roupas de couro do sertanejo, ainda sem os enfeites que Lampião adotaria mais tarde: caneleiras de couro com botões de celulóide para andar no catingueiro; capa de algodão grosso cruzada no peito; cartucheiras e punhais com a bainha encapada por peças de latão lavrado e madrepérola. O chapéu de couro, atravessado na cabeça como o de Napoleão, era ornado com estrelas e tiras finas de couro. Seu maior luxo, porém, era a alegria, como se o risco permanente de vida exigisse que dela tirassem mais proveito. Durante a viagem, os bandidos riam e brincavam. Nas horas de descanso, fingiam lutar entre si e corriam uns atrás dos outros feito crianças brejeiras.

Nem por isso pareciam descuidados ou demasiado confiantes. Pelo menos uma vez ao dia, durante uma das paradas, treinavam a pontaria. Lampião não era canhoto por natureza, mas aprendera a atirar no ombro esquerdo, lado do seu único olho bom. O próprio Coracy viu-o tirar o fundo de uma garrafa, atirando de longe por dentro do gargalo. Exercitava-se também no manejo do punhal. O tamanho da arma indicava a importância do cangaceiro no bando: a dele, com quase um metro de comprimento, era a maior. Diziam que, com ela, Lampião cortava dos desafetos a língua, a orelha ou os genitais. Também com o punhal marcava de ferro quente as mulheres de saia curta que encontrava nas cidades saqueadas, dando exemplo de comportamento, segundo seus padrões pessoais.

Ao contrário dos gaúchos que Coracy vira no Sul, impulsivos, orgulhosos, prontos a mostrar sua coragem atacando o inimigo de peito aberto com a lança, os homens de Lampião eram pacientes, astuciosos e traiçoeiros, características que combinavam com a condição de exímios atiradores. Preferiam a emboscada à carga de cavalaria. Podiam passar horas a fio esperando o inimigo, mas quando o viam não perdiam bala. Nada disso era falta de coragem. Lutavam corpo a corpo com prazer, em caso de necessidade, empunhando a adaga.

Montados nas mulas, eles avançaram pelo agreste a passo firme, embora sem pressa. Ao pôr do sol alcançaram o pé da chapada que marcava a entrada em território cearense. Aquela noite o bando fez parada na casa de taipa de um lavrador chamado Maneco, dois quilômetros fora da estrada para Barbalha. Lampião ordenou a meia dúzia de seus cangaceiros para se colocarem de vigia nas partes mais altas das proximidades. A uma palavra do chefe, os bandidos partiram zunindo. Sob as ordens de Luís Pedro, revezaram-se ao longo da noite, com o fuzil de prontidão.

Embora demonstrasse ter recebido os visitantes com muito gosto, o anfitrião não tinha espaço para tanta gente em sua casa. Cada um escolheu seu canto e foi dormir ao relento, depois de comer e fazer as necessidades. Coracy recolheu-se apartado. A brisa fresca espantava o calor do dia. Ele se encostou numa pedra, a olhar as estrelas.

— O que há, tenente? Está com medo da gente?

Lampião se aproximava.

— Acho que me acostumei a viajar sozinho.

— Fique tranqüilo — disse o cangaceiro. — Eu já o conheço, se está comigo, é porque está na minha guarda.

— O que o faz pensar que me conhece?

— Compadre Antonio me falou da sua pessoa. Quem trata bem amigo meu, sem saber quem ele é, só pode ser gente de coração. Para mim, é o suficiente. Além disso, tenho muito traquejo quando se trata de medir um homem.

Sentou-se sobre os calcanhares, disposto a encompridar a conversa.

— Não entendo como a patrulha não encontrou vocês antes de mim — disse Coracy. — Eles certamente andaram por todo o sertão de Pernambuco.

— Para uns, sou fácil de achar. Para outros, difícil. Depende de quem procura.

Lampião lhe explicou que, quando perseguidos pelas volantes, eles abandonavam suas montarias, apagavam seus rastos com galhos secos ou andavam de costas para confundir os trilheiros. Pouca gente tinha coragem de embrenhar-se na mata espinhenta atrás deles, onde podiam esperar entocaiados. Não admirava que ninguém os tivesse encontrado. Coracy entendeu por que uma tropa como a de Gaspar tinha pouca chance de encontrar o bando. Lampião ninguém achava, a menos que se deixasse encontrar.

— Sabe — prosseguiu o cangaceiro —, respeito no homem mais a atitude que o propósito. Quando esses soldados que combatem os soldados do governo entraram no sul da Bahia, eu soube que o Exército estava dando roupas, armas e munição aos jagunços do "coronel" José Honório Granja, do Piauí, e Abílio Wolney, de Goiás, lá no São Francisco central. Achei muito justo porque, segundo me contaram, esses antigovernistas andaram tomando as coisas do povo. Levaram até montaria de religiosos peregrinos e gente que ia a festa de casamento. Eu roubo, mas desse jeito, não.

Lampião tirou o chapéu e passou a mão pela cabeleira cortada na altura da nuca, costume índio para refrescar o lugar onde o calor faz suar primeiro. O chefe do cangaço tinha algo de civilização e selvageria, santo e demônio. Na escuridão, os pedaços de ouro de sua dentadura brilhavam como a adaga.

— Talvez nenhum dos lados, do governo ou do contra, seja muito bom — disse Coracy.

Lampião riu. Levantou, bateu a mão no traseiro para lhe tirar o pó e encerrou assim a conversa.

— É fala de sabedoria — disse. — Fique do seu próprio lado, tenente. O resto deixe comigo. E agora vamos dormir.

Dormiram, Coracy menos que os outros, receoso dos acontecimentos futuros. Passou boa parte da noite olhando o céu, melancólico como um réu diante da possibilidade da sentença de morte. Esforçava-se por não pensar no pai, em Eleonora, em tudo o que deixara para trás. Lutando contra as emoções, adormeceu tarde e teve um sono atribulado.

Ao levantar, encontrou o bando já desperto, reunido em torno de Lampião. No meio dos cangaceiros, avistou o mensageiro de Antonio Pereira, que viajara de madrugada, vindo de Juazeiro. Todos os olhos cravaram-se em Coracy. Não era confortável estar diante daqueles homens com jeito de feras, como um pelotão de fuzilamento. Decerto Lampião já tinha decidido o que fazer, inclusive com ele.

Então, como quem aceita o destino, Coracy levantou a cabeça e foi ao encontro deles da maneira mais altiva possível.

— Vosmicê estava certo — disse Lampião. — O coronel Floro já não se encontra em Juazeiro, foi para a capital tratar da saúde. Mas Nastácio encontrou o secretário do padre Cícero e depois o próprio padre, que pessoalmente confirmou o convite, em cumprimento do que havia apalavrado com o coronel. Serei capitão do Exército brasileiro.

O olho bom do bandido faiscava.

Só então Coracy entendeu a extensão de seu nervosismo: as pernas bambearam. Lívido, achou uma pedra e sentou.

Lampião se aproximou e bateu-lhe com a mão no ombro.

— Vamos, tenente — disse. — Ainda não sou seu superior para lhe dar ordens, mas faço o convite de amigo para nos acompanhar.

Em vinte minutos, o bando estava em marcha na trilha que reconduzia à estrada. Por volta das onze da manhã, os cangaceiros alcançaram Barbalha, a oito quilômetros de Juazeiro. Lampião entrou prevenido no vilarejo, como um general que ocupa uma cidadela. Colocou vigias em todas as entradas e uma guarda diante do bar do hotel Quarto Centenário, na Praça da Figueira, onde entrou para tomar cerveja e comer um virado com carne-de-sol.

Despachou sentado à mesa do bar, transformado em quartel-general. Enviou o cangaceiro Gato à casa de Mocinha, sua irmã, em Juazeiro, para pedir que juntasse seus irmãos: aproveitando a ocasião, encontraria a família, cuja maior parte morava na cidade. Ordenou ao mensageiro Nastácio, acompanhado de Juriti, que avisasse o padre Cícero de sua entrada na cidade.

— Marque a hora do encontro com o padre pessoalmente — salientou. — Outro não me serve.

Por fim, mandou procurar um fotógrafo. Em Barbalha não havia nenhum. No entanto, segundo o gerente do hotel, havia por lá um agrônomo que fazia aquele tipo de trabalho nas horas vagas.

— Dizem que tira umas chapas bonitas da peste.

Lampião mandou buscá-lo. Pouco depois, Canário voltou com Lauro Cabral, um rapazote moreno, de meia estatura, muito vivaz. Embora ressabiado, concordou em ir no dia seguinte a Juazeiro, encontrar-se com Lampião e a família. O cangaceiro queria registro daquele momento.

Já se espalhara a notícia de que ele atenderia ao pedido do padre Cícero para juntar-se às forças legalistas no combate à Coluna Invicta. Diante do hotel, formava-se uma multidão, cuja curiosidade superava o medo. Vindo de fora, Luís Pedro anunciou que havia gente querendo audiência, o que era corriqueiro nas passagens do bando pelas cidades ocupadas. Alguns aproveitavam a substituição temporária do governo constituído para denunciar as arbitrariedades do prefeito, do delegado e dos desafetos. Lampião sempre dava as sentenças sumárias. Mandava chamar os envolvidos, trazidos no muque. Em geral, não fazia mais que lhes passar um sabão e ameaçava voltar, caso a querela não fosse resolvida. Em geral, era mais que o suficiente para a pacificação.

Coracy se espantou com a autoridade e a popularidade do bandido. Selecionados por Luís Pedro, foram entrando os reclamantes: uns acusavam a polícia de abuso, outros queixavam-se de roubo, traziam querelas de vizinhança, de família, de dinheiro. Lampião era requisitado até a dar sentença sobre caso de marido e mulher. A gente que vinha à sua presença era simplória, de alpercatas, desdentada, roupas puídas e linguagem parca. Ao final da audiência, Lampião lhes dizia alguma coisa, como Salomão. Dava algum dinheiro, tirado pelo irmão Antonio de uma burra, e os mandava de volta para casa.

— Está vendo? — soprou ele a Coracy. — O governo acha que vai me pôr na lei, mas a lei aqui já sou eu.

No final da tarde, Nastácio e Juriti voltaram com cinqüenta cavaleiros dos Batalhões Patrióticos do deputado Floro Bartolomeu, mais um contingente igual de soldados do Exército brasileiro. O chefe da tropa legalista era o tenente Chaguinhas. A seu lado estava Gaspar, que entrou no bar de peito enfunado, batendo as botas, sem dirigir a palavra a Coracy. Apresentou-se a Lampião. Este, porém, virou-se para Coracy.

— Esse pessoal é que andava atrás de mim no sertão?

Coracy fez com a cabeça sinal positivo. O cangaceiro concedeu então a palavra aos emissários.

— O alto-comando do Exército brasileiro fica muito satisfeito com sua colaboração — disse Gaspar, entre receoso e mal-humorado. Certamente não gostara de Coracy ter-lhe passado à frente na missão de encontrar os cangaceiros e aquela deferência de Lampião. — Está tudo pronto para seu encontro amanhã com o padre Cícero, além dos meus superiores, o comandante Enriques e o comandante Góes, do Exército nacional.

— O que aconteceu com o doutor Floro?

— Infelizmente, o estado de saúde do doutor Floro piorou, de modo que ele teve de viajar para Fortaleza e de lá ao Rio de Janeiro para tratar-se — disse o tenente Chaguinhas. — Porém, o padre Cícero diz que vai honrar sua palavra e a do deputado. O senhor tem todas as garantias. O encontro está marcado para o meio-dia de amanhã.

Adiantou ainda que o secretário do padre Cícero, Benjamim Abrahão, estava arranjando todos os detalhes do encontro, incluindo a acomodação para Lampião e seus homens na cidade.

As audiências do dia foram suspensas. Lá fora, formara-se uma feira: surgiram sanfoneiros, vendedores ambulantes, repentistas que cantavam em meio aos curiosos. No meio daquela gente, crianças jogavam péla, como se fosse festa em feriado santo. Embora festeiros, os cangaceiros de Lampião não estavam gostando de tanto movimento. O bando estendeu suas redes no salão para descansar. Coracy ficou com um dos poucos quartos do hotel, embora tivesse preferido a rede ao colchão úmido e os percevejos. Pela manhã, caiu cedo da cama e tomou café com Lampião, antes de seguir caminho com os homens de Gaspar e do tenente Chaguinhas.

Pela estrada, a multidão acompanhou a saída da cidade, como um séquito. Eram pouco mais de onze horas da manhã quando eles chegaram a Juazeiro. Lampião e seus homens cavalgavam sem pressa — calmos, mas atentos, de arma na mão. Mesmo com aquela trégua avalizada pelo padre Cícero, os cangaceiros não se sentiam muito à vontade. Se por um lado o ajuntamento de gente dificultava o confronto com forças policiais, por outro facilitava o trabalho de um atirador misturado à multidão.

— Em tempo de guerra, jeito de guerra — explicou Lampião a Coracy.

Aos poucos, o grupo foi relaxando, ao ver o clima de festa reinante na cidade. As crianças corriam junto com as mulas, as janelas das casas se abriam, as mulheres assomavam à soleira das portas, os homens acenavam com o chapéu, de modo que a chegada dos cangaceiros a Juazeiro se transformava em uma entrada triunfal. Lampião distribuía dinheiro para as crianças que se aproximavam e acenava para a multidão, que abria um corredor humano à sua passagem.

— Viva Lampião! — bradavam.

Era como se o povo recebesse não um bandido perigoso, mas um herói. Não importava que ele roubasse, ou tivesse cometido crimes hediondos. Coracy olhava para aquela gente sofrida, que aceitava sua condição, mas por baixo cultivava a raiva, extravasada por meio daquele homem — seu anjo exterminador, que feria a quem os feria. A pobreza faz dessas coisas: graças a ela, certo e errado viram pelo avesso.

Animando-se com a recepção e com audiência garantida, Lampião incitou seus homens a cantar. O rei do cangaço puxou o coro, entoando a canção preferida de sua lavra:

Olê mulher rendeira
Olê mulher rendá
Tu me ensina a fazer renda
Que eu te ensino a namorar!

Quando eles chegaram à casa paroquial, conduzidos por Gaspar e o tenente Chaguinhas, a multidão o seguia em delírio.

— Até aqui foi tudo como vosmicê falou — disse Lampião a Coracy, satisfeito. — Agora vamos ao resto.

Lampião instruiu seus homens a ficarem de prontidão na entrada da casa e nas ruas vizinhas: não queria perder os meios de saber o que estava acontecendo e sair dali rápido se preciso fosse. Apeando, seguiu Gaspar e Chaguinhas. Fez sinal a Coracy, Luís Pedro e Juriti para acompanhá-lo.

No portão, esfregando as mãos, ansioso, estava Benjamim Abrahão, o secretário do padre Cícero, um turco de cabelos ralos e nariz batatudo. Ao lado dele, encontrava-se uma figura carregando uma caixa preta sobre um tripé. Como combinado, Lauro Cabral comparecera.

— Senhor Virgulino, seja bem-vindo — disse Benjamim. — É por aqui.

A porta da casa paroquial se fechou atrás deles, deixando para trás o barulho da turba. Estava sacramentado um daqueles raros momentos em que se juntam, unidos pelas circunstâncias, os homens de Deus e os do diabo, se é que se podia fazer tal separação de lados no sertão.

Eles entraram num salão de janelas abertas para um jardim dividido com a igreja. Ladeados por soldados em posição de guarda, sentavam-se à mesa central os comandantes Góes e Enriques, com quem Coracy não falava desde que tinha sido deixado na prisão, em Santo Ângelo. Por um instante, eles cruzaram olhares. Sem precedentes protocolares para um encontro como aquele, os oficiais se levantaram e fizeram uma mesura para Lampião, como se estivessem diante de um chefe de Estado.

— O senhor demorou um pouco — disse o comandante Góes a Coracy. E acrescentou, em tom de galhofa, olhando Enriques ao seu lado: — Mas parabéns, pois ao contrário de outros, cumpriu brilhantemente sua missão.

Gaspar corou. Enriques fez ares de impaciência: havia muito a discutir e pouco espaço para ironias.

Nesse momento, todas as atenções se voltaram para o homem que entrou no salão, sozinho, abrindo uma clareira entre os circunstantes com um poder invisível.

— Senhores — proclamou Benjamim Abrahão —, o padre Cícero Romão Batista.

Lampião ajoelhou-se. Incontinente, foi seguido por Luís Pedro e Juriti; metais estalaram quando os fuzis encostaram no chão. No mesmo instante, o padre se adiantou, tomou o braço de Lampião e o ergueu.

— Ah, meu filho, levante-se — disse. — É bom vê-lo aqui.

Os cangaceiros e mesmo os soldados presentes viram-se sem jeito, como se as armas os envergonhassem diante daquele homem pequeno, meio inclinado para a frente, com orelhas de abano feito um par de trompetes a anunciar a cabeça quadrada, meio enterrada no hábito negro. Atrás de óculos de fundo de garrafa, os olhos esbugalhados resultavam de catarata. Falava manso e movia-se devagar, sem medo, numa calma celestial, vinda não se sabia se da idade ou de temperamento.

— Deus abençoe a todos na sua casa — acrescentou o padre.

Ficaram uns diante dos outros, em grande expectativa. Nesse instante, o comandante Enriques tentou trazer todos ao objetivo da reunião, dirigindo a palavra a Lampião.

— Creio que o senhor já esteja bastante sabedor do convite para integrar nossas forças contra a coluna rebelde. Esse convite foi idéia do deputado Floro Bartolomeu, mas, assim como o padre Cícero, estamos aqui para honrá-la.

— Soube que o deputado se encontra mal de saúde — disse o cangaceiro.

— O deputado Floro Bartolomeu faleceu — disse o comandante Góes. — Acabamos de receber a notícia por telégrafo, vinda do Rio de Janeiro.

Houve comoção. O padre Cícero balançou a cabeça, em triste confirmação: já tomara conhecimento daquela notícia.

— Sua alma certamente há de estar junto de Deus — disse. — Mas agora vamos sentar.

Não havia cadeiras à mesa para todos; sentaram-se apenas o padre Cícero, à cabeceira, os dois comandantes, lado a lado, e diante deles Lampião. O comandante Enriques relatou brevemente os últimos acontecimentos. Durante a longa ausência de Coracy, as coisas não tinham corrido muito bem para as tropas legalistas no sertão. Antes de morrer, Floro Bartolomeu cometera um erro de cálculo. Com sua grande mobilidade, os rebeldes tinham contornado Juazeiro e as tropas oficiais. A coluna entrara no Ceará 50 quilômetros ao norte de Campos Sales, para onde o deputado enviara sua milícia de jagunços. Em seguida, marchara para o sudoeste do Rio Grande do Norte, fazendo uma volta até o oeste da Paraíba e Triunfo, em Pernambuco, com a intenção de fomentar ali a revolução.

Sem o apoio esperado dos militares pernambucanos, a coluna entrara na Bahia. Saqueara Barra do Mendes, na área de Horácio de Matos. O coronel Horácio era homem tão influente quanto impenetrável, em todos os sentidos: dizia-se que guardava o diabo dentro de uma garrafa e, graças à bruxaria, tinha o corpo fechado. Ao matar um sobrinho e um primo de Horácio, os soldados do destacamento de Siqueira Campos tinham despertado seu ódio vingativo.

Sem que o governo precisasse pedir, Horácio fizera em grande escala o que se esperava das tropas legalistas. Reuniu seiscentos jagunços baianos para combater os rebeldes. Com aquela gente nos calcanhares, Prestes não tivera outro meio senão recuar pelo caminho da vinda, já que a passagem para Goiás, a oeste, estava bloqueada pela concentração de forças no São Francisco. Retirara-se para o sertão pernambucano, e na direção de Juazeiro.

— Segundo as informações que recebemos, a coluna está rumando novamente para cá — disse o comandante Góes a Lampião. — Foi muito bom o seu surgimento a esta altura, porque é a nossa oportunidade de apanhar essa gente.

Mesmo perseguidos pelo coronel Horácio, os rebeldes eram agora uma ameaça ainda maior que em sua primeira passagem pelo Ceará. Dizia-se que em Crateús tinham recebido 3 mil cartuchos winchester e nove contos de réis de comerciantes da cidade, como uma espécie de pedágio para que passassem adiante sem molestá-los. A mesma gentileza fizera a agência do Banco do Brasil, que lhes dera 16 mil contos de réis.

Lampião ouviu tudo com atenção. Conhecia a fama do coronel Horácio, muito diferente daqueles homens do Exército, que lhe pareceram mais esverdeados que sua insígnia. Compreendia, mas não respeitava aquela gente que se servia de outros para combater em seu lugar. Estavam bem longe daqueles cabras valentes da polícia pernambucana, com quem se acostumara a lutar. Esses não fugiam da bala.

Deu-lhes os ombros.

— Antes de terminar esses assuntos, gostaria de falar um pouco com padre Cícero. Sozinho.

Os militares esperaram a reação do padre. Ele fez sinal de estar de acordo.

— Pois não — disse Góes.

— Venha até aqui, meu filho — disse o padre Cícero, levantando-se. Conduziu Lampião até uma sala contígua, deixando, no entanto, a porta aberta.

Foram ao canto oposto da sala, onde podiam ser vistos, mas não ouvidos. Ali ficaram alguns minutos, um com o rosto sobre o ombro do outro. A curta distância da porta, Coracy escutava apenas sussurros, mas entendeu que Lampião fazia a confissão. Enquanto isso, os homens do Exército e do cangaço permaneceram encarando uns aos outros, em um silêncio embaraçoso.

Por fim, Lampião e o padre retornaram.

— Acho que agora podemos tratar de negócios — disse o cangaceiro.

— Certamente — concordou o comandante Enriques.

— Quero saber das armas que os senhores estão distribuindo.

— Como consignatário da carta que chegou às suas mãos, posso lhe garantir que as armas lhe serão entregues, honrando também a palavra do deputado Floro — disse o padre Cícero. — Não que eu concorde com isso tudo. Também mandei uma carta a esse senhor Prestes, me oferecendo como fiador da sua segurança, para negociar a rendição dos rebeldes. Apesar do aparente bom propósito desses revolucionários, apelei para que pensem nas famílias que têm ficado sem pais e no sofrimento que estão impondo ao povo já pobre do sertão.

— O senhor mandou sua carta há quase dois meses, padre — objetou o comandante Enriques. — Esses militares não são como os seus fiéis. Eles só obedecem ao seu comandante. E seus apelos não funcionam com esse rebelde, o Prestes. Ele é um homem de armas, não de fé.

Depois, dirigiu-se a Lampião: — O que o senhor quer?

— O senhor terá suas armas. A partir de agora, colaborando conosco, além de anistia por qualquer dívida que possuir com a justiça, terá também nossa proteção.

— Quero setenta fuzis e munição. As armas já serão o bastante — disse o cangaceiro. — E além da anistia por meus crimes, quero a minha patente de capitão.

Góes olhou para Enriques, embaraçado. Armar um bandido já lhe parecia transgressão suficiente. Haviam discutido aquele assunto longamente. Dar ao cangaceiro aquele tipo de aval, além de fora de qualquer ritual militar, era uma concessão pela qual eles não poderiam responder.

— O senhor faz mesmo questão disso? — perguntou Góes.

— Se farei parte das Forças Armadas do governo nacional, estou anistiado e os senhores acham bom o meu comando, não vejo por que deixar de reconhecer isso — disse Lampião.

Para sair do impasse, depois de pensar um instante, o comandante Góes acedeu da maneira que achou melhor: vagamente.

— Isso se pode ver — disse. — O senhor pode ter o que quiser, se for acompanhado por um dos meus destacamentos, sob o comando do próprio tenente Coracy, que o trouxe até aqui, e que o senhor já conhece.

Lampião olhou para Coracy, com expressão inescrutável. Não demorou a dar sua resposta.

— Prefiro outro — disse ele.

Girou a cabeça lentamente pela sala, a escolher. E cravou seu olho telescópico em Gaspar.

— Quero esse aí.

Surpreso e ao mesmo tempo lisonjeado, Gaspar empertigou-se. Ele, que voltara frustrado da busca por Lampião, de um instante para outro ganhava destaque. Olhou para Coracy, com a superioridade de quem sabia que o outro havia sido descartado por algum erro. O rival trouxera Lampião para Juazeiro, é verdade, mas seria ele quem ficaria com os louros da vitória sobre a coluna rebelde. Ainda que com a ajuda daquele bando de celerados.

— Podemos lhe dar quantos e quais homens quiser — disse Enriques. — O senhor conhece o sertão como ninguém, creio que poderá orientá-los.

— O sistema é sempre pegar o inimigo aos poucos, e de surpresa — disse Lampião. — Para isso, gente demais até atrapalha. Mas se vosmicê quiser me dar uns vinte cabras dos seus, está bom.

— Perfeitamente — disse Enriques.

— Podem preparar tudo — disse Lampião. — Hoje à tarde quero ver as armas. Amanhã, partimos.

— As armas estarão à sua disposição — asseverou Góes.

O secretário do padre Cícero informou ao cangaceiro que arranjara acomodação para todos com o doutor João Mendes Oliveira, comerciante que possuía uma das maiores casas da cidade.

— Os senhores podem descansar um pouco enquanto fazemos os arranjos — disse Benjamim Abrahão.

— Antes disso, há algo que quero fazer — disse Lampião.

Com um gesto, chamou alguém, encolhido no fundo da sala. Por trás dos cangaceiros, surgiu Lauro Cabral. Armou a caixa do daguerreótipo no tripé, enxugou o suor da testa com um lenço encardido e entrou nela sob um pano preto. Fez sinal de que estava pronto.

— Se o senhor não se importa, padre, gostaria de deixar registrado esse momento — disse Lampião ao padre Cícero.

— Pois não.

Seguindo as instruções de Lauro, eles se aproximaram um do outro. Depois de alguns ajustes na máquina, e com a ajuda de Coracy, que a pedidos trocou e segurou as lâmpadas queimadas, Lauro tirou vários instantâneos, cegando os circunstantes com o seu clarão.

Sorridente, Lampião agradeceu ao padre e deu sinal aos seus homens de retirada. Despediu-se de Coracy com um aperto de mão.

— Agradeço o trabalho — disse. — Eu lhe darei algo de valor em troca.

— Não é necessário — disse Coracy.

— Isso fica a critério de quem dá. Presente não se recusa, ainda mais sendo meu.

Bateu com um dedo na testa, num arremedo de cumprimento militar. E dirigiu-se a Gaspar.

— Prepare seus homens para partir amanhã — disse. — Vocês vão conhecer o sertão de verdade.

Lampião tomou a mão do padre, beijou-a e lhe pediu a bênção.

— Meu filho — disse Cícero —, nenhuma morte é justificável, mas estes são os tempos. É muito difícil pedir a alguém que salve sua alma, quando essa pessoa está indo para a guerra. Porém, agora que celebrou este armistício, quando você voltar terá uma boa razão para tomar o caminho de Deus. E quem sabe reencontrar também uma vida melhor entre os homens.

— Se Deus consertasse sozinho todas as coisas, padre — disse Lampião, melancólico —, eu nunca teria entrado para o cangaço.

Coracy seguiu os cangaceiros, acompanhados de Benjamim Abrahão, até a porta da casa paroquial. Viu Lampião montar com seus homens e seguir para a casa de João Mendes Oliveira. Ao montar, Lampião gritou para seus cabras:

— Vamos embora, cambada, que agora quem manda aqui é o capitão.

Luís Pedro riu, os outros também, e seguiram a trote atrás do chefe.

Ao voltar à sala de reuniões, Coracy encontrou um debate acalorado sobre a promoção de Lampião a oficial do Exército. O padre Cícero demonstrava toda sua preocupação.

— Eu não sei como vocês tratam disso no Exército, mas aqui a palavra é sagrada — disse ele. — A patente foi prometida, tem de ser entregue. Se não pelo deputado Floro, que não se encontra aqui, será entregue por vocês, com mais atribuição para isso do que ninguém.

— Não fomos nós que empenhamos a palavra para fazer desse Lampião um oficial do Exército — lembrou o comandante Góes. — Essa situação toda foge ao regulamento.

— Não tenho como voltar atrás — disse o padre. — É a minha palavra que os senhores estão colocando em jogo.

O comandante Enriques balançou a cabeça.

— Por que o senhor mesmo então não o nomeia capitão? Caso o deputado Floro estivesse aqui, é o que ele faria. Que ele seja capitão dos batalhões patrióticos. Afinal, por aqui todo mundo que tem duas cabras e uma vaquinha vira coronel.

Cícero debruçou-se sobre a mesa, irritado.

— Essa não é minha juridisção, senhores — disse. — De todo modo, na falta do deputado Floro, e para não frustrar o capitão, que com certeza vocês não irão querer contra si, darei um jeito.

Mandou chamar com urgência o engenheiro agrônomo Pedro Albuquerque Uchoa, que trabalhava ali perto, porque era homem de excelente caligrafia. Na mesa da casa paroquial, Uchoa redigiu a nomeação de Virgulino Ferreira como capitão dos Batalhões Patrióticos numa cartolina, selou-a e assinou o documento junto com o padre Cícero, em nome do governo federal.

— Enviem isto ao capitão Virgulino, junto com as armas — disse o padre ao comandante Enriques. — Basta que ele acredite no valor deste papel. Aqui em Juazeiro, ao menos, valerá.

A reunião foi encerrada. O padre deu instruções para que a cidade ficasse de luto pela morte de Floro Bartolomeu. O comandante Góes dispensou Coracy pelo resto do dia.

— Tenente, acho que você merece um descanso.

Coracy foi para a rua. Em frente à casa de João Mendes, na Rua Boa Vista, formava-se movimento ainda maior que em Barbalha. Juazeiro, a cidade dos romeiros, corria a ver o grande cangaceiro, como se fosse também um santo. De todos os lugares da cidade, enviavam-lhe comida e presentes. Como fizera em Barbalha, Lampião mandou Luís Pedro e Juriti distribuírem dinheiro para o povo na porta do casarão.

Atendendo a pedido de Benjamim Abrahão, Lampião concedeu uma entrevista ao doutor Octacílio Macedo, médico da vizinha Crato e correspondente dos jornais de Fortaleza. No meio da tarde, o cangaceiro visitou seus familiares, reunidos na casa de sua irmã Mocinha, levando Lauro Cabral, que fez retratos do clã completo dos Ferreira. No quintal, posou já com os uniformes e os fuzis Mauser enviados pelo Exército, mais compridos que as velhas Winchester do bando.

— De armamento, o governo está de parabéns — mandou dizer ao comandante Góes. — Esse trabuco não serve muito para o sertão, porque é muito desajeitado de carregar no meio da caatinga. Mas pelo menos agora vai ser usado com a mira virada para o lado certo.

No quintal da casa de Mocinha, Lampião pediu o chapéu do ordenança que lhe entregara o equipamento e testou nele o seu fuzil novo em folha, enfiando-lhe cinco balas em seqüência a 50 metros de distância. Depois de esfrangalhar a peça, deu ao ordenança um chapéu de couro como compensação.

— Já que agora somos todos do Exército, vocês podem também adotar o uniforme do cangaço — explicou.

Posto de folga, Coracy ainda não entendera direito tudo o que havia acontecido. Seu conceito crescera ainda mais junto ao comandante Góes, devido ao cumprimento da missão. Só não via razão para Lampião tê-lo preterido, escolhendo a companhia de Gaspar. Não queria ter encontrado o cangaceiro, nem fazia questão de combater a coluna revolucionária ao lado dele, mas sentia-se um tanto traído. Repassava mentalmente tudo o que ocorrera, em busca de uma explicação.

Aquela noite, ao voltar para o quartel onde ambos os batalhões estavam acantonados, encontrou Gaspar nos preparativos para a partida, na manhã seguinte.

— Não fique triste — disse ele, ao avistar Coracy. — Ficará para mim a glória da batalha, mas você vai tirar férias por algum tempo. Pelo menos, serão melhores que as de Santo Ângelo.

Coracy engoliu a resposta que julgava merecida: nada falava mais alto naquele instante do que o silêncio.

Lampião conquistara sua admiração pela estóica e violenta maneira com que decidira enfrentar o mundo, em defesa dos seus próprios valores. Rendera-se ao fascínio que ele exercia sobre os sertanejos e lamentava que pudesse ser manipulado para atender os interesses de gente como o comandante Enriques. Na verdade, era por isso que gostaria de estar ao seu lado. De certa forma, sentia que aqueles cangaceiros tinham algo de bom como nós — ou não é que temos algo do diabo também.

Na manhã seguinte, assistiu à partida do destacamento de Gaspar com os homens do cangaço. Uma multidão bloqueava a passagem, ansiosa para ver o bandido legendário, possivelmente pela última vez. Forçando a cabeça sobre os ombros do populacho, Coracy avistou aquela tropa heterogênea sair pela estrada rumo ao sudeste, de volta às terras áridas do Cariri. Por um instante, distinguiu Gaspar. De cabeça levantada, cavalgava como um huno.

Logo o som do tropel se perdeu e a turba se desfez. Ficou na cidade uma modorra contrastante com a balbúrdia da véspera. Juazeiro voltava ao eixo. Nesse momento, Coracy compreendeu o espírito de colaboração do padre Cícero. Como todos os outros sertanejos dali, ele encontrara uma maneira de conviver com o estado de coisas no sertão: como no provérbio chinês, preferia ser o junco, que se dobra ao vento, a ser o carvalho, que quebra resistindo à tempestade. O maior desejo do padre, além de salvar a alma provavelmente sem salvação de Lampião, era levar os conflitos para longe do seu rebanho sem que ninguém se machucasse.

Extenuado pelos acontecimentos e a tensão pela qual passara, Coracy sentou-se no banco da praça da igreja matriz. Desfrutava da sombra refrescante das árvores quando um homem de paletó de linho branco, meio amarrotado, com um chapéu-panamá, veio em sua direção, chamando-o pelo nome. Apresentou-se: era o doutor Octacílio Macedo, o médico de Crato que se correspondia com a imprensa da capital. Estava acompanhado de um fotógrafo, Pedro Maia, que trazia a máquina às costas. Viera falar com ele por uma razão:

— Disseram-me que foi você quem localizou Lampião, gostaria que me contasse a história.

Embaraçado, Coracy pensou em como explicar a verdade: Lampião o encontrara, não o contrário. Imaginou o que o coronel Antonio Pereira faria se dissesse a um jornal que ele o apresentara ao cangaceiro. Olhou para o fotógrafo, que colocava no chão o tripé, pronto a tirar o seu retrato. Achou melhor nada ter com aquele assunto.

— Minha participação não foi importante — disse. — Quem negociou a vinda de Lampião a Juazeiro foram os tenentes Chaguinhas e Gaspar, só eles podem falar sobre esse assunto. O senhor deve procurá-los, quando voltarem da campanha.

O médico recostou-se na cadeira, desconfiado. Para mudar logo de assunto, Coracy passou de perguntado a perguntador.

— Então o senhor entrevistou Lampião? — perguntou.

— Sim — disse o médico. — Pretendo contar toda a sua passagem aqui por Juazeiro.

— Acha mesmo que ele mudará de vida, depois de lutar ao lado do Exército?

O doutor Octacílio riu.

— Qual é a graça? — perguntou Coracy.

— Imagino que o senhor seja como os seus chefes. Acreditou em tudo o que Lampião disse.

O médico tirou o panamá e tamborilou nele com os polegares antes de prosseguir:

— O Exército andou botando arma nova na mão da jagunçada toda do sertão — prosseguiu ele. — Vocês acham que só Lampião ficaria de fora?

Coracy ouvia, chocado.

— Não entendo.

— É só isso o que ele quer — disse o médico. — Pelo que ele mesmo me disse na entrevista, Lampião não sai do cangaço. Tem inimigos demais para se aposentar numa cadeira de balanço, esperando um tiro traiçoeiro, como aconteceu com o pai dele.

Coracy achara mesmo que havia algo estranho naquilo tudo: não entendera como Lampião, a quem tinha em alta conta pela astúcia, entrara naquela situação da qual só podia sair mal. Caso a expedição resultasse em vitória, os louros seriam do Exército. Na hipótese de derrota, sua participação seria omitida para salvar a imagem da instituição. De uma maneira ou outra, só o governo sairia ganhando: depois de jogar os dois maiores inimigos do Estado um contra o outro, enfraqueceria ambos.

Lembrou-se do que o próprio Lampião lhe recomendara quando viajavam para Juazeiro: fique somente do seu próprio lado. Tudo o que Lampião dissera subitamente ganhava novo sentido. Reboava nos seus ouvidos a frase com que ele se despedira ("Vou lhe dar algo de valor"). Estremeceu.

— Com licença — disse ao médico, levantando-se bruscamente.

Saiu rumo ao quartel. Pensava nos homens que acompanhavam Lampião sertão adentro, dispostos a trazer de volta para o Exército os louros da vitória. E em Gaspar, orgulhoso, altaneiro, triunfante. Quanto mais pensava, mais acelerava o passo, até correr. Os pés doíam ao bater no chão de terra dura; o peito arfava, a camisa empapava-se de suor. Ele ouvia o bumbo do seu coração e dizia a si mesmo, para ganhar forças e prosseguir: o tempo é curto, preciso fazer algo antes que seja tarde demais.

O capitão Franklin aproveitava o que de melhor achara no Ceará: balançava entre dois postes do quartel de Juazeiro, numa rede de algodão trançado.

— Precisamos falar com o comandante Góes — disse Coracy, suando em bicas, assim que chegou, depois de vir correndo desde a praça da matriz. O capitão, porém, não viu razão para a urgência.

— O comandante está descansando — disse ele. — Aliás, como eu, se é que o senhor não notou.

— Capitão, é grave.

— O que pode ser tão grave assim?

— Tenho razões para acreditar que Lampião não irá combater os rebeldes. Conversei com o doutor Octacílio e...

— Alto lá.

Primeiro, Coracy teve de explicar que o doutor Octacílio Macedo entrevistara Lampião. Depois revelou as conclusões do médico. O capitão fez ar de pouco caso. Não atribuía grande valor ao conhecimento estratégico e militar de alguém formado para receitar xaropes, ainda mais metido a jornalista.

— O capitão Virgulino, vamos chamá-lo assim, está sob a vigilância do destacamento do 19º Batalhão — disse Franklin.

— São apenas vinte homens — objetou Coracy. — É por eles que receio.

— São o suficiente para controlar esses bandidos aqui neste fim de mundo. Olhe, tenente... Compreendo sua preocupação... Eu também sempre fui contra essa idéia de juntar Exército com bandido. Agora que está feito, porém, só nos resta esperar.

— Capitão... O senhor não conheceu de perto esses cangaceiros. Eles....

— Seja lá quem forem esses sujeitos, tenente, o problema não é nosso — disse Franklin. — Pertence ao 19º Batalhão.

— Vamos então alertar o comandante Enriques.

O capitão se aborreceu.

— Não subestime a inteligência dos outros. O comandante Enriques é quem cuida do seu pessoal. Você verá que está se preocupando à toa. A experiência de conviver com esse degenerado não deve ter sido agradável, você está cansado e confuso, é natural. Pelo que me lembro, você recebeu folga, não? Dou-lhe mais três dias de descanso. Aproveite.

Abismado com a indiferença do oficial, Coracy bateu-lhe continência e virou-se para ir embora. Conhecendo a ficha corrida e a índole do seu subordinado, Franklin achou melhor cortar sua retirada com uma última observação.

— Ah! — disse o capitão, inclinando-se na rede. — E aviso que, se o senhor está pensando em procurar diretamente o comandante Enriques, passando por cima dos seus superiores, a começar por mim, este será considerado um ato de insubordinação. O senhor tem grandes méritos, mas sabemos que também é meio problemático. Cumpra suas ordens.

— Não se preocupe — disse Coracy.

Bateu continência novamente e saiu.

Como o capitão lhe dissera, estava de folga. Pensou que poderia gastá-la como bem entendesse. No dormitório, apanhou seu cantil, a mochila e o fuzil. Com o taifeiro, fez um farnel à moda sertaneja, com farinha e carne-seca. Nos fundos do quartel, solicitou uma mula arriada, o que recebeu sem contestação. Coracy era agora uma celebridade no batalhão.

— Devolvo breve — disse ele ao cabo que respondia pelas montarias. — Se perguntarem onde fui, diga que estou aproveitando minha folga, como ordenou o capitão.

Saiu a galope de Juazeiro no encalço das tropas lideradas por Lampião. A noite o apanhou descendo a serra. Era pouco recomendável viajar no escuro, mas ele já levava grande desvantagem para o destacamento. Quando amanheceu, estava no sertão do Cariri.

Seguia o mais rápido possível, com alguns intervalos de descanso, para não esfalfar a montaria. Por volta do meio-dia, com o calor e o cansaço, Coracy sentia a terra girar à sua volta; os ouvidos zumbiam e clarões de luz o cegavam. Foi obrigado a fazer nova parada para evitar a insolação e preservar a mula. Seria bem pior se tivesse que seguir a pé.

Cada vez que cruzava com uma casa à beira da estrada ou uma fazenda, parava para perguntar pela passagem de Lampião. Trajado como militar, encontrou menos receptividade que em seu giro anterior pelo sertão. Mesmo explicando que o cangaceiro agora estava ao lado do governo, ninguém sabia nada. E, se soubesse, nada contaria.

— Lampião virou volante? — disse, sorrindo, um lavrador de mãos desproporcionais, que Coracy encontrou entre meia dúzia de cabras, levantando um cercado de pedra. — Hum... Cuidado, viajar nessa quentura cozinha o miolo da gente.

A estrada deixou aos poucos de ser estrada, fundida ao chão agreste que se estendia até onde a vista alcançava. Mais adiante ficava a vila de Triunfo, mas Coracy não via qualquer sinal da passagem de tropas por ali. Até encontrar outro pastor, que o recebeu na porta de casa segurando uma espingarda.

— O senhor não se achegue demais — avisou. — A arma é velha, mas funciona bem.

Coracy levantou as mãos em sinal de paz.

— Só queria saber se o senhor viu uma tropa com gente trajada de polícia por aqui.

— Ver não vi, mas estou sabendo que andaram passando por aí uns soldados — disse, ainda de arma na mão. — E vá-se indo embora, porque aqui é lugar de trabalhador, não de ladrão com uniforme do governo.

A partir dali, Coracy avançou com mais cautela: os tais soldados bem podiam ser rebeldes em patrulha. Como a coluna revolucionária costumava dividir-se em vários destacamentos, cobrindo uma vasta área, não era difícil que os potreadores de João Alberto, Djalma Dutra ou Siqueira Campos estivessem por ali. Coracy se lembrava muito bem do que lhe acontecera no Rio Grande. Não estava em seus planos cair prisioneiro outra vez.

A curta distância de Triunfo, achou uma placa oferecendo hospedagem. Atendeu a porta da casa uma mulher idosa, que o examinou do mesmo jeito desconfiado dos outros, mas cedeu ao pagamento adiantado.

— Pode estar certa de que sou gente de bem, apesar do uniforme — ele garantiu.

— E desde quando gente de bem a gente descobre assim pela palavra? — disse ela, com um olho fechado. — O senhor acha que gente de bem anda de fuzil?

— Acho que eu não seria o primeiro a dormir com o fuzil na sua casa.

— É, seu moço, mas eu até prefiro bandido que gente de uniforme. Por aqui, essa roupa traz encrenca.

Com jeito de quem concordava a contragosto, ela colocou o dinheiro entregue por Coracy numa dobra do avental e o levou para os fundos. Deixaram a mula num cercado de tábuas para pernoitar. O quarto ficava num puxado da casa, com uma porta de madeira nua, assim como a janela, assentada no sapé meio fora de esquadro. Coracy entrou de joelho dobrado, tão baixo ficava o batente. Havia ali dentro um penico para as necessidades e uma esteira no chão de terra batida. Era melhor que dormir ao relento.

— Tem comida? — ela perguntou.

— Farinha e carne-seca.

— Por um pouco mais de dinheiro o senhor entra em casa e come um pedaço de cabrito.

— Ah, agradeço.

Pouco depois, Coracy estava diante do fogão a lenha, onde dividiu um pedaço de cabrito com Dona Zélia, a sua hospedeira, mais cinco crianças, todas seus netos, e uma nora.

— Eu tive cinco filhos homens — disse ela a Coracy. — Desses só dois restam vivos. Mandei um mais o outro longe de casa, porque dizem que esses soldados revolucionários que andam pelo sertão pegam todos que vêem pela frente à força e não devolvem mais.

— Compreendo.

— O senhor está com eles?

Coracy balançou a cabeça, não.

— Estou procurando Lampião.

Dona Zélia enfiou os lábios para dentro, como se os enterrasse entre o nariz e o queixo, mergulhando-os na boca desdentada.

— Só existem dois tipos de gente que anda atrás de Lampião — disse ela. — Volantes, que vão atrás dele para matá-lo, ou bandidos da mesma cepa, que querem se juntar a ele. O senhor é qual?

— Nenhum dos dois — disse Coracy.

Explicou-lhe que viera de Juazeiro, conhecia Lampião pessoalmente e queria juntar-se a ele, agora que ele estava do lado do Exército brasileiro.

— O senhor sabe — disse ela. — Eu sustento sozinha minha casa. Escapei de ter filho meu no cangaço, senão teria perdido todos. O primeiro morreu de doença, coitado, uma alminha ainda nova que se foi. O segundo e o terceiro chegaram a brotar, mas morreram de morte matada. É difícil manter um homem aqui, quieto, nesse sem-nada. Não sou bastante para cuidar da minha própria vida, quanto mais da vida dos outros, mas no seu lugar eu desistiria, e já, de ir adiante.

Coracy fez sinal de entender, agradeceu a comida e o conselho e despediu-se para dormir. Ajeitou-se na esteira. Mesmo acostumado à dureza do chão, dormiu muito mal. Acordou com a primeira luz da manhã, aprontou suas coisas e foi buscar a mula no quintal, selando-a para partir. Já montava quando viu surgir Dona Zélia, vinda da cozinha, enxugando as mãos no avental.

— Estou vendo que o senhor está resolvido — disse ela.

— Tenho que alcançar logo meus amigos.

Coracy levantou a aba do chapéu, em sinal de despedida. Dona Zélia, então, apontou para o oeste.

— Gente que dormiu nesse quarto a noite passada, viajantes como o senhor, me contaram ter visto o bando de Lampião passar perto do Carmo — disse ela. — Mas não disseram nada sobre estarem com soldados da República.

Coracy olhou para a direção que ela apontava. Daquele lado, não havia estrada, somente a caatinga, rumo ao horizonte azul-marinho, prenúncio do alvorecer.

— Agradeço — disse ele.

— Não há de quê.

Coracy cutucou a mula com os calcanhares e arrancou levantando pó.

Aproveitou o ar fresco da madrugada e o descanso da montaria para avançar o mais rápido possível. Mesmo quando o sol esquentou, não diminuiu a marcha. Avançou em linha reta, sempre na direção do poente, na esperança de alcançar a vila do Carmo. Deviam ser duas horas da tarde quando avistou aqueles pontos negros no céu. Com um estremecimento, lançou a mula naquela direção. À esquerda, no sentido de quem descia mais fundo no agreste, urubus sobrevoavam em círculos a caatinga. Coracy fustigou a mula, saindo a toda brida, num esforço final.

Mesmo a galope, levou quase meia hora para chegar. Em meio aos arbustos mirrados, quase confundidas com a vegetação rasteira, viu duas dezenas de cabeças espalhadas no chão. Coracy saltou da mula, que espumava. Disparou a esmo tiros de fuzil: muitos urubus que já se amontoavam no chão bateram asas e ascenderam numa espiral macabra.

Estarrecido, Coracy constatou que as cabeças falavam.

Correu até o bizarro conjunto de couros cabeludos. Enfim compreendeu que as cabeças não estavam separadas de seus corpos: enterrados vivos, os soldados agonizavam, uma morte lenta bem ao gosto do homem que ele apenas agora começava a compreender.

— Calma — disse ele aos sepultados, embora falasse mais para si mesmo. — Vou tirá-los daqui.

Correu desnorteado, sem saber por onde começar. Muitos soldados já estavam mortos, com o rosto desfigurado e a cabeça aberta pelo bico dos urubus. Buscou rosto por rosto, sucessão de máscaras de agonia, até identificar Gaspar. Tinha a boca inchada até formar uma pústula, lhe faltavam um dos olhos e parte do couro cabeludo, rasgado pelos rapinantes.

— Coracy, é você?

Coracy atirou-se sobre ele. Sem dispor de uma pá, começou a cavar com a ponta do fuzil, depois com as mãos, em desespero. Feriu os dedos até sangrá-los na terra pedregosa, no afã de abrir aquele sepulcro. Passou a usar a faca, mas seu progresso era lento.

— Não adianta — balbuciou Gaspar.

— Ficará tudo bem — disse Coracy, aflito. Lembrou-se da água: correu até a mula para buscar o cantil. Tentou dar de beber a Gaspar, mas ele não engolia: mal molhou os lábios. Coracy tirou a camisa e procurou com ela fazer-lhe sombra.

Gaspar agora apenas balbuciava sons inaudíveis. Coracy teve que aproximar seu ouvido da boca do amigo para ouvi-lo:

— Por favor, mate-me.

— Vou levá-lo de volta, os médicos vão consertá-lo — disse Coracy. — Você não vai morrer.

— Meu amigo — disse ele, um sopro entre dentes —, sempre há uma primeira vez.

Gaspar fez um esgar, o mais parecido que podia conseguir de um sorriso.

Coracy voltou a cavar, o mais rápido que pôde. Durante toda aquela tarde, cavou. Quando a noite caiu, retirou o corpo de Gaspar, já inerte. Viu que tinha sido riscado à faca, para sangrar lentamente; só então compreendeu por que ele perdera a esperança, antes de perder a vida.

Aquela noite, quando o último soldado expirou, Coracy chorou, impotente. Varou a madrugada terminando de enterrar os corpos nos próprios buracos onde tinham sido deixados para a morte — dessa forma, ao menos não serviriam mais de comida aos urubus.

Entendera afinal a mensagem cifrada de Lampião. Ao escolher Gaspar para aquela última viagem, o presente de valor que ele jugava ter lhe dado era a vida. Porém, quando o sol se levantou e ele começou sua volta a Juazeiro, no cemitério de cruzes tortas que ele deixava para trás havia uma além do número de soldados perecidos ali.

Capítulo 11

O comissionamento de Lampião se tornou um escândalo apontado pelos jornais como sinal da falência da República. Criticado nos quatro estados onde ele e seus cangaceiros eram procurados pela polícia, o presidente Artur Bernardes foi responsabilizado por insuflar o crime. O fato de o célebre bandido ter ido embora com as armas do governo só aumentou o constrangimento geral. Em abril, João Gomes renunciou ao comando da operação de combate aos rebeldes. Para o seu lugar, viajou ao Nordeste o coronel Álvaro Mariante, que servira com Rondon na campanha contra Prestes no Paraná.

Não que a situação dos rebeldes fosse das melhores. Em sua retirada, no sentido contrário ao da vinda, eles não tinham se livrado de Horácio de Matos, disposto a persegui-los até o último remanescente. As tropas passaram de novo ao largo de Juazeiro, onde o batalhão de Coracy permanecia estacionado. O comandante Góes, oficial mais graduado a envolver-se na operação de aliciamento dos cangaceiros, foi convidado a retornar ao Rio de Janeiro para dar explicações. Partiu numa manhã azulada, na companhia do capitão Franklin, irritado por ter sido colocado naquela situação pelo mesmo governo que agora lhe pedia contas. Pior, não sabia se levaria apenas um puxão de orelhas ou acabaria num tribunal militar.

Ao menos aos olhos do tenente-coronel Enriques, a quem coube o comando das forças estacionadas em Juazeiro, o afastamento de Góes serviu também como castigo: ficaria com a pior parte do serviço. Por ordem do coronel Mariante, partiu no encalço dos revolucionários. No final de abril, saiu com 1.500 homens em perseguição da coluna.

Duzentos soldados marchavam a cavalo, incumbindo-se da exploração do terreno, do suprimento e da comunicação. Seguia atrás a infantaria, com carroças puxadas por mulas, levando metralhadoras e material de apoio. Já ciente de que os lugares preferidos pelos revolucionários eram os mais difíceis, Enriques abdicara dos veículos motorizados, provados inúteis naquela campanha.

Reincorporado ao antigo batalhão, Coracy recebeu um destacamento de infantaria com soldados recém-chegados de São Paulo, bem treinados para a batalha.

— Estão todos frescos e ávidos por ação — disse o capitão Franklin.

Era amargo voltar ao comando de Enriques, mas Coracy teve de aceitar a situação. Enriques também não ficara satisfeito em recebê-lo de volta. Desconfiara do relato sobre o achado de Gaspar e seu destacamento. Para ele, Coracy sabia desde o início o que Lampião faria e deixara que outros tivessem morrido em seu lugar, entregando-os àqueles chacais do sertão.

Coracy desprezava o que Enriques pensava; dele, não esperava nada melhor. Porém, isso não aliviava seu pesar. Gaspar tinha sido seu melhor companheiro em muito tempo, talvez o único na vida inteira. Como a memória atenua os possíveis malfeitos de um ser humano, restabelecendo o valor do que ele tinha de bom, passou a acreditar sinceramente que o amigo o delatara em Santo Ângelo pensando realmente em sua segurança. Lamentava não poder corrigir os mal-entendidos, desculpá-lo, ou desculpar-se. A morte não nos dá oportunidade de voltar atrás.

Esses pensamentos lhe pesavam enquanto a tropa atravessava o Ceará, depois de subir até perto de São Miguel, na divisa com o Rio Grande do Norte. Seguindo os rastos da coluna rebelde, o Sexto e o 19º batalhões contornaram o cotovelo do São Francisco, marchando primeiro a oeste, depois para o sul. O céu estava limpo e o calor, abrasador. Não chegara ainda a estação das águas e a caatinga estava esturricada. Entre as palmeiras de carnaúba, os rios eram uma camada de areia fina soprada pelo vento. Para encontrar água, os soldados cavavam o leito seco como as cabras do sertão. Aquele caldo marrom, do qual era preciso filtrar a areia, era bebido como uma preciosidade.

— Sorriam, rapazes — disse o capitão Antunes. — Este lugar lhes parecerá ótimo quando forem para o inferno.

Para onde olhava naquelas planícies arenosas, Coracy via o rosto desfigurado de Gaspar. Sonhava com soldados enterrados, cabeças emergindo do chão, boca rasgada até as orelhas, num sorriso involuntário. Mesmo sem responsabilidade pelo que acontecera, sofria por não ter podido salvar um único daqueles homens. Horrorizava-se com o ser humano: não imaginava como funcionava a mente ou o coração de alguém capaz daquilo. Não culpava, porém, Lampião, e sim o mundo. Só um lugar hediondo seria capaz de produzir seres como aquele.

Procurou usar o tempo para esquecer. A marcha seguia, mas o comandante, apesar das recomendações do coronel Mariante, não tinha pressa. Pelo caminho, o batalhão encontrava freqüentes sinais da coluna revolucionária: marcas, lixo e cinzas de fogueiras acesas há não mais que dois dias. Encontrava também sinais dos jagunços do coronel Horácio, que Enriques preferia igualmente evitar.

— Ou nos juntamos a esses bandidos, ou lutamos contra eles — dizia o comandante, aos resmungos. — Depois desse episódio com Lampião, não podemos fazer nenhuma das duas coisas.

Procuravam dosar as energias. Os batedores estimavam que a coluna rebelde, viajando à frente, cobria cerca de 50 quilômetros por dia, marchando oito horas. Os homens de Prestes avançavam também nas noites claras de luar. Enquanto seus pés doíam e as costas vergavam ao peso da mochila e do fuzil, os legalistas tinham a impressão de seguir gente incansável. A exaustão se acumulava, sobretudo para os novatos, teoricamente mais frescos, porém menos acostumados a jornadas tão longas.

— Estamos numa corrida para ver quem se acaba primeiro — disse o capitão Antunes.

Enfim eles chegaram a Goiás, onde aguardavam o clima mais ameno do cerrado e as chuvas de primavera. Cedo, porém, Coracy descobriu que apenas mudava a dificuldade. Quando chovia, a tropa avançava em terreno lamacento, que grudava ao chão as botas encharcadas. Seguindo à frente, os rebeldes e os jagunços do coronel Horácio tomavam primeiro os alimentos e os cavalos descansados, deixando pouco para a tropa legalista além de fazendas espoliadas e um rastro de ódio.

Quando eles entraram no Mato Grosso, as distâncias ficaram ainda maiores. As vilas e fazendas rareavam, de modo que os cavalos se tornaram ainda mais escassos. Depois de quinze dias, com os últimos animais desferrados, mancando e exauridos, o batalhão deixou-os para trás e continuou a pé.

A tropa se transformara em um mutirão de maltrapilhos, com roupas rasgadas, botinas furadas e corpo moído. Não avançava mais que 20 quilômetros por dia. O comandante Enriques era obrigado a fazer paradas extras para aguardar retardatários. Depois de andar muito a cavalo pelo sertão, Coracy desacostumara-se à marcha. Seus pés estavam em carne viva, mas não esmorecia, para dar o exemplo. Mesmo assim, começaram as defecções. Diante da dificuldade da marcha, até as penalidades mais ameaçadoras deixaram de fazer efeito.

— Se eu apanhar alguém fugindo, não haverá corte marcial — garantia o comandante Enriques, exasperado. — Não me importa o regulamento, me encarregarei de enfiar pessoalmente uma bala no ouvido do desertor.

As patrulhas voltavam com informações desencontradas sobre o rumo dos rebeldes. O comandante Enriques desconfiava que eles tinham se dividido, mas não desejava fazer o mesmo com sua tropa, por receio de que, separados, os destacamentos caíssem inferiorizados em armadilhas do inimigo. Preferia manter uma só coluna, seguindo a direção geral dos grupamentos rebeldes.

Prestes seguiu paralelo aos rios da bacia amazônica, no sentido sudoeste, onde podia ultrapassá-los nas nascentes, aproximando-se ao mesmo tempo da fronteira com a Bolívia. Os revolucionários atravessaram o Araguaia, passando ao norte de Cuiabá, sem no entanto se aproximarem de cidades importantes. Coracy admirava-se da extensão do Brasil, que agora conhecia a pé: milhares de quilômetros quadrados desabitados, nos quais se podiam fundar novos países maiores que Portugal.

Certa tarde, a tropa acampou em um desfiladeiro de rochas sedimentares, onde encontrou um paredão granítico progressivamente curvado sobre a base, formando uma ampla caverna. Protegido da chuvas, o abrigo conservara pinturas rupestres, herança do homem primitivo das Américas. Coracy dormiu sob aqueles símbolos e imagens de um mundo perdido, como se aqueles antepassados com rituais desconhecidos estivessem ainda a espreitá-los numa jornada rumo às trevas.

Eles prosseguiram a marcha no dia seguinte. Avistaram nuvens de fumaça no horizonte, que começaram pela manhã, seguiram pela tarde e se transformaram à noite numa luz bruxuleante que iluminava o cerrado. Os índios xavante tocavam fogo na mata em semicírculos para assustar os animais na direção em que já esperavam os caçadores. Para os soldados de moral destruída pelo cansaço e o medo, aqueles índios famosos pela belicosidade eram como o diabo também à sua espreita.

Durante a noite, a vigilância foi redobrada. Muitos soldados não dormiram, olhando para os lampejos avermelhados cada vez mais próximos. À boca pequena, circulavam histórias de que os xavante eram antropófagos. Dali em diante acabaram as deserções. Mais que a inanição e o combate com os revolucionários, os pracinhas temiam ficar sozinhos e virar comida dos selvagens.

No dia seguinte, num esforço de superação, o mal-assombrado batalhão saiu em marcha acelerada do cerrado, onde terminava o domínio xavante. Ali, na borda do Pantanal, começava uma área de floresta fechada, embora igualmente cheia de demônios, segundo os boatos circulantes entre as fileiras.

— Depois dos índios antropófagos, só nos faltava ter medo da mula-sem-cabeça e do Mapinguari — disse o capitão Antunes, ao tomar conhecimento das especulações. — Não sejam idiotas!

Seguiram pela mata sem saber ao certo por onde tinham passado os rebeldes: ali, a floresta engolia imediatamente rastro humano. As picadas de carrapatos os infernizavam. Coracy tentava separar corpo e mente, transcender a matéria, para neutralizar o sofrimento físico: o espírito era insensível, incansável, invulnerável. A jornada na mata luxuriante transformava-se num delírio.

Eles se moviam com dificuldade, abrindo caminho com facões e baionetas. Quando enfim acharam um trecho de mata mais aberto, cortado por lanças de luz, foi como chegar ao paraíso. Lacerados pela galharia e exangües, tinham abandonado por completo a disciplina militar. A luta pura e simples pela sobrevivência na selva os fizera esquecer o inimigo.

Por isso, quando veio, o susto foi ainda maior. A luz baixa do final do dia deixava a mata escura. O silêncio dos bichos que pressentiam seus predadores fazia ouvir somente o barulho das botinas em mau estado da tropa esmagando galhos e folhas secas pelo chão. De repente, uma rajada de metralhadora cortou aquela quietude, vinda do céu, ou vinda do nada, ratatatá. Eles ficaram tão surpresos que no primeiro instante mantiveram-se paralisados, até que ouviram de novo, de novo, e de novo.

Ratatatá.

Um ataque, pensou Coracy, atirando-se ao chão como mandavam os manuais. Deu voz de comando para seus homens fazerem o mesmo, e toda a tropa mergulhou no mato. Coracy rastejou até um toco caído, de onde poderia localizar em mais segurança a origem dos disparos e responder ao fogo. Quando olhou para os lados, não viu seu destacamento. Os pracinhas disparavam em todas as direções, pernas revigoradas pelo pavor.

Chamou pelo comandante Enriques, pelo capitão Antunes, pelos seus homens. Não ouviu resposta. O combate enfim chegara, depois de tanto tempo, e ele estava sozinho. O comandante, perdido na mata, devia ter avançado mais que o desejável sobre o inimigo, que os atacara de emboscada, possivelmente imaginando que se tratava de homens de Honório Lemes. Ratatatá e o Exército brasileiro se desmanchava numa infinidade de garotos que corriam para onde apontasse o nariz.

Rolando pelo chão, Coracy juntou a sujeira da mata ao redor do corpo para cobrir-se. A melhor forma de sobreviver naquela situação era desaparecer, e ele se mimetizou, sepultado entre aranhas, larvas e outros insetos rasteiros. Manteve os ouvidos atentos, sem saber ao certo de onde vinham os estampidos, até que o barulho da metralha foi substituído pela noite da mata, na qual reinou um silêncio que lhe pareceu igualmente ameaçador.

No inverno, Campos do Jordão acordava em manhãs brumosas e deitava em tardes de frio cristalino; na primavera, brotavam hortênsias e as árvores de pequenas flores atraíam os colibris; no verão, Eleonora gostava das tempestades. Da sua cadeira na varanda do sanatório, assistia à fúria da natureza, com suas trovoadas e águas torrenciais, que levantavam um cheiro profuso de terra e de mato. Aprendeu que no sanatório o tempo não se media pelas estações, ou mesmo pelo relógio, mas pelas pessoas: as que chegavam e as que iam embora, como Rodrigo, o amigo que lhe deixara tantas saudades.

Do seu ponto de observação, avistava quando chegava alguém novo, com roupas sociais, arrastando malas que não iria usar. Reconhecia no rosto dos recém-chegados a mesma expressão temerosa com a qual vira o sanatório pela primeira vez. Entendia o quanto mudara: tornara-se mais dura, talvez até amarga. Sentia-se no meio da fila de entradas e saídas, não só pelo tempo em que estava lá dentro, como pela evolução da doença, que a deixava com mais dificuldade de respirar. Por certo tempo, a sulfa fizera seu efeito, retardando a progressão da tuberculose, mas ela pressentia que essa luta terminaria com a sua derrota.

O doutor Lucas Garcia mandava boletins mensais para sua família sobre seu estado de saúde. Às vezes, Eleonora podia falar com a mãe por telefone, o único de que o sanatório dispunha; levava horas, às vezes dias, para completar uma ligação para São Paulo. Isso não aplacava a solidão e o medo. Durante a noite, os sons fantasmagóricos da enfermaria agora soavam como um presságio. Deitada no escuro, punha a mão sobre o peito, como se pudesse auscultar o mal que progredia silenciosamente. As hemoptises se tornaram freqüentes: olhava para o sangue vivo em meio ao escarro não com nojo, mas fascinação. O sangue era a materialização da vida, que ela literalmente cuspia fora.

Estava em desespero quando, certo dia, a enfermeira Ilma lhe deu a notícia de que seus pais a esperavam na sala de visitas. Vestiu-se com roupas que trouxera de casa, pintou a boca de batom, passou pó-de-arroz para disfarçar a palidez e parecer menos doente. Foi com braços abertos e muito choro que correu para Olinto e Don' Ana. Quando lá chegou, porém, parou antes de se lançar sobre eles. A pedido dos médicos, seus pais usavam máscaras cirúrgicas, para evitar o contágio. Eleonora cruzou as mãos sobre o peito, contendo o ímpeto de abraçá-los, beijá-los, experimentar outra vez o contato humano.

— Ah, minha filha! — suspirou Don' Ana. — Você não sabe como rezamos pela sua saúde!

Sentaram-se. Com os olhos rasos d'água, Eleonora recebeu cartas dos irmãos, algumas delas com desenhos, poemas, mensagens de saudade. Queria notícias, notícias de todos. Perguntou da casa, da cidade, de como andava a vida lá fora, tudo de uma só vez, como se precisasse tirar em segundos o atraso.

— Tenho muita saudade de comer pitanga, de andar pelos cochos, de dormir na fazenda — disse ela.

Os pais afundaram no sofá dos convidados, como se ela tivesse dito algo errado.

— O que foi?

Embaraçado, Olinto tentou mudar de assunto. A filha, porém, o apertou.

— Digam!

— Minha filha... — disse Olinto. — A fazenda foi vendida.

— Como assim?

Don' Ana se aproximou, além do que deveria, ou recomendara o doutor Lucas Garcia. Segurou a mão de Eleonora.

— Os negócios não iam bem, precisávamos do dinheiro — disse.

Olinto colocou o queixo nos punhos cerrados. Seus olhos estavam no chão.

— Venderam para quem?

— Quinzinho.

Eleonora levantou-se, exasperada.

— Não compreendo.

— Os negócios com algodão iam mal — disse Olinto, murcho.

— E o tabelionato?

— Não é suficiente para pagar as despesas, inclusive as da sua internação, minha filha — respondeu o pai.

— Mas vocês não podiam vender a fazenda! — disse Eleonora. — Muito menos para Quinzinho!

— Eu não tinha outro recurso — disse Olinto, agora duramente, levantando a cabeça.

Aceitara a proposta de Quinzinho, metade do que a fazenda valia, um péssimo negócio, porém melhor que perder tudo na mão dos bancos. Consumira todo o dinheiro na quitação das dívidas. Perder a fazenda, porém, não apenas ferira seu bolso. Lançara-o no ocaso da vida.

Eleonora andou pela sala de visitas, nervosamente. Pensava nos lugares onde passara sua infância, na cachoeira de seus encontros com Coracy — tudo estava nas mãos de Quinzinho. Voltou-se para os pais, inconformada.

— Vocês não podiam ter feito isso! — repetiu. — Entregar a fazenda? Não podiam!

As palavras reboaram pela pequena sala. Ofendido, Olinto se levantou.

— Não permitirei que fale assim conosco — disse ele. — A fazenda não foi vendida por nada. Foi esse dinheiro que nos ajudou a mantê-la aqui. Por isso você ainda está viva. Sabe quanto isso custa? Pois isso é feito com o sacrifício de toda a sua família.

— Olinto, chega! — disse Don' Ana.

Horrorizada, Eleonora levou as mãos à boca. Um acesso de tosse a fez voltar-se contra a parede. Revoltada com o que dissera o marido, estragando todas as boas intenções com que se encontravam ali, Don' Ana não soube o que fazer: queria amparar a filha, mas a visão do seu sangue contaminado a apavorava. Voltou-se, então, contra Olinto.

— Fosse homem, neste momento eu o esmurraria.

O encontro feliz que Eleonora antevira azedara em poucos instantes. Sentia sobre seus ombros o peso daquele desastre. Estava perdida, é verdade, mas não era o bastante; arrastava consigo os seus entes queridos. Pensava menos em seu pai e sua mãe e mais nos seus irmãos. Se a morte ali era certa, por que prolongar aquele sofrimento, passar por tudo o que vira Rodrigo passar, para no final obter o mesmo resultado, deixando ainda a família na penúria?

— Seu pai está exagerando — disse Don' Ana, apressadamente. — Fez uma série de maus negócios, não pode culpar apenas as despesas com o sanatório.

— Ele tem razão em uma coisa — disse Eleonora. — Aqui a vida não vale a pena, mãe. E isso só está ajudando a piorar a situação. Quero ir para outro lugar. Um nosocômio qualquer. O resultado será o mesmo.

Agitado, Olinto moveu os braços no ar, como um boneco desarticulado.

— Isso não é possível — disse ele.

— Faremos tudo por você, Eleonora — disse Don' Ana. — No limite das nossas forças e possibilidades.

— Vocês não compreendem — disse ela. — É inútil.

O constrangimento deixava o ar como chumbo.

— Hoje não estamos nos entendendo — disse Don' Ana. — Ficaremos na cidade mais algum tempo, minha filha. Amanhã voltaremos, falaremos com mais calma. O importante é a sua saúde.

Eleonora os acompanhou até a saída. Despediram-se com olhares aflitos. Olinto e Don' Ana caminharam lentamente em direção à libré. Quando entraram no veículo, onde podiam ter alguma privacidade, Don' Ana vociferou, possessa:

— Você e sua boca! Viemos aqui para dar a nossa filha a alegria de nossa presença e olha o que você faz!

— Não fale assim comigo — respondeu Olinto. — Não é você que tem de pagar as contas. Também tenho graves problemas!

— Sim — concordou Don' Ana. — E hoje ganhou mais um, além dos que já possuía.

No sanatório, Eleonora voltou ao quarto. Despiu as roupas lentamente: devastada pela visita dos pais, movia-se mecanicamente. Durante a noite, quase não dormiu, acometida por arrancos dolorosos de tosse. Deitou muito sangue pelo nariz. Quando a enfermeira Ilma entrou em seu quarto, pela manhã, encontrou-a tremendo de frio, enrolada em um cobertor.

Naquele dia, viu apenas vultos, sombras, manchas, sem compreender o que se passava à sua volta. Acreditou encontrar seu pai e sua mãe, mas não sabia se era a visita do dia, ou memórias coladas à retina; as vozes vinham de longe, deformadas, como discos em baixa rotação. Por fim, dormiu. Afinal teve um sono sem pesadelos: sonhou com uma praia paradisíaca, de coqueiros perfeitos, areia branquíssima, diante de um mar azul-cobalto, que chegava aos seus pés como um remanso cristalino. Pensou que ficaria ali para sempre — enfim devia ter chegado ao céu.

Acordou sorrindo, ainda embalada por aquele sono apaziguador, fruto dos remédios tranqüilizantes. O sol da tarde entrava pelas janelas: havia um corredor comprido, camas paralelas, onde encontrou alguns rostos conhecidos. Não era o céu, apenas a enfermaria, o lugar que mais temera, onde Rodrigo sentira dores, esperara a sua hora e morrera a morte da qual ela já não tinha mais dúvidas.

Então surgiu sua mãe. Infelizmente, não era um sonho. Don' Ana, contra as indicações médicas, baixou a máscara para que a filha pudesse vê-la e lhe apertou a mão; lágrimas molharam o rosto de pedra. Elas eram feitas da mesma carne e da mesma têmpera; bem que Eleonora queria ter a força inesgotável dela. E a sua saúde — sobretudo, a saúde.

— Não podemos ficar muito aqui, minha filha — disse Don' Ana. — Mas quero te dizer que tudo o que temos é seu e que você irá melhorar. O doutor nos fez muitas promessas.

Sem forças para falar, Eleonora baixou os olhos. Entorpecida, deixou-se envolver pelas sombras, pensando que talvez fosse para sempre.

Quando acordou, era madrugada: luzes mortiças deixavam a galeria de semimortos na penumbra. Os roncos e tosses que antes ela ouvia apenas de longe estavam agora ao seu lado. Um homem tinha arrancos de agonia final. Ela se perguntou como seria a morte. Era pior morrer aos poucos, duro e caro, pensou. Como seus pais não iriam transferi-la, pela primeira vez desejou que tudo aquilo acabasse depressa, para o bem de todos, ainda que fosse pecado desejá-lo — o inferno era o destino de todos os suicidas e aqueles que abdicavam da vida. Rezou, murmurando, um padre-nosso.

Na manhã seguinte, os pais voltaram a vê-la. Olinto pediu-lhe perdão, disse que tudo daria certo, questões de dinheiro se resolveriam. Pediu-lhe que pensasse somente em sua recuperação.

— Só quero a minha filha querida de volta.

Aquilo a fez chorar, salgando o rosto. Eleonora provou das lágrimas que chegavam aos lábios e pensou: tenho que ser forte, é preciso enfrentar a morte com dignidade. Mas as lágrimas continuaram, quando ela pensou em Coracy, na família, na casa e nos filhos que jamais pudera ter. Como Coracy estivera errado ao ir embora! Como ela errara ao deixá-lo partir! Eleonora viu como os erros colocam a vida perder. Só então pensou no tempo como o bem mais precioso do ser humano e se deu conta de quanto esquecemos o seu valor no dia-a-dia.

Nos dias seguintes à visita de seus pais, melhorou um pouco. O doutor Lucas orientava a medicação, dizia que em breve ela sairia dali. Eleonora, porém, enxergava a enfermaria, antes tão temida, como sua nova casa. Os pacientes nas camas paralelas se tornavam amigos mudos e passou a conhecê-los por detalhes como a respiração, ou tosse. Cada um deles ganhou um apelido secreto, conforme os ruídos com os quais ela os identificava: havia o "Rouco", o "Revoltado", a "Manhosa". Fingia que estavam numa gincana. Apostava quem seria o próximo a se levantar, ou o seguinte a não se levantar jamais.

Depois de quinze dias, Eleonora ganhou alta. Voltou ao jardim, onde podia novamente caminhar entre as flores, mas estava mais fraca. Qualquer esforço consumia muita energia. Por isso, recolhia-se mais tempo à antiga cadeira de Rodrigo. Sua sensação era a de que já vira tudo aquilo; restava apenas esperar, rezando para que Deus não a fizesse sofrer muito, nem demorasse demais para deixá-la descansar em paz.

Vagando a esmo no meio da mata, Coracy perdeu a noção do tempo. Guiou-se pela posição do sol, tentando manter-se na mesma direção, pois sabia que andar em círculos na selva equivalia a uma sentença de morte. Mesmo assim, estava certo de já ter visto vários lugares por onde passara anteriormente.

Gostaria de sair aos gritos, na esperança de encontrar algum companheiro de batalhão. Receava, contudo, encontrar antes alguma tribo de índios ou uma onça pintada. Para dormir, armou uma cama de galhos cruzados na forquilha de uma árvore. Fazer fogo com madeira verde e úmida dava muito trabalho e ele, de qualquer forma, se sentiria vulnerável dormindo no chão. Acordou no dia seguinte quebrado, mas satisfeito de encontrar-se vivo.

Por volta das onze horas, matou a sede num regato. A fome apertava e assim foi até o fim da tarde, quando ele deu numa vasta clareira natural. Avistou barracas, gente ao redor do fogo — um acampamento. Sua reação imediata foi de euforia. Saltou da mata para um lugar visível, acenando, certo de que encontrara o batalhão reagrupado. Assim que emitiu o primeiro grito, porém, estacou. O acampamento não se parecia em nada com aquele ao qual estava familiarizado, embora avistasse gente com uniforme militar.

O sangue gelou. Pensou em correr, mas para onde? Ao longe, homens apontavam para ele e acenavam a outros dentro do acampamento. Logo se formou uma comitiva a examiná-lo, tão espantada quanto ele próprio, como se tivessem avistado um pássaro raro. Coracy já não tinha dúvida de ter encontrado algum destacamento rebelde. Fugisse, estava certo de ser capturado. Assim, achou que não restava alternativa senão um gesto altaneiro. Resoluto, avançou na direção do inimigo.

Do outro lado, dois homens se destacaram, vindo ao seu encontro. Encontraram Coracy a meio caminho. O primeiro era baixo, com nariz grego, olhos pequenos e penetrantes. Usava barba cerrada, ligada pelas costeletas aos cabelos já meios ralos. Metido nas sobras de um traje militar, andava tão castigado quanto Coracy, mas não perdera a majestade. O segundo oficial tinha o corpo avantajado, que terminava numa cabeça nordestina, ossuda e achatada. Via-se pela expressão que se dava à loquacidade e ao arrebatamento.

O primeiro oficial encarou Coracy de queixo empinado, como se fosse possível a um baixinho olhar alguém de cima para baixo. Falava firme, escandindo as sílabas.

— Sou o general Luiz Carlos Prestes — anunciou.

— E eu Juarez Távora — disse o outro.

É possível um ser humano congelar, mesmo no calor tropical. Coracy sentia o suor empapar-lhe a camisa, gotas corriam pelo pescoço, mas suas entranhas se encontravam na temperatura antártica. Sim, caíra diante do inimigo, mas qual inimigo! Tantas vezes imaginara encontrar a famosa coluna e agora simplesmente tinha diante de si Prestes e Juarez Távora! Olhando por cima dos ombros de seus interlocutores, a mítica coluna, que tomara por um reles destacamento, lembrava-o de como a realidade é mais molambenta que a imaginação.

Parado à sua frente, Prestes mostrava-se de péssimo humor. Coracy teve certeza da morte. Consolou-o a idéia de que Eleonora estava muito longe dali, sem saber seu destino, decerto casada, com filhos, feliz, tocando piano ao cair da tarde. Desejou que se lembrasse dele, aos acordes de Chopin, da mesma forma que tocava em sua casa, nas aulas de Sinhá. Criou coragem para falar.

— Comandante, eu quero me entreg...

Não conseguiu terminar a frase. Prestes, sem parecer ouvi-lo, subitamente levantou as mãos. Então, com o semblante altaneiro, pronunciou palavras que lhe saíram cavas da garganta.

— Estamos prontos para nossa rendição.

— O quê?

— O senhor me ouviu — disse Prestes. — Nós nos entregamos.

— Não compreendo.

— O senhor não pertence ao Exército brasileiro?

— Sim.

— Então?

Coracy olhou o chefe revolucionário. Um sorriso suave, quase indistingüível, quebrava ligeiramente o seu semblante marcial.

— Como posso prendê-los sozinho?

— Onde está seu batalhão, tenente?

— Perdeu-se na mata, creio que como eu — disse Coracy, embaraçado.

— Não é possível — disse Prestes, visivelmente contrariado.

— Pois é. Lamento desapontá-los. Já me sinto desonrado o suficiente.

Prestes e Távora se entreolharam.

— Bem — disse Távora, por fim —, o senhor nos encontrou. Assim sendo, deixou de estar perdido. Passou a ser a vanguarda.

Coracy olhou para os dois militares, desconcertado.

— Caso houvesse mais gente, claro que seria melhor — disse Prestes. — Esperávamos um contingente superior em força e número. Mas se veio apenas um, é o bastante.

— Continuo a não entender — disse Coracy. — Por que os senhores se renderiam a mim?

— O que importa, tenente — disse Prestes —, é pensar no que isso pode lhe trazer... Imagine, o senhor, entrando conosco no Rio de Janeiro... Seu nome em todos os jornais... E as manchetes: "O homem que trouxe a Coluna Invicta a ferros." Ficará famoso.

— Imaginei que sua disposição fosse outra — disse Coracy. — Há dois dias, fomos recebidos a tiros de metralhadora na mata.

Prestes e Juarez demonstraram surpresa. Não haviam atirado em ninguém, podiam garantir. Provavelmente, os homens do coronel Horácio tinham confundido as tropas legalistas com os rebeldes. Na mata, não podiam identificar bem o alvo.

— Esses jagunços do coronel são nossos companheiros de viagem desde a Bahia — explicou o comandante rebelde. — São piores que os carrapatos.

Coracy demonstrou entender a comparação.

— O que me diz? — insistiu Prestes.

— Bem — disse Coracy —, gostaria primeiro de saber se os senhores têm algo para comer. Estou faminto.

Testemunhando as condições do oficial do Exército brasileiro à sua frente, Prestes viu que ele não cumpriria mesmo sua tarefa sem uma boa refeição.

— Pois não, claro. Que falta de delicadeza, a nossa.

Levaram-no até o acampamento. Os revolucionários descansavam em grupos. Juarez Távora mandou vir água e comida e logo Coracy pôde provar o melhor da hospitalidade da coluna rebelde: sopa de mandioca, obtida em alguma aldeia indígena ali perto. Tomou-a com gosto: há muito não tinha aquela sensação boa de comida quente na barriga.

Entre uma e outra colherada da sopa, ouviu Prestes explicar como funcionava o acampamento. Ao centro, ficava a barraca do general Miguel Costa, o único a possuir uma habitação exclusiva. Embora afastado das operações, o prestígio do oficial mais graduado da coluna tinha sido mantido. Em outra barraca ao lado aconteciam as reuniões do Estado-maior, às quais compareciam todas as tardes os comandantes da vanguarda e retaguarda, que se deslocavam a cavalo. Vanguarda e retaguarda eram trocadas regularmente por tropas do centro. A vanguarda era substituída, acampava, o centro passava adiante e ela se tornava retaguarda. Graças a essa organização é que eles pareciam sempre em movimento e ao mesmo tempo se cansavam menos que o batalhão com o qual viera Coracy.

Ele se espantou com a presença de mulheres. Lembrando-se do que lhe dissera no Rio Grande o capitão Servílio, chefe da patrulha dissidente da qual fora refém, achava que estavam proibidas na coluna. Prestes explicou que elas eram pouco toleradas porque provocavam lutas entre soldados e quebravam a disciplina, mas a longa existência da coluna tornara impossível evitá-las. Concordara em manter as que vinham com eles desde o Rio Grande do Sul.

— Continuo contra — disse ele. — Porém, para manter a ordem numa campanha tão longa, à vezes é preciso ceder.

Apontou uma alemã loura, bonita, que abandonara o marido no sul para viver com o tenente Firmino, um mulato. Chamava-se Hermínia e era respeitada no batalhão por ser boa enfermeira. Estava lá também Alzira, uma moça de 18 anos, famosa não pela beleza, mas pela loucura.

— Gosta de tirar a roupa na frente de estranhos, faz uma porção de coisas esquisitas, mas não tive coragem de mandá-la embora, precisa de amparo.

Juarez Távora explicou que na coluna ninguém pagava por mulheres, pois não se podia levar dinheiro. E elas não eram molestadas, graças à presença de Prestes.

— O comandante é capaz de perdoar até ladrões e assassinos, mas não um estuprador.

Ao ver que Coracy raspava o prato em sua última colherada, Prestes lhe fez um sinal.

— Venha — disse. — Quero apresentá-lo ao general.

Coracy o acompanhou até a barraca de Miguel Costa. Ele estava deitado em uma cama de campanha, em mangas de camisa. Ao lado, havia uma mesa, uma banqueta e um baú aberto, com alguns pertences: varas de pesca, tesouras, papel de carta, linhas, lápis, mapas, réguas, livros, fumo de corda, palha de milho para fazer cigarros, fósforos, graxa para sapato, escovas, aspirinas, ungüento, bicarbonato.

— Criticam a minha riqueza — disse Miguel, ao notar que Coracy observava seus guardados. — Eu divido meus pertences com a tropa, quando alguém necessita; mas, ao contrário de outros por aqui, não os abandono. As pequenas coisas são indispensáveis. Graças a elas, ainda podemos ser civilizados, mesmo neste lugar.

Coracy se aproximou para apertar-lhe a mão, apresentando-se. Miguel Costa explicou-lhe que se encontrava adoentado desde a Bahia, quando um jagunço lhe acertara um tiro pouco acima do coração. Depois de tão longa jornada, a maior parte da qual fizera convalescente, não tinha mais condições de voltar ao Rio de Janeiro. Preferia exilar-se na Bolívia. Fazia-lhe falta o médico José Ataíde da Silva, que retornara à capital. A coluna contava então somente com um fisicista: Aristides Corrêa Leal, na realidade um veterinário.

— Muitas vezes ele se recusa a tratar dos seres humanos e temos que apelar aos conhecimentos rudimentares do tenente Aquino — disse Prestes. — O doutor Aristides gosta mais dos bichos que de nós.

Riram.

Miguel Costa disse a Coracy para ficar à vontade. No dia seguinte, partiriam bem cedo. Iria despedir-se da coluna, o que disse com ar de tristeza, mas não de cansaço.

— A revolução vai continuar — disse. — Ainda voltarei para realizar o meu sonho de plantar eucaliptos em São Paulo.

Para o general, falar era cansativo. Cumprimentou Coracy, fazendo um sinal a Prestes e Juarez Távora de que era o bastante. Despediram-se e saíram.

Percorreram o acampamento. Na Bahia, durante os quatro meses em que combatera os jagunços de Horácio de Matos em seu território, a coluna perdera trezentos homens. Outro tanto desertara ao longo da jornada até o Mato Grosso. Os feridos, puxados pelos cavalos durante a marcha, repousavam em suas padiolas. Tétano, uremia, erisipela, pneumonia, anemia aguda: tinham passado por tudo. As patrulhas da coluna assaltavam as farmácias do interior, mas elas dispunham de poucos remédios. Faltavam até mesmo ataduras e antissépticos. Os doentes trajavam molambos. Sua esqualidez dava uma idéia das vicissitudes pelas quais tinham passado.

— Dispomos do Maravilhoso Curativo de Humphrey, bálsamo para todos os fins, que cura algumas feridas — disse Távora, ao perceber o interesse de Coracy pelos enfermos. — Para os distúrbios ventrais, usamos Elixir de Nogueira, mas ele nos causou alguns problemas. É alcoólico, por isso alguns soldados, além de laxativo, o utilizam para se embebedar.

Mesmo estropiados, aqueles soldados mantinham a dignidade, devida a algo que nem a miséria física pode retirar: o orgulho. Nenhum deles parecia disposto a render-se, exceto pela decisão política do seu comandante.

— Amanhã de manhã podemos partir — disse Prestes a Coracy. — A viagem de volta ao Rio de Janeiro será longa.

Nesse instante, aproximou-se outro oficial, com um sorriso.

— Então esse é o homem para quem nos rendemos?

Coracy estremeceu ao identificar aqueles olhos que vira, espalhando faíscas, na praia de Copacabana. Não fosse por eles, seria difícil reconhecer Siqueira Campos naquela figura andrajosa, barbada e esquelética, que mais lembrava a de um profeta sebastianista. Manteve-se por um instante em silêncio, testando a memória de seu interlocutor.

— Nós já nos conhecemos — disse Coracy.

Siqueira Campos devolveu-lhe o olhar, apertando os olhos, num esforço de memória.

— De onde?

— Segui ao seu lado na marcha em Copacabana. Conversamos, no bar do hotel Londres. Mas fui retirado de combate... Por ferimentos. Fiquei na mesma enfermaria que o senhor, mas fugi no dia em que o presidente Epitácio foi visitá-lo.

— Ah! Claro! — exclamou Siqueira Campos, embora Coracy não pudesse ter certeza de que ele se lembrava mesmo ou procurava apenas ser gentil. — Veja só, como o mundo dá voltas!

— Eu me lembro da conversa que tivemos — disse Coracy. — O senhor me disse que há três tipos de homens: os de família, os sacerdotes e os guerreiros. Por sua causa, entrei para o Exército.

— Vejo que produziu um bom inimigo — disse Prestes, admirado, a Siqueira Campos.

— Será então uma satisfação render-me a um admirador — disse Siqueira Campos, com um sorriso.

Coracy inconformava-se: para ele, aquilo não fazia sentido.

— Vocês estão certos de que desejam se render?

— Meu amigo — disse Siqueira Campos. — Já que temos em comum aquele grande momento de Copacabana, posso lhe dizer isto. Não lutamos por nós, mas por uma causa: um Brasil livre e justo. Estamos às portas da Bolívia, a um passo de sair do país. Não temos mais forças ou condições de continuar a luta. Se fugirmos para a Bolívia, desapareceremos nas trevas. Tudo o que fizemos será perdido.

— Por outro lado — acrescentou Prestes —, se voltarmos ao Rio de Janeiro presos, criaremos um fato político. Estaremos de novo, mesmo encarcerados, no centro do poder. Perderemos a batalha, mas com a prisão nossa causa crescerá graças ao seu efeito moral. É a última cartada que temos para dar.

— Há derrotas que são vitórias — disse Siqueira Campos. — Compreende?

Coracy não ousaria desdizê-los.

— Acho que sim — disse.

— Pois bem — alegrou-se Prestes. — Amanhã você começará a nos levar para o Rio de Janeiro, onde apresentaremos os termos de nossa rendição.

O comandante-em-chefe da coluna sorriu, um sorriso contido, mas afável. Depois afastou-se com Juarez Távora, como se nada mais houvesse a dizer. Coracy ficou sozinho com Siqueira Campos.

— Essa decisão é dele? — perguntou Coracy, indicando Prestes.

— Depois de alguns fracassos, ele não confia mais no juízo do Juarez — disse Siqueira Campos, em voz baixa. — Toma as decisões sozinho. Ele mesmo diz que prefere fazer logo uma coisa errada a ficar esperando pela certa. Mas, nesse caso, creio que ele está com a razão.

A noite caía e os rebeldes acenderam as fogueiras. Coracy juntou-se aos oficiais sentados ao redor das chamas. O mais próximo, um moreno alto e esguio, era o famoso João Alberto. Filho de professora pernambucana, tocava violino e piano, realizava pequenas intervenções cirúrgicas, pilotava barcos, matava e assava novilhos. Para completar, era um gênio da matemática. E consertava relógios.

— É o nosso Leonardo da Vinci — disse Siqueira Campos a Coracy. — Parece um pequeno detalhe que também seja grande militar.

— Quando a campanha chegar ao fim, meu plano é criar porcos em Alagoas, onde minha família tem propriedades — disse João. — Esse é o melhor destino com que Leonardo da Vinci poderia sonhar: uma bela aposentadoria.

Coracy conheceu também Djalma Dutra, um carioca com feições de mouro; o padre Manuel de Macedo, que se juntara à coluna em Caiapônia e tentara inutilmente vencer o espiritismo entre os soldados. Segundo ele, tinha menor influência sobre a tropa que o tenente Hermínio, mulato da seção de metralhadoras, católico praticante, mas dotado, segundo se dizia, da capacidade de apaziguar fantasmas, mulas-sem-cabeça e outros seres sobrenaturais. Nas potreadas, os soldados na coluna roubavam velas para se proteger dos demônios da floresta, quando a chuva apagava as fogueiras, mas ninguém se lembrara de arrumar-lhe o mais importante: o Livro Sagrado.

— Nem Bíblia tenho mais — disse. — O major Ary Salgado Freire, do destacamento de Djalma Dutra, consumiu a minha como papel para o cigarro.

Atencioso com todos, Prestes os distraiu com jogos de adivinhação, um passatempo no qual revelava também o estrategista. Depois, os soldados contaram histórias da campanha, já em certo clima de nostalgia. Todos se indignavam com o atraso do povo brasileiro, tão grande que ninguém tinha sido capaz de compreender a mensagem revolucionária que eles procuravam espalhar pelo país.

— O pior — disse Siqueira Campos — é que nesses rincões as pessoas sequer compreendem a extensão de sua miséria, pois nunca viram outra coisa. Depois de tudo, entendo hoje que a maior batalha a travar neste país não é a das armas, mas a da educação.

O homem enérgico que Coracy vira em Copacabana estava envelhecido, mas diante das chamas refletidas em seus olhos ainda tinha algo do antigo incendiário.

A conversa foi morrendo junto com as brasas. Aos poucos, os oficiais se recolhiam: a jornada do dia seguinte seria dura. Prestes e seus auxiliares mais diretos não armavam barracas. Assim como os soldados comuns, dormiam no chão, juntos, cobertos por um encerado.

Antes de deitar, Siqueira Campos mandou trazerem uma esteira. Coracy deitou-se nela, mas não conseguiu dormir, mesmo extenuado. Toda a situação o mantinha em estado de excitação: estar no acampamento rebelde, e mais, como hóspede daqueles homens que, por ironia, no dia seguinte teria de levar para a Justiça, era demais. Pensava naquela jornada da coluna, quixotesca como a sua própria. Prestes decidira o futuro da revolução. Mas e ele? O que realmente desejava?

Tudo em que pensou nesse instante foi em Eleonora. Todas as aventuras pelas quais passara não tinham apagado a razão fundamental pela qual saíra de casa e se perdera pelo Brasil. Lembrou-se dela na última vez em que a vira, da tristeza de seus olhos, do abandono que revelava o estado da alma. E da sua profunda decepção consigo mesmo ao deixá-la.

Quando as estrelas começaram a desaparecer com a luz da manhã e o céu anunciava um novo dia, com a cabeça pesada, pálpebras inchadas de sono e um choro silencioso, Coracy se levantou. Mesmo sem esperança de corrigir seus erros, ou consertar o passado, estava disposto a fazer a única coisa que o tornaria novamente, se não um homem à altura de Eleonora, alguém com coragem de se olhar no espelho.

Com rápidas ordens de Prestes, pela manhã foram consumados os preparativos para a partida. O exército rebelde mantinha a disciplina: estava acostumado aos deslocamentos rápidos que tinham feito a fama de seu comandante. Em poucos minutos, estavam todos prontos para marchar. Pela primeira vez em muito tempo, a vanguarda, a retaguarda e o centro juntavam-se numa única força. Oitocentos homens se reuniam à espera do deslocamento.

Coracy lavou-se num regato próximo. Encheu o cantil, pendurou o fuzil nas costas. Depois, procurou o alto-comando da coluna. Prestes, Juarez Távora, Siqueira Campos, Djalma Dutra e os outros oficiais davam as últimas ordens antes de sair.

— Bom dia, tenente — cumprimentou Prestes. — Estamos prontos para o Rio de Janeiro.

— Lamento — disse Coracy. — Também estou de partida, mas não para entregá-los.

— Como assim? — perguntou Siqueira Campos.

— É o que os senhores ouviram.

Prestes o examinou como um entomologista faria com um inseto raro. Aquela simples declaração, por contrariar uma ordem sua, e mais, por desafiar o bom senso, a lógica, a simplicidade elementar, merecia toda a sua incredulidade. Desconcertado, voltou-se para Siqueira Campos. Ao ver o vazio na expressão do outro, tornou a Coracy.

— Não deseja a fama? — perguntou Prestes. — A glória?

— Pensei muito sobre suas palavras naquele dia em Copacabana — afirmou Coracy a Siqueira Campos. — Sim, existem três tipos de homens. E eu, que não fui sacerdote, descobri que também não sou guerreiro. Sou homem de família.

Prestes estava boquiaberto.

— Não compreendo.

— Há outro tipo de bravura fora dos campos de batalha — disse Coracy. — Às vezes, é preciso mais coragem para ser um homem comum do que um herói. Talvez por isso o senhor esteja com medo de atravessar a fronteira ali adiante. No Brasil, mesmo preso, será um guerreiro. Na Bolívia, será um qualquer. Terá um emprego, o trabalho diário, a vida dessa gente que hoje deseja defender, mais um cidadão do mundo com deveres prosaicos. Pois para isso é preciso mais coragem que em batalhas verdadeiras. Os senhores são heróis, mas podem dizer o mesmo dos brasileiros que viram pelo caminho, labutando ao sol anonimamente para o sustento da família. O verdadeiro herói não é o que vive em busca de aventuras, o que foge, o que sonha com a glória. É o que fica. E cuja glória está em fazer alguém mais feliz. Voltarei a ser um desses homens. A campanha terminou, senhores. Tudo o que quero é voltar para casa.

Os oficiais de Prestes entreolhavam-se, perplexos. Aquele tenente não apenas os julgara, como menosprezava uma decisão duramente tomada.

— Para que precisamos dele? — disse João Alberto, irritado, quebrando o silêncio. — Seguimos adiante, nos entregamos e pronto.

— Esse homem é o nosso intermediário para negociarmos a rendição — disse Prestes. — Sem ele, pode não haver negociação, apenas um combate no qual nossa única saída será a cova rasa. Precisamos de mártires, sim, mas vivos.

Coracy interveio.

— Quem sou eu para lhes dar um conselho? — disse. — No entanto, vou dar um. Vocês deveriam levar a coluna para a Bolívia. Lá poderão viver algum tempo. E um dia, quando houver uma compreensão maior dos seus propósitos, poderão voltar ao Brasil. Todo homem precisa manter acesa a chama que o deixa vivo, sem nunca se entregar. É em busca disso que eu vou, mas tenho minha própria luta.

Embasbacado, Siqueira Campos aprumou-se. Deu-lhe um tapinha no ombro, em sinal de compreensão.

— Embora até agora não tivesse falado muito — disse o oficial rebelde —, você é bastante eloqüente.

— Esta é mesmo sua decisão final? — perguntou-lhe Prestes.

— Sim.

— Você sabe que poderíamos fazê-lo prisioneiro e levá-lo conosco?

— Sei — disse Coracy. — Mas isso não acontecerá, porque antes terão de me matar.

Com calma olímpica, tirou o fuzil do ombro e colocou-o em posição de tiro, com o dedo no gatilho, a esperar.

Prestes e seus oficiais se remexeram, alarmados. Ninguém esperava por aquilo. Prestes, por fim, abanou a cabeça, tão admirado com a teimosia daquele sujeito que passava a admirá-lo.

— Vá — disse ele. — Colocaremos alguém para ajudá-lo a guiar-se na mata, de modo que ache o caminho.

— Agradeço.

Coracy despediu-se. Recebeu uma bênção do padre e um abraço de Juarez Távora. Prestes chamou um de seus rastreadores, dando-lhe instruções para guiá-lo até a estrada mais próxima, de onde ele poderia seguir sozinho. Enquanto isso, eles deliberariam sobre o que fazer dali em diante.

Coracy se voltou para ir embora. Esforçava-se para esconder seus sentimentos, lamentando separar-se daqueles homens com quem poderia ter se alinhado. Nesse instante, ouviu um chamado.

— Tenente!

Virou o corpo: era Siqueira Campos. Este levou as mãos ao pescoço, tirou seu lenço triangular e entregou-o.

— Uma lembrança — disse. — Infelizmente, não tenho medalhas. Eu não me lembro de tê-lo visto em Copacabana. Mas esteja certo de que me lembrarei de tê-lo visto aqui.

Coracy sorriu. Fez um sinal ao batedor que o conduziria pela mata e juntou-se a ele para partir. Saiu a passos lentos, até chegar à fímbria da mata. Ali, parou e voltou-se para o acampamento, uma última vez.

Os revolucionários ainda estavam lá. Num gesto solene, Siqueira Campos bateu-lhe continência. Atrás deles, centenas de homens repetiram o gesto.

Em posição de sentido, Coracy devolveu-lhes a continência. E mergulhou na mata.

Com a ajuda do soldado rebelde, cuja pele acobreada revelava a origem indígena e experiência na floresta, Coracy encontrou uma picada para o sudoeste. Não foi preciso gastar suas balas com a caça: num farnel, o guia levara farinha de mandioca e carne-seca. Comeram na beira de um regato. Ali se despediram: bastava a Coracy seguir a trilha para encontrar a estrada principal.

No caminho, Coracy foi pensando em Eleonora. Da primeira vez que saíra de casa, ela dissera não precisar de dinheiro, honrarias ou posição para viverem juntos. Tivesse ouvido aquelas palavras, ensurdecido pelo orgulho, não teria se enredado naquela jornada à qual ficara preso pelo que parecia já uma eternidade. Sonhava com a possibilidade de que ela ainda o aceitasse nas mesmas condições.

Tantas andanças, lutas e sacrifícios tinham servido apenas para fazê-lo voltar ao ponto de partida, mas o tempo passara — e ele mudara. Precisava preparar-se também para um desapontamento, sobretudo o de encontrar Eleonora casada, e bem casada, com Quinzinho. Com os negócios de seu pai, estariam levando vida próspera. Ela bem poderia ter ficado magoada por não tê-la ouvido, por ter ido embora. A mágoa mata o amor. Mesmo assim, ele não se arrependeria de voltar. Pediria a Eleonora ao menos uma coisa: que ela não o odiasse. Para quem ama, isso seria a única coisa insuportável.

Caso todo o arrependimento do mundo não fosse o bastante para reaproximá-lo de Eleonora, Coracy se perderia para todo o sempre, pois nada substitui o grande amor. Porém, alimentava a esperança. Na selva, ouvindo-a tocar ao piano, como se estivesse ainda na velha casa de seus pais, ganhava forças para continuar em marcha. Seus pés já não doíam. Os músculos não cansavam. Vencia a distância e o tempo com energia sobre-humana.

A trilha deu em uma estrada e esta em uma fazenda à margem do rio Paraguai, propriedade de Joca Torres, homem de aspecto bovino, barba cerrada, pesadas botas de vaqueiro, que ao sabê-lo desgarrado da tropa legalista tratou-o com civilidade.

— Aqui não deixamos ninguém mal — disse.

Coracy perguntou pelas tropas do governo, mas ninguém ali sabia do seu paradeiro. Vista a aflição do hóspede em partir, o fazendeiro sugeriu-lhe o meio de ir embora. Na manhã seguinte, uma balsa desceria o rio rumo a Corumbá, levando um pouco do seu gado. De Corumbá, Coracy poderia tomar o trem de ferro para São Paulo, de onde seguiria para casa.

— Aqui neste finzão de mundo é o que de melhor se pode arranjar — disse Joca.

— Agradeço — disse Coracy. — Nem poderia pedir mais.

Foi acomodado na casa dos empregados, uma construção erguida sobre palafitas, onde pernoitou em uma rede estendida na varanda, protegida por um mosquiteiro. No dia seguinte, ele se apresentou cedo no porto da fazenda, se é que se podia chamar assim o barranco onde repousavam algumas canoas de pesca e uma balsa com dez metros de largura por vinte de comprimento. Possuía um cercado no centro, onde dois barqueiros preparavam o transporte de meia dúzia de cabeças de gado. Não se furtaram a levar Coracy: ao contrário, pareceram satisfeitos por ter companhia para ajudar no trabalho e diversificar a conversa.

Por três dias, Coracy viajou na balsa rumo ao Sul, em paralelo à fronteira do Brasil com a Bolívia. Com Maneco, o capitão, e o outro marinheiro, o cafuzo Dimas, aprendeu a manejar os varapaus de modo a manter a embarcação no curso. Com leito arenoso, o Paraguai tinha profundidade variável. Nos períodos de seca, em alguns pontos ela chegava a menos de noventa centímetros. No verão, porém, as chuvas enchiam o rio, de modo que eles precisavam se esforçar ao máximo, mergulhando o varapau quase inteiro na água para firmá-lo no fundo. Mantinham-se atentos a troncos levados na correnteza para evitar choques mais violentos. Aos poucos, Coracy mostrou destreza nas manobras, deixando os companheiros de viagem satisfeitos.

— Tenente, não sei como você maneja o seu fuzil, mas daria bom barqueiro! — disse Maneco.

De noite, eles encostaram a balsa para alimentar o gado na margem, fazer fogo para esquentar o jantar e dormir. Os marinheiros penduraram suas redes na cerca do curral, dentro da embarcação. Sem esse conforto, Coracy fez a mochila militar de travesseiro, deitado nas tábuas, mas não se queixou, acostumado a dormir no chão. Foi o primeiro a acordar, ainda de madrugada, disposto a entregar-se imediatamente ao trabalho. Seus companheiros de jornada riram.

— A gente vai como o rio manda — disse Maneco. — Se ele não tem pressa, não podemos ter também.

— A água não tem razão de correr — acrescentou Dimas, com um sorriso em que faltavam alguns dentes. — Sempre vai dar no mesmo lugar.

Assim foi aquele dia, e também o seguinte; Coracy impacientava-se. Eleonora esperara tanto, não seria um pouco mais ou menos que mudaria o curso das coisas. No entanto, um sentido de urgência, verdadeira compulsão, o empurrava para casa. Cada segundo agora lhe fazia falta. Esforçava-se para se conformar com o ritmo dos barqueiros, tão adaptados à natureza, mas a verdade é que se punha louco com a velocidade da viagem. Nem o pôr do sol derramado sobre o rio no final da tarde o distraía: toda a beleza tinha desaparecido, tal era sua obsessão em chegar.

No quinto dia de jornada, depois de passar pela vila de Mato Grande, último povoado antes de Corumbá, eles avançaram até mais tarde, por estarem perto do destino. Desembarcaram no porto da cidade por volta das dez horas da noite. Coracy agradeceu a companhia e o transporte: saltou da balsa incontinente.

Cortada em quarteirões regulares no meio do Pantanal, Corumbá tinha iluminação precária. Coracy andou pelas ruelas escuras à procura do quartel, até encontrá-lo. Estava fechado, com as luzes apagadas. Ninguém respondeu às suas batidas insistentes. Coracy sentou-se na escada da frente, com as costas apoiadas na porta. Ali, dormiu. Pelo menos, quando alguém surgisse, ele seria o primeiro a saber.

De manhã, um leve toque o despertou.

— Tenente?

O sargento Everaldo, oficial da tropa de fronteira, levou Coracy para dentro e ouviu sua história, desde o ponto em que ele se perdera do batalhão. Coracy achou mais conveniente deixar de lado o episódio do seu encontro com a coluna: temia ser visto como um mentiroso ou, pior, confundido com um desertor rebelde.

— Recebemos por telégrafo a notícia de que o 19º Batalhão estacionou em Cuiabá depois de violentos combates — disse o cabo.

"Violentos combates", Coracy repetiu mentalmente. Quase riu.

— E a coluna revolucionária?

— Soubemos que dois dias atrás, em 4 de fevereiro, eles deixaram o Brasil, com Prestes e Miguel Costa à frente — disse o cabo. — Depuseram as armas a milicianos em San Matias, na Bolívia, onde pediram asilo político. O restante deles, sob o comando do capitão Siqueira Campos, internou-se no Paraguai. Acabamos de voltar da fronteira. Por isso o quartel está sem a guarnição.

— Isso quer dizer, então, que a luta terminou.

— Dessa vez, acho que sim.

Havia em tudo aquilo uma certa ironia: talvez, afinal, Prestes e os outros o tivessem escutado. Coracy não deixou de ficar satisfeito: sentia-se como o único a ganhar aquela guerra. Agora que a perseguição à coluna terminara, deixava de existir também oficialmente o motivo para manter-se alistado.

— Quero deixar o Exército — disse Coracy. — Apresento imediatamente o meu pedido de baixa.

O cabo Everaldo examinou Coracy de alto a baixo: o rosto encardido, as roupas esfarrapadas, as botas de bico meio aberto.

— Compreendo — disse ele. — Mas não posso aceitá-lo. O senhor terá de requerer dispensa no batalhão de onde veio. As forças de São Paulo no Mato Grosso já estão voltando às suas bases. Creio que o senhor poderá fazer o mesmo. Hoje à noite parte o trem, o senhor pode tomá-lo. Antes, creio que gostará de tomar banho e fazer a refeição.

— Claro.

Everaldo encaminhou Coracy para os chuveiros do quartel e arranjou-lhe uma farda confortável e limpa, até com certo cheiro de alfazema, que o deixou deliciado.

— É a Esmeralda, minha vizinha, que lava e passa para a gente — confidenciou o cabo.

Depois do banho reparador, Coracy almoçou na companhia dos soldados recém-chegados. Sem terem sentido o gosto do combate, estavam todos de queixo empinado, como se tivessem feito correr o perigoso inimigo. Coracy pensava em Prestes e seus homens admiráveis. Ao final de sua assombrosa jornada, eles desapareciam na neblina, mas estava certo de que iriam retornar.

À noite, depois de agradecer a hospitalidade do cabo Everaldo e de seus homens, Coracy tomou o trem no grande galpão de Corumbá rumo a Bauru, escala para voltar a São Paulo. A lenta composição levou três dias para atravessar o Pantanal, como se abrisse biblicamente as águas daquela vastidão alagada pelas chuvas de verão. Viajou sentado na plataforma traseira do último vagão, distraído com os bois que, desgarrados das fazendas, tornavam-se selvagens e peludos como iaques, além das capivaras, das aves pernaltas e das árvores chorosas emergindo dos lagos infindáveis, cujos ramos encurvados vinham beijar o espelho d'água.

A continuação da viagem foi uma espécie de limbo. Mais tarde, Coracy não se lembraria de nada: o desembarque em Bauru, o trem para São Paulo, a baldeação para Cachoeira. Confundiria na memória aquela volta com tantas outras anteriores. Não perdeu tempo em Cachoeira. Sequer pensou em ir para a antiga casa de seu pai; foi direto à residência de Olinto Amaral.

Era uma tarde de tempestade, que trouxera a noite mais cedo. A enxurrada barrenta descia as ladeiras da Cidade Alta e ele respingava quando subiu no alpendre e bateu à porta. Tomada de susto ao ver a figura conhecida, a criada correu a chamar a patroa. Não foi preciso: Don' Ana já estava ali, como se estivesse a esperar Coracy já há muito tempo.

— Não sei se lhe dou boas-vindas ou o amaldiçôo — disse, ao ver o visitante encharcado.

— Não compreendo.

— Ninguém me tira da cabeça o pensamento de que a doença de Eleonora foi culpa sua — disse ela. — Da cabeça, os males se espalham pelo corpo.

A criada trouxe uma toalha, mas como Coracy não se mexesse, paralisado pelas palavras de Don' Ana, passou a enxugá-lo sozinha, para evitar que alagasse a saleta de entrada.

— O que aconteceu? Onde ela está?

— Por que você quer saber?

— Preciso vê-la.

— Talvez você seja como o seu irmão Quinzinho — disse Don' Ana. — É melhor não vê-la.

— Quinzinho não é meu irmão. Onde ela está?

Dessa vez, a voz de Coracy não saíra como a de quem pedia. Tonitruante, imperioso, espumando de impaciência, ele estava cansado da incompreensão: todos os sentimentos que segurava com um dique imaginário lhe subiam pelo peito, engrossavam a língua, davam-lhe os impulsos de um tigre. Aquela mulher não tinha idéia de tudo o que ele fizera para simplesmente estar ali. Olhou Don' Ana como quem fosse obter aquela informação nem que tivesse de arrancá-la junto com o seu pescoço. Assustada, ela desceu molemente o corpo até sentar numa cadeira.

Numa torrente de confissões, partilhou com Coracy toda a sua infelicidade. Contou-lhe sobre a doença, a rejeição de Quinzinho às portas do casamento, a viagem para o sanatório em Campos do Jordão, as dificuldades financeiras da família para sustentar o tratamento. Coracy ouviu tudo empalidecido de morte: voltar a Cachoeira era como uma maldição. Deu uma volta pela sala como um leão enjaulado, entre o desespero e a fúria.

— Não pode ser — disse.

Queria quebrar os móveis, arremessá-los contras as paredes, bradar impropérios aos céus. Como para demonstrar que o poder do destino era maior, mais acima na serra caiu um trovão que fez a terra tremer.

— Como ela está? — perguntou Coracy.

— Essa é uma doença terrível — disse Don' Ana. — Tentamos de tudo. Dizem que há uma solução, desesperada, a última à qual não recorremos. Ouvimos falar de umas tais injeções japonesas, capazes de salvar gente da tísica, mas não conseguimos encontrá-las em lugar algum. Mesmo que encontrássemos, dizem que custam uma fortuna.

— E o doutor Olinto não pode pagar?

Ela meneou a cabeça. Quando falou, a voz lhe saiu rascante:

— Há muito, os negócios de meu marido não iam bem. Daí nosso interesse em fazer Eleonora casar-se com Quinzinho. A maior parte do que nos restou foi gasta com a internação de Eleonora e os remédios que ela já toma. Depois de vender a fazenda, meu marido teve de passar adiante o tabelionato, única renda que nos restava. Tem acumulado grandes dívidas. Em pouco tempo sequer poderemos mantê-la onde está. Se viver um pouco mais, terá de ser em um nosocômio. E você nem imagina o que são esses hospitais públicos.

— E Quinzinho, nada fez? — perguntou Coracy, exasperado.

— Negou-se a ajudar. Ou melhor: omitiu-se. Foi morar em São Paulo. Desapareceu.

— Inacreditável.

— Agora já não importa — disse Don' Ana, ombros murchos. A mulher invencível rendia-se, tomada pela dor de mãe, a mais profunda e inconsolável.

— Temos de fazer algo — disse Coracy. — Não podemos deixá-la numa ante-sala de mortos, esperando pelo fim.

Don' Ana enfunou o peito.

— Eu sou a mãe de Eleonora — disse ela, cortante. — Se houvesse algo a fazer, eu mesma e meu marido já teríamos feito. E quem é você para nos dizer o que fazer? Você, que impediu o casamento de minha filha com Quinzinho! Você, que virou as costas para ela! Você, o responsável pelo estado em que ela se encontra!

Don' Ana falava, e quanto mais falava, mais ficava transtornada. Ao final, curvou-se, tentando controlar-se para não cair em prantos.

— Sempre há algo a fazer — disse Coracy. — Ao menos, há de se ter o dinheiro para mantê-la no melhor lugar possível. Não me confunda com Quinzinho. Eleonora é a minha vida. Irei vê-la. Se a senhora diz que fui causador do seu mal por ter ido embora, ou por tê-la feito sofrer, é porque ela ainda me ama. Ao lado dela, eu poderei também fazê-la voltar à vida.

Don' Ana tinha os olhos baços.

— Confie em mim, Don' Ana — insistiu Coracy tomado de súbito sangue frio.

— Você não compreende — disse ela, com um fiapo de voz. — Acha que pode passar todo esse tempo desaparecido, surgir do nada e achar que vai resolver todos os problemas, fazer o que ninguém mais pôde?

— É preciso ter esperança. Eu vim para cá com ela. E não vou perdê-la por nenhum motivo. Eleonora está viva, e me ama; vou procurá-la e a trarei de volta. Deus não fez isso tudo comigo para faltar nesta hora. Ele nos ajudará.

Capítulo 12

Coracy desceu da libré e caminhou pela estrada do sanatório, esmagando com as botas militares as garras secas de pinheiro no leito de cascalho. Desembarcara da litorina que vinha de Santo Antônio do Pinhal pensando que aquele não era um lugar para morrer, mas para viver: a serra, que saía da neblina com o sol, era um cenário de renascimento.

Depois de identificar-se na portaria, Coracy passou pela cancela e subiu a alameda até a sede do sanatório. Um funcionário pediu-lhe que ficasse na sala de espera. Enquanto passava o tempo, seu coração às vezes batia mais forte, noutras parecia faltar. Esperava por Eleonora, mas quem entrou foi o doutor Lucas Garcia. O médico lhe explicou que o estado de saúde de Eleonora era delicado: um pulmão estava comprometido e ela sobrevivia com somente a metade do outro.

— É possível viver normalmente apenas com parte de um pulmão. Mesmo assim, nossa luta para deter a progressão dessa doença tem limitações e chega uma hora em que a sulfa não é suficiente.

Don' Ana desesperava-se com razão: a doença se alastrava ao limite.

— Preciso vê-la — disse Coracy.

— Eu a consultei sobre a sua visita e ela me disse que não gostaria de encontrá-lo no seu atual estado.

— O senhor não entende — disse Coracy. — Preciso vê-la, nem que seja a última coisa que faça na vida.

— Escute — disse ele. — O senhor não é parente de dona Eleonora Amaral. Não posso atender sua solicitação, ainda mais contra a vontade da paciente.

— Eu vim de muito longe para isto, doutor, acredite. Nunca implorei nada a alguém e lhe imploro. Preciso ao menos de um instante.

O doutor Lucas suspirou. De fato, não era todo mundo que vinha ao sanatório. Dava a Coracy, ao menos, o crédito da iniciativa. Compreendia o que poderia levar alguém a tamanha determinação. E ficava feliz que Eleonora tivesse alguém assim.

— Não é tão incomum o paciente rejeitar visitas, pelo menos no estágio da doença em que ela se encontra — disse. — Falarei novamente com Eleonora, vamos ver.

— Agradeço.

Os minutos converteram-se em eternidade depois que o médico saiu. Coracy dava voltas pela sala de visitas como um leão de zoológico. Por fim, Lucas retornou, com algumas roupas na mão.

— Vamos lá — disse ele. — Alerto que a doença é contagiosa e por isso é preciso colocar este traje.

Coracy prendeu sobre o rosto a máscara cirúrgica e sobrepôs à roupa o jaleco azul que o médico lhe entregou. Seguiu-o até a enfermaria. Sua vontade era abraçar Eleonora, beijá-la, tomá-la nos braços e levá-la embora. Porém, a voz do médico, abafada pela máscara que ele também colocara, o devolveu à realidade.

— Não se aproxime dela, não a toque, não chegue muito perto — disse. — Lembre-se: sua presença e seu afeto são muito importantes, mas mais importante, até para ela, é a sua saúde.

Entraram na enfermaria. Coracy percorreu as camas, temendo olhar os doentes, ao mesmo tempo que uma compulsão o obrigava a examiná-los. Uns gemiam, outros tossiam, mas os piores, que lhe deram calafrios, eram os que estavam calados. Sentindo-se mal por não poder lhes dar atenção, avançou até encontrar-se diante do leito de Eleonora.

— Aqui está — disse o doutor Lucas à enferma, apresentando-o. E acrescentou, dirigindo-se a Coracy: — Por favor, seja breve.

Por alguns momentos, não houve palavras. Os cabelos de Eleonora, com anéis dourados, que Coracy vira reluzir nas tardes em que namoravam, cuja textura explorara com os dedos, ainda eram os mesmos, espalhados sobre o travesseiro. Seu rosto, porém, estava branco de louça, ressequido de fraqueza e dor.

Coracy pensara tanto no que dizer e naquele instante não lhe ocorreu nada capaz de expressar seus sentimentos. Foi Eleonora quem quebrou o silêncio.

— Não adianta entrar disfarçado — disse ela, indicando a máscara de Coracy. — Conheço esses olhos, esperei muito por eles.

— Dessa vez não irei embora — disse ele, com a voz embargada.

— É verdade — concordou ela. — Dessa vez, acho que serei eu.

Sorriu, com uma mão a segurar o peito. Sorrir, para ela, era doloroso.

Coracy jamais sentira uma certeza tão absoluta de que sem Eleonora a vida não valia a pena.

— Sua mãe me contou tudo o que aconteceu — disse ele. — Vim dizer que encontrarei os remédios para curá-la e vou levá-la em breve para casa. Viveremos juntos para sempre.

Eleonora fechou os olhos. Quando os abriu, estavam rasos d'água; porém, uma vontade de ferro a fez segurar as lágrimas.

— E você seria capaz de viver a vida inteira ao meu lado, controlando esse vulcão dentro de você, sem jamais me abandonar outra vez?

— Claro — disse Coracy.

— Faria isso por mim?

— Faria.

Mais uma vez, ela sorriu.

— Seria capaz de jurar?

— Juro.

Contra as proibições, Coracy segurou a mão de Eleonora, que correspondeu docemente.

— Como eu poderia acreditar em você?

— Você vai acreditar — respondeu ele. — O tempo mostrará. Mas a primeira coisa a fazer é devolver-lhe a saúde.

Com um leve toque no ombro de Coracy, o doutor Lucas indicou que era hora de encerrar a visita.

— Ela já fez muito esforço — disse.

Os dedos de Coracy deixaram os de Eleonora em câmera lenta. Por todo o tempo, dali em diante, ele se lembraria daquele instante. Pensava: esta será a última vez que lhe disse adeus, pois de agora em diante estaremos sempre juntos, seja como for.

À saída, Coracy perguntou ao médico se ouvira falar das injeções japonesas, mencionadas por Don' Ana.

— Claro — disse o doutor Lucas.

— Vocês não têm isso?

— Escute — disse o médico. — A internação aqui é algo caro. Já é oneroso obter a sulfa, que é uma droga importada, utilizada para uma série de doenças. Não temos condições de fazer experimentos com drogas sem uso clínico no Brasil, que custam uma fortuna e cujo resultado não está comprovado.

— E se eu trouxesse as tais injeções para o senhor?

— Dado o estágio da doença em que Eleonora se encontra e a resposta negativa que ela vem dando ultimamente à sulfa, tudo o que pudermos tentar é válido — disse o médico. — Se o senhor tem recursos e meios para obter as injeções, acredito que maior mal não fará.

— Eu as trarei — disse Coracy. — Gostaria de saber também quanto o doutor Olinto Amaral deve em dinheiro ao hospital. Preciso garantir que Eleonora continue a receber o melhor tratamento possível.

— Vamos averiguar.

O médico levou Coracy ao escritório do sanatório, de onde ele saiu depois de assinar uma pilha de notas promissórias como garantia de pagamento dos débitos em nome de Olinto Amaral.

A viagem de volta foi célere: ele tinha muitos assuntos a resolver. O primeiro deles era o dinheiro. Em Cachoeira, soubera que Quinzinho deixara os negócios de seu pai na cidade sob os cuidados de um funcionário e trabalhava no escritório de advocacia em São Paulo. Don' Ana lhe dera o endereço. Sem marcar hora, no mesmo instante em que desembarcou na estação da estrada de ferro, Coracy foi para lá.

Entrou pela porta de madeira maciça de um edifício na Rua Direita. Passou pelo porteiro sem pedir licença nem identificar-se, subiu a escada de mármore em espiral, agarrando o corrimão dourado, e dirigiu-se a uma sala numerada do terceiro andar.

— Não tenho hora marcada, mas gostaria de ver o senhor Joaquim — disse à secretária. — Meu nome é Coracy Gonçalves Ferreira.

— De onde?

— Como assim, de onde?

— De que empresa?

— É particular.

Estranhando os modos peremptórios do visitante, a secretária pediu que aguardasse numa saleta e saiu pela porta oposta à da entrada. Coracy sentou-se numa poltrona de couro, com vista para uma parede decorada por uma coleção de marinhas. Quinzinho não se tornara um artista, mas era próspero e ainda tinha bom gosto para a pintura. Ver o ninho de abundância onde ele se aconchegara com recursos que tinham pertencido a seu pai o ofendeu. Toda a vida detestara pensar que Quinzinho pudesse ter desejado Eleonora; agora, o enojava saber que ele a tinha abandonado, podendo ajudá-la.

— O doutor Joaquim vai vê-lo.

A secretária reaparecera: com um sinal, pediu que o acompanhasse. Coracy passou por uma sala maior, com janelas que davam para o burburinho da rua, onde cinco pessoas trabalhavam atrás de pilhas de documentos, e entrou por outra porta, que se encontrava entreaberta. Quinzinho estava à espera, sentado atrás de uma mesa de jacarandá. Ao lado de uma fotografia de Sinhá, havia na parede um retrato a óleo, com os traços inconfundíveis do falecido Marciano. Um relógio de parede à direita e livros numa estante à esquerda ocupavam o resto do ambiente.

— Coracy! — exclamou Quinzinho, sentado atrás da mesa, como se o tivesse visto pela última vez no dia anterior. — Sente-se!

Ele se sentou diante da mesa. Quinzinho usava os cabelos alisados, um bigode fino e terno risca de giz. Sorria, intrigado.

— Que ventos o trazem?

— Voltei para casa e soube de Eleonora.

Quinzinho coçou o queixo.

— Sim, um caso muito triste.

— Não vim discutir o seu caráter, nem o fato de tê-la abandonado num momento de necessidade — disse Coracy. — Estou aqui porque desejo ajudá-la e preciso de dinheiro.

Quinzinho levantou o olhar, sustentando o de Coracy. Há muito não se viam; as diferenças entre ambos tinham se acentuado, mas algumas coisas permaneciam as mesmas. O advogado observou o uniforme militar com desdém. Debaixo dele, Coracy ainda era o eterno filho pródigo.

— De quanto dinheiro você está falando?

— Quero a minha parte nos negócios de meu pai.

Quinzinho riu.

— Você é um sujeito engraçado — disse ele. — Entrega tudo às minhas mãos, desaparece e ainda acha que eu trabalharei para você, ganharei dinheiro para você e que um dia pode aparecer do nada, discutindo o meu noivado, o meu caráter e querendo o dinheiro.

— Ponha as coisas como quiser — disse Coracy. — Você não tinha nada antes de meu pai e certamente continuará a ter muito depois disso. Quero minha parte, e só.

Quinzinho empertigou-se.

— Você se esquece de que, quando colocou a sua parte sob a minha administração, assinou uma procuração que me deu plenos poderes.

— Do que está falando?

— Não há a sua parte — disse Quinzinho. — Na verdade, se não estivesse com tanta pressa, e se tivesse lido melhor o papel, veria que naquele ato estava na prática transferindo todas as decisões para mim. Dessa forma, enquanto eu viver, continuarei no exercício da tarefa que você me delegou. Como você tem a tendência doentia de fazer bobagens e dilapidar o patrimônio da família, me vejo na obrigação de defendê-lo de si mesmo. E a todos nós.

Esperara muito por aquele momento. Numa só frase, despejava sua vingança. Coracy pagaria por sua empáfia, sua presunção, sua falsa superioridade. Ninguém era melhor que ele, Quinzinho. Tinha sido ele que transformara os negócios de Marciano em algo ainda mais lucrativo e respeitável, ele que se fizera cortejado por empresários, banqueiros, até governantes.

— Preciso do dinheiro — rugiu Coracy, como fera atingida de morte.

— É uma pena — repetiu Quinzinho, escandindo as letras. — Se quisesse ter ingerência sobre os bens e os negócios da família, deveria ter pensado antes, quando decidiu ir embora, deixando tudo para trás aos meus cuidados.

Levantou-se, cerimonialmente, caminhou até um gaveteiro sob a estante, abriu-o com uma chave do molho que levava no bolso e de lá retirou um papel, cuidadosamente. Voltou ao seu lugar e depositou-o delicadamente sobre a mesa.

— Claro, isto é apenas uma cópia daquele documento — ele disse. — A original é agora um documento público, registrado em cartório. Oficialmente, você está interditado.

Incrédulo, Coracy tomou o papel em suas mãos. Tentou ler o texto carimbado pelos burocratas, mas a fúria o cegava. Não precisava ler nada: conhecendo Quinzinho, não tinha razões para duvidar dele. Seu único engano fora subestimá-lo, pois o filho de Sinhá não era apenas um mau-caráter, e sim o próprio demônio. Seu impulso foi apanhá-lo pelo pescoço e esganá-lo. Porém, a necessidade se tornou uma força superior — não poderia ajudar Eleonora na cadeia. Assim, fez a coisa que exigia dele o mais oposto dos gestos que pediam os seus sentimentos, com o mais sobre-humano dos esforços: dobrou-se.

— Não faço isto por mim — disse, colocando sua agonia em cada palavra. — É por Eleonora. Todo o dinheiro de que preciso é para comprar as injeções que podem salvá-la. Por tudo o que você já sentiu por ela, não pode recusar tal ajuda nesta hora. Reporei os recursos depois.

— Cansei dessa farsa, Coracy — disse Quinzinho. — Ficar ao lado dela era o seu papel, não o meu. Durante muito tempo Eleonora me levou em banho-maria, porque gostava de você. Esperou a tua volta até entrevar-se. Eu não podia viver com uma morta que por mim jamais teve sequer consideração, quanto mais amor. Não sei como vocês dois ainda têm coragem de me pedir algo.

Coracy cerrou os punhos, mas conteve-se. Não é possível ensinar o demônio a murros, nem convencê-lo a contrariar sua natureza. Dada a muralha intransponível que se colocara na sua frente, Coracy não perderia mais tempo. Estava no fundo do poço, mas saberia como se levantar. De repente, sua fronte se fechou. Estava horrorizado consigo mesmo, por ter-se humilhado inutilmente. Não havia nada mais a fazer ali. Contra tamanha ignomínia, só havia uma resposta à altura: o desprezo.

Saiu, deixando a porta aberta atrás de si. Não cumprimentou a secretária, com quem cruzou na recepção. Desceu celeremente as escadas e saiu para a rua, engolfado pela multidão que se movia pela calçada como um rio humano.

Por horas a fio, Coracy andou a esmo. Os luminosos, os semáforos, os bondes que cruzavam a rua quase em cima dele, os transeuntes com quem trombava, tudo se misturava com a confusão dos seus sentimentos. Estranho: no momento em que deveria sentir um ódio mortal de Quinzinho, não havia sequer um pingo de raiva. Assim como não se pode odiar a cobra que pica a sua vítima, não esperava dele nada mais do que a sua natureza.

Não havia razão para espanto ou desejo de vingança. Nem ele lamentava pela fortuna bloqueada num gesto impensado. Coracy tinha sido assim a vida inteira: cedia aos seus impulsos. Não fora diferente naquela oportunidade; negá-lo seria negar a si mesmo. Sempre vivera sem o dinheiro de seu pai. Estava até mais livre para cortar aqueles laços que antes o machucavam. Nunca mais se preocuparia com Quinzinho ou Sinhá. O que o atormentava, de fato, era uma coisa somente: escoara pelo ralo sua maior esperança de salvar Eleonora. Estava na estaca zero.

Pensou nas pessoas a quem podia recorrer: não havia nenhuma. Caminhando entre os prédios do centro, olhava para toda aquela riqueza: tanta gente tinha tanto e era exasperante que ele nada possuísse para salvar a mulher amada. Sequer sabia onde dormiria aquela noite, pois não tinha dinheiro nem para um quarto de pensão.

Há tanto tempo se acostumara a dormir em qualquer lugar, a suportar as piores condições, que se esquecera de como era a vida normal. Sabia apenas que não voltaria ao Exército: iria ao quartel apresentar-se, pediria a baixa e iria para o único lugar do mundo onde desejava estar naquele momento. Provavelmente não o deixariam ficar com Eleonora na enfermaria, por receio do contágio. Mas ele acamparia na porta do sanatório, faria plantão ali todos os dias, debaixo de sol, da chuva, do frio. Iria visitá-la todas as horas que pudesse. Perdera tanto tempo, tanto, que não mais suportava a idéia de ficar um instante sem vê-la. E sempre podia esperar por um milagre. Acreditava que tê-la encontrado ainda com vida já era um produto da vontade divina.

Foi à sede do 19º Batalhão. Na guarita, recebeu a notícia de que o comandante Enriques chegara havia dois dias com a tropa. Antes de ir à Casa da Ordem apresentar seu pedido de dispensa, foi ao refeitório. Lá, além do bandejão do quartel, que a fome transformou em manjar, encontrou uma dezena de conhecidos. Entre eles, o sargento Capone, que ainda trabalhava no recrutamento, como no dia em que ele entrara para o Exército. Desde então, tudo mudara — menos Capone e sua função. Tinha a mesma feição autoritária e o semblante de ferro de quando Coracy o vira pela primeira vez, ordenando aos brados que os recrutas andassem em círculos no galpão. Era estranho vê-lo agora como um superior hierárquico.

Estava lá também o capitão Antunes, que veio abraçá-lo, como se fossem velhos amigos.

— Coracy! — exclamou. — Achamos que tivesse virado comida de jacaré!

Coracy contou como procurara a tropa pela mata e alcançara Corumbá, onde tivera as primeiras notícias do batalhão.

— O que aconteceu com vocês? — perguntou Coracy. — Disseram que houve batalha...

Antunes riu.

— O comandante Enriques levou quatro dias para reunir novamente a tropa — disse ele. — Com aquele tiroteio, todo mundo correu para onde pôde. Pracinhas malditos, eram todos uns frouxos. Contabilizamos vinte perdidos, dos quais a maioria apareceu depois. Depois de cinco dias de acampamento, os soldados da milícia estadual disseram que a coluna tinha ido para a Bolívia e voltamos para Cuiabá.

Coracy contou-lhe, então, a tragédia com que se defrontara ao voltar para casa.

— Preciso desesperadamente de dinheiro — disse. — Mas não sei de onde tirá-lo.

— Muita gente está precisando de ajuda — disse o capitão. — Por isso o governo resolveu lhe dar uma forcinha, meu rapaz.

— O que quer dizer?

— A campanha foi encerrada — explicou. — Ao chegar aqui, soubemos que o Exército autorizou a baixa de quem se encontra há mais de um ano alistado. E mais: com direito a um financiamento federal para comprar uma casa e começar a vida civil.

Incrédulo, Coracy queria saber mais.

— É isso mesmo que você ouviu — disse Antunes. — Só não pensaram em gente como eu. Fui feito para a vida da caserna e para mim não haverá dinheiro. Me contentarei em esperar o próximo bastardo como esse Prestes para esmagá-lo com minhas próprias mãos. Ou o mesmo Prestes, se um dia resolver voltar ao Brasil. Sim, da próxima vez ele verá.

Sem perda de tempo, Coracy foi à Casa da Ordem, onde um ordenança o encaminhou ao comandante Enriques. Ele considerara Coracy perdido ou morto e talvez tivesse ficado feliz se perdido ou morto realmente estivesse. Não escondeu sua satisfação quando ele esclareceu que desejava sua dispensa do serviço militar. E apressou-se a assegurar-lhe o financiamento prometido pelo governo.

— Acho que o senhor merece — disse Enriques, e completou, piscando um olho velhaco: — Afinal, somos todos heróis de guerra.

Da mesma forma que não se envergonhava do seu comportamento em bordéis, Enriques não dava sinais de considerar a sua última grande manobra de campo uma reles debandada. Para a História, passaria como o homem a perseguir a coluna até a fronteira. E ninguém estaria ali para desmenti-lo. O que acontecera na mata, só eles sabiam. Assim Coracy entendeu a piscadela e a boa vontade daquele homem: o dinheiro compraria sua conivência.

— De quanto é o financiamento?

O comandante disse o valor: era algo que mal dava para a quitação das dívidas com o hospital, quanto mais para comprar as tais injeções de ouro.

— Ainda não é o bastante, mas vou precisar — disse Coracy.

— Como é para você e a causa é nobre, acho que não há problema em requisitarmos o crédito incontinente. Claro, há prestações a pagar, mas o prazo de quitação da dívida é longo e os juros, bastante suaves. Retorne aqui amanhã, pedirei que tratem dos papéis.

— Agradeço — limitou-se a dizer Coracy.

O comandante chamou o capitão-ajudante Waldemir Gomes.

— Por favor, capitão — disse. — Trate da baixa nesta unidade do oficial Coracy, aqui presente, com uma declaração de reservista de primeira categoria.

— Sim, senhor.

— Torne-se pública sua baixa a partir de amanhã e se faça o requerimento ao Banco do Brasil do financiamento competente, segundo as instruções normativas do senhor ministro da Guerra.

O comandante, então, levantou-se e ergueu a mão para cumprimentar Coracy.

— As primeiras providências estão tomadas — disse. — Antes de ir embora, não se esqueça de receber seu soldo atrasado. Troque também o uniforme por um novo, para seu uso até comprar roupas civis. O capitão Waldemir pode tratar disso tudo também agora.

Piscou novamente o olho.

Coracy saiu da Casa da Ordem intrigado com as reviravoltas do destino. Enquanto não pudera contar com todos aqueles que poderiam estar ao seu lado, quem lhe valera no momento mais dramático de sua vida tinha sido um desafeto.

Fosse como fosse, no dia seguinte ele se viu com uma conta bancária recheada pelos soldos atrasados e os documentos do financiamento que lhe garantiria o pagamento do hospital de Eleonora. Renovava as esperanças.

Faltavam apenas as tais injeções japonesas. Não fazia a menor idéia de onde encontrá-las. Na porta do quartel, tomou o bonde que cruzava a Avenida Paulista, descia a ladeira do outro lado e fazia parada no vale do Anhangabaú. Na Rua Direita, entrou na Botica Ao Veado De Ouro, com seu cheiro de remédio vindo das prateleiras, repletas de vidros escuros, contendo medicamentos manipulados. Não havia lugar mais adequado para se saber de um remédio do que na mais afamada farmácia da capital.

— Sabemos que as injeções de ouro existem — disse o farmacêutico que o atendeu, atrás do balcão. — Mas não temos nada parecido.

— E onde posso encontrá-las?

— O que há de remédio no Brasil, meu senhor, com certeza está aqui — disse o farmacêutico.

Coracy olhou as vastas prateleiras da botica, com aqueles frascos misteriosos que pareciam curar tudo, menos Eleonora.

— Nem ao menos há previsão de quando isso possa chegar?

O farmacêutico manteve o semblante impassível.

— Não há como trazer isso ao Brasil no momento e, mesmo que fosse possível, o remédio demoraria meses para vir de navio do Japão — disse. — Lamento, mas o senhor não é o único a ter parentes com tuberculose em estágio avançado. Gostaria de poder ajudá-lo, mas infelizmente essa é uma doença grave, sem cura na maioria dos casos.

Coracy saiu da Botica arrasado. Não acreditava que a esperança surgira apenas para apagar-se de vez. Sua vontade naquele instante era de tomar um navio que o levasse à Europa, e depois ao Japão. Porém, Eleonora resistiria pelo tempo daquela viagem, que levaria meses? Não seria melhor, em vez disso, aproveitar o tempo restante ao lado dela, talvez os últimos em que pudesse conhecer, afinal, a felicidade?

Enquanto andava pela rua sem destino certo, a noite caiu. Os funcionários acendiam nos postes a iluminação pública. Coracy pensava somente na cama da enfermaria onde seu amor agonizava. Por inércia, continuava entrando em todas as farmácias pelo caminho. Em cada uma delas, perguntava pelas injeções japonesas, ouvia uma negativa, pedia indicações. Em quatro horas, entrou em pelo menos duas dúzias de estabelecimentos. Por volta das dez horas da noite, todo o comércio já tinha fechado. Em vez de voltar ao quartel, onde poderia passar a noite, Coracy decidiu percorrer as poucas farmácias de plantão abertas na cidade.

As caminhadas se tornaram mais longas, os achados, mais raros, e os resultados continuaram infrutíferos. Por volta das duas da manhã, Coracy andava sozinho pelas ruas, como um fantasma, acompanhado somente por gatos vadios e cães curiosos. Às cinco da manhã, atravessou de bonde a ponte da Casa Verde, na mão contrária do movimento de pessoas que saíam de casa para trabalhar no centro. Na várzea do rio Tietê, sucediam-se os campos de futebol e a relva onde se faziam piqueniques de domingo. Num sonho impossível, imaginou-se ali com Eleonora num vestido de chita, a contemplar crianças que corriam ao redor.

Tinham lhe dado o endereço de uma farmácia daquele lado do rio. Separada da cidade pelo Tietê, a Casa Verde era então ainda um bairro de imigrantes, sobretudo italianos e espanhóis. Ele soubera que havia por lá também japoneses; em certa época, tinham tentado plantar arroz na várzea do rio. Se havia lugar onde encontrar algo do Japão, era lá, informaram. Ao descer do bonde, Coracy seguiu exausto até o lugar anotado.

A porta da farmácia apenas se abrira quando ele chegou. A noite sem sono fazia a luz machucar-lhe a vista. Porém, piscou os olhos de incredulidade.

— Coracy!

Uma massa humana avançou em sua direção e o segurou, com tanta força que quase lhe esmagou as costelas. Coracy deu com a cara redonda e o sorriso do ex-soldado Mioco, metido num jaleco branco.

— Você por aqui, Mioco?

— Eu não lhe disse que meus pais tinham uma farmácia? É aqui que trabalho.

Mioco o soltou. Estava feliz como uma criança: seus olhinhos apertados brilhavam.

— Você não sabe como eu também fico feliz em te ver.

Coracy contou-lhe, então, a sua história: a doença de Eleonora, seu périplo por todas as farmácias, sua agonia.

— E o pior — disse ele — é que, mesmo com algum dinheiro, não sei como achar as tais injeções japonesas.

Parado ali diante dele, Mioco pareceu ainda maior do que já era. Colocou as mãos nos bolsos, pensativo.

— O quanto isso é importante para você? — perguntou ele.

— Muito — disse Coracy. — Na verdade, isso para mim é tudo.

— Contaram-me o que você fez para que eu fosse mandado de volta para casa — disse Mioco. — E o preço que pagou. Você me salvou a vida. Gostaria de fazer o mesmo por você.

— Receio que ninguém possa.

— Talvez eu possa — disse Mioco. — Venha. Vamos tomar chá.

Minutos depois, Coracy estava sentado no tatame estendido nos fundos da farmácia dos pais de Mioco, perguntando-se como aqueles dois japoneses pequeninos podiam ter produzido um filho três vezes maior. Eles pouco sabiam de português. Riam com os olhinhos apertados e falavam de modo quase incompreensível: rápido, trocando letras, comendo palavras. Coracy entendeu, porém, que conheciam as injeções de ouro. Um parente trazia do Japão os componentes; poderiam fazer a manipulação.

— Injeção, experimento — repetia dona Shieko, com seu português nipônico, comendo os verbos e conectivos, feliz de conhecer o homem que mandara seu filho de volta para casa. — Não garantido...

— Compreendo — respondeu Coracy.

Além de incertas, as injeções custariam caro. Coracy explicou que encontraria mais dinheiro naquele meio-tempo. Os pais de Mioco estavam dispostos a ajudá-lo. Prometeram para logo a primeira das três injeções necessárias ao tratamento. Coracy mal podia acreditar.

— Não sei como agradecer — disse.

— Não é necessário — disse Mioco. — Volte em três dias. Tudo estará arranjado.

Durante os três dias seguintes, Coracy fez uma série de preparativos. No banco, depositou o dinheiro do financiamento que lhe permitiria levantar as promissórias assinadas no hospital. Pagou o mês adiantado em um quarto de pensão nos Campos Elíseos. Não cabia nele mais do que a cama, mas possuía um banheiro contíguo com uma banheira de louça, era iluminado e alegre, graças ao papel florido nas paredes. Pensava, esperançoso, que Eleonora precisava de um lugar assim para voltar à vida, com bastante luz e alegria. E prometeu a si mesmo, antes de dormir, que em breve a traria ali.

Faltava, ainda, o principal: o dinheiro das injeções. Não obtivera nada de Quinzinho, mas possuía um último trunfo. Telefonou para o escritório de advocacia, dizendo que tinha uma proposta a fazer. No dia seguinte, estava lá para a reunião, na hora marcada.

— Achei que tinha sido claro sobre minha posição — disse Quinzinho.

— E foi — disse Coracy. — Mas acho que você gostará da minha proposta.

— Vejamos.

— Preciso de vinte contos de réis para pagar as injeções de que Eleonora necessita. Você me dá esse dinheiro e eu lhe passarei não só a administração dos negócios, como as propriedades da família de maneira definitiva. Assim, você estará livre também para negociá-las um dia, sem necessidade da minha assinatura. Tudo será, de fato, seu.

Quinzinho fuzilou Coracy com o olhar. Ele encontrara o meio de demovê-lo: a cobiça. Claro que aquilo o interessava — por causa da urgência em ter dinheiro disponível, Coracy faria o pior negócio de sua vida. Quinzinho, finalmente, poderia dizer que ficaria com tudo. Tudo, mesmo.

Havia algo ainda que o incomodava, sem compreender bem o quê. Só mais tarde perceberia que não era a fortuna de Coracy que invejava, mas aquele desprendimento. Detestava o filho de Marciano, quanto mais nobreza e desapego ele demonstrava.

— Está bem — disse ele. — Vou preparar os documentos e o cheque. Passe aqui amanhã para assinar tudo e levar o dinheiro.

No dia seguinte, Coracy saiu do escritório de Quinzinho com o cheque na mão. Era só o que lhe restava da fortuna de seu pai, da qual jamais desfrutara, e jamais desfrutaria, pois passaria aquele cheque adiante em seguida. No entanto, não se sentia infeliz, ao contrário. Tinha agora tudo de que precisava: a quitação do hospital, as injeções japonesas e como pagá-las.

No prazo combinado, Coracy voltou à farmácia de Mioco, onde apanhou a caixa com o primeiro frasco envolvido em camadas de algodão, para não quebrar no caminho. Tomou-o com o cuidado de quem segura o mais frágil e valioso tesouro.

— Boa sorte — disse o amigo.

Levou a caixa preocupado: um transeunte poderia bater nele, o trem poderia descarrilhar, tropeçaria inadvertidamente. Tudo lhe passou pela cabeça, mas nada aconteceu. Por isso, foi com certo espanto, para ele e o doutor Lucas Garcia, que afinal se encontrou na sala de espera do sanatório com aquele pacote na mão.

— É a primeira de três injeções, conforme a indicação — explicou ao médico. — Se o senhor não se importa, gostaria de presenciar a aplicação.

— Vamos lá — disse o médico. — Não há tempo a perder.

Eleonora estava deitada na cama da enfermaria, tão fraca que quase não compreendeu o que acontecia. Nada pôde dizer: somente balbuciava. Debaixo dos olhos, havia dois anéis avermelhados: foi duro ver, na mulher que amava, o retrato predecessor da morte.

O doutor Lucas trouxe uma seringa, cravou a agulha na borracha que tampava o frasco e extraiu dali o líquido que Coracy olhava reverencialmente, como a água miraculosa transformada em vinho por Jesus. A injeção foi aplicada no braço fino e embranquecido de Eleonora, que deixava transparecer uma teia de veias azuis. O doutor Lucas colocou um algodão sobre o local da picada.

— Agora é esperar — disse ele.

— Gostaria de ficar aqui — disse Coracy. — Tenho mais quatro dias, até buscar a nova injeção.

— Ela agora vai dormir — disse o médico. — Além disso, tenho outros pacientes que não podemos incomodar. Não se preocupe, faremos o que for possível. Volte daqui a quatro dias, veremos então como ela está. Descanse, você parece precisar.

Coracy teve que concordar. Afastou-se para ir embora, mas nesse instante, como se tivesse entendido a conversa dele com o médico, Eleonora abriu um pouco os olhos e soprou algo no ar. Coracy não entendeu o que dizia: para ajudá-lo, ela indicou algo com o dedo. Queria ver o rosto dele. Coracy olhou para o doutor Lucas. Com uma inclinação, o médico fez sinal de aprovação.

Por um instante, ele retirou a máscara. E sorriu.

— Essa injeção vai curá-la — disse Coracy. — Breve voltarei com outro frasco para a segunda aplicação. Você vai melhorar, verá. E virei buscá-la para vivermos juntos para sempre. Já aluguei a nossa casa em São Paulo.

Eleonora o admirava, com um olhar esgazeado. Coracy não soube se ela compreendera bem o que dissera, mas esboçou um sorriso tênue. O médico fez sinal para que ele colocasse de volta a máscara e saíssem: não foi sem tempo, porque Coracy tinha os olhos rasos d'água. Despediu-se do médico, dizendo que voltaria com a segunda dose da injeção.

— Venha — disse o médico. — E que Deus nos ajude.

Em São Paulo, Coracy passou dias de angústia. Procurava ter notícias de Eleonora, mas as ligações telefônicas para Campos do Jordão eram penosas: não conseguiu completar sequer uma chamada, apesar do plantão diante de uma telefonista em um posto na Avenida São Luís. Não fazia idéia do que se passava e, não fosse pela necessidade de esperar pela segunda injeção, voltaria a Campos do Jordão imediatamente. Foi com alívio que afinal apanhou a segunda caixa com o frasco da infusão japonesa e partiu.

No sanatório, passou pela cancela e subiu correndo a alameda que dava na casa principal. Ao chegar, quase se desmanchou de surpresa: na varanda do hospital, sentada em uma cadeira de jardim, no traje dos pacientes, Eleonora o esperava.

Ficou diante dela longo tempo em silêncio: não lhe ocorria nada a dizer, ou nada que fosse necessário dizer. Ela recuperara um pouco da cor, mantinha-se ereta na cadeira e, por fim, falou.

— Parece que você operou um milagre — disse.

— Eu sabia que daria certo — disse Coracy.

Aproximou-se dela e tomou sua mão. Ajoelhado diante de Eleonora, beijou seus dedos, demoradamente.

— Nós perdemos muito tempo, merecemos recuperá-lo — disse Coracy.

— Vamos recuperar — disse ela. — Agora, vendo você aqui na minha frente, eu também acredito.

Eleonora então lhe contou da sua transformação: no segundo dia, já conseguia falar, tossia menos, embora ainda cuspisse sangue. Sentia aos poucos a volta da energia vital. Maravilhado, o doutor Lucas entusiasmava-se com o seu miraculoso progresso.

— Ele quer agora saber de onde você traz essas injeções — disse ela. — Diz que com elas faria uma revolução.

Brincaram, sorriram, acariciaram-se. Eleonora, porém, logo deu sinais de cansaço e os enfermeiros vieram buscá-la. Coracy deixou com ela a injeção que trouxera: despediram-se com olhares que sepultaram o passado, as dúvidas, o medo. Tudo mudara: Coracy voltou a São Paulo deitado em nuvens.

Uma semana depois, ele levou a Campos do Jordão a terceira e última injeção. Na visita seguinte, já carregava uma pequena mala de roupas: levaria Eleonora para casa. Desceram a alameda do sanatório de mãos dadas. Antes de passar a cancela, ela olhou para trás. Há no mundo os mistérios: Eleonora, que pensara jamais encontrar Coracy outra vez, e já imaginava não sair dali com vida, fazia ambas as coisas ao mesmo tempo.

De todas as viagens de Coracy, aquela seria a de que se lembraria melhor. Ainda convalescente, Eleonora amparava-se nele para caminhar. O doutor Lucas fizera muitas recomendações: que tomasse os remédios prescritos e repousasse por mais um mês. E, sobretudo, que vivesse em paz.

— Para a saúde, não há nada melhor que a felicidade.

Em São Paulo, Coracy levou Eleonora para o seu quarto de pensão. Ela dormia boa parte do tempo. Quando acordava, ia para a janela ver o movimento da rua. Dizia que as árvores pareciam ter mais folhas, a cidade, mais cores, as pessoas, mais vida; descobria o mundo outra vez. Coracy enviara telegramas a Don' Ana, mantendo-a informada sobre a recuperação da filha. Certo sábado, Olinto Amaral e Don' Ana surgiram para uma visita, recém-chegados de Cachoeira: abraçaram a filha como se estivessem a ver a Anunciação.

— Vamos levá-la para casa, assim que você tiver condições — disse-lhe o pai.

— Não — disse ela. — Meu lugar agora é aqui. Mesmo quando estiver completamente boa, vou ficar.

Embaraçada, Don' Ana quase não olhava para Coracy: conversava com ele de cabeça baixa. Lembrava-se de como o culpara pela doença da filha e agora não sabia o que fazer para agradecer. Salvara Eleonora quando ninguém mais, nem ela, acreditava que isso fosse possível. Não lhe perguntou de onde viera o dinheiro que quitara as despesas no sanatório e as injeções de ouro. Assim como a mulher, Olinto Amaral silenciou. Coracy também não tocou no assunto. Ficava claro, porém, que dali em diante quem cuidava de Eleonora era ele. Quando se despediram, prometendo novas visitas, os pais de Eleonora o cumprimentaram como se já fosse o seu genro.

Enquanto Eleonora se recuperava, Coracy procurava trabalho. Mioco conhecia uma moça, cliente de sua farmácia, que trabalhava no almoxarifado da estação Sorocabana. Dissera-lhe que havia uma vaga no escritório da ferrovia. O farmacêutico alardeara as qualidades de um colega recém-saído da farda, irrepreensível, que precisava de trabalho. Coracy se apresentou para a entrevista com o chefe do escritório e saiu de lá funcionário da Companhia Sorocabana da Estrada de Ferro. Faria os registros de suprimentos e do pagamento dos empregados: um serviço burocrático, mas que lhe pagaria ordenado certo todo fim de mês.

A Sorocabana indicou a Coracy uma casa para morar, em São Roque. Descontaria o aluguel do salário, mas o preço seria módico. Era uma boa maneira de resolver seu problema de moradia, enquanto pagava o empréstimo bancário que permitira a quitação das dívidas com o sanatório. São Roque ficava a 60 quilômetros da capital, onde estava a sede da companhia, mas ele teria passe livre na ferrovia para tomar o trem pela manhã e de tarde, quando voltasse. Em prazo curto, Eleonora já andava e cuidava de si mesma: poderiam mudar-se.

Visitou a casa em São Roque, em uma rua de terra, diante de uma praça arborizada, a curta distância da estação de trem. Era térrea, de três quartos, com um pomar nos fundos. Pelas manhãs, na porta passava uma boiada, enchendo a rua de poeira, deixando a fachada avermelhada, mas havia no ar a calma das cidades do interior: tudo muito parecido com a Cachoeira da sua infância. Na volta, consultou Eleonora e, no dia seguinte, disse ao chefe do escritório que eles aceitariam a oferta.

Num domingo de abril, Coracy e Eleonora casaram-se na igreja do Coração de Jesus, próxima à Estação da Luz, diante do padre salesiano Otacílio Campos. Entre as colunas de mármore, com a luz divinal da tarde espraiando-se pela nave, alinharam-se os familiares de Eleonora e os padrinhos de Coracy: Mioco e seus pais. As palavras do celebrante ecoaram na igreja quase vazia quando ele abençoou o casal: não houve lágrimas, nem banho de arroz, apenas o beijo dos apaixonados e a certeza íntima de Coracy de que aquilo estava escrito desde o início dos tempos.

Eles chegaram a São Roque no sábado seguinte. Não havia mudança; seus pertences não enchiam mais que duas malas. Eleonora abriu as janelas da casa, de onde se viam as árvores da praça, do outro lado da rua, para ventilá-la: havia muito pó e faltava até mesmo uma cadeira onde sentar. Aquilo, porém, não os incomodou. Naquela noite, depois de um banho de água fria, eles se deitaram sobre cobertas nas tábuas do chão e fizeram amor até a madrugada. Quando a lua entrou pela janela, iluminando o quarto de azul, Coracy leu nos olhos de Eleonora algo novo. Não era só a antiga beleza que voltava, era um outro viço: ainda antes dela, ele soube, naqueles mesmos olhos que tinha visto quase se despedindo da vida, que Eleonora estava grávida.

Ela lhe perguntou se procuraria Quinzinho e Sinhá para lutar pela sua herança. Disse que ele devia procurar um advogado, entrar com uma ação, pedir reparação por ter sido enganado. Culpava a si mesma pelas dívidas que ele contraíra e o sacrifício pessoal que fizera. Coracy, porém, a beijou com expressão de quem dispensava todo aquele trabalho.

— Quinzinho é advogado, e dos melhores — disse. — O que fez, deve ter sido bem-feito. Seria difícil mudar essa situação.

Que Quinzinho ficasse com o dinheiro: afinal, era o que ele queria, desde o princípio. Talvez, de fato, o merecesse mais do que ele. Sobretudo, Coracy estava certo de que a fortuna de seu pai não o faria mais feliz. E de que Quinzinho, mesmo num trono dourado, continuaria sempre infeliz, querendo mais do que tinha, ou ser alguém que jamais seria.

O mesmo sentia em relação a Sinhá. Passara boa parte da vida a odiá-la e aquele sentimento de repente desaparecera por completo. Ao tornar-se feliz, destruíra todos os sentimentos ruins alimentados no passado. Diante do amor reencontrado miraculosamente, nada mais importava. Sinhá perdera significado.

Entendia agora que todo o tempo buscara recuperar sentimentos perdidos: o carinho da mãe que morrera cedo, o apoio que não obtivera do pai. Para ele, nunca importara o dinheiro, e sim o amor. Esse era o seu triunfo. Com Eleonora ao seu lado, sentia-se um gigante, capaz de realizar tarefas impossíveis.

— Lembra-se de quando você disse que viveria comigo mesmo sem dinheiro ou posição? — perguntou-lhe.

— Sim — disse Eleonora.

— Ainda pensa da mesma maneira?

— Claro.

— Só isso me interessa.

Ela passou os dedos pela testa dele, afastando os cabelos que lhe cobriam os olhos. Havia algo de medo, ou súplica, quando ela voltou a falar.

— E a promessa que fez, quando eu estava internada no sanatório, de ficar comigo para sempre? Foi verdade ou eu estava delirando?

Coracy riu.

— Foi verdade.

— E ela continua de pé? Nunca mais se afastará de mim, em nenhum momento, seja qual for o motivo? Viverá o resto de sua vida comigo, não importa o que aconteça?

— Estou aqui, não estou?

— Sim, mas... Ficará?

— Sei que ficarei.

Beijaram-se. O beijo de Eleonora era doce, mistura de agradecimento, ternura, paixão e amor. Depois de tudo o que acontecera, ela afinal acreditava em Coracy. Sorriu, acariciou seu rosto e de repente parou, as sobrancelhas interrogativas, enunciando uma ponta de ciúme.

— Mas afinal de contas... — disse ela. — Esses anos em que você esteve fora... Não vai me contar por onde andou?

Coracy esboçou um sorriso.

— Não importa.

— Tem certeza?

Coracy olhou Eleonora.

— Sim — disse ele. — Para mim, a vida começa agora.

MEMÓRIAS DO HERÓI DESCONHECIDO

Anotações no caderno do autor — 2

Tempos depois da morte de vovó, voltei à velha casa de Guarulhos, a convite de tia Maria Eugênia, que sempre vivera com os pais e ali permanecera. Por muito tempo eu retardara a visita, com receio de sofrer muito. Fui até lá num meio de semana, quando sabia que não encontraria mais ninguém.

Na Via Dutra, tomei a entrada de Guarulhos, na altura da torre de tijolinhos onde ficava antigamente a indústria de televisores Philips — sinal de que chegávamos ou saíamos da casa de vovô. Em criança, eu a achava bonita e imponente, sobretudo à noite, iluminada com fachos de luz laranja, que eu observava fascinado no banco traseiro do Fusca 1300 de meus pais.

Entrei na cidade rodando devagar, como quem explora um território abandonado. A Vila Operária era ainda uma pacata geometria de casinhas térreas, esquecidas pelo atropelo urbano. Titia mandara erguer a grade da frente, e a antiga porta da casa, à esquerda, tinha sido fechada. Resto de humanidade na fortaleza contra a violência, mantivera a floreira junto ao muro, de onde pendiam as ramagens de damas-da-noite.

A nova entrada passara a ser no cômodo onde no passado ficava o quarto de meus avós. Eles dormiam sob a vigilância de uma cruz de madeira, pregada logo acima da cabeceira da cama. Havia um grande guarda-roupa, a penteadeira com um espelho oblongo de vovó e mais nada. No passado, raro alguém entrava ali. Lastimei aquele espaço antes tão respeitado se tornar local de circulação.

Da antiga sala, convertida em quarto, restara somente a janela quadrada, por onde se viam as damas-da-noite no jardim. Desaparecera o tapete roxo que eu vira chegar quando criança e lá permanecera até o último dia em que pisara ali, trinta anos mais tarde. Imaginei, como se ainda estivessem no lugar, o velho sofá de quatro lugares, a TV no canto, a poltrona de vovô e a vitrola Philips, além da estante onde repousavam poucos objetos de decoração — o retrato de um negrinho de engenho pintado por uma tia, a miniatura em bronze de uma gôndola veneziana, a enciclopédia de História Natural.

Pelo corredor central da casa, rumei para a cozinha. Antes tímida, ela tinha sido reformada por vovô para receber toda a família. Avançara sobre o quintal e se transformara no maior aposento da casa. Ainda era exatamente a mesma:

a comprida mesa de fórmica, o mesmo par de geladeiras, a pia de aço inox em L onde minha avó cozinhava. O sol da tarde atravessava a janela, iluminando aquele lugar onde um dia estalavam copos e talheres, risos, beijos, abraços e o alarido de gente feliz.

Naquele instante, porém, a cozinha silenciosa lembrava mais a antiga calma dos sábados, quando depois do repasto todos se recolhiam para a soneca, no sofá ou nos quartos. A quietude era tão grande nessa hora que a casa parecia pertencer aos passarinhos assobiando lá fora. Abri a porta de duas folhas, a primeira delas um mosquiteiro que meu avô instalara com suas próprias mãos, e saí para o quintal.

O barranco dos fundos fora calçado por um muro de blocos de concreto, mas as flores e plantas ainda eram as mesmas cultivadas por vovô. À esquerda, estava o quartinho de despejo onde eu passara tantas horas com ele quando menino. Uma sinfonia de guinchos machucou o ar quando giraram as dobradiças. O quartinho era ainda o mesmo depósito empoeirado e confuso que eu conhecera. Ninguém se atrevera a mexer naquele labirinto intransitável, que desafiava o mais operoso faxineiro. Autorizado por tia Maria Eugênia, também curiosa por ver o que podia sair dali, naveguei entre pilhas de cadeiras, remexi em cantos visitados somente pelas aranhas e réstias de luz que faziam as teias brancas como açúcar.

Assim eu dei com aquela caixa de papelão amarelecida que quase desmanchou na minha mão. Nela, encontrei um lenço rendado, que um dia devia ter sido branco, enrolado como um pergaminho; um escapulário verde, com brocado dourado; uma bandana militar, enegrecida pela fossilização da sujeira; três ampolas de vidro escuro, vazias, e uma caderneta de capa vermelha do "Exercito Brazileiro", na velha ortografia. Espanto.

Abri a caderneta: lá estava identificado Guaracy Gonçalves Ferreira, solteiro, 19º Batalhão, novembro de 1923. Marcava todos os lugares onde vovô estivera, com data e até hora. Havia dezenas de páginas escritas com letra regular, descrições minuciosas de deslocamentos pelo Brasil inteiro, inventário do recebimento de uniformes, relatórios de promoção, com a reprodução de discursos laudatórios dos superiores, bem como registros de detenção na cadeia militar. Vovô parecia tanto ter sido um astro da corporação quanto um de seus integrantes mais indigestos. Luiz Carlos Prestes, as aventuras, o passado que meus avós tinham ocultado por tanto tempo dos filhos, dos netos, talvez até de si mesmos, materializavam-se nas minhas mãos.

Na antiga casa de meu avô, havia uma única fotografia pendurada na parede: o retrato de uma mulher de sobrancelhas grossas, traços cinzelados e roupas de espanhola: minha bisavó Carmelita. Na caixa, achei outro retrato de família. Num preto-e-branco de impressionante nitidez, apesar da antiguidade, meu avô ainda criança posava com um chapéu de abas moles como os de Santos Dumont, montado num velocípede em frente a um casarão. No portão, estava meu bisavô Alípio, um senhor austero, de longos bigodes, paletó negro, colarinho de bico duro. Ao lado, posava uma mulher diferente, mal-ajeitada na sua roupa engomada, com uma saia plissada até o chão, camisa de renda branca a estufar o peito, um coque a segurar o cabelo pixaim: Ana Umbelina, sua segunda esposa. À esquerda, no segundo plano em relação a meu avô, havia um segundo garoto, de calças curtas: o irmão de adoção Quinzinho.

O escapulário devia estar relacionado à sua passagem pelo seminário. Lembrei-me, então, de uma das poucas confissões que ouvira meu avô fazer. Em certa viagem daquelas que fazíamos ao Rio de Janeiro, perguntei-lhe se pensara mesmo em ser padre. Estávamos na penumbra da cabina do Trem de Prata, que acabara de partir de São Paulo, às dez da noite. Balançando levemente com a composição, ele confirmou com a cabeça. Eu quis saber por que saíra do seminário, certo de que a resposta seria o desejo de casar-se com vovó. Com olhos enegrecidos na escuridão, ele disse:

— De madrugada, havia muito movimento nos corredores. Não era lugar para mim.

Quando eu contei essa história à titia, ela ficou chocada. Nunca vovô mencionara qualquer coisa a esse respeito, nem ela supunha que o velho Guaracy fosse capaz de tal declaração. Titia segredou-me, então, coisas que ela sabia, por sua convivência com os pais. Disse que minha avó esperara a volta de meu avô de suas aventuras durante anos a fio, decidida a não se casar com outro, enquanto vovô fazia sua odisséia. Enfraquecera com o parto em seqüência dos cinco filhos e por isso eles — incluindo meu pai — tinham passado uma parte de sua infância na casa da mãe de vovó, Don' Ana, enquanto ela se recuperava num sanatório de tuberculose.

Ninguém explicava exatamente como ela adquirira a doença. Titia soube por vovó, porém, que graças ao empenho de meu avô ela tinha sido curada por umas tais injeções japonesas — possivelmente, o conteúdo daqueles frascos escuros que eu encontrara na caixa. Para comprá-las, vovô teria empenhado tudo o que possuía — tudo mesmo, incluindo bens de sua herança, momento aproveitado pelo seu irmão sem caráter para ludibriá-lo.

Eu me despedi de tia Maria Eugênia, com licença para levar a caixa. Deixei a casa de Guarulhos pensando se deveria mesmo desenterrar o passado que vovô preferira manter oculto. Porém, aqueles restos arqueológicos da minha história familiar aguçavam uma necessidade profunda de entender a vida de vovô, como se ela fosse também a minha.

Procurei um pneumologista para confirmar se haviam existido as tais "injeções de ouro", com as quais vovô teria salvo vovó Eugênia. Soube que as tais injeções custavam caro porque de fato continham o metal precioso.

— Acreditava-se naquela época que o ouro possuía propriedades curativas — disse o médico.

— Mas qual o efeito real dessas injeções sobre o organismo?

— Clinicamente, nenhum — respondeu ele. — Ninguém se cura de tuberculose bebendo ouro. É um placebo.

Não consegui descobrir ao certo o significado do lenço branco e da bandana militar. Porém, havia ainda um lugar onde eu poderia tentar escavar um pouco mais os segredos da esfinge.

Num domingo de verão em 2003, estacionei a Cherokee de viés na ilha central da Rua Doutor Candido Rodrigues, em Piracaia. Largas como numa estrada de quatro pistas, as duas vias ondulavam sob o sol escaldante. Do outro lado do carro, Graziela saltou para o chão. Munida do seu espírito decidido e uma generosa disposição de registrar aquele momento com uma máquina fotográfica, oferecera-se para me acompanhar na última etapa da minha investigação particular.

Piracaia mantivera o tamanho e o espírito de tempos antigos, quando era ainda Santo Antônio da Cachoeira. No centro, estavam incólumes as casas de estilo neoclássico que revelavam a fartura econômica e o espírito aristocrático do início do século XX. Era como se o relógio tivesse parado: desde que vovô deixara a cidade, o progresso não fizera muito com aquele lugar.

Atravessamos a rua em direção ao número onde ficava o casarão da família Ferreira, aquele que eu conhecia da velha fotografia esquecida nos guardados de meus avós. Ele, porém, desaparecera. Em vez do vasto quintal e da construção de catorze quartos, vimos a sede da Santa Casa de Misericórdia, com uma entrada para ambulâncias e a porta de vidro do pronto-socorro.

Entrei mesmo assim, disposto a vasculhar o lugar. Passei pela recepção sem pedir licença, como se tivesse pleno direito de entrar ali. Invadi uma das alas do hospital em busca de um resto de construção antiga, ou um pedaço do velho pomar, enquanto Graziela explicava o meu comportamento à atônita recepcionista.

— Este lugar um dia foi casa do avô dele — disse. — Você nos permite olhar um pouco? É só um instante.

Vaguei inutilmente. Não havia resto da casa e até o quintal atrás dela desaparecera. O corredor dava na lavanderia e, mais além, em um muro sobre o qual se avistava um morro pelado.

Graziela refletia minha expressão de desconsolo. Saímos da Santa Casa para a tarde dourada pelo sol. Ela fotografou uma árvore que brotava no meio da rua, furando os paralelepípedos, como um resto de passado a reivindicar à força o seu lugar.

— Vamos embora — decretei.

De volta ao carro, rodamos até a praça da Matriz, onde descemos outra vez para caminhar. As árvores formavam sobre o coreto uma densa copada, trespassada pela luz. Na rua oposta à da igreja, algumas pessoas sentavam-se ao balcão do bar Arnaldo's, ao lado de uma placa que anunciava sua especialidade: pastéis. Compramos dois, com recheio de pizza, e sentamos num banco da praça, Graziela encostada no meu peito.

Nós tínhamos nos conhecido mais de quinze anos antes e as peripécias pelas quais passáramos eram muitas, até o nosso miraculoso reencontro. Também naquilo eu era como vovô: afastara-me da mulher certa, fugira da minha própria vida, me recusara talvez a enfrentá-la, mas reencontrara pela mão do destino a mulher que podia estar perdida para sempre. Eu, que tivera experiências que julgava importantes, sobretudo pelo patrimônio que representavam para um romancista, pensava na validade de tudo o que fizera na vida, depois de voltar ao que jamais deveria ter abandonado.

A inquietação que me fazia estar sempre em movimento, a procurar algo adiante, aquele espírito rebelde, às vezes destruidor, devia vir daqueles genes impertinentes de vovô. Como ele, eu era um quixotesco reparador de injustiças. Eu queria dele, também, a força para envelhecer com dignidade, vencer a mim mesmo, apaziguar a tempestade. Como vovô, vivia entre um espírito rebelde e o sonho da paz em família.

Sendo o filho mais velho de papai, e seu primeiro neto, único que poderia levar adiante seu sobrenome, eu era o depositário da linhagem de vovô. Desde pequeno, quando vovó tricotara três pulôveres azul-cobalto, um para ele, outro destinado a papai e o último a mim, eu sentia aquela ligação simbólica. Era como se papai e meu avô fossem algo que eu ainda viria a ser, numa forma de escala: representavam não meu passado, mas o meu futuro.

Lembrei-me da fotografia de infância de vovô, das crianças vestidas como pequenos adultos, sinal da austeridade reinante na casa, de meu bisavô Alípio com seu ar severo, assim como Ana Umbelina, de fisionomia não menos dura. Imaginei como fora terrível para meu avô enfrentá-los, ainda mais sob o manto da autoridade absoluta que os adultos daquela época ostentavam diante das crianças. E pensei nos seus sentimentos pelo homem que substituíra sua mãe e o fizera sair de casa, mas que vovô amara acima de tudo, a ponto de colocar seu nome em meu pai, seu filho primogênito. Entendi sua fixação pela família, sua obsessão por recuperar o que perdera, ou que jamais tivera. A energia do rebelde, que o fizera enfrentar o pai, arrostar a tudo e todos, a tempestade que brotava dentro dele era a mesma que usara para recriar seu mundo perdido e protegê-lo, sobretudo de si mesmo e seus rompantes de revolta e liberdade. Dessa forma, garantira aos filhos e netos o que sonhara para si.

Mais que a linhagem, o nome indígena e os pulôveres azuis, havia em mim aquilo em comum com vovô. Infelizmente, ele partira sem jamais me dar um conselho, pois não vivera o suficiente para que eu e meu pai pudéssemos tirar dele sua fórmula. Eu também queria me tornar senhor do tempo e, sobretudo, de mim mesmo.

No banco da praça em Piracaia, abracei Graziela. A luz da tarde iluminou o perfil dela: o queixo suave, os olhos de jabuticaba, os lábios de um romantismo constrastante com a dureza decidida do nariz de faca. Como eu, tinha ascendência mineira, educação austera e vivia em movimento, impulsionada por suas contradições. Cultivava as raízes e queria ser livre, gostava do passado e sonhava com o futuro, gostava da casa e trabalhava fora, admirava o saber interiorano e era cosmopolita. Tinha tanto algo da mãe, uma ex-costureira que primava pela confiabilidade e temperança, quanto do pai, um intelectual de comportamento esquivo e mente labiríntica. Definia-se com uma frase cheia de graça: "Numa só, todas as vantagens da mulher moderna e da mulher de antigamente." Lembrei o que pensara ao me afastar dela tanto tempo antes: "Ela é parecida demais comigo."

Eu não achara nada em Piracaia, mas me sentia mais perto do que nunca daquilo que procurava. Contei a Graziela a idéia de escrever um livro, um romance com algo picaresco, sobre um homem que abandonava o amor de sua vida para correr mundo, e as razões que podiam levá-lo a voltar e nunca mais deixar a mulher, contrariando a própria natureza. Usaria a mesma força descomunal que antes fazia dele um rebelde para nunca mais abandoná-la, construir uma família feliz, que durasse muito, da qual sairiam crianças que pudessem se lembrar dessa época como algo imutável, ao menos na memória. Perguntei-lhe se achava que, depois de tanto tempo sem nos ver, poderíamos passar o resto da vida juntos, na paz dos nossos avós.

— Você acredita em amor eterno? — ela disse.

Diante do meu silêncio, Graziela sorriu e disse que iria comprar um sorvete. Levantou-se e desceu pela praça em direção ao Arnaldo's, com o balanço brejeiro das suas cadeiras brasileiras e um riso provocador.

Meu avô estava morto, mas ainda me ensinava — e os avôs, quando ensinam, têm o seu jeito de renascer. Dei-me conta de que, entre todos os legados de vovô, eu era o maior. A resposta da esfinge não estava mais nele, mas em mim mesmo. Assim como meu avô, eu fazia da alma ardente meu bem fundamental. Aquilo que nos faz partir é também o que nos faz voltar. O amor e a tempestade, no final, não se contradizem, pois vêm do mesmo lugar: o coração.

Graziela voltou, com dois sorvetes na mão. A brisa refrescava a tarde. Abracei-a e a beijei. Os olhos escuros dela tinham aquela luz que se encontra a tremular nos poços profundos.

Saímos de Piracaia com a tarde ainda ensolarada. A Cherokee seguiu por ruas de pedra até a saída para Camanducaia, onde a rodovia Fernão Dias leva a São Paulo. A velha casa de Cachoeira desaparecera, mas eu levava comigo Graziela, os lábios lambuzados de sorvete, e aquela pergunta, um sopro nos meus ouvidos ("Você acredita em amor eterno?"). Algo novo começava ali, um tempo do qual poderemos dizer novamente, assim como quando fomos crianças, que nunca fomos tão felizes.

Este romance foi escrito em sua maior parte no mesmo lugar onde começou: em Nova York, entre abril de 2005 e junho de 2006, quinze anos após a morte de meu avô. No final desse período, minha mulher, Graziela, que trabalhava como correspondente da TV Globo na cidade, já esperava nosso filho, único menino a levar o sobrenome do bisavô. André Rayan de Azevedo Ferreira nasceu em 16 de novembro de 2006, em São Paulo, com uma pequena mancha vermelha na nuca, uma marca de nascimento que eu e meu pai também temos e pertencia ao velho Guaracy. Agradeço à Divina Providência por fazer tudo tão bem — sobretudo recolocar na minha frente, tanto tempo depois, o amor que me trouxe paz e a vontade de olhar outra vez para o futuro.

markgraph

Rua Aguiar Moreira, 386 - Bonsucesso
Tel.: (21) 3868-5802 Fax: (21) 2270-9656
e-mail: markgraph@domain.com.br
Rio de Janeiro - RJ